作者简介

海曼，听音乐，喝茶，阅读。在细碎的光阴里，以笔引线，纺经织纬，穿行于尘世烟火，捡拾生活之美好。天穹星辰，精神的脉象在那里落脚。

曼荼罗·爱

海曼＼著

MANTULUO AI

陕西新华出版传媒集团 陕西人民出版社

图书在版编目（CIP）数据

曼荼罗·爱 / 海曼著. —西安：陕西人民出版社，2018

ISBN 978－7－224－12677－8

Ⅰ. ①曼⋯ Ⅱ. ①海⋯ Ⅲ. ①长篇小说—中国—当代 Ⅳ. ①Ⅰ247.5

中国版本图书馆 CIP 数据核字（2018）第 034339 号

曼荼罗·爱

作　　者　海曼
出版发行　陕西新华出版传媒集团　陕西人民出版社
（西安北大街 147 号　邮编：710003）

印　　刷　西安新华印务有限公司
开　　本　787mm×1092mm　16 开　27.25 印张
字　　数　430 千字
版　　次　2018 年 3 月第 1 版　2018 年 3 月第 1 次印刷
书　　号　ISBN 978－7－224－12677－8
定　　价　46.00 元

爱与心灵，惟惠所怀

——《曼荼罗·爱》序言

为了第八届“心理分析与中国文化国际论坛”的筹备，我来到西安。入秋时节，沿白鹿原进山，感受秦岭古风。受友人之邀留住于辋川王维故居，遇到海曼。她带来其刚完成的著作《曼荼罗·爱》。

《曼荼罗·爱》以梅影的“梦”为主线展开，湛蓝的湖水，南海的气息；夜深入神，灿若星辰；恍惚之间，似曾相识的身影浮现……“他到底是谁呢？为什么这么多年一直出现在梦中？”梅影百思不得其解。

于是，梦牵魂绕，梅影的一生，注定要与“他”相遇，由他而改变。熙熙攘攘，芸芸众生像；情深意长，爱恨离别苦。《曼荼罗·爱》是一部当代都市生活的记录，由爱触及心灵，也是生动的心理分析体现。

“曼荼罗”本为自然花朵，但却带有神秘色彩与神奇传说。如白色的“彼岸花”、红色的“往生花”，以及紫色与黑色的“天使的号角”，包括其中文的“枫茄花”“醉心花”等别名，都是曼荼罗的心性花语。

不管是弗洛伊德与其精神分析，还是荣格与其分析心理学，“爱”都是其主旨与奥秘所在。我在《心理分析札记》中写有“爱心无尽藏”，用汉字之“爱”来表达“爱能治愈”的观点；汉字“爱”之意象中的孚信化育、容纳保护、执手为友、正心诚意，以及惠慈感应、自然汇聚为爱心无尽藏之治愈与转化。实际上，这也正是弗洛伊德和荣格深度心理学的信念。有人曾问弗洛伊德有关疗愈的秘笈，其脱口而出便是“爱与工作”。如《美丽的心灵》中的纳什，如《危险方法》中的萨宾娜，都是对“爱能治愈”的生动诠释。

于是，《曼荼罗·爱》也是如此。敦兮其若朴，旷兮其若谷，书中有瑞士荣格心理分析师乔恩，悉心指点医者仁心的周若朴。不可思议，也是无意识或命运使然，乔恩与西安有缘，数十年后再度重回又遇到当年雨中送伞的女孩——已经长大的梅影。几经风雨，梅影受其梦中指引，创作“追梦人”画卷，一种真正曼荼罗的呈现，适心悦意，由此获得超然与觉悟，一种接近于成为自己的自性体验。

仍然是在辋川的夜晚，初次相见，海曼激动地告诉我，几年前，当其构思《曼荼罗·爱》的时候，已是描述了要在西安召开“中国文化与分析心理学国际大会”。我对海曼开玩笑说，或许，正是由于你《曼荼罗·爱》中的意象与心愿，使得这第八届“心理分析与中国文化国际论坛”梦想成真。

此届大会的主题为“觉悟与自性化：东方与西方”，几乎也是《曼荼罗·爱》中所要呈现的故事和内容。“曼荼罗”如爱，“爱”如曼荼罗，其中所蕴含的“本质成就”，正是心理学和心理分析所追求的认识自己与成为自己。在荣格分析心理学体系中，曼荼罗体验总是触及自性，伴随自性化过程；爱，本来具有神性，化生万物，忍受一切。于是，如“心灵女神”普绪克的启示，爱惟寓于心灵，心灵惟爱永恒。

于麓湖洗心岛

1

三亚。海滨酒店。

夜深了，海的涛声仿如从高品质的音响中流畅的交响乐，无数细浪化成蜿蜒的音符，缓缓地渐次传来，渐次远逝，此起彼伏。沙啦、沙啦、沙啦……尾音低柔、舒缓、自由，一声一声，从心底漫过。海浪的声音，让梅影进入美好的意象中。她好像看见自己躺在一艘小船里，小船任由波浪摇漾。黛蓝色的苍穹，高远而又宁静。天空飘浮着的游云，一丝一丝地透亮，宛若水中的小鱼，滑过月亮。星星仿佛是飞到天幕上的萤火虫，扇起灵动的翅膀，飘飘忽忽，明灭可辨。大海慢慢地摇晃。如果小船是摇篮，海浪的声音就是绵延的催眠曲，迷蒙的睡意悄悄向梅影袭来，袭来……

……我好像进入了年代久远的黑白片，一池平静的湖水，我在湖边流连忘返，张望远处高地一栋古老的祠堂。

……许爸爸着一身洗得发白的灰色中山装，在前边领队。我和几个陌生人跟随其后，来到一个地下岩洞。岩洞上面是铁道，有火车呼啸而过。进入洞口，一段很深很长的坑道，宽敞幽暗，点点灯光一路指引到洞的尽头，那里阳光散射，光芒铺天盖地而来。为什么许爸爸带我们到这里来？右边铁栅栏里关着类人猿，它无辜的双眼看着我。类人猿怎么被关在这里？另一边坑道是一排呈开放式的洞穴，每一个洞穴的墙面挖有一个小小的洞，里边有幽暗的灯光，一个断臂的雕像面无表情赫然站在我的面前。画素描的雕像怎么会在这里？是阿基米德雕刻的雕像吗？

……海滨之城，一个熟悉的身影，白衬衣、蓝色牛仔裤，走在椰树摇曳的小路，由远而近。走近了，看不清他的容貌，却能感知到随他而来的温暖气息，如初夏紫薇花开的清晨，恬淡而静谧，我努力睁开眼睛，伸出双手，捕捉他的身影，他穿过我的指梢。他是谁？我努力回望，他到底是谁呢？

……红色烟花在椰树枝头升起，绽放在天空，片刻之后，慢慢地隐去痕迹。我迷醉在一派奇幻魅惑的景象中。忽然，我手中的画夹长出一对雪白的翅膀，扑棱扑棱飞向天空，一道彩虹遽然升起。烟花消失了，海浪消失了，一切陷入沉寂……

不甘的沉寂将梅影从梦中拽起。他到底是谁呢？为什么这么多年一直出现在梦中？梅影百思不得其解。

房间，纱幔轻悬，光线暗淡。梅影披上白色真丝绣花睡衣，下床，赤裸双脚走向阳台。

潮湿的海风，扑进衣襟，带来海边特有的湿热与咸腥。山峦如浮雕凹凸有致，黑黝黝地矗立于海面右侧。山间偶尔闪烁的灯光，如深藏的钻石，诱惑着不断探索的目光。参差不齐的山峰，层层叠叠伸向黛蓝色的天空，在峰顶处留足了空白，自然而然地勾勒出一幅写意的水墨画轮廓。

海面呈巨大的扇形，折痕起伏，绵延不绝向外延展，辽阔至目光无法企及之处。海波轻轻涌动，稍纵即逝的波光，如同草原上机灵跃动的小兔，时而潜伏草丛，时而跃起追逐，一路雀跃着滑向远海。

夜色在海与山根的结合处，愈加深重。没有月亮，参宿四挂在天空闪烁着隐秘的光，随光逶迤而来的气脉，在无人应和的孤独里，直抵梅影的内心深处。梦幻与现实在那里发生了一种奇妙的反应，从她的体内升腾起来，与流泻的星光汇合在一起，低调而又温润地沉淀在夜里。

瑞士。苏黎世湖边。习惯早起的周若朴身着黑白相间的运动装，从湖边跑来，停在蜿蜒至草坪深处的小径。他抬起左手，腕表时间指向九点。昨天，国际分析心理学会议结束时，周若朴与导师乔恩相约今天共进早餐。下午，周若朴将乘机飞往伦敦参加学术会议。

远处的阿尔卑斯山脉清晰可见，山峰呈黛色伸向天空。天空蓝得透亮、水润，在纯净中透着轻灵的美。阳光柔柔地倾泻在湖面，平静的湖面泛起细密的金光。远处草坪上，偶有鲜绿的新芽从小草的心间绽出，闪烁着清明微妙的光辉，草坪笼了一层浅浅的雾，无风，叶无颤，露珠安心地躺在雾霭里，在舒适的睡眠中做着幸福无间的美梦。

乔恩，国际著名分析心理学家，一身白色纯棉加厚的中式太极装，面湖而站打太极拳。他的动作轻柔缓慢，刚柔相济，绵延有序。湖边长椅，两位年轻的金发情侣被乔恩的太极拳吸引。男孩站起来，比画乔恩的动作，回头示意女友和他一起做。女友轻拽上衣裙摆和他一起双手舞动。乔恩气沉丹田，于吐纳间结束动作。稍停片刻，转身沿湖边小径和周若朴汇合。

“乔恩老师的太极拳越来越有味道。你看，有两个年轻人，跟在你的身后学习。”周若朴笑道。

乔恩回头，河边的两个年轻人手舞足蹈，在他们夸张的动作里，还有一丝太极拳的影子。乔恩和周若朴不由笑起来。

“记得第一次去西安，在公园看到那么多人在做同样优美的动作，我被迷住了。每天早上起来，去公园遛弯儿跟在他们后边比画。”乔恩眯上蓝色的眼睛，视线落在清晨的湖光山色里。

“太极拳将中国传统中医学中的导引术和吐纳术糅合起来，动作里阴阳变换，内外兼修，让人不能不为之赞叹。”周若朴深有感触地说。

“每天早上，打太极拳，好像在潜意识的推动下，画着美丽的曼荼罗。”乔恩挥舞双手，在空中画圆。

“曼荼罗？作为援藏医生，我每年都要去西藏地区。在当地，曼荼罗是人们心中的‘宇宙图’，吉祥而又神圣。”

“西藏？我很想去，一直没有机会，或者说我和西藏的缘分还没有到。”乔恩摇摇头，遗憾地说。

阳光下，闪耀着清晖的阿尔卑斯山，让周若朴好像置身于雪域高原——太阳升起的喜马拉雅山脉。西藏，一个神奇的地方，湛蓝的天空，连绵的雪山，布达拉宫古老的梵唱，漫山遍野的格桑花，佛坛前香烟日夜缭绕的寺庙，雄浑辽阔苍劲的原野。在那里，每次看到曼荼罗图案，他都会被一种古老而神秘的力量、一种与宇宙相融的能量深深吸引。

“站在那片土地，经常让我想到遥远的瑞士，波林根塔楼，一位智慧的长者，用他深邃的思想，引领我们不断深入人类心灵的结构里，找到最为根本的人生动力。”

“嗯，让我们找回自己，找到内心深处真正存在的自己。”乔恩道。“荣格所创立的分析心理学在本质上是一种释放创造力和促进个人心理发展的治疗方法。在某种程度上，它已经超越了心理学，与当代哲学甚至是微观物理学有着千丝万缕的联系。”

“这么多年，随着理解与体验的不断深入，越研究越发现人类心灵的奥秘和神奇。对于它的深层感知和把握，让我意识到自己依然是探索者。”周若朴的声音因感冒略有沙哑。

“是啊，对于心灵这个小宇宙，我们依然是探索者。”乔恩道。

“乔恩老师，您对梦的研究有什么最新进展?”周若朴侧身问乔恩。

“神秘的梦啊。刚开始接触精神学科的时候，不明白为什么从弗洛伊德到荣格，在精神治疗中，会以梦的分析为治疗切入点。随着这么多年的临床经验，不得不承认通过梦的工作，对被分析者的生活以及心理健康产生了积极而重要的影响。”乔恩将双手举过头顶，相互交叉来回推动。

“梦所蕴含的大量而丰富的信息，如果没有得到正确的分析，如同一件没有打开的礼物。它是我们人类心灵的重要组成部分，但是我们往往忽略了它。今天，梦依然蒙着神秘的色彩，也许，随着科学的不断发展，人类终究会解开这个谜团。人人都做梦，谁没有自己的梦想?”周若朴望着波光粼粼的湖水道。

“人人都做梦，谁没有自己的梦想？梦是我们和潜意识沟通的桥梁，只是大多数人并没有意识到梦的重要性。哦，你的梦想是什么?”乔恩转换了话题，转身问道。

“我的梦想？作为心理医生，我希望每个人都能真正清楚自己是谁，找到内在动力，实现自己的梦想。”

“嗯，从另外一个角度来讲，成就别人的梦想，就是实现我们的梦想。”乔恩点头道，“我一定安排西藏之行，去感悟西藏的曼荼罗。周若朴，你应该还要有一个梦想，吸引到你的阿尼玛，开始新的生活。”

“我的阿尼玛?”周若朴笑着说。

“周若朴，将积郁在内心的往事清零，美好的恋情自然会进来。那个美丽的女子，一定会在某时某刻某地等候着你。”乔恩安慰并鼓励，“让我猜猜你的阿尼玛会是什么模样? 一定是精神相融、灵魂相吸的美丽女子。”乔恩继续道。

“啊，精神相融，灵魂相吸，可遇而不可求啊。”周若朴的视线落在远处天空，那里有一丝丝细长的云絮在空中游荡。

“乔恩老师，如果有时间，我邀请您去西安?”周若朴转了话题道。

西安，西安，美丽而古老的城市，太让人着迷了。夕阳下的大雁塔，青石板的顺城巷，下雨的时候，打一把伞，徜徉在古老的城墙上，手指触摸着青灰色的方砖，与光阴进行一场灵魂的对话。美丽而又有灵性的西安女子，穿着白上衣、小黑裙飘过来，又飘走了。多少年过去了，那个场景一直停留在乔恩记忆中。乔恩一双蓝色的眼睛穿透岁月，流连在雨中的西安。

“西安，我想去西安，还想去一个神秘的地方，一个令我百思不得其解的地方。”

“什么地方?”周若朴好奇地追问。

“暂时不告诉你。我回去要好好做功课，”乔恩认真地说。

周若朴没有继续追问下去，他深知乔恩严谨的个性，如果没有做好充分的功课，他不会贸然而讲。一阵轻快的嬉笑声从湖边传来，那对情侣绕着长椅追逐，男孩抓住女孩，顺势将她揽入怀中。乔恩对着周若朴努努嘴巴，周若朴笑着摇摇头，两个人一起走向酒店。

三亚机场休息室。当梅影脱下夏日裙装，换上冬天的黑色套头毛衣，黑色牛仔裤，再套上黑色羊皮小靴，走出休息室时，一个身影从人群中掠过，梅影的目光追踪身影而去，他又隐在来来往往的旅客中。

正值旅游旺季，候机大厅人声鼎沸，热闹得像大卖场。

梅影终于找到一个空位坐下，回头无意间看到邻座的人，猛然愣住！林枫正透过落地大玻璃向外眺望。一大一小两只旅行箱，黑红相配并排站在他的脚下。

梅影拍了拍他的肩膀，林枫注视窗外，若有所思。

“林枫?!”

听到声音，林枫的心蹦了几下，真是怕什么来什么。他不得不回过头。梅影正坐在他的身后，眼睛里射出一串串问号。他噌地站起来。

“你不是在成都?”梅影疑惑地问。一个小时前通话时，林枫告诉梅影自己在成都，正坐在办公室。

“我，我在哪里和你有什么关系?”明摆的事实，抵赖也没有用。林枫使出惯用的伎俩瞪起眼睛，虚张声势，强词夺理道。

“你能不能说句真话？不骗人好不好?”真没想到会在这里和林枫碰见。显然，林枫又在撒谎。在湿热的三亚，梅影的心里还是不由渗出一层薄冰，隐隐地散着寒气。

“真话？骗你？相信吗?”林枫瞪起眼睛，白了一眼梅影呛道。林枫毫无遮拦而高调的声音，吸引了近旁的旅客的眼睛唰唰射过来。候机时间本就无聊，更有猎奇的好事者走过来，准备围观一场好戏。

梅影恨不得钻进大庭立柱里，她的面部神经开始出现细微的不规则的跳动。无论如何不能将争吵带到大庭广众之下。梅影忍住没有回应，一团冰雾开始在胸腔逆时针运转，梅影拉上旅行箱向室外走去。

林枫歪着脑袋，斜睨梅影离开的背影。他知道，在这样的场合，梅影自然会偃旗息鼓。谎言终究被戳穿，气氛如此难堪，林枫脸上也挂不住。于是拔脚走向室外，手伸向口袋，摸出一盒烟，拿在手里，向左出了候机厅。一张撑着墨绿色大伞的休闲桌静默于大厅之外。他过去坐进椅子，面向空旷的草坪，两只胳膊肘支在桌面，右手打开打火机，点燃夹在手指间的香烟，吸了一口。当他回过头寻找梅影，发现梅影面对窗户正在注视自己，左手抬起示意。

梅影知道，他想要表达的是，他抽完这支烟就回来，也是在变相地向自己道歉。梅影将头扭向一边，这个撒谎成性的男人，在这里又将厚颜无耻演绎得淋漓尽致。一句真话就那么难吗？那团冰雾在梅影胸中旋转得愈来愈快。

手机铃声遽然而响，阻断了冷气团的旋转，电话是唐果敏打来的。唐果敏，梅影的闺蜜。

“回来了没有？想和你聊一些事情。”唐果敏问道。

若在往日，她们会煲电话粥，聊天的话题经常随兴而起，上自天文，下至地理，国际政治，国内财经，茶艺音乐，艺术舞蹈，老公孩子，琐碎的日常生活。只要有时间，即使长途，也不会影响她们的聊兴。能有一个完全合乎心意聊得来的朋友，也是人生一件趣事。但是，此时此刻梅影没有一点聊趣。

播音器里传来甜柔的声音，提示飞往西安的航班，登机时间已到。

室外的林枫，像尊雕塑，两只胳膊继续撑在桌面，两手抱拳，正在打电话。梅影瞥一眼林枫，失望地推着旅行箱进了登机口。

林枫回到座位，一名女子坐在梅影刚才坐过的椅子。一只手放在另一只手上，正在欣赏五个指甲上镶嵌的水钻。

“我去了一趟卫生间，你就不安生了。刚才那个女人是谁？”靠在林枫肩膀上，她问。

“我的前妻。”林枫回答道。

旁边有人往这边瞅，林枫肩膀不由自主歪了一下，那名女子没有靠稳，呀了一声，身体呈120度向椅子倒去。

成都双流机场，许清下车，和送行人员匆匆握手告别。猛一抬头，林枫拉着一名女子的手赫然出现在眼前。林枫看到许清，愣了一下，松开女子的手，脚步移向侧旁。

“真是个祸祸！”许清在心里狠狠骂了一句，跑进大厅。

一天的会议冗长、拖沓，照本宣科。晚上，梅影回到家，一如往常戴着耳机，一边听音乐，一边坐在画架前画画。旁边圆形玻璃茶几上，放着一个深色小茶海，玻璃茶壶里，隐约可见紫色花瓣，小玻璃杯里茶水已凉。

“丁——零——丁——零”门铃声音持续了一段时间，梅影摘下耳机起身开门。许清提了两桶邦淇牌葵花子油进来，换上拖鞋，直接进到厨房，打开冰箱，扫视一眼，关上冰箱门。

“昨天在机场给你打电话，你的手机关机。”许清从厨房出来问道。

“我应该在飞机上。出差回来就看我，带好吃的了？还是想我了？”梅影笑着问道。

“哟，带了成都的青山绿水放在办公室。想你？没工夫。”许清看到圆桌上的茶海道。

“刚泡了花茶。玫瑰、勿忘我、橘丝一壶乱泡。喝一杯?”梅影起身去餐厅打开柜子，取出一只精致透亮的玻璃杯。

“听音乐、喝茶、画画、弹琴，我们的日子就应该过得这么文艺。哎，生活、工作硬生生地把这么美丽的女人逼成了女汉子。”许清手指自己，抿一口茶说。

“这么文艺?真正的文艺不能只有诗书茶画，只有咖啡，只有吉他，只有浪漫，还要脚踩大地，把细碎的生活过得有滋有味，泡好每一壶茶，画好每一幅画，做一个美丽纷呈的梦。活出灵魂的风骨，才会渗出真正的文艺。”梅影道。

“灵魂的风骨?”许清反问。

“独特的，妖妖的，有花开在心里，饱满而明媚，自己魅惑着自己。”

“啊，我已经魅惑自己这么多年，把自己魅惑成资深剩女。文艺是文艺，还得接地气。”许清看着梅影的画说。

“你家祸祸最近怎么样?”许清又问道，她管林枫一直叫祸祸。

“好着呢!”梅影头脑冒出在三亚见过林枫的情景。

“还好着呢?在成都机场，那个祸祸拉着一个小鲜肉的手。”许清手指秦岭方向，不满地道。

“不要讲这些，我不想听。你不是要告诉我重要的事情吗?”梅影眼前冒出黑红一大一小的箱子。

“装聋作哑吧，你。看看，看看，被他祸害成什么样子?一个油嘴滑舌的祸祸。蒙得你晕头转向，你还真以为你就是他的 NO. 1?想一想，你的画呢?在这个家，你有几幅完整的画?”许清开始进入了惯常的训话模式。

许清跑进房间打开柜子，掏出十几张画板，一把没有弦的吉他。每张画板都有深浅不一的划痕，其中有几张画板，几乎从中间断掉。

“看吧，如果不是我让你把后来的画放在妈妈家，你还能拿出完整的作品不?”许清随手将画板扔在地板。“你的天赋，你这么多年的努力，被这个祸祸给毁了。为什么不相信我?不相信我对绘画的鉴赏能力?”看着扒拉出来的残缺画板，许清不由提高音调。

“不是对你没信心，我对自己没信心。专业画家排成长队，没有接受过专业训练的人，想怎么样?”梅影辩解道。

“谁说你连美院的门都没进？你从小生活在美院，接受了许爸爸十几年严格的专业训练啊。小影，你真被他洗脑了，不求上进，自取灭亡。”许清指着墙壁上镜框里的林枫道。

“整天教训我，又不是我姐姐。”许清的一句不求上进、自取灭亡深深地刺痛了梅影。

“是不是你姐姐，反正我管定你了。”许清才不吃这一套。

“还是照顾好自己吧！”梅影不满地说。

“放心，我的心在身体里，照顾得好着呢。我独身怎么啦？单身狗又怎么样？总比你好吧？这个婚姻给你带来什么？安全？幸福？志同道合？还是对你事业的支持？还是心疼你，照顾你？动不动还要受窝囊气，还……”有一句话已经活生生地溜到许清嘴边，硬是让她狠狠给吞了回去。

“宁愿单身笑，也不要在婚姻里耗。”许清有些激动，加快的语速像针一样，一下一下地扎着梅影。

“不跟你讲了，仗着你是许爸爸的女儿，在我面前耀武扬威。”梅影拿出这套用了几十年的套路来说事。

许清瞄了一眼画板，一语未发，走到门口一脚塞进鞋里。出门后，顺手将门外的垃圾拎下去。到小区门口时，她和杨画眉打了一个照面。杨画眉硬着头皮，对许清点点头。许清皱起眉，问道：“你怎么还在小区？不是早都搬走了？”

“我取点东西。”杨画眉诺诺地回答。

“没事最好别过来。”许清不屑地绕过杨画眉身旁。

梅影捡起许清扒拉在地板上的画和吉他，手机在茶几上响了起来，林木朗朗的声音从话筒流淌出来，将梅影快要被戳成渣的心毫不费力地粘连起来，一丝笑意牵上了唇角。林木学校有活动，明天不回家。于是约好明天中午两个人一起去大唐西市吃午饭。挂掉儿子的电话，梅影的心情稍有轻松。

晚上，暖气供给太足，室内温度高得让人喘不上气。梅影收拾完房间，打开阳台窗户，冬日夜晚特有的松烟味淡淡地飘进来，在松烟的余味里，甚至可以嗅到贮存多年的老普洱的味道。玻璃左上方那颗璀璨的参宿四，怎么转移到了头顶呢？也许是角度的问题吧。无论它在哪里，并不影响梅影与它进行心领神会的交流。心与星原本就是一类物质，同属于宇宙世界。心存在于敏感而细微的小宇宙，星存在于浩渺的大宇宙。无数的小宇宙，扑向太空，探索未知的大宇宙世界——生命物质中未知的起源。

奥妙而神奇的宇宙！

中午，大唐西市门口木质大船前，梅影一身休闲装，一件白色休闲T恤，一条浅灰色运动裤，一条浅灰色带有粉色图案的丝巾绕在颈间，手拎超市塑料袋，关注着马路对面的林木。林木一路小跑过来，接过塑料袋，挽起梅影的胳膊。帅气阳光的儿子走在旁边，梅影的心如同浸在蜜中，眼神都是甜丝丝的。林木回过头来，上下打量着梅影。

“老妈，看起来好年轻啊。同学们还以为你是我姐姐呢。”

“那当然，木木的妈妈必须要年轻。”梅影信心爆棚地说。

“老妈的颜值太给力了！”林木紧接着又夸了一句。

“飘了，飘了！为了儿子，不给力也要给力！”儿子的话，让梅影的心里甜得有些发酸，有两个星期没有见到儿子了！

三楼九格的绿柚，靠窗正好有空位。梅影脱掉外套，搭在椅背。林木衬衣的领角窝在衣服里，隔着桌子，梅影伸手将林木衬衣领角拽出来，在儿子脸上啪啪顺手拍了几下，林木笑着揉揉脸颊，接过服务员递来的菜单。

“老妈，我给你点一个甜品。”林木翻看着菜单，在上面画了几笔。递给服务生，又要了两瓶果啤。“妈妈，寒假，我想上课外班。最后一年，同学们都开始拼了。”林木边打果啤边说道。

林木主动提出加课，梅影自然是心中欢喜，一口应允。林木咕咚咕咚喝完一杯果啤，又倒了一杯，问：“爸爸最近忙什么？好长时间没有给我打电话，快要把这个儿子忘掉了。”

“爸爸工作忙，有时间他肯定会给你打电话。”梅影随口道。

“爸爸不在家，某人又偷偷画画了。”林木一脸坏笑道。

梅影一手拍林木搁在桌边的手，一手放在唇边做嘘状，说：“你希望妈妈重新捡起？”

“一定的、肯定的、必需的。看老妈画画的感觉太棒了。资深文青，艺术范十足。”林木抬起右手摆动，做排线状。

“资深文青？好，为了儿子，老妈也要努力文艺到老，优雅到老，变成骨灰级的文青。”梅影的笑从脸上一直荡漾到心底，在那里泛起一圈圈的涟漪。

服务生陆续上菜，放盘子时，不小心带倒放在桌边的半杯酒瓶，酒水咕嘟咕嘟冒出来，浇在林木膝盖。服务生手忙脚乱，忙迭声道歉。林木低头看着膝盖，笑嘻嘻地一边劝慰服务生，一边擦桌面的酒。擦完酒迹，林木嘿嘿道：“老妈要是不上班，在家画画，多好?”

在家？怎么养活你啊？妈妈只是做做白日梦，想想而已。梅影看着儿子，将这句话留在了肚子里。她不忍心扫儿子的兴，又不想让自己难堪。梅影凝视着对面的儿子，突然发现他说话时一本正经的神态，已经有了大人的模样。在家专职画画，她何曾没有想过？可能吗？林枫那张阴晴不定的脸，从头脑里冒出来，梅影摇摇头，拿起半瓶果啤，给林木的杯子添满。

2

英国伦敦。一栋砖红色公寓里，周若朴站在窗前。窗外的雨细细弱弱，像青纱浮在对面屋顶平台。平台上，有一个红色的鸽子屋，透过铁网，里边有几只灰色的鸽子咕咕在叫。

一切都没有变，一如三年前。也是这间公寓，他第三次来英国考注册医生。考试对于周若朴而言，从来都是手到擒来的事情，唯有在英国考注册医生，一连三次未过。冥冥之中，他和这个国家无缘，如果余下考试未通过，那么前边雅思成绩全部作废，同时作废的还有他和莫晚晴的家庭。

那天也是雨雾蒙蒙，对面的鸽子不时咕咕而叫。莫晚晴推门进来时，周若朴正在看电视，莫晚晴将包扔向沙发，又发起牢骚。

“又去楼下咖啡馆找老吴，为什么不去找王硕？人家王硕和你一起考注册医生，第一次就通过。来英国几年时间，已经买了别墅。你可好，一次一次竟然考不过。我真怀疑，你的双料博士，是怎么拿到的。也许是我高估你了，英国注册医生就那么难考吗？为什么别人能通过，你就不行？你根本就不想来英国，我没有说错吧？”

周若朴沉默。

“我真不知道，你在想什么？如果你不来，直接告诉我。你还可以找到更年轻的女人，我不妨碍你。如果你想来，好好考试。”周若朴的沉默，让莫晚晴恼怒起来。

“不为什么。我没有兴趣。”周若朴实话实说。

“没有兴趣？你对什么感兴趣？除了心脏就是心理。”

周若朴继续沉默。

“你就不能说句话吗？难道这个家让我唱独角戏？唱了这么多年，我真累了。我不想一个人在舞台亮相。”

“啪”，莫晚晴将手中的毛巾扔在水池，溅起水花四散。

“我承认，对考试并不热心。你为什么一定要到这里来，难道西安就容不下你吗？”

“你说对了。西安是容不下我，我不喜欢西安。黄土、雾霾、污染、拥挤，在国内一线城市都没有排上。有机会出来，为什么要待在那里？”莫晚晴生气地打开窗户，一阵冷风携带着细微的雨丝，扑上了周若朴脸颊。

“我们生在西安，长在西安。我的工作在那里，我生活得踏实。每天，那么多的病人排号等着我，我可以找到存在感 。英国是一个保守传统的国家，社会秩序天然已成，我们很难融入英国主流社会。”周若朴擦掉脸上的雨气，转身道。

“为什么自我设限？为什么一定要融入英国主流社会？即便没有英国人，还有华人。王硕的诊所在华人圈子口碑不是很好吗？给华人看病怎么啦？难道华人不是中国人？”莫晚晴指着窗外，语速加快，语言犀利。

“对，所有华人都属于华夏民族，我是中国人，我的根在中国。我是医生，走在西安的城墙根下，会让我真正地感受到我的职业应该在那里。”

“呃，我差点忘了，您是著名的心内专家又是跨学科的心理学专家。您多伟大，您要拯救病人，拯救人类。我渺小，没有那么大的胸怀，我拯救自己。总可以吧？当然，您也可以在西安结婚生子，重建您的幸福家园，西安的美女那可是多得绕城墙啊。”莫晚晴冷笑道，随手将打开的窗户哗啦关上。

“挖苦和讽刺解决不了问题。两个人的价值观不同，我尊重你的选择。我们讨论这么多年，也没有讨论出结果。”周若朴望着窗外的鸽子屋道。

“我明白了，你这次来是解决问题的。你终于说出来了。我也不想再等下去。其实我知道，你根本就不会来，也不想考，骄傲的中国人，骄傲的西安人。一个人在自己的舞台上继续研究您的那些心吧。再见!”莫晚晴说完，拎包出门，随着急促的脚步声远去，房间又恢复了平静。

鸽子咕咕的叫声，让周若朴收回思绪。对面平台的鸽子屋走出一只鸽子，昂首挺胸地四下张望后，打开双翅，飞向天空。他站起来，穿上外套下楼。

楼下咖啡馆的老板吴昊天，看见周若朴进来，老远伸出手，拍着周若朴的肩膀。

“呵呵。几年没见了?走，到后边喝两口，一位老同学送过来一瓶珍藏二十年的西凤酒。”

周若朴跟着老吴来到后边一间小客厅。客厅旁边的桌面，有两台电脑。吴昊天从冰箱取出三只圆筒饭盒。

“你看这是什么?都是咱们西安的特产。”老吴打开覆在盒子上外边的一层保鲜膜。

“哎哟，很亲切。坊上老铁家的腊牛肉、西安饭庄的葫芦鸡，从哪里带过来的?海关不可能让带过来啊。”周若朴好奇地问。

“不是带进来的，一位朋友在利物浦开了一家中餐馆，主打西安小吃，还有牛羊肉泡馍。这几天要是有时间，我带你去。”吴昊天打开老西凤，转身取来两个玻璃杯。

“没时间了，后天会议结束，我已经订了回西安的机票。”周若朴将一个中号玻璃杯放在老吴手边。

“时间过得真快。记还得三年前你来考试?”吴昊天一边倒酒，一边比试杯中酒的多少。白酒距离杯沿有七分时，吴昊天停下来。

“唉，对考试没感觉，工作太忙没有时间考虑这些事情。”周若朴顺手取过一杯酒放在吴昊天跟前，另一杯搁在自己面前。

“也是，家是男人的基石。莫晚晴几年前结婚了，和一个英国人。你呢?结婚没有?”吴昊天端起酒杯伸向周若朴。

“没有。”周若朴道，然后，举起酒杯，两杯相撞，发出清脆的碰撞声。

“我准备打道回府。这两年，不知为什么总是想起上学的时候，想起小时候，想到年轻时的梦想。”吴昊天抿了一口酒，感叹道。

“人有两个故乡，一个是地理意义的故乡，另一个是精神的故乡，自己的心灵。”周若朴手指胸脯道。

西安，就是地理意义上的故乡。生于斯，长于斯。故乡在召唤，心灵在呼唤，梦想在宣唤，归来吧，归来吧！嗯，人到中年，思考问题的角度不同。后边的几十年，就这么混下去，一辈子生活得毫无价值，窝囊透顶。吴昊天一边想着周若朴的话，一边打开微波炉，将葫芦鸡放进去。

周若朴注视着吴昊天关上微波炉，道："既然故乡和梦想都在召唤，就听从心灵的指引吧。我有几个同学也从国外回西安创业，发展得还不错。"

"不想再待下去了。再待下去，还不如直接进养老院。过去大家挤破脑袋出国，现在又想方设法回去。有几个同学回国做互联网公司，做风投，一个个生龙活虎、青春焕发的。唉，想起来挺后悔，出来一趟，事业、家庭耽搁了，专业还搞丢了，顺带着孩子也直接省略了。回去还是干老本行吧，经营咖啡馆，如果做到品牌连锁开到互联网，那就是我最大的梦想啦。"吴昊天十指交叉的双手紧紧相扣，指梢泛红甲尖发白。

当年，吴昊天和女朋友从西工大毕业一起出国。吴昊天放弃自己的学业，打工供女朋友读书。他在一家温州人开的服装厂烫衣服，烫衣服是体力活，钱多，大家抢着干。俩人要生活，能不踏实好好干吗 ？一干就是四年。女朋友毕业后在金融街找到一份待遇优厚的工作，过了两年，和一位事业有成的华人投资家结婚，而吴昊天还在埋头烫衣服。后来，他开了这家咖啡馆，一直经营到现在。

"叮"一声，微波炉停止运转，葫芦鸡打好了。取掉包装，热腾腾黄澄澄的葫芦鸡傲娇地卧在饭盒里，散发着诱人的香味，吴昊天一边招呼周若朴，一边套上一次性塑料手套，撕下一块鸡腿，递给周若朴。

"你知道吗？大学班里，有一个同学已经做到航天某系统的副总设计师了。"吴昊天叹息地摇摇头。

"对美好生活我们还是要向往的。如果回西安需要帮忙的话，随时打电话。"周若朴拍拍自己的胸脯，安慰道。

"走一口。要不，你也投资，我们一起做？"吴昊天举杯，笑问。

"谢谢了，还是做医生好。这么多年，已经习惯在医院忙忙碌碌工作一天。"周若朴举起酒杯回答道。

"哦，回去后要是身体有问题，我去医院找你。"吴昊天说。

"我不希望在医院见到你。"周若朴摇摇头道。

“嗨，咱们西安人就跟城墙一样，厚道，实诚。以前在家时，每天从城门进进出出，已经熟视无睹。到英国以后，想起厚重的城门心里会踏实。叶落归根，梦回故乡，只有在异国他乡，才会真正体验到这种难以言状的惆怅。”

吴昊天饮下一口酒，在西凤酒的绵柔香辣中，好像回到了西安。这么多年每次回到西安，总会让他有无法诉说的苦闷，因为他经常迷失在从小长大的城市里。

“这条街道来的时候是什么样子，现在还是什么样子。”吴昊天指着外面街道，两个人相视而笑，干了最后一口酒。

周若朴从咖啡馆出来，天色已晚。伦敦的雪还没有来，雨，若有若无。抬头仰望着墨色的天空，周若朴想起了女儿。刚下飞机时，和女儿通过电话，女儿刚到澳大利亚。紧赶慢赶，还是没有赶上趟。有几年没有见到她了？周若朴掏出手机，在夜色中翻阅着女儿发来的照片。

成都泊海酒店。林枫办公室内，烟雾缭绕。林枫正在一支接着一支抽烟。烟从唇齿间吐出，青白色的小圈在空中冉冉而升，小圈不断扩大，扩大到无形时，化为一缕青烟，飘摇在空中。无数的烟圈一轮一轮延展，弥漫在房间。一段时间，他听从梅影的劝慰，戒掉了烟。后来，香烟就像尾随而丢弃不掉的影子，嗅着他的味又跟来了。它就是他忠实的侣伴，在他情绪高涨、兴致盎然时，心甘情愿地待在口袋陪护他，在他失落孤独时，缠绵在他的指尖，挨过一个又一个难熬的时刻。透过烟雾，他又窥见了挂在对面墙壁上的那幅狼图腾。一头孤傲的狼正仰头凝视着他。

年轻时，他喜欢齐秦那首《来自北方的狼》，孤寂冷峻。“我是一匹来自北方的狼，走在无垠的旷野中，凄厉的北风吹过……”从什么时候起，华为的狼性精神占领了他的精神制高点。他想闯荡出自己的一番事业，却又常常感到迷茫疑惑，什么事情足以让自己赴汤蹈火、在所不辞？好像上膛的子弹没有发射目标，他找不到方向，甚至有时，他感到狼性精神在他这里已经变形，也许这个狼经让自己给念歪了。他的臭脾气上来时，由不得自己，直接抛开精神，披挂上阵将自己先变成一只狼，嗷嗷叫着。这哪里是一头狼，简直就是一头恶魔。性格决定命运，林枫深知这一点。但是当一股不知从哪里催生来的恶劣情绪上来时，他感到自己就像一辆憋足油门、加大马力的渣土车，在深夜的街道一路狂飙。

“咚——咚。”重重的叩门声，震得门板发颤。这个时间点，应该是魏锦奇来了。

林枫站起来，打开窗户透气，顺道过去打开门，魏锦奇拎着包，几乎挤着门进来，进来后直奔卫生间。

“我要上厕所。”话音刚落，一股长驱而出的哗哗声从卫生间传来，魏锦奇长长地松口气。

“魏锦奇，事情怎么样？”林枫吸一口烟后，仰天喷出一股烟气，在青白色的烟圈里眯起眼睛问道。

魏锦奇瘦瘦的身板，透着一身的机灵。他放下包，到饮水机旁，接了一杯水，一口气喝完后，面对林枫，表情亢奋，双手激动地在空中比画。

“我看好一块原石，晚上等你过来切割。这次再没有收获，从此我金盆洗手。”魏锦奇做了一个果断的剁手动作。

魏锦奇夸张的动作，让林枫觉得可笑。“金盆洗手？你还不如剁手。这话我听腻了。不要再说了！我要的是实实在在的宝贝！”

魏锦奇凑到林枫跟前神秘地说：“这次有八成的把握。”

一道光亮迅速从林枫眼睛射出，他身体拖动着椅子，凑到魏锦奇跟前，问：“真的?!”

“这块和几年前那块石头的结构、质地、外观都很像。如果真成了，搁在现在的行情，不是一千万，而是五六千万，说不准一下子冒到亿。”魏锦奇两眼放出异常的光彩，说得自己也飘起来，好像这笔钱已在路上，马上到账。

看到魏锦奇的模样，林枫开心地大笑：“冒吧，冒吧。唉，冒肥皂泡又不累。这次回来的货，你全部过手了？”

“全部过手。唯独这块是我在矿区找到的。”魏锦奇道。

林枫眉头拧了起来，有些不高兴，问道：“回来为什么不告诉我？”

“吃不准。没敢说。”魏锦奇退回到沙发，又喝下一杯水。

随着几声轻轻的叩门声，有员工推开门，站在门口，告诉林枫大家都在会议室等他。林枫顺口回复员工马上过去，站起身，拿起放在桌子上的笔记本，边往出走边告诉魏锦奇，以后尽量不要到酒店来了，等他晚上回去再切。

来到成都后，林枫突然对赌石发生了莫大的兴趣。他喜欢上石头，痴迷上石头，他终于在这个行业找到了与自己相似的属性，赌石如赌命，瞬间暴富，瞬间生死。林枫并非不清楚。但是这些毫不起眼的石头、粗糙的石头，让他的热血持续沸腾起来。林枫奋不顾身，飞蛾扑火般地扑向未知的诱惑。于是，他从朋友那里挖来了魏锦奇。

魏锦奇是执业的珠宝鉴定师，在赌石界也是一个传奇人物，是真正地践行一刀穷、一刀富、一刀穿麻布的活生生的案例。几年前，他跟着一位老板去和田，在那里用五十万元赌了一块色沁原石，切割后，里边是罕见的玻璃种籽料，价值千万以上。瞬间带来的巨大利润，推动着魏锦奇毫不犹豫地走上赌石这条路。可惜，从此他屡战屡败，就在他负债累累、绝望得要放弃时，一根救命的稻草从天而降，直接甩向他。林枫出现了！两个人一拍即合，由林枫出资，在成都的古玩市场，接手了一家珠宝店，挂出赌石的招牌。从赌石到切割开料以至最后雕刻一条龙服务。为了保证原石的出货率，他们特意疏通关系从矿区直接拉来原石，招揽顾客。开始店里生意出奇的好。成品的翡翠价位不菲，不是人人可以玩得起。而原石毛料，看得见，摸得着，少到几十元的投入，多到上千甚至上万的投入，大大地刺激着藏家和玉石爱好者的神经。

在这个人人都想暴富的行业里，大家只谈成功，很少有人提及失败。魏锦奇传奇的故事在江湖上被演绎得没边没际，到最后石头疯狂了，人疯狂了。风云变幻莫测，魏锦奇和林枫更是迷失在这股疯狂中。

开完会，已到下班时间，林枫脱掉西装，换上便装开车到了店里。魏锦奇从保险柜里小心翼翼地搬出一块原石。这块原石外壳青黑，结构紧密，沾水后，水慢慢渗掉，荧光灯下，原石泛着水水的绿。如果不是看走眼，这块原石里或许就会有料！魏锦奇一手摸着石头，情不自禁地放到嘴边，狠狠地亲了一口。看到魏锦奇的样子，林枫嘴里说着："至于吗?"心已经是扑通扑通跳得快要掀掉房顶。

切割前总要有仪式感，两个人轮流去了趟厕所，腾空倒净，又洗过手。魏锦奇给店里供奉的财神恭恭敬敬地上了一炷香，嘴里念念有词，然后又叩了三个响头。

"现在切不?"他的声音因为紧张而发出哼鸣般的颤音。

站在魏锦奇身后的林枫，默默地注视着魏锦奇一套行云流水般的虔诚的仪式之后，看到紧张得快要痉挛的魏锦奇，突然觉得好笑。

“至于吗?”“至……”他想重复一遍，刚说出一个字，被魏锦奇的大声咆哮打断：“不许说不吉利的话!”

林枫旋即闭嘴，知趣地在旁边。魏锦奇开始沾水，在切磨机上，绕着绿开始一点点磨皮。魏锦奇的手不停在抖动，林枫着急得看不下去，要自己切。魏锦奇生气地将石头抱在怀里，讥讽道：“没有金刚钻不要揽瓷器活，你切过石头没?”

林枫只好怏怏作罢，他不仅没有切过石头，他甚至连最基本的知识都不具备。虽然他是老板，但魏锦奇是专家啊。林枫对魏锦奇赔着笑脸，示意他继续。经过这一番折腾，魏锦奇手也不抖了，开始虔诚地切磨。

“嗞——嗞”，在切磨机的声音中，魏锦奇瞬间惊呆，林枫凑上去……绿越来越细，最终与石头融为一体。

啊?！又是一块砖料!

魏锦奇气愤地将石头砸在地板，瘫坐在地。

“你的能耐呢?你的本事呢?料呢?”高射炮连珠般迸发后，恶魔般的神态浮到林枫脸上，他将手里的一包烟朝魏锦奇砸去，盒子里的烟像乱箭散落地面，魏锦奇发疯般向林枫扑过来。

砸进去多少钱?那些钱是怎么来的?林枫不敢多想，转过身一脚狠狠地踹向魏锦奇。魏锦奇绝非省油的灯，扑过去死命拽着林枫的胳膊，一脚踢了回去。

林枫眉毛拧在额头，怒目而视。就在两个人扭缠厮打不可开交时，手机铃声突如其来。都是一个战壕的战友，何必闹腾得鸡飞狗跳墙的?魏锦奇掏出手机接听，有人请他出去喝酒。

林枫的手背蹭掉了一块皮，渗出血，魏锦奇的额头挨了一拳，肿得老高。谁也没有战胜谁，林枫还指望魏锦奇的传奇再次上演，魏锦奇也要依赖林枫的经济支持，更何况已到这般田地?林枫在魏锦奇背上拍了几把，魏锦奇生气地打掉他的手，拍打着自己的衣服扬长而去。

出了店，林枫疲惫不堪地走在街道，手机不合时宜地响起，他看也没看，索性直接关掉。一只流浪的黑色野狗从树丛突然冲出来，林枫差点踩在脚下。恼怒中的林枫，一脚将流浪狗踢飞到路边草丛，流浪狗一声接一声地惨叫。

一对遛狗的中年夫妇从后面过来。中年女人走过林枫身旁，丢下一句："弄啥子哟，和狗儿过不去。"然后循着狗叫声，进到草丛。

"怎么和一条流浪狗过不去呢?"林枫责问自己。

他听到自己体内豢养的那条野狗，不，不是野狗，是一匹来自北方荒原上的狼，在凄冷的街道，长声嘶叫。这条狼寄居在体内多少年，他记不清了。但是他知道，当它在体内复苏的时候，他整个人好像发生了裂变，好像喝了迷魂汤，好像被施了魔法，好像被注入了混乱、狂躁的基因，他忠实地跟在狼尾巴后边，眼冒绿光追随着它。他讨厌、恐惧自己身上的这部分魔性跑出来，让他自己都不认识自己，另一方面却有意无意地放纵着它，甚至有时藏在它的后边，短暂地享受折磨别人带来的恶意的快感。当这种快感从思想中消失，当这匹狼在体内匿迹，当他回归自己时，一种强烈的愧疚和自责又深深地攫取着他。

林枫下意识地转过身倒着走，一个是正面的自己，一个是背后的自己，哪一个才是自己？林枫倒着走了几步，觉得浑身别扭，又转过身，继续向前走。一边走，一边问自己，刚才在店里的是正面的自己还是背面的自己？它为什么总是像渣土车一样，猝不及防、蛮横无理地屡闯红灯？

3

下班的音乐在楼道飘荡，梅影抬起头看了一眼窗外。天气昏昏，一副快要下雪的样子。她又继续趴在工作台上审图。有女同事推开门，探出半个身子，问她是不是晚上加班？梅影摊开双手笑。同事笑着摇头，拉上了门。梅影一口气将几幅图全部审完，已是晚上九点多。腰酸胳膊腿疼地站起来，在办公室活动几下筋骨，将办公室桌面的文件与图纸整理好。

办公楼对面是亚特健身房，隔着玻璃，健身房内一目了然。这个时间点，健身的人并不很多，几台跑步机空在那里。没有吃晚餐，梅影的胃空空的，隐隐有点饿。抽屉里还有曲奇饼干，打开吃了几块，垫垫胃。然后赶到健身房，在跑步机跑了一会儿。瑜伽老师过来，打过招呼，走到另一台跑步机。两个人有一搭没一搭地聊了几句。

回到家后，梅影只想冲澡、上床、睡觉。在半梦半醒间，她隐约听到雪落在窗外枯枝的声音，静听又好似没有，以为是幻觉，恍恍惚惚又进入了梦境……

一个很大的室内游泳馆。我从铺着绿色地毯的通道出来，在我的面前有两条路可以选择。继续往前走，平静的湖绿水面上，一座精巧的小桥纵横交错呈“7”形，桥没有栏杆，用透明的象牙色木板搭建而成。我继续前行，突然水面波动，桥沉在水里。我开始恐惧，这时，桥从水底缓缓升起来，我犹豫不决，如果我走过去，桥又沉在水里怎么办？

于是，我将目光投向右侧。绿色地毯通向一个没有门的房间，面积要小很多，一个铁塔形类似锅炉样的物体，放置在水中央。要通向那里，也要经过一道桥，突然一股水涌上来，桥又沉到水里，困惑时，桥重又浮出了水面。我站在绿色地毯上，不知何去何从。两边的空间，右侧只是一个房间，没有可以通向室外的路，而前方空间大，如果我从桥上走过去，可以通向室外……

梅影问着自己，带着疑惑，又听到落雪的声音。真的下雪了吗？有细微的声音进入耳际。睁开眼睛，四周又是静寂一片。从未合拢的窗帘缝隙若有若无透出一条淡白色的光线，不会真是下雪了？夜晚厚厚的云层，好像有下雪前的迹象。当猜测的时候，持续的睡眠已消失得无影无踪，只有最后一个梦境和那几个问号，留存在没有完全消退的记忆中。

梅影闭上眼睛，奇怪梦中的世界，俨然成为自身另一个奇妙的体系。它与现实世界隔着一段距离，而这个距离恰恰就是睁开眼睛的那一瞬间，这个瞬间好像河中的桥，将梦与现实隔在岸的两边。它们互相眺望，企图彼此连接。梦中的世界是那么遥远，遥远到永远无法身临其境；它又那么近，近到夜夜身临其境，从此场景进入，又从彼场景退出，甚至一夜间，在几个互不相干的场景间自如转换。在这个体系中，每个出现的人物——熟悉或陌生的人物，与现实世界找不到任何事情的关联，他（她）任意地演绎着自己的角色，编织着梦境中的情仇爱恨、悲欢离合。梦有时候丰盛而繁茂，有时候充满着奇幻荒诞。它怎么会如此抽象离幻、支离破碎？

即便梅影大概知道梦来源于她的个性深处，深深地隐藏在清醒意识之下，是通向无意识愿望、理想、愤怒的“皇家大道”，却依然忍不住追本溯源，捣入梦的老巢——要么回到梦中，要么回到现实。

回到现实，雪的确在下，看样子是从昨日深夜开始悄悄来了。

梦中的声音无疑是雪的声音。它被敏感的心思网在潜意识的梦中，或者是短暂沉迷于懒散中的清醒吧。雪有声音吗？梅影分明听到众雪聚积在枝叶上，坠在地面发出的低调的扑扑声，不喧哗，不响亮，带着适当的力度。

窗外，无风。雪细细密密交织而下。枝头，一夜间绽放出硕大的花骨朵。

树与树疏离，花与花却亲密无间地泛滥成一片片白色的花海。一树树的花海，漾出无际的波浪，层层叠叠在浪尖沉沉浮浮。雪花不断从天上轻轻落下，积雪不断从枝头沉沉下坠，在这起起落落间，花海沸腾了，搅动天地，连接一体，天地一色的白，雪下的密度越来越大。楼下渐渐有了人声，出来玩雪的吧。

雪光映在室内，房间泛出自然的光亮。梅影不想打灯，坐在飘窗看着窗外。如果约一两个朋友，一炉壁火煮雪、喝茶、聊天、听音乐，会是不错的选项。这样想时，好像火光映红了壁炉，炉内的柴火噼啪作响。半是惬意、半是隐居地生活在最后的炉火中，从窗外飞进来落在房里。

这样的生活无疑是令人羡慕的。回不到梦中，就在现实中做做白日梦吧，放纵意识，天马行空地胡思乱想，憧憬美好的未来。

手机里神秘园的音乐闯进了梅影的遐想，她回过头，手机在床头，屏幕亮亮地闪烁，这么早，会是谁打来电话呢？

梅影从飘窗站起来，走到床前。手机显示一个来自成都的陌生电话。

“林枫妻子吗？”一个细细的女声莽莽撞撞传来，梅影本能地挺直身体。

“您好，我？”没有等梅影说完，那边已经迫不及待往下讲，似乎并不想确定梅影是谁，抑或已经知道梅影是谁。

“他知道我是谁，我们的事情你问他吧。”电话匆忙挂断了。她是谁？梅影仔细琢磨着这几句话，给林枫拨出电话，林枫很快接过电话，手机里边传来女声低低的哭声。

“她诬陷我，我正在处理这件事情。”电话里，林枫气呼呼地大声说。林枫的话向来是真真假假、虚虚实实，梅影不想去猜测。太多的事情如果要较真，这个婚姻早该灰飞烟灭了。

成都公寓里，三亚那名女子坐在沙发上，花容失色，黑色泪痕划过脸颊。林枫挂掉梅影的电话，站在客厅。

“你不是单身吗？怎么又冒出一个梅影来？”女子手指门外。

林枫坐到沙发，饶有趣味地问道：“谁告诉你的？”

“不要问，为什么骗我？”女子尖叫道。涂着红色甲油的美甲，毫不犹豫戳向林枫，小指甲壳上悬挂的小吊坠，在空中划出一道优美的抛物线坠到了墙角。

“你就那么容易上当?”林枫笑着讽刺道。然后，一手拿上外套向外走去。女子将包砸向林枫，林枫看也没看，抬起一只胳膊，将包挡在身体外，包啪的一声掉在地上，化妆盒从里边咕噜咕噜滚出来。林枫皱起鼻翼，“哼”了一声，然后绅士般地做出一个请出去的手势。

女子从地上捡起包，经过林枫时将包举过头顶，林枫一把将她推向门外。女子回头，发现林枫并没有跟上，于是返回，对着大门狠狠踢几脚。门内的林枫透过猫眼看到女子的举动，脸上浮现出一丝讥笑。

当时针指向八点，林枫一身深色职业装，仪容整洁而又威严地出现在酒店大堂。舒缓的音乐轻轻飘荡在大堂上空，优雅的香味细若游丝，与空气中的水分子恰到好处地融为一体。从几辆旅游大巴下来一群旅客，拥进酒店，安静的大堂，立即喧嚣起来。当林枫与旅客的目光接触时，温煦的微笑便显露在面部的每个细胞、每个神经末梢里。这不仅是职业使然，更重要的是，他喜欢这样的方式，享受这种与旅客之间的尊重与友好感。每天早上，他都会准点出现在这里，雷打不动。对于他，这已经成为一种仪式、一种洗礼、一种净化、一种信念。

林枫巡视完大堂，沿固定路线，西餐厅、中餐厅、会议室、贵宾室、客房、顶层花园咖啡餐吧，巡视一圈之后，回到办公室。

这座酒店是林枫初中同学戴立投资，委托林枫所在的酒店管理集团管理。想起戴立，林枫心里又有抓挠般的不舒服。一个在班里考试倒数的人因为跟着家族做煤炭生意，而赚得腰肥膀圆。林枫，当年在学校叱咤风云的人物，竟然给他来打工，简直是莫大的讽刺！打工就打工，打工不是也可以打出皇帝吗?暂且忍忍吧，他会有一家属于自己的酒店，让那些曾经鄙视、给他难堪的人，仰视他，礼让他，尊重他，如同这些陌生而友好的旅客。

在家的梅影，坐回窗前，脑子空白几分，顺手拿起放在桌面上的书翻开。翻了几页，并没有看进去，眼睛在书页的文字里，并不像往常那样，脑海里不断地将文字转化为各种幻象、人物、自然景观、场景。今天没有，一个都没有转化出来。尽管不想去猜测，梅影还是没有管住自己的思想。

窗外，起风了，但不大，像个生气而任性的孩子，没有目标，没有方向地乱吹一起。雪轻，在空中找不着北，没头没脑，胡乱飞舞。飞舞的雪，落下去，濡湿了地面，濡湿了枯树。一根细小的常青藤枝条，伸进视线，随风颤动。

风大了，吹起雪，瞬而横飞，瞬而斜织，密密麻麻。雪在空中飞得更乱，完全失去章法。失去章法的雪，少了往日的灵动，愣愣地眨着眼睛一头扎向地面。

从哪里飞来一只小鸟，停歇在对面楼顶平台的晾衣绳上，脑袋瓜四下晃动，对着风雪啾——啾——啾叫了几声，而后飞向忧郁的天空。晾衣绳在空中大幅度上下跃动。绳子晃着晃着，一根绳子晃出了数根，纠结缠绕在天空，梅影的眼睛看花了。

整整一天的时间，梅影都在工地与甲方、建筑公司、监理公司一起开协调会。会议室在活动房一层，中间一圈椭圆形会议桌，一盆廉价的已经褪色的塑料花开在桌面，一台老旧、色泽暗淡的，不知已经辗转了几个工地的空调，呼哧呼哧地只有吹风，没有热量。几个玻璃烟灰缸里挤满烟头，会议室烟雾缭绕，这哪里是会议室，分明就是巨大的毒气室。

建筑公司的老总点燃一根烟，开玩笑地对梅影说："梅工，常在河边走，哪有不湿鞋，你就从了烟吧，和我们一起吞云驾雾，做快乐的烟友哈。"

每每遇到不熟悉的人，谈及梅影在建筑设计院做设计师，大家几乎会由衷地羡慕。她明白，大家想当然认为自己是建筑设计师。如果她是一名建筑设计师，也会由衷地羡慕自己。但，她是一名结构工程师。对于大众而言，面对一幢建筑，很少有人能了解一幢大楼建筑过程中烦琐的内部细分。

如果说建筑设计师是阳春白雪，那么结构工程师就是下里巴人。如果说建筑设计师的设计是漂亮时尚的面子，结构工程师的设计就是支撑面子的里子。如同一块色彩艳丽的锦绸，建筑师永远是光鲜亮丽的正面，结构工程师永远是平实质朴的背面。建筑师是艺术家，在创造美与生活的同时，更注重强调个人的独特风格。结构工程师则是高级泥瓦匠，只和水泥、钢筋、结构体、干巴巴的数据为伍，而且容不得半点创意。在设计院里，建筑所的建筑师昂首挺胸意气风发，周身洋溢着艺术家的风范。结构所的设计师则谨小慎微沉默寡言，一副了无情趣神经质的模样。

看过鸟巢吧？如树枝般编织的鸟巢，镂空的设计手法，网格状的构架，就是建筑设计与建筑结构最完美的诠释。作为一名结构工程师，能参与鸟巢级别的特级工程，是一生的梦想。可惜，倾其一生，也未必能有此殊荣。绝大部分的结构工程师被湮没在城市一栋栋相似度极高的大楼里，枯燥地测算大楼的承重、受力、材料、抗压。随着建筑市场的火爆，绝大部分头脑灵活的结构工程师们奋不顾身，前仆后继地去接工程、找项目，几乎很少有人能耐下心来做专业。所里能干活的基本剩下老弱妇小，或者研究型的工程师。一位女性比如梅影带几个刚进来的大学生转战奔赴第一线的场景，已是屡见不鲜。

今天，会议结束后，建筑方请大家一起去吃饭。一如往常，梅影不参加饭局，选择回家。

雪停了，路面积雪开始融化，雪水淤积。正是下班时分，车在颤颤巍巍的尾气波里排过去，红色尾灯一路逶迤闪烁到前方无法看见的地方。

“我是天空里的一片云，偶尔投影在你的波心，你不必讶异，更不必欢喜，在转瞬间消失了踪影。你我相逢在黑夜的海上，你有你的方向，我有我的方向；你记得也好，最好你忘掉，在这交会时互放的光亮。”

在走走停停中，听着吉他流畅的弹唱，梅影想起了自己的那把老吉他。这么多年，搬了几次家，那把老吉他一直带在身边。即便再也没有弹过，偶然看一眼，也会唤醒那些走过的青葱岁月，曾年轻过，曾是一名弹吉他、画画、弹琴的文艺青年。

车如蚁般爬行在路面，终于挨到家。路过小区超市，梅影简单采购了一箱酸奶、一袋面包。一个星期没有在家，冰箱已处于空转状态。带着一身烟味，甚至头发丝里都能嗅出的烟味回到家，梅影放下包，脱了外套，挂在阳台，让身上的烟味跑一跑。然后进卫生间冲澡。冲完澡，贴面膜，烧水，泡茶——玫瑰、勿忘我、薰衣草混合在一起的花茶。

她喜欢在安静的夜色中，看一壶花心绽放成一朵朵色彩各异的小花，它们幽然在水中，不傲骄，不婀娜，一点素淡、一点清雅，开成想要的模样，韵致、悠长。

刚抿了一口茶，林枫的电话打进来。

“小影，在家吧？”林枫高调而爽朗的声音传进耳朵。

“白天的事情处理好了？”如果不是林枫的电话，几乎快要忘掉这件事。

“已经处理好了，员工已经离职。”林枫说话间，话筒里传来咣的声音，好像门被重重地踢开。

“外边有点事情，我处理一下。”林枫匆匆挂掉电话。最后一句，几乎是喊出来的。

林枫打开门，魏锦奇满身酒味，一脚高一脚低地闯进来。林枫眉头紧皱，厌恶的目光射向魏锦奇。

“整天一副醉生梦死的样子，也该醒了。”

林枫将摇摇晃晃的魏锦奇扶到沙发跟前。魏锦奇一屁股跌坐在沙发上。林枫从饮水机接了一杯水，递给魏锦奇。魏锦奇抬起手在空中虚晃两下，没有接住纸杯。纸杯掉在地上，水洒一地。林枫一脚将纸杯踢到门边。

“你把天上的星星数清楚了，我就醒了。”魏锦奇眯着眼睛，勉强抬起手，食指戳向天花板。

“我要是数清楚了，我也醒了！”林枫大声嚷道。

“嘿嘿，你给我的承诺什么时候兑现？”魏锦奇打了一个酒嗝，食指拐向林枫。

林枫一把将魏锦奇的手剿到一边。

“我已经赔得只剩裤头！”

“那是你的……事，跟我没关系，我只要我的那一份。没钱，我……活不下去。”魏锦奇嘴里嘟哝着，慢慢向沙发歪去，一个翻身，翻到沙发下，他企图爬起，一条腿搭在沙发上，已经打起了呼噜。

4

唐果敏家的厨房里，两只灶眼上的蓝色火苗活蹦乱跳。系着围裙的唐果敏正热火朝天地翻炒最后一道菜。另一只灶上的炒锅里，糖醋排骨嗞啦嗞啦冒着小泡正在收汁，酸酸甜甜的味道冲着唐果敏而来，她用力吸吸鼻子，味道还是很正宗，估计雪娇会吃得片甲不留。她取出两个盘子，关掉灶火，麻利地将两道菜盛在盘子，端到餐桌上。

餐桌上，一盆酸菜鱼和蒜苗炒肝是钟晋夫点的菜，糖醋排骨、竹笋炒肉片是钟雪娇的最爱，一盘蚝油口蘑青菜是唐果敏自己的喜欢。唐果敏通览一遍后，满意地打开卧室的门。

钟晋夫睡在床上，呼噜打得正紧，冷不丁被捏住鼻子。他睁开眼睛，一看是唐果敏的手，又闭上眼睛。

“嗨，吃饭了，还睡，都 12 点了。以后不许回来那么晚。”

钟晋夫昨天晚上回来时，唐果敏已经睡下。虽然唐果敏嘴上说不许老钟回来那么晚，但是她清楚做企业的艰辛。因此，每次也仅仅只是嚷嚷着抗议一番，表明态度。

“听见了没有，起来起来。”唐果敏吆喝着，一边在老钟屁股上拍了一巴掌。

“烦人不?”钟晋夫将被子拽起蒙住头，在被窝里喊道。

唐果敏扭头出了卧室，打开女儿钟雪娇房间的门。雪娇戴着耳机，正在听英语。唐果敏站在身后，拍着女儿肩膀，钟雪娇取下耳机。

“饭好了？肚子咕咕乱叫。”雪娇摸着肚皮回头问。

“好了。某人还赖在床上呢。去，给他上课。”唐果敏手指门外。

“看我的。”

雪娇手指打了一个响，在唐果敏身后推着她，一起出了卧室门。钟雪娇推开主卧的门，蹑手蹑脚走到床前。

“老钟!”她趴在钟晋夫的头上，准备掀被子。突然，被子自己掀开，将雪娇吓了一跳。

“哈——哈——哈。”老钟头蒙被子坐起来，得意地大笑。

“还有你这样耍赖的？吓得小心脏不跳了。”雪娇扑簌着胸脯道。

“要不，再来一遍?”老钟歪起头，逗雪娇。

“不来了，不来了。我数五下，你必须从床上下来。一——二——三——四——五。”当钟雪娇将“四五”一起喊出来的时候，钟晋夫已经端端正正地站在地上。

“表现不错。刷牙洗脸吃饭。”雪娇说完之后，扭头出去，钟晋夫跟在后边学着雪娇走路的样子，扭扭搭搭地到了卫生间。

唐果敏站在客厅看着老钟的模样，笑骂了一句“臭小子”，转身到厨房盛米饭。

唐果敏将米饭端上餐桌，钟晋夫从卫生间出来，几道菜勾起了他的酒意，他凑在餐桌前瞄了瞄，又绕餐桌一圈，趁唐果敏不注意，从酒柜取出一瓶西凤酒，放在桌子上。

“在外边喝，在家里喝，你什么时候能不喝？几十岁的人了，什么时候给咱能长大啊?”唐果敏不由得皱起眉，收起酒瓶。

“在自己家里，不想长大，对不对娇娇？再说，这么好吃的菜，不喝酒，有点对不住你的手艺。”钟晋夫恭维道。

“想喝酒就说想喝酒，别净找理由。”唐果敏一脸愠怒。

“哎，老爸，你不想长大，我可想长大，赶紧长大，就不用听我妈总是唠叨别人家的孩子。”钟雪娇指着窗外对钟晋夫说道。然后，又转向唐果敏。

“老妈，让某人就喝一小小口，可以不？拜托了，你看某人那小可怜样。”雪娇手指比画着一小小口的量，替钟晋夫求情道。钟晋夫在桌子下对着女儿伸出大拇指。

“都说女孩子是妈妈的小棉袄，我发现咱们家的棉袄怎么就穿到爸爸身上。哎，你也是那个别人家的好孩子。”唐果敏手按酒瓶，瞄到了桌子底下，父女俩的小动作。

雪娇嘿嘿笑着，趁唐果敏不注意，取走酒瓶，递给钟晋夫。

“那当然。女儿跟我多像啊?”钟晋夫手拿酒瓶骄傲地说。

“爸爸，先别着急开心。以后在外边不许喝醉，不许酒驾。还有，女人给你献媚，要学柳下惠，君子坐怀不乱。”雪娇一本正经地说。

“答应，都答应。棉袄刚穿上就变成马甲。”钟晋夫夹了一块鱼放到女儿碗里，给自己倒了一杯酒。

“只要有酒，什么都答应。我要内退了，想开茶楼的事，你考虑怎么样?”唐果敏问道。

“想折腾就折腾呗，不折腾的人生还有什么意义？支持你，只别在家待着无事生非。”

“哦，原来你是害怕我待在家里没事整天烦你啊？万一赔了呢?”唐果敏夹了一块炒得嫩嫩的肝放在钟晋夫的碗里。

“哈哈，你是在家里能闲得住的人吗？还没做为什么就想着赔呢？别想那么多，自己给自己加压。既然想做，就想怎么做得更好。”钟晋夫端起酒杯道。

“妈妈，你要创业了？要当企业家。耶，耶。我支持你!”雪娇停下夹菜的筷子，左手握拳，冲天花板举起。

“当年你爸爸创业，我二话没说，全力以赴地支持，家里家外，大家小家，所有事情大包大揽，对你爸爸创业不利的事不做，不利的话不说。风水轮流转，你爸成功之后，是不是也该我成成本事，实现我的梦想?”唐果敏看着雪娇对老钟说。

“嘿嘿，你妈开始表功了。没有你哪有我的今天，有咱家的今天？放心，我要像你当年那样，一颗红心向着你，全心全意支持你。赚了是你的，赔了是我的，我保证做到。”钟晋夫用拳头扎着自己的胸脯，嘿嘿笑道。然后对雪娇说："可以吧？你老妈人到中年，要实现梦想，甩开膀子大干一场啦。你爸爸——我——坚——决支持到底！算了，老婆，你也来一杯？祝贺祝贺？"钟晋夫起身去取酒杯。

"我也要来一杯。"雪娇回头对爸爸说。

钟晋夫巴巴地跑到酒柜，取来两只小酒盅，分别给两个杯子斟了满满的酒。

"喝吧喝吧，这一家子都被你带成酒鬼了。"唐果敏无奈地埋怨道。

"哎，妈妈，你的梦想是什么？我们这周的作文正好是《梦想与现实》。这下可好，有了现成的素材。"雪娇问。

唐果敏沉吟一会儿，说："开茶楼。"

"哇噻，老妈怎么想起开茶楼？"

"那当然了。卖茶水是你妈的看家本事。"

"耶？这么玄乎，我怎么没有见过。"

"你当然没见过。小时候，胡同口，一对老两口开茶馆，妈妈放学以后，就去帮他们卖茶。以后，上学到了西安，经常想如果将北京的大碗茶卖到西安，也不错。只是，你爸跑得比我快，他下海了，我就只好在岸上喽。"

"啊，原来这样。我明白了。难怪妈妈喜欢喝茶。妈妈和茶的渊源挺深啊。"雪娇说。

"老婆，我敢下海，因为我知道岸上有人一直在陪着我、鼓励我。一个农村来的穷小子娶上北京城的大小姐，当然要给老婆争气啦。还是那句话，我支持你下海，我们一起在海里折腾，折腾不动了，就躺在海里一直到老，这一辈子咱们不用上岸了。"钟晋夫手拍着唐果敏的肩膀道。

"喔——喔，好感人的场面啊。你们都到海里去了，我在岸上陪着你们。等我大学毕业，也扑通往海里跳，好不好？来，老妈，祝你事业有成，梦想成真！"雪娇端起酒杯，酒从杯口溢出来。

"祝老婆越来越来年轻，越来越有魅力，雄赳赳、气昂昂实现年轻时的梦想！"钟晋夫连说带唱、比比画画地站在餐厅表白道。钟雪娇眼尖手快，放下筷子，一个芭蕾舞步飘过去补了一个造型定格在那里。

"晕了晕了，不喝都晕了。整天被你们两个忽悠得晕头转向。谢啦！"唐果敏端起酒杯，示意信誓旦旦表态的两个人。

“老婆，天下再也没有比你更幸福的人了，女儿孝顺，老公乖。”钟晋夫不失时机地插了一句。

钟雪娇听到这句话，刚往嘴里扒拉了一口米饭，赶紧抿嘴，对唐果敏挤出一脸媚笑。

“你，明年给咱考上好大学，你，每天晚上早回家，我就更开心。”唐果敏指着卖乖的父女俩道。

看着懂事的女儿、豁达的丈夫，幸福的笑容从唐果敏的脸庞绽放到心底，又从心底流光溢彩地升腾出来。

手机闹铃拉开黎明的面纱，也将梅影从梦中叫醒。一夜支离破碎的梦在睁开眼睛的一瞬间，突然断片，没有留下任何蛛丝马迹。下楼，碰见一位经常互致问候的女性，如往常一样，点头微笑示意，继续各自的路程。关于她，梅影一无所知。不知道她的职业，不知道她的姓名，不知道她婚否，似乎她总是一个人独行。从哪天起，和她互相致意，梅影已没有任何记忆，当然也没有进一步了解的意向。

办公室文员小杨，正在楼道擦拭绿萝的叶子。小杨是一个眉清目秀的小美女，是今年才签到院里的大学毕业生，企业管理专业。最近几年，设计院效益连年爆棚，新进大学生非研究生不招，能以本科非专业身份进来，强有力的背景是必需的。小美女人见人爱，爱笑，懂事，乖巧，花养得更好。

自从她来了之后，水卉绿萝、滴水观音、莲花竹，陆陆续续进了梅影的办公室。梅影奇怪，有次问小杨，为什么将绿植全部放在我的办公室。小杨一边在玻璃容器里放维C片，一边回答：梅工是院里心眼最好的人。

座机嘟嘟地在桌面响起。梅影拿起电话，是唐果敏。她说自己打了几遍手机，没有人接，只好打到办公室。中午，她正好到这边来办事，午饭一起解决。随着淡淡的花香飘来，小杨站在门口告诉梅影，张所长让她去一趟办公室。

所长办公室在楼上梅影头顶位置，办公室面积比梅影办公室大一倍，正好是她和任工办公室面积的相加。电梯间位于楼层中间位置，两部电梯，一部显示在楼下，一部显示在楼上。爬楼梯吧！刚推开楼梯间的门，隔壁办公室的任工从楼梯上来。

任工是设计院的子弟。任工的父亲毕业于上海同济，曾在英国留学六年，是院里第一批总工，退休后，又返聘到院里。前两年，从返聘的位置正式退休。八十多岁的老人，头发花白，一件质地细密的黑色羊绒大衣，搭配一条暗红色的羊绒围巾，如民国前的老知识分子，一派学者风范。夕阳下，任老儒雅轩昂散步在设计院的小道，已经成为院里一道独特而流动的风景。气质非凡的任老还弹得一手好钢琴，他的钢琴独奏至今仍是院里年终晚会的保留节目，每每上场，必定掌声雷鸣。

任工早到院里几年，是梅影的学哥，他们毕业于同一所大学。他沉默寡言，性格内向，继承了父亲的高大儒雅，少了父亲的气宇轩昂。

梅影和任工进去时，张所正在吸烟。梅影被烟呛得咳嗽几声。张所摁掉烟，走到窗户前打开窗户，一股冷空气趁机飘了进来。

“时间过得真快，一转眼，已经年过半百了。小任比小梅早到院里几年?”张所站在窗前，摩挲着头皮回头问。

“早到两年吧?”梅影问任工。

“嗯。……好像吧。”任工靠在沙发，头看天花板，若有所思地回答。

“我比小任早到三年。我大四时，小任大一。”张所转身坐回椅子道。

“我大一时，任工大三。张所已经到院里上班四年了。真快啊!”梅影感慨地说。

“那个时候回不去了。雷教授前几天去世了。记得那时他站在讲台上，风趣幽默，一堂课就好像听建筑脱口秀。你俩听过他的课吧?”张所不无惋惜地说。

“听过。”梅影回答道，任工点头。

“雷教授的课没有一个同学翘课。我们很幸运，能听到他的课。他去清华讲课，教室挤满了学生。”张所说。

“他是我父亲的同学。前几天，他们同学聚了一下。能去聚会的人越来越少，多一半已经离开人世。唉，真是……人生苦短。”任工的眼睛从天花板移向窗外。

“没必要悲观。小任，何总工明年退休，我觉得你挺合适，我想跟院里提议让你来接任。”

“我?行吗?”任工问张所。

“对自己要有信心，你的专业能力完全能够胜任，不要有思想包袱。洁楠最近身体怎么样?”

“还是那样。不犯病时，和正常人一样。不知道什么时候会突然发病。”

“好长时间没有见到她发病了。”梅影道。

虚掩的门被推开，院办小孟站在门口，让张所去院长办公室一趟。张所临走之前，安排梅影去成都参加学术研讨会。

梅影回到办公室，还未落座，唐果敏的电话紧跟着进来。她已经到了友谊路上的乐居餐厅。乐居餐厅是一家连锁餐厅，一共上下两层，装修风格简洁明快，梅影进门时，院里规划所的几位同事正好过来，大家打过招呼之后，梅影拾级而上到二楼。唐果敏穿了一件浅灰色及膝毛衣，腰间系一条深灰色皮质腰带，从内而外散发出沉稳内敛的气度。她坐在二楼靠窗位置，正对楼梯口梅影进来的方向。

“有多长时间没见了？去三亚玩得开心吧？”唐果敏倒了一杯茶，放过来。

“有一段时间了。会议安排得太紧凑。每天晚上和同行散步。”梅影一边脱羽绒服，一边回答。“最近有什么新情况?”

梅影和唐果敏认识，是在孩子上小学课外班上。一路走来，这么多年过去了，因为相同的人生观、价值观，自然而然成为彼此生活中的倾听者、能量加油站。每次的话题，不用陈述，不用铺垫，直接切入主题。如同一部连续十几年的电视剧，前因后果，大家清楚明了，只需加入新内容来完成本集的情节构建。

唐果敏和丈夫老钟是大学同学，老钟来自陕南农村，唐果敏来自北京。1996 年，老钟下海，创办自己的企业，生产经营办公家具。经过这么多年的努力，企业已经成为省优名牌企业，市场占有率达到 60%。这么多年，他们冲锋陷阵在生活事业的第一线，为小家、为双方的大家庭奋斗提携付出，直到拥有今天的成功。在外人眼里，大家看到的是成功荣耀，但是梅影知道，在所有风光的背后，都有不为人知的操劳、艰辛和沧桑。他们俩都是有责任、有担当的人。

“内退了。上个月，单位发了一份红头文件，鼓励未到退休年龄的机关人员内退。”唐果敏笑道。唐果敏身上散发出的沉稳的气度，总是会让人安静，在她的沉稳里，你能够感知到自己的存在。她是一家大型国企化验室主任，工作相对轻松，薪水待遇也不错。

“决定了？和你家老钟沟通了没有?”梅影问道。对于这件事情，梅影并不愕然。

“沟通过了，他还是蛮支持的。也许他不希望我整天待在这家里烦他吧。”唐果敏说完，两个人都笑不约而同地笑起来。梅影可以想象到老钟的神态。

“也是，他理解我。我也很感激他，这么多年所有的艰辛都是他自己扛，从不在我面前抱怨。嗯，他很坚强，也很豁达。”唐果敏点头道。

在唐果敏眼里，老钟虽则寡言，但做事大气有格局，是一个善良、热情、厚道、实在的人，天性纯朴的智慧里带了一些童心。在梅影的眼里，唐果敏也是同样善良、厚道、实在、质朴。她知道做人的本分和自己的角色。是一个称职的母亲，一个豁达的妻子，一个勇敢承担家族责任的长媳，一个有智慧的女人。

“夫妻这么多年，还能这么互相理解、互相支持，真的很难得。”梅影也是感慨万分。

“你也有一个幸福的大家庭，父母疼爱，儿子懂事。我都羡慕你啊，我身后不仅是我们一家三口，还有两个大家庭啊，他们上学、工作、结婚、家庭，哪一样事情都需要我操心啊。”

“你也很幸运，老钟一直是你的坚强后盾。”梅影道。

“所以，我不想退休后，坐享其成。”唐果敏搅动着汤勺继续道，“人生过半，回过头，突然发现，我们经常为别人而活着，却很少关注自己内在的真正需求是什么。梦想真是在梦中想了，是时候让梦想成为现实了。”

“嗯，真正做梦的人是我，晚上总做梦，有时候的梦很奇怪。真希望在梦中，不再醒来。”梅影抿了一口茶，抬起头道。

“我也做梦啊，有时候梦得天昏地暗，分不清东西南北。”唐果敏停下搅动的汤勺笑着说。

“想好做什么?”

“想好了，开一家茶楼。简餐，素食。可以在这里写书法、弹琴、聊天、聚会。”

开茶楼的事情，在唐果敏的脑子已经盘算好多年。纠结来纠结去，时间都用到了纠结上。晚上，想起这件事，态度坚定，信心百倍。睡一觉早上到单位坐在办公室，想一想还是算了吧，这么混呗。晚上回到家，坐在沙发，看着电视，感觉时间就这样耗费在冗长而拖沓的电视剧里，又坐不住了。这样年复一年、日复一日，患得患失，混到老，有什么意义？

“哎，眼睛一闭，视死如归一回吧。”唐果敏停下搅拌的汤勺，取出来放在盘子里道。

“视死如归？哈，支持你！”梅影举起茶杯，两个人以茶代酒，一饮而尽。“如果这些功能都齐备，面积将近差不多一千平。”梅影大概估算了一下。

“初步考虑一个地方，在大唐西市。如果你等会儿不忙，我们一块儿去看看，你帮我想想装修风格。关于装修，我还没有成熟的方案。”

大约一个月没有见到吧？唐果敏进展神速啊！梅影在心里暗暗赞叹。

吃过饭后，时间尚早。两个人步行到大唐西市，梅影和唐果敏径直进入风情街，在一排红色的仿古长廊停下。一家店红色木质雕花大门紧闭，门上贴有一张 A4 纸，纸上几个黑字赫然写着“出租转让”。唐果敏示意，正是这家。唐果敏给房东已经打过电话，房东在赶往这边的路上。俩人先在西市古玩街转了一会儿，出来时，房东已到。

房东是一位略显发福的中年女人，肩膀上挂着一个褐色手工编织包，一个夏日才能派上用场的包。她打开门，让唐果敏去看，自己坐在门后一张桌子边，心事重重，双目无神的眼睛投向外边。

一楼面积约两百平方米，柜台散放了一些文房四宝。二楼与一楼面积相同。二楼尽头有一道木质框架玻璃推拉门，推开门，门外是一个五十平方米左右的露台。露台位置很好，视野开阔，正对西市广场。可惜，如此好的位置，房东并没有很好地利用，简单放置了一张藤制圆桌、两把藤制小椅。显然，房东的心思并不在这里。梅影和唐果敏在椅子上坐下来，梅影目测了露台面积，头脑里不断闪现着露台的景观与茶庄的整体方案。

面对西市酒店。唐果敏若有所思。

“想什么呢？”梅影问。

“真正坐在这里，有点儿说不上的感觉。你说，我为什么要做茶楼？仅仅因为喜欢做事来做茶楼，还是为了向外界证明自己？或者说厌倦了几十年如一日平淡无奇的工作？要是这样，每天面对茶楼，我会不会也心生厌倦？如果经营不下去，我是否有足够的承受能力，无论是资金还是精神?”唐果敏问梅影。

“说得也是，在最后做决定之前，多问自己为什么，想清楚，想明白，才会有充分的承受能力去面对未来。如果没有想清楚自己要什么，不如想清楚自己不要什么，咱们总是习惯于现在的自己、现在的生活。如果与过去的生活告别、与自己告别，思想深处的不坚定与动摇是再正常不过的事情。”

“想要什么？我一时还没有真正想明白，但是，不要什么，我想得很清楚。退休后早上广场舞，中午打麻将，晚上看电视，这样的日子或许比较惬意。但是，自己想想会觉得无聊。前半生已经过去，未来还有几十年。如果说前半生更多是被生活推动着走，后半生就要自己引领自己的生活，过自己想要的生活，美好的人生才刚开始。”

“嗯，我也经常这样想，等儿子高考完了，就要开始为自己的人生下半场好好规划规划。说起来容易，做起来难。”梅影望着对面的西市酒店道。

“等你退休了，我们一起过人生下半场吧！我们小时候没有条件学，孩子们小时候，我们忙工作没有时间学。现在孩子们大了，我们有时间、有想法，为什么要放弃自己呢?”

“对啊，为什么要放弃自己呢？现在，儿子住校，林枫去了外地，每天晚上，我有充足的时间画画、阅读。在宁静的夜晚，那种既充实又愉悦的奇妙感受，好像世界都属于自己。”

近空，一架无人机从西市酒店青灰色的楼顶廊檐悠悠地滑过来，两个人目睹着它掠过头顶，向西工大校区飞去后，收回了视线。

梅影和唐果敏从楼上下来时，房东正面无表情地站在门口，眼神里写满了空空洞洞。唐果敏告诉她，容她再做最后考虑，最晚本周日答复。房东依然冷得没有一丝热气，滴水不漏地回答道：“房子不等人，房价没商量，看房子的不止一家，谁先到给谁。”

出了大门，梅影想到房东那副麻木不仁的神态，问唐果敏：“房东怎么会淡漠得如此可怕，女人到中年怎么会这样？我们可不能这么索然无味，起码的热情还是要有的。”

唐果敏回过头，盯在梅影的脸上：“我们的热情写在脸上，倔强站在身后。”

有风吹过，并不硬朗，刮在脸上，却如极其超薄的刀片，开始还有细微的痛感，当它一次一次削来时，梅影用双手抚摸脸颊，已是麻木而没有知觉。

中午时分，在渐渐厚重的云絮里，阳光努力地让光线透过云的缝隙，感知到它的存在。慢慢地，随着云量的增加，光已无法直接洒落在地面，隐约在云层里，形成了一道道光云，光云亮而不透，只能通过云的亮度来判断太阳被埋在何处。即便这样，下午时分，光云也是无处可寻了，天宇已是浑然一体的荫翳。

当天空再次成为暗淡的昏黄时，小小的喜悦不失时机冒出来，梅影迫不及待想回家，滋养在温暖的灯下、微醺的红茶里，那个安宁的心灵所在，画画，看书，听音乐。手机里墨迹天气显示明天会有小雪。如果明天早上起来打开窗户，会有雪落在地面，即使薄薄的一层，雪光也足以敞亮心间了。

想到雪，又增加了有限的期待，之所以有限，再过一段时间，想它也是徒劳，因为过了落雪的季节。在落雪的季节没有邂逅雪，确实会有遗憾。不过，这样的遗憾也只在这一年，明年，又可以期盼等待。而人生却不可以，有些遗憾终生不可弥补。如果能活成季节就好了，可以一年四季轮回。冬没了，等着明年的冬，明年过了，还有后年……最后终于活成盘古：头在泰山，躯体在嵩山，张开右臂是恒山，伸出左臂是衡山，双脚蹬在华山，太阳和月亮就是眼睛。活到如此境界，也就不用轮回了，自己就是四季，就是自然。

有如此境界，谈何容易！

回到办公室后，梅影将去成都的资料整理完毕，已到下班时分，她依旧步行回家。一个人的晚餐，相当简单。一半紫甘蓝，一半包菜，切成细丝，圣女果剖开两半，一起放于盘中，半杯酸奶浇于其上，一盘蔬果沙拉大功告成。自从林枫去了成都，儿子住校，梅影的生活进入了极简状态。

正是七点，梅影打开电视，一边吃沙拉，一边看央视新闻。新闻正在直播沈阳重度雾霾，PM2.5浓度值再度爆表，指数爆出1150。镜头切换到沈阳上空，苍穹之下，沈阳如同坠入魅影，楼宇影影绰绰，行人步履匆匆。

看完新闻，关掉电视。烧水，烫杯，泡茶，洗茶，端上小茶海，进入房间，开始每晚的例行功课。喝茶，听音乐，画画。三亚那夜的梦，一直还在脑中萦绕，梅影琢磨如何构图，将光线、色彩更好地表现出来。原版临摹梦中的景象，总好像缺了点儿什么。在脑海里闪现了几个图片，似乎又不能更好地表达梦中的愿望，在纠结犹豫中，她坐立不宁，思想开始烦乱。

每当思想烦乱的时候，一个顶着满头爆米花、翻白眼的逗比形象，会自动跃入梅影脑海，没有原因，没有理由，就这么奇奇怪怪地出现了。如同凡·高那些抽象的画作，张牙舞爪的夸张里，抽离出自身某种类似神经线般的淋漓酣畅，或许是牵引起精神中极致的放肆、极致的灵感乍现吧。

小杨打电话进来，告诉梅影明天航班时间，并且一再叮咛下雪了，要多加衣。梅影挂掉了电话，推开窗户，路灯下，果然有盈盈的雪花在飞舞，距离稍远，虽然只是模糊的影子，但灯下泛滥的荧光、飘忽的姿影，只有那些小妖才会如此灵气。如果可以持续到明天，或许会有一个冰雪晶莹的清晨。

惦念着昨夜的雪，早起睁开眼睛的第一瞬，梅影回头看窗户，是否映有雪光。纱蔓垂落的窗户外，似乎比往日明亮，但不能确定，是否如想象中银装素裹的冰雪天地。推开窗户，几片雪花飘至脸颊，洋溢着突如其来的热情。梅影下意识闭上眼睛，雪融化了，幻成水滴，凉飕飕地渗在皮肤上。空中，雪花恣意飞舞，对面红色楼顶半隐在白茫茫的天地间。栾树枯瘦的枝条，一夜之间，丰满起来，横面覆盖一层厚厚的积雪，隐约露出褐色枝条的下半部。雪中的栾树呈现出风姿绰约的骨感。一棵树尚且如此，当一排排的栾树，呈三维立体般诱惑视觉时，雪的旖旎刚刚开始。

纱蔓飞扬，清冽的风卷着雪花飘进了地板、床、沙发、桌面。梅影打开电视。餐桌上，一杯牛奶、两片面包。梅影边吃边看电视。电视出现一组画面时，惊得梅影扔下面包，直奔电视！

“昨夜，我市某高中一名学生，从教学楼顶跳下。目前，我们正在学校关注事件进展……”画面显示正是林木学校！

梅影心突突直跳，手忙脚乱找手机。准备拨打时，手机音乐响起。来电显示是林木的班主任——于老师。梅影头脑轰一下，瞬时膨胀了无数倍，她简直要窒息了！

“你好，林木妈妈，我是于老师。早上九点，在学校小会议室开紧急会议。请你务必赶到。”电话那头，于老师的音速比平日快了数倍。梅影紧揪的心悬在半空。“林木……”

“嗯，林木正在操场跑步。开会之前，你先到我办公室来一趟。”于老师略停一下道。

“好的。谢谢于老师！”梅影道。

当梅影的心落回身体时，虚脱的感觉让身体头重脚轻，好像踩在云堆里要飘浮起来。无论如何再也不能出现任何事情。高二，啊，高二……

梅影手扶沙发坐下，头上冒出细密的汗珠，膨胀的头部里，好像有一把伐木锯，来来回回地切割，嗞——嗞——嗞。她打开茶几下面的抽屉，取出几粒药喝下去，镇定了几分钟，下楼挡了出租车赶到学校。

学校几栋教学楼呈H形排列，林木的教室在第三栋楼，教师办公室在楼与楼之间接合部。梅影出现在办公室时，于老师正坐在办公桌前看电脑。她站起来，从旁边桌子拉过一把椅子，示意梅影坐下。于老师的身体随转椅转向办公桌，拉开抽屉，取出笔记本打开，里边有一张字条，转过来递给梅影。

梅影接过字条，纸上是一行手写英文，翻译成汉语，大意是：美丽的女孩，我倾慕已久，晚自习后，是否可约？下边是林木的英文签名。拿着林木的字条，梅影手心开始冒汗，心一下子揪起来。

“前几天上晚自习，我发现他给一个女生写的约会字条。昨天，学校一名高三学生自杀身亡，留了一份40页的遗书。遗书的内容主要是关于青春期生理反应的描述和感受。他最后写道，在身体和心理双重压力下，他不得不走向绝路。事后，学校和父母沟通时，发现家长对孩子的行为和心理负担一无所知。孩子的悲剧已经无法挽回。所以，今天叫你过来，也是希望你能正确认知这件事情，孩子正处于青春期性萌动的时候，我们要配合起来，给予更多的疏导和教育，正视孩子身体的正常生理反应，从而健康度过这一段特殊时期。”

“是……我也是一无所知。”梅影内疚而惶恐。

“林木最近思想比较活跃，我批评了他，距离高考还有一年多的时间，不能掉以轻心。我带班这么多年，无数的经验证明，早恋让大部分孩子学习成绩下降。”余老师不容分辩地说。

轻快的音乐在楼道盘旋，楼道里喧腾起来。有两个女生从窗前走过。

“你看，就是外边的那个女生。”于老师手指窗外梳着马尾辫的女孩子道。

“这个年龄阶段的孩子，普遍叛逆，抵触性比较强。好，你去会议室吧，会议快开始了。”于老师抬起手腕，看了一眼时间道。

会议室，家长坐得满满当当，交头接耳，小声议论。林木好朋友顾帅的母亲，看到梅影，招手示意旁边还有空座位。梅影过去坐在顾母旁边。

“你也过来了?”梅影好奇地问。

“早上被于老师的电话叫过来。今天过来的家长，看样子都是有早恋倾向的孩子。”顾帅的母亲扫视了一眼会议室道。

“昨天，学校高三年级一个男孩子出事了，你知道不?”顾母问。

“听于老师讲过了。”

“听得我的心突突直跳。”顾母捂着自己的心脏道。

“为什么?”

“你不知道?都是早恋惹的祸。我家臭小子，前几天在家里闹腾得要跳楼。就是和前边穿紫大衣那位的女儿。她也来了。”顾母悄悄指着前排一位女士道。

“你们家长知道了?”

“我们都知道。我和前边那位谈过几次，让她女儿别再纠缠我儿子。”顾母不屑地道。

“家长是应该好好配合，一起来解决。”

“她?让我家那个傻小子转学。为什么不让她女儿转学?那个女孩子在家一哭二闹三上吊的，她在家闹腾，家长马上给我儿子打电话，去解救人啊。不去也不行，人命关天啊。”顾母无奈地说。“如胶似漆得分不开。我家臭小子说女孩子爱他胜过自己的生命，他绝不辜负她。你看看，你看看。哎呀。”顾帅妈妈长吁短叹道。

在座的家长，估计都是早恋生的家长。梅影坐在这里，心里极度不舒服。

最后一节课下课铃声适时响起，会议结束。梅影从会议室出来，正好于老师从教室出来，看见梅影，回头叫住一个学生。让他去教室把林木叫到办公室来。林木到办公室门口，发现梅影，略有迟疑，停在教室门口。

梅影谢过于老师，和林木一起去校外餐厅。一路上，梅影琢磨着如何跟林木沟通此事。林木知道梅影来学校的目的，一定会猜到开会内容。霸王硬上弓，上纲上线，还是软化、淡化?或者只字不提?过滤了几种方式后，梅影决定以聊天形式轻松、友好、坦率地聊这个话题。

“儿子，长大了。还知道撩妹？”梅影笑着问。

林木没有想到梅影没有生气，竟然以这种口气说话，紧绷的心理防线一下子松弛下来。

“哧，妈妈，你还挺潮的，知道撩妹？你，你不会生气吧？”林木没心没肺地问道。

“为什么要生气？情窦初开是一件美好的事情。说明我们林木同学身心健康。”

“妈妈，你真的这样想？”林木开心起来。

“对啊，只是那个女孩很一般嘛，刚才看见了。”

林木停下脚步，站在原地，刚刚灿烂的心情转瞬暗淡下来。

“啊？你不会像顾帅妈妈那样找人家女生吧？”林木着急得张大嘴巴道。

“妈妈不会的。”梅影笑着安慰。

“千万别去找她。我就是想喜欢一个女生，她脾气好。以后我可不想找一个脾气不好的人，就像我爸爸，动不动就生气。妈妈，我发现爸爸去外地后，你心情好多了。”

“还真是这么回事。呵呵，儿子，你在转移话题。”

林木听了，嘿嘿笑着赖赖地靠上来，搀起梅影的胳膊，赖赖地继续道：“啊……啊……不想被老妈批评。妈妈，你上学时，有男生喜欢你没有？”

“有啊，上初一的时候，有同学在妈妈抽斗里放小说。有一次，里边夹了一张字条，约妈妈下课后去看电影。”

“你去了？”林木来了兴趣。

“妈妈将字条上交给老师。给男生回几个字：金玉其外，败絮其中。从那以后，抽斗里没有了小说。那个男生看见我，老远扭头就走。挺内向羞涩的一个男生，现在想起来蛮后悔。被男生喜欢，应该诚恳地感谢对方，因为他欣赏你、认可你。那时不懂，以为那个男生思想不健康，心思没有用在学习上。”梅影遗憾地说。

“你太坏了。那个男生好狼狈啊。上初一，我还傻傻什么不知道呢。以后，还有没有？”林木追问道。

“是挺坏的。那时不懂。以后……有。”梅影老老实实地承认。

“你答应过没有？”

“没有。影响学习。上学时，妈妈的一个好朋友，喜欢一个男生，学习成绩从前五名最后掉到倒数。儿子，你们现在还小，人生观和价值观还未完全形成，未来的职业方向、地域都不确定，甚至于最基本的经济能力都不具备。儿子，你说早恋是不是一件不合时宜的事情？”

“……嗯，是。”林木点头。

“臭小子，人生是需要精心设计的。在哪个阶段就做哪个阶段的事情。该上学的时候去学习，获得最基本的学业知识，为未来的职业和事业做好必要的储备。该谈婚论嫁的时候，谈一场美好的爱情，组建一个温馨的小家庭。以后有了孩子，好好经营家庭。作为一个男人，来到这个世界，就要做一个男人应该做的事情，有担当，有责任，有爱心。妈妈也是到现在才体会到。”梅影发自肺腑地说。

“我懂。昨天，高三一位同学因为早恋自杀了，好可惜啊。”林木不无惋惜地叹口气道。

是啊，家长的魂也跟着孩子走了，那种撕心裂肺的痛，那种阴阳两隔的哀，是人生的一场悲剧。当然，林木是体会不到的。

“老奶奶？”林木对一位擦肩而过的老人叫道。听到叫声，苏俞夏下意识收住脚，停下来。林木正站在她的面前。

“放学了？”苏俞夏打量着林木和梅影，问道。

“是，和妈妈出去吃饭。老奶奶，我去叫您的孙子吧？”

“谢谢！我已经看过了。你们去吃饭吧！”苏俞夏冲着梅影笑道。

“老奶奶，找到您的孙子了？”林木道。

“啊，是，是。”苏俞夏笑着点头，眼睛吸在林木身上。

5

从学校出来，时间已经很紧张了。梅影在超市买了一个黑白条纹的旅行箱，回到家，将昨晚整理好的资料、衣服装到箱子。然后，乘坐大巴去机场。梅影下飞机后，刚打开手机，林枫的电话进来，他已在出站口等候。梅影取旅行箱时，耽搁了一会儿，林枫的电话又打过来，语气不悦，问这么长时间还没有出来。等到旅行箱，梅影将电脑包挎在拉杆上，到出站口时，林枫正站在出站口，黑色大衣的衣角随风卷起。他的眼睛紧盯地面，一动不动，整个人像被钉在那里。梅影到他跟前，晃起一只手，他好像才猛然醒悟。他有些憔悴，精神状态明显不佳。林枫接过旅行箱，拉在手上，示意车在那边。

“这么长时间还没有出来，磨磨蹭蹭。”林枫埋怨道。

“取旅行箱时耽搁一会儿。”

“出差嘛，拎这么大箱子，不嫌累。”林枫抖动着箱子道。

“里边放了衣服。”看了一眼抖动的箱子，梅影道。

“哎哟，你还以为你十七八？花蝴蝶啊？想当交际花，还是当你们院里的头牌？”林枫用惯常的口吻讽刺道。

“十七八不敢当。花蝴蝶、交际花、头牌都想当。”梅影已经见怪不怪，顺势反击。

“作吧，作吧，作也不会作死人的。你们单位再没有人了？派你来？”林枫道。

“知道你不希望我来！”梅影淡漠地说。

“我敢吗？老婆亲临指导，我高兴还来不及呢。说吧，这趟来成都想吃什么、玩什么？”林枫左手比画，大声道。

“谢谢，声音小点儿。”梅影不满地说。

“刚来就找事，我改不了。吃火锅？”林枫继续道。

“不了。成都的街道都浸着一股火锅味。”梅影边看手机边回答。

“真是狗鼻子，嗅觉灵敏。我怎么就闻不到？”林枫瞄了一眼梅影的手机。

“你已经咕咚在火锅里，成了火锅，自然闻不到。”梅影收起手机，看着窗外淡淡地说。

“别跟我咬文字，我听不懂。去哪里？”林枫开始不耐烦。

去酒店途中，林枫接了两个电话。开始只是在听，最后气恼得“啪”地挂掉电话。梅影想起前几天的电话，问最近单位没什么事吧？他不耐烦地回答，一切正常，随即沉下脸。林枫一贯如此。性格急躁，没有耐心，不知道什么时候会被什么事情引爆。引爆后，他自己迅速正常，好像什么事情都没有发生，而你却被气得自己死去，又自己活过来。

一路沉默到酒店，林枫将梅影送至酒店门口。打开车门，拎出旅行箱，放在地上。

“我走了，上班时间。”林枫抬头看明尚酒店的标徽。

“嗯。会议完了，我直接回西安。你不用送了。”梅影拉着箱子手杆道。

“多不好意思。无论如何，还是我老婆吧。对不对？”林枫甩了一下头，笑道。

“你认为是，就是。你认为不是，就不是。”梅影语气冷淡道。

“呵，我明白。我这个老公，你认为是，就是。你认为不是，就不是。没有理解错吧？”林枫转身拉开车门，边上车边说。

望着林枫离开的背影，熟悉的疏离感在梅影心头油然升起。

参加会议的人员陆续到了，在大堂签到处签到。大家都是同行，有些早已认识。招呼声、说话声响成一片，大堂显得嘈杂起来。此时此刻，梅影不想待在这里，也不想和任何人交流，只希望一个人独自静处。于是，一手拉行李，一手提电脑包，乘电梯到 11 楼自己的房间。将行李放进衣柜，取出一套淡蓝色家居服，冲澡，换衣服，躺在床上。

现在不到下午五点，每天晚上，他在干什么？是啊，身临其境处在当下时刻，梅影想象不到，每一个长夜，林枫都在做什么？索性起床，化妆，穿上浅咖啡色大衣，套上同色紧身裹裙、米白底杏色花纹的紧身羊绒毛衣，从旅行箱中取出浅咖啡色和杏色深浅相间的休闲包，将化妆包、手机、充电器一股脑儿放进包里。

街边咖啡馆，林枫坐在靠窗位置，眼睛扫视窗外。魏锦奇左胳膊夹着电脑包，裹了一件黑色短风衣，瑟瑟地出现在咖啡馆外，他瞄了一眼窗内，正好看见林枫，扬起左手示意时，电脑包掉在地上，他拱下身子，捡起电脑包，一路小跑进来，一屁股跌坐在林枫对面的沙发。

“事情办得怎么样？”林枫问。

“按照你的吩咐，又进了两车毛料。”魏锦奇道。

“你再办一件事情，不能告诉任何人。”

魏锦奇身体离开座位，凑到林枫跟前。林枫对魏锦奇耳语了几句。魏锦奇的眼睛骨碌眨巴了几下，眉头拧起来。

泊海酒店距离市中心较远，大约四十分钟以后，出租车停在酒店门口的停车位。梅影远远看见林枫正对几位员工比画什么。林枫侧脸正好看见她，正在比画的双手停下来，对着那几名员工说：“哟，你们的嫂子来了。”声音里是恰到好处的高调。

“呵，嫂子，好长时间没见，越来越年轻了。”周若曼老远伸出手，笑容荡漾在冬日的黄昏。她依然一身深蓝色职业装，修剪过的短发，在风中带着迷人的动感。她的身上，有一种熟悉的味道，说不清，道不明，具体是什么，梅影说不准，总之，每次见到她，总觉得很亲切。

周若曼和梅影简单聊过几句后，带着几位员工去了楼层。梅影和林枫一起去侧楼他的办公室。林枫办公室里，一张仿红木家具的老板桌，后边一张老板椅，背景墙是同色调的书柜，书柜里有一座木质的全国酒店行业协会会员的牌匾，以及西安辛普酒店管理集团的褐色木质徽标，几块玛瑙石是梅影在大唐西市买来放在家里，又被林枫带到成都当作背景点缀于此。办公桌上，一盆仙人球，每个圆乎乎的头上戴着黄、粉、蓝色毛线缠绕的小帽子，萌哒哒的，可爱极了。

“在哪里买的，这么萌?”梅影问。

“酒店小美女送的。”林枫边倒水边回答。

“哦，没想到，竟然是用扎头发的小皮筋缠上去的。挺有创意。”梅影拿起来，研究道。

“你以为只有你懂艺术？你聪明？聪明的女人多了去。”林枫站在饮水机前，正在给梅影接水。梅影懒得理会，走到窗口，瞭望远处天空的云层。

“哟，不高兴了？说说而已。别当真。”林枫带着调笑的口吻道。

“你什么时候好好说过话?”梅影无奈地说。

“你又找我事，挑刺。我知道，在你眼里，我一无是处。”林枫将身体埋进老板椅，眼睛盯着天花板，叹息道。

“真不应该来。听你一路拧巴到现在。”梅影说。她甚至有点儿后悔来这里，明知道会有一场唇枪舌剑，却还偏偏自找苦吃。

“呵，我可没邀请你来，是你自己挡车过来的。”林枫头扭向梅影，冷笑道。

“对，你说对了。是我自己来的。既来之，则安之。不——走——了!”梅影从窗口退回沙发，重重地坐到沙发，道。

“哈——哈！我就喜欢这种麻辣味、市井味、生活味。画画，弹钢琴，听音乐，喝咖啡，美其名曰文艺青年，小资。就两个字：作、飘。”林枫说完，双手拍打着椅子扶手，开怀大笑。

“我一定会飘在高高的云端上，作给你看。”梅影靠在沙发上反击道。

“送君四个字：折——断——翅——膀!”林枫刚点燃了一根烟，夹着烟卷的手指甩向空中，重重点了四下。

“嘟——嘟——嘟”，桌面的电话，闪烁着红色的指示灯，叫了起来。林枫接过电话，聊了几句放下电话。

“今天晚上，我请大家吃饭!”林枫摆摆手，从椅子站起来。

成都的黄昏，比起西安的清冽，多了几分湿润。风柔柔地吹来，如同无数丝线绕在心底，有些许细密的繁乱。一餐饭，闹哄哄地吃完。梅影只是在刚开始时，蜻蜓点水般给大家敬了几杯，后来的酒全部交给林枫。今晚，林枫也没有喝多少，显然不在状态。周若曼晚上有事没有来，她让林枫转告梅影，后天晚上她来约饭。

大约九点钟，一行人回到酒店。房间早已安排好。冲澡，上床。每次出差，梅影习惯带一本书。这次是一位美国作家从女性视角，通过对19世纪常州张氏一门“才女”的研究，审视战争、叛乱、外敌入侵、王朝衰落等改写中国历史的大事件，再现清代“才女”的人生轨迹。这本书在家约略翻过几页，于是决定来成都，利用晚上时间阅读。

深灰色的窗帘静静垂挂于窗户。梅影翻看了几页书，下床拉开窗帘，几栋板式高层住宅楼赫然在目。每栋楼四个单元，一梯三户，面积80—160平方米左右。大面积户型在电梯左侧，两个小面积居于右侧。通过楼层外形、窗户面积，梅影推测房层户型面积。

“嘟——嘟——嘟”，床头的电话响起来，梅影拿起电话。

“打开你的房门，有一把钥匙 。”一个低沉的男声，幽幽地从话筒传来。“咔嚓”，对方挂掉电话。手里拿着话筒，梅影肌肤一阵发紧，胳膊突起一层细细密密的微小颗粒。她犹豫是打开房门，还是给林枫打电话告知此事。不安中带着好奇，驱使梅影打开房门。

地毯上躺着一个正方形原木色小信封，梅影捡起来，摸到一把钥匙凹凸的轮廓。她探出身体，门口空无一人，走廊寂静无声，黄褐相间的条纹地毯，从走廊一端铺到走廊拐弯处。一双什么样的脚步，从哪里走到我的门前，放下信封，又扬长而去？望着静默的地毯，梅影真想躺下去，成为它们的同类，看到自己想要的答案。

关上房门，从信封倒出一把钥匙，除此之外别无他物。这是一把十字形钥匙，平淡无奇。钥匙正面上方“固力”两个字中间，刻有一个三角形符号，符号底线刻一个大写的G，很显然，这是钥匙的品牌以及企微。钥匙反面上方同样位置刻有GULI样的大写英文字母，是企业的英文标识。在钥匙顶端挂饰品的方框下，系了一条用丝线编织的黑色小绳，小绳底端坠着一个沉甸甸的长方形小木片，小木片制作精致，边缘呈波状起伏，一枚细长的暗绿色叶片横卧于平面，叶脉分明。叶片下方刻有两个字母：XY ，应该是品牌商标的名称吧。

灯光下，梅影拎起这把钥匙，小木片好像一枚树叶，在空中飘摇。一种不祥的预感向梅影荡来。是谁给我钥匙？为什么要给我钥匙？想要做什么？

钥匙，门。当这两种物件毫无悬念地关联在一起的时候，门，这道已经熟视无睹的物件，激发起她探究隐藏在门内事物的好奇心。她想探究某道门里隐藏着的事物，某道门里秘而不宣的未知。此刻，这道门，不仅成为真正意义上的门，而且已然成为打通她好奇心的门，她动用多年来一直陪伴着自己的丰富的想象力，想象着门内可能发生的一切。

不知道几点，林枫从外边回来，没有打灯，在黑暗中摸索上床。一会儿，黑暗中传来时轻时重的鼾声。听到他的鼾声，梅影又不忍在他的背后做这样的小动作，好像一点儿也不光明正大。多年夫妻，无论发生什么事情，都应该共同面对，一起解决。明天早上等他醒来后，告诉他关于钥匙的事情。那么，明天，他会有什么反应？一定又是雷霆爆发。会有什么事情，留给我一把钥匙？梅影仔细琢磨着那个电话，言简意赅，没有透露任何信息。

室内漆黑一片，一丝暗光从窗帘未合拢的缝隙中透出。四周万籁俱寂，夜，更深了。在纠结、郁闷、思索中，睡意一点一滴向梅影走来，慢慢地她进入了梦境……

准备出门，却找不到自己的袜子，床上、沙发上、抽屉里都没有，我很着急，好像有人在等我。我在心里对自己说，时间来不及了，要不换衣服吧，只要不露出脚就行。我打开衣柜，衣柜里的衣服倾泻而出，堆积在地板，款式各异、颜色纷呈的女式内衣从柜子飞出来，在空中飘浮。这些内衣从哪里来？不是我的啊。

……这是一个我陌生的，从来没有来过的地方。有人看见我，和我打招呼，但是，我并不认识他。一个幽深的、长长的通道，尽头是一个陈旧的房间，推开门，林枫端坐在床上，一位女士，我不认识的女士，衣衫褴褛，手里是一条黑色内裤，从床上下来，向我走来。我生气了，想找那位女士，她已经消失得无影无踪。

……这是一个从未去过的地方，厨房低矮破旧，在一张黑乎乎的案板上有一堆发霉的米饭、变质的面团。我心里想，这怎么生活啊？一位不认识的男性站在门口向内外窥视，似乎在嘲笑。

“小影！小影！”突然，梅影听到有人叫自己。睁开眼睛，林枫躺在旁边。

“做什么春梦？气喘吁吁的？”林枫暧昧地问。

梦中的情绪依然堆积在梅影胸前。

"梦见家里的柜子，有我不认识的女性内衣，还有一个不认识的女人。"

林枫呼啦一下子坐起来，甩开被子大叫："大清早让人不开心，想怎么梦就怎么梦去吧。"

林枫激烈的反应并没有出乎梅影的意料，他麻利地套上衣服，像卷起的一阵风，刮得无影无踪。梅影心情糟糕到极点。她瞥见床头柜上的钥匙，抓起来扔到床上，到底什么意思？没有胃口吃早点，梳洗完毕，下楼挡车，去酒店开会。

会议室里，研讨会还没有开始，梅影坐在后排中间位置。越过各种形状的后脑勺，演讲台上，会议组织方主持人走出来，介绍今天早上的演讲嘉宾——一位行业老前辈。屏幕上显示出老前辈的演讲题目已经听过几次，于是，梅影寻找有无认识的同行。在一片黑压压的头型中，不时冒出几个铮亮的头皮。在这一片非黑即灰的沉闷色调里，找不到几抹鲜艳的亮色。

突然，一种前所未有的虚空向梅影袭来。到这里来的目的是什么？活着的意义是什么？所谓幸福是什么？我的人生意义在哪里？我的幸福又是什么？我幸福吗？当一连串的问号冒出来时，她发现自己竟然没有答案，或者说，从来都没有认真思考过这些问题。她为自己感到悲哀，人生过半，依然不知道自己的人生意义是什么？

突然，肩膀被重重拍了一下，惊得梅影回头，一张方方正正标准的秦俑脸，在她头顶一点方向满脸灿烂地笑。呃，是大学同学孙星辉。当年他们分到一个院。几年后他去深圳分院，现在已经是深圳分院的院长。旁边正好有空位，梅影示意他坐下来。他手指向会议室门外，示意一起出去。

会议室大门正对着一面落地玻璃大窗。窗外，绿色植物掩映。窗内，几组沙发合围成一个相对独立的空间。

"这是我爱人。"孙星辉指着沙发上的女人说。梅影瞥了一眼孙星辉，他马上明白，赶紧解释，他离婚了，这是他现在的妻子。梅影无语，这样的状况已经屡见不鲜，以至于同学会时，大家提议不要带家属了，以免影响军心。更何况这几年，建筑市场如同一个巨大的金库，那些男同学们浪里淘金，身价倍增，换妻事件时有耳闻。梅影与孙星辉的前妻，曾有几面之缘，一位贤妻良母型的女性。孙星辉去深圳已经好几年，从来没有听到关于他们离婚的消息。

第二天下午，全体参会人员照相，梅影在拍照前碰到孙星辉。自从昨天早上见过后，一直没有见到他。梅影问怎么就离了呢？他说他也不想离。但是，最后几年每天几乎都在吵架，为了孩子，算了，就离吧。

“大家为了孩子不离婚，你是为了孩子离婚？”梅影觉得这个理由有些勉强。

“是，每天回到家，孩子学习，她审查我，审着审着，就吵起来。孩子最后受不了，希望我们早点儿离婚，大家都安宁。”

“这样啊？”

“小雪，我现在的妻子，她懂我、尊重我，给我自己想要的空间，也给她自己留有空间。我们这行你也清楚，方案有时候会带回家做。那时候，最不希望别人打扰。总而言之一句话，她懂我。”

“你前妻不懂你吗？”

“不是懂不懂的问题，而是两个人价值观、生活理念不同的问题。她想要的是朝九晚五、一亩三分地的日子。陪她做做饭，看看电视，伺候伺候她，不要将工作带入家中。我是男人，又赶上这么好的时机，就像一架正在上坡的马车，怎么可能停下来？”

“嗯，在职场打拼，男女都不容易。男人决定家庭的社会地位，女人决定家庭的品位。”梅影深有感触地说。

“呵呵，这句话，小雪早上也说过。她是一个有思想、独立性强的女人。我蛮欣赏她。”孙星辉说。

孙星辉的言谈里流露出他对现任妻子由衷的赞赏。那就祝福他们的幸福婚姻吧！

时间已是下午五时，梅影与周若曼约了晚餐。送走孙星辉，梅影拉上旅行箱，在大堂等候周若曼。旋转门卷着周若曼进来，一件深蓝色紧身大衣，一条浅蓝色丝巾在胸前交叉打结，一路走来，优雅而又知性。

翡冷翠西餐厅藏在一栋砖红色的小楼里，扑面而来的爵士乐，轻轻摇曳在微弱的灯光下，乡村风格的装饰让人似乎远离了成都，在安静的味道里，梅影想起了徐志摩在意大利佛罗伦萨写的《翡冷翠的一夜》。

“翡冷翠和佛罗伦萨，同样一个地方，因为翻译的不同，而具有不同的气息。翡冷翠，寂寥忧伤冷凝，带有浓浓的浪漫的文艺气息，佛罗伦萨，古老历史的传承，商业味道过于浓厚。”梅影说。

“你愿意记着我，就记着我，要不然趁早忘了这个世界上，有我。”周若曼一边倒酒，一边小声脱口而出。

“省得想起时空着恼，只当是一个梦、一个幻想，只当是前天我们见的残红，怯怜怜地在风前抖擞……”

梅影接过周若曼后面几句，继续下去。两个人相视会心而笑。

“今晚，我们就喝了这瓶波尔多红酒。红酒要找对的人喝。”周若曼指着带来的红酒道。

“为资深文青干杯。”两个人小小碰了一杯。

“若曼 ，你们现在住在哪里？上次我听林枫讲，你们搬家了。”

“对，前段时间，酒店后边小区有几套单元房出租，我们租过来，现在都住进去了。林总一个人住一套，我和财务李总监住在一套房间。员工有几套房子。你住酒店还是比较方便，三餐有保证。林总单元房里边没有灶具，吃饭不方便。”周若曼说完，唇角上翘，很快地给梅影一个微笑。

梅影不得不承认，当她执着于某件事情的时候，极度敏感，当她对某件事情提不起兴趣的时候，又极度迟钝。而此时，她正处于极度敏感状态。今晚，周若曼表现出来的笑，和往常看到的笑容决然相异。尽管和她见面不多，但是，往常的笑是自然而然，从心里表现出来的微笑，微笑里有喜悦和欣赏，如同每次看见她时，从内底发出的微笑一样。但是，今天看似自然的微笑里有一丝牵强。或者说这个微笑只是为了安慰自己。梅影无法将自己的疑惑表示出来，继续问道：

“他在十六楼，两居室，对吗？”

“ 是。”说话时，周若曼无意识地咬着酒杯的杯沿。

“我住在酒店，是不是正好能看见十六楼啊？”

“如果住在北边当然看不见，如果住在南边可以看见。”

“我前天晚上住的房间应该就能看见。林枫前天是不是值班了。”

“是的。嫂子，我们喝一杯吧，你尝尝牛排，他们家的烤牛排做得还是不错的。”周若曼伸过酒杯，酒杯与酒杯发出清脆的碰撞声。

今夜梅影有备而来，她的思想高度集中，她的精神极度敏感，她就像一根高灵敏度的探测器，不放过任何细微的地方。

“记得第一次见到你，虽然穿着职业装，你的知性优雅，却是职业装掩饰不了的。看到你，好像我们是多年的老朋友。那么你认可林枫吗?”在说出最后一句说时，梅影感到自己的咄咄逼人。

“啊，林总，我们当然熟悉。他是一个热情开朗的人。”周若曼回答道。

周若曼无疑是一个善良的人，即便她知道什么，也不会讲出来，她清楚后果是什么。梅影看着周若曼，心里在思忖。

“仅此而已吗?”当梅影脱口而出的时候，已经在心里后悔。

不能再问下去了。不应该逼迫别人回答无法回答的问题。还是不要给别人找麻烦的好，自己的事情自己解决。她决定不再提起关于林枫的话题。

“来，为我们的相聚再次干杯。”作为弥补，梅影说。

周若曼没有回答梅影的问题，端起酒杯。在优柔的灯下，波尔多红酒散发出红宝石般的光泽，几杯酒下去，梅影没有品尝出红酒的圆润与香味，留在唇齿间的只有涩涩的酸。

“嫂子，红酒如何?”周若曼举起酒杯。

在幽暗的灯光下，周若曼美丽的脸庞漾着温润的光泽。

“想听真话吗?今晚我辜负了好酒和你的美意，我喝出波尔多红酒特有的果香与木香，也喝出了它的酸与涩。”梅影满怀歉意。

“嗯，我理解。”周若曼迟疑片刻，回答道。

一瓶红酒，在翡冷翠被她们喝完了。梅影头脑晕晕乎乎，脚下飘飘然然，来自波尔多的葡萄汁与体内的细胞分子发出微妙的化学反应后，持续发酵。在缥缈的幻觉中，抬头凝望，粉紫色的天幕上，繁星争相辉映。天空正南方，参宿四闪烁着神秘而高贵的光芒，她好像看到了一望无际的葡萄园，在枝叶掩映的葡萄架下，一颗颗葡萄，晶莹剔透，汁液饱满。参宿七依然高冷孤傲，泛出清冷的蓝色光辉，在这清冷的光辉里，梅影看到了孤独的自己，倔强地行走在异地的夜色里。

“五车二、北河三、南河三、天狼星、参宿七、毕宿五。”她默默叫着它们的名字，和它们对望，在心里进行着无声交流。它们熠熠闪烁的光芒，打破了空间的寂静，传导出一组自己无法破译的密码。而自己的思想，它们也未必能解析，但这并不影响他们之间三维空间传送的视觉触感。多少年了，它们已经成为我的朋友、我的亲人，在晴朗的夜晚、在辽阔的天空陪伴着我。

“我们听一首徐志摩的诗改编的歌曲吧。”周若曼问。

“是《偶然》吧？那是我喜欢的一首诗，也是我喜欢的一首歌。”梅影道。

“我们小声唱吧，好多年没有在夜晚的马路上唱歌了。”周若曼扫视了一下马路道。

是的。走在夜晚的街道唱歌，已经遥远得如同小时候的黑白照片，在记忆中模糊不清了。

“我是天空里的一片云，偶尔投影在你的波心，你不必讶异，更无须欢喜，在转瞬间消灭了踪影。你我相逢在黑夜的海上，你有你的，我有我的方向；你记得也好，最好你忘掉，在这交会时互放的光亮……”

昨夜值班，中午起来后，周若朴下楼向书吧走去。云层又笼上天空，少了阳光的雕刻，整个空间呈现出一样的昏黄，它们平摊在视线里，将那些纷纷想要跳出来的思想，收回眼睛，沉到体内。没有刺眼的阳光，没有寒风的侵袭，天空四平八稳地端坐在那里，有条不紊地夯实了冬日的质朴与厚重。当这种自然的力量，将内心世界与外部世界巧妙联结起来时，一股能量在周若朴体内流动。他享受步行，喜欢运动带来灵动的思考状态。这种状态已经成为他梳理问题、思考问题的方式。

一路走来，周若朴上了天桥来到苹果树下书吧。在书吧门口，他接到了母亲的电话，告诉他如果有时间，希望他晚上回家一趟，周若朴告诉母亲现在有时间可以回去，母亲说自己不在家，还是晚上回来一起吃饭吧。周若朴答应了母亲晚上回家吃饭。于是放下电话，推开书吧的门。

书吧是几个刚毕业的大学生联合创办，简朴清净，有浓浓的学院派风格。书架上的书，大部分是学生们自愿捐赠。在靠墙的书架上，有不少捐书人的签名。在第二层书架上，有周若朴捐赠的几十本书。书吧墙壁上挂了几幅静物画，每次过来，周若朴总会不由自主地欣赏。它们和这里的氛围正好契合，雅致，宁静。

吧台前，有几个学生围坐一起，正在激烈争辩。临窗有一张空位，他过去坐下。书吧的合伙人顾小小过来，周若朴要了一杯红茶，问：“你们讨论什么?”

顾小小回答:“我们正在讨论书吧的经营方式 。”

“准备怎么经营?”

“正在讨论。大家想法各异，没有达成共识。”顾小小言简意赅，点明主题。

顾小小去吧台端来一杯红茶，放在周若朴跟前。周若朴示意他继续去讨论。抿了一口红茶，周若朴饶有趣味地听着几个学生的辩论，他们朝气蓬勃的状态、激烈而友好的言语，新鲜而鲜明的观点，让他好像回到自己青年时代。一张张年轻的面孔，不由得让周若朴感叹岁月的造化。曾经他也和他们一样，不带任何东西，只带一颗梦想的心，在时间的长河里涉水而过。世界足够大，能够容纳明媚的青春，也能够容纳年轻时乖张的思想。他们在追梦、在行动。他们的梦有充足的时间来设计，五颜六色，绚烂无比。而自己却只有在素色的底上，老老实实工笔细描，才会描绘出心中的梦想。如果时间可以回流，打底前，构思好，精心地剪辑，让人生走得更加从容顺畅，而不至于慌慌张张，丢东丢西。周若朴想到自己的家庭，对于一个追求完美的人而言，这无疑是人生的缺憾。不过，当他想到要去西藏，在那曲地区筹建诊室时，他的全部思想又被一件一件具体的工作与事情所占据，周若朴将视线移向窗外。

窗外，中国槐静默在冬日的阳光下，瘦枯的枝干，露出树的风骨，以绝美的姿态，伫立在城市的街道。

晚上回到家时，吃过饭后，父亲正襟危坐在沙发，看到他严肃的样子，周若朴明白，一定有重要的事情要和他沟通。母亲从厨房端来已经切好的哈密瓜，放在茶几上，取出一块，递给周若朴。

“小朴，前几天，楼下王阿姨给你介绍一个女朋友，各方面还不错，见一下吧，总不能老是一个人这样过。男人，得有人打理才行。你看，头发长荒了，乱蓬蓬的。”妈妈看着周若朴的头发，心疼地说。

周若朴这段时间比较忙，没有顾上剪头发。

“工作再重要，个人问题也要考虑。家庭是男人的大后方、稳定的基石。有合适的不妨了解了解。”一向话少的父亲说。

“过一段时间吧，你们不用操心了，照顾好你们的身体。保证给你们带回来一个懂事乖巧的儿媳妇。”周若朴笑着安慰道，取出两块哈密瓜分别递给父母。

“你带谁回来，我们都没有意见，只要你能带回来。”妈妈埋怨道。

“小朴，跟你商量一件事情。你大姨打来电话，想让魏锦奇一家到西安来，离开在成都的圈子。你看能不能给他们两口子找个事情做。无论做什么都行，他们的女儿明年上高三。也得给她找一个学校。”父亲说。

“小朴，你知道，妈妈从小就没有母亲，是在你大姨的脊背上长大的，她早早到工厂上班，赚钱养家，我上学的费用都是她在供给。她是一个很要强的人，不到万不得已，她不会求别人。魏锦奇不争气，整天不务正业。所以，你大姨的事情，妈妈就得帮，没有她，就没有我的今天。我现在老了，有心无力，只能给你添麻烦了。”

“妈妈，大姨家的事情就是我们家的事情。让他们过来吧，住到我在医院的那套房子，面积有点儿小。瑶瑶呢，就住到咱们家，和魏锦奇不要住在一起。我想办法给她找一家学校。”

“好好，有你这句话，妈妈就放心了。时间不早了，早点儿回去休息，明天还要上班。”

母亲说完，起身去厨房，从冰箱里取出几袋饺子装在袋子里。

“带回去放在冰箱。冬天，下点儿酸汤水饺，吃得热热乎乎的。”

“这是你妈妈的爱心饺子，都不舍得让我吃。”父亲在旁插了一句。

“你爸爸整天吃你的醋。小朴喜欢吃，没人给他做。”母亲笑着说。

周若朴从父母家里出来，继续步行在冬日的夜晚。大街上灯火辉煌，车辆川流不息，一幅动态的城市夜景在时空间自然孕育而成。抛却外界的繁华，听从内心的声音，周若朴在行走中甚至可以感知到与自己潜意识的相通碰撞。他享受着独自行走的奥妙，沿途的每棵树，飘然而落的树叶，路过的行人，视线不必刻意停留，思想全然放松，在不经意间不断有全新的发现。

在清冽的夜色中，随着脚步轻快地移动，周若朴的身体渗出细密的微汗，他感受着来自体内的热量，听到脚底与地面发出的摩擦声，这个声音带着旋律，有节奏地传来，充满着激情与活力。所有的过往都已消失，所有心灵的疲累都已匿迹。流动的街景，灵动的思想，行走的形体，在夜色中互相交汇，在此时此刻构成了人与自然绝妙的和谐。他习惯性地抬起头，深色的天幕上，繁星点缀，参宿四和参宿七闪烁得格外璀璨。

今夜与它们邂逅，不知穿越了多么漫长的时光？

6

唐果敏不去单位上班后，报了茶艺班和西式糕点烘焙班。早上在烘焙班，穿上白色的厨师服，在老师带领下，学习各种糕点的制作。甜腻的糕点味还没有消去，下午带上自己制作的糕点又去上茶艺课。进了茶艺班的课堂，才知道自己以前对茶以及茶道的认知是何等的肤浅。

这么多年除了带孩子上课后，她基本上再也没有一本正经地进过课堂。在高考的大风大浪中历练过来的唐果敏，现在，终于有充足的时间再次进入课堂，这类课堂的有趣，有料，牢牢吸引着唐果敏。她去书店买了相关书籍，每天晚上将自己埋在花花绿绿的书中。

下午，唐果敏正在茶艺班泡茶时，接到钟晋夫电话。老太太有点儿不舒服，让她马上去医院。唐果敏放下电话，才想起来老钟并未告诉她是哪家医院，她又将电话拨过去。挂掉电话，唐果敏已经出了大楼，快到下班时分，街道又堵起来。出租车从身边一辆接一辆开过去，基本满载。等了大约二十分钟，终于有一辆空车停下来。到了医院，老钟已经在病房，坐在母亲床头。看到唐果敏进去，老钟站起来。老太太闭着眼睛，正躺在病床上。

“果敏来了?”老太太睁开眼睛。问道。

“妈，我来了。你现在好一些没有?”

“好多了。我就等着你来呢。我想跟你商量个事。”老太太想要坐起来。老钟过去给老太太背后垫了一个枕头。

“我也是八十多岁的人了。活不了几天。我想住回老家，死也要死到家里，不能死在城里，要不然，我就进不了祖坟。”

“妈，你看你说的。现在的日子多好，多享几年福。你把晋夫养大，他也该尽尽孝心了。”唐果敏说道。

“咦，我还能结到世上不走了？最后活成这个样子，也是祖坟烧了高香，已经赚了。”老太太道。

“不是不让您回老家，关健是老家已经没有咱家的人。再说，您回去也不方便 。”唐果敏解释道。

“晋夫，吊瓶没了，给护士说一声。”唐果敏一抬头，发现点滴马上就要打完了。

保姆张姐过来，带来一份稀饭，还有馒头和菜。唐果敏撑起病床上的支架，扶老太太坐起来。老太太喝了一口稀饭，背部上挺，头往前伸，似乎要吐。张姐从床下取出脸盆给唐果敏。老太太哇地一口吐进盆里，然后摇头不吃了。张姐将脸盆端出去，唐果敏收拾床。

“来，再吃一点儿。吃一点儿，你就有力气回去了。要不然，心里想回去，身体回不去。”唐果敏哄着老太太喝下半碗稀饭，吃了半个馒头。

“妈，今天吊瓶挂一晚上，我让果敏在这里陪着你。明天白天张姐过来，好不好?”老钟问老太太。

“不用了，有张姐就行，你们去吃饭。回去吧，回去吧，白天上班忙。”老太太挥手示意让他们走。

唐果敏和老钟安排好老太太以后，从医院出来，马路对面正好有魏家凉皮，好长时间没有吃凉皮肉夹馍。唐果敏拽着钟晋夫往店里走。老钟去前台买完单后，坐在唐果敏对面。

“我发现，你给我安排活特顺溜，意见都不带征求的。”唐果敏用餐巾纸擦完杯子后，放到老钟面前。

“老婆这么智慧的女人，还不明白，你就是咱家的标杆灯塔。你往这里一杵，不说话，大家眼睛雪亮雪亮，知道自己该怎么忙活。别人用两只眼睛找老婆，我用四只眼睛找老婆，你说我能不万里挑一吗?”老钟取下眼镜，拿在手里，取了一张餐巾纸边擦边说。

“哎呀，戴吧，还有多少高帽子戴？整天给我抹眼药水，哄着给你们老钟家干活。”

唐果敏打开一瓶冰峰汽水，插上吸管，递给老钟，又给自己打开一瓶。

“刚才在来的路上，一路走一路考虑。咱还是把老家的房子盖了。我听说，老家是有讲究的，你知道不知道？老人如果在外边去世，不能回家埋在地里。妈妈肯定要和爸爸埋在一起，年纪这么大，说哪天走了就走了，我们得提前做好准备。”

“行，就按你的意思办吧。辛苦老婆了。”老钟嘿嘿笑着说。

“刚抹完眼药水，又抹蜜。不许出去这么哄别的女人啊。过年以后，装修茶楼的时候，把房子给盖了。以后我们退休了，想回去住也可以住啊。”唐果敏开了几句玩笑后，进入正题。

“好，你办事我放心，大内总管。”服务员端来了一份饭，老钟推到唐果敏跟前。

唐果敏和钟晋夫吃过饭，又回到医院，张姐回家休息，明天来换班。三个人聊天时，钟晋夫接到电话，夜班车间遇到问题，需要他去处理。

唐果敏送老钟到医院外边，顺手将他背后露出的衣摆塞进裤腰。

“开车慢点儿，别着急，身体是你的，也是我们的。”唐果敏叮咛道。

“嘟——嘟——嘟”，电话铃声如玻璃弹球滚过地面，在黑暗中向梅影弹过来。

梅影接过电话，没有容对方说话，直接问道：“你是谁我不想知道，告诉我钥匙是什么意思？”对方略有迟钝，机械地说：“门口有钥匙。”咔嗒声一起，电话挂掉了。拿着话筒，那个幽幽的男声让人毛骨悚然。环视四周，房间光线暗淡，只有床头灯发出橘黄色的光芒。梅影打开所有的灯光。房间灯火通亮，明亮的灯光给她带来些许安全感 。到底是谁，怎么知道我的房间号？呆怔片刻，强烈的好奇心驱使她打开房间大门。

走廊空无一人，门口赫然躺着一个信封！梅影捡起来，摸到一把钥匙的轮廓。

回到房间，将信封倒在床上，里面是一把十字形钥匙。从包里取出昨夜那把钥匙。两把钥匙明显不一样，唯一相同的地方是系在钥匙上的叶形饰品。梅影猜不透到底是什么意思，难道还有另外一道未知的门？拎起两把钥匙，两件饰品坠在下边摇摇晃晃。突然她发现，XY 两个字母大小不同，明显是精心刻上去的。再次审视这两个字母，又发现字母的刻痕、深浅粗细均不同。那么，这两个字母到底代表什么？唯一可以判定，一定不是商标。如果不是人名，就是一组词汇。它蕴含什么意义？它要告诉什么？

幽幽的男声，门里的未知，XY 的含义，就像一组潜伏在暗夜中的密码，无声地诉说着一个不为人知的世界。如果说第一把钥匙带给梅影的更多是困惑，那么第二把钥匙激发了她探索未知事物的好奇心。既然决定要查出钥匙的真相，那么，无论出现什么后果，她都愿意承担查找的后果。

一个笑意盎然的形象从头脑里闪现出来——周若曼！对，周若曼，能否让周若曼帮忙？查找昨天晚上是谁放的钥匙。问题又来了，如果这样，林枫会不会知道？到底要不要告诉他？想到林枫，好像有一根鱼刺，卡在喉咙。梅影完全可以想象到，他那副暴跳如雷的样子。如果，事件关于他，梅影并不想知道事情的真相。如果，事件并不关于他，就让她来做了断吧。

正好有服务员推着服务车路过，梅影问她是否看见有人过去，她回答出电梯时，有一位男士正在等电梯准备下去。梅影又问，那个人大概的体貌特征。她回答是一个中年男人，精干，穿一件黑色外衣。

到底是什么人？电话中的男声和黑衣人是什么关系？

“叮咚、叮咚。”时间已经是晚上 10：30，会是谁按门铃呢？

梅影打开门，门口站着一位三十多岁的女人。她的眼睛与梅影的视线相会，眼神闪烁，慌乱不安，瞄了一眼梅影，随即躲闪至门铃上。

“你好！找我有事情吗？”梅影语气缓和下来，问道。

“我想进去和你谈。”女子移过视线，盯着梅影道。梅影迟疑了一下，侧过身子，女子跟着进了门，梅影递过一瓶矿泉水。

“是，前几天我给你打过电话。想和你谈谈。”她手指掐着瓶盖，低头，脚踝紧锁。

“想和我谈什么？你是离职女员工？谈钥匙？”梅影问道。

“离职女员工？钥匙？”女子反问。

看她的神态，可能并不知道发生了什么。梅影缓了一下，问：“你找我什么事?”

“我想，我想问你，你和老林感情好不好?”女子眼神闪烁，言语不畅。

“老林？你为什么会问这个问题？你想要表达什么，不妨直说。”

老林？一句老林，让梅影马上警觉起来。她重新审视眼前这个称林枫为老林的女人。她的外表属于扔在人堆里也找不见的那类。没有风尘女子的堕落味，也没有受到良好教育的痕迹。面目虽然温顺，眼睛却流露出倔强，尽管此时她拘谨地坐在这里。

“我离婚两年了，就想找一个人过安稳的日子，我喜欢霸气的男人，有安全感。”面对这样喜欢霸气的女人。梅影意识到为什么自己住在酒店了。关于林枫，关于那些曾让她疑惑，但是最终自以为是而掩盖过去的事情，顿时从记忆的各个角落，抖掉灰尘，走了出来。眼前这个毫不起眼的女人，坐在这里，以一副谦卑的姿态，等待着梅影的答案：关于家庭，关于婚姻，关于未来的态度。因为梅影的态度决定着她的未来，也在某种程度上决定着梅影的未来。

“我的幸福我要自己做主。当面问清楚，我就踏实了。他告诉我，他每天满脑子都是我，一回到西安，就给我打电话。”

这个自己的幸福要自己做主的女人，沉浸在自己的幸福里，全然忘了梅影是谁。

“然后，回到成都，每天五六个电话，随时都在向你汇报他的行踪，让你很有存在感。每天会给你买糕点吃，你也是他的糕点，什么时候想吃，你就得给他，否则，他会暴跳如雷。走在马路上，他伸开手掌，随时等候你递给他的手。他不希望你和任何人交往，因为他担心你跟着他们学坏了，他要折断你的翅膀。所以，你很听话，最后只有他一个。”梅影一口气说完。

这个可怜的傻女人嘴巴张开，直愣愣地盯着梅影。“你怎么知道？他告诉你了?”

“我当然知道，不用他告诉我。这些套路在你这里，只是重新演练而已。你还想听下去吗?”梅影伶牙俐齿狠狠地说道。梅影感到一直以来，心里冷冻的那股冷气团，不自自主向外发散出来。

“别说了，别说了!”傻女人坐在椅子上，哭起来。

哭什么哭？我才是那个悲情的傻女人。梅影看着面前这个鼻涕一把泪一把的女人。梅影将餐巾纸递给她。一会儿，她稍有安静，哽咽地说：“我知道，他还有别人。”

“是吗?”梅影心里一惊。

“有，还去过你家。”女人道。

“谁告诉你的？没有证据的事情，不要乱说。”梅影厉声阻止。

“他告诉我的，就在你们小区。”

一声闷雷从梅影心里滚滚碾来，碾过另外两把钥匙。女人的电话响起来，她看着电话，面露惊慌，没有接，直到电话自己断掉。梅影的电话随之响起。梅影将电话放在免提。

“小影，我处理完事情就回来。”林枫在电话里边好像什么事都没有发生，语调轻松地说。这个可怜的傻女人听到电话，又哭起来。

“谁在那边哭？你想干什么?”

林枫刺耳的声音，炸得话筒快要裂开。即便隔着话筒，梅影已经看到那张五官扭动变形的恶魔样子。

“赶快走吧，暴风雨要来了!”梅影将她推向门口。

“我不走，我要让他当面讲清楚。”女人尖叫道。她固执地杵在房间，就在她俩推拉之时，房间门打开了，林枫冲进来，一把拎起这个傻女人向门外扔。

简直不像话！梅影浑身发抖，手指门外，从胸腔里发出低低的吼声：出去!

房间恢复了平静。梅影呆立在房间中央，极力压制自己的愤怒。梅影很想像个傻女人一样，任性地坐在地板上号啕大哭，她又很想笑，肆意大笑。但是，她不能，她知道在这里自己是谁，也知道婚姻出了问题，更多是从根基，是从刚开始的选择就出现的。那时候，择偶观念、年龄、心智不成熟，没有更多精挑细选的时间，在茫茫人海中，找到的经常会是最方便的那一个，却未必是最合适最爱的那一个。最爱的那一个什么时候出现，不确定，未知，或许终其一生，也未必能等到。或许，就在身边，只是没有意识到，他又擦肩而过了。也许，根本就不存在真爱。真爱只是小说中、电影中一个美丽的故事而已。

林枫推门进来，满脸委曲。

“老婆，别相信她，她就是诬陷我。”

梅影冷冷地笑了，摇摇头。

“你为什么不相信我?”林枫跺着脚喊道。梅影不屑的神态刺激到林枫那根脆弱的神经线，他双目圆瞪，眉毛又拧到额头。

“这是单位，小点儿声，考虑影响。”梅影压低声音。

林枫瞥了她一眼，摔门而去。门“咣”一声震天动地。如同往日的表现，遇到争执，第一反应是不耐烦，第二反应是摔门而去。在他出门而去的那一刻，这件事情就已经不是他的事情了。

梅影站在窗前，冬日的苍凉与悲情凝固为一团，沉甸甸地挂在房间。夜的海波将她推向汹涌的大海，她不能呐喊，不能示弱，拼命挣扎挣扎。她累了，无力挣扎，床就是她的救命稻草……

我在卫生间，刷牙洗脸，镜子里映出一张我的脸，但是我看不清，隐约意识到她就是我。这时，镜子里出现一个奇怪的图像，我回头看去，突然，一个黑色鬼脸的小人闪现在我的面前，我要死了……我顺着卫生间的门滑下来，我死了……

梅影从噩梦中惊醒，浑身冒着冷汗，心脏扑通扑通几乎要从身体蹦出来。她打开台灯，下床，走进卫生间，站在花洒下，热水带来的暖流从头顶倾泻而下，浇遍了全身。梦带来的恐惧在热水的冲洗下，一点一点消失，她的情绪慢慢平复下来。

早上醒来的时候，已经十点多。打开手机，里面有一条匿名短信：我希望你能来房间看看，我没有撒谎。是她发来的。梅影将手机扔到一边。这里，不想再待下去了，一分一秒也不想待下去了。她想回西安。立刻！马上！

卫生间的镜子里，映出一张灰暗惨白、神色疲倦的脸。梅影打开水龙头，一次一次将水泼向镜子。她停下来，注视着水迹斑驳的镜面。突然，这个颓废没有精气神的她，让梅影心生厌恶。她还是你吗？你的神采去了哪里？你的气度去了哪里？你是谁的妻子，你为什么不去相信他，而去相信一个你不认识的人？你为什么相信那些不知从哪里来的钥匙？你的所作所为和神经大条有何区别？梅影站在镜子前，批评家从脑海里蹦出来，冲着镜子喊道。

梅影冲完澡，从卫生间出来，然后将洗面乳打在手心，用指腹在脸上仔细地画圈，不放过任何一个毛孔。接下来，化妆水、隔离霜、肤色提亮液、粉底液，打粉，画眉毛，涂哑光浅色口红，最后吹风，将长发卷起，盘于耳后。梅影决定回到林枫在成都的家，用那三把钥匙中的一把打开那道门。那道门里，无论出现什么，她都要冷静处理。她换上浅蓝色羊绒毛衣、淡灰色及膝裙，双层透明丝袜，双脚套上灰色鹿绒及踝小靴子，外加一件银灰色系腰及膝大衣。一条柔和的蓝底小花丝巾打成蝴蝶结，飘在胸前，几把钥匙、手机放在蓝色方包里，出门时，她对镜子里的自己勉强挤出微笑，此时此刻，她需要微笑的力量。

当梅影用其中一把钥匙打开那道门时，她站在门外，犹豫不决，真的要进去？钥匙的验证，让她心理上的防线开始慢慢决堤。

门从里边打开，女人穿一身家居服站在门里。看见梅影，唇角露出一丝不易觉察的笑。当她准备开口时，梅影抬手阻止，径直走进去，女人亦步亦趋跟在身后。

房间简单略有零乱。门口，有几双鞋，其中有一双是林枫的棕色休闲鞋。餐桌上，有两瓶剑南春和一箱已经开封的拉菲，如果她没有猜错的话，应该是那晚喝剩下的酒。一盘只有半份的腊肉炒蒜薹套着塑料薄膜，旁边放有一双竹制筷子。客厅的灰白大花布艺沙发上随意搭了几件女式衣服，其中有一件林枫的蓝色衬衣。茶几上有几袋打开的零食，有黑色的瓜子从撕开的封口处散落出来。吃了几口的糕点，放在纸质食品盒。一包打开的香烟，有几根烟头的烟灰缸。两个相同高度的情侣不锈钢杯子，一只本色，一只淡红色。

客厅通向阳台，阳台上空无一物，只在空中晾衣架上，晾有女式红色胸罩内裤，红色胸罩和内裤上刺眼的花蔓，将梅影的心结结实实绞杀了几遍。男式内裤是梅影在超市给林枫买的，图案相同、颜色各异的菱形图案，菱形的几个角伸出来，向梅影胸口钩过来，疼像流水般汩汩地往外淌。站在客厅的走廊。两个卧室的门全部敞开，从打开的门里，铺着红色织锦床套的大床一目了然。

一阵眩晕，梅影颓然跌坐在沙发。心里的批评家马上跳上来。“躺也不能躺在这里！”她闭上眼睛镇静了几秒，直起身子。让女人给林枫打电话。她面有难色，诺诺地告诉梅影，他要是知道你在这里，她该遭殃了。

“你还怕什么？”

“姐姐，你和我想象的不一样。我以为你会对我动手。但是你没有，在你来之前，我还在想，如果你要动手了，我也不会还手。”女人眨巴着眼睛，天真地说。

这个没心没肺的傻女人，还真以为我是知心姐姐？只是在控制自己而已。

“因为你是最方便的一个，下属员工，离异单身，没有后顾之忧。你渴望婚姻，渴望一个可以依靠的肩膀，比正常女性更加强烈，他在这里寂寞无聊，于是一拍即合，就这么简单。”梅影恶狠狠地挖苦道。

可怜又可悲的女人。其实，自己又何尝不是呢？男性与女性生理构造的不同，直接决定男女本质的不同。在婚姻里，男人要的是壳，在壳里心不在焉，女人要的是芯，在芯里死缠烂打。

“老林告诉我的，他不知道你的心在哪里，抓不住，跟不上，他很累。”女人的一双眼睛直勾勾地大胆地盯着梅影的眼睛。

我的心在哪里？我也不知道。梅影问自己。

钥匙开门的声音传来，梅影坐直身体。这个傻女人噌一下从椅子蹿到梅影身后。林枫看到女人，恶魔般的神态又浮到脸上，快要裂出的眼球，拧到额头的眉毛、鼻孔张口，牙关紧咬，手握拳，脚跺地。

“沙琳娜，你到底想干什么？”林枫大声喊道。

“我自己开门进来的。我就是想证实你有没有撒谎。”梅影扬起手中的钥匙，凛然绕开林枫，出门，回到酒店，关掉手机，打包起程回家。

房间内，林枫在桌子上放了两百块钱。

“为什么要这样？林总？”沙琳娜捡起桌面的钱，放在了包里，小心地问。

“和你没有关系的事情，不要打听。”林枫说完，把桌面上的钥匙扔进抽屉，头也不回出了门。

沙琳娜摇着头，到阳台取下女式内衣，回到房间，揭掉沙发上的外罩，又去卧室揭开红色床罩，收好，放进自己带来的大包，拉上门下楼。

双流机场，梅影已经买好回西安的机票，坐在麦当劳盯着餐盘上的广告发愣。该登机了，她一口喝干杯中的纯净水，向登机口走去。

7

林枫坐在椅子上，两只胳膊支撑桌面，身体前倾，一根香烟夹在手指。沙琳娜站在桌前，两个人都没有说话，办公室死一般地沉寂。林枫一口接一口抽完香烟，将烟头狠狠摁在烟灰缸，被灭的烟头直愣愣地杵在那里。沙琳娜看看烟头，眨巴的眼睛望着林枫。

“我给你是怎么交代的？为什么篡改我的意思？”林枫诘问。

“我就是按照你的交代说的。”沙琳娜盯着烟灰缸，小声辩解道。

“咱们俩有什么关系？兔子还不吃窝边草呢。给自己找个好男人，踏踏实实地过日子去。”林枫有点儿不耐烦。

“你不是说你不幸福吗？”沙琳娜抬起头说。

“是，我是不幸福，我的不幸福是我自己造成的。你懂吗？是我自己，你不懂的。”林枫手指弹在桌面，然后身体向后仰在椅背上。

“我懂。不爱是长年积累下来的，我有过婚姻，怎么能不懂。别人说你简单粗暴，我觉得不是，你血性率直，粗中有细，心地并不坏，有一种大哥风范，我就喜欢这样的男人。”沙琳娜说完揣摩着林枫的脸色。她发现林枫刚才阴沉的脸上有一丝笑意。

“大哥风范？你喜欢做大哥的女人？你看走眼了，我不是大哥。”林枫道。

林枫想不到自己在沙琳娜的眼里竟然有可取之处。他想起梅影冷漠的神态和不屑的眼神。再看看这个自己从来都没有正眼瞧过的女人，这才发现，沙琳娜属于耐看的那类女人。乍一看，平淡无奇，再看时，并不秀美的五官搭配在一起，有了不同的韵味。林枫摸着自己的脸，同样平凡的五官，凑在一起，拼成了一张不平凡的脸。不同的五官，相似的形式，面对站在自己面前，想做大哥的女人的女人，口气缓和下来。

“再次告诉你，我不是大哥。”林枫道。

“在我眼里，你就是大哥。”看到林枫的眉头舒展开来，沙琳娜大胆地说。“我知道，你和魏锦奇有一家翡翠珠宝公司，你们店里全是翡翠原石，你在赌石。”

林枫一下子从椅子上挺直腰，喝声问道。

“你听谁说的?”

“几个离职员工说的。”沙琳娜心里有点儿小怯。

“他们从哪里知道的?”林枫的脸唰地沉下来。

“有员工的亲戚也开了珠宝店，他们还说，别看魏锦奇地质专业毕业，赌石向来不认文凭，只信命。你上当受骗，他吃里爬外，你不知道吧?”沙琳娜索性将她知道的全部倒了出来。对于林枫，她向来有点儿胆怯，今天很奇怪，她好像不怕这个男人了。

林枫将头扭向窗外，没有吭声，魏锦奇的事情他有觉察。但是，目前，他没有更合适的人选。

“我想请几天假，橘园的橘子再运不出去，就要烂在园子里了。”沙琳娜这会儿有点儿怵林枫了，索性找一个让林枫信服的理由，请几天假，等林枫气消之后再回来。她知道，已经有几名员工休假摘橘子去了。

“去吧去吧。”林枫不耐烦地挥手说。

他后悔让沙琳娜去演这一场戏，演来演去，这个笨女人将自己完全投入进去，分不清虚实。他自己都不明白，这个沙琳娜看上他什么？暴躁的脾气，丰厚的身价，还是酒店老总的招牌？即便这块招牌也是晃里晃荡，摇摇欲坠，更何况他哪里有丰厚的身价？滚吧，都滚吧，连自己也滚吧。他不由在心里连带着将自己骂起来。盯着沙琳娜屁股一甩一甩离去的背影，林枫将椅子转向窗户。

窗外，天空有几片厚厚的云压在空中，天沉得快要挨到对面的楼顶。远远看去，楼顶奇怪地扭曲在半空，林枫的心里开始烦躁起来，这股烦躁像滚雪球，越滚越大，滚到最后，林枫从椅子噌地站起来，向椅子重重地踢过去。椅子摇头晃脑地转了几圈。

几名离职员工联手给总部发实名邮件，罗列了林枫的几宗问题，总部要求他必须回去当面澄清。想起几名离职员工，一股无名之火从林枫心里蹿出来。

桌面上，手机开始嗯嗯地震动。

“林总，这块石头也是砖料一块。我们又赔了。五十万打水漂了。”魏锦奇嗓音嘶哑道。

“长眼睛没有？我现在心烦，别告诉我。继续买！”林枫恨不得将手机砸到墙上。“五十万又进去了。还不收手？再买下去就要光屁股了。”林枫在心里狠狠地骂着自己。

他又拿起手机，给魏锦奇拨通电话。

“别买了。不能再买了。”林枫喊道。

“我们已经赔了三百多万了，三百万不是一两天就能赚回来的。”

魏锦奇说得也是，三百万不是一句话就能挣回来的。一刀穷，一刀富，一刀下去，翻几个身，也不是没有，再试试，再试试！林枫安慰自个的同时顺便打了一针鸡血。

“行，等我回来再翻翻！”林枫嘴角抽动回答道。

挂掉手机，林枫一眼瞥见玻璃柜里的几块玛瑙石，过去抓起来，一把扔到垃圾桶。

墙壁上的狼图腾，像一匹荒原上的孤狼正对林枫。那是一双桀骜不驯的眼睛，孤独，冰冷，野性，不安。林枫突然感到那只狼好像又在自己体内复苏，在荒凉的原野、在阴霾的天空下，漫无目标，盲目地狂奔，肆无忌惮地哀号。五马分尸也不过是这种感觉吧？他感到此时的自己正处于这种状态。思想、头脑、身体的各个器官在不断变形、扩张，它们互相角逐、厮打，在激烈的缠斗中，被几匹老马拉向不同的方向，他听到骨头断裂的嘎巴声，听到血液喷涌而出的哧哧声，他看到自己被撕裂成碎片，抛向空中。

林枫收回眼睛，疲惫不堪地坐回椅子，烦躁不安地看着窗外的天空。

天空堆积着一层厚厚的云，看样子，快要下雨了。一只绿头苍蝇嗡嗡讨厌地在窗户的玻璃上撞来撞去，一会儿，苍蝇飞离玻璃，在办公室里转了一圈，接着又向玻璃冲刺而去。苍蝇绕着玻璃盘旋了几次，最后果断地飞向玻璃的右下角，在那里，纱窗破了一个小洞。苍蝇成功解围，回过头瞟了一眼林枫，得意扬扬地哼着小曲，飞了出去。

办公室没有了嗡嗡的声音，安静下来。林枫盯着狼图腾，在茫然中他找到了突破口。他拉门出去，不一会儿又从电梯回来，打开办公室的门，从垃圾桶里捡起玛瑙石，在卫生间洗了又洗，用毛巾擦干净，放回原处。

酒店监控室，一名保安正在玩手机。林枫进来，保安赶紧放下手机站起来。林枫让保安将前两天的录像调出来。保安调出了监控录像，快速掠过的录像，又激起林枫心中的怒火，她一而再再而三地隐瞒，还有多少秘密隐藏在心里？

梅影回到家时，已是下午 6 点。在这个属于梅影的地盘里，她是自己的主人。放下面具，放下盔甲，将旅行箱扔在地上，梅影滑坐到沙发，梅影很想放声大哭，但她还是不敢，楼上楼下都是设计院里的同事。只有任由眼泪一把一把淌下来，直到胸前淌湿一大片。钥匙、门、床、内衣裤，和所有物件带来的各种各样的联想在脑子里腾云驾雾般，一会儿好似透过层层迷雾，看到本质，一会儿又迷失在现象中。现象与本质，如同事物两个面，彼此相依，却又彼此相离。用何种方法来验证，才能让它们合二为一，她不得而知。太累了，太累了。

突然眼前一片刺眼，梅影睁开眼睛，腾地从沙发上坐起，沙发前蹲着一个人！

林枫蹲在沙发前，歪着头注视梅影。

梅影将头扭向一边。对于回来一路的情景，梅影没有任何印象。经过眼泪的净化，经过眼泪的宣泄，头脑清醒了许多，堵塞的胸口慢慢开始流通。天空没有一颗星星，应该是阴天吧。对面楼上的窗户依次亮着或明或暗的灯光，梅影又想起十六楼，刚刚略有平复的情绪瞬间烦躁起来。

梅影回过头看见站在逆光下的林枫。

那是一张曾经看起来悠闲自在的脸。分开看，五官平淡毫不起眼，一双灵活的眼睛开阔地长在平眉之下，嘴巴略大，上下嘴唇一般厚，中间高挺的鼻梁，将整个脸部轮廓撑起来，宽阔平整到额头，当这些平淡的五官凑到一起时，搭配出一种奇妙的和谐。如果说每个分开的五官勉强及格，那么凑起来大约有七十分的样子，这样的成绩，应该是在成长过程中的超常发挥了。当然那样的一张脸，是在梅影认识的时候。现在，体重随着年龄的上升而加倍增长，突起的肚子圆鼓鼓的，像一口倒扣的锅绑在身上。下巴多出的一层肉挂在脸颊两侧，整个脸形本末倒置，发生了根本性的逆转，下大上小。他的脾气急躁，就像一串鞭炮，随时点燃随时爆炸，也许是进入更年期吧，这几年脾气更加暴虐，而这一切，让这张脸时刻呈现出凶相。

如果成熟的男人分值以百分比计算的话，那么其学识、能力、品行、责任、个性是变量的关键因素。如果关键因素不达标，整个分值将会直线下降。此时的林枫，整体处于什么分值呢？

此刻，逆光下林枫的脸部阴郁，眼神飘忽不定地在梅影脸上来回扫视。也许，他也正在给我打分吧。梅影心里想。

“老婆明显老了，脾气随着年龄的增长，也变大了。”林枫叹息道。

“所以该换了。”梅影冷冷地回击。

“你什么意思，我好好跟你说话呢，阴阳怪气的。”林枫瞪大眼睛，皱着眉头喊道。

“能不能不喊？”梅影生气地说。

林枫着急生气的样子，一下子将梅影内心压抑的火引爆出来，她进到客厅。

“这么多年，我就这个样子，从骨子里带来的，改不掉。我本来是不回来的，害怕你胡思乱想，跟在你后面回来，你不领情非要跟我过不去。早知道这样，我就不回来了。”林枫转过身，在梅影背后继续喊道。

林枫自己也不明白，在梅影面前，他撒谎真是不打草稿，张口就来。

“编吧，编吧。撒谎不眨眼睛。”

梅影根本不会相信，林枫会为了自己回来，她更加生气。其实，她要的很简单，就是一句真话。可惜，林枫用尽心思用一个谎言圆另一个谎言，最后谎言越编越多，编得自己迷在里边分不清东西。就像多米诺骨牌，一个接一个倒下时，整个信任体系全部崩盘塌陷。

“我什么时候骗过你？行，你说骗也行。能骗一辈子也是我的本事。那不是还过了这么多年吗？”被拆穿的林枫，无赖地强辩道。

梅影回过头，正好碰见林枫恶狠狠的凶光盯着自己。林枫没有料到梅影突然回头，收住眼睛，下意识停顿在那里。梅影怒然转身，但是被林枫眼神刺破的疼痛却残留在胸口，或许很久以前它就在那里，或许它一直就在那里，只是未曾发现而已。梅影在问自己，难道是自己错了？错在哪里？那样的眼神是我才应该有的，他有什么资格？他为什么要这样？他为什么这么恨我呢？

口很干，饮水桶里还没有来得及换水。梅影打开冰箱，冰箱里什么也没有。她看见了酒柜里的半瓶红酒，取出高脚杯，倒了满满一杯。林枫跟在她身后。

“一个女人家，冰箱也不备一些吃的食品。这个女主人怎么当的？”

梅影心里的火噌地蹿上来，她又联想到那个房间。

“你，吊个脸给谁看呢？我就是想提醒你备点儿吃的，难道我错了？算了，反正你心里从来就没有我。没想到，你还会为沙琳娜的事情生气。哈哈哈，谢谢了！”林枫爽然大笑。

林枫的笑，刺激着梅影的神经，藏在梅影体内的恶魔跳出来，一直在成都压制的火气一下子从胸腔经过气管爆发出来。

“你从来都没有错。错的从来都是我。有些事情不用你告诉，我也知道怎么回事。我只希望你能坐下来，咱们能好好谈谈，为什么要这样？你除了发脾气，就是撒谎骗人，我受够了！”梅影喊道。

“你胡说八道，什么事都没有，你看看你现在这个样子，像个女人吗？每天和图纸、水泥、钢筋打交道，母鸡中的战斗机，梅超风一个……”

恶毒的语言一串串从林枫的嘴里吐出来，那张嘴巴一张一合，就像一条毒蛇在吐芯子，他右手食指在空中上下晃动戳向梅影，头发冲向天花板，额头上的青筋暴起，如同被火烧的蚯蚓爬在脸上，与眉毛扭作一团，分不清谁是谁。牛眼圆睁，目露凶光，眼睛、眉毛、嘴巴横七竖八地抹在脸上，脸部迅速膨胀，一会儿紫一会儿黑，交替变幻，如同来自魔界的凶煞恶魔。

语言上的暴力成为一种精神的折磨。林枫的每句话都带着毒，每句话都是一根针，刺进梅影的喉咙，让她如鲠在喉，唯一能做的就是忍或者奋起还击。她想破了脑袋二十多年也搞不明白，一个男人，接受过高等教育的男人，一个所谓的大老爷们，竟然像没有文化的老婆婆骂街。他知道自己的软肋，知道自己的命门在哪里，用想到的所有难听的话，恶狠狠地刺向它们。

梅影完全崩溃了。她看见了自己内在的恶魔张牙舞爪地冲了出来，她极力想收，但无济于事。它爬到了梅影的脸上，她的脸部扭曲变形，眼睛放射出刺眼的红光。这是一个愤怒的女魔，披头散发，指尖锋利，胸脯剧烈起伏。

如同一对攀在悬崖的魔头，林枫和梅影隔空对峙，用毒辣的眼神相互攻击，相互撕扯。

你为什么要变成这样，为什么？不要这样！来自体内的批评家在大声嘶吼。梅影双脚开始麻木，然后迅速向全身蔓延，瞬间，四肢如同灌铅般沉重，越来越重，她清楚自己将要倒下，拼尽全力将所有的愤怒汇聚到手中的酒杯。

杯碎。汁溅。红色葡萄汁抛向空中，划过一道道弧线。

她慢慢倒在地上，眼泪顺着眼角淌到地面。林枫企图将她扶起来，但她的胳膊不能打弯，他紧接着拽起她的双腿，同样没有奏效。梅影全身僵硬，直挺挺躺在地板。林枫将手放在梅影的鼻孔下面，梅影看见了一张惶恐的脸。她听见他打电话、扫地、擦地、上厕所、倒水。

不知过了多长时间，渐渐地，梅影感到胸口剧烈疼痛，意识到自己躺在床上，好像有亮光在眼前晃动。

睁开眼睛，林枫正在拉开白纱窗帘，外边好像下雪了。他回过身走到床边坐下，用降了几个音调的声音说：“你看，我后背都长眼睛了，你刚一睁开眼睛，我就知道。一大早起来，开始煲红枣桂圆银耳汤，就等你醒来。你能不能不这样吓我？你看，我的心都要被你吓出来了，摸摸。”林枫手伸过来拽梅影的手，梅影将手抽回来，放在被子里，眼睛看着窗外。

林枫吁了一声，站起来去厨房端银耳汤。

银耳汤端来了，红枣香甜的味道扑进鼻孔。梅影没有任何胃口，谢过林枫熬煮的银耳汤，拉过被子，蒙住头，转身背对林枫。累极了，心累极了，她痛恨昨天发生的事情，痛恨自己身上的魔性，痛恨林枫的火爆脾气和那张口无遮拦的嘴，痛恨那个叫沙琳娜的女人，打开了潘多拉盒子，让她不得不面对自己一直在逃避的，或者说一直在装聋作哑的事情。对于一个敏感的人，难道一直以来就没有任何感觉吗？不，只是一直不想去面对而已。

梅影再次醒来时，耳边传来轰隆隆的呼声，梅影拉开被子，林枫歪在床尾，睡得正香。他就有这样的本事，无论发生什么事，吃喝拉撒睡照单全收，丝毫不受影响。林枫的呼噜声停止，咳嗽了几声。

“小影，在哪儿呢?”

听到林枫叫的时候，梅影正在厨房喝银耳汤。昨天几乎一天没有吃东西，胃空空的。林枫进来，看见她端着碗。嘿嘿笑道：“这就好，喝好吃饱，才有力气吵架。”

梅影没有理会，喝完转身离开厨房到了书房。林枫跟着进来，倚在门框，左脚绕在右小腿后，脚尖着地，两手交叉胸前，在她身后喊道：“中午吃什么饭？你要是不做饭，我就自己到外边吃，晚上不用给我做饭。商量一下，行不行?”

“打扫完卫生，我下楼买点儿菜。”梅影语气冷淡。

“你会给我做饭？不吃了。”林枫拧巴上了。

“家里没有菜，我总得买菜吧。”梅影真不想生气了。

“又是我的错，我的错，我在你面前从来都没有对过。一副爱理不理的样子，好像欠着你的饭。劳驾不起，走——了!”林枫说完，开始穿衣服换鞋。

“不对，你是不是又偷偷画画？让我看看。”林枫走到门口，又折了回来，打开柜子，扒出几幅画，扔在地板，踩上几脚。

“谁允许你画画了？你把我的话当耳旁风 ？你为什么要这样？你到底想干什么？许衡死了，你还在做梦？跟着许清做梦的只有你这个傻瓜蛋。”林枫暴怒，手指在空中挥舞。

“咣”一声，门在他身后关住。门带来的风，吹起地板上细微的尘埃开始在空中飘荡。梅影闭上眼睛靠在书桌，这样的场景在生活中不断地重复上演。她不知道，为什么他们总是战火纷飞？她不知道，他们在多少个环节出了问题？她不知道，为什么他总是无理取闹？她不知道，如何才能更好地跟他沟通？但她知道，他们之间一定是出问题了。曾经，她天真地认为，自己可以改变他，但事实上这么多年，她根本无法改变他。现在，她已经放弃了天真幼稚的想法。她无法改变林枫，寄希望他自己能够改变自己，能够随着年龄的增长而改变。梅影错了，他不仅没有改变，反而变本加厉，愈来愈恶劣。

够了！受够了！

胸口又开始痛，头部好像从中间炸裂。不能再这样了！她已经记不清是多少次了！

梅影想起唐果敏。她需要见到她，马上见到她，体内的热量和内心能量已经消失殆尽，她无法客观地梳理一连串出现的问题，无法理智地思考，无法做出正确的判断，她的思想已经混乱得如同一张密密麻麻的网，无法走出思维的局限。

手机遽然响起，直觉告诉她是唐果敏的电话。

果然！唐果敏，唐果敏，一个蕴藏着热量与能量的女人，冥冥之中，她知道我渴望见到她。我需要她内心的厚重带来的安全感，需要她理性的分析。在她面前，我可以剥开层层的盔甲，可以丢弃白天戴的面具，因为她懂我的情怀，她懂我的思想，她懂我的内心世界，我们原本就是同类，在彼此的身上看到了自己的影子。

茶秀在高新四路，正好位于两家居中的位置，是梅影和唐果敏经常相约的据点之一。平时步行过去大约二十分钟。正逢周末，茶秀客人较多，大厅有一台古筝，一位花甲老太太正在弹奏，她旁无若人的丰韵吸引着梅影的视线，梅影想到了玉音妈妈。若在往日，她会停下来静静地欣赏。梅影向来喜欢智慧优雅的老人。但是现在梅影思绪乱如麻，情绪沉在谷底。

二楼靠最里边有一个小包间正好腾出来，服务员领梅影过去。刚坐下，唐果敏紧跟在后边气喘吁吁地进来了。

“发生什么事情了？在电话里有气无力的？”唐果敏一边脱外套，一边喘着气问。

今天唐果敏原本是要展示她的茶艺功夫。刚从茶艺班学完，她的心正热着呢。

“如果简单说，一句话就可以讲清楚，如果前世今生讲，我得慢慢来。”

“不着急，先静下心来喝茶，喝茶喝的是心情。静心、从容、专注、单纯、当下，是喝茶的境界。茶如人，用恭敬的心待茶，茶将会滋养你。把你的心放在当下喝茶这件事，然后我们来一起分析最近发生的事情。”唐果敏在梅影面前放了一杯正山小种。

红茶的幽香和绵柔，让梅影比较客观地还原了在成都以及昨天发生的事情。听完以后，唐果敏沉默了一会儿，从黑色皮包里取出记录本和笔，梳理出目前存在的几个问题：1. 三把钥匙。其中一把钥匙和林枫有关，另外两把未知。2. 沙琳娜与林枫的问题。3. 林枫和梅影的问题。4. 林枫自身的问题。5. 梅影的问题。

当唐果敏在梅影的问题上重重地勾画出来时，梅影表示疑惑，我的问题是什么？在整个事件中，她认为自己没有问题。唐果敏认为目前最主要的问题恰恰就是梅影的问题。因为她的态度，她对整个事件的认知是处理问题的最基本要素。如果这样考虑，梅影认可，因为事情最终不仅需要她来解决，而且还有造成这些问题最根本的问题，也就是她和林枫多年没有能够解决好的问题。

针对梅影的问题，唐果敏又列出几点，希望她能认真地思考。

面对唐果敏列举的这些问题，有些问题梅影曾经有过零乱的思考。但是，没有像今天这样集中全面认真地反思。梅影知道，他们之间问题的根源并不在这几天发生的事情，它只是一根导火索，将掩藏在两个人内心堆积多年的宿怨点燃。如果任由下去，一定会在某个时刻发生剧烈震荡。

“你为什么一下子会想到这么多问题?”梅影问唐果敏。唐果敏一下子将问题的本质和核心梳理出来，让她惊讶。

“这也是我经常问自己的问题，我和老钟之间也会有争执。争执过后，我们会坐下来，心平气和地分析争执的原因。如果有问题解决问题，如果思想不统一，谁的理由更充分，就按照他的思想走，如果错了或者失败了，我们不会互相埋怨。有争执的事情一定不是简单的事情，要允许犯错，检查错在哪里，下次避免就是了。人生本来就是一场不断试错的过程，成功是幸运中的幸运。这么多年，我很珍惜现在的生活。从当年的一无所有一直打拼到现在，不是几句话能够表达的了。我也佩服老钟，有责任有担当有格局。当然，有时也会失落，不像上班族生活那么规律，压力大。想一想，这是我们自己的选择，鱼和熊掌不可兼得，既然选择了一条充满艰辛的路，那就咬着牙往前走。万幸，生活总还是有回报的，两个家族得到了收益，日子都过得好起来。我们都是平凡的人，能够看着两个家族在我们的扶持下，过上好日子，平平安安，就是最大的幸福了。”

梅影沉默不语，她知道，唐果敏和老钟两个人有相同的价值观，有共同的目标，但是她和林枫就像是一盘散沙。大家都是平凡的人，过着普通的生活，如果家庭成员之间，不谈工作，不谈学习，不谈思想，面对工作中出现的矛盾，思想上的困惑，得不到最亲密的人支持理解与帮助，一个家庭的凝聚与力量在哪里体现？

“我也经常问我自己，当初为什么选择他？”

“是啊，当初为什么选择他？我们都是成年人了，如果因为当初年轻，少不更事，不明白自己真正想要什么样的人，做什么样的事。现在，应该明白自己想要什么，必须明白自己想要什么。其实，走到今天，我也是才发现我想要做的事情，竟然是我一直梦想的事情。”唐果敏道。在她沉稳的性格里，总是蕴含一股温润的力量，正如茶，不浓烈，不张扬，在静静的沉淀中渗透着岁月。

“我记得很久以前看凤凰卫视一档节目，女主播曾经说过：当一个人过了四十，她才知道自己真正地想要什么。想要与不想要正是我们的迷茫与纠结。夜深人静的时候，我也经常想，我到底想要什么？不确定。但是，有一点我现在比较清楚，这样的婚姻、这样的职业似乎并不是我想要的。画家梦是我从小的理想，年轻时任性，轻易放弃，一直让我自责后悔到今天。是时候静下心来，认真地思索这些问题了。”梅影手扶茶杯，认真地说。

是啊，年轻的时候，不知天高地厚，什么都想要。要帅气的男朋友，要美好的爱情，要幸福的生活，要体面的工作，要周游世界，还要再来点儿小情小调。随着时间的推移，我们会越来越发现，帅气的男朋友未必靠谱，我们要别人也惦记着。美好的爱情在岁月的长河中，会被洗刷到一片素白。幸福的生活需要我们细心地经营，一旦疏于打理，已经不是幸福与否的问题，随时都会有分崩离析的危险。体面的工作可能让我们早起晚睡，透支健康，也可能让我们疲于应付各种各样的人际关系和工作环境。想要周游世界不是不可以，我们不仅要有足够的Money，还要有充足的时间、健康的身体。末了偶尔的小情小调还可以给生活添点儿佐料。到最后，我们才发现，我们想要的，未必就会有，而给我们的，未必就是想要的。鱼和熊掌不可兼得，得到了这部分，必然会失去另外的部分。现在，终于懂得了，什么才是我们真正想要的，什么是我们必须舍弃的；我们更懂得了，我们想要的，是我们的生命中最值得去做的事情；这时，我们懂得了，最值得去做的事情，就是我们一直在寻找的，与个人的兴趣能够紧密结合，能够带来精神上的愉悦，丰富我们内在的事情。在茶香里，梅影的思绪开始飘荡。

“如果不知道自己到底想要什么，不妨知道自己不要什么。不要自以为是，有些事情并非是我们想的那样；不要执念太重，那样事情往往会适得其反；不要太多计较个人得失，那样我们的格局会变小；不要声名狼藉，那样会毁掉我们的声誉；不要顾此失彼，那样会影响全局。”梅影接着说道。

“当我们真正地想清楚了什么是自己想要的、什么是自己不想要的时候，眼前豁然开朗，有一扇门正在为我们徐徐开启，有一种清明的生活向我们走来。”新泡一壶茶，唐果敏边嗅茶香，边说道。

是啊，滚过了红尘，淋过了风雨，经历了过往，积攒了阅历，到了一定的年龄，如果还要说，不知道自己要什么，不知道自己不要什么，那只能说，这样的人生真是稀里糊涂得一塌糊涂了。茶的熏香在唇齿间流淌，梅影手把茶杯。

“对，给我们的前半生画个句号，不管是不是圆满，到此翻篇了。不把前半生的惯性带入后半生，后半生，咱们不做无聊的人，要做有趣的人，做有趣的事，将生活过得丰富多彩。”唐果敏说。

“说得也是。短短一生中，前二十年我们在父母身边长大，所有的时间用来成长，用来在学校获取知识。中间二十年，我们工作、结婚、生小孩，相夫教子，将自己全身心奉献给家庭和孩子。孩子长大了，有自己的思想和未来，掐指算一算，人生一半已经过去了，我们给自己留下多少时间？又能陪伴父母多少时间？想一想，真是感到唏嘘啊。”梅影感叹道。

不知不觉中，时间已到了晚上。俩人聊天兴趣盎然。茶秀有点心，梅影要了一份水果沙拉。茶不能再喝了，再喝就要茶醉了。

唐果敏在大唐西市看的房子，因为房东有变化，已经放弃。又在曲江看了一套别墅，位于小区门口，开发商原本打算将这套房子作为经营场所，但是没有确定具体经营项目。正好老钟和开发商认识，初步商定买下这套房子，将围墙拆掉，用来做茶庄。三天后，唐果敏和他们签订购房协议。她打算将房子按揭下来，总房款一千多万元，首付百分之三十，以现在的年龄，银行大约只能贷款十年。如果这样算下来，本金和利息平摊到每月，将近十万，是一笔不小的开支。

唐果敏坦言有压力，但是从另外角度来讲，如果买下来自住，每月也要还这么多的资金，再说，她不想住别墅，那么大的房子就两个人，没有意义。与其这样，不如用于经营。

“有压力才有动力。如果只做茶楼，能不能盈利？经营模式能不能有所突破？或者一边做茶楼，一边投资和茶有关的项目。”梅影道。

“投资和茶有关的项目?”唐果敏若有所思地说。

梅影和唐果敏分手后，混乱的思绪得到很大程度的缓解。在回家的路上，她思索刚才两个人的谈话。到底想要什么？不想要什么？一直以来让她纠结迷茫的事情，似乎像池中的小荷，露出一点儿尖尖的角。

一股冷湿空气，携带着稀薄的烟熏味从半开的窗户钻进来，冲减了房间的温度，肌肤一下子充满舒适感。轻得可以忽略的烟熏味，让人想起红茶的绵密、醇厚。坐在灯下，梅影取出唐果敏写下几个问题的纸片。薄薄的一张纸，简单的几个问题，如果是一份书面答卷，她可以完美地演绎。但，它不是！实际它沉甸甸的，是二十多年生活的反省与考量，梅影不能确定，如果将每个问题考虑清楚，接下来将会发生什么。

手机铃声打断了梅影的思考，手机显示了一个陌生号码。电话响了几次，梅影将手机扔到一边。电话不断响起，打电话的人蛮有个性，誓不罢休，（他）她继续打，她继续挂掉。

终于，手机音乐不再响起！“嗒!”一条短信闯进来：门口有一把钥匙。

如果刚开始的时候，惶恐、紧张、不安、好奇、刺激几种情绪纠集在一起，让梅影不能自控的话，那么现在，梅影可以确定这个钥匙不是她想要的。它已经和她没有关系，即便它和林枫紧密相连。她再也不想看到恶魔从自己的体内跳出来。她想回到书房，那个心灵安宁之所，静下来，好好反省二十多年的生活。抬起头看窗外的夜色，门口的钥匙又冒出来，那个XY又勾起了梅影的好奇心，她想打开门，看看这把钥匙到底是什么？怎么如此善变，刚才还在信誓旦旦，现在又动摇了。梅影一面自责，一面想到那个刻上去的XY，最终还是打开门。门口躺着一个信封，依旧是原木色的信封，摸得着的一把钥匙的轮廓，楼道空无一人。

突然，一种莫名的恐惧袭上来，这是在西安，有人从成都追到这里，竟然找到我的家？是谁，黑衣人？沙琳娜？谁？谁？谁？

梅影迅速返回家中，打开房间所有的灯。灯光下，恐惧一点一点从思想上远离。将几把钥匙放在一起，梅影并没有新的发现。她把钥匙收起来放在一个胡桃木的梳妆盒里。

在窗下，在寂静无人的夜里，在明亮的灯下，内心的批评家不失时机地跳出来，站在梅影面前。批评家语重心长，批评她的懦弱、她的逃避，甚至于她的不坚定。她时时刻刻监督、防范，生怕梅影走出她的视线，无法与她产生连接。她和梅影相伴多年，如影随形，彼此了解。对于她的絮叨，梅影习以为常。有时，她是一个好心肠的人，却常常做出事与愿违的事情。有时，她令人厌烦，她的谨小慎微阻止梅影思维的活跃 。但更多的时候，梅影需要聆听她的声音，依赖她的理性，帮助自己拨开笼罩在思想上的层层迷雾，还原事物本质。

静待片刻，准备好了吗？她问自己。一个感性的人，经常会雾里看花，水中望月，会将海市蜃楼看作真实的存在。当她沉潜在这个梦幻的世界时，分不清有几分可以实现，有几分是虚幻。所以，她不时怀疑，不时想要探知实相的真伪。

批评家：上次，你和唐果敏谈论的问题，考虑得怎么样？想清楚没有？现在我严肃地将这些问题再次和你沟通。当初为什么要嫁给林枫？林枫身上有哪几点吸引了你？这几点你现在还欣赏吗？当初你们的差异是什么？现在还存在吗？不存在的理由是什么？存在的理由是什么？这个问题是否影响到你们现在的生活？

梅影：当初嫁给林枫，当然因为他爱我。他性格简单外向、开朗热情，任何时候都是一张灿烂的笑脸。他的笑容吸引了我，他的热情点燃了我的热情。那时，坐在他自行车后边，双臂环着他的腰，感到格外的幸福。现在我依然欣赏他具有的优点。当初我们的差异有性格、兴趣、爱好的不同，现在依然存在。经过这么多年，原本的差异没有缩小，反而愈来愈大，已经到了无法调和的状态。爱情是一种相互补偿，走过这么多年的风雨，当年认为可以互补的地方，恰恰是今天起争执的地方。当时，幼稚地认为，既然选择了他，我相信以柔克刚，可以改变对方，可以感化对方。乐观地过高地估计了自己的能量。

在近二十年的生活中，非但没有以柔克刚，反而被训练得青出于蓝而胜于蓝。就像梅超风，张牙舞爪在家的江湖，就像勇猛的斗士，叱咤在家庭的战场。每当回到家，我将平和与温良留在门外，进了门就像一只刺猬，随时竖起满身的刺，保护自己，免受对方的攻击。如同劣币淘汰良币，夜深人静时，听到自己体内的劣币与良币碰撞所发出的叮当声，心就开始隐隐作痛。我原本不是这样的一个人啊，后来是怎样一步步成为一个雄赳赳、气昂昂的斗士，不斗天，不斗地，只和林枫斗？是我的错，还是我的悲哀？

批评家：你能做到坦诚地和林枫沟通吗？能平静地对待目前面临的问题，能接受这些问题吗？在林枫对你的指责中，你有没有反省自己的问题出在哪里？

梅影：坦诚沟通，是我的交往原则，为什么可以和外边任何人沟通，却在亲密关系中无法做到和林枫沟通呢？我无数次试图沟通，但每次一旦进入正式话题，就已狼烟四起。与其因为沟通而自寻烦恼，不如不去沟通，放任自流。凡事总有解决的办法，没有办法也是一种办法吧。面对沙琳娜的问题，更加沉重。我无意指责评判沙琳娜，没有她，也会有其他琳娜们出现。雄性动物的本性，再加上长期两地分居，渴望自由是人的天性，但是婚姻实在是拷问道德，更拷问生活态度的一桩事。

沙琳娜的事情，证实之前我的种种猜测得到了验证。夜不归宿，莫名其妙地消失，作为一个很敏感的人，我能不怀疑吗？我怀疑！唯独没有和林枫做一次彻底的沟通，让他悬崖勒马。儿子正在上学，我不希望因为这些无聊的事情，影响孩子，影响家庭氛围，在孩子的心里留下创伤。所以，我选择沉默，沉默助长了林枫的无法无天，以至于走到今天，他离家越走越远。实际上，在某种程度，对于一个家庭而言，我们俩是“共同犯罪”，他逆风而行，我顺水推舟。

批评家：在婚姻中，做一个孤独的“守门员”，长年累月，一眼不眨地守着球门是一件既辛苦又不讨好的事情。人总有打盹的时候，偶尔球门失守，不是不可原谅。毕竟人终究难脱动物这一本质性的桎梏，尤其是男人。但是，如果一个男人总处于脱轨状态，难道你没有责任？

梅影：一个家庭走到今天，我有不可推卸的责任。妻子是一所学校，在这所学校里，我可以管理好自己，管理好儿子，但却忽略了对林枫的管理、督促与引导，甚至在某种程度上，我坚信自己是一个好妻子，打理他的吃穿，熨烫他的衣物，让他光鲜亮丽地走在我的身旁。我承揽了家里的大小事务，忙得天昏地转，却放任他推卸家庭的责任。我承认，自己将全部的心思放在了孩子和工作上，却很少考虑到他的各种需求！

批评家：你能接受林枫现在的样子吗？你对林枫的期待是什么？他与你的期待差异在哪里？你能平和坦然地接受吗？

梅影：接受不了他现在的样子。如果他在家，我每时每刻都在担心，不知哪句话会招惹到他，不知道下一秒会爆发什么，好像手提炸药包，随时随地都会爆炸。那种感觉好似一会儿在天堂，一会儿在地狱。我对他的期待是希望他改掉他的坏脾气，对工作、对家庭负起应尽的责任。他与我的期待差异在于他知道差异，但无意改变。如果他想继续按照他的方式生活，我成全他。

批评家：如果没有出现这些事情，你和林枫的相处模式是什么？你们的相处模式你们双方满意吗？你有没有想到去改变？你有没有引导林枫去改变？如果改变不了，你会如何来客观地看待？

梅影：如果没有这些事情，我们的相处模式是，每个人都有自己独立的生活，互不干扰、各成体系。在现有情况下，互不干扰是将伤害最大限度地降低。我无力让他做改变，已经失去信心。我曾经试图引导，但涛声依旧。我向往的家庭模式是如同父母那样的生活方式，相濡以沫，互相欣赏，有问题共同商量解决，家庭始终处于安静和谐状态。如果改变不了，我会平静地接纳。

批评家：你如何评价你们现在的生活？

梅影：逃离。如果他回来，我想逃离。如果我在家，他想逃离。我的冷默，加速了他的逃离。他的暴躁乖张加速我的冷默。我不想谈爱情，我们走到今天，用事实证明了是对爱情的渎职。也不想谈家庭了，走到今天，对于家庭的每一个成员而言，近似于一种灾难。

当对话落下帷幕的时候，梅影感到身体好像被掏空一样，来自身体的虚脱、精神的虚脱，让她的头脑迷迷糊糊，晕晕沉沉。逃离，逃离竟然成为她最大的愿望。实际上，林枫早已逃离，家只不过一个空壳而已。她在这个空旷的四方体建筑空间里，在自己设计的水泥钢筋结构体里，在自己一手置办的家里，在夜深人静的灯光下，一个人独舞。

8

早上，林枫去集团公司，就离职员工匿名信的事情向集团公司做了说明。他一直担心的问题，反而没有提到，让他一下子放下心来。本来，处理那几名员工是因为他们违反了酒店的管理制度，合情合理。再说，林枫的性格脾气领导层也是清楚的，谁也不想惹他。所以，只是走一个过场而已。

楼道尽头叽里呱啦过来一群女同事，看见林枫，其中一位手指林枫，踩着妖娆的猫步走过来，手搭林枫的肩膀，一起面向大家。林枫绽开一脸的灿烂，一手叉腰，一手托腮，配合了一个完美的POSE。

“你没有在成都的火锅里涮，怎么这么麻辣？”林枫问女同事。

“不涮已经这么麻辣，还敢再涮？”女同事撩起头发故意道。

“哎哟，可是把你的搭档盼回来了。”另一同事开玩笑道。

“那是。天天想，天天念。胡萝卜缨子不摘把。”女同事说完大笑。

众人又开了几句玩笑，林枫双手拱起，准备告辞，“今天不开玩笑，中午还有事，改天请你们。”

林枫从单位出来，长舒一口气，他庆幸自己没有动用酒店的资金。但是，钱从哪里来呢？一车原石毛料从云南矿区拉回来，不是一个小数目。昨天，他已经约了几位银行的朋友吃中饭。一顿酒足饭饱之后，朋友回银行上班，林枫站在街边犹豫了片刻，回到小区，一头扎进麻将馆。

吊灯低低地悬挂在麻将桌子的上边，灯光投射下来，每个人看起来就像鬼魅似的，脸色铁青，低头，机械地搬动着手中的麻将。几乎没有人说话，偶尔抬起头，眼睛投射出来的目光就像石头一样硬，像冰一样冷。原本属于茶余饭后娱乐的麻将，竟打到这般伤筋动骨地步，真是一种悲哀。林枫一边在心中悲哀着，一边在旁边空桌停下来，

“哟，林总啊。回来了？”丰腴的老板娘过来，递给林枫一瓶冰峰，热情招呼道。

“麻将有什么打的？没黑没明地打。”林枫不屑地说。

“有什么打的？我看你打得比谁都欢势。”坐在后边钓鱼的麻友插了一句。

老板娘招呼旁边几个麻友，四个人凑成一桌。

杨画眉刚进小区大门，林枫的背影晃到眼前。这个男人，她一辈子都不想再看到。然而，今天，从学校回来，鬼使神差的，她一路尾随林枫到了麻将馆。当她直奔林枫而去时，林枫的麻将正处在水深火热之中。

“我想跟你好好谈谈。”杨画眉对着低头打牌的林枫说道。

林枫低头摆弄面前的一摞牌。“你跑来干什么？”

“允许你来，就不允许人家来？”对面桌子，一位大约有五十岁头发稀少的男人说完，对小杨点点头。他的旁边坐着年龄相仿体形丰硕的女人，看样子是一对夫妻。其余几个人发出几声笑之后，继续忙活着自己手下的活。

“是啊，没事就下楼来玩玩，这里多有意思。”那个女人说。

杨画眉冲向那个女人说：“我不是他的妻子，找他有点儿事情。”

“我不认识你。”林枫一动未动，眼睛盯着锅里的牌。

“只要我认识你就行。”

“哗啦”，杨画眉一把将堆在林枫面前的麻将推倒，几个人同时抬头，林枫呼哧站起来。

“你到底想干什么？”大庭广众之下，林枫的脸面被杨画眉撕下来，他怒吼道。

林枫推倒一把椅子，跟在杨画眉身后，出了大门。

“为什么还没有搬走？”林枫问。

“为什么要搬走？”杨画眉诘问道。

“需要钱啦？过段时间给你，好不好？”林枫露出讪讽的笑，伸手拽杨画眉的胳膊。

“走开。”杨画眉挣脱林枫的手。

杨画眉站在风中，如果，如果世上有后悔药，付出多大的代价，她也会毫不犹豫地吃下去。如果那些日子可以涂抹掉，她会竭尽全力将那些像梦魇一样的日子擦得不留一丝痕迹，让她的生活不再这么沉重，不再这么负罪，不再看到人性中最丑陋的阴暗面。但是，她知道，生活中没有如果，没有后悔药，没有橡皮擦，她只有去承担自己一手酿成的苦果。

章洁楠愣愣地坐在裁剪台前，一下一下地撕扯着手中衣服的边角料。台板上，一本打开的《上海服饰》，一个穿着红裙子的小女孩，正向她甜甜地笑。盯着盯着，那个小女孩从书本走了出来，隐隐约约，楼下传来妞妞的哭声，章洁楠猛地站起来，抓起几件衣服，手忙脚乱地套在身上，飞奔到楼下。

“妞妞，妞妞”，妞妞趴在一个陌生女人的肩膀上哇哇大哭。章洁楠发疯般地扑上去，她要夺回妞妞。冷不丁，陌生女人被重重地推了一把，抱着孩子差点儿摔倒在地。

“她不是妞妞，妞妞穿着小红裙。”章洁楠从混沌状态中似乎有些清醒，她知道自己又闯祸了，一路小跑，跑到小区花园，抱着一棵粗壮的合欢花树，脸颊贴紧树干，眼睛躲在树后。陌生女人紧紧抱着孩子，并没有追过来。这时，她看见了林枫和一个女人站在七号楼外，就是这个女人！林枫和那个女人分手后，那个女人进了七号楼。章洁楠从树后出来，闷闷不乐地进到楼道。

和杨画眉分手后，林枫回到牌桌，又继续埋头苦干。几圈下来，林枫一把没和，正在郁闷中，手机响起来，他看也没有看，直接打开手机。话筒里传来梅子轩的声音，林枫坐直身子，右手示意麻友别动。

“你回来了？人在哪里？又去打牌？”电话接通时，梅子轩听到话筒里传来洗牌的声音。

“没有，我早都不打了。正在外边办事情。”林枫一边说，一边对麻友挤眼睛，示意他们停下来。

“晚上七点，我在你家附近的苹果树下书吧等你。找你有事。”电话里梅子轩干脆利落地说完挂掉电话。

林枫放下手机，示意继续打牌。手里摸着牌，心里在琢磨着老丈人找自己有什么事？这一辈子，林枫还没有怵过任何一个人，唯独老丈人除外。

“今天的牌打得没鼻子没眼的。跑出来个杨画眉，又来个老丈人。”

林枫将牌哗啦推倒，在心里暗暗叫苦，走出了麻将馆。现在怎么会变成这个鬼样子？当年，那个热情阳光积极上进的林枫跑到哪里去了？

书吧内，梅子轩站在自己捐赠的一排书架前，翻了几本书后，取出一本《犯罪心理学》，拿在手里，找到靠窗位置坐下来。

林枫从天桥上下来，一眼看到窗下的梅子轩，正在读一本书。他下意识地低头扫视自己的衣着，发现左腿裤子膝盖处几处烟灰痕迹。他用手指连续弹了几下，灰白色的痕迹并未弹掉。林枫注意到梅子轩依旧在看书，进到书吧后，迅速到卫生间，蘸着水洗掉烟灰。

“爸爸，你来得早？”林枫走到座位，问道。

梅子轩将书反扣在桌面，林枫瞥了一眼书名。

“对，没什么事，早点儿过来。你最近工作还忙吧？”梅子轩看着林枫问道。

林枫喉咙发紧，不由自主咽下一口唾沫，回答道：“回集团公司办事，刚从单位出来。”

“牌赢了还是输了？”梅子轩没有理会林枫的谎言，继续问道。

林枫被梅子轩透射镜一样的目光看穿，答道：“刚和朋友到茶秀，爸爸的电话就来了，我直接过来，牌还没准备打。”

“打牌很专注，烟灰掉在裤子也不知道。”梅子轩继续问。

林枫心里开始有点儿恼火，他压下来赔着笑脸，没有回答。他明白自己的谎言在梅子轩面前就像肥皂泡，不堪一击。

“林枫，今天，咱们爷俩好好谈谈。你不必掩饰自己，咱们畅所欲言。好不好？”梅子轩问道。

囧在对面的林枫，脸上挂满不情愿的笑。

“说说，你为什么赌石？”梅子轩开门见山地问道。

林枫有些坐不住了，梅子轩竟然连这也知道，索性实话实说。

“爸爸，走到今天，我也问自己为什么要这样？我知道，以前的所作所为，让你伤心了。我现在没有别的心思，只是想尽快赚钱，让小影和儿子过得更好。我确实对不住小影。”林枫一脸的诚恳。

“小影既然选择你，她对自己的选择就要承担相应的责任。今天咱们不谈她，只谈你，好不好？”

林枫看了一眼对面的梅子轩。当年，自己也是有梦想有理想有激情的人，人到中年，为什么会变成这个样子？看看周围的几个同学，现在都是大老板，名车豪宅，事业有成，心理落差挺大。当年他们并不比自己强到哪里。

“作为男人，谁都想有所成就。成就不是投机取巧而来，是踏踏实实一步一个脚印走出来的。每个风光的背后，都会有不为人知的艰辛。我们不去羡慕别人。有梦想说明你有追求，我们要用正确的方式去追求。”

“我的梦想？我的追求？我想要成功，想要得到每个人的尊重，想要小影能够仰慕我。”林枫想了想，回答道。听到林枫的话，梅子轩笑了。

“成功是一个笼统的概念，具体到你，想要什么样的成功？想过没有？作为酒店的老总，你不成功吗？”

“想要什么样的成功？至少我并不认为我现在是成功的。至于酒店老总的职位，摇摇晃晃，竞聘上岗，合同每两年一签。今天，我坐在那个位置我就是，明天，不在那个位置上坐，我就什么都不是。”林枫鼻子不屑地哼了一声。

“想要成功是你的动力。但是，我们也要有明确的目标，对自己要有准确的定位。企业管理本来就是你的专业啊。”

“对啊，当初以为企业管理是一个很好的专业，今天才发现，其实是没有专业的专业。”

“企业管理依然是一个很好的专业。我们要对自己有足够的了解，我们的优势和长处是什么？我们的短板是什么？用自己的优势做事，成功的概率自然要大于用自己的短板。你学企业管理，应该比我更懂。”

“我的优势和长处是什么？我，我没有认真地思考过。”林枫老老实实地回答。

的确，这个问题他从来没有认真地考虑过。

“有时间，静下心来，好好想想。做珠宝生意、赌石是不是你的优势？你具备最基本的专业技能吗？为什么要用自己的短板去搏击自己的人生呢？”梅子轩语气慢下来，意味深长地说。

林枫没有回答。绕来绕去，梅子轩今天要跟他谈的是这个问题。林枫头扭向窗外，从口袋摸出一盒烟，从里边抽出一支，点燃，吸了两口，继续向窗外看去。

梅子轩咽下一口茶,望着坐在对面的林枫。岁月将林枫的阳光与激情扫落得荡然无存,只留下一个疏于管理、懒于思考、浮躁莽撞的中年男人的躯体。这个人好像坐着滑梯,大家一而再、再而三地挽救,也拉不住他滑下深渊的脚步。

“刚才你谈到想要得到每个人的尊重，首先问我们自己尊重别人没有？林枫，小影从小喜欢美术，当画家也是她从小的梦想，作为丈夫，你应该支持她、理解她、尊重她的追求。再说，画画并不妨碍你们的家庭啊。”

林枫坐在对面，望着梅子轩。他知道在梅子轩看似温和的话语里，其实充满了指责、不满与失望。林枫本就强压的情绪迫不及待地要跳出来，他狠狠吸口烟，全部吞咽下去，将那股情绪压在了胸腔。

“我的脾气天生就这样，爹妈给的，改不了。想尊重我的人，自然会尊重我，不会因为我的脾气不好而不尊重我。欣赏我的人，我自然尊重。我知道，有很多人不喜欢我，我的人生不是为他们而活，人情冷暖我自知。爸爸，谢谢你，这么多年对我的教诲，我不是你心目中理想的女婿。因为你爱小影，所以，帮我扫清我应该承担的责任。我会连本带利一起还给你。”林枫一口气说完，梗着脖子向窗外望去。

至于梅影的梦想，林枫不敢将自己真实想法完全暴露出来。如果从男人的眼光看，梅影是那种任何一个男人都梦想娶到家的女人，知书达理，漂亮贤惠。但是，作为老公，林枫感到自己有一种无形的压力，他知道在精神的世界，自己无法企及。他希望丰富物质基础，但是物质基础也并非纸上画饼那么容易。更重要的是，梅影似乎对物质并不看重，她活在精神世界里。既然自己达不到，索性将梅影拉向自己的世界。要将梅影拉向自己的世界，必然要摧毁她的世界。他没有想到，梅影的反击竟是如此顽抗。抗衡了这么多年，两个人谁也没有让步，依然处在两个世界，一个高高地飘在云端，一个站在尘埃。林枫累了，他不想仰望星空。他宁愿从庄稼地里随手摘一颗地瓜，放在自己身边。

家庭、已婚男人的身份对他而言，简直是作茧自缚，烦恼透顶。离婚的念头，在他的心中无数次地冒出来。在他的概念里，梅影从来不管他，也不在意他，他一直搞不清楚，对他的所作所为，梅影是真不知道，还是假装不知道？想到那天梅影的神态，一丝丝快意的笑，从嘴角不自觉地浮上脸颊。

当他意识到自己所处的环境时，那丝笑旋即又消失得无影无踪。

“林枫，一家人不说两家话，能帮到你们，我自然会帮。我们每个人都是孤零零地来到世上，童年时的无瑕，少年时的梦想，青年时的血性，中年时的稳健，老年时的智慧。每一个阶段自然有每个阶段的特质。你已经走到中年，有了丰富的生活阅历，有了对人生的思考，你肩上挑的是责任和担当，静下心来吧，我相信你能够做出明智的选择。”梅子轩语重心长地说。

林枫沉默片刻。这些问题他怎么能不考虑？但是，又能怎样？稳健？林枫不相信自己在一夜之间，就如梅子轩那般沉稳。不是所有的中年人都能稳健，不是所有的老年人都智慧。性格决定命运，从他出生的那一天起，就已经注定了今天的局面。人到中年，还要如学生般被教训。林枫一刻也不想将谈话继续下去。对牛弹琴就对牛弹琴，他就是那头无法调教的倔牛，他就是那匹外表看似热闹、内心孤寂的独狼。

“谢谢爸爸的教诲，我还有事情要办，改天我向您请教。”林枫恭恭敬敬地说。

对于油盐不进的林枫，梅子轩失望无语至极。当年，梅影将林枫领进家里的时候，梅子轩曾有担忧，他隐隐感到林枫血气方刚的表面下，掺杂着鲁莽游离不定的成分。他寄希望岁月的沉淀、林枫的自律，林枫会逐渐成熟理性。事实证明，林枫不仅没有在生活的历练中，更加沉稳坚强，反而在浮躁的社会中，更加浮躁，甚至失去理性。

林枫从书吧出来，他知道背后有双老鹰般的眼睛在盯着自己，这双眼睛总是能穿透他的心脏，读出他内心不可告人的秘密。是的，谁都想指责他，谁都想在他面前装老大。因为是梅子轩，他才强忍着，如果换作任何人，即便是自己的父母，他早都摔门而去了。

9

从东关鸡市拐拉拉手特殊儿童教育中心出来，周若朴原本打算回父母家，和母亲打过电话后，得知他们不在家，昨天和一帮老同学去了外地。于是，他回到自己家。他打开冰箱，冰箱里有几罐冰啤，还有一个鸡蛋。除此而外，别无他物。他又打开冰箱冷冻室，里边有两袋母亲包的饺子。周若朴取出一包，放在厨房案板上，打开天然气灶。天然气灶闪了几下，扑扑冒出零星的橘黄色火苗后，彻底熄火，天然气表传来“滴——滴——滴”的提示音。天然气表发出的提示音好像有一段时间了，只是周若朴一直没有在意。

周若朴将饺子放回冰箱，站在厨房，他想不起来，每天回到家的晚饭，是怎么糊弄过去的。他又打开橱柜，里边还有一包方便面。他插上电饭煲，加水，烧起来。用电饭煲也可以煮饺子啊，周若朴在心里笑着自己，打开冰箱，取出饺子。

“嘭”一声，电饭煲的红色指示灯暗下来，厨房的吸顶灯灭了，整个房间陷入一片黑暗。周若朴找到手机，在程序里打开手电筒。在一束光亮指引下，在抽屉里取出电卡，电卡里剩余的二十度电，还可以用几天。

厨房的灯亮了，周若朴重新打开电饭煲。厨房玻璃上映出周若朴模糊的身影。玻璃中那个孤独的身影让他意识到，是该找一位可心的女子，和他共度下半生。当他将所有的往事清零之后，他已经做好了接纳新的恋情的准备。他希望她是一位知书达理、温婉，可以与他进行灵魂交流的女子。

中午，周若朴从病房刚回到办公室，抽屉里的手机响起来。周若朴打开手机，是母亲的电话。她告诉周若朴，大姨和魏锦奇的妻子女儿先过来，魏锦奇晚一些时候再过来。如果不忙的话，学校的事情要抓紧安排。下午他们从外地回来，让周若朴晚上回家一趟。

周若朴放下电话，回到医院后边的家属院。家，还是多少年前的老模样，没有任何变化。在这里，他结婚生子，完成了人生中一件又一件的大事。房中的一切，让周若朴不由伤感起来。一眨眼多少年过去了，远在英国的女儿已经长大，长期的隔离，和他有些生疏。周若朴拿起床头柜上女儿的照片，仔细寻找着她童年的踪迹。

周若朴打扫完卫生，给自己的同学王毅打了电话。王毅在电话里告诉他，如果不存在学籍的问题，每学期一万五的借读费。费用没有办法减下来，这是学校办公会议定下来的规则。每年暑期开学，他手里有一个免费指标，但是他已经答应给一位朋友的孩子了。

周若朴接着又打了几个电话，大家的口气几乎是统一的标准答案，都是考虑一下，回头给他回电话。周若朴意识到自己将问题想得简单了。入学本来就是一件不易的事情，更何况插班。周若朴回头看着女儿如花般的笑容绽放在床头柜，拿起照片亲了几口放下。

晚上，周若朴回到父母家里，正在和父母吃饭。王毅打电话过来，告诉周若朴，他和校长沟通过了，年后就让孩子来上学吧。半学期的费用免掉了，只交高三一年的费用，也就是三万元。

王毅的学校属于五大名校，不是那么好进。母亲很高兴，立即给大姨打电话过去，告诉她上学的问题解决了，而且还是五大名校。关于费用的问题，魏锦奇目前没有这个能力。

“我们来吧，我们的退休工资足够交学费。”母亲道。

“妈妈，不用你们操心了，我来承担。魏锦奇现在怎么样？”周若朴问。

“唉。”母亲叹口气。“魏锦奇到处找不见人影。如果你去成都出差，去你大姨家看看？”

周若朴答应了母亲的要求，几天以后在成都开完会，终于通过各种途径找到了魏锦奇的栖身之处。当周若朴出现在珠宝店门口的那一刻，魏锦奇抬头一眼看见，手忙脚乱，跃过椅子往店后钻。周若朴反应过来，追了进去。刚到门口的林枫不明就里，看到有人往店里跑，不知发生什么事情，本能地跟在周若朴后面跑进店里。

魏锦奇钻到了卫生间，企图关门，周若朴从门缝挤进去，膝盖顶住魏锦奇腰部，魏锦奇脸蹭在墙砖上。林枫追过来，一把扳住周若朴肩膀。

“你是谁？跑到我们店里欺负人？”林枫喝声问道。

“你是谁？和你没有关系！”周若朴冷静地回答道。

“呀……呀……轻一点儿。哥……哥……”魏锦奇的左脸挤压在瓷砖，生疼生疼，他嗞里哇啦地挤出几句话。

“放手！”周若朴扭头道。

“你先放手！”林枫呵斥。

“你——放——手！”周若朴一字一句稳稳地道。

林枫不情愿地放下手。

“锦奇，为什么不接电话？”周若朴问魏锦奇。

“哥，我……不敢接。不……敢见你。呀——呀！”魏锦奇龇牙咧嘴。

“走吧，跟我回西安！”周若朴放下手。

“哥哥，今天不行，我事情还没有处理完。”魏锦奇揉着脸道。

“你是从西安来的？哟，有事情好好说。前面店面没有人，咱们去前边说。”林枫听出了周若朴和魏锦奇不一般的关系，又是从西安而来，口气缓和下来。

魏锦奇在抓起毛巾擦脸的空当，突然，拨开周若朴和林枫向门口蹿去。走在前边的林枫被拌得趔趄几下，他生气地扑上抓住魏锦奇的头，摁在椅子背。

“你还想跑？往哪里跑？”看到魏锦奇的囧样，一丝悲悯从周若朴内心升起。

“魏锦奇，你就这么一点儿出息？大老爷们跑什么？有事说事。”林枫接上周若朴的话说。

“哥，你别告诉我妈，等我赚了钱，买一套大房子，好不好？”魏锦奇告饶道。

“锦奇，你几岁了？还在做梦？”周若朴问道。

“现在是没有赚到。谁也不能保证以后赚不到。”林枫插了一句，放开魏锦奇。

林枫和周若朴两个人交换了名片。林枫拿着周若朴的名片瞄了一眼。哦，还是精神心理科医生？他又看了一眼名片。难怪，刚才那么沉稳，搁在自己，脾气早都炸了。这个气质儒雅，应该和自己同龄的心理医生让林枫来了兴趣。

“可以和你聊聊？”林枫看着名片道。

“当然可以！”周若朴爽快地回答。

“很想找一位心理医生。我怀疑自己是不是人格分裂？”林枫反复看着名片，一半自言自语，一半对周若朴说。

“哟，你还知道？让我哥给你检查检查。”魏锦奇一听，来劲了，指自己的头。

林枫狠狠瞪了一眼魏锦奇，店里进来几位顾客，魏锦奇坏坏地笑笑，过去招呼。

“有时间回西安，我找你好好聊聊！”林枫把名片放在名片夹里道。

林枫从烟盒里掏出一根烟，递给周若朴，周若朴拱手表示谢意。林枫点燃一根烟，深深地吸了几口，吐出烟圈，望着飘摇在空中的青烟道：“烦透了，活得这么累！”

在这个莽撞而坦率的同龄人身上，周若朴再次捕捉到人到中年，在社会中身不由己的沉浮和疲累。周若朴准备和林枫在后店里多聊几句。林枫有电话进来，酒店有事，他必须回去，于是和周若朴告别。魏锦奇在店里接待几位顾客，周若朴给他交代了几句，让他有时间回家一趟，然后离开珠宝店。

从店里出来时，已是黄昏时刻。周若朴给妹妹周若曼打了电话，约她一起吃晚饭。周若曼最近减肥，不吃晚饭，于是改约喝咖啡。周若曼比周若朴小三岁，兄妹两个从小一起玩耍、一起长大。

一首《You Raise Me Up》改编的爵士乐弥漫在咖啡馆，周若朴跟着节拍，手指轻叩桌面。周若曼穿着一件白色薄羽绒服，系一条黑白相间的围巾，从门外进来。看到周若朴，跑过去，双手按在周若朴肩膀。

“哥，什么风把你吹来了？”

“东西南北风，白板夹红中。”周若朴幽默了一把。

周若曼坐在对面，脱下外套，将围巾披在修身的黑色羊绒毛衣上。

“成都一年四季都是麻将风，恒温。”周若曼笑着补充了一句。

两个人都不想吃晚餐，周若朴要了两份黑森林蛋糕，两杯卡布其诺。周若曼喝了一口，迫不及待地说：“你来得正好，我要跟你商量一件事情。我要不要和小康去法国？”

“去吧！”坐在对面的周若朴毫不犹豫地回答。

“为什么？你不出国，让我出去？”

“为了家，为了孩子，总有一个人要做出相应的牺牲。小康的事业正处于上升期，你现在的工作只是一份职业。去吧，陪着他，一起经营你们的家庭。”

“也是。挺矛盾，我不想成为一个只知道柴米油盐、不思进取的家庭主妇。”周若曼忧虑地说道。

看着妹妹，周若朴笑了，“内心的恐惧。换个方式，既然不想成为只知道柴米油盐、不思进取的家庭主妇，想一想，做什么事情可以让你既享受家庭的温馨，又可以进取？”周若朴反问道。

“嗯，当然是读书！”周若曼脱口而出。

“好，读书。读什么书？专业书籍，还是文学书籍？对书籍有没有进行分类？”周若朴继续问道。对于聪慧的周若曼，她一下子明白了周若朴话中的用意。“啊，豁然开朗，我要看大量的文学书籍。”

“好，读书的目的是为什么？”周若朴循序渐进地道。

“把这么多年没有读的书补回来。”周若曼迟疑了一下，道。

“没有理解我的意思。读书有没有感悟？你的感悟，可以记录下来。”周若朴笑了，点拨道。

周若曼恍然大悟，双手竖起大拇指对周若朴重重地回了一个赞赏。

梅影的生活还是一如往常，喝茶听音乐画画，简单的早餐后，然后上班。在电梯间，梅影碰到小杨，她双手捧着一个玻璃花缸，花缸里边开满了碧绿的小叶子，绿意盈盈映在水里，蛮赏心悦目的。

“待会儿不忙的时候，到你办公室，有一件重要的事情要告诉你。”小杨悄悄地说。

“什么事情，能现在说吗？”梅影问道。

小杨神秘地说天机不可泄露，现在不行。

好几天没有到办公室，办公桌面一层灰尘，打扫完卫生，梅影打开电脑，看OA是否有上传新文件。有几条新内容上传过来，和自己没有关系，忽略了过去。

林枫的电话打了进来：“老婆，早上走时，怎么不叫我，我下午要走。不要听他们胡说八道，你在我心里，依然是NO.1。”林枫的嗓门略有沙哑。

“我给你发了一个邮件，你看看，认真考虑考虑，如果答出来，给我发邮件过来。”

那些问题，梅影希望林枫也能够认真地思考一下，写出自己的答案。既然无法面对面沟通交流，用邮件的方式也许是不错的选项，但愿如此吧！

“行，老婆安排的工作，即便是离婚协议，我也能保证完成任务。”林枫在手机里爽快地答道。

挂掉林枫的电话，梅影心里有一块东西放了下来。坐在椅子发呆的时候，门敲了几下，小杨闪了进来，手里端了一个精致的绿色小盆景。盆景里，绿色苔藓铺到绿植粗壮的根部，几枝分开的茎秆上顶着细小的叶子，在小小的可爱与玲珑中，绿植有几分肆意的野性。

“这又是什么？”梅影好奇地问。

“九死还魂草。”小杨放下小盆景道。

“哦？有点儿武侠小说的味道。”梅影格外地注视着盆景。

“它特别耐旱，只要遇到水，就能活。”小杨回过头道。

梅影又仔细地观赏起盆景。她想不到这么一株精巧的还魂草，竟然会有如此超强的生命力。

小美女穿了一件粉荷色的毛衣，白色牛仔裤，白色休闲靴子，站在桌前如同一株夏日的荷，清新脱俗。小杨看着梅影：“梅工，你笑起来真好看。”

“看见你，让我想起美好这个词，美好的年龄，美好的时代，美好的容貌。”梅影感叹道。

“当然了，第一次见到梅工时，我就喜欢看你，既知性，又有气质，尤其是笑的时候，那么甜美。”

甜美是很久远的时候，和林枫刚认识时，他经常说的一个词语。梅影笑着摇摇头，没有接小杨的话，由着她继续说下去。小杨转换了话题，回到她所称的天机不可泄露的事情，她小声地说：“梅工，院里要成立房地产公司，有人提议让你做副总呢。这两天有可能要找你谈话了。”

关于院里成立房地产公司的事情，一个月前已经有小道消息传出。和梅影没有关系的事情，她从来都不去想。小杨讲完这件事莞尔一笑，端走了文件柜一角的莲花竹，说要统一放营养液。

“哐”，任工妻子章洁楠一头撞进来，没头没脑地问：“小梅，小妖精跑哪里去了？”

“谁？”梅影纳闷，不知她指的是谁。

“刚进来的那个小妖精啊。大妖精小妖精。”章洁楠狠狠地甩下一句话，拉上门，旋即又推开门：“小梅，你不是。”梅影抬起头，她把门拉上。

门又被推开了，她挤进半个额头，看不到眼睛：“林枫不好！”

一阵噼里啪啦的跑步声，从梅影的门前向电梯方向跑去。一会儿，楼道传来章洁楠带着童声般的哭喊：“卓然，快来救我，快来救我。”

在章洁楠的声音里，夹杂着小杨的尖叫，紧接着好像是一阵厮打，楼道里开门声、脚步声杂乱起来。梅跑到楼道，只见小杨的头向后仰去，整个身体呈弓形扭曲，与地面几乎呈160度。章洁楠在后边拽住她的头发，死命地往地面拖去。任工过去，一把拽着章洁楠的手，梅影扶住小杨，小杨眼泪汪汪地扭着头，头发依旧攥在章洁楠手里。章洁楠终于放开手，神色疲倦地靠着任工，任工接过她的双肩，将她推向自己办公室。梅影挥手示意大家散去，将小杨扶到自己办公室，

小杨坐在椅子上哽咽得肩膀一抽一抽，梅影抽出几张餐巾纸递给她。她接过去拭去脸颊的泪，一边啜泣，一边用手捋着头发。梅影从抽屉取出玻璃茶缸，用夹子夹了几朵玫瑰花，放在纸杯，倒了一点儿热水冲掉灰尘和杂质，加了大半杯热水，又加了一点儿温水，打开柜子里的蜂蜜，加了两勺放在小杨跟前。然后，坐在一旁等小杨平静下来。一会儿，小杨的哽咽停下来，眼睛红红地湿润润地抬起头问：“梅工，那个女人是谁啊？”

“任工的妻子，精神受到了一些刺激。七八年前，她带着女儿去工地找任工，她上卫生间，女儿在任工面前的沙子堆里玩，楼上的水泥板突然掉下来，砸在女儿身上，当时任工正和甲方一位女同志讨论方案。这么多年，她一直

认为，当时如果任工不和那位女同志说话，女儿就不会出事了。唉，任工也真不容易，本来性格就内向，现在越来越沉默了。除了工作交流，已经很少听到他讲话，挺令人担忧的。”

“原来这样啊，难怪我几乎没有见到任工笑过。刚才，走到门口时，突然想将那盆莲花竹送给任工，就敲门进去了，他的妻子坐在沙发上喝水，任工坐在办公桌旁边看一本杂志，我告诉任工，将绿植放到这里，任工没有吭声，只是点点头，继续看杂志，他妻子在旁边用奇怪的眼神盯着我看，我有点儿害怕，就赶紧出来了，以后的事你就知道了。”小杨委屈地说。

“原谅她吧。啊?”梅影将水递给小杨。

小杨点点头，没有再追究下去，坐了一会儿，离开梅影办公室。小杨走后，梅影去了隔壁任工办公室。任工坐在办公桌旁边看杂志，看见梅影进来，点头后一语不发。梅影已经习惯任工的沉默，径直走到沙发前坐在章洁楠身边，章洁楠穿着一件奇怪的半成品的衣服，像小女孩一样蜷缩在沙发上。

她直起身子，眼神迷离，怯怯地看着梅影说：“小梅，我怎么办?”

任工坐在椅子，目光注视着章洁楠，神色憔悴。记得第一次见到任工时，是梅影报到的那天。当时大家都在一个大的办公室里办公。办公室没有人，任工正好从外边进来，管人事的同志介绍自己时，任工伸出手又收回去，放在身后，在衣服上蹭了几下。梅影被他的动作逗笑，任工腼腆地笑时，竟然红起脸来。那时的任工干净单纯。一次，在街道上，任工拉着章洁楠的手，背衬阳光，迎面过来。章洁楠长发飞扬，清雅大方。两个人看起来是那么和谐，又那么幸福。时间如同一把雕刻的刀，将对面的任工雕塑成寡言忧郁的中年男人，岁月如同断弦的小提琴，让章洁楠无法弹奏出流畅的乐曲。生活的凉薄，世事的无常，一种悲哀、一种对未来的担忧与恐惧，在梅影的思想里开始蔓延。

她默默地回到办公室，坐在窗前，凝望着外面的天空，头脑一片空白。

午餐时，任工带着章洁楠一起回家。梅影想给自己一个独处的时间，没有去职工餐厅，于是，下楼，步行一段路，过天桥来到苹果树下书吧。在第二层书架上，有梅影捐赠的几十本书，还有以前的几张静物画，尽管自己不是那么满意。现在，它们散挂在墙壁上，和这里的氛围正好契合。

书吧人不多，靠窗经常有空位。若有时间，梅影会来到这里，坐在书吧窗前。有时，透过玻璃看桥上的风景和路过的行人。有时，一杯茶或一杯咖啡，几本书，消磨几个时辰。有时，在这里发呆，一个恍惚，就到黄昏，没有理由，没有原因。有时，只想约一个人来这里，走进简单、纯净的自己喜欢的世界，即便什么不说，也会拥有当下的愉悦和存在。

梅影点了一份茄汁米饭套餐，一杯红茶。书吧的几个小服务生梅影已经熟悉。顾小小特地给梅影送了一份枣核奶酪点心——他们即将推出的茶点新品，让她品尝。点心味道还是比较正点，枣香味浓郁，核桃与乳酪混合在一起口感滑柔绵软。点心的色彩，层次感分明，红白相间，颇能吸引味蕾。无论从口感还是卖相，点心相当不错。唯一不足的是，餐盘不够精细，瓷质粗糙。顾小小不好意思地承认，他们的餐盘是从地摊上购买的，价格低廉。他们希望将书吧当成一项事业来做，已经开始有意识地进行细节打造了，并且谢谢梅影的建议。

对这几个孩子，梅影挺佩服的，他们有激情、有勇气、有梦想，懂得用智慧去创造自己的未来。相比之下，自己总是瞻前顾后，勉强着搅不起热情的工作，过着名存实亡的生活。真不知该表扬自己的坚守与忍耐，还是批评自己的懒惰与庸碌。喝下一口红茶，梅影苦笑了。

窗外，正对冬日下的一棵中国槐。没有绿叶装点的槐树光秃秃地站在路边。褐色的树干裸露，树皮干枯龟裂，凹凸不平，呈鱼鳞状紧贴。抽出的无数枝条如张开的伞竭尽全力伸向空中，从四面八方将树冠围合，细枝稠密而又分明地挺立在枝条，无论枝条在枝干哪个方向，枝丫无一例外，齐刷刷冲向天空。

槐树就以这样一副绝美的姿态呈现出静态的美、荒芜的美。它们没有倦意、没有忧愁、没有一丝颓败的迹象。在光线的照耀下，槐树蒙上了一层光辉，疏朗的枝条，稠密的枝丫，通身透彻。它们与光交互相合，一起投射在淡蓝的天际下。

若树有思想，它的思想会是什么？梅影无法自以为是替一棵树思想。那样的思想也是自己的思想，而不是树的思想。树的思想还是留给树去守护吧。而自己的思想却只有忠实于自己。思想真是一种奇怪而又任意的东西，它天马行空，任意驰骋，变化多端，摸不着，触不到，但是可以结结实实地感受到它存在的结果。它有实实在在的生命力，存在于真实的时空中。它既有深度也有厚度，既有高度又有跨度。它具备控制行为的巨大能量，一会儿是天使，一会儿是魔鬼。当它是天使时，舞动的双翼就是点化的力量，当它是魔鬼时，舞动的双翼就具有摧毁的魔力。所以，思想总是游走在天使与魔鬼之间。梅影恐惧思想成为魔鬼时，她无法操控，它按照自己的意愿，如同离弦的箭，向自己的方向拼命地飞奔而去，置她于万劫不复。她期盼思想成为天使，在美好意识的引领下，安抚摇摆不定的思想，执行正确的指令，走向风景优美的路途。

当梅影的思想漫无目的地飘荡时，她感到自己就像谍战片中的谍报员，正在向苍穹、向宇宙发出一串串摩尔斯密码。

10

许清刚从会议室出来，接到梅子轩的电话。问她是否有时间，这几天见一下。许清迅速将这几天的工作安排在脑子里捋了一遍，只有明天晚上有时间。于是约好晚上在环城西苑的真爱茶餐厅见。

许清到时，梅子轩戴着老花镜正在看一本书。看到许清，他将书放下，摘下老花镜，问许清吃过饭没有，如果没有的话，让她随便点。许清将装有泾阳茯茶的袋子递给梅子轩。

“这是给你和阿姨的茶。”许清边脱外套边道。

梅子轩接过袋子，问：“小清，你最近和杨画眉联系了没有？”

“前几天，去小影那里在小区碰到了。唉，林枫彻底没救了。”

“他又怎么了？”

“算了，不提他了。您让我过来有事？”梅子轩已经吃过晚饭，许清给自己点了一份炒米饭，狼吞虎咽地往嘴里扒拉。

“饿坏了，中午有接待，几乎没吃上几口。叔叔你说，我听着。”许清嘴里含着米饭，含糊不清地说。

梅子轩笑了笑，他欣赏许清工作雷厉风行的劲头。梅子轩端起茶壶，给许清的杯子续满水。

“不着急，你先吃，别噎着。”梅子轩说。

许清点头后扒拉得更快了，三下五除二，一盘米饭下到肚子里。好像还有点儿欠欠的，许清吃完，摸着肚子，又要了一份蛋挞。

“林枫的事情，挺让人头疼。越来越没谱。我真担心他再捅娄子，昨天跟他谈过话。”梅子轩叹口气。

“这个祸祸，要不，我跟他谈谈。下周，我正好又要去成都。”

“好好和林枫谈谈。孩子明年的费用，我打到你的银行卡上了，你给她转过去。”

“叔叔，我们是不是太纵容林枫，这是他应该承担的责任。”

“算了，我们还是替小影考虑。”梅子轩没有再说下去。

“长痛不如短痛。如果小影还愿意重新拿起画笔，她会有所成就的。相信我！”许清说。

“我理解你的心情。我们不妨先给小影找一位老师。小影和林枫的家庭问题，我们不宜过多参与意见，让他们自己去解决。”

“嗯，我在爸爸的学生里边，给小影找个老师吧。”

“好，那就这样办。小清，你的个人问题，总不能不解决。我这里有一个人选，你看合适不？是我们一个处长。”

“呵，又是您的公安干警？叔叔，咱们还是不耽搁人家了吧。”许清摇头道。

“介绍的人，你都不见。你到底想找什么样的？”

一首萨克斯《回家》，带着一股淡淡的伤感飘过去。

“呵呵，找一个能够和我一起回家、一起聊天的人。”许清满不在乎地说。

梅子轩和许清从书吧出来，过马路时，梅子轩突然感到胸口极度不舒服。他没有告诉许清，免得她担忧。待许清走后，他慢慢地溜达到西门，坐在湖边长椅休息了一会儿，然后，起身在夜色中回家。

梅影和同事围在工作台，正在讨论图纸时，接到妈妈叶知秋的电话，她告诉梅影，梅子轩住院了。梅影放下手头的工作，赶到医院，叶知秋正坐在急诊室的椅子上，眼睛紧盯急诊室的大门。

“妈妈，什么情况？这么突然？”梅影盯着急诊室大门问。

“午休起来后，和你爸爸去环城西苑散步。他突然昏厥，赶紧送到医院。”

急诊室的门打开，一位年轻的医生出来问哪位是梅子轩的家属。梅影回答是，医生告诉梅影，目前病人情况好转，没有生命危险。但仍需住院继续观察，初步判断是心肌梗死型冠心病，具体情况拍片之后才能够诊断，可以进去一位家属探望。

梅影进去的时候，梅子轩正躺在病床上和旁边病床上一位病友聊天。看到梅影，他像个孩子似的咧嘴笑了。

“我女儿。”他指着梅影对一位年龄相仿的男病友说。他们是老年合唱团的团友。梅子轩和叶知秋喜欢文艺，退休以后，一起加入老年合唱团。

“你这么开心？我妈妈在外边抹眼泪呢。”梅影埋怨道。

“哈哈，吓坏了吧？没事，没事，你妈妈心眼小。”梅子轩笑呵呵地说。

看到爸爸情绪不错，梅影一直揪着的心放下来。

“可能要给心脏做支架。王叔叔几年前做过支架，不用担心。没事的。”爸爸安慰道。

“对，我五年前做了支架，以后心脏病再没有犯。”隔床的王叔叔说。

“如果要做，哪位医生做得好？”梅影问王叔叔。

“我的手术是周医生做的，他是心血管科的主任医生。我儿子王毅和他是同学，他没问题，是很负责任的医生。待会儿我儿子过来，你们两个一起去找他。”

正说话时，一位身材敦实的中年男子进来，王叔叔说这就是王毅。王叔叔告知了王毅做手术的事情，王毅一口应承下来，给周医生打通了电话。周医生在办公室，现在可以过去找他。于是梅影跟着王毅一起去找周医生。

周若朴办公室的门大开，里边没有人。一股淡淡的消毒水味道飘荡在房间，淡蓝色的橡胶地板，白色的办公桌椅，大小不一，厚薄不同的书分类放置在书柜，书柜里放有几张镶有边框的照片，看不出哪一位是周医生。文件柜顶部一盆盆形状优美的常春藤悬挂下来，形成一面绿意盈盈的帘幕。桌面上，圆形玻璃花瓶里，插有几枝常春藤，一枝伸出瓶口，蜿蜒舒展在玻璃瓶外。玻璃瓶在光线下，成为透明的发光体，发出耀眼的光芒。瓶中的水透亮清澈。常春藤幼细的绿色根须纠缠盘绕，形成一团绿意深邃的网，悬浮于水中，成为一个小小的绿色世界。绿色世界温和地与世无争，却充满了柔软的吸引力，吸引着此刻光与叶、光与水、水与须、水与根交会时的光亮。

这个雅静的世界，隔断了病房里弥漫着的惶恐，梅影有些许的平静。

“大忙人，跑哪儿去了，不在办公室?”王毅问。他站在门口走廊，面朝东面。

“刚去医生办公室，你们来了。”一个纯净的男声回答道。紧接着，王毅和一位穿白大褂的医生一起出现在门口。

在柔和的灯光下，周医生身上好像蒙了一层莹白的光晕，虚幻与模糊交织在一起，隐约中，梅影看到一张清朗的面庞，一双微含笑意的眼睛，向自己投射过来。那双眼睛里蕴藏着一种无法言说的独特气息，是一种安宁的如同冬日的夜晚，远远看到从窗户里发射出来温馨的灯光的气息。

“您好！周医生，我是梅影，不好意思，有事情需要向您请教。”梅影伸出手道。

“嗯。我是周若朴，不必客气，只要我能回答。”周若朴和梅影握过手后，平静地说。

梅影将父亲的情况向周若朴做了简单的介绍。他站在灯下，略作沉思，然后提议一起去门诊看看。几个人到门诊抢救室时，已经过了探视时间，王毅和梅影留在外边。周若朴一个人进去。大约过了二十分钟，周若朴出来。他告诉梅影不要紧张，心血管疾病是老年人常见病。在急诊室观察到明天上午，先做常规检查。下午直接住到住院部，再做进一步检查。根据情况，确定具体治疗方案。至于给心脏是否做支架，明天检查完最后确定。

“如果做支架，会有生命危险吗?”梅影问。

“心脏支架的手术，从技术角度讲，已经是一项成熟的技术。但是，任何一项手术，都会存在潜在风险。所以，不必过于紧张，也不能懈怠。”

“嗯，我爸爸清楚吗?”

“你爸爸是一位很开朗的老人，我将详细情况已经和他做了沟通，假如要做手术，他会很好地配合医生的。”

“如果做手术，由您来做，可以吗?”

“嗯，我们的医生做手术都没有问题的，一般情况下，手术是轮值排班。”周若朴说。

“哎，这样，你把排班的时间告诉我，轮到你的时候，我们做手术。你看行不?”王毅问梅影。

“那就麻烦您了。”梅影说。

周若朴笑了笑，没有回答。

从医院出来，街道已经完全消融在夜色中，梅影将车停在门口。坐在车里，漫无思绪，脑子一片空白，如同进入一个真空地带，停滞在那里。在意识层面，不断涌动着想要表达的内容，但在思想层面，却不知如何更准确表述，所以眼睛只好忠实地记录下此刻的不知所云。眼前的一切事物无不呈现出生命的迹象。树、路灯、行人，无论是静态的，还是动态的，都以自己惯有的方式而存在。

寥寥几颗星点缀在星空，红色的参宿四依然孜孜不倦地闪烁。梅影眼前蒙了一层透明的泪花，外边的世界模糊起来，她分不清现实与无意识之间的界限在哪里，她依旧什么都没有想，但是，又好像因为想了太多而发生思想的崩盘，好像看到了崩盘的碎片在一瞬间了无踪迹，最终还是落在真空地带，什么也不存在。

早上起来后，梅影先给爸爸打电话。梅子轩在电话里声音很小：“一夜平安，安心上班。”随即挂掉电话。爸爸遇到事情的冷静与豁达一直让梅影很佩服。坐在工作台前，梅影心绪不宁，只觉得心里堵得满满的。最近的事情总是让人提不起精神，具体是哪件事情？好像哪件事情都有。

张所打电话过来，让梅影去他办公室一趟，顺便叫上任工。任工正在办公室看书，随即放下书和梅影一起到张所办公室。张所坐在办公桌前，一支香烟正在指尖燃烧。两个人进去后，他将烟摁灭在烟灰缸里。

梅影和任工分别坐在单人沙发上，张所端着茶杯，坐在长沙发上，又点燃一支烟。

“小梅，昨天下午，院长让我过去一趟，这个事情跟你有关系。院里成立房地产公司。孙星辉出任总经理，他提议让你去做副总。院长问我意见如何？所以，我和你先打个招呼，听一下你的意见。”

昨天，小杨告诉梅影这件事情的时候，她并没有在意。梅影不认为这个事情会落在自己头上。

“张所，事情来得比较突然 ，我没有任何想法，你认为呢?”梅影实话实说。

“我？小梅，事情看从哪方面讲。如果从工作能力方面，你完全可以胜任，但是如果从经营角度来讲，我不好说。最终，要看你的决定。如果你决定去，我一定放人，如果你不去，那是最好不过了。”

张所吸了一口烟，被呛住，不停咳嗽。

“技术出身，突然转型做管理，我没有经验。”

“小梅，不妨去尝试尝试。”任工说。

“小任，我打算让你做小梅工作留下来，你怎么鼓励她去呢？”张所埋怨道。

“话，我已经说出去了，不好收回。”任工说。

“呵呵，你是不希望我去？那我就不去了。”

几个人正聊天时，孙星辉的电话进来。梅影告诉他，自己在张所办公室。不到五分钟，孙星辉呵呵笑着进来。

“你也不看看小梅是谁的人？要到我这里来了。”张所摸着自己的头发说。

“正因为是你这里的人，我才敢要，别的所里，我还真没有考虑。”孙星辉坐在张所旁边，拍着张所的大腿。

“孙星辉，你怎么会想起我呢？我没有管理经验。”梅影道。

“对，小梅，我还真看好你。首先，你性格平和包容，其次，具备专业背景。最后，知性有气质有品位。总之，你来也得来，不来也得来。”

“还没有上任，就有点儿霸道总裁的味道。”梅影笑道。

“哈哈哈，张所，你说呢？”孙星辉对张所说。

“你都说到这份上，我还说什么？看小梅怎么考虑的。”

地产公司、职务与自己距离好像比较遥远，梅影并没有多么大的欲望。更何况，对于这个行业，她并不喜欢，之所以坚持到今天，委实是不确定什么样的工作更适合自己，顺其自然吧。

晚上下班，梅影早走一会儿，直接到住院部。推门进去时，病房里只有爸爸和妈妈两个人。床头，爸爸正在吃饭，床边，妈妈正在削苹果。两个人正在说什么事情，气氛平静而融洽。就像梅影每次回家，看到他们一起看电视，一起做饭，一起看报纸读书，一起讨论共同的话题，一起出去散步，一起玩扑克，一起出去参加合唱团。时光慢慢在流逝，岁月留下了他们共同生活的痕迹，在几十年的磨合中，他们越来越默契。相濡以沫，相互搀扶，一起慢慢变老，这样的相处模式让梅影羡慕不已。

梅子轩将刚拿到手的苹果递过来。梅影接过苹果，咬了一口。道："爸爸怎么样？"

"没什么大不了的，明天再做一项检查。周医生下午来过了，他看过片子后，表示谨慎选择更好一些。我和你妈妈商量了，还是做支架吧。如果在手术台上下不来了，我早早去天堂给你们买房子置家。去得越早，房子买得越大。"爸爸哈哈笑着说。

"周医生现在下班没？我去看看。"放下咬了一半的苹果，梅影忧心忡忡地说。

周若朴办公室虚掩的门缝里，流泻出一缕光，梅影轻轻叩门。

"进来。"里边传出周若朴的声音。梅影推门进去，周若朴正在给常春藤浇水。他停下来，将洒水壶放在窗台，转身面对梅影。

"不好意思，我又来麻烦您。关于手术，我心里有点儿不踏实。"

周若朴没有马上回答，沉默一下。然后，示意梅影坐下。梅影坐在办公桌对面的椅子上，注视着他。

"嗯，病人的情况我已了解。针对他的情况，我是这样考虑的：首先，老人家年龄比较大，身体承受能力有限。其次，冠状动脉一处堵塞，有多处狭窄，手术有一定风险，毕竟是在心脏的血管做支架。最后，大家一般认为支架是将堵塞或狭窄的血管撑开、疏通，血液循环畅通了，病就好了。其实，不是这样的概念，支架手术不是治疗，是一种补救措施，是为了赢得更多的治疗时间。"

"有没有更好的办法？支架放进以后，是不是就永远地存在于体内了？对以后的生活会不会影响？"

"现在已经有可以被人体吸收的生物支架进入临床试验阶段，支架在植入人体血管六个月后自行消失，这样可以将术后风险降到最小限度。目前来说，支架放进去的目的是让血管畅通，所以，会留在体内。如果术后不出现明显的不适或疼痛，按时服药，不会影响正常的生活，生活质量也会比术前明显提高。我这边有本小册子，你可以详细了解有关心脏病的常识以及治疗措施。"

周若朴打开抽屉，从里边取出一本小册子递给梅影。

这是一本医院绿色封面的小册子，封面是《心脏病及其相关治疗的常识》，梅影大约翻看了一下，好几点想要了解的内容在这本册子里都有显示。

“谢谢！我回去仔细看。周医生，如果我爸爸是您的亲人，您会如何做？”梅影犹豫了一下，问道。

“嗯。”周若朴略作停顿，“会选择做，可以解决目前面临的危险。”

“嗯，我知道了，那您明天下午就有手术，对吗？”梅影问道。

“如果你们确定要做，可以安排到明天下午。”周若朴回答道。

淡蓝色的走廊静悄悄，偶尔有探望病人的亲友走过。病房里，梅子轩躺在床上正在午睡，蓝色的窗帘安静地悬挂在窗前。床头柜上放有几束鲜花，白色的郁金香、百合和红色的康乃馨散发出浓郁的香味，花香与病房的西药味、中药味、消毒水味、暖气热烘烘的味道，难解难分地混合在一起，弥漫在房间。

梅影拉起窗帘一角，将窗户推开，留出一道缝。冬日微冷的气息，随着缝隙溜进来，与室内空气在空间无声地对流交换。身后传来梅子轩咳嗽的声音，梅影回过头，梅子轩已经靠在枕头上，对着自己呵呵笑，看起来气色不错，根本不像一个病人。

“爸爸，你醒了？”梅影将带来的一束红色康乃馨放在另一个床头柜，走到床前。

“醒了。最近工作怎么样？”梅子轩问。

“挺好的，对了，爸爸，院里要成立地产公司，如果我去做副总，你觉得合适吗？”

“呵呵，小影要当官了。怎么不合适呢？换个工作环境，多些历练，也许会找到自己的支点。我支持你，不要问自己有没有能力，要问自已想不想做好这份工作，如果想做好，能力在工作中可以不断提升。”

梅子轩说话的时候，打开床头柜，取出一把香蕉，剥开一个，递给梅影。

“好吧，听你的话，当好这个官。”梅影开玩笑地说。

“林枫最近怎么样？你到成都还好吧？”梅子轩的眼睛里闪过一丝琢磨不透的东西。

尽管一闪而过，还是被梅影敏锐地捕捉到。梅影相信，爸爸在自己的眼神里，应该也看到了同样的内容。毕竟是父女，彼此都清楚对方拥有着无比灵敏的直觉。

“爸爸，你怎么想起问这件事情，在成都当然好了。”梅影掩饰道，几把钥匙从梅影脑海里冒出来，在眼前挥舞。

一个嘴角上扬，笑起来露出小虎牙的小护士推门进来，她的身后跟着叶知秋。小虎牙护士告诉大家，三点准备做手术。梅子轩看到叶知秋，开心得像个孩子：“说曹操，曹操就到。你可真及时，你再不来，就见不到我了。”

看到梅子轩的笑脸，叶知秋的眼圈开始泛红。

“哟，小影哄哄，哄哄你妈妈。”梅子轩的声音温和下来，就像一位慈祥老人给哭泣的孩子找玩伴。

梅子轩被推到了手术室。在手术室外等候时，小虎牙护士从文件夹里取出一本书，递给叶知秋。

“这本书是周医生让我给您的，里面有做支架手术后的日常保养、注意事项、饮食调理的内容。”

叶知秋接过书，从书里掉下来一张卡片。梅影捡起来，是一张购物卡。小虎牙护士说周医生不收任何礼物的。小虎牙护士走后，叶知秋拉住梅影，悄悄说：“别告诉你爸爸，他不知道。”

“你什么时候送的？”梅影问。

“昨天，楼下王阿姨到家里来，说做手术前要给医生送红包，所以今天早上我就送了，这不担心嘛。”

“你怎么送的？”

“把你昨天买的康乃馨送给周医生了，卡片就夹在里边啦。”叶知秋小声道。

“妈妈，你……”梅影无语到极点。

大约四十分钟，一位护士出来，梅影问她手术做好了没有？她说手术成功，病人没有不良反应，再等十分钟，病人就可以回病房了。十分钟后，手术室门开了，床推出来，梅子轩躺在病床，气色并无想象中做过手术后的苍白虚弱，反而乐呵呵的。看到梅子轩这副神态，梅影和叶知秋一下子放心下来。

晚上，梅影穿过走廊，窗户没有关紧，一股冷风从室外吹进来，受到冷风刺激，梅影接连打几个喷嚏。这时，唐果敏打来电话。

“在哪里？”唐果敏问。

“在西京医院。”梅影答。

“我也在医院。”唐果敏回答道。

两个人从病房出来，约好住院部大厅见。唐果敏从电梯出来，一手抱着一把花束，一手持手机，正接电话。

“谁住院了？”梅影问道。

“婆婆脑梗住院，每天晚上我陪在这里。你呢？”

“爸爸心脏做支架。手术今天刚做完。”

两个人感叹完人到中年、上有老下有小之后，汇报各自近况。

“院里新成立房地产公司，我可能要调过去。怎么一点儿感觉都没有啊？”

“你想要什么感觉？欣喜？激动？”唐果敏问道。

“要有这些感觉就好了。有没有一种无感知的病症啊？我是不是心如枯井，死水一潭啊？提不起精神，会不会更年期到了？”梅影一连串问了几个问题。

“别胡思乱想，可能是最近事情比较多，压力大。”唐果敏安慰道。

“压力？是不是担心我爸爸的病，还有林枫的问题？”梅影又问道。

“有可能，老人年龄大了，都会有这个阶段。林枫的问题，不要想了，你改变不了他，咱们就换个角度看问题。至少他现在不在家，你能过得平静。活在当下吧。”

梅影沉默了一会儿，“你说，我要是离婚呢？”

“我不好回答。宁拆一座庙，不毁一桩婚啊。婚姻合适不合适，只有自己最清楚。”

“算了，有孩子呢。就这样混呗。”梅影无奈地叹口气说道。

“别把心思全部放在林枫身上。想想自己，想想林木。最近有什么作品？我还等着你的画挂在茶楼做装饰呢。”

“最近事情比较多，没有画。你放心好了，家里的画，你随便挑。我要是不上班，就在家画画呢？算了，我的画没有人要的。”梅影说完，又摇摇头。

“你怎么会这样想呢？你画得那么好。要不然，你将画送到画廊，怎么样？”唐果敏给梅影打气。

“没有想过。林枫整天说我的画送人都没人要。”梅影“唉”了一声。

“叹什么气啊？林枫和我们一样都不懂，找个懂画的人指点指点。许清呢？”

“许清去上海出差了。她一直让我不要放弃，而且对我的画也是蛮肯定的。这一点，我挺相信她。”想到许清，梅影的心里有了一丝丝的安心。

“那你怀疑什么？许清也是半个专家啊。”唐果敏笑道。

是啊，为什么要相信林枫呢，他又不懂。卷过走廊的寒风，直接吹进梅影的身体，第二天，梅影感到头重脚轻。中午，梅影送走爸爸的几位朋友，路过周医生办公室时，发现门半开。窗台上，那束红色康乃馨正在开放，周医生在饮水机前接水。梅影叩门，周若朴回头，梅影问他现在忙吗？他回答不忙，刚做完手术下来。周若朴从饮水机下边取出一个纸杯，接了一杯热水，递过来。梅影双手合拢，环绕水杯。水的热度渗透了纸杯，暖暖地传递到指尖，迟顿的指尖神经末梢开始慢慢循环起来。

“你爸爸精神状况很好，是一个乐观坚强的人。”周若朴双手交叉相握说道。

“对，越是困难，他的斗志越昂扬，精神越激越。手术之后，爸爸似乎并没有什么不良反应，问他疼不疼，他说不疼。因为是局部麻醉，在做手术期间，他一直很清醒。他说听到你们在谈话，讨论生物技术的问题，讲目前在临床上的应用。如果现在临床上试验的话，他还想做小白鼠呢。”

“关于生物技术的临床应用，我们一直在密切关注，目前正在分析研究数据。我也希望能够早日在临床应用，惠及患者。虽然你爸爸现在堵塞的血管已经疏通，但是，还有三处比较狭窄，随着年龄的增长，时间的推移，势必会造成堵塞，随时会有生命危险，这是家属必须要清楚的事实。”

周若朴的话，让梅影的心一下子沉下来，好像沉到深不见底的地方。她想当然认为这次手术可以一劳永逸，至少别的地方没有堵塞。不会再出现什么问题。

“死亡看似距离遥远，当它来的时候，与我们只有一步之遥，不仅是爸还有……那种心情……”梅影没有说下去，将后边的话留在尘埃中。

“心情既沉重又恐惧。”周若朴补充道。

“是，是这样的心情，无法面对亲人的离去。从生至死几十年，最终什么也不会带走，想一想，人生又有什么意义，只是生命在走一个过场而已。”梅影说完，发现周医生胳膊支在办公桌，双手十字交叉撑住下颌，视线停留在梅影面前的纸杯，正在聆听。梅影稍有慌乱，随即将视角也移至手中的茶杯。周若朴将胳膊放平，不过十指依然交叉，直了直身子。其实，他原来就笔直地坐在那里。

“死亡是人类共同面对的话题。当我们面对它的时候，要有正确的认识。如果有时间，你可以听医院为病人家属组织的专题讲座，每月一期，有关于生命与死亡、爱与死亡、临终关怀等主题。你的父母或者感兴趣的朋友也可以一起去。等会儿，我让护士将邀请函给你带过去。”

“谢谢周医生。我一定抽出时间去听。”梅影回答。

小虎牙护士进来，站在周若朴身后。周若朴一边和梅影交谈，一边向小虎牙护士伸手示意，小虎牙护士麻利地将一个文件夹递进他手里。

梅影回到病房，梅子轩还在睡觉。他平躺在病床，被子平平整整盖在身上，面朝天花板，双目合拢，眼睛偶尔在眼皮里边来回转动，他已经进入到深度睡眠中，也许正在梦中的世界畅游吧。他花白的头发修剪得极短，几条清晰的皱纹呈波形印在平整的额头，轮廓鲜明的双唇紧闭着，如同雕刻上去一般，法令纹好像一对深深的括号，将双唇括在里边。原本健康的麦色皮肤略显苍白，棱角分明的面部因为平躺，有了几分圆融。

面对躺在病床上的爸爸，沉在心底的那种恐惧而又心痛的情绪又开始往下沉，好像那里有一口无形的井，在黑暗中不断地吞噬，吞噬。梅影站起来，走到卫生间。卫生间的镜子里，映出一张了无生趣的面容，一张痛楚的脸。无望的疲劳从眼角毫无掩饰地流露出来。来自精神的倦怠、精神的恐惧，让这副尊容有了似曾相识的感觉，她想起在成都时，镜子里出现的正是这种崩溃的神态。

晚上，林枫打来电话时，梅影正给爸爸洗脚。她挂掉电话，走到走廊，将电话打过去。

“我正在医院，你在哪里?”梅影问。

“我在办公室，邮件，我已经拜读。突然发这个邮件，是什么意思，我不明白。你的心又飘到哪里去了?”林枫在手机那端，语气不悦地说。梅影没有回答，林枫在电话里又道：“呵呵，正在天上做春秋大梦了吧!”林枫讥讽道。

梅影挂掉电话，到了大厅，正好电梯从楼上下来停在本层，从电梯里出来几个人后，梅影踏上电梯。出了住院大楼，沿着大道，拐入一条通向中心花园的小径。花园悄无人影，空气凛冽，一阵冷风吹来，梅影听到风与枯枝摩擦的嘶嘶声，枯枝与枯枝撞击发出沉闷的划擦声。路灯掩映在夜色中，发出清冷的白光，光投射到的范围，明暗可辨。灯光之外，一堆堆暗色树丛，黑黝黝连成一片，呈现出各样奇形怪状的姿态。天空无星亦无月，深邃得看不到底。冬夜的僵冷与黑暗，将梅影推向了心底的更深处。

这种暗藏在意识深处的情绪一直攫取着梅影的精神，几天时间，饮食骤减，人明显地憔悴。院里已经下了红头文件，梅影正式调到房地产公司。对于工作的变动，梅影既无欣喜也无伤感。一种处于无感知的状态，让梅影好像抽离出身体，藏在一个角落里漠然看着穿梭在现实中的自己。

11

小虎牙护士给梅影送来一个纸袋子，里面装有一沓资料，十几份邀请函。正如周医生所言，是有关不同主题的公益专题讲座。根据时间，正好可以听临终关怀专题讲座。

今天正好是 19 日，后天梅子轩出院。他恢复得不错，已经下床自由活动。这几天每天都有老同事、老朋友来探望。他的心情并没有因为住院而有丝毫的影响，甚至精神比过去更加饱满。但是对梅影而言，却非如此，爸爸身上那几根狭窄的血管，就像埋在体内的定时炸弹，她担心它们随时会爆炸。

会议室已经坐了不少人，陆陆续续有人正在进来。唐果敏出现在门口，看见梅影后走过来。

四点整，周若朴走上讲台。他身着深蓝色西装，洁白的衣领下系一条小圆点深蓝色领带。猛然看到脱下白大褂周医生，梅影稍有不适，好像少了那么一些安全感。不过，着正装的周医生，颇具学者风范，看起来风度翩翩。

“各位来宾，各位朋友，大家好！我是周若朴，今天‘关爱生命’公益专题系列讲座，由我来主讲。”周医生面带微笑，环视全场，稍事停顿。

“今天的主题是临终关怀。作为一名心内医生，我见证过无数死亡案例，深知死亡是我们生命不可分割的一部分，是我们生命体的最终结局。求生意志是人类最内在的本质。我们每个人都希望活得快乐开心，活出自我的价值。但是，作为一个生命体，我们又不可避免地走向死亡。我曾经遇到一名病患，母女相依为命，母亲因为心脏病进入人生最后阶段。女儿不愿意接受事实，将痛苦、恐惧埋在心里，鼓励母亲积极治疗，就在母亲离去的那一天，她再也无法掩藏自己的内心，几度崩溃。后来，她接触到临终关怀以后，到医院找到我，告诉我她终于明白，当时的她是多么孤独无助，当时的母亲又是带着多少不甘的痛苦离去。

想一想，当我们的亲人进入生命最后阶段时，我们要用怎样的心态陪伴着他们？那就是爱和付出。我们一生中会有很多事情随着时间的流逝而消失，但是唯有人与人之间的爱和付出不会消失。无条件地付出我们的爱，无论我们和亲人之间曾经有多么痛苦的过往。大部分人在最后阶段，都会知道他们即将离开这个世界，所以我们要坦诚相待，真实地告诉他们事实真相，帮助他们回忆一生中的幸福时光，让他们放松地找到回家的路。在这个过程中，学习帮助亲人，其实也是帮助我们自己认识人生真相，认识自己面对死亡恐惧。当我们参悟到死亡与恐惧的真相，我们会发现自己的仁爱与智慧……”

周医生举起左手，一条蓝丝带赫然在目。

“现在，请打开资料袋，里边有一条蓝丝带，请各位系在自己的左手。这条蓝色丝带代表了爱和付出。当我们愿意付出爱，那么我们身边会因爱而改变。当我们愿意付出爱和心去看世界，我们就会拥有一个美好、宁静、和谐的世界。”

梅影、唐果敏和邻座一位女士互相系好蓝色丝带。

“‘关爱生命’系列公益主题是在周医生倡导下建立起来的，每次听讲的人好多。你看。”这位女士告诉梅影，然后指向会议室，会议室基本已座无虚席。

周医生讲课过程中，低啜声不时传来。梅影想到爸爸，鼻子不由发酸，眼泪涌出眼眶。如果有一天，当爸爸的生命走向终结时，她一定要坦诚地与爸爸沟通，表达自己的爱，让爸爸安详、平静、有尊严地离去。虽然如此，想到爸爸，梅影的心还是隐隐作痛。

从会议室出来，唐果敏和梅影一路相伴，沉默不语。

“周医生这堂课来得太及时了。原来以为，陪老太太就是照顾她吃好，让她尽快恢复，从来没有想过她对死亡的感受是什么？我想，老太太一定也是恐惧的，所以，才强烈要求回老家。其实，我们也是自欺欺人，明知道老太太的时间不多，偏要给她画一张饼。”唐果敏颇有感悟地说。

是啊，人到中年，该经历的都要让我们经历。幸好，今天听了周医生的课，否则会让我们走入误区，在亲人临终时，一味地告诉他，他的病会好起来，却忽略他们的真实感受。他们怎么能不清楚自己的状况呢？

唐果敏回到病房，婆婆躺在床上，闭着眼睛。听到门响之后，她睁开眼睛。

“妈妈，你现在感觉怎么样？”

“还能怎么样，一大把年纪，就等死呢。你说奇怪不？越到死，越不想死。死了也不知道是去天堂享福还是去地狱受罪。”婆婆皱着眉头说道。

“妈妈，不是说谁也不能活得结到世上，我们都一样。有一天，我们也要去那边。你一辈子善良，又辛辛苦苦地拉扯几个孩子，肯定去天堂享福。你和爸爸在那里等着我们，最终我们一个一个都要向你们报到。”

“你胡说什么呢？你们这么年轻，好日子才刚开始。不过，你们的日子都好过了，但是你姐姐的情况不好。你姐夫去世得早，她一个人带着两个孩子，在城里没有自己的房子，以后怎么办？”

唐果敏明白，老太太是放不下自己的大女儿。

“妈，你放心好了，两个孩子一个已经工作，一个大四，正在找工作。这些事情，我们来想办法，不用你操心。我们一定会让他们过上好日子，他们也会过上好日子的。至于我姐姐，如果她还想找人，给她找一个合适的老伴，不想找的话，还有我们呢。”

“有你这句话，我就放心了。”老太太拍着唐果敏的手说。

唐果敏明白，自己的保证，不仅仅是让老太太放心，同时，又给自己头上套了枷锁。因为这些问题，都需要她和老钟一个一个地去解决。

晚上回到家，老钟躺在沙发上看电视，唐果敏坐在沙发上。最近，老钟减少了外边不必要的应酬，下班就早早回来了。

“哟，最近回来得挺早啊。”唐果敏故意问。

“那当然，老婆辛苦地伺候老妈，我当然早早回来陪陪老婆。”老钟看着电视回答道。

“把电视关了，端正态度。”唐果敏逗着老钟。

老钟从沙发上坐起来，说：“聆听老婆教诲，说吧，有什么指示。”

“我今天又给妈妈许诺了，你得办几件事情了。”唐果敏说道。老钟笑了，他欣赏唐果敏这点，心地善良又愿意承担责任。

“说吧，你夸什么海口了？”老钟道。

“大姐家的老二，签约了哪家企业，你知道不？”

“我不知道，没时间问，男孩子，让他自己去拼。”

“你怎么能这样啊，你去问问，看他到底签了没有？还有老大，现在有没有对象？如果有的话，结婚没有房子怎么行啊？还有老姐想不想找个老伴？”

“好好，我明天问一下。老大有没有对象，没有听到他说起来。姐姐的事情，你问她，你们好沟通。别的事情，我来解决。”

“行。今天听周医生的临终关怀，挺受用的。今天我们把老人的事情做好，等我们老的那一天，孩子们也会像我们这样。”

“你想得太远了吧。等我们老的那一天，世界不知道变化成什么样了。”

“世界变化再快，亲情总不会变。什么叫传承？这就叫传承，一代做给一代看。明天让那几个孩子每天晚上轮流去医院待两个小时，让他们体会到我们家族的亲情。你家一样，我家也一样。”

“对，对，你就是我们两家的灯塔。我隆重推荐你参加国民好媳妇评比。”老钟嘻嘻笑着，凑到唐果敏跟前。唐果敏顺手将靠垫捂在老钟脸上。

“哎哟喂，你这是谋害亲夫啊。”老钟嘴里含糊不清地嘟哝道。

《神秘园》的音乐恬静深远，若有若无，空灵缥缈飘在办公室。最近，所里接了几个大活，大家都在加班加点，梅影正在电脑前绘图，几位小同事叽叽喳喳地推门进来。

“梅工，听说，你要去房地产公司当副总。”一位戴着眼镜的男同事问。

“消息这么灵通？”梅影停下来，笑着问。

“梅工，我们要给你庆贺庆贺。”另一位去年分来的小同事，手里卷着废图纸问。

梅影笑着问他们图画完了没有？

“完了。别人是八小时工作制。我们是无小时工作制。加班，画图，修图，加班。”戴眼镜的男同事手指在空中点了四下。

“忙得孩子照顾不上，我回家孩子已经睡了。早上起来，孩子还在睡觉。”另一位女同事拎着包，靠在门边说道。

“带孩子是辛苦，慢慢熬吧。大家都是从那儿熬过来的。”谁不是从那个时候过来的？梅影理解这些年轻人既带孩子又要工作的狼狈。

“熬啊熬啊，熬成了阿香婆。孩子熬大了，我们也该老了，好羡慕梅工。”靠在门边的同事说道。

“羡慕我？”梅影指着自己。

“是啊，等孩子大了，我也要像你一样，把日子过得那么文艺。”同事道。

把日子过得那么文艺？我的日子文艺吗？我怎么一点儿也感觉不到，除了心的疲惫、身体的负累，我什么也感知不到。晚上回到家，梅影站在画布前，想起同事的话，再一次问自己。这时，小杨打来电话。

“梅工，副总的人选可能有变动。”小杨在电话中小声说。

“是吗？”

“上边要安排熟人进来。”

“嗯，安排就让他们安排吧。”梅影在画布上又补了一笔。

早上，梅影刚到办公室，张所打电话过来，让她去一趟办公室。

“地产公司的人事有变化。昨天，我和孙星辉去院长办公室。上边几个领导打了招呼，都想安排自己人到地产公司，我们正在商量怎么解决，既不能让领导难堪，又要平衡领导之间的关系。”

“呃，怎么平衡？”梅影问道。

“院里准备让管理层全部公开竞聘。”

“是这样啊，那我就不必参加了。”梅影心里似乎松了一口气。

“不，我们倒希望你参加竞聘。”

“为什么？”梅影不解地问。

“全面提升你自己。你的优势让你可以走上管理岗位。这次人事变动，对你是一件好事情，你要抓住机会。”张所道。

对于升职，梅影没有多大兴趣。不过，既然已经说了，那就视死如归一回吧！从张所办公室出来，梅影回到办公室，拿起图纸，一遍没有浏览完，咚——咚——咚，随着敲门声，半虚掩的门，露出林静静的半个身子。

“静静?”梅影话音刚落，林静静推门而入。

“你一点儿不知道?”林静静站在办公室中间，正在取围巾的手停下来，皱起眉头，瞟了一眼梅影，露出疑惑的表情。

“知道什么?”林静静的神态，让梅影心里咯噔一下，饮水机的开水浇在手指，梅影急忙缩回手，纸杯的水泼了半杯。梅影加了一些玫瑰花瓣，换了左手继续接水。

“我哥昨天回来找我要借五十万元。我问他做什么?他没有告诉我。”林静静双手捧着茶杯，吸了一口。

“他回西安了?借你五十万元?”梅影差点儿要叫起来。

“对啊。他没有回家?”林静静嘴巴张成O形。

梅影摇头，心里开始翻江倒海。“他昨天什么时候去你那里?”

“早上九点多一点。我刚打开门，准备营业。小影姐，你知道，我和林枫关系一直不好。他总是欺负我和我妈妈。他突然要这么多钱，一定有事情。以他的性格，除非万不得已，否则绝对不会跟我开口。”

梅影琢磨不透，林枫借这么多钱有什么事?

“虽然我们同父异母，毕竟他是我哥啊。”林静静眼睛观察着梅影道。

“那也是。他也经常提到你，踏实肯吃苦。”

“这不是和你来商量嘛。如果你知道他要这笔钱做什么，我就把这笔钱打过去。如果连你都不知道他在做什么，我就不敢给他。”林静静皱起眉头，摆手道。

梅影拿起手机，很快林枫接上电话。

“哎呀，哪阵风把梅大小姐的电话吹来了，还知道给我打电话?”林枫的语调怪里怪气的。

“许清去成都出差了，她想找你。”

“啊哦，是吧，啊，我也在外地出差。这几天不在成都。”林枫明显开始打马虎眼。

“你最近忙什么?”

“哈哈，我天天都在忙!”林枫在电话里笑起来，笑得有些高调，有些夸张，笑得让梅影心里有些发毛。

“……你……”梅影看着林静静，一时不知该说什么。

梅影话音未落，林枫那边的电话已挂掉。梅影和林静静面面相觑，一时无语。两个人又闲聊几句，林静静戴上围巾，推门出去。一股冷空气夹着冷风挤进来，梅影不由打了个冷战。

在成都开会的许清从会议室出来，刚进卫生间，手机响起来。打开一看，是梅影的电话。

“你这么会打电话，我正要上卫生间。什么事?”许清笑着问道。

“刚才林静静过来说，林枫向她借五十万元，不知道怎么回事。你去林枫酒店了解一下吧。不要提五十万元的事情。”梅影看着窗外说。窗外的天气阴沉沉，好像要下雪。

“操他的心干什么?他借钱跟你有什么关系?”许清责备道。

“当然跟我有关系。你去还是不去?”梅影不高兴地说。

“去、去、去。行了，安生上好你的班。”许清听出梅影不高兴，紧跟着安慰道。

“你今天就去，看他在不在?昨天早上他在西安，也有可能出差。”梅影又道。

“知道。整天给我布置任务。我正在开会。”许清埋怨道。

开完会，许清直奔林枫酒店。正好林枫在办公室，两个人没有说上几句就开吵，气氛顿时紧张起来。正当他们隔桌而站、剑拔弩张的时候，有人敲门。许清转身面向窗外，林枫将身子埋进椅子，喉咙咳咳两声，道了一声：“进来!”

随声而进的是一名员工，手拿一摞账单。林枫不耐烦地翻了几张，将账单扔在桌面，皱起眉，不满意地说：“这么多待付款?过几天再签。”员工撇嘴，不情愿地回答道：“供应商像苍蝇一样整天缠着我们。”

林枫哼了一声，笑道：“你们采购部这点儿事情都处理不了，有必要存在吗?”

员工低头不吭声，捡起账单，瞟一眼许清 。待员工出门，许清转身面对林枫，手指叩击在桌面，不耐烦地问道：“说吧，怎么想的?”

林枫眼睛瞪得溜圆，屁股抬起，身体前弓。“什么怎么想的?你说了那么多，让我想什么?许家姑奶奶，你和我有什么关系。从开始到现在，什么时候看我顺眼过。这辈子，我不欠你什么吧?这么多年，我一直没有搞明白，你是梅影的什么人？管天管地，管我们家的事？”

面对不买账的林枫，许清心里的火腾腾冲上来。她站起来手指戳向林枫，说：“我是什么人不重要。你也不欠我什么。你欠老梅家太多了。那个孩子谁在养？除了上班，你在外边都干什么？”

许清的话，戳到林枫的短处。瞬间，林枫眉头挑起，怒目圆睁，火烧屁股般站起，椅子呼啦转了几圈，摇摇晃晃停住。“我再说一遍，我跟你半毛钱的关系都没有。你再喊下去，我报警了。搞清楚，这里是成都，不是西安。”

林枫的拳头砸得桌面嘭嘭作响。许清一拳砸在桌面，“你吓唬谁？如果你有点儿人样，我会用这种方式跟你讲话？如果不是小影，不是林木，我认识你是谁？”

林枫愣愣地盯着许清，口气回软，说：“你到底想干什么？”

“收拾你的烂摊子，管好五花六花的心，回西安老老实实上班，踏踏实实过日子。摸着自己的良心，你对得起谁？父母？妻儿？”

林枫鼻子哼哼冷笑，说：“别吓我，我不是吓大的。如果不回西安？如果不想好好过日子？”

“你就作孽吧。还能蹦跶几天？”许清道。“那个孩子的学费，我们已经交过了。”

林枫看了一眼许清，头扭向窗外。再次回过头，淡淡地说：“我倒希望她知道。”

林枫的话让许清诧异，她疑惑不解地问：“真的？你说还是我说？”

林枫眉毛挑起，手指许清，厉声道：“你敢？”

许清冷眼白了一眼林枫，略微平静下来。

“行了。行了。沉下来，好好反思反思。大道理，我也不讲了，你比谁都懂你自己。好自为之。再见。”

许清起身，林枫转身面对狼图腾，说：“不送！”

许清走后，林枫站在桌前端起茶杯，仰头灌下一杯凉茶，然后将杯子狠狠蹾在桌面。沉下来，反思反思，反思什么？反思自己这么多年的所作所为？反思只会让自己更加厌恶自己、憎恨自己。林枫坐下，将自己埋在椅子，面对狼图腾发呆。

周若曼打进电话，她想和他谈一些事情。林枫放下电话，转身背对着狼图腾。不一会儿，周若曼敲门进来。

“最近除了工作，你在忙什么？”林枫从桌子下边提出一箱饮料打开，取出一筒递给周若曼，问道。

“林总，我决定辞职了。”周若曼露出优雅的笑。

“辞职？为什么？”林枫的双手停在桌面，他不解地问。

“我和老公已经商量好了，我们不想长期两地分居。年后，我们带着孩子一起去法国。”

“是这样啊，不错不错。距离是一把双刃剑，产生美，也淡化感情。去吧，一家人快快乐乐、开开心心地过日子，多好。”林枫不无羡慕地道。

“对，你说得对。你和嫂子呢？”周若曼道。

“有些事，你不会明白的。两个人过着过着，就过成这个样子了。”林枫叹了一口气道。

嗯，处心积虑地要折断梅影的翅膀，却发现，她的翅膀不仅没有断，反而被自己训练得更加丰满，她想飞到哪里就是哪里，他完全掌控不了。

有电话进来，他接过电话，听了几句，不耐烦地咔嗒摁掉，将电话扔在办公桌。周若曼见状，借口有工作要处理，告辞而去。作为林枫的工作搭档，周若曼经常有种无所适从的感觉。当林枫谦和彬彬有礼的时候，他处理问题游刃有余，这时的他热情、风趣、幽默，浑身散发着中年男人的魅力。当他烦躁不安时，独断专横，暴躁得让人不可理喻。在他的身上，好像有两个挡位，一个谦和，一个暴虐。这两个挡位转换的秘诀在哪里？周若曼不知道。

许清从酒店出来，打了电话给梅影。

“那个祸祸，我收拾不了。别操他的心了，管好你自己。”许清生气地说。

“他在成都？”梅影问。

“我已经说了，不要管他。”许清愤愤地道。

“喂……喂……”梅影对着手机，喂了几声，许清已经挂掉电话。

梅影再次拨打过去，许清的手机已关机。这时，同事背着图筒风尘仆仆一脚踩进来，让梅影帮忙检查。帮同事修完图纸，已过了下班时分。同事一再邀请梅影一起去吃饭，梅影婉拒。

林枫的麻将正打得惨烈时，梅影的电话进来，林枫抬手摆动示意大家停下。

“你把卡号给我发过来。”梅影道。

“你想干什么?”林枫手停在空中。

“给你打五十万。”

林枫略停，然后道:“静静跑去找你了?你以为我真需要?我只不过想看看这个妹妹，对我到底怎么样?她还当真了。”林枫哈哈大笑，笑得话筒嗞嗞发颤。

“行了，把卡号发过来吧。如果不够，我们再想办法。大不了把房子和车卖掉。”梅影道。

林枫一听到卖房子，急了。拍着桌子，“房子千万别动!我给你发过去。”喊完，赶紧挂掉电话。

“快出牌，炸弹让你搅飞了!”魏锦奇挺直了腰板，伸长脖子，催促道。

林枫哗啦推开牌桌，嘲弄道:“你好意思?你炸飞了我多少炸弹?不打不打了。烦得透透的。”

魏锦奇缩回脖子，一声不吭，弓着腰低头摆弄跟前的麻将。沙琳娜手脚麻利地一边收拾麻将，一边说:“哟，哪根筋又抽了?”

林枫烦躁地瞟了一眼沙琳娜，站起来，从椅背取下外套，走进茫茫的夜色里。千方百计地想瞒住梅影，最终还是没有瞒得过去。不到万不得已，他决然不会找林静静借钱。找林静静，也就意味着梅影会知道。好在，梅影并没有问他要钱干什么?她不想知道，证明她并不关心他。林枫的心像被马蜂蜇了一下，刚刚泛起的感动又沉了下去。

街灯清白色的冷辉，让林枫想起梅影冷冷的眼神，他的思绪烦乱起来，往事如图片，在夜色中，一张一张向他飘来。年轻时的梅影，梦幻般从远处向他走来;公园里，林木稚嫩的声音，喊着爸爸，雀跃地扑向他怀里，他架起林木，梅影给他们拍照;家，一片狼藉，他发飙，梅影惊恐万状搂着大哭大闹的林木;他拉起林木，扔到沙发，梅影扑过来，突然昏厥……

湿冷的冬夜，站在夜色下的天桥，林枫沉沉地叹口气。手机拿在手里颠来倒去无数次，最终给梅影的电话还是没有拨出去。

12

梅子轩出院后，感冒发烧来势汹汹地袭击了梅影。她清楚，这次症状不仅仅来自身体机制的故障，更重要的是来自内心深处，来自精神层面的冲突而导致身体机能的系统崩盘。家庭的何去何从，爸爸随时可能逝去的生命，长久以来盘桓在思想中的工作与梦想之间的强烈撞击，对未来的不确定种种因素汇聚而来，拧成一股强劲的力量，与她抗衡。她无法躲避，只有一步步梳理，一件件归档，才能将它们清理消化掉。它们就像自己身上的伤口，她不能躺在床上看着伤口，任由它发展，否则，它永远都无法愈合。必须行动起来，回到正常的状态。这种状态不是回到以前，而是回到现在。梅影不清楚这种状态会以什么方式存在，但是，冥冥之中，她确信有一种状态在某个时间点、在某处以特有的方式等待着，并且已经等待多年。

梅影请了几天假，回到父母家中。梅子轩原本就是一个风趣乐观的人，这次手术后，他的精神状态，较之以前更加饱满，他的情绪感染了叶知秋，叶知秋像只小蜜蜂，在家里飞来飞去，快活且忙碌着。为了梅子轩，为了梅影，一趟一趟去超市，采购生活必需品，采购他们爱吃的食品、水果、坚果、小食品。她查阅着菜谱，将每日三餐排成菜单，贴在冰箱上。这样既可以合理搭配饮食，又可以不必为每天做什么饭而发愁。

家，因为梅影，充满了生活的乐趣，充满了温馨。

在父母家的几天时间里，早上还赖在床上，梅子轩和叶知秋已经端着早点——牛奶、面包、鸡蛋或者小米红枣稀饭，小包子、小花卷，或者在豆浆机里打的豆浆、自己做的豆腐脑放在床头柜。梅影从床上爬起来，洗脸刷牙，然后又爬回床上。

梅子轩和叶知秋一人一边坐在床尾，满脸绽出笑纹，心满意足地看着她。有几次伤感的眼泪在梅影的眼眶里打转，她低头强行忍住。这样幸福的生活，已经有好多年没有体验了。再次体验的时候，他们已经白发苍苍，而自己也已经不再是那个安静的小女孩。小女孩早已经长大，她有自己的生活，有自己的思想。

林木几乎是在姥姥家长大的，直到高中以后住校。她很欣慰，在父母身边，他们给孩子创造了一个良好而安静的学习环境。晚上，儿子学习时，他们不会看电视，即便看也是将电视调在静音状态。妈妈有时候织毛衣，爸爸看书，写书法。吃饭时，爸爸会给儿子讲国际国内时事、军事、经济，儿子讲学校的趣事、班级的花絮。妈妈在旁边一边听，一边不时给他们盛饭夹菜。父母的饭桌上，没有东家长西家短的闲碎话，没有今天的菜是几块、上周的菜是几毛的斤斤计较。在他们的身上有一种坚强乐观的能量在流淌，有一种沉静的人生态度在呈现，这种能量与态度伴随着他们走过了数十年的风雨人生。

午休起来后，叶知秋烧水、洗茶具准备喝茶。叶知秋退休以后，在老年大学报了茶艺插花班。她的插花作品随处可见，客厅、房间、卫生间的马桶上。插花器皿也是随手可取，玻璃花瓶、陶艺、藤编小筐、小木盒，甚至喝空的西凤酒瓶也被派上了用场。梅影的静物画里，她奇思妙想的插花贡献了不少的份额。

叶知秋上茶艺班时，梅子轩又专门购置了一套根雕茶海。午后茶成了家里待客的招牌，家属院的老同事、老朋友到家里来喝茶，已经成为生活中一个不可或缺的元素。

梅影打开手机，在 QQ 音乐中找到纯音乐——东方慢活·慢品茶专辑，然后用蓝牙连接音响。清纯的泉水，从林间轻快地流淌出来，有小鸟婉转的鸣叫，有悠扬的笛声，有行云流水的古筝。

叶知秋端坐在茶几前，梅影和梅子轩分坐于茶海对面两侧。叶知秋用宜兴茶壶泡了武夷金骏眉。金骏眉是梅子轩一位老战友送来的，今天刚开封。烫杯温壶、洗茶、冲泡、封壶、分杯，叶知秋一系列有条不紊的流程后，最后开始闻香。

茶杯里茶汤呈琥珀色，袅袅升起的热气，一丝丝醇美的芳香，沁人心脾，一缕缕熏香的厚重随之缓缓而来，留在心底，一味未尽，另一味又在心间升起，小啜，唇齿间充盈着绵密与润滑。茶喝久了会上瘾，上瘾的感觉大抵就是这样吧。

“妈妈的茶艺，越来越娴熟了。”梅影由衷地说。

“哎呀，你妈妈恨不得一天二十四小时坐在这里喝茶。”梅子轩对着叶知秋说。

“夸张吧，也不知道是谁，自己想喝，还邀来一群狐朋狗友，让我整天伺候。”叶知秋佯装埋怨。

“呵，变成我的狐朋狗友了，他们来了，我看你比我还开心。”梅子轩道。

梅影在他们的眼神里看到了人到老年相依为命而带来的心照不宣的戏谑与深沉。

“哎哟哎哟，眉来眼去。”梅影逗他们说。

“这女儿养得还会笑话我们，长本事了啊。”叶知秋一边给杯子加水，一边拍打着梅子轩的手道。

“哈哈，对了小影，你看汉字的意蕴十分丰富。茶字，草人木，草不用解释，木者树也。没有人的采摘，茶既是草也是树，所以人成就了茶，实现了茶的价值。人既可以成就万物，也可以成就自己。如果想让自己有所价值，就要看清方向去努力。”梅子轩话锋一转，由茶转到了事。

“爸爸，我总有一种感觉，好像体内蕴藏着一种能量，促使我做某件事情，但是，我不知道这件事情，到底是什么?”

“是我的女儿。就像我刚才所说，只要认清方向就去努力。如果还没有认清方向，也不要着急，也许时机还不成熟。只要你有这样的意识，早晚这件事情你会领悟到的。”梅子轩点头笑道。

“嗯，也许吧。”

“你从小喜欢画画，原以为只是爱好，但是没有想到这么多年，你还是如此痴迷。早知今日，何必当初，遂你的愿考美院，至少在工作层面，足以让你欣慰。”

“爸爸，考美院的事情，我不怪你们，是我自己不想考。”

当年的事情，梅影不想重提，说多了都是泪。

“小影，你最近去玉音妈妈那里没有？”叶知秋抬起头问梅影。

“本来前几天要去的，爸爸住院了。我和许清姐姐昨天刚通过电话。她出差了。”梅影回答道。

“去吧，看看玉音妈妈，这么多年了，我和你妈妈每次去，总让她想起你许爸爸。人生弹指一挥间，真正到了我们这个年龄，才知道错过多少，又有多少遗憾。想一想，让我感到欣慰的是，我有自己愿意为之付出的工作，有你妈妈陪我走过半生。我们这一辈子，有过争执，有过分歧，但是，我们的方向与目标始终一致。工作中，我们彼此理解、彼此欣赏。在生活中，努力培养共同的爱好，或者求同存异。一起去合唱团，一起练书法，在家里还可以一起交流沟通，很有乐趣。你妈妈晕水，我又喜欢游泳。所以，你妈妈出去和同事交流插花、逛街，我和战友去游泳、下棋。两个人在一起生活，既要培养共同的爱好，又要给彼此独立的空间，不必强求对方一定要按照你的方式生活。我感谢你妈妈给了我一个稳定而温馨的家，我们共同养育了一个懂事的女儿，有你们，是我一生莫大的幸福。”梅子轩感慨万分地说。

望着一头银发的爸爸，梅影一时无法用言语来表述。随着年龄的增长，很多事情，她能够参悟得更加透彻。她感谢爸爸的理解，也感谢父母给自己一个温馨的家，给她精神的支撑。更重要的是，感谢他们带大了林木，让林木的生活远离纷扰。现在，工作又有变动，她想尝试在新的工作环境，找到自己的存在感。

“好了好了，喝茶呢怎么聊得这么伤感。对了，忘了告诉你，和我一起学插花的陈阿姨，她的女儿在上海开了一家画廊，我把你画的插花作品，让她给女儿发过去，结果，她女儿蛮感兴趣，过年时，要回西安，想和你谈谈，她把你的电话要过去了。”叶知秋隔着茶海，拍着梅影的手道。

这个消息的确让梅影为之振奋。其实，对于自己的油画，在某种程度上，梅影并没有信心。

“呵呵，对自己要有信心，我的女儿是谁呢？对不对？”梅子轩安慰道。

"那当然，我是谁的女儿啊。"梅影点头。

第二天吃过饭后，梅影去西郊锦园小区。白玉音刚午睡起来，她体弱多病，瘦削的身体，依然无法掩饰她往日的气韵。在小时候的印象里，玉音妈妈是梅影见过的最漂亮的女人。她端坐在钢琴旁，一串串美妙的钢琴曲从指尖流淌而出。鬈曲的波浪长发用白色手绢绾起，百雀羚淡淡的清香，随风飘来。曼妙！曼妙这个词，在梅影眼里就是为玉音妈妈而量身定制。

梅影去厨房洗了几个苹果，回来坐在沙发上，依偎在白玉音身边，一如小时候那样。

"你爸爸和妈妈有好长时间没来了，最近有什么事？"白玉音关心地问。

"没有事，爸爸有点儿小感冒，过两天就来了。"梅影淡淡地说。临走时，梅子轩特意交代不要让白玉音知道他住院的事情。

"人老了，总爱回忆过去的事情。最近，我总是想起你和许清、许景三个人坐在沙发上，我弹琴，你们唱歌。《摇篮曲》《那就是我》，太多了，那个时候真好。"白玉音摸着梅影的手道。

是啊，那个时候真好。每到放假，爸爸和妈妈就把梅影送到玉音妈妈家里来。有一次，小姐姐、小哥哥用许爸爸的马克笔在家里乱画，许爸爸回来后，罚他们每人五个小时画两张石膏素描像，梅影画不完，开始哭。小景帮她画，结果被许爸爸发现，又给小景加画一张，小哥哥一晚上没睡觉，画到第二天早上，玉音妈妈和许爸爸还因此争执起来。

"我们有寒暑假，你爸爸妈妈没有。每到放假，许清和许景嚷着去接你。学生们以为我们家仨孩子呢。你们都是乖孩子。许景和你同岁，大你一点点。"白玉音左手在空中比画着高度。回过头来，疼爱地注视着梅影。

梅影笑道："是啊，怎么会那么巧啊，小哥哥比我大那么一点点。小哥哥爱笑，不爱说话，每次画画前，小哥哥都要把我的笔先削好。他爱看书，有漫画书、小人书，都给我放好，等我来看。"

"因为你小，小清和小景一直都让你。"白玉音摸着梅影的头说。

"玉音妈妈，我们小时候的照片还有吧？那时候，许爸爸带我们出去，拍了好多。"梅影坐起来说。

"都在，我现在给你去取，要不，你挑一些带回去吧。"白玉音站起来。

"不了，放在这里，你想看随时都可以看。"梅影摇着头道。

“你知道，你为什么叫我妈妈?”白玉音坐下来，略停了一下，笑着问。

“不知道，好像生下来就这样叫吧。”梅影真不知道为什么会这样叫。

“那个时候，许清已经上小学，你和许景也就三岁的样子。一次在你家，你坐在我怀里，许景坐在你爸爸腿上，他突然指着你说，长大要娶你。我们被逗笑了。我问你，小哥哥要娶你，好不好?你说好。我说那你现在叫我妈妈，你抬起头，叫我妈妈，一直叫到现在。”白玉音眼眶开始泛红。

原来是这样啊，这么多年，梅影今天才明白。

“你们几个的名字，都比较接近，清、景、影，韵压在 ing 上，你们三个一直情同手足啊。”

客厅的墙壁上挂了幅油画，流光从画面左上角自然溢出，漫过白色的纱帘，投射在原木色地板上，原木自然的纹轮随光线发生丰富的变化。梅影在中间手执苹果，一脸幸福，粉红色的小嘴微张，好像马上就要咬到苹果，小哥哥靠在她的旁边，眼睛注视苹果，正要给梅影讲话，小姐姐在梅影另一侧面，从她的头顶关注小哥哥，似乎刚讲完什么。苹果散发出的自然光泽，梅影孩童般喜悦的神态，小姐姐双腿并屈，小哥哥一腿弯曲，一腿伸直侧压于小腿，梅影的两只小脚丫一起生动传神地跃然于画面。丰富的色彩、细腻的表现手法、快乐的气氛从画面流淌出来。

眼泪渐渐濡湿着梅影的眼睛。人到中年，脆弱得像玻璃，稍不留意，就碎了一地。白玉音削好一个苹果，放在梅影手里，一颗透亮的泪珠滴过雪白的果肉，滑落地面。物是人非，如果时间可以倒流，将那一刻发生的事情改写，现在会是什么样子?梅影不敢想象。

病假休完后，梅影回到单位上班。张所让梅影去他办公室一趟。

“小梅，你不用竞聘了!”张所没头没脑的话，让刚踏进门的梅影一愣。

“嗨，竞聘副总的人选，要求的薪资院里根本无法满足。目前副总没有人选。最后决定，还是由你来担任。”坐在沙发上的孙星辉补充道。

“嗯。理解。”梅影被揪起的心放松下来。

“应该体谅体谅。职业经理人嫌我们待遇低，院里员工嫌我们新成立，一脚迈进市场，不知死活。有能力的人不愿意来，想来的人我们看不上。所以，管理层还是从院里直接任命，其他人员从社会招聘。”张所端着茶杯的手指向窗外。

“闹腾半天，搞得人心惶惶，鸭梨山大啊。”孙星辉靠在沙发上，长叹一声。

“嗯，晚上不用做梦答辩了。连着几个晚上，梦见进考场，不是卷子看不懂，就是一个字没答出来，考试时间到。”梅影道。

几个人互相看了看，摇头笑。

林枫从会议室回到办公室，还没有落座，沙琳娜敲门进来，手里提了一箱橘子。

“林总，这是我特意给你一个一个挑出来的冰橘，你们不是喜欢吃有机食品，这些没有打农药。还有一箱等你回西安的时候带上。”沙琳娜说话的工夫，从箱子取出几个橘子。几个黄澄澄的橘子带着绿莹莹的叶子，滚到林枫面前。

“没有打农药？你戴着透视镜啊？”林枫从桌面取出一个橘子，拿在手里，左看右看。

“一点儿没错，我们每年都会给自己家留上几棵树，这几棵树，不打药。树上的个橘子，我们送人，走关系，自己吃。”

“一点儿药都不打？你骗谁呢？”林枫还是不相信。

“你怎么不相信人呢？我没有骗你。真的是一点儿都不打药，所以这几棵树产量就很低。”沙琳娜急了。

“我相信你，我不相信自己。”林枫自嘲道。

“对了，你为什么要骗嫂子？还要让我背黑锅？”沙琳娜又拐到那个问题。

“唉，你不懂。”林枫叹口气。

“你说出来，我就懂。你不说，我怎么能知道呢？心里有话就要说出来，尤其是男人，什么事都闷在心里，会闷出毛病的。”沙琳娜的语调里带着一点儿拐弯的川味，听起来婉转悦耳。同样的意思，为什么梅影说出来，他就会有逆反心理呢？

“这是秘密，不能告诉你。”林枫逗着沙琳娜。

“这样不好。如果想离婚，就大大方方地提出来。就像我和我老公，他和初恋好上了，所以，我就提出离婚了。”

“你是你，我是我，不要混为一谈。”林枫开始有点儿不高兴。沙琳娜看到林枫瞬间变脸，自己先笑了。

“林总，其实你就是一个任性的，还没有长大的孩子，高兴和不高兴都写在你的脸上。”沙琳娜说话时，母爱不由分说从心里泛滥出来。眼前的林枫就像自己十岁的儿子，毛驴脾气，说风就是风，说雨就是雨。对他不能用道理硬着来，只能顺毛哄着，等他心情好的时候，再给他讲道理。

林枫摸着自己的脸，心里有点儿暖乎乎的。这么一个不起眼的沙琳娜，在她的身上竟然散发着母性的温情。

“第一次听人说我是长不大的孩子。我都人到中——年——啦！”林枫拉长这几个音，笑得椅子摇摇晃晃。

“本来就是长不大的孩子嘛。林总，你不担心嫂子生气？”沙琳娜趁机问。

“她那么高傲的一个人，这简直就是要她的命啊。她原本是一个脾气性格温顺的女人，这么多年，我把她变成现在这个样子，想起来也挺难受的。但是一见她，我又忍不住讽刺挖苦。没有人比我更清楚，问题在哪里。我在她面前一直很自卑，从认识的时候起。所以总想表现自己，越表现越不是自己，越不是自己，越想表现更好的自己，最后搞得自己都不知道自己是谁。”

“那也没必要讽刺挖苦她、骗她呐。”

“不知道为什么，打击她挖苦她，看到她难受，我心里就痛快。我是不是精神有问题啊？”

“不会吧？会不会是因为你在她面前总是在装，装得自己很难受，所以，要把自己的痛苦转嫁到她身上，你心理才会平衡。”

林枫看着窗外沉默了一会儿。

“上班期间，脱岗时间长了不好。上班去吧！”林枫看着墙上的挂钟。“对了，你别走，送你一件礼物，谢谢你！”林枫从抽屉取出一个盒子打开，里边是一尊雕刻成菩萨的玉石吊坠。

“男戴观音，女戴佛，拿去吧。”林枫递给沙琳娜。沙琳娜从颈部取下自己的白金项链，将玉坠串起来，又挂在颈部。

“这样好不好？谢谢啦！”沙琳娜手摸玉坠对林枫嫣然而笑。到了门口，回头又问：“林总，戴老板晚上要过来？”

“哦，我们同学聚会，已经安排好了。”

林枫看着沙琳娜拉上门，将自己埋在椅子里。他想到梅影，是啊，为什么要这样处心积虑呢？林枫问自己，他想给自己找一个更合理的理由。回过头，墙上的那头狼正虎视眈眈地盯着自己。林枫盯着它看了几秒，转身出门到了酒店大堂。

大堂的旋转门卷进了一群人，他们嘻嘻哈哈开心得不得了，走在最前边矮胖的是酒店投资商戴力戴老板。他一看见林枫，大老远伸出手笑："哎哟，进酒店第一眼看见我们林总。"

"老板驾到，有失远迎。"林枫早早伸出两只手，分别握住戴老板和另一位同学。几个同学围上来，和林枫拍肩搭背，大家一起簇拥到餐厅，热热闹闹地落座。

"戴力，财大气粗，同学会让你一个人承包，给不给别人机会？"一位头发盘在后脑的女同学指着戴力道。

"给别人机会？想给，怎么不想给？谁能承接下来？几十口人来回一条龙服务到家。"

"财大气粗，你是赶上前几年煤炭的好时机喽！"一个男同学道。

"哈哈，不服气不行啊。赶得早不如赶得巧。百年不遇的机会让我赶上了！"戴力歪着头，笑嘻嘻道。

"你现在投资了几家酒店？"女同学问。

"几家？让林枫给咱们汇报汇报，我投资了多少家？"戴力手指林枫。

"有五六家了吧？每年的同学会不是轮流在你的酒店聚？"女同学接着说。

"一共十一家。还有你们没有去的酒店。"林枫道。

"林枫，戴力这条粗腿，你可是抱对了，说吧，下次去哪里？"女同学问林枫。

"林枫，我们下次去哪里？"戴力回头问林枫。

"我又不是你的跟班。"女同学的话，让林枫略有不悦，推托道。

"你是我们酒店的老总，我下一个投资在哪里你不知道？"戴力哈哈大笑。

"集团公司的事情，一个小小的酒店经理怎么会知道？"林枫更加不悦。

"林枫，你的酒店什么时候开业？"另一个男同学问道。

"哟，林枫，你也要投资酒店？你的资金从哪里来？"女同学大呼小叫地问。

"戴力可以投资酒店？我不可以？"林枫脸色略变反问道。

“没有人说不可以，”最好你们男同学都去世界各地投资酒店，我们住遍全球，吃喝玩乐，不用交店钱，不用交饭钱，还有人接待。”女同学打圆场。

大家又开始七嘴八舌、天南海北地聊起来，听着他们的聊天，林枫的心里隐隐不爽起来。

“林枫，今天的硬菜上什么?”戴力打开毛巾边擦脸边问。

“保证让大家吃到酒店最好的厨师做的最好的菜。”林枫没有正面回答。

“打电话催催?”戴力道。

“着什么急？做好了自然就送上来!”林枫坐在那里一动未动。

手机在戴力旁边亮亮地闪烁，他出去接完电话回来，脸上带了一层愠怒。

“林总的酒店准备投资在哪里?”他没有看林枫，对着眼前的碟子碗道。

林枫敏锐地感觉到了戴力的语气里带有一股怪味，淡淡地回答道：“一个梦想而已。”

“不会是白日梦吧?”戴力明显地带了一些不屑。

林枫脸色大变，接上话问道：“戴力，白日梦也不能做?”

“林总，梦可以做，就怕是南柯一梦，醒来血本无归。”老戴继续擦脸道。

林枫听明白了戴力的话里话，也明白戴力接了一个电话回来，满脸不悦的原因。他一下子被激怒站起来大喊：“戴力，你什么意思?”

戴老板抬手示意林枫坐下，说：“沉着，沉着。林总的脾气还是这么火爆。”

“行了，一年一聚，聊聊开心的。”女同学赶紧接上话解围。

“黄土已经埋到一半了，我们这么大年纪了，不靠谱的事情，多思量思量。”戴力一手放在喉咙，来回虚晃两下。“来，来，喝酒喝酒！大家好不容易一年一聚。”戴力站起来。大家先干了第一杯酒。“如果你真有资金，咱们一起投资。”戴力回过头道。

林枫哼了一声，自嘲道：“我的资金在梦里。南柯一梦!”

唐果敏做完瑜伽回到家。她已经开始实施自己的减肥计划，晚上不吃晚餐了。客厅里新换一套根雕茶海。唐果敏打开音响，一曲古筝名曲《落花飞》飘然而出。唐果敏端坐在茶海前，温杯、洗茶、冲泡、品茶，她的一招一式已经有点儿茶艺表演的味道。

钟晋夫开门进来的时候，她还沉浸在一个人的世界里。钟晋夫倚在门框，饶有趣味地欣赏着唐果敏。唐果敏端起茶杯，呷一口茶，抬头猛然发现站在门口的钟晋夫。

“怎么不进来呢？没见过啊？”唐果敏放下茶杯，问。

“娘子，小生这厢有礼了。”钟晋夫一口秦腔道白，一手背后，做了一个西式礼仪动作。

“什么味儿，土洋结合，混搭。”唐果敏笑了，用茶夹夹过一个小茶杯。

“吃过了没有？”唐果敏又问。

“吃过了，给我倒杯茶。给谁准备的？”

钟晋夫换上家居服，过来坐在唐果敏对面，指着几个盘子问。偌大的茶海里，摆放了几个精致的骨瓷小碟。一碟柿饼、一碟洗过的红枣，一碟剥过的核桃仁、两碟形态各异的点心。唐果敏将小茶壶高高举起，茶水从壶嘴潺潺而出，不偏不倚落在小茶杯。唐果敏倒完茶，剥开红枣，取出核，将核桃仁夹进去，又取出两块柿饼，将枣放进去，递给钟晋夫。

“好吃不？专门给你准备的。小时候过年，我们就这样吃。”

“你们北京人，也这么吃？好吃好吃。多少年没有这样吃了，小时候的味道。你这是什么点心？不也是土洋结合嘛，还笑我。”钟晋夫指着糕点笑道。

这几块点心，是唐果敏中午在课堂上自己做的。绿色的抹茶慕斯，咖色的提拉米苏，几块红豆糕点，几小块比萨。

钟晋夫饶有趣味地看完，感叹道：“哎，以为你只会在化验室捣鼓那些瓶瓶罐罐，真是小看你了。看来我家祖坟真是冒青烟，娶了这么好的老婆。对了，是不是应该配咖啡喝啊？”钟晋夫取了一块抹茶慕斯。

“你说对了。今天就免了。在茶楼做西点彻底来个跨界混搭。怎么样？”

“跨界混搭？”

听到这几个词，钟晋夫一下子来了兴趣。他上个月听了一天互联网思维课，对他启发非常之大。互联网不断蚕食传统行业，冲击颠覆随时都有可能。未来制造业走向哪里？公司何去何从，让钟晋夫开始思考起来。索性先从颠覆自己开始。用互联网思维，抓紧时间在互联网上布局。

“你知道，我在做什么？原来营销部门三十号人，公司有一千多名员工。现在我让他们每个人都在网上建立自己的营销渠道，人人都可以营销，人人都可以接订单，人人都是客服，我就是最大的客服 001 号。另一方面，将产品做到极致，把我们的单品做精做细，市场占有率不仅在全省做到老大，还要走向全国。来，来，老婆，给你家老汉上茶，再夹一个柿枣核。”

钟晋夫一手拿着柿枣核，一手取了一块提拉米苏，脸冒红光，兴奋地在空中比画。

“让他们结出跨界之果。老汉继续开讲。”

一个晚上，钟晋夫讲得眉飞色舞，唐果敏听得如坠云雾。钟晋夫高昂的激情鼓舞着唐果敏，第二天上午，她一头扎进了书店，买了几本有关互联网思维的书籍，晚上一回家，就埋到了书里，直到钟晋夫回来。

钟晋夫绕着餐桌转了几圈，翻了翻书，拍着唐果敏的脑袋瓜：“碎女子，好好学习，天天向上，不懂的问题随时向老师请教。”

13

地产公司在十六楼一间小会议室临时办公。会议室中间有一张长会议桌。目前，到位人员只有孙星辉、梅影，还有来自院里的一位做预算的陈嘉彬。第一天上班，三个人在办公室开完会后，闲聊起来。陈嘉彬斜靠在窗户下的椅子，手里抱着不锈钢茶杯。

“孙星辉，就咱们三个人拉起旗杆闹革命，万一不成咋办?”陈嘉彬问。

“那有什么万一，成就是成，不成就是不成。成就说成的事，不成就说不成的话。再说，你怎么就知道不成，别想那么多，就想怎么往成做吧。年前把公司所有手续办下来，年后开展工作。”孙星辉手指梆梆敲着桌面说。

“我也就是这么一说。不过，我还是佩服你，说去深圳，就去深圳，说回来就回来，这个婚说离就离，说结就结，干脆利落。是不是，梅工?”陈嘉彬侧身问梅影。

“还真这样的，爷们作风。”梅影说。

“孙星辉，怎么想起把我们召集来?”这是梅影一直想问的问题。

“哈哈！一、我对你们两个人都了解。二、我的短板一定要有人来弥补。三、你们都具备专业背景。四、管理团队需要一名女同志。女同志细腻，洞察力强，处理问题柔和。就这么简单。”

“还有，最基本的常识，男女搭配，干活不累。要不然，我们两个大老爷们每天面对面，聊什么。”陈嘉彬接过话说。

“中午，咱们三个人小小庆贺庆贺?”孙星辉提议道。

中午吃饭时，到了十二楼时，陈嘉彬要去接同单位的老婆一起吃饭，要不然，剩老婆一个回家吃饭他不忍。吃过饭后，回到所里办公室。张所从门口经过，走过去又拐回来。

“院里明年的人事变动比较多。咱们所除了你出去，基本没有变动。任工到院里去的希望不大。总工已经有人选，从别的设计院里空降过来的。据说和厅里有关系，人也活泛。”张所皱起眉道。

“任工知道吗?”梅影想起院里曾经考虑过任工的事情。

“知道，没表示，小梅，你发现没有？最近任工和以前不太一样。”张所吐出一口烟。

“是吗？出什么事了?”梅影看着张所手里的烟问。

“具体我也说不上来，给他说一件事情，他反应不过来，比较迟钝。以前比较沉默，但是眼睛里有东西，现在眼睛茫然无神。他那个家就靠着他了，可不能出事，章洁楠怎么办呢？女同志心细，你多观察观察任工。”

“我真没有注意到。章洁楠这一段也很少见了。有时间，我和她聊一聊。”

“那就好，大家在一起工作几十年，都有感情。任工是一个与世无争、善良的人。这样的人不多了。”

“会不会因为没有提到院里做总工?”梅影问。

“不会，他不是那样的人，对职务的高低他看得不重。他现在的状况，已经有一段时间了。”

任工办公室的门响了一下，梅影叫了两声任工。两秒钟后，任工推开梅影办公室的门。任工进来没有说话，和张所坐在一起。梅影和张所彼此看了一眼。

“任工，最近家里还好吧?”张所问。

“……老样子。小梅，你还好吧?”任工没精打采地说。

“我还好，最近几次见到你，好像看起来比较疲倦。”梅影仔细关注着任工的神态。

“我……也不知道怎么回事，总是提不起精神。唉，活着一点儿意思都没有。”任工说完，头靠在沙发，眼睛盯着天花板。

“小任，这里也就我们几个人，有什么事情，千万不要放在心里。”张所说。

任工没有吭声，眼睛依然盯在天花板上。梅影和张所对视，沉默。有一会儿，任工开口缓缓地道：“有半年……时间，每天早上起来，脑子像生了锈，对什么也提不起兴趣，总是丢三落四的。……我很着急，这样下去，工作怎么办？越着急，脑子越沉。我……不会是得了什么癌症吧？”

“去医院检查没有？”梅影问。

“……没有，真要查出什么，章洁楠怎么办啊。不能去医院。”任工身体坐过来，眼睛盯着茶几，语调低沉，好像在自言自语。

第二天一大早，梅影和张所硬是拽着任工去了医院。在门诊大厅正好碰到周若朴。周若朴因为早上事情比较多，和梅影打过招呼之后，抱歉地离去。

等CT片子拍出来，门诊医生告诉他们，病人脑部完好，没有症状，建议去精神心理科检查。好说歹说，梅影将任工劝进精神心理科。梅影心里清楚，任工抗拒的原因是章洁楠。经过医生诊断，任工表现出来的症状是典型的抑郁症患者的症状。

回单位的路上，任工坐在车里，一言不发。

“不要想太多，你得撑着，否则章洁楠怎么办？”

“小梅，这么多年我太累了，活着没有任何意义。看到洁楠，真想两个人一起离开这个世界。”任工看着玻璃，声音迟缓。

面对任工，梅影一时不知如何更好地安慰，唯有希望他能够配合医生，积极治疗。送任工回办公室后，梅影去张所办公室将情况给他做了汇报。张所手里拿了一支笔，在办公室来回踱步。

“任工的情况，洁楠应该不知道吧？唉，她知道又能怎么样？她连自己都照顾不了。”张所走到窗前，目光投向天空。

“是啊，要不，找洁楠问问情况？以任工的个性，他在单位应该是硬撑着。”梅影靠在办公桌边，眼睛望着窗户。

“行，你去问问情况。任工性格本就内向，他一个人坐在办公室，难免胡思乱想。换个大办公室，让几个性格外向的学生做他的助手，和他坐在一起，情况或许会好转。”张所说。

任工家在梅影家的楼上，吃过晚饭后，梅影敲开任工家的门。章洁楠穿一套素色家居装，看到梅影，愣在门口。恍过神后，赶紧拉着梅影的手，将她一路拉到卧室。任工家整洁素雅，一尘不染，大大出乎梅影意料。

“小梅，告诉你一件事情，卓然每天早上起来，不理我，坐在这里掉眼泪。”章洁楠坐在飘窗上，学任工的样子。

“然后呢?”

“他问我，要不要一起去找妞妞。妞妞不在了，到哪里去找?”章洁楠摊开双手道。

“洁楠，你现在身体怎么样?”章洁楠神态飘游，但是衣着如同家一样干净。

“我没有病。他喜欢干净。你看，多么干净。”她指着自己说。

“洁楠，如果任工有病，你能不能照顾他?”梅影盯住章洁楠的眼睛，一字一句说得清清楚楚。

“他不会有病，有病也是我有病。”章洁楠手握衣角，小声嘟哝。

“真的有病呢? 比如说躺在床上起不来，你和他说话，给他做饭，行不行?”

“行啊，我会做饭，我做的饭好吃，他喜欢吃。”章洁楠像个孩子，又过来拉着梅影到厨房，指着冰箱。

冰箱上挂着白色写字板，上边钉着一张纸，写有几行字——中午：蛋炒饭、西红柿鸡蛋汤。下午：八宝粥、煎鱼、凉拌小青菜、3 个花卷。她打开冰箱，冰箱里摆得整整齐齐。然后她取出一盘鱼。

“你看，我煎的鱼。”章洁楠揭开敷在盘子上的保鲜膜。一条煎得金黄金黄的小鱼摆在盘子里。

“洁楠，从现在开始，你就是一个没有病的人，你要照顾任工，就像他照顾你一样，好不好?”

“他病了?”章洁楠睁大眼睛，一脸惊慌。

“对，任工病了，他每天早上掉眼泪就是病。但是你不能告诉他，他有病。明白吗?”章洁楠的神态，让梅影无法直视她的眼睛。

“嗯，我不告诉他。小梅，还有一件事情，前几天，他用刀片划自己的胳膊。”章洁楠说话间，挽起袖子给梅影示意位置，梅影简直就是心惊肉跳，她没有想到任工抑郁的程度远远超出她想象。

章洁楠的眼泪马上要掉下来，说：“我也不想活了。”

“洁楠。以后，任工就要靠你来照顾了，就像他这么多年照顾你一样。好不好？你能做到不？”

“好，我不告诉他。”章洁楠点头。

“对，这样就对了。而且，你要和他说话，让他开心，不能让他伤心。能做到不？”

“能，我能做到。”章洁楠带着哭声说。

“小梅，卓然是不是要死了？”章洁楠突然冒出一句，吓了梅影一跳。

“我们不要乱说。你照顾好他，他就会永远在你身边。”梅影叮咛道。

章洁楠点头。两个人相视无语，默默地坐了一会儿。梅影环视房间，好奇地问道：“洁楠，你平时在家做什么？一个人不闷吗？”

“不闷，不闷，你跟我来。”章洁楠将梅影领到次卧。

章洁楠将门打开，看到房间内的那一刻，梅影惊呆了！

梅影简直无法相信自己的眼睛，这里简直就是一个小型的制衣工坊，熨烫机、缝纫机、裁剪衣服的工作台，工作台的竹筐里，堆放着各种的边角料。她疑惑地看看章洁楠，又看房间。章洁楠从桌面拿起几本书，递给梅影。这是几本最新的《瑞丽》《时尚》《上海服饰》。

梅影还没有缓过神，又被章洁楠带到另一个房间。这个房间四面以衣柜为墙。章洁楠推开一个又一个衣柜的门，当所有衣柜全部打开，露出一排排各色的旗袍时，梅影再次惊愕了！

“都是我做的衣服，好看吧？”章洁楠手掌抚摸着衣服，有些小小的得意。

摩挲着旗袍，梅影如坠迷雾。曾经有几次，在院子里见到犯病的章洁楠，穿着稀奇古怪。现在终于明白，她是将几件没有成型的衣服套在了身上。原来章洁楠家在上海是有名的旗袍世家，小时候，她住在爷爷奶奶家，看着他们做衣服。现在，她的堂哥、堂姐在上海经营有十几家连锁旗袍店。章洁楠从衣服里边找出一件黑白细格旗袍，取下来，让梅影看。

“这是一件传统的千鸟格旗袍，知性文静。小梅，你试一下，很适合你。”

对于漂亮的服饰，梅影向来缺乏抵御，而旗袍优雅从容、温良隽永的东方情愫里，那份婉约的美妙，更是让梅影痴迷。但是，在这里与旗袍邂逅，梅影有一种说不出的怅然。

“小梅，我不敢上班，害怕发病，害怕别人笑我。我大学的专业是服装设计，可是我给谁设计呢？做梦都想着病能好，在西安开一家由我设计缝制的旗袍店。唉，这辈子也实现不了了。”章洁楠手指捻搓着衣服，痛苦地说。

“洁楠，我们不伤心，你会好起来的。你梦想中的旗袍店，会有的。”梅影安慰道。

是的，面包会有的，牛奶也会有的，可是面包和牛奶都有了以后呢？

虽然劝慰着洁楠，但是梅影清楚自己的话语是多么单薄无力。章洁楠的病什么时候才能好？不得而知。梅影眼睛扫过衣柜里各色漂亮的旗袍。若在专营店，或者商场，她一定会去试穿。现在，她没有任何诉求。美，对于任何一个女子而言，有着无比的诱惑，眼前的章洁楠创造了一件又一件精美的服饰，却依然带动不起她对美的欲望和生活的热情。

从任工家出来，意外的冲击好像一团东西堵在梅影胸口，久久无法下去。半夜时分，窗外刮起大风，一阵紧似一阵，门窗晃荡，风拍楼宇发出啪啪的声音，呜呜地轰鸣而来，卷起的尘土挤进昏暗的房间，如幽灵般在空中飘荡。夜无力控制风的力量，却用自己的广袤深邃全力吸纳着风的肆虐。梅影躺在床上，听夜沉默，数风的起落长短，慢慢地与夜消融在风声中……

空旷的房间内，一位身着白袍的老人，站在窗角，面目无表情，看着我。我好奇，他为什么用这样的眼神看我？他是谁？这是哪里？他转过身，面壁而立。哦，他有点儿像许爸爸，不会，许爸爸为什么要穿这样的袍子？……

深圳大鹏弯。夜已深，打开窗户，温热的海风悠悠吹过来，海滨栈道三三两两的行人不时闲散地走过。一股没来由的情绪在梅影心间升起，她想一个人出去行走，走在静静的廊道，看星空，看海，看夜色中的明克斯航母。于是，换上白色运动鞋、白色运动裤，穿一件黑色卫衣，下楼。

大约步行 20 分钟后，梅影来到海滨栈道。踩在条形木质地板，倚于栏杆，轻轻的海风绕在身边，在细微的温暖里，呼吸着海的气息。仰望星空，一轮圆月正挂在前方十一点位置，皎洁的月光从空中直泻而下，清亮得甚至可以在月下读书。天空有几片云朵，在月光的反射下，好似透亮的白色木棉花，绽放在空中，悄悄开放。那几颗熟悉的星星，神秘地闪烁。远处的明克斯赫然矗立在绵延起伏的山脉与城市之间的海面上。海面在月光下，细碎的亮光不断涌动，好像撒下无数的珍珠。一个祥和而平静的夜晚，一个轻松而适意的夜晚。

就在梅影沉潜在海滨之夜的美好时，一个身影跃入眼帘。

白色套头T恤，黑色运动裤，一双黑色白底运动鞋。休闲的运动装，让他看起来有了几分生活的情趣。他的步伐轻松，神态自如，即使在月光下，温文尔雅的身影也是一览无遗，如果没有看错的话，应该是周医生。等到那个人走到身边时，无疑是周医生了。

“周医生！”

突如其来的声音，让周若朴稍愣片刻，他停下来站在原地。当他发现是梅影时，周若朴感到有些不可思议。

“是你？你怎么会在这里？”周若朴向栏杆走过来。

“我开两天会，您呢？”

“我也是开会，这么晚，你一个人出来不安全。”周若朴看看四周道。

“我习惯一个人晚上走走。您呢？”

“我也是，喜欢清静，一个人放松放松，你爸爸身体如何？”周若朴双手撑在栏杆上问道。

“我爸爸还好，谢谢您啦。”

周若朴默然而笑，向远处的明克斯航母舰望去。明克斯如同剪影般在夜色中沉默。梅影的目光也落在了明克斯庞大的躯体上。

“命运多舛的明克斯，放在这里，真是莫大的悲哀。”梅影说。

“是啊，苏联的解体，造成了今天明克斯的命运。当年，这艘航母在苏联时代很风光，它结束了苏联在远东没有航母的历史。航母买回来的时候，武器系统、作战指挥系统、鱼类发射舱、导弹发射系统依然保存完好。现在我们生活在和平年代，但是每次到这里看到它，就会想起战争的残酷与血腥。所以，远离战争，是我们这一代人的幸运。”周若朴说。

“是的，我们很幸运，生活在这个时代。前几年，我看过一部关于明克斯舰的纪录片，挺令人感慨的。来之前，看了一会儿电视，正播放叙利亚政府军和反对派冲突，又有无辜的平民伤亡，平民区被炸毁。”

“战争中的生命脆弱而不堪，死亡随时降临在每个人身上。作为医生，我深知生命的无常。死亡是生命的一部分，接纳死亡如同接纳我们的喜乐愁苦一样。死亡不需要解脱，需要解脱的是常人对于死亡的恐惧与痛苦。”周若朴说完，看着天空，又接着说：“你对军事感兴趣？女同志中，很少见的。”

“是，我感兴趣，我爸爸曾经是一名侦察兵，以后转业到公安系统。我回家经常陪他看中央七套的军事栏目，凤凰卫视董嘉耀主持的《军事观察室》。”

“原来是这样啊，在你爸爸身上可以看到军人理性、冷静、坚强、乐观的一面。嗯，这几个栏目也是我经常看的。”

“难怪，您对明克斯舰这么了解。其实，您也有理性、冷静的一面啊，当然还有绅士的一面。”梅影说。

“过奖了。”周若朴谦虚地回答道。“时间不早了，你住在哪里？如果方便，我送你回去。”

“谢谢，我住在滨海酒店。您呢？”

“很巧，我们在一个酒店。”

夜又加深了一层，街道明显清静下来，海的气息混合着植物特有的药香飘在空中。浸在这浓郁的馨香里，梅影和周若朴沿来时的路回到酒店。

电梯到七层时，梅影和周若朴告别。周若朴继续上到九层。梅影回到房间，冲澡上床休息。看了一会儿书，迷迷糊糊地进入梦乡……

正在上班，前台文员告诉我，有人放了一束花。哦，原来是一束迷迭香，迷迭香在空中旋转，然后，慢慢地飞过来……

“迷迭香，是为了帮助回忆；亲爱的，请你牢记在心。”为什么总是想起这句话？在梦中，我对自己说。迷迭香，知道迷迭香是为了帮助回忆，那一定是玄浦了。楼下的门开了，我看见他走了过来，我很高兴，终于可以看见他是谁了，我要睁大眼睛，睁啊……

终于睁开眼睛时，梅影意识到自己在做梦，又梦到玄浦。为什么总是看不清他的面容？为什么他总是出现在梦里？他是谁？他又在哪里？

早上起来，头脑格外清醒，看到镜中神采飞扬的自己，谁说女为悦己者容？一直以来，梅影都是为自己而容。她换了一件黑白横纹的薄羊绒裙装，拎起黑色圆桶包拉上了门。

电梯门打开，周若朴站在里边，穿一身深蓝色西装，系一条银色领带，手拎黑色电脑包。两个人相视而笑，问好之后，一起进入餐厅。

早餐比较丰盛，梅影在餐盘里放了一个鸡蛋、一个小花卷，打了一点凉拌紫甘蓝、一杯豆浆。餐厅人较多，她找到一个靠窗的位置，周若朴打完饭，也过来一起坐下。周若朴的餐盘里大体和梅影差不多，只是多一份酱香炒肝。

“你喜欢步行?”周若朴问道。

“是，一个人步行的感觉很好，若有所思，若无所思。”梅影抬起头，回答。

“如果晚上没有事情，不妨一起去散步。一个人在外地，还是安全第一。”周若朴道。

“谢谢!”梅影爽快地答应下来。

又到黄昏，喜欢的黄昏，熟悉的黄昏。温温的风扑面而来，有些焦躁。偶尔会有一阵冷风吹来，让人怀疑哪里在下雨。夕阳已经落下，光影泼洒在天空，绛紫、玫红、绯红、青紫、宝蓝各色云彩，拖着长长的羽翼，盛装走向夜空的另一端，渐渐滑下，滑下，滑到夜空的四周，露出星星和月亮的岛屿。在那里，夜终于来了，睡在天幕里枕着星月。

当天空从黄昏转为黑夜，继续向纵深蔓延的时候，梅影出了电梯到大厅。周若朴和几个人正在握手告别。他已经换了昨夜的休闲装。

“周医生好，出去散步?”梅影问。

“正准备给你打电话。”周若朴回答道。

于是，两个人沿着昨天的路，向海边走去。月亮隐在云层里，透着微弱的光。

“星宿二、天鹰座、牛郎星。”周若朴看着天空说。

“参宿四、织女星和天琴座埋在云层里了。”梅影说。

“你也知道?”周若朴扭过头好奇地看着梅影。

“是，小时候，爸爸经常带着我看天空，然后告诉我，天上的星星，有一颗就是我。嗯，让我找了这么多年，也没有找到。您呢?”梅影看着天空，笑着说。

“看来父亲都是这样吧。小时候爸爸带我和妹妹看天空，也会告诉我们，天上有一颗星星就是我们，等我们长大了就能找到。”

“那您找到了?”梅影问道。

“怎么可能？不过，小时候的确是很认真地在找。”周若朴看着天空，老老实实地回答。

“数着数着，迷迷糊糊得数不清了。”梅影说完，两个人都笑了。

“周医生，昨天您说到死亡是生命的一部分，不需要解脱，需要解脱的是常人对于死亡的恐惧与痛苦，我们如何才能解脱恐惧与痛苦?”梅影问，这是她今天一直想问的一个问题。

“对于死亡，可以从两个方面理解。从狭义理解，单纯指象征生命的肉体死亡，死亡呈静态。从广义上讲，死亡每时每刻都在发生，这一刻对于下一刻而言，就是消失就是死亡。若干的消失与死亡不断地推动着事物的变化，所以在某种程度，它又呈现出动态，是一种不断地消逝和变化。要解脱面对死亡的恐惧，首先要明白面对的是哪种死亡。我们通常意义上而言的解脱，是指对自己肉体死亡的恐惧，亲朋好友离世带来的心灵的痛苦。无论是哪种，都要正确地理解，平静、愉悦地接纳。”

“愉悦?”梅影差点儿叫起来。

“是，平静、愉悦地接纳。我们无法选择生，也无法选择死。无论是躯体自然死亡，还是因病痛苦死亡，它都是注定的必然结果，为什么要将生命消耗在持续的恐惧之中呢?生和死在表面看是对立的，但在实质上又是统一的。生也就意味着死，而死也意味着生。每天早上起来时，昨天就已死去，我们面对的是一个新鲜的今天。如果每天都能有这样的体会，每天都在生与死之间往返，当死亡真正来临时，你还会恐惧吗?”

“应该不会吧，对死亡已经熟视无睹了。”梅影思索着周若朴的话。

“熟视无睹?也可以这样认为。死亡是一个整体的现象，如果将它看作一个朋友的离去、一个亲人的离去等单独的个体，就会陷入一种孤立的境界，在这个孤立中，每个人只会看到个体的痛苦。将个体的心灵放大，我们就会看到整体，看到人类，看到一切事物。一切事物都有开始都有结束，当每个人将自己放在一切事物中去看待的时候，还会恐惧吗?”

“不会了，因为一切事物都有开始，也有结束的时候。而死亡只是一切事物中的一个分子，当我们平静地看待这个问题的时候，它就已经不是问题了。”

“嗯，不好意思，在一个美好的夜晚，谈这样一个话题。其实，对于医生而言，这个问题已经不是问题，但是对于大众而言，是需要时间来理解的。

这个问题，每个人都会遇到。我们的一生是短暂的，珍惜生命，将一生完整地活着，快乐过，痛苦过，追求过，奋斗过，不留下遗憾，我想这样的一生，在我们步入老年以后才会有丰富的回忆，在离开的时候才会平静地离去。”

将一生完整地活着。我完整地活过吗？好像在我的生命里，还有未完成的事宜，我还没有追求过，还没有奋斗过，我会有丰富的回忆吗？我会平静地离去吗？不会的。一定是满满的不甘。

“周医生，您喜欢您的职业吗？”

“职业？喜欢。小时候愿望就是长大当一名医生。呵呵，如果不做医生，还真不知道我能做什么。”

“那你很幸运。我不喜欢我的职业，没有考美院，调剂到土木工程专业。在高中物理就已经学得一塌糊涂了，没有想到大学继续学，结构力学、理论力学、材料力学、大学物理等等，力学从大一学到大四，简直就是一部血泪史，欲哭无泪，曾经无数次地想退学。”梅影苦笑道。

“如果职业和个人兴趣爱好完美融合，是比较幸运的事情。不过，大多数人的职业与兴趣并不相同。”周若朴转过头，月光勾勒出梅影的侧影，那一刻让他想起自己的小妹，一种熟悉的味道，一种亲人般的气息开始在夜色中弥漫。

“是啊，我就是其中之一。”梅影自嘲道。

“了解自己，就会发现你的兴趣和优势在哪里。有一句话说，心有多大，舞台就有多大。”周若朴道。

“是啊，我的优势在哪里？我也不知道自己的心有多大。好像很大，又好像很小。它好像是潜伏在躯体内的精灵，居无定所，到处流浪，不知哪里是家，不知在哪里栖息。”面对大海，梅影好像看到自己的心在海面上随着海波跃动。

“你所说的心，其实是你一直在寻找的精神家园。对于注重精神世界的人而言，没有精神的支撑，灵魂就没有依附的外壳，当精神和灵魂都离开自己的栖息地时，徒留躯体在叹息。思想逃逸了，精神出离了，灵魂追随精神去了，空空落落的园子里，没有乐趣，了无生机，无聊和空虚填充着每一寸阡陌，所以，你会不断地寻找，直到找到自己的精神家园。又回到刚才的问题，如果每个人能将自己的兴趣与优势结合起来，就会找到内在的动力。做自己喜欢的事情，你会带着美好的能量全身心地投入，工作不再简单、乏味和枯燥，反而会成为精神能量的源泉。”

“是这样，只要我全身心地投入绘画时，这种精神的愉悦是无法用语言描述的。”

“你喜欢画画?”

“嗯。”

“美术是一项陶冶情操的艺术，有这样的兴趣很好啊。”周若朴回头望着梅影。

“是啊。做梦都想当一名像许爸爸那样的画家，梦，只是一个梦而已。”又一种没来由的情绪让梅影无法表述出来，美术这个话题一下子变得沉重起来。面对大海，梅影沉默无语。

“许爸爸是?”周若朴问。

“我的美术启蒙老师。”梅影不想再谈让人伤感的话题。“时间不早了，我们该回去了。”梅影看着手腕上的表说。

起风了，海面起了波澜，海涛一浪高过一浪从身后涌过，哗哗拍击在岸边。周若朴抬起头，不知什么时候，覆盖在参宿四的云已经飘到南边，如一颗璀璨的钻石，参宿四在天空闪烁出永恒的红色光芒。

回到酒店客房，周若朴想起梅影的神态和最后的沉默。绘画既然可以带给她精神的愉悦，为什么她最后又避而不谈，神情落寞呢?绘画似乎是她的一个心结，这个心结是怎样形成的?思维缜密的周若朴不由思考起这个问题。

14

雾霾。天气昏沉沉、灰蒙蒙的一片，远处的城墙影影绰绰，如海市蜃楼般，空气里弥漫着一种城市特有的味道：植物和汽车尾气、雾和水分子混合的味道。梅影出差回来，早上到办公室时，孙星辉正在打电话，陈嘉彬手端一杯热茶，坐在旁边，一眼不眨地盯着打电话的孙星辉。

“宝鸡的老同学大清早打电话，告诉我，有一块地要摘牌，咱们去凑凑热闹。下午才开始，现在去来得及。”孙星辉挂掉手机说。

“我们没有手续，去了也是毫无意义。”陈嘉彬说。

“就是没手续才去凑热闹，有手续不在这里，直接去现场摘牌了。”手机在桌面被孙星辉用一根指头推得团团转。

“走吧。”孙星辉站起来。

“还真去?”陈嘉彬对着梅影问。

“当然了。”梅影道。

车中速行驶在高速路乳白色混沌的雾霾中。天地一色的混淆，城市如同一锅熬煮了整夜的浓汤，虽然在瑟瑟的早晨冷却，味道却铺天盖地而来，远处的楼如浓汤中的骨，高高低低隐约在其中。即便看不清汤下的场面，也能想象出它的光景。汤下有一张网，流动的车，移动的人，是动态的，平静的路面，静默的树，是静态的。他们纵横交错、动静结合，密密麻麻沉在汤底，将这锅汤硬生生煮成活色生香的百味汤。

几星雨洒在天窗，似乎已经闻到雨的味道。车继续前行，以为雨会越来越大，雨却只是略微打湿地面而已。路过西部苗圃市场时，雨已经了无踪迹。孙星辉想要帮朋友顺便了解一下苗圃的行情。于是，几个人下了车在苗圃转悠。在偌大的市场几圈走下来，平日在小区或街道两边，叫不上名字的树，几个人在这里与它们相认。大叶女贞、龙柏、桂花、雪松、鸡爪槭、红叶石楠，当然还有楼下的栾树和玉兰、樱花树。丛生的有小叶黄洋、丁香、珍珠梅、小叶女贞、木槿、羽毛枫、桂花球，还有迷迭香。

迷迭香，迷迭香，一丛丛极不起眼地长在路边。红色小细秆，根部沿枝互生的细长小叶，开放在叶腋处的淡紫色小花，在雾蒙蒙的天气里，迷迭香疏远而又淡漠。那样让人遐想，给人神秘和诱惑的迷迭香，突然以这样一种面貌出现时，梅影的心里不免有些小小失望。

心目中的迷迭香是什么样子的？它一定不会像芍药或牡丹那样俗艳，肆无忌惮地大朵大朵开放，也不会像玫瑰那样大众，随意摆放在每个花店。它一定是小众的、孤独的，只为喜欢的人开放，它应该有小小的叶子，开着小小的花，白色或紫色，清雅，留香，勾人心魄。如此想来，面前的迷迭香就有了飘逸，有了灵性，与心目中的迷迭香契合了。

就是它，没有错！

“迷迭香，是为了帮助回忆；亲爱的，请你牢记在心。”莎士比亚的《哈姆雷特》中一句经典的台词，从记忆中走出来，如同前几天的梦。已经很久很久了，久到已经染上了黄黄的光阴。当再次回到记忆中，还有那首《斯卡布罗集市》，优美的旋律，轻柔的女声，带着迷迭香，带着那时的记忆荡气回肠地回来了。

迷迭香的神秘在幽暗的天色里，更加令人心碎。

孙星辉几个人到摘牌现场的会议室时，可以容纳百人的小会议室坐了只有三分之一的人，而且看起来彼此比较熟稔。大面积的空白，让摘牌现场显得冷清有余而热闹不足。到了三点时，会议准时开始。在主持人介绍完几块土地的性质、用途以及相关内容之后正式开始摘牌。不到二十分钟，活动就已结束，整个过程波澜不惊，风平浪静。从会议室出来，陈嘉彬颇感失望。

“没有电视上摘牌现场那样的惊心动魄。”陈嘉彬说。

“押上台面的永远是温温吞吞，你死我活永远在桌子底下。”孙星辉手里拨着电话道。

“输赢胜负在桌下已经决定，台面上自然和平共处。”梅影答。

“这就是你们两个的感慨？不是感慨的感慨。”陈嘉彬道。

“晚上有几个朋友约吃饭。”孙星辉挂掉电话对大家说。

“还没有赚钱，我拿什么给你报销？”陈嘉彬认真地说。

晚上，几位朋友和大家一起聚餐。其中一位朋友告诉大家，城市副中心位置，有家即将关停的企业。年后，区上准备开研讨会，商议这块土地的开发利用，以及企业员工如何安置的问题。如果有可能，邀请孙星辉参与商讨。孙星辉热烈响应，当场答应下来。

晚餐过后，下起大雪。仅仅一餐饭时间，路面已铺上一层薄薄的雪花，除梅影之外，每人喝了不少酒，孙星辉提议去看那家企业，于是大家踏雪而去。企业大门紧闭，透过围墙，露出高大的树冠，可以看得出厂区内部建筑并不多，场地比较空旷。一行人围着厂区转了几圈，雪地上留下了几串大小不同、来来回回深浅不一的脚印。

喝了酒，晚上赶不回西安，第二天早上孙星辉要去厅里开会，于是，三个人天不亮就起来赶路。雪停了，路面已经结冰，积雪铺了厚厚的一层。车一路滑行至高速入口时，高速路竟然没有封闭。行驶了一段，一辆大卡车几乎横在路上。又行驶一段路，前方大小车辆已经排成长龙。

时间已近早上八点。空旷的野外，一阵冷风吹过，覆盖在麦地的雪随风飘起，如雾般散落在原野。风中，枯枝摇摆，几只小麻雀从枝头飞来，停在路边绿色护栏，探头探脑四下张望。一名司机从车后滑过，惊起麻雀一溜烟向空中散去，落在远处高高的树梢。

被堵约一个小时，孙星辉着急地下车，问窗外滑冰的司机前面路况如何，答曰被大车堵死了。车哆哆嗦嗦滑行几分钟后，又停下。

“啊——”一声尖叫，咔、嘭，一辆大卡车向前冲去，四辆大卡车和一辆小车连环追尾，横七竖八歪在道路。滑冰的司机被碾在车下，雪白血红。梅影脸色霎时惨白，惊恐万状，头开始炸裂般的痛，她一下子晕了过去。

暖风吹醒了梅影，当她睁开眼睛时，陈嘉彬坐在车后座。

“吓死我们俩了。反应那么激烈。你没事吧？”陈嘉彬坐在旁边道。

梅影摇摇头，眼睛投向窗外。车在仅有的通道扭来穿去，过了障碍，依然在冰面缓行，但前方已经一片坦途。冰渐渐在消化，冰面消失了，车过后，溅起的泥花一路四散。

下班途中，梅影接到玉音妈妈的电话。问走到哪里了？饺子包好了。回到家时，许清和玉音妈妈坐在餐桌前正吃水果。许清剪了短发，颇有女主播的风范，比实际年龄看起来小许多。梅影去卫生间洗手，许清跟进来。

“小影最近忙什么呢？瘦了。”许清照着镜子问道。

“院里新成立房地产公司，我刚调过去。小姐姐，你留短发也挺好看，看起来比原来小。”梅影看着镜中的许清说。

“看来，我挺适合剪短发。要不，哪天你也剪成短发。上学时，你留短发也好看。小景说你像山口百惠。”

“我怎么不知道？”

“你当然不知道，他告诉我了。”

“洗手洗这么长时间，饺子下好了。”玉音妈妈在厨房叫道。

白玉音坐在餐桌旁，给许清和梅影的碟子里，各放一只饺子。饺子馅是虾肉、杏鲍菇、小青菜的混合馅，鲜香味美。

“多吃点儿。你妈妈对海鲜过敏，回家就吃不到了。”白玉音坐在梅影旁边说。

说到过敏，梅影下意识地咳嗽几声。

“对了，给你煲了陈皮红枣梨汁汤。小清去给小影盛一碗。”白玉音吩咐道。

许清去厨房盛了两碗汤过来。

“妈妈，你可真偏心，尽惦记小影。难道我是后娘养的。”许清手指戳在梅影胳膊，梅影故意“啊”了一声。

“啪”，许清的手被白玉音重重地拍了一巴掌。白玉音一脸不高兴地说：“你就不能轻点儿？干什么都毛手毛脚的。”

许清一边揉着手，一边道：“好，好。母亲大人。在你眼里，小影又乖又好。”

白玉音笑了笑。道："你们两个在我眼里，都好。"

"我去上海出差，正好有国际画展，我在展厅待了整个下午，想起你。小影，你不画画，有点儿太可惜。你的画工和他们不差上下。我拍下来，明早到单位，给你发过去。"许清取出手机，打开让梅影看。梅影浏览了几张，心里堵堵的，于是放下手机。

"你有没有想过，再次拿起画笔？偷偷地画不行，我的意思是，专心画画。当年，爸爸对你和小景是有所期待的。"

"嗯，姐姐，我没有信心呐。这么多年，再也没有钻研进修过。"梅影有些伤感。

"你错了，爸爸就是你的专业老师，他带你那么多年，把自己绘画的所有技法毫无保留教给你。绘画天赋不是人人都有。比如我，和你们一起画，无论我如何努力，都没有你们俩画得好。我比你们用功，比你们理解到位，我欠缺的恰恰是天赋，是对艺术的感悟与灵气。爸爸劝我放弃，他不希望在家里看到一个末流画家天天糟蹋艺术。"

饭后，几个人坐在沙发上吃水果聊天。许清用遥控器搜索节目，正好有一档访谈秀栏目。

"传奇般的女人！真佩服她，她的内心不是一般的强大。自己创造出自己的生命，而且绽放得如此美丽。"梅影说。

"是啊，用她的话说，自己生下自己。现在还做了三个孩子的母亲。一个比女人还女人的女人。"许清说。

"看你们说的，女人怎么能自己生自己？她穿上旗袍真漂亮，你们两个也去做几件，一定好看。"白玉音盯着梅影说。

"有时间和唐果敏一起去章洁楠家。章洁楠在家做旗袍。真漂亮！唐果敏去上海了。她要在曲江开茶楼呢，请我们去喝茶。"

"不会吧？不会吧？两颗重磅炸弹！一个做旗袍，一个做茶楼。"许清惊得叫起来。

"你看看你自己，还不好好画画。"许清刚赞叹完就直接跳入了训导模式。

"又开始念紧箍咒。你呢？你准备干什么？"梅影挑衅道。

"我？你画画，我卖画。当不成画家，开个画廊总可以吧？"

"小清！小影工作好好的，你总是按照你的想法要求小影。你看看，林枫这么多年都不来咱们家。”白玉音生气地打断许清的话。

“不来正好，咱家不缺他。看见他，听见他说话，让人不舒服。”

白玉音瞥她一眼，叹口气转身看电视。从玉音妈妈家里出来，梅影手挽许清胳膊，像小时候一样。气候凛冽，寒气袭人，两个人紧紧依偎在一起。

“冷不冷？”许清将梅影的手放至自己羽绒服口袋。

“不冷。姐姐，又快过年了。我害怕过年，害怕放假，我不希望林木看到林枫的另一面。千防万防，怎么防都防不住。”

“早知今日，何必当初？你就是不听。”

“有合适的人，你就结婚吧。等的人，如果一生都没有等到呢？”梅影道。

“这把年纪了，还怕等不起？我相信世间有真爱，他一定在某个地方等我。缘分到时，他自然就会出现。你还记得姚儒泰吧？”许清打断梅影的话。

许清并非没有谈过恋爱。姚儒泰是许爸爸的学生，文质彬彬，谦谦君子，颇具绅士风度。两个人已经到了谈婚论嫁，最后却不了了之，具体原因，许清从未透露。

“姚儒泰！现在在哪里？”梅影好多年没有听到这个名字，猛然听到，久远的熟悉感一下子传来。

“上海。我这次去上海，在画展偶然遇见。好多年没有见过，发现他更深沉、更成熟了。”

在许清的口袋里，梅影摸到许清烘热的手心，她恍然大悟！

“原来如此，刚出差回来，就急忙召见我。有情况汇报啊。展厅碰见以后呢？继续。继续。”梅影暂时忘记过年的苦恼，一下子来了兴趣。

姚儒泰一直做中国文化对外交流工作，在上海有几家画廊，颇有名气。妻子两年前因病过世。有一个女儿，在法国巴黎美术学院留学，也就是许衡当年留学的大学。

“他现在没有妻子？”

“没有。”

“你们会不会旧情复燃？”

“嗯，看缘分吧，错过这么多年，不在乎这几天。周六，他来西安，你过来一块儿聊聊。”

两个人边走边聊，环小区道路来回绕圈，脚下传来清脆的回声。漫天繁星，一片清冷的星辉中，参宿四的红色光芒摇曳闪烁。梅影凝望着星光，目光转至玉音妈妈的楼层。窗户深处，灯光静静地隐约在纱帘后。在微小的光亮中，她想起多年前，在美院家属区，也曾如此注视过玉音妈妈家的窗户，此情此景，穿透时光，将她带回青春时期，那是一种痛苦和绝望远远大于美好的时期。

回到家中已是深夜，橘黄色的光线以灯管为原点，在昏暗的空间划出一片明亮的扇形区域。她背倚靠枕，在诱人的温暖中，将身体深深埋在羽绒被里……

辽阔的原野上，白色和粉色格桑花摇漾。我在花间流连，采摘花束，一朵白色的格桑花格外耀眼，如丝般细滑的花朵上，飘飘忽忽落下一根硕大无比的白色的羽毛，好像有人从高空刚刚放下，等待着我去捡起来。我猜到了，这个人是谁，在一片朦胧的光晕中，他向我走来，干净的白衬衣，深蓝色的牛仔裤，远远向我笑，我依然看不清他的模样，我在等，等他走得更近，我努力睁开眼睛，却怎么也睁不开……

黄色的光晕，笼罩在床头。无法回避的清醒，让梅影不能沉迷于梦中，她心头五味杂陈。室内暖气的高温与室外寒冷的低温形成巨大反差，玻璃上水汽密布，几道水痕从玻璃上方缓缓滑下。天没有亮，透过窗帘，室外黑漆漆一片。她拿起放在床头的手机，手机时间显示6：19。时间尚早，她继续倚着靠枕，眼睛盯向窗外，开始进入无所思无所想的状态，直到起床上班。

梅影到会议室时，小杨正在整理包。

“向梅总报到。”小杨迷人的笑，好像春天楼下花园里早早开放的迎春花。梅影的心里一下子敞亮起来。

“小美女，把你调过来？太好了。”梅影问。

“孙星辉可以啊，把院里大小美女都拢到咱们这里，春天早早来了呵。”陈嘉彬进来，听到她俩的对话，一边脱外套，一边说。

“小燕子，穿花衣，年年春天到这里。”孙星辉合上门，爽声笑起来。

“孙总早。”小杨在饮水机前给纸杯接水。接满后，放到孙星辉面前。

“星辉，什么事这么开心？”梅影问。

“在外边听到你们聊天，挺开心的。我不希望办公室的气氛沉闷、压抑，搞得一个个苦大仇深似的。大家每天在一起最少八个小时，开开心心工作，开开心心生活，有什么不好？”

“这么热闹？在外边就听到你们的笑声。”最后一个进来的是从规划所调过来的白桦林。

白桦林大约一米八几，又高又壮，脸形方正，声音洪亮，性格开朗，三十多岁，正是事业发展的黄金年龄。孙星辉示意五个人走到一起击掌。啪啪啪啪的击掌声在会议室回响起来。

“欢迎孙总开始训话。”白桦林说完，自个儿先笑起来，大家跟着一起大笑。

“哈哈，训话把自己的心情都训坏了。咱们阿米巴小组人员全部到位。第一天到岗，大家心情不错。别的不多说了，开门见山，我直接安排工作。

“1. 小杨办公室的工作，该怎么做就怎么做，你都清楚，不用我多讲。安排结束后，马上订今天下午机票。北京。我和梅工两个人，会议回执我给你，给对方发过去。

“2. 陈嘉彬和小钱去宝鸡，调研时间，根据具体情况，你们自行安排。

“3. 小钱任务很重，整体规划布局、设计方案，都要以你的调研为蓝本。陈嘉彬主要将这家企业外围关系摸清楚，包括政府对企业职工如何安置的思路，以及企业对职工安置的期望值。最好和企业职工做一些交流沟通，注意别交我们的底。

“4. 我和梅工参加研讨会。我们以前的工作性质，只是做到点，看到面。点面结合，甚至一个区域的整体规划我们缺乏经验。以后，我们要多向白桦林学习。本来这次打算和白桦林一起去北京，但眼下的事情很重要。以后有机会我们都要走出去，多学习多交流，多方吸收经验。行了，就到这里，大家还有什么想法和建议提出来。”

大家彼此目光短暂交流，表示没有，于是开始分头行动。

“星辉，要不我留下来，和小白一起去调研。”梅影叫住孙星辉。

“研讨会不是每天都有。前期调研小白一个人可以。你和我必须在区域策划设计方面尽快提升，没有前瞻性、没有创新的方案无法说服对方。一个团队要有人能够引领大家的思想。你的发散性思维、创新能力和顾大局的个性是我让你去上课的原因。”孙星辉说。

两天会议，梅影收获颇丰。正如孙星辉所言，他们以前只看到点，最多看到面。当点面成为整体时，他们缺乏基本的规划设计思维意识。梅影如同一只春蚕，贪婪吮吸着城市设计这门学科丰美的桑叶。城市生态与文化传承、城市经营与活力、城市产业布局、经济与文化生态等等一系列宏观的城市设计理念带给她全新的视角，她的脑海一下子有豁然开朗之感。好像一条从江河游到大海的小鱼，感受到大海的浩瀚、领略到大海的波澜。城市设计成为她和孙星辉谈论的主题。从宏观到微观，从整体到布局，从概貌到细节，两天的会议，对于百嘉这块地，孙星辉和梅影讨论了无数次，并达成初步共识。

“小梅，如果没有这次会议，你想象中的百嘉会是什么样?”在首都机场候机时，孙星辉问道。

“山寨万达，照葫芦画瓢描出自己不满意的百嘉。”

“为什么不满意?”

“没有自己独创的内容，没有城市文化沉淀的意识在里边，对百嘉的设计，就不会站在城市整体的布局去考虑，最终可能会呈现出一个自己也搞不明白的建筑群放在那里。虽然我们在建筑行业几十年，但是，以前关注点在建筑内部，而现在，我们得跳出这个点，站在城市上空，关注无数点形成的几个面和几个面构成的立体组团。这两天的课程对我的绘画构思，也有非常大的启发，让我想起许爸爸告诫的事项。以前作画时，更多注重如何用技法来涂色运笔，表达出完美的效果，却忘记了最重要的一点，那就是宏观构图。”

“你现在还作画吗?我很奇怪，你当时为什么不考美院?”

孙星辉问的问题，是梅影心中深不可测的痛，每提到一次，那个痛就要扎一下。即便多年之后，梅影也能看到痛里流出汩汩的鲜血。

孙星辉发现梅影突然冷漠起来，于是不再继续追问。和梅影认识几十年，当那种熟悉的冷漠出现在梅影身上时，一种不可捉摸的气息随之飘逸而出，环绕在她的周围，让人无法接近。

15

晚上，唐果敏和钟晋夫回到自己原来的家。几年前，他们将婆婆接到城里来住，又雇了保姆张姐来照顾老太太。唐果敏进厨房帮张姐张罗饭菜。大姐下班，进门看到他们回来，一脸不高兴，将包扔在沙发。

“晋夫，老二又到咱们公司上班？我不是给你讲了，让他去当公务员，吃财政。”大姐手指在空中晃悠。

“当公务员必须要参加考试。老二喜欢设计，我们也需要这样的人才。”钟晋夫说。

“老大不好好学习，又没本事，在公司混就算了。老二不一样啊，他是大学生。公务员工作稳定，以后有个一官半职，你遇到困难，找外甥，他还能不给你办？”大姐说。

“到公司多好，有些孩子毕业还找不到工作。”婆婆说。

“你知道什么？找不到工作的孩子，都是没权没钱的老百姓的孩子。有权有钱人家的孩子，不是出国，就是找个好工作。晋夫一个大老板，这点儿事还办不了？”大姐不屑又不满地说。

“考公务员的热度每年降温，现在是大众创业时代。老二一直想自己创业，让他锻炼几年，如果想创业，我扶持他。”钟晋夫在烟盒里取出一支烟。

“你还扶持他？我不想让他办公司。这么多年，你是怎么走过来的，难道你不知道？你认为都像你一样成功了？东莞有多少家厂子倒闭了？你能保证把咱家做成百年老店？”

“不要胡说！不准你胡说！”老太太听到后边这句话，极度不高兴，连声喊道。

唐果敏和张姐听到喊声从厨房出来。

“说什么呢？”唐果敏问钟晋夫。

“没事没事，你赶快进去做饭。”钟晋夫催促唐果敏道。

“果敏，你来听听。你说老二去当公务员好不好？这点儿事晋夫都不愿意办。”

“大姐，公务员不是说想当就能当的，要考，考上了才行。”

“那就去考啊。反正这事交给你了。你姐夫早早不在，我把他拉扯大也不容易。”大姐说着，委屈得要掉眼泪。

“大姐，是这样的。让老二在家复习，准备考公务员，考上了，咱们找找关系，考不上，就到咱们公司，过几年等他思想成熟，想自己创业，我们扶持他一把。怎么样？”唐果敏说完，大姐扑哧笑了出来。

“那当然好。晋夫你看看果敏，再看看你。”大姐手指钟晋夫。

张姐将晚饭端上了桌，几个人围坐在餐桌旁。

“叶落归根，死也得死到咱家的炕头上，和你爸埋在一起。要是进不了祖坟，就成孤魂野鬼，我每天晚上到你家敲筷子敲碗。”老太太的筷子敲在桌面上。

“盖房子得多少钱？”大姐问。

“几间平房下来，大概需要 30 万。”钟晋夫估算了一下。

“那么多？”大姐眼睛睁得溜圆。“花那些钱有什么意思？房子空到那里又没有人住。这些钱买房子都够首付了。老大现在对象还没有，就是因为没有房子。”大姐不高兴地嚷道。

没有人接过大姐的话。张姐小声插了一句：“老太太老了要回去住。”

“大姐，至于老大房子的事情，等他有对象，想买房子。我们给他凑个首付。行不行？咱妈如果想回老家，你要不也陪着回去？”钟晋夫说道。

“老大的事情，怎么能让你们操心呢？那多不好意思。”大姐说着话，给钟晋夫碗里夹了一块肉。

“咱妈如果回去，有时间我肯定回去看看，这不上着班呢。晋夫，我想还是找个老伴好，两个人一起散步，晚上看电视、跳广场舞多好。”

回家的路上，唐果敏看着钟晋夫不住地笑，钟晋夫莫名其妙。

“怎么就像滚雪球？事情越来越多。”唐果敏道。

“那也得解决啊。咱们不解决，谁来帮他们解决？”

“那也是。这几年，两家的孩子一个个都大了。深挖洞，广积粮，我们要做好备战备荒的准备。上学、工作、房子、结婚，事情赶着趟，一波又一波地来。”唐果敏说。

一路堵车，车在马路上走走停停。钟晋夫索性将车靠边停在马路边上，放下座椅，没有两分钟，一声长一声短地打起呼噜。

唐果敏坐在旁边，凝视着歪在座位上的钟晋夫。当年那个勇往直前、不知疲倦的钟晋夫也有乏累的时候。他的这一面有谁看见过？又有谁心疼过？两个家庭诸多问题，都需要他们来解决。作为家族第一代进入城市的钟晋夫，不希望自己的亲人像当年的自己，在城市的道路上，走得蹒跚，走得艰辛，走得找不着自己，唐果敏当然明白。她脱下大衣，盖在了钟晋夫身上。

黄昏，天气阴沉。林枫站在窗前出神地盯着对面的大楼，沙琳娜手拎一大把香蕉进来，放在办公桌，撕下一根，递给林枫，自己拉把椅子坐在办公桌对面。

“你上夜班？”林枫问。

“对啊！今晚你值班？”沙琳娜咬了一口香蕉问道。

“周若曼过两天回西安，突然很羡慕她。”林枫没有回答沙琳娜的话题，没头没脑地说了一句。

“为什么？”

“去法国和爱人团聚，过自己的小日子。”林枫手里来回翻腾香蕉，落寞地回答。

“你也可以回西安。”沙琳娜关注着林枫的神态道。

林枫看着狼图腾，有些伤感：“西安可以回，过去的日子回不去了。”

“有人被你伤害得太深了，对不对？”沙琳娜嘻嘻笑着说。

“啪”，香蕉扔在沙琳娜面前。沙琳娜不高兴，站起来大声嚷道：“我现在才发现，你变脸就跟翻书一样快。”

林枫饶有趣味看着沙琳娜，冷笑：“又是一个能装的主。女人除了作，就是装。”

沙琳娜又坐下来，“谁能受得了你？”

林枫摇头：“女人？一种女人除了作就是作，听音乐，喝咖啡，弹钢琴，画画，有什么了不起的？一种女人除了装，就是装，貌似善解人意，其实就是母夜叉。这两种都具备的女人更可怕。”

沙琳娜将剩下的一点香蕉扔到塑料袋里，站起来说：“我走了。”

“走什么？我还想和你聊聊。”林枫直起身子，说。

“我？我不想跟你聊。”沙琳娜嘴不饶人地说着，身子向椅子挪去。

“是啊，我很烦！”

“你自己不想幸福，就应该给别人选择的权利。”沙琳娜坐下来道，麻溜地道。

林枫奇怪地看着沙琳娜，说：“我还以为你会劝我！”

沙琳娜反问：“为什么要劝你？以前不了解你，也许会劝。现在了解你，你就放手吧。”

两个人聊了一会儿，沙琳娜的手机在口袋响了起来，她看了一眼，告诉林枫，她有事要出去，随即便站起来。林枫蔫蔫地看着沙琳娜出了办公室，将头埋在椅子，两只眼睛盯住那匹孤狼的眼睛。四目相对，两两相望，林枫疲惫地闭上了眼睛。

周六晚上，西安饭庄。许清、姚儒泰、梅影三个人围坐餐桌。自从许清和姚儒泰分手之后，梅影多年一直未见他。今日再见，彼此并无生疏感。姚儒泰比当年略有发福，艺术家的气质不仅未曾减少，反而在岁月的历练中，更显成熟稳重。

“姐夫，回来有何公干？”梅影依然沿用当年的称呼。

“小影，你怎么还叫姐夫？”许清在梅影手上拍了一掌。

“回来和几个老同学见见，然后，再物色有前景的画家。上次和许清聊到你的画。当年，许老师批评我们，经常说我们还不如他的小学生有悟性，你的画我们都看过。”

“不可能吧？我怎么不知道？姐姐，有没有？”

“我知道，有过。”许清证明道。

“我现在对自己一点儿信心都没有。再也找不到当年的感觉了。”梅影突然伤感起来。

姚儒泰的出现，将梅影带回那个年代，她沉沉地叹口气，鼻子不由发酸。

“你说不考美院，就不考了。你知道我们大家当时多伤心。”许清的音调高起来。

“许清，别说了。”姚儒泰的手在桌面示意许清。

“为什么不说？你呢？我这么多年独身，你知道为什么？”许清有些激动。

气氛沉闷起来。姚儒泰分别给许清和梅影剥了两只龙虾，放入盘子。手机的音乐声在包里响了起来，梅影打开手机。

“嫂子，我是周若曼 。你在西安吗？”话筒里，周若曼轻松愉悦的声音传来。周若曼已经回到西安，她想约梅影明天见。

刚才的不悦，被周若曼的电话冲淡，几个人又聊起许多往事。有几次梅影恍若回到以前。那时，她经常跟许清和姚儒泰一起，就像今天这样聊天、压马路。姚儒泰就像宽厚的兄长，一路呵护着她们。夜深了，姚儒泰将两个人送到小区楼下，然后独自步行回酒店。

冲过澡后，她们换上各自的睡袍。许清家里，一直有梅影的全套装备。从春天到冬天的家居装，从牙刷到袜子的生活必需品。一人一个沙发，梅影抱一个条纹抱枕，许清靠着靠枕。

“小影，你说儒泰这两年有没有人？”许清问。

“呵呵，我不是他，怎么知道？他不是明天要和你一起出去？问问他呗？”

“我心里还是不踏实。哦，小女生就跟野猫一样往成功男人身上扑。在婚姻市场，男人永远是赢家。事业、地位、财富在任何年代都是男人的标签。”

“俗。事业，地位、财富都有，没有精神相融，有什么意义。”

“姐姐要找的人，首先是精神相通，其次取三者之一即可。否则，我怎么会独身到现在。你以为是你，一个林枫，就颠巴颠巴跟人家结婚去了，还跟我谈精神相通。”

“你又来了。林枫怎么了？我愿意。我就跟你的出气筒一样，动不动就指责我，不能学学唐果敏，对人宽容一些。处长也不知道怎么当上的。”

梅影正在剪手指甲，听到许清的话，生气地说。

“其实你没有必要考虑这么多。姐弟恋也大有人在啊。姚儒泰要是愿意找小女生，你就找一个小男生，谈一场姐弟恋。呵呵，想象一下你谈姐弟恋的感觉。既是情人，又是姐姐，时不时客串一个老妈，再扮一下下小女生。呵呵，其他角色，你可以游刃有余，就是当个小女生，嗲嗲的有点儿困难。”梅影继续剪指甲，自顾自说话。

“有完没完，张开。”许清从沙发上爬过来，剥开一根香蕉，塞到梅影嘴里。”

“跟着林枫什么好都没学，就学了一个字——贫。”许清手指正欲戳梅影额头，梅影侧身躲闪过。

“你对林枫就这么上心，要不，我告诉他，把你收了，正好来一场姐弟恋。”梅影哈哈大笑，起身去卫生间。

许清从沙发爬起，飞起一脚踢在梅影臀部。梅影转身，左手翘起食指做勾引状，扭腰摆胯走向许清。许清迎上去，一个侧胯将梅影顶进卫生间，一屁股跌坐在地板。许清站在卫生间门外，梅影坐在门里，看着喷出的水，两个人放肆大笑！笑过，又回到各自沙发。

“姐姐，你们两个人这么多年没见，还跟当年一样。而且，从你们眼神里流露出相同的内容，就像灵魂伴侣。”

“灵魂伴侣？也可能我们性格相近，脾气相投。以前别人介绍男朋友，不自然将对方和他比较，才导致单身吧。越大越不好找，越不好找就越想等那个合适的出现。已经错过一个，也不介意再错，大不了单身到老，反正有你给我收尸。”许清自嘲道。

“那就行了，别……错过，别任性，别过成怨……偶。”梅影眼睛已经睁不开了。

早上，梅影被许清从被窝拽出来，许清刚一出去，梅影坐在床上便开始犯迷糊。许清再次进来，看到坐在床上睡眼蒙胧的梅影，一把掀开被子，将她拉下床，推到卫生间。

餐桌上，一杯木瓜汁，一杯黄瓜汁，两块肉松面包，粉紫色的风信子在圆形玻璃杯含苞待放，浓郁的馨香飘进了卫生间。梅影从卫生间出来时，许清坐在餐桌前，正在拨弄一瓶水养的风信子。

天气依然延续了昨日的风格：蓝天。无风。阳光姣好。温度低。中午十一点时，梅影到达高新世纪金花门口。一会儿，周若曼从对面过来。每次见到周若曼，总会让梅影眼前一亮。她今天穿一件白色羽绒宽松外套，烟灰色紧身牛仔裤，灰色小皮靴。梅影低头看着自己。她上身蓝灰色宽松外套，下身白色紧身牛仔，足蹬白色小皮靴。两个人相视而笑。周若曼伸过头，嗅了一嗅。

“情侣装。迪奥真我香水。”周若曼说。

周若曼来时，淡淡的香水味，梅影以为是自己洒在手腕上的香水。

“好啊。一样的香水味，免得味道打架。平时用什么香水?”梅影问。

“香奈儿、迪奥、古琦、范思哲、三宅一生、绿毒、红毒。你呢?”周若曼问。

“差不多。我喜欢松香、木香味，或者一点点淡淡的烟草味。”梅影道。

“呵呵，不会吧?文艺女生的情怀。我经常用男士或者中性香水。很特别的感觉。”

“去年夏天用了一款宝格丽的大吉岭茶，小清新又很雅致。就在那边有卖。”

两个人进了店里，梅影手指前边。

“改天吧。想和你聊天。每次跟你聊天，时间都不够用。今天，腾出一天时间好好聊聊。”周若曼手拽梅影道。

周若曼的想法正符合梅影的意愿。两个人从世纪金花西门出去，右拐走进室外电梯，上到四楼。

“嫂子，我们还是喝红酒吧。尝尝我们酒庄的酒。”周若曼从包里取出一瓶红酒。

“你们酒庄的酒?”梅影好奇地问。

周若曼的老公从农科大葡萄酒栽培与酿造专业毕业。几年前从西安去上海，和一位同学专营法国进口红酒，效益不错。去年六月，几个同学投资在法国买下一个酒庄。

“今天我们喝的桃红葡萄酒，就是酒庄出产的一个品种。”周若曼将一瓶淡红色的桃红葡萄酒放至桌面。

“你去上海，还是法国？”梅影拿过红酒，问道。

“去法国。我和他一起去。他上研究生时，曾在法国留学两年。我们也不想再两地分居，聚少离多，对感情杀伤力很大。”

“嗯。什么时候走？走之前，我们再见一面？”

“过两天他从法国回来，过完年，我们和孩子一起走。”

一位女服务员过来点餐。梅影点了一份黑胡椒牛扒，一份奶酪芝士烤大虾，周若曼已经将蔬菜沙拉和蛋糕从自助台端过来。

“成都一别又是几个月。”两个人举起酒杯，淡红色的液体在酒杯轻轻摇漾。

“口感如何？”周若曼问。

“嗯，清新淡雅。比干红好喝。”

“对，我也喜欢。清淡细腻，配虾的口感蛮好。”

“呵呵，绝配，就像红酒与牛肉。”

“去法国以后，你有什么打算？”

“好好享受家庭。”

周若曼一家三口，分别在三个地方。她在成都，孩子在西安，老公在上海。最近一年周若曼经常在考虑一个问题：自己到底要什么？事业还是家庭？如果要事业，家继续四分五裂，或许有一天，家将不复存在。如果要家庭，她会不会平心静气做一名家庭主妇？如果老公的生意风生水起，家庭主妇的自己和他的距离越来越大，她能承受得了吗？如果，因为两个人之间的不同步，而导致家庭产生矛盾甚至解体，她有勇气承担后果吗。如果做家庭主妇，怎么做既不丢自己，又能照顾家人？选择很纠结，半年时间，终于决定回归家庭。嗯，既然已经选择，就不想那么多。只想把日子过好，把家人照顾好，别丢了自己。所以，她打算先上法语课，再捡起文艺青年的梦，把一直没有时间看的书，补回来。

“嗯，太佩服你的勇气了。”梅影既佩服又羡慕。

“总之，不想让自己成为像大妈一样的主妇。林总说你的梦想是当一名画家。现在还画吗？”

“偶尔画。兴趣所至，放不下又拿不起。好像一直没有突破，其实，我也很纠结。不画，对不起自己。画吧，又没有信心。你呢？你的梦想是什么?”梅影问道。

“我？我的梦想是当一名文艺主妇。不用上班，把每天的日子过得诗情画意，写写小诗，淋淋三月里的小雨，让老公和儿子有一个温馨美丽梦幻一样的家。呵呵，想一想都让人陶醉。”周若曼手托腮部，无限向往地说。

许清的电话打进来的时候，梅影正聊到兴致上，一看是许清的电话，没有接，电话再次打进来。

“小影，马上到高新香格里拉酒店来，有重要的事情跟你谈。”许清在电话里口气不容分辩。

香格里拉酒店琥珀厅。梅影和周若曼进去时，许清、姚儒泰和几个人正在聊天。周若曼惊喜地叫一位身着黑色上衣、头发微鬈的中年男子哥哥，然后，坐在他的身边。中年男子对梅影伸出手：“呵呵，当年我们膜拜的小学生。幸会幸会！我是周清松，许老师的学生。当年你的画让我们很开眼界。”周清松遗憾地说。

当梅影听到周清松再次提起那个“小学生”的时候，难以言状的滋味开始在心里不停地翻腾。

“小影，清松在中央美院任教，在许老师的学生中，继承许老师画风，并形成自己特色的没有几个，清松是其中之一。把你的画让他指导指导。”姚儒泰说。

“对，周老师，您今天走吗?”梅影问。

“不客气，小妹师。我下午走，今天没有时间。刚才我们在聊你的情况。如果你能抽出时间，最好到美院来，我根据你的实际情况，安排具体的课程，你看如何?”

“谢谢。我一定去。”

纠结多年的事情，在几分钟内敲定。冥冥之中，那个曾经的梦想开始向她靠近。梅影的心好像从尘埃跃上了高高的云端。

“上周，刚从法国普罗旺斯回来。在那里的酒庄，经常会有艺术沙龙，还有一些画家举办个人画展。我已经办过几期，反响不错。儒泰，我建议你不妨组织国内画家，定期在那里举办画展。”

听到法国，梅影将周若曼介绍给大家。

“在普罗旺斯，拉特浓斯酒庄。我先生的专业是葡萄酒栽培与酿造。”周若曼道。

“是农林大葡萄酒学院吗？那是亚洲唯一的一所葡萄酒学院，出国学生挺多，一位朋友的孩子就在法国一家很有名的酒庄。前几年，中法文化交流，我曾去过梅克多一家酒庄。”许清道。

这时，梅影的手机在包里顽固地响个不停，梅影打开后，显示任工电话。

“小梅，你在哪里？快！快过来！”章洁楠在电话里哭喊道。

“洁楠，什么事？”梅影紧张起来。

“快！快过来。”章洁楠突然压低声音，说完，啪地挂掉电话。

梅影放下电话，和大家告辞，直奔任工家。任工家大门虚掩，梅影推开门，章洁楠光脚丫从卧室出来，手指放在嘴边，示意梅影不要出声。

“出什么事了？”梅影小声问。

“任工刚才要找妞妞。”章洁楠手搓衣角，睡衣歪七扭八扣在一起，一只脚踩在另一脚上摩擦，头发乱蓬蓬满头飞，眼神涣散。梅影突然意识到，章洁楠犯病了。

“任工现在在哪里？”梅影问。

“找妞妞去了。去工地。”章洁楠在房间来回走动，开始喃喃自语。

梅影打开手机，找到任工电话。任工回答他在超市，马上就回来。

“洁楠，最近任工病好了没有？”梅影问。

“他没有病。”章洁楠在客厅转着圈道。

“上次，我给你怎么说的？让你要好好照顾任工，忘了？”梅影拉住章洁楠，直视章洁楠涣散的目光。

“哎呀，对。他有病了，我没有病。”章洁楠停在客厅中间，顿时从混沌中醒悟过来。

“对啊，我没有病，我要照顾他。卓然！卓然！”

章洁楠叫着任工的名字，扑向卧室，出来又打开另一个房间。

“小梅，任工去了哪里，你找任工有事？”章洁楠问道。

“对，找任工有事，你给我倒一杯水。”章洁楠给梅影倒了一杯水放在茶几，然后去卫生间。从卫生间出来时，她的头发已经梳理得整整齐齐。

“洁楠，任工最近怎么样？还坐在飘窗前掉眼泪。”

“有，还是不说话。”章洁楠低着头说。

“没关系，他看到你的身体好、状态好，他的病会好得更快。”

门打开，任工手拎两大袋子进来，看到梅影略感意外。

“你在我家打的电话?”任工问。

“对，没事过来看看。”梅影回答。

“小梅过来和我聊天。我好着呢。你看。”章洁楠站起来，在房间转了一个圈。

任工进到厨房放下袋子，取出火龙果，切开放在盘子里端出来。

“去看看你的衣服，我喜欢。如果有时间，我让几个朋友一起过来，买你的衣服。好不好?”梅影说道。

“小梅，喜欢就带走吧，你的朋友过来，不用……买，送她们。”任工说。

从任工家里出来，梅影打电话给周若曼。周若曼说他们刚分手，大家聊得很开心，许清和姚儒泰送表哥几个人去机场，她接到哥哥电话，要一起回家看父母。梅影又给爸爸打电话，爸爸接过电话，家里好像还有人在说话。回到家时，叶知秋的两位同事刚走，梅子轩系着围裙正在厨房做饭。厨房摆得满满当当的，好像要过年一样。

“太阳从西边出来，您老人家上厨房做饭。”梅影洗过手，准备帮厨。

“太阳从西边正落呢。今晚家里有重要客人。你猜是谁?”梅子轩神秘地说。

“谁啊?”梅影好奇地问。

“你还记得姚儒泰?许清和他晚上过来，你玉音妈妈也过来。”梅子轩说。

“啊，动作真够快的。”梅影回答道。“昨天中午我们一起吃饭，还有许爸爸以前一位学生，现在中央美院。我要拜他为师。我想在林木放假前，去北京找他。”

“你决定好了?”梅子轩停下翻炒的勺子问。

“嗯。决定好了!”

“什么决定好了?”叶知秋进来问道。

“小影要去北京拜师学艺啦!”梅子轩答道。

“去吧去吧。林木我们给你继续带着。”叶知秋毫不犹豫地将梅影的后顾之忧承揽下来。

叮咚叮咚门铃响起来。

“玉音来了。”叶知秋过去开门。

果然是白玉音。她穿一件亮灰色修身半长羽绒服，一条浅蓝色羊绒围巾。头戴一顶圆形浅灰色带白点小帽，进来时，气喘吁吁。梅影帮玉音妈妈脱掉大衣，扶她坐在沙发。

“玉音妈妈，我已经见过姐夫，他们两个这次应该不会有问题。”梅影说。

“他们这次会怎么样？”白玉音担忧地问道。

“这次小清再任性，我们全体开除她。”梅子轩在厨房说。

当许清和姚儒泰回到家里时，餐桌上已是丰盛至极。姚儒泰再次踏入这个家庭，让在座的每位免不了悲喜交加。梅子轩站起来，端起酒杯。

“今天，对我们两家来说，意义非常重大。首先儒泰再次回到这个大家庭。命中注定的两个人，无论中间经过多少曲折，终会再次相遇。其次，小影再次拜师，让九泉之下的许衡也会感到欣慰。痛苦和委屈是人生最宝贵的经历，小影，接纳生活给予你的一切，它是你的精神财富。来，我们大家一起干杯！”

大家举杯共饮，温暖的氛围洋溢在家里。如果每天的日子都能过成这样，真是莫大的幸运。

16

周若朴在餐厅与厨房之间进进出出，端菜摆盘子。周若曼系着围裙站在厨灶前，几条黄辣丁正在锅里咕嘟，一股川香麻辣味扑鼻而来。周父和周母坐在客厅看《新闻联播》。周若朴摆好盘子，走到厨房时，周若曼正打开锅盖，盛了一小勺汤准备尝味道。

“哥，你来尝尝味道怎么样?”

周若曼左手执碗，右手执勺伸到周若朴跟前，周若朴尝了一口，很正宗的川味，他给妹妹伸出一个大拇指。周若朴的赞赏让周若曼很满意，她将麻辣鱼倒进敞口小盆里，端到餐厅。

“我就喜欢听你夸我，越夸我表现得越好。”周若曼乐滋滋道。

“从小夸到大，还没听够？我都夸累了。”周若朴笑着说。

“也就你夸我。小康除了刚开始象征性表扬外，以后想听都没有了。”周若曼埋怨道。

“小康已经很好了。要懂得珍惜，阳光有阳光的灿烂，星星有星星的光辉。”

“我当然知道，也就是说一说嘛。”周若曼道，“哥，你什么时候给我领一个嫂子回来?”

“缘分到了，自然就领回来了。你去法国以后，准备做什么？”周若朴将话引回到周若曼身上。

“去法国以后，我先申请语言学校，然后，开始写作，诗，散文，小说。”周若曼抬起头正好看到周若朴的笑。

“捡起来吧，坚持下去。看来我们家还要出一个作家啦。”周若朴鼓励道。

“嗯，我努力让咱们家出一个作家。你可以给你的病人走后门签字。哥，你真的有合适的人了？我看到了你神秘的笑。”周若曼回味着周若朴刚才浮到脸上的笑意。两个人正在说话时，母亲进来。

“小朴有对象了？”周母问道。

“妈妈，你耳朵这么灵，一说到嫂子，你马上就听到了。”周若曼道。

“那当然，这么大的人了，总不能老是一个人过。你也给操操心，看你认识的人里边有没有合适的？”周母道。

周若朴顺手给妈妈和爸爸盘子里各放一条黄辣丁。周若曼见状，端起自己的盘子等着周若朴给她放，周若朴从里边连夹两条，直接放在周若曼的盘子里，示意她全部解决。

周若朴手机在沙发上响起来。周若朴拿过手机，站在客厅。

“哦，卓玛，最近还好？”

“周医生，我很好，您还好吧？”卓玛脆脆的声音像山泉水叮当，从话筒流淌出来。

“我还好。谢谢卓玛！”

“我给您的邮箱发了最近的照片，还有我在医学杂志发表的论文。”

“我知道了。有什么问题我们随时沟通。”

“好的。我阿爸和阿妈，还有我都想您了。”卓玛在电话里吃吃笑道。

“谢谢，代我向他们问好！”

“好吧，周医生再见！”卓玛声音里淡淡的藏调，柔柔地飘出来。

周若朴放下电话，周若曼诡秘地笑道：“哥哥，这个藏族姑娘该不会喜欢你了？”

“你想哪儿去了。”周若朴道。

“你哥喜欢这个藏族姑娘了？”周母伸过头问周若曼 。

“有什么不可能的？民族大融合嘛。是不是，哥哥？”周若曼调侃道。“在那遥远的地方，有位好姑娘，人们走近她的帐房，都要回头留恋地张望……”周若曼唱道。

周若朴低下头，默默地吃着碗里的饭，任凭周若曼唱到最后自己没趣了事。

周一上班，推开会议室的门，梅影眼前一亮，好像误闯花店。会议室靠窗一面，高低错落着欧式白色铁艺花架，铁艺造型优美，做工精细，极具美感。花架上搁置有一排花草，有盆栽的文竹、君子兰、莲花竹，还有梅影几乎叫不上名字的花草。水卉的绿萝、常春藤有序地摆放在会议桌桌面，椅子上是小杨绿色的背包。

梅影将水卉常春藤放在跟前，正在观赏时，小杨推门走过来。小杨着一件墨绿色卫衣，露出白色的衣领和下摆，白色牛仔裤，墨绿色小皮靴。手里端着一个绿色小盆，一条淡黄色毛巾叠放在里边。

“人到齐了，我们开会。小钱，先讲你的调研情况，顺便给我们普及规划知识。然后，陈嘉彬介绍企业概况。”大家坐下后，孙星辉道。

小杨打开投影仪。白桦林链接电脑后，开始讲解：“这块地开发利用价值很高，可以说是商业区内最后一块稀缺的土地资源。建成地标型商业综合体的条件非常成熟。现在，大拆大建的模式已经不再适用，所以如何在盘活存量空间上下功夫，运用动态生长理念是我们思考的要素。在尊重原有的特质文化基础上，以生长的、自然的方式来促进城市更新，带动城市区域活力，积极参与城市更新，是我们的思路与大方向。”

“小钱的思路，抛砖引玉，可以作为一个方向。陈嘉彬呢？”孙星辉说。

“小钱调研周边情况的同时，我通过朋友去走访市政府、劳人局、社保，还有企业几个地方。目前，情况是这样，企业关闭已经是板上钉钉的事情，如何更好妥善安置职工是目前比较棘手的事情。关于土地性质，不是问题，在开发前变更性质，政府是积极支持的。企业现有员工一千五百多人。政府和企业思路基本达成一致：距离退休五年的职工，提前办理内退手续，大约有五百名职工。五年后正式移交社会。五年内，这部分资金缺口从哪里来？目前正在考虑。没有办理内退的职工是最大的难题。补偿，如何补偿？我们必须拿出最佳方案。”

“小梅，你有什么想法?”孙星辉问道。

“小钱的思路基本跟孙总和我的思路一致。我们要避免大拆大建的模式，最大化地保留现有建筑，结构保留，空间重塑。比如，职工浴室，可以改成游泳馆、健身房。幼儿园在原址基础上，重新改造，等等，为企业、为职工保留一定的历史记忆。当然方案还是以商业综合体为主，这样可以解决企业部分职工的就业问题。比如超市、物业，可以和入驻企业签订用工协议，首先保证企业员工就业。当然，也可以自主创业，如果在综合体创业，可以略高于成本价享受一定平方的优惠，或者按面积让利几个百分点。关于补偿，可以有多种途径选择。具体方法大家可以再议。总而言之，可以有多项选择，最终不给我们、政府、企业、职工四方留下隐患。”

整整一天的讨论，热烈紧张，好久没有这么酣畅淋漓的工作状态。快下班时，孙星辉打电话进来，他和院长在市里与部分领导见面，将企业的有关情况进行了坦诚沟通。下周，市里正式召开研讨会，他和张所一起参加。张所即将出任副院长，主抓房地产这块，正式任命这两天下来。两个好消息一块儿进来，让大家兴奋起来。对于张所担任副院一职，大家第一次听到。张所为人谦和，专业素养高，在院里，群众基础比较好，也是众望所归吧。

梅影没有开车，慢悠悠地一路步行绕到环城西苑——西安的“小后海”。护城河边，绿色的景观灯掩映在树丛，斑驳的树影绿莹莹地铺在青石板上。一口冷空气吸进气管，气管如同被挠了痒痒一般，痒得直想咳嗽。如果气管带有自动识别系统那有多好。对吸进的空气，首先甄别是否携带致痒因子。若无，顺利吸收。若有，嘀一声显示：此股气流不宜吸收，自动隔离。不行，升级版本，不仅可以发现，而且可自动转换。嘀一声，红灯亮，自动检索显示：此股气流含有×××致痒因子，按照设定程序进行过滤交换，×××因子已成功转换为×××因子。人畜无害，可以呼吸。梅影咳嗽几声，胡思乱想起来。

绛紫色的夜空上几颗星星在闪烁，参宿四的红色光芒让梅影好像再次看到葡萄园。法国，普罗旺斯，美丽浪漫的梦想，这是许爸爸许给梅影的愿望。梅影一下子伤感起来，在茫茫夜色中，不知道唐果敏在忙什么?梅影打开手机，拨过去。

“我正准备给你拨电话，你的电话就过来了。”电话里，唐果敏的声音闷闷的。

“嗯……很烦。”梅影道。“这周要去北京拜见一位老师，刚才看到夜空，想起好多事情，心情一下子郁闷起来。”梅影道。她的眼泪好像在眼眶打转，只等合适的时机顺势而下。

“我也是，转了一圈，突然对自己没有信心了。躺在床上，心里上不着天下不着地。这么扑腾扑腾地走，万一赔了怎么办?”唐果敏躺在床上，担忧地说。

“是啊，如果我们不扑腾扑腾地往前走，就只有在原地打转，这些不是我们想要的。已经走到这一步，继续往前走吧。不是每一次努力都有收获，但是每一次收获必定有努力。努力，加油!”

“你说的也是。你也一样，正在向自己的梦想靠近。你有灵性和悟性，做事执着，我等你的好消息。想想一年后、两年后我们的美好生活吧!我的茶楼生意红火，你成为著名的画家，现在这点儿摇摆的情绪算什么?为两年后的美好生活加油!”唐果敏从床上坐起来道。

“为两年后的美好生活，努力，加油!”梅影说。

“对，咱们一步一个脚印往前走。等回过头再看时，我们已经走了一大截。”唐果敏最后又加上一句。

未来的路，有多长，怎么走?梅影和唐果敏忐忑不安。她们互相安慰鼓励一番，放下电话。

周五晚上下班后，白桦林要去火车站接人，梅影正好坐他的车赶到火车站。梅影下车后，被白桦林拉进火车站旁边的一道门。梅影跟着白桦林一路畅通无阻，其间，白桦林和几位穿铁路制服的人打招呼。上了软卧车厢，车厢空无一人。白桦林跟上来，帮梅影找到铺位后，坐在梅影对面。

“谢谢你，第一次坐火车走后门，感觉有点儿不一样。”梅影说。

“所以啊，以后坐火车别忘了找我。”白桦林拍着自己的胸脯。

两个人有一搭没一搭地说话，梅影问起白桦林的爱人在哪里上班，白桦林一听，挠头笑。

“哎，爱人?差点儿结了。结婚前一个月，她跟一个有钱的金主跑了。”白桦林不以为然地说。

梅影懊恼自己，问了一个不应该问的问题。

“是自己的跑不掉，不是自己的留也留不住。让人不爽的是，结婚证领了，婚没结，又去离婚。一眨眼变成没有结婚的已婚男人。”白桦林挠着脑袋瓜，嘿嘿笑道。

白桦林走后，梅影脱掉鞋，靠在被子上，从包里取出一罐薯片和速写本，边吃边看。

“是你？”熟悉的声音传来，梅影抬头，腰板不觉挺直，放下速写本和薯片。

门拉开了，周若朴站在门口。他穿一件烟灰色棉质外套，一条深蓝色牛仔裤，没有穿白大褂的严肃，没有穿西服的庄重，却更加接地气，就像邻家哥哥。

“周医生，您在？”梅影看着对面的床铺。

周若朴手拿火车票，又核对一遍。

“你去北京？”周若朴放下包，问道。

“真，真没想到。”

周若朴坐在床边，空间狭窄，两个人不约而同将视线投向窗外。列车已经启动，一层细密的水雾蒙在窗户，灯光映过玻璃，朦朦胧胧地反射出周若朴的侧影。

“去北京有事情？”周若朴问道。

“去上课。嗯，也不能说完全是上课。”梅影发现无法用准确的语言表述此次行程。“去美院找一位老师，指导我的，我的油画。”梅影实在不好意思说自己去上课，老大不小的年纪了。

“是吗？我有亲戚在美院，他也是一位画家。”周若朴回头对梅影道。

“嗯，这么巧啊，您呢？”

“我去听心理学。”

“您不是心内科吗？”梅影回头问道。

“兴趣，上大学时，一直选修心理学。随着年龄的增长，面对病人，希望人们在关注疾病的同时，更应该关注心灵的整合。”看到梅影关注的神态，周若朴又补充道。“心灵的整合是在健康状态下，让自己的生命更加平静和谐的途径。”

“嗯，您说得正确。”梅影道。

短暂的沉默后，周若朴从包里取出旅行洗漱包，礼貌性地点头表示自己出去一下。一位微胖、身材短小的中年女性进来上到中铺。

“上几天课？”周若朴再次进来时，问。

“第一次去，不确定，根据具体情况定吧。”梅影回答。

“您呢？多长时间？”

“每两周一次。一年时间，已经上了半年。一边授课一边听课。”周若朴说。

“您每次都坐这趟车？”

“是，这趟车时间正好，不耽搁上班时间，也不耽搁上课。晚上休息，早上到。坐火车的感觉很好。”

“好像要去远方流浪，一个诗意的开始。”梅影说。

“嗯，难得的文艺情怀。”周若朴脸上露出笑容。

梅影默然而笑，出现一阵沉默。在不熟悉的人面前，梅影向来寡言。但是，面对周若朴，她很想说什么，一下子又不知话题从哪里开始。

梅影去洗手间洗漱回来时，周若朴已靠在床铺上看书。在这里碰见梅影，周若朴感到很意外。这个雅静而又带着淡淡忧伤的女子，让他好像一下子回到大学时代。

“看书呢？”梅影小声问。

周若朴微笑着点点头，眼睛又回到书页上。

夜色中，火车继续穿行。在封闭的狭小空间，听到周若朴平稳的吸呼声，梅影无法入睡，没想到竟然会在这里，在这样一种情况下和周医生碰见。躺在火车铺上，摇摇晃晃如同睡在吊床上，在胡思乱想中，梅影慢慢进入梦中的世界……

海岸边，层层石阶，青青的山脉，山脉脉络清晰可辨，甚至可以看到山间一棵棵丰茂繁密的绿树。她站在青石板上眺望大海，大海一片湖蓝。忽然，一条青石板铺就的小路从大海跃起，从海岸这边一直铺向远方。梅影走下台阶，向海边走去。海水漫过小路，小路消失了。面对平静的大海，梅影惆怅万分。就在这时，海水向两边涌动，小路重新出现在梅影面前，小路上，一个熟悉的身影，白衬衣，蓝色牛仔裤，带着纯净的气息扑面而来，她伸出手……

一阵窸窣而忙乱的声音将梅影惊醒，她睁开眼睛，灯光明晃晃刺眼。周若朴的床铺上被子团绕，上铺的中年女人，爬在床上，正往下看，广播里传来女播音员最后一句："谢谢!"

"出了什么事?"梅影问。

"隔壁车厢有人生病。和你说话的同事过去看病了。他反应真快，我刚睡醒，听到广播响，他一骨碌爬起来已经出去了。"

梅影起身下床，推开门。廊道站着几位列车员，隔壁门口被几名男女围住，梅影出来站在廊道。大约三十分钟后，周若朴从车厢出来。

"怎么样?"梅影问。

"心脏病发作。吃过药，已经恢复。"周若朴说。

梅影回到床铺坐下。过了一会儿，周若朴进来，手里拿着一小包东西。

"你怎么救他? 又不在医院。"

周若朴手托小袋子，"急救包里有急救药品。"周若朴回答。

"你怎么知道有人生病?"

"随手携带，已经养成习惯。"周若朴坐下来说道。

上铺女子关掉灯光。车厢暗淡下来，适应黑暗以后，梅影看到周若朴的身影在晃动。再次睡醒时，车窗外已是晨光熹微。

美院附近周清松的画室，是一套三居室的错层大开间，约有二百六十平方米，中间隔离墙全部打通。客厅和餐厅连在一起组成休闲区，休闲区域简单而整洁，客厅落地大玻璃窗下，摆放着玻璃圆桌，几把藤艺沙发。几个墙面都以红木书架为面，书籍塞得满满当当，没有一丝空隙。红木地板在脚下呈月牙状自然流畅地将休闲区与工作区隔离。下两个台阶，作画区域青色地面光滑，发着幽幽的蓝光。大小不等的几个画架立在中间。靠墙是一排类似书架般开放的架子，整整齐齐摆放一些绘画材质和原料。大众印象中画家的散漫、不羁与非主流在这里全然没有。这间整洁、充满书香的画室，让梅影想起了许爸爸。

周清松依旧是一件黑色套头毛衣，一件黑色牛仔坐在窗前。阳光从落地玻璃流泻进来，在地板上描画出白色纱幔飘逸的线条，轻音乐缓缓而来。梅影和周清松相对而坐，品茶，沉默。

周清松看完梅影的全部画作后，双手十指交叉在胸前，靠在藤椅，沉默不语。梅影心里七上八下，从周清松的表情，无法判断画作的优劣和他对画作的看法。梅影甚至已经做了最坏的打算，大不了从此松油洗手，再也不做画家梦。

“我有几个没想到。首先，绘画技法和功底实在超出我的想象。其次，你对光线色彩的运用娴熟自如，让我想到许老师。你从小接受许老师严格的技术训练，这是你最大的幸运，我们无法和你比拟。轻易放弃，很令人遗憾。你要知道，许老师的画作，在今天的画坛依然占有一席之地。我一直以是他的学生为荣。最后，你默默坚守这么多年，远离这个被名利所浸染的圈子。正因为远离这个圈子，才让你的画作纯净超脱，只为画而画，为创作而创作。你给我带来了启迪，我应该向你学习。”

周清松语气沉稳诚恳，不紧不慢。梅影没有料到他说出这样一番话来，一时语塞，无法回应。

周清松接着说：“在画作方面，你完全可以独立创作。远离这个圈子，有利因素可以让你不被名利困扰静心创作，不利因素是你对新材料新材质不够熟悉，对材料完全了解掌握，绘画的表达能力才会得以展现。再有，目前没有形成自己个人鲜明的特色。如同凡·高的《向日葵》，让大家一目了然，一看就是他的风格。”

梅影不断点头。

“个人画风的形成，不是一蹴而就，它是不断磨炼、不断探索、不断观察与思索的过程。有些画家充其一生只是画匠，而有的画家却可以称为艺术家、大师。除了个人天赋、勤奋之外，最重要的是思想。画家的思想贯穿创作整个过程，当他的思想与技能协调一致时，他的画作会传递出精神与艺术融为一体的价值。正如豪德勒所说：思想高于视觉器官，通过各种协调关系的比较，发现事物间真正的内在联系，新的光辉便会从精神活动和感觉活动的结合中焕发出来。”

梅影入神地听着，生怕遗漏任何一句话。周清松希望梅影最好能抽出时间，每个月来北京两次。一方面全面熟悉材料与当代潮流趋势；另一方面，置身于美院的艺术氛围内，保持创作灵感；第三，大量阅读人文社科类书籍，扩展思想容量。

“当你具有独立思想时，你的个人画风一定会形成。目前，你欠缺的正是这一点。我先给你制订一个一年计划，你按照计划，一步步来，好不好?”

“嗯。”梅影点头应允。

在周清松的画室，梅影在他的指导下，认真仔细研读周清松的画作。下午，去美院，然后又去图书馆。在图书馆，借了几本书。晚上，周清松带梅影去拜访一位很有名望的老画家，在那里喝茶、谈天、聊画。

晚上回到酒店，梅影依然处于亢奋状态。夜色挟着今天的新鲜，带着时光的古旧，一股脑扑过来，撞个满怀，让人防不胜防。到了这个年龄，年少时的张扬早已收回到了心里，只有一种哑光的质感在空间流动，有一种精神在灵魂里沉淀。

梅影洗漱之后，靠在床头，正在看书，林枫打电话进来。

“你在哪里呢?”林枫声音沉闷，听起来心情不悦。

“北京。拜见一位画家老师。”梅影回答道。

“你还想当画家?借你一双慧眼吧，画画的满大街都是，你以为学了几天画，就能成画家，做梦吧。回家我就把你的画撕掉，你信不信?一个女人，什么心都不操。过年怎么安排?年货办了没?你过脑子没有?”电话里，噼里啪啦一阵连珠炮发过来，梅影挂掉电话。

电话又响起来。

“你挂什么电话?画那些破画，有人买没有?值几毛钱?你的画家梦什么时候才能醒?”标准的林枫式讽刺挖苦开始启动，梅影关掉电话，继续看书。

林枫再次将电话打过去，梅影的手机已处于关机状态。林枫拨了几遍，将手机狠狠砸向墙面，下楼后，随手挡了一辆出租车，直奔酒吧一条街，进去坐在酒吧一隅，要了酒，闷头喝起来。三亚的那名女子挽着一名帅气的男子进来。看到林枫，丢开男友，跶跶跶地过来。

“大叔，今天怎么有空到酒吧来耍?”女子一口正宗的川味。

林枫自顾喝酒，没有理睬。女子端起酒杯，扑哧泼在桌面。喊道：“还想骗我?我是谁啊?你不知道?”

声音淹没在嘈杂的音乐里，林枫霍地站起，径自出去。

风刮过树枝哗啦作响，林枫逆风而行，他真想转身倒着走，让风将自己刮走，刮到哪里都行，最好不要在这个地球上。厌倦、气愤、无助甚至恐惧一齐向他袭来。赔进去了那么多，抵押在银行的几套房产什么时候才能够赎出来？夜色中，梅子轩老鹰般的眼神向他射过来。竟然在这里碰到这个小瘟神，又能怎么样？惹不起，他躲得起。林枫厌恶起自己来，一个欺软怕硬的主！

中午，周清松给梅影系统讲解欧洲绘画史。快讲完时，周清松的手机铃声响起，他接过电话后，连说几声好，挂掉电话，带着梅影一起下楼。到了楼下，电梯门刚一打开，梅影一眼看见周若朴站在大厅中间，正向电梯望过来。目光相对，两个人不由站直身体。世界那么大，世界又这么小。不会这么巧吧？梅影问自己。显然，周清松要等的人就是周若朴！而周清松就是周若朴的亲戚，没有什么可奇怪，本来大家都是从西安来嘛，梅影给自己解释道。

“小朴，给你介绍一个人，小师妹。”周清松指着梅影道。

“我们又见面了。嗯，世界那么大，世界又这么小。”梅影惊讶不已，这句话刚在脑海里过一遍，转眼就听到。

“的确，世界那么大，世界又这么小。”梅影不得不感叹道。

附近有一家韩国料理不错，周清松带着周若朴和梅影进去。冬日的阳光暖暖照在窗内，桌面一瓶水卉绿萝盎然舒展。菜，陆续上来。秘制小排、香辣年糕、石锅拌饭、蔬菜拼盘……一桌美味上来时，梅影顿感胃口大开，口水几欲滴下。

哦！美好的生活，舒畅的心情。就在梅影徜徉在美好的情绪时，电话响了。林枫来电！梅影挂掉电话。电话再次响起，梅影站起来，向外走去。她知道，暴风雨即将来临。

“你还没有回去？啊！你到底想干什么？想不想过了，要是不过，回家就办手续。你去北京，经过我同意没有？你眼里有没有我？”林枫在电话里大吼，一句话的空隙也没有留下来。

梅影挂掉电话，关掉手机，再次回到餐桌时，好心情已经逊色不少，她努力表现出若无其事的样子，将自己置身于周若朴和周清松的谈话中。

“就等你来干杯了，小师妹。”周清松在梅影面前放一杯啤酒，说。

“能不能喝？”周若朴问梅影。

“没问题。干杯！”梅影痛快地回答道，几个人一饮而尽。

“老师拜得如何？”周若朴问坐在对面的梅影。

“嗯……”梅影想不出如何表述。

“小师妹很优秀，完全出乎我的意料。”周清松回答了周若朴的问题。

梅影这么多年的坚持，让周清松不由赞叹。最近半年，他一直状态不好。不是画家时，想成为画家，成为画家时，想成为有名的画家，成为有名的画家，又想成为一名在国际有影响的画家。当这些成功一步一步走来时，别人认为他成功了，自己也深信不疑。突然有一天，周清松发现自己不知该要什么，不知道自己是谁？他发现自己成为一个画匠，不停地赶画、交画，应付不合要求但是酬金丰厚的私人定制，应酬各种社会活动。

“我现在搞不明白，自己画画是为了什么？这样的日子什么时候到头？”周清松说。

“追寻外在的自己，而忽略内在心性的发展。你没有真正地了解自己。”周若朴笑着举起酒杯，示意周清松喝完杯中的啤酒。

“这正是我的困惑，如果说卖菜的大妈不了解真正的自己，我可以理解。但是，我也是善于剖析自己、分析自己的人，突然感到自己和自己拧巴起来。焦虑、无序与混乱就像线条一股一股拧在面前，将自己绞进去，无法喘息。小朴，你说我是哪里出问题了？心理还是精神？”周清松一口干了杯中的酒。

“呵呵，多么骄傲自信的一个人，你需要接受心理分析吗？”周若朴戏谑道。

“要不，我找你干什么？你多长时间来北京一次？”周清松将酒杯举起说。

“两个星期。”

“要不，这样，你和小师妹一起过来，路上有个伴。年前，没有时间，从年后开始吧。时间安排好以后，给我打电话联系。”

周若朴看了一眼梅影，笑着点点头。

“周医生，上次去医院我们碰到。我们单位同事任工，有抑郁症，而且他的妻子精神不正常。你能帮他们治疗吗？”梅影想起任工和章洁楠问道。

“让他们每周二到门诊。每周二我在精神专科门诊。”周若朴说。

“小朴厉害吧！跨学科双料博士。小师妹也让人佩服，姚儒泰的画廊有你的画没有？”周清松拍完周若朴的肩膀后，问梅影。

“没有。我们也是好多年没有见到。我的画，他没有看过。”周清松的话，让梅影的心虚得像飘在天上的云朵。

“嗯，你的画在他的画廊不会逊色。如果你能专心创作就好了。”周清松看着阳光中的绿萝道。

吃过饭后，三个人回到周清松的画室，周清松继续讲解欧洲绘画史。两天时间，梅影时而兴奋，时而紧张，伤感也时不时地向她袭来。少年时期，和许爸爸、小景、小清一起学习的情景就像一幅幅画面，在她的脑海中沉寂下来。当这些沉寂下来的场景，被光阴腌制得零零落落时，站在阳台的梅影，深深叹口气。

黛色的夜空，繁星满天，参宿四依然闪烁着红色光芒，明亮而又独特！

周一早上照例开例会。会后，梅影下楼去找任工，任工不在办公室。碰到张所，和张所正在聊院里的人事时，任工从另一个办公室急匆匆跑过来，看见梅影，示意跟上他。梅影稀里糊涂跟着任工进到电梯，任工告诉，小杨在会议室给他打电话了。

章洁楠又惹祸了！

会议室，小杨披头散发，章洁楠坐在地板嘤嘤地哭。会议桌上，常春藤挂在桌沿摇晃，花瓶里的水滴答滴答地滴到地板，地板已浸湿一片。看见任工和梅影进去，章洁楠止住哭，孩子般地扑过来，拽起梅影的胳膊。

“小梅，我找你来了，碰见小妖精。”章洁楠手指向小杨。

“梅总，她一看到我，就扑上来抓我头发。你看？”小杨伸出头让梅影看。

小杨一缕头发被揪下来，头上渗出血，白桦林正好进来，梅影让他带着小杨去卫生室。

“任工，你还记得上次去医院，碰到的周医生吗？他明天早上在精神专科坐诊，你和洁楠一块儿去吧。明天，我送你们过去，好不好？我跟洁楠说会儿话。等会儿，我送她到你办公室。”

“小梅，老是麻烦你，我……实在不好意思。”任工不停地搓动双手，道。

“洁楠，说说找我什么事？”梅影问。

“小影，今天早上，任工坐在飘窗，没有哭，给我笑。我高兴，就来找你。”

“你们聊什么呢？聊得那么开心。”

“他说我现在表现很好。”

“对啊，你好了，他的病也就好了。多好啊？以后有什么事情，给我打电话。”

梅影将章洁楠送到任工办公室。刚上楼回到会议室，许清打电话进来，约梅影晚上见面，她想详细了解梅影去北京学习的情况。

下班后，许清开车过来接梅影。车开到文艺路时，许清说好长时间没有吃小六汤包，正好附近有一家店，于是将车停在对面。一楼已没有空位，两个人上到二楼。梅影详尽地复述了周清松的谈话，梅影讲话时，眼睛中释放出来的激情与自信，让许清心中的一块石头落在地面上。

“嗯。我对不起许爸爸。也许，因为距离太近、太熟悉，没有认识到许爸爸的价值，从来也没有想到跟他学画，是我一生最大的幸运！这次去北京，最重要的收获，是对许爸爸的重新认识，建立起对自己的信心。这么多年，我已经被林枫打击得一无是处，信心全无。”

“不要管那个祸祸，只管做自己的事情，他希望你没有思想、没有主见，眼里只有他，只为他服务。当你真正成为那样的人时，他还会嫌弃你没有出息。你的优秀就是他最大的不安全，他是一个缺乏安全感的人。”

“你又来了。你在哪家剪的头发？我也去剪，剪断青丝不留痕。”梅影看到许清的短发说。

许清抬头看着梅影。梅影面容平静，并不像在开玩笑，她深知梅影的秉性，当她说出这句话时，已经有过深思熟虑。

这时，林枫打来电话，梅影挂掉。林枫又发来一条短信：不知道自己是谁？有几斤几两。梅影看后，没有回复。剪完头发，梅影看到镜中的自己，好像又回到学生时期。走到街道，抬起头，绛紫色的天空，繁星垂悬。红色参宿四在一片清寂的冷辉中，闪耀着温暖的红色光芒。它是那么明亮，又是那么神奇，独一无二地横亘在天幕。人事物已非，唯有它的温暖永恒不变。

第二天，梅影早早带任工和章洁楠去医院。挂完号后，上二楼专家门诊等候，前边两个病人出来以后，梅影和任工、章洁楠一起进去。

“你？过来了！”周若朴抬头看见梅影进来，略有迟疑，问道。

再次见到穿着白大褂的周医生时，一种久违的踏实感，在梅影心头油然而升。

章洁楠留在门诊室，梅影和任工站在走廊，一会儿时间，诊室外已经坐满人。

“小梅，你现在怎么样?”任工问。

“正在做一个方案，最终是否能够拿下来，不好说。你呢?”

“工作还是那样，张所去院里，你知道吧？所里的一部分工作交给我。压力很大。”任工说。

“最近情绪怎么样?”

“唉，到了这个年龄……万一哪天……我不在，洁楠怎么办？女人寿命总是比男人长。我希望她的病好起来，我走了，心里也踏实。”任工语调悲怆地说。

“洁楠的病会好的。我们还是相信周医生吧。洁楠病好了，你们一家，张所一家，我们一起出去旅游，多么好的事情啊!”

“但愿吧。”任工抬起头，一脸的茫然与无助。

“小梅，有你在所里配合工作，我……心里会踏实。张所的办公室已搬到楼上。这几天，没有见到他。你们两人都不在，没人和我说话，我……”任工话说了半截，停下来，望着天花板若有所思。梅影靠着玻璃栏杆沉默，她实在找不出更好的方式安慰任工。过了很长时间，章洁楠从里边出来，让任工进去。

“小梅，这个医生跟别的医生不一样。他们就会让我吃药，我偏不吃。周医生认为我没有病，病是自己想出来的。如果病好了，也许还会有孩子。你相信吗?”章洁楠兴奋得手舞足蹈，一股亮光熠熠地闪烁在眼睛里，章洁楠沉浸在对未来的美好想象中。

啊？梅影在心里暗暗地叫道。她没有想到周医生会给章洁楠画这样一张美好的饼。如果章洁楠病好不了，如果她没有孩子，那时怎么办？梅影满腹狐疑地看着章洁楠。不过，周医生是一个谨慎的人，这样对章洁楠讲，也许有他的道理。梅影希望她的病赶快好起来，她的病好了，任工的焦虑与郁积也许会随之好转。他的专业素养与钻研精神，在院里，无人能够超越，甚至在全国同行中，他也绝不逊色。如果他的心思全部用于工作，一定会有建树。那么这对多灾多难的夫妻，情感深厚的夫妻，美好的生活将不会遥远。梅影不由羡慕起任工与章洁楠来。

任工从门诊室出来时，已经到中午下班时间。他告诉梅影，周医生让她进去一趟。梅影进去时，周若朴正在喝水。“刚才一进来，差点儿没认出来。”周若朴看着梅影的短发抱歉道。

“嗯。想换一个发型。”梅影坐下，手捋捋头发。

“你的同事，具体情况我不讲了，两个人都有希望。女同志的病情虽然病史长，但病因不复杂，相对较轻。男同志思想包袱重，情况比较复杂。他们的病情会相辅相成。如果一方好转，对另一方就是积极的信号。具体治疗方案，我会采取相应措施。”

周若朴简单地介绍情况后，让梅影安排好自己的时间，年后他会联系梅影。最后，周若朴又问梅影的孩子是否上课外班，他有一个亲戚的孩子正上高二。如果有课外班，能否通知一下。

17

在光阴黄的天气里，林木已经放假，年味越来越浓。唐果敏考察了一圈回来，因老家有事情，回去一趟。唐果敏联系的物理课外班，每天晚上两个小时，上到过年前两天，从后天开始。

晚上下班时，梅影去超市大肆采购一番，因为儿子的一句话，要吃妈妈饭的味道。

在回家的路，梅影想到儿子，满身的细胞活跃起来。风吹进衣服，寒到骨缝，与心却还隔着热气腾腾的血脉。当门在里边打开时，渗到骨缝里的寒气被儿子灿烂的笑容吸引出来，洒落在了门外。明亮的灯光，适宜的温度，家因了儿子的存在，充满了温暖和喜感。放下采购的各种食品，往日颇显冷落的厨房，一下子有了人家的烟火味。

林木将装有香蕉和火龙果的水果袋子放在客厅茶几后，取出一根香蕉，剥开拿到厨房，伸到梅影跟前。梅影咬了一口，林木靠在门边，一边吃，一边给她讲起学校的趣事。

“妈妈，明年我就要上高三了，我和几个同学商量好了，我们在学校旁边租一套房子，晚上复习时间可以长一些。如果每天晚上多一个小时，一个星期就多六个小时，将近一天，一个月多出四五天的复习时间呢。今年毕业的这一届，有家长在附近租房子专门陪考生。”

“行啊，你们几个同学能管住自己吗?”梅影问。

“应该会吧！妈妈，我以后上什么专业?”儿子问。

“你想学什么专业?一定是你最感兴趣的事情，不要像妈妈一样……”梅影没有说下去。

“我想上风景园林专业。每次看到绿化，我就在想，要是我设计一定会更好。”

听到林木这句话，梅影笑了。这是每次带儿子出去，每遇到别样风格的建筑，梅影给他讲解时，经常说的一句话。也许，这就是潜移默化，家庭熏陶吧。

“怎么想起上风景园林?”梅影问道。她正在洗荷叶，从超市买回来抽真空的荷叶，准备做荷叶蒸排骨，儿子喜欢的一道菜。

“喜欢。”儿子问。

“想好没有?是浅喜深爱呢?还是不知道未来从事什么职业，而风景园林只是相对比较熟悉?”

“现在不能说深爱，喜欢是有的。妈妈，浅喜深爱这个词，太文艺了吧。”林木将手中的香蕉皮投篮一样，精准无误地投到垃圾筒里。

“好，只要确定你喜欢。过来，亲妈妈一下下。”梅影手指自己的脸，命令儿子。

林木装出嫌弃的夸张样子，咧着嘴，过来在梅影脸颊亲了一下，顺势搂着她的腰，两脚轮流抬起，身体大幅度晃动。梅影随着儿子晃动而晃动的那一刻，突然冒出来一个闪念：儿子上高三，我要陪他度过人生最重要的一个阶段。

唐果敏打电话过来，明天晚上，几个家长见一下，地点在微酌饮。梅影问家长见面有什么事情，唐果敏也不清楚。梅影又将电话打给周若朴，周若朴明天晚上值夜班，只好烦请梅影代劳。

在浓浓的雾霾中，微酌饮伫立在南门护城河边。月白色的景观灯，打在城墙上，古旧的青砖清晰可辨。透过微酌饮的窗户，西安厚重的历史感扑天盖地轰然而来。梅影和唐果敏没有来得及说几句，几个女人嘻嘻笑着从门外进来。看见唐果敏，打过招呼后，直接过来。一位后脑勺顶着发髻的女人站在椅子旁。

“咱们一共到了几个家长?”她回头数了一下散落而坐的家长，一共有九位。

“一位家长因为晚上值班，我代劳。”梅影回答道。

“家里再没有别人了？孩子马上都要上高三了，还不着急。”她语言犀利，快人快嘴。

“这个班是我组织的。有几位家长我不认识，先把丑话说到前头。这个老师很厉害，带物理竞赛，上课时间根本排不过来。我是通过一位朋友介绍，才勉强答应开这个班。所以，家长回去后，告诉孩子上课必须认真听讲，老师布置的作业一定要按时完成。这个班只收五大名校的孩子，如果不是，对不起，请家长自觉离去。孩子必须要在班级前十名，如果不是，也请家长自觉离去。”话音刚落，两名家长站起来和唐果敏打过招呼，拎包准备出去。

“打电话的时候没有讲这么多，家长已经来了，而且，这几个孩子挺乖的。”唐果敏站起来打断发髻家长的话，叫住那两位家长。

“我向来都这样，不管那么多，只有刚才讲的几个硬杠杠。再说，哪个学校不是这样？清华、北大不也是只认成绩？不好意思啊。”发髻家长对着门口的两个家长说。话已至此，两名家长只有推门而出。

发髻家长继续道：“不是我不近人情，我是怕有些孩子不好好学习影响我们的孩子。现在只有八个孩子，还差两个。明天晚上开课，大家动员一下，看有没有孩子愿意来。我这边有一个孩子想来，我没答应，这个孩子在班里老是压着我儿子，稳稳的不是第一就是第二。”

“学习好的孩子来还不好?”唐果敏说。

“那不行，他补了以后，比我儿子更厉害了。”发髻家长连连摇头。

“全省几十万的学生考，也不是我们这几个孩子。”唐果敏不满地说。

“那位家长值班的孩子怎么样？父母一个都没来？还有这样的父母？火烧眉毛也不着急?”发髻家长问梅影。

发髻家长没有等梅影回答，连珠炮般地将学费和注意事项以及开课时间地点通知后，让大家各回各家。唐果敏一直闷闷不乐，她要打电话安慰自己带来的那两位家长，于是和梅影分手告辞。

林木正在厨房倒水，听到电梯的响铃声，他将锁打开，藏在门后。梅影到了家门口时，手上的钥匙还没有插到门上，门自动打开，黑衣人和几把钥匙从脑海里一齐拥到眼前，梅影不自觉地打了个冷战。

推开门，一道光线从林木的门缝挤出来铺在地板，梅影的心一下子从胸膛蹿出来，坠到尘埃。

“妈妈！”梅影的肩膀被拍了几下，客厅的灯光全部打开。几欲坠落的心被房间的灯光抚慰进心房，梅影长长出口气，顺手在林木的屁股拧了一把，林木脚炸手炸般，跳了几跳，嘿嘿笑起来，推着梅影后背往房间走。

“妈妈，你个子好低啊。”林木在后边喊道。

“你长高了。明天晚上你们上课，上课好好听讲，最后一年冲刺了。”

“哼——哼——哼！我们上课，最开心的就是你们家长，又可以聊天，喝茶，做美容。美得不行不行的。”

“嗯，好像也是啊。最后一年，妈妈陪着你吧？”

梅影看着比自己高出许多的儿子，突然意识到，也许一生中，她和儿子的相处只有高三一年的时间了。以后，上大学、工作，母子俩相处的时间将少之又少。

“好啊，你陪着我，然后你画画？不错的选项。”林木坐在自己的座位上，翻开书。

梅影去厨房剥了两个杧果，切成小块放入玻璃小碗，又取出一盒牛奶，一起放到林木桌前。临走时，扳过儿子脑袋，在脑门前亲了一个响响的“啵”。林木头摇得跟拨浪鼓似的，美滋滋地低头开始做作业。

早上，周若朴查完房到办公室，手机里进来一条短信，是梅影发过来的，告知晚上上课时间、地点以及费用。周若朴回了一条短信，谢谢她，并告知晚上将孩子送过去。

“周医生！周医生！”周若朴刚放下电话，外边传来一阵嘈杂的呼叫声。

走廊东头，围了一群人。周若朴跑过去，人群自觉让出一条道。一位中年病患半截身子挂在窗户外边，几个人正拼命拽着他的腿往回拉。知道有医生进来，中年病患虚张声势，双手划拉着向窗下扑。周若朴没有理会患者，直接跳过窗户，站到窗户外窄窄的廊檐上。

“啊！”小虎牙护士撒腿奔过去，和家属拉住病患的半个身体，里外配合，推拉之下，病患被拉回窗内。小虎牙护士扶周若朴上来，手脚麻利地将窗户锁上。

“你知道多危险吗？万一你将周医生推下去，这个责任你能负担得起吗？”小虎牙回头冲着病患喊道。

男病患眼睛紧盯白色被罩，不语。旁边家属低头不断地抹着眼泪。

“对不起，给你们添麻烦了。对不起，对不起。”女家属再三说对不起。

“无论发生什么事情，也不能用生命去交换，有问题解决问题。术后效果还是不错，现在的任务是好好静养。”周若朴道。

“对，对。”家属忙不迭地回答道。

周若朴回到办公室，小虎牙护士尾随而来。

“周医生刚才多危险啊，万一掉下去呢？”小虎牙护士手摸胸口，一脸惶恐说。

“我站在外边，病人就不会往下跳了，这是心理的较量。”周若朴整理着桌面，淡淡地说。

晚上，梅影送林木去上物理课，在楼下碰到唐果敏、发髻家长等几个人。林木和钟雪娇从小就认识，到了楼下，两个人一起进到楼里。

周若朴的车停在楼下，将魏锦奇的妻子和女儿放下，和梅影打过招呼后，驾车回父母家。

发髻家长眼睛尖，一下子认出周若朴。上前搭讪魏锦奇的妻子：“哟，您是周医生的家属啊，我姐姐的女儿是周医生科室的护士。这是周医生女儿啊，长得真漂亮。”

魏锦奇的妻子尴尬地摇摇头，和她打过招呼，将梅影拉到一边，递给她一个信封。梅影打开，发现里边是学费，随后转交给发髻家长。

“和我们坐一会儿？”梅影问魏锦奇妻子。

魏锦奇的妻子谢过之后，一个人出了小区。

“周医生的家属挺孤傲的。”发髻家长的眼睛追着魏锦奇妻子的背影，说。

“她是周医生的亲戚。”梅影解释道。

“亲戚？”发髻家长歪着脑袋，视线追着魏锦奇妻子的背影道。

对于喜欢打探别人隐私，捕风捉影的人，梅影向来不喜欢。晚上下课时，周若朴过来将魏锦奇的妻子和女儿接走。以后的上课时间，周若朴将她们送来，又将她们接走。

年前最后一次上课，将孩子送进楼里，魏锦奇妻子一个人走向外边。发髻家长一脸神秘地告诉大家：“我听侄女说，周若朴妻子和女儿在国外。这个女人，从来不和我们在一起，奇怪不奇怪？肯定有问题。你们说，还让她们上不上？”

“你想得太多了。我已经说过了，他们是亲戚。”梅影再次强调。

“你怎么那么傻啊，他们说是亲戚就是亲戚，对外还能怎么说？我可不想和这种人在一起。”发髻家长噘着嘴巴。

“不要胡乱猜测。”梅影生气地说。

“对，大家都是来上课，说闲话没有意义。”唐果敏说道。

“我组的班，不能让乱七八糟的人进来。”发髻家长不高兴地说。

“我们不是乱七八糟的人。周若朴是我小姨的儿子。”不知什么时候，魏锦奇的妻子站在身后，生气地道。

大家彼此尴尬地看看，没有继续争执下去。梅影拉过魏锦奇的妻子，沿着小径，来到小区的紫藤架下，安慰了一番。魏锦奇的妻子赵一澜，在成都曾经有过一家效益不错的服装店，后来卖掉了，为什么卖掉，她没有说，梅影也就没有追问。赵一澜在西安不认识别人，如果梅影愿意，她希望能帮她介绍事情做，当然最好是服装店。梅影马上想到了章洁楠，她们要是开一家旗袍店，也许不错呢？

周末。梅影睡了一个懒觉。起来时，阳光已将自己的影子投射了半个窗户，尔后，透过玻璃明亮亮地映在室内，房间的光线呈现出与往日不同的饱和度。林木没有起床，也是一个晚上不睡、早上不起的主。

敲门，门没有上锁。推门进去，一股浓浓的臭脚丫味，穿进鼻腔。异味的刺激，让梅影接连打出几个喷嚏，林木躲在被窝偷笑。梅影手伸进被子，在林木屁股狠狠地打了几巴掌，林木笑得更狠，冷不丁将脚丫子伸到她的嘴边，梅影顺势抓住一只脚，在脚心挠几把，林木将被子抱在怀里，笑得扭成麻花。大屁股正好拧过来，梅影毫不犹豫，抓住机会，又是两巴掌，两人爬在床上同时大笑。

“昨夜已洗过澡，脚为什么还臭？”

“忘记打飘柔。”林木闻着自己的脚道。

梅影好奇，飘柔除了洗头，还洗脚？林木爬起来，从书包里取出一个黑色灌装小瓶，打开后，喷在脚上，植物的清香味散发在空中。

“这是什么？”梅影好奇地问.

林木摇着小瓶，得意地回答：“你以为不让我用香水，我就没有办法？身体香珠。”

香珠的味道和脚臭味混合在一起，产生出一种奇奇怪怪的味道。林木扳起右脚，自个儿闻闻，是够难闻的。梅影赶紧站在窗边，生怕他又出其不意地一个臭脚伸过来，随手打开窗户。

“你还挺聪明，躲得远远滴！”林木嬉皮笑脸地说。

“那当然，谁的妈妈！”梅影回答。

在林木烧水期间，梅影打开百度，搜索脚臭怎么祛除，一下子出来了好几个方法。有几种方法，家里就有现成的材料：盐、白醋、花椒、姜。于是搜罗出来，一股脑全倒在盆里。

林木一看乐了，一脸无辜地问梅影：“妈妈，你这是要做泡椒猪蹄啊。”

“真是我的儿子，知道妈妈喜欢啃猪蹄。”梅影笑道。

林木将臭脚伸到梅影面前，她去抓时，林木的脚在空中晃悠几下，放到了水里。

吃过午饭，梅影在阳台晾儿子的衣服。蓝色的天空纯净得没有一丝杂质，阳光毫不犹豫直泻而下。玻璃过滤了室外的寒气，将阳光的温暖悉数传递到阳台。晾完衣服，林木走到窗前，问梅影要不要一起坐在这里晒阳光。

“喝茶？咖啡？听音乐？聊天？”梅影问。

林木回答道：“妈妈怎么想的和我一样？”

“红茶？绿茶？咖啡？”梅影又问。

“都可以。你想喝什么我就喝什么。”

“那就红茶吧，咖啡要磨。”

梅影泡了一壶茯砖茶，加了几勺牛奶，又加了一块老红糖。林木放完音乐，端着小茶海过来时，已经有轻轻的海浪声漫过沙滩，传到了耳边。

“妈妈，听听乔瓦尼乐队的音乐。”林木说。

“你怎么知道乔瓦尼乐队？”梅影好奇地问他。

“我怎么会不知道？上晚自习时，有时困了，听着他们的音乐一路走过来的。”

林木上半身埋在椅子里，双脚搁在阳台台阶上，以一种舒适惬意的姿态面朝阳光。他的适意感染了梅影，于是，梅影也将脚搁置在台阶上，和他保持相同的状态。林木坐在一旁乐了。

“挺会享受的。妈妈也听乔瓦尼乐队的音乐？”他问。

“对啊，你回家时，怕影响你，戴耳机偷偷听。”

“哈哈，我怕你知道，也是戴耳机偷着听。”

母子俩相视而笑。

“不过，听着听着，什么也不想干，开始放飞思想。”梅影止住笑，想起那时的情景。

“妈妈，为什么你们品茶，看起来有模有样的，可是到我，怎么有点儿人模狗样的？”阳光下，林木小啜一口，然后手执茶杯在阳光下，左右转动。儿子说话时，一本正经的模样逗笑了梅影。

“哦，那是因为我们在茶里，品到了人生百味，品到了人生沉淀。当你有阅历、有感悟、有思想的时候，你自然会用从容的心态去品茶。”梅影看着奶茶道。

阳光下，林木的皮肤上一层幼茸发出细密的光泽。他鼻梁高挺，眼睛清澄，一眨眼间，已经长成一个阳光而帅气的小伙子了。母子俩聊着聊着，话题转到了画画。聊起画画，林木建议梅影，不妨将自己的兴趣爱好发挥到极致，如果有可能就做职业画家吧，不用每天这么辛苦。一生也不过两万多天，更何况已经过去多一半，不如将剩余时间充分地利用。

“有个画家妈妈，会是什么感觉？”林木回过头，歪着脑袋认真注视着梅影。

林木的建议，让梅影有种说不出的感受。一方面感叹，他的确长大了，有自己独立的思想，另一方面，吃惊他在这个年龄已经意识到这一点，而自己到现在才认识到。

欣喜？还是惭愧？

18

“啷——啷——啷”，听到敲门声的时候，林枫正在办公室签一叠账单。

“请进！”林枫头也没抬，随口应道。门“吱”一声推开，林枫回头一看，不由自主站起来，皱起眉头，满脸的不耐烦。

“你怎么来了？”

苏俞夏穿了一件月白色薄羽绒服，头戴一顶灰色小圆帽，仪态从容地进到办公室，温和地反问：“我为什么不能来？”

“呵，你来了，我是不是就应该走了？”林枫站在办公桌后面说。

“你走，我也不走了。我要么在西安，要么在成都。”苏俞夏一脸平静地说。

林枫眉头皱起：“你到底想要干什么？”

“妈妈年龄大了，老伴也走了。在人生最后的时间里，我想好好陪陪你和木木。”苏俞夏泰然自若地坐在沙发上。

林枫听完，讥讽道：“老伴走了？你还有女儿，为什么不跟着你的女儿去美国享福呢？”

苏俞夏听到了林枫语气里的嘲讽，笑道：“不去。女儿不用我操心，她生活得很好。现在，我一个人想去哪里就去哪里！我不用再怕什么。”

“是啊，你的女儿不用操心。因为你把爱都给了她。”林枫嘴不饶人地道。

“我知道，你对我有意见。”苏俞夏戴了一双肉色的羊绒手套，边脱手套边道。

“我能有什么意见？这么多年，也就是在过年时，才知道我还有一个亲生母亲活在世上。”林枫瞟了一眼狼图腾道。

“从来不接我的电话，就那么恨我？”苏俞夏问道。

“有必要吗？恨谁，我也不敢恨您呐。没有您哪有我？”林枫语气调到嘲讽的挡位。

“妈妈考虑了，余生就和你们在一起度过！”苏俞夏音亮不高，却掷地有声。

“哼，现在想起这个儿子，还可以给您养老送终？”林枫鼻子哼了一声，口无遮拦，愈加放肆。

苏俞夏不但没有生气，反而笑起来，说：“养老送终？不需要。”

“想给我遗产？”林枫面带冷笑，不近人情地道。

林枫的这句话让苏俞夏愠怒起来：“林枫，对妈妈太过分了！”

“过分？小时候撇开我，你一走了之的时候，不过分？”林枫的冷笑里夹了一丝丝委屈道。

“我和你爸爸的隔阂太深。”苏俞夏简洁明了地说完，示意林枫给她倒一杯水。

林枫瞥了一眼母亲，从办公桌后边出来走到饮水机旁，从饮水机下边取出纸杯，接了不到半杯水，放下纸杯，又回到办公桌前，从下边抽屉取出几罐杏仁露，打开递给母亲，又继续到饮水机前接水。

“自私，把我留给一个简单粗暴的男人，这个男人又把我送到乡下，几乎不闻不问。”林枫把开水放在母亲面前，看了看白开水，又端走倒掉，从茶罐里撮出一些茶叶，放在杯子，重又接水。

苏俞夏沉沉叹口气。

“所以，妈妈回来了，在有生之年，好好地补偿你。”

“晚了，一切都晚了！你走吧。”林枫说完，一屁股坐到另外的单人沙发，沉默不语。坐了一会儿，拾起桌面的一摞账单，出门扬长而去。

第二天早上，林枫推开办公室的门。苏俞夏端坐在沙发前，正在喝茶。

林枫心里隐隐地小惊。

“你怎么进来的？没走？”林枫问道。

“你在哪里，我就在哪里！”苏俞夏慢悠悠地喝一口茶，神态自若地说。

“你昨晚在这里睡的？”林枫看着沙发道。

苏俞夏抬起头，笑着问道，“奇怪吗？”

“这样很没意思，很没有意义。”一向口若悬河的林枫，一连说了两个很字，停在那里，不知该说什么。

“我在曲江已经买了套房子，我……”苏俞夏看着林枫不容置疑地说。

“不要告诉我，和我没关系。”林枫打断母亲的话。

“你还在恨我！说明你心里还有我。”

林枫沉默不语。苏俞夏站起来，准备出门。林枫抬起头，问：“你去哪里？怎么走？”

苏俞夏笑了笑，“回西安。能来，我就能走。”

林枫从沙发上站起来：“我派车送你。”

“不必了。你好好上班吧！”苏俞夏拍着林枫的肩膀道。

“算了，我送你吧。”林枫吸完最后一口烟，摁下烟头说。

苏俞夏回过头，朗声道：“好啊！”

“去哪里？”

“去机场。我已见过林木了。”

林枫不悦，脸色沉下来：“你告诉林木了？”

“没有告诉孩子。真是一个乖孩子。“

“那当然，他很幸运，碰到一个好妈妈！”林枫故意说道。

“回西安，我要见小影。”

“见吧，你想见谁都行。最好再见一下你的前夫，林老头。”

苏俞夏不客气地打断林枫的话：“对你爸爸怎么能这么说话？我已经见过了。”

“很客气了。你们重续前缘？”

苏俞夏没有回答，转身一个人出了林枫办公室，林枫略停了一下，在后边紧紧跟上。

饭后，林木做作业，梅影打扫卫生。啪，啪，啪，啪，一阵猛烈的敲门声让梅影心里慌慌地紧张起来。梅影打开猫眼，门外是惊慌失措的章洁楠。梅影赶紧打开门，章洁楠已是紧张得说不出话。

梅影指上边："任工?"

章洁楠猛点头。梅影对着房里大喊一声："儿子，快跟我上楼!"然后一把拉起章洁楠直奔任工家。任工家客厅里，半截空西凤瓶碎在茶几、地板上。一盘西红柿炒鸡蛋，打翻在地板。

"任工呢?"梅影盯着章洁楠问道。

"刚才还在这儿!"章洁楠指指茶几。

"卓然!"

章洁楠推开卫生间，火烧火燎，连声尖叫，"啊——啊——"梅影和林木跑进去，任工歪靠马桶，手捏另外半拉空酒瓶，衣服污秽难闻。

"别哭！洁楠取衣服来。"

章洁楠立马止住哭，跑到卧室取来睡衣。梅影和章洁楠三下五除二，脱下任工身上的衣服，换上睡衣。

"林木蹲下！把人背到房间!"梅影道。林木从门外挤进来，任工浑身稀软，梅影和章洁楠费了九牛二虎之力，把任工也没有扶上林木的背。最后，林木抬起任工胳膊，梅影和章洁楠托起两腿，连拖带推地将任工拉出卫生间，放到沙发。

"洁楠，你给任工擦擦身体。我去收拾卫生间。"

梅影进了卫生间，打开排风，摘下花洒，将污物冲进下水道后，擦干水迹。找到洗发露，打开，洒在地板。收拾完卫生间出来时，章洁楠已经擦完任工身体，坐在旁边的皮墩子上，看着任工发愣。

章洁楠喃喃自语道："我再也不敢气任工了。"

"你?"

章洁楠小声地说："我……说病好了，回上海。再也不回……西安。"

"任工呢?"

章洁楠手半握，做喝酒状："……他一口灌下去半瓶酒。我害怕，去叫你。"

"你为什么要回上海?"

“父母去世了。哥哥姐姐在上海。在西安我……没有一个亲人。我……孤独……任工回家不说话。”两行眼泪顺着章洁楠的脸颊长长地流下来。

“你可以来找我啊？”

章洁楠低头手搓衣角，说：“我怕你笑话我。”

章洁楠的神态，让梅影既心酸又心软。这样一个集才气与灵气于一身的女人，为什么走不出自己的小天地？

“一位刚认识的人，在成都曾经开过服装店，你不是想开旗袍店吗？你们要是合作呢？”

章洁楠抬起头，指自己：“我？不敢做。”

“只要你想做，一定能。你的衣服设计得这么好，我喜欢得不得了，挂在这里，没有人知道啊？”

章洁楠破涕为笑：“要是……你……一起做，我……愿意。我和卓然商量一下下，好不啦？”

从任工家里出来，梅影没有直接回家，下楼到了小区中心花园。夜深了，天气阴沉沉的，看不见星星。一股树叶焚烧的烟味随风而来，雾霾中，路灯的光线涣散，一片朦胧。

梅影独自走了一会儿，回到家。灯下，林木在做作业，梅影默默地注视了一会儿，悄悄地退出来，回到自己的卧室。

年终事情一下子多起来。年终总结，绩效考核，述职报告，明年工作计划，一件一件轮番上阵，有职务空缺的岗位，还可以竞聘上岗，中间又穿插着排练节目。从院里成立到现在，一直保留有团拜会。今年和往年不同，院领导全部参加演出，党政工几个领导不约而同地加入到房地产公司的节目中。新成立的房地产公司第一次出现在团拜会上的是大家集体创作的小品《小天鹅归家》。团拜会最后的压轴节目继续是任老。任老风度依然不减，给大家鞠躬以后，坐在钢琴前。悦耳的琴声在任老的手指下，一串一串轻快地流淌出来。整个会场的干部职工，屏息静气，任老也陶醉在自己的钢琴弹奏中。梅影回过头，没有发现任工的影子，好像一天没有见到他。

会议结束后，梅影敲开了任工办公室的门。

“小梅，你怎么来了？”任工坐在桌前，脸色灰暗，眉头紧锁，桌面空无一物。

“下午一直坐在这里？”

“是。很烦躁，会议室人多，更加烦躁。”

“为什么？”

“每年……看到爸爸在台上弹钢琴，我就想逃走。我……是一个不肖之子，没有让爸爸因我而骄傲，没有让他享受天伦之乐。……洁楠，因为我的大意，造成她现在这个样子。她以前是多么温顺自尊的一个人……工作上的压力越来越大，张所走了，你走了，结构所再也没有人能和我沟通交流。……回到家，无法和洁楠交流。我得哄她，顺着她，生怕她犯病。”任工胳膊肘支在桌面，手拍额头，痛苦地说。

任工的痛苦，梅影非常理解。他原本性格内向，又长期面对无法正常交流的病人，对工作又很执着。现在，张所升职，自己调离，而他面临的境况却没有任何改变，他的失落是可以想象的。

“你去周医生那里情况怎么样，你们以后是怎么约定的？”梅影问。

“周医生很负责，……以后他的门诊时间改到周二下午，我和洁楠每周去一次，每次三个小时。……周二我们已经去过。洁楠对周医生很信任，周医生告诉我，洁楠的病不重，她会康复的。……洁楠是比以前好一些，一个积极的信号，但愿她能康复……谢谢小梅。”谈到章洁楠的病，任工眉头舒展开来。

“任工，其实，现在问题并不复杂。两件事情，一件章洁楠的事情，她的情况，正在向好的方向转化。另一件是你的工作。你的专业能力，不仅在我们所，就是在全国同行，也是数一数二的。全部心思用在工作上，你会有所建树，也会像任老那样，赢得大家的尊重。”

“小梅，洁楠告诉我，你让她考虑开店的事情。……对洁楠我还是有些担心。过一段时间，如果她的情况好转，我们……再商量具体操作，……好不好？我……也希望她早日康复，重新进入社会。后边的路还长着呢。”任工道。

窗外，暮色临近，玻璃笼上了一层水雾。梅影陪着任工聊了一会儿，直到下班音乐在楼道响起。吃过晚饭，林木继续做作业。梅影将客厅窗帘、空调罩、靠垫、抱枕外罩取下来，放在洗衣机里。洗衣机工作的同时，她又将几个房间的床上用品取下来，重新换上干净用品。洗衣粉的清香味飘进梅影鼻子，她深深地吮吸几下后，进到林木房间。

林木脑袋埋在灯光下，桌面是一堆厚厚的模拟题。看见梅影，抬头冲着她乐，随手递过一杯放凉的咖啡。梅影倒一杯热水进来，在儿子头上啵了一口，轻轻拉上门。

收拾房间时，无意中看到放钥匙的盒子，梅影打开，取出那几把钥匙。自从前段密集收到电话和短信之后，好像又杳无音信。到底是怎么回事？算了，不去想了。该来的总会来，平静地等待吧。

房间一角郁郁的绿萝，已抽出若干新芽，娇嫩，鲜绿，悬垂在花盆四周，在灯下呈现出生命的光泽。新绿下，苍青的叶子层层叠叠饱满旺盛，在青叶覆盖中，零散着几枚失去水分的黄叶，干枯的褐色老叶隐蔽在黄叶中，花土里，几片叶脉已经零落碾为泥。

梅影诧然，在这小小的一盆绿植中，竟然丰富而立体地展现了生命的全周期。孕育——成长——成熟——衰败——死亡，周而复始，往复循环。在不经意间，在悄然中，绿萝已完成了更新和生命的轮回。新生长出来的叶片，是否是已化为泥土的那一枚？

一杯水之间，参悟了一盆绿植的生命，人生何尝不是如此呢？

今夜，暖气给力的室内，只有温暖没有殇。

唐果敏从老家回来，打电话约见面。如果年前没有时间，就只有到年后见了。正月十五过完，返城的工人陆续回城，唐果敏打算开始装修茶楼。梅影设计的装修方案已经发到她的邮箱。

年味越来越浓，林枫打电话回来，他农历二十八中午回来，也就是后天。如果梅影不忙，去机场接他。单位农历二十八基本已经没事情，大家只是等候放假。小杨没有穿工装，裹了一件粉色的小大衣进来。

“梅总，我在网上买的，好看吧?”小杨问。

“好啊。前两天在网上买了一双真皮手套，到现在还没有到。估计到年后了。”梅影说。

“是，快递放假了。估计到上班以后才能收到。”

“电子商务带来消费方式的转变，对传统卖场影响太大，上周日，去钟楼几家商场买衣服，客流量明显比前几年差太多。前几年，过年买衣服要在收银台前排几排的长队，场面好壮观。”

“不敢想象，五年以后，会是什么样子。所以，我在想商业综合体建成以后，还有多少人去商场购物。如果大家都不去购物，综合体如何布局。大家都在消费什么？餐饮，娱乐？”孙星辉看着花架说。

“这样一想，好像综合体都没有必要存在了。”陈嘉彬说。

“存在还是有必要的，只是存在的形式是否要改变？怎么改变？”梅影道。

没有人接梅影的话，大家沉默下来。

中午快下班时，梅影去西安咸阳机场接林枫。等了大约三十分钟后，接到林枫电话，他已到大厅，梅影将车开上去，林枫打开后备厢，将行李放好。一段时间没见林枫，他好像又憔悴了。

“你在外边到底忙什么？”梅影看着林枫的侧脸。

林枫没有接梅影的话。问：“家里过年东西备好了？”

“备好了。”梅影回答。

“你去北京，还想画画？有意义没？”

“就是想继续画下去。”该来的终于来了，看到林枫的那一刻，梅影已经强烈地预感到将要发生的暴风雨。

“你觉得我们还有必要生活下去吗？你关心过我没有？你给我做过几顿饭、洗过几次衣服？你从西安跑到北京，给我打过招呼没有？你眼里还有我没有？什么事情都要自己做主，从来不和我商量。”林枫的声调越来越高，连珠炮又要开始发射。

“我在开车，你能不能不谈，回到家也不要谈，孩子在家。”梅影打断林枫的话。

“为什么不说？你不是神话，还想成为传奇？做春秋大梦很好玩是吗？”

林枫不依不饶，边说边摇头。梅影没有回答，只是开车。

“你聋了还是哑了？不想跟我说话，是不是？”林枫越来越急，“你以为自己是陈逸飞、是许衡？呃，许衡已经出车祸死了。”林枫将头伸过来，做恍然大悟状。

“一天也不想看见你这梅超风一样的脸。”林枫又凑过来。

积郁的怒气在梅影心中疯长，紧抓方向盘的手开始战栗，恶魔般的神态开始附上了梅影的魂体。“啪！”一巴掌打在林枫脸上。林枫没有料到梅影会动手，一下子愣在那里。他反应过来后，一手去抓方向盘。

梅影一脚油门踩上去，车嗖地提速，蹿出一截，林枫侧身向后仰去。

“停！停！”林枫嘶喊。

梅影眼前突然出现许景的身影，她继续脚踩油门。林枫挤过来，一脚踩住刹车，车扑通扑通，两个人前仰后合。

“小影，有什么事好好说，行不行？”林枫语调缓和下来，哀求道。

梅影努力收回自己恶劣的情绪，沉默。

“对不起，我心情非常糟糕。看到你，想起你竟然去北京，竟然不给我打招呼，竟然从来不把我放在眼里，竟然有事瞒着我。”林枫一连几个竟然抛过来。

“过完年，我们去办手续。儿子在家，我希望你收敛。”梅影面色凝重，一字一句地说。

梅影冷峻的神态，让林枫感到逼人的冷气阵阵袭来，他选择了沉默。他清楚，自己彻底将梅影惹恼了。回到家，林木刚洗完澡出来。林枫打开旅行箱，从里边取出成都特产——麻辣豆皮、麻辣豆腐干放在桌子。

“儿子，这是给你带的。”

“谢谢老爸！”

林枫手停下，歪头看林木。

“你是不是我儿子？谢我？”

林木呵呵笑：“习惯了。”

林枫有些不爽：“习惯？你怎么不去谢谢你妈妈？”

“爸爸，你和儿子还较真？”

林枫瞪了一眼林木。林木嘿嘿笑着跑进厨房。打开一包小吃，给梅影嘴里塞了一块，小声问梅影：“你又惹我爸生气了？”

“没有啊。”梅影拍拍林木的脸颊道。“你以为我是小孩，你们一进门我都看出来了。”林木说。

“儿子，晚上吃什么饭？爸爸带你出去吃饭。”林枫在客厅问。

“爸爸，咱们不出去了吧，每天吃食堂，回家就想吃妈妈饭。”林木看着梅影道。

“妈妈饭？你妈妈做的饭好吃？”林枫挖苦道。

“爸爸，你又在挖苦人。”林木不满地说。

“没有，我会挖苦人吗？”林枫继续说。

林枫坐在沙发打开电视，音量太大，梅影过去将音量放在静音上，林枫又将音量调大，林木从房间出来，对着林枫做个鬼脸，将音量放低。梅影过去之后，直接关掉电视，给林枫怀里塞了一本刚买的书。

“你？”林枫压低声音，看了一眼封面，直接将书扔到地板。梅影自顾地收拾家，尽量小心翼翼，不发出声响。看电视不能放声音，林枫索性下楼去打麻将。

晚上下班后，梅影回到家时，林木一个人在沙发上看篮球赛。梅影系上围裙，戴上围套，进了厨房。林木从客厅跃过来，做投篮状左瞅右瞅，揭开蒸锅，鼻翼扇动哧哧地嗅。厨房案板上搁了几盘菜：清炒虾仁、凉拌田七、鸡丝拌粉皮。蒸锅里热气腾腾，林木揭开锅盖，里边蒸了一只红色小南瓜，揭开南瓜盖，八宝甜饭露了出来。热气烫了林木的手，林木嘴里嘘嘘着，盖上蒸锅，问梅影：“爸爸最爱的南瓜蒸甜饭。爸爸回家吃饭？”

“对啊，晚上回来吃饭。”

“啊噢！我给爸爸打电话。”

梅影急忙制止：“我来打。我来打。你放筷子。啊。”

最后一道菜出锅。林木摆盘放筷，梅影洗手进卧室给林枫打电话。麻将馆里，林枫一手摸牌，一手接电话。

“麻将要打到什么时候？能不能回来和儿子吃顿饭？”梅影道。

林枫不耐烦地说：“没看我正忙？你们先吃吧！”话筒里传来麻友的声音：“磨叽啥，快出牌。”

梅影回到餐厅，取出一瓶红酒，斟了两杯。

“儿子，爸爸晚上有应酬，我们先吃吧。咱们喝点儿红酒？”梅影问道。

吃过饭，林木搂着梅影肩膀，在妈妈脸颊亲一口，侧身倒脚跳跃回房间。夜里十二点，林枫的麻将正打得天昏地暗，冷不丁抬头，梅影站在正对面，冷冷的眼神，决绝地射向自己。林枫本能停下，准备脸上堆笑。梅影走到桌边，双手掀起麻将桌，麻将稀里哗啦掉到地板，骨碌骨碌四下乱滚。几个人蒙在那里！林枫脸色骤变。

梅影早上起来，林枫侧躺于床，一条腿露在被子外边，睡意正酣。他睡觉的样子，让梅影想起年轻时，两个人挤在床上，只觉床大。不知从什么时候起，两个人各占一边，中间空出一块。日子过着过着，就过成这个样子，不能不说是一种悲哀。林枫醒了，坐起来靠在床头，看梅影穿衣服。

“昨天晚上的事，我还没有跟你算账。”林枫道。

“孩子在家。不要喊了。”梅影眉头不自觉凝起，手指林木的房间。

“孩子在家怎么啦？谁家父母不吵架？想离？现在就去。瞌睡寻枕头，正好。今天最后一天上班。时间还来得及。”林枫的嗓门依然高亢。说完略停了一下，林枫一脚将被子蹬在床下，一骨碌跳到地板，踩过被子到了卫生间，胡乱洗脸刷牙后，手拿外套，径自出门。

梅影下楼时，林枫已不知去向。年还没有来到，梅影已经期盼这个年快快结束。步行在劳动南路，每日上班的必经之地。梅影清楚地知道在何处出发，却不知往哪里去。要往哪里去？哪里都不是方向。没有方向，没有目标，在这里出生，这里长大，梅影第一次感到西安的陌生，她不知道方向与目标在哪里。

心还在胸腔里跳动。关于林枫的一切影像、语言随时还会冒出来，她决定不去阻止这些记忆，让它们一窝蜂似的扑出来，不辨认，不检索，不伤神，这些事情和她没有任何关系，它们只是借助于她的通道而已。今天她特意打开大门，让它们从堵塞的胸中纷纷逃逸，也许它们的主人在向它们召唤，将它们改签到另外的地方。去吧！

走过一条条街道，往事在风中飘逝。驱除了心中的负累，梅影的心跳动得更加轻松、有力。不要问我是谁，无论我是谁，无论方向在哪里，也会如楼下的无花果，不见花开只见结果。

梅影旁若无人地继续行走，额头冒出了细密的微汗。气温已到零下十摄氏度，街道路面上不时结有光滑透亮的冰层，梧桐静静地矗立在街道两旁，干枯的叶挂在树枝，褐色的小球掩映其中，隐约可显。天空如水中蓝，饱满中浸润着清亮。柔和的阳光透过树枝的缝隙，洒在身上，带来一线冬日的温暖。

初一原本要一起回林枫父母家。林枫不让回去，如果梅影要回去，他会跟她急。于是，梅影和林木待在家里看电视。林枫不知去了哪里，晚上带着一身烟味回来时，已是凌晨两点多。早上起来，林枫打开柜子，瞄了一眼关上，叹息道："看来，这个家的确没有我的位置，给你自由吧。我知道，你等得太久了。你不幸福，我也不幸福。"林枫说完，躺在床上，眼睛直勾勾地盯着天花板上的灯。

习惯了林枫高调的声音、乖张的脾气，当他用一种低缓深沉的语气说话时，梅影心里蛮不是滋味。

"年后上班吧。我也给你想要的自由，给你一张通行证。吵吵闹闹，没有意义，让大家看笑话。"梅影说。

"这年头谁看谁的笑话？都活得不容易。"林枫说。

"你……你在外边还做什么？不要打法律法规的擦边球！"

林枫忽地坐起，脸变，习惯性地想要反击，话到嘴边，又吸进肚子，扭头看窗外。两个人不再说话，一种伤感的、带有疏离的气氛笼罩在房间。天气昏昏沉沉，梅影将林枫送到机场，目送林枫远去的背影，梅影的心就像雾霾的天气，灰暗暗、雾蒙蒙的。

梅影回到父母家时，许清和母亲白玉音正在客厅和叶知秋聊天。自从许衡走后，每到节假日，梅子轩和叶知秋夫妇都会将白玉音接到家里。如同梅影小时候，被接到白玉音家里一样。林木已经先行到家，正和姥爷坐在客厅下棋。

"小影，你家林枫同志，又借口溜走了？"许清递给梅影一双拖鞋问道。

"又来了。姚儒泰呢？过年，怎么没有见到他人？"梅影故意问道。

"明天过来，初二正式拜见丈母娘。"许清手指弹在梅影脑门上，得意地道。

"得瑟吧！"梅影揉着额头，将鞋放好。

"玉音妈妈，这次心可以放在这里了。"梅影手捂胸口。

白玉音抬头，对梅影道："我和你爸爸妈妈商量好了，这次她再任性，我们不要她了。收儒泰当儿子。"

"就是，得严厉制裁她。否则，无法无天，吆三喝四，就会欺负人。"梅影指着许清道。

"她敢？你玉音妈妈第一个不答应。"叶知秋正在泡茶，低头笑着说。

"给你把心都操碎了。没良心，不领情。"许清扳过梅影肩膀，在耳边小声说："去房间，给你说个事。"

林木和姥爷的棋下得难分难解。棋盘上，梅子轩的棋子明显少于林木。

"姥爷让你棋子啦？"梅影站在林木身后，摁着林木肩膀问。

梅子轩听了，开心地笑道："老皇历了。臭小子时不时地惊我一下。现在可不敢轻敌。"

突然，林木胸有成竹地大喊："大军压城，直捣帅府！"一子将过去，直接收了老帅。

"……哎呀，好！长江后浪推前浪，历史的必然规律。"梅子轩开心道。

叶知秋一口茶刚喝下去，对白玉音道："看见了吧，心都往下长。木木，赢了姥爷，姥姥有奖励的！"

白玉音笑着埋怨道："你们把孩子宠的。"

"宠孩子的人在那儿……"叶知秋仰头冲着梅子轩道。

许清推着梅影，硬把她拖进房间。进了房间，许清打开柜子，取出梅影的家居服。梅影换上衣服，爬到床上双腿叠盘。许清从床头柜里取出一包杏脯，扔给梅影。梅影拿起杏脯，在空中左右摇晃。

"看什么呢？没过期。"许清抓过来，指着生产日期说。看着许清认真的样子，梅影不停坏笑。"不是，你怎么想起吃这个？该不会……那……个啥？"

许清看着杏脯，莫名其妙地说："那个啥？啥意思？"

"不会有孩子了吧？这都不懂！"

许清一听，将杏脯扔在床头柜，"现在还能生吗？能生的时候，没有人。有人的时候，生不了。"

"要不，去医院检查检查。或许还有生啊。嘿嘿，生个小许清，我天天欺负她。"

许清举起手，佯装要打："你敢？"

梅影笑完，一本正经地问："到底什么事，这么神秘？是和姐夫有关吧？。

"你猜？"

"不会求婚吧？"

"他的妻子去世已经三年。他想给我一个婚姻。"许清将抱枕扔向空中，双手接住。

“真的!”

梅影叠盘的双腿，一时没打开，身体前倾扑在了床上，顺手撑在床头问道。细纹已经爬上许清的眼角，她一意孤行等了这么多年，终于等到铁树开花的这一天。

“还有一件事情，想跟你通报一下，先别告诉家人。”许清收住抱枕，放在一边，认真起来。

“我打算辞职。你知道，厅里对我的评价是什么?德国战车。没感情，没老公，挽起袖子干革命。我要风光地嫁给等了这么多年的男人。他的事业在上海，我在西安。他回来不现实，只有我过去。我再也不想轻易放手了。他走到哪里，我跟到哪里。要把过去这么多年失去的亲情、爱情补回来。从奈何桥上拐回来，就是要等今生要等的那个人。”

“不是每个人都像你一样幸运，你终于等到了。”梅影感叹道。手指在抱枕上画着一个又一个连在一起的三角符号。

“处长也不当了?”梅影又问。

“处长这个位置不是给我量身定制，我走了，还有别人顶上。但是儒泰不是，他是老天给我的私人定制。半辈子都过去了，还有什么看不透?如果他是一棵橡树，我就是旁边的一棵木棉，坚定地站在他的身边。”

“这么浪漫?真要去上海?”

许清已经决定辞职，她想等把一切手续都办好了，再告诉家人 。木已成舟，免得他们做思想工作，动摇军心。她要和姚儒泰一起打理画廊，和画紧密联结，也算是对得起爸爸，对得起自己这个没有艺术天赋、却痴迷艺术一生的人吧。

“嗯哼，你，周若曼都奔爱，奔事业去了。如许大小姐所愿，我要分了!”

许清的消息，让梅影伤感起来。当伤感一层层加深时，好像触到精神最里层那个无名的内核，沉啊，沉啊，找不到一个可以容存的地方。

“真要分了?”许清从自己的爱情中抽离出来，问道。

“嗯。”梅影将脸埋进抱枕。

“你知道不?上帝在创造夏娃时，让亚当入睡，从他身上取出一根肋骨创造女人，所以女人为男人而存在。为什么不从亚当的细胞中提取出女人?”许清说。

“因为上帝是男人，他很聪明，创造女人时，只给她身体，而不给她思想。所以，女人的思想需要后天修炼。”

“对啊，女人给男人生孩子，做饭洗衣，当牛做马，男人还吆五喝六，作威作福的，就因为男人认为女人是身上的一根肋骨。这都是老皇历了。现在不一样，有的女人是肋骨，有的女人是反骨。顺我者，是肋骨，逆我者，是反骨。”

“说得我好像是一根反骨。”

“当局者迷，旁观者清。林枫的大男子主义，注定他要的女人，是打不还手骂不还口的具有中华传统美德的女人，所以，他要把你打造成他想要的女人，但你不是。他要的是顺从，你要的是平等。所以，在你们的婚姻里，你变成了一根反骨，成了他不想要的，你自己不想看到的自己。”

“对啊，每个人都有善和恶的一面，他总是把我恶的一面激发出来。那一面的我，我自己也会讨厌。咱们从小一起长大，你说我对别人动过手没有？跟别人大声讲过话没有？昨天，在高速路上，我动手打他了。”

“嗬，你真动手了？你还会动手？哪只手？”许清拽起梅影的手问。

“在那一刻好像看见小景。”梅影道。“头脑发涨，有一刻的虚幻，头痛，真想撞车，两个人都在歇斯底里的状态，突然就不想活了。”

“你的任务还没有完成呢，梅大小姐，老天不会收你的。”

“姐姐，我不甘心，就这样过一辈子。但是，我又很迷茫，真的好迷茫……”梅影盯着壁纸上细小的暗色花纹道。

“既然不甘心，就开始行动吧！别再等了。再等下去，到死你都不甘心。”奇怪，今天许清的训导，梅影听起来并不反感。

“我真羡慕你，一人吃饱全家不饿。我和林木还要生活啊。”

“如果前怕老虎后怕狼，你会一辈子一事无成！没有一点儿行动力。”许清责备道。

听到许清说自己一事无成，梅影转身下床，没有理会许清，径自到另外的房间，一个人生闷气。许清知道自己话又重了，戳到梅影的痛处，痛就让她痛吧，不痛，她还是稀里糊涂的，不知道自己的价值。许清靠在床上，转过身，拿出手机，给姚儒泰打起电话。

19

吃过晚饭，梅影带林木回家。林木在自己房间继续做作业。梅影在书房，打开一本书，看过几行，思想开始漫无目的地发散。想到林枫，心里一阵郁闷。索性戴上耳机，打开 QQ 音乐，一首法语的《夜来香》飘进来。不同的歌者，让一首相同的歌曲有了别样的味道。在邓丽君清丽甜润的歌声里，夜来香芬芳而曼妙，在小野丽莎轻柔缥缈的吟唱中，夜来香羞怯而迷幻，而法语的夜来香，在萨克斯的过渡中，是蓝色的忧伤，是无名的落寞，是一个人的咖啡馆，是静谧的午夜，是浅浅的倾诉，是陪伴了一刻的时光。

在萨克斯的音乐中，梅影的心情就像潮汐，在起起落落中无法抽离，无法来解救被搁浅在沙滩上的自己。这种情绪一直一直地降落降落，直到谷底无法降落的地方。想停留就停留吧，给它点儿耐心和时间。谷底没有自然，没有生灵，没有色彩，没有故事，没有梦想。待久了自然就会想起盛夏的阳光，诱人的松香油，搁不下的画笔。

可是要怎样这种情绪才可以升腾起来呢？

正当梅影沉潜在无法抽离的情绪时，一串串手机音乐在黑暗中响起。许清让她马上去医院，玉音妈妈住院。梅影回过神一骨碌坐起，手忙脚乱地穿衣收拾。到医院时，爸爸妈妈和许清正在急诊室门外焦急地等待。

“怎么回事？”

“晚上突然喘不上气。”许清看着急诊室的门回答道。

小虎牙护士过来，梅影问周医生上班没有？她回答，周医生休假，初三上班。一个小时后，一位护士出来，让进去一位家属。许清进去后，又过三十分钟出来，眼圈泛红，说：“心力衰竭，需要住院治疗。”

“许清，你们都回去，我在这里，明天你们再来换我。”梅子轩说。

“那不行，你做过手术时间不长。”许清说。

“行了，别争，大家都陪在这里，明天谁来陪？要做好持久准备。听我安排，我在医院守候，你们回家。”梅子轩将大家推出急诊室。

早上，梅影去机场将姚儒泰直接接到医院。许清已经将住院手续办好，白玉音转入病房。

梅影过去时，爸爸和妈妈都在，许清去外边的寿衣店，梅影拉着爸爸到走廊。

“到底情况怎么样？谁让买的衣服？”梅影有些生气地问。

“早上，周医生查过房后，我去他办公室，将病情仔细了解过，玉音身体状况一直不好，担心凶多吉少。我让他们两个去买老衣，以防万一。”

“爸爸，不会一下子就变成这样？”

“嗯，”爸爸沉默一会儿说。

“已经有两年了，玉音不让告诉你们，免得你们担心。中间住进过几次医院，都没有告诉你们，她不想勾起你们对医院的回忆。”

“嗯。我知道了。”梅影点头。

这时，周若朴从走廊那边走过来，看见梅影，周若朴道：“你好，过来了。病人的病情，我已经和梅老沟通过了。出院以后，抽出时间多多陪伴老人。”

“我知道，谢谢周医生。”

“你们什么时间收假？我和清松联系了，如果你的时间方便，下周五可以一起去。”

“好的。谢谢。我们初七上班。我把时间安排好。”

“好，我还有事情。再见。”周若朴和梅影父女告别后回办公室。

“周医生也学画？”梅子轩看着周若朴的背影问。

“不是，周医生是周老师的表弟，给他做心理分析。”

“周老师精神有问题?”

“不是你想的那样，周老师很正常，心理焦虑而已。”

“哦，破案时，我们经常做罪犯心理分析。通过分析，找到罪犯的蛛丝马迹。”听到爸爸的话，几把神秘的钥匙突然冒出来。要不，让爸爸去抓罪犯。算了，别给他找麻烦，还是告诉他吧。梅影在心里纠结了几下，最终还是告诉了梅子轩。

“你把钥匙给我。这个案子，我一定帮你查清楚。”梅子轩道。

“对了，爸爸你去听一下周医生的课，临终关怀。我问一下小虎牙护士时间。”

白玉音已经清醒过来，病情一天比一天好转。梅影和父母、许清、姚儒泰轮流在医院陪伴。医院并没有因为过年而显得冷清。反而，因为过年，病患比平时明显增多，走廊里每天川流不息的是探望病患的亲朋好友。

周若朴建议病人最好回家静养。大家商量之后，在白玉音的要求下出院。

梅影和林木正在家吃中饭时，叶知秋打来电话，让梅影1：30后，去钟鼓楼广场的星巴克见阿姨的女儿孟总，并且再三咛咛，一定要准时，人家很忙，特意抽出时间来见她，别的什么画都不要带，只带照片上的几幅静物画。

时间已经是12：30，梅影赶紧洗脸化妆，收拾自己，从林木房间衣柜层，将那几幅画挑出来。赶到星巴克时，差十分钟1：30。星巴克依然满座，一对小情侣起来挽手揽腰出去，梅影过去坐在那里。这里视线开阔，透过落地玻璃，直接可以看到鼓楼的侧面。

一个小时过去,没有电话进来,梅影打电话过去,电话被挂掉。又过一个小时,一位妆容精致、衣着华丽的女士急匆匆过来,同时,梅影的手机响起。孟总看起来干脆利落,没等梅影介绍自己,便坐下半个身子,梅影将画递过去。

“我等会儿还有事情，长话短说，了了老人的心愿，帮你看看。哪个美院毕业?”

“嗯，我不是美院毕业。”梅影说。

“画家行情看涨，专业画家还在排队。”她看了一张，没有再看下去。

“不好意思，我让我的副总跟你联系。我还有事情，先行一步。”她站起来，露出标准的谦笑，和梅影握手之后，飘然而去。浓郁的香奈儿 NO. 5 留在空中，和星巴克浓郁的咖啡味混合在一起，一种奇特的香味吸入梅影的鼻孔。

等待的心态，经过最初的焦灼，已经平静下来。梅影明白，在孟总的眼里，自己仅仅是一个不入流的业余画作者而已，连画家都谈不上。梅影不觉摇头而笑，此时，她从心里感激周清松，是他让自己有了自信，她更加怀念许爸爸，将她领上艺术创作之路……

梅影重又坐回椅子，向落地窗外望去。

天空有一丝光亮，透明的白光投射进来，躺在地板，太阳躲在云层后面，如同灯下的蚕茧，白色的亮光就从那里透射出来，带着帛丝凉凉的、细腻的光感。

空中，开始飘起雪花。飘飘洒洒，漫天飞舞。光晕下，雪花有了一份柔和、悠然的韵味。随着门不断打开，悠然的雪，飘忽飘忽地飘进来，落在桌面，融化成小小的、小小的水分子。光线，云层，雪花，鼓楼，树，人，等等，一切的一切都存在于同一个宇宙空间、同一段时间，却以不同的形式存在，自然界的神奇真是不可思议，梅影又进入了漫无边际的遐思。

如果眼前是一座陌生的城市，不担心有人是否认识，不担心衣衫是否周正，不担心妆容是否完美，素面朝天，就那样随意地走，一直走，走到实在走不动了，盘腿坐在街边的长椅看行人：胖的瘦的，美的丑的，从身边鱼贯而过。或奇葩或俊美，重点扫描，也就刹那间，看过不留一丝痕迹。

或者看街道的树，树梢上舒展的叶，看天边的云勾画的图形。房子也行，大大小小，造型各异，摊落在街道两边，房子里装着各色人等，每个人都装着自己的故事，每个故事里又装着各色人等，各色人等又装着不同的故事……绕来绕去，所有一切的一切，统统被装在宇宙的口袋里，年复一年，日复一日，从远古到近代，从近代到现在，从现在到未来。

好像又神马浮云了。什么也不想，什么也不做，肚子饿了，去找找没有吃过的好吃的。如果有的话，好好撮一顿，或者撮几顿，过足瘾。如果可以边走边吃更好，不用在意形象，也无形象可在意。

到了晚上，出去遛遛弯，呼吸呼吸城市的味道。每个城市都有自己的味道，城市与城市的味道截然不同。白天基本都是一个味：嘈杂、混乱、商业、匆忙。只有到了晚上，白天的喧嚣各回各家，城市才真正地静下来。城市的根基，城市的来龙去脉，在这时一波一波地跃出来，直接撞到身体，冲击着思想。想要捕捉它，站在夜色下，像海边的捕鱼人，一网一网地打捞，行人，植物，建筑，灯光，道路，无一不散发着自己的味道，千军万马，浩浩荡荡一股脑地奔到网里，抖网、收网。然后，幸福地扛着渔网，盘算着这些佳肴可以消化多少日子。

好像又神马浮云了。什么也不想，什么也不做，白天闲逛，晚上睡觉。

躺在他乡的床上，梦也跟着来了。它不是这个城市的客人，它是寄居在身体里的另一个自己，走到哪里，它跟在哪里。当眼睛睁着的时候，它就在思想的某个角落养神。当眼睛闭上时，它苏醒了，活跃了，舞枪弄棒，腾云驾雾，世纪穿越；或者脉脉缱绻、温情旖旎，一派小桥流水的婉约。梦着梦着，就梦到了家，梦到自己的城市，梦到想见的人。梦醒了，蓦然抬头，白色窗帘哪里去了，熟悉的味道哪里去了。于是，开始准备打道回府。

每个城市都有每个城市的好，但更好的还是自己的城市，有过去的痕迹、现在的生活、未来的期待。一番神马浮云之后，雪已经下得有模有样了。

该回家了，林木还在家。想到林木，梅影的心里温暖起来。

林枫站在办公室窗前，手托烟灰缸，一根香烟燃在指尖，他狠狠抽完最后一口，将烟头摁在烟灰缸里。过年期间，酒店客人比平日大幅减少。都在家过年，谁会来住店？美其名曰坚守工作岗位，其实，他害怕回家，怕回家自己的脾气让梅影不高兴，怕已经长大的林木鄙视自己。想到梅影和林木，林枫的头膨胀起来，里边塞满了沉重和长久沉淀下来的不痛快。这种不痛快如同烧水壶里的水垢，常年累积，堵塞在壶口，林枫想一吐为快，却又不知该向哪里倾诉。

沙琳娜手里提着一个纸袋子，推门进来。

“你值班？”林枫问道。

“我要求值班，你不是也在值班。”沙琳娜从袋子里掏出几个一次性饭盒，又拿出一瓶酒。

“收起来，收起来。上班期间，成何体统？”林枫不耐烦地摆摆手。沙琳娜将饭盒收在袋子里。

“晚上带到员工餐厅大家一起吃。”林枫说。

“放假了，为什么不让嫂子和儿子一起到成都来？”沙琳娜问道。

“他们已经来过。”林枫淡漠地说。“也许，真该放手了。”

林枫靠在椅子背上，一脸落寞与伤感。“她也是人到中年了，我总是这么欺负人家，放她一条生路吧，过自己想要过的生活。”

“那你呢？”沙琳娜问道。

“我？年轻过，潇洒过。”

“我和你一起过你想要的生活？”沙琳娜态度决绝，眼睛热辣辣地盯着林枫。一股燥热在林枫的体内蹿动，一个地方开始无限膨胀膨胀。

“呵呵，你？还是找个好人家嫁了吧。”林枫语气温柔下来。

“周副总年后要去法国，你知道吗？”沙琳娜问。

“知道。她的选择是正确的，女人就应该和老公儿子待在一起。要事业心有什么意义？把家照顾好就是最大的贡献。”

“我还是不明白，你为什么要让我骗嫂子？”沙琳娜绕来绕去，又绕到这个她总也解不开的谜面上。

“去去去，上班去。”沙琳娜的这个问题，让林枫一下子反感起来，他不耐烦地催促道。

沙琳娜没有继续追问，快快离去。真是个笨女人！哪壶不开提哪壶。林枫被沙琳娜的眼睛烘热的身体，旋即凉下来，疲软下来。他想起梅影僵硬而紧绷的肌体，总是透着凉凉的冷气。作为男人，他怎么不明白，在他盆满钵溢的激情下，曾经温软绵柔、汁浓叶茂的身体对他早已关闭。五六年了？也许时间更长。冷的时间太长了，让它站起来就是一个珠穆朗玛峰的高度。他彻底想明白了，再也不想费时费力地去攀登了。身边的女人足够他应付。风吹麦浪，该浪的也浪够了，他想安下心来，好好过后半辈子。一个知冷知热，能够包容他的臭脾气的女人，像猫一样蜷缩在他的怀里，搂着一夜到天亮。沙琳娜圆滚滚的身体，泛滥着母爱的神态，带着诱人的香味，熏着林枫的头脑。也许沙琳娜就是这样的一个人吧？

七天年假，很快过完。早上开完收心会，梅影正在楼下办公室整理资料。林枫打电话过来说，他要回总部一趟。该办的事情如果要办，今天就办了。

林枫再次打电话时，已到梅影单位门口。梅影将车开到楼下时，林枫站在马路边的花圃旁，正对单位大门。

“怎么没让我去接你。”梅影问。

“怎敢劳您大驾，想接我的人排着队。”林枫看着对面楼顶的广告牌，虚张声势地说。

“那就好，你可以从容地挑选一个。对了，不用，已经选好了。”梅影讽刺道。

“我回家去了一趟，给你们带的成都特产，已经放到冰箱。你和林木抓紧时间吃。吃完了，我再给你们带回来。家里钥匙放在餐桌上。用不着了，以后回去就是客人。”林枫将头扭过来，说道。

“别发脾气，别拧巴。好好工作，珍惜对方，找个脾气好、能过日子的女人。”梅影一口气说完。

“呵，浪子回头？不知谁将你的长发盘起？要不，咱回去，不离了。哟，剪发了。前几天，怎么没注意。来让我看看。不行，咱不离了？停下，停下。”林枫喊道。

“你也不看看上了谁的车？梅超风啊。就那么容易下去？不怕九阴白骨爪把你抓回来。”梅影感到奇怪，原以为离婚会伤心痛苦，没想到，竟然没有什么感觉，还有心情拌嘴。

“说正经的，真不离了，我不舍得把这么一个资深文艺女青年给别人。离婚后，你能守身如玉不？”说了这么多，这句话才是林枫想要说的话，男人真是自私自利的家伙。梅影斜睨着林枫。

“可能吗？只许州官放火，不许百姓点灯。更何况，以后，我就是自己的州官。”

“男人跟女人不一样。今天这么漂亮，会不会下午要相亲。”

“正确，办完手续，就去相亲。”梅影瞟了一眼林枫，故意说。

“呵，你还需要男人？你的眼里只有儿子，只有你的画家梦。”林枫取出一根烟，点燃，吸了一口，打开玻璃，将烟圈吐在窗外。

“当然需要。我需要一个懂我了解我的人。”梅影道。

两个人都没有带照片，办证人员指着门外，右拐过两家，就是照相馆。照相出来以后，又去办证大厅。交上照片，填过表，离婚证就办下来了，简单得让人不可思议。是啊，可能是感情消耗殆尽，已经了无知觉吧。梅影也感到奇怪。既不伤心，也不开心，就像刚参加完一个无关痛痒的会议。

林枫最终还是从车上下去，没有让梅影送。看到林枫远去的背影，梅影深深地叹口气。无论如何，这个男人曾经给过自己那么多美好的回忆。

林枫下车后，站在街道，来来往往的车辆在面前穿梭，晃得头昏脑涨。没有经过酝酿，梅影的身姿、声音、久违的轻松、些许的懊悔、执拗的不甘、挠心的嫉妒和多种复杂的情绪，搅和扭缠，排山倒海而来。巨大的冲击，激活了体内正在休眠的那匹狼，它长嚎一声，抖动双腿，站在了荒原上。地面上一只易拉罐骨碌骨碌滚到脚下，林枫一脚铲起，易拉罐穿过空气冲过尘埃飞速向前。

“啊”一声惨叫，一个穿红羽绒服的女人捂着后脑勺蹲在地上。同行的一位男士，回过身跑过来，冲向林枫，抡起拳头，劈头盖脸而下。林枫嗷嗷号叫，疯狂般地迎上去。有人喊：“别打了，别打了，要出人命了。”有人拍照，有人喊警察，人群越聚越多。

几个保安冲上去，将暴怒中的林枫和那个男人制服，两个人鼻青脸肿地呼哧呼哧喘着粗气。林枫的胳膊架起来，两只脚在空中胡乱踢腾，直到警察过来将两个人带到派出所。

派出所办公室，一个年轻的警察问：为什么聚众斗殴？

“我们在街道好好走路，突然一个易拉罐飞了过来，击中我媳妇头部。我回过身，发现一个人形迹可疑，上前飞起一脚。只见他……”男子绘声绘色地说。

“行了行了，没有让你写武侠小说。”年轻的警察不耐烦地说完，眼睛转移到林枫身上。

“我？心情不爽。”林枫不悦，干脆利落地说。

“心情不爽，就可以胡踢乱撞？下不为例，让单位来领人。”警察说。

“我媳妇行不？”男子怯怯地问了一句。

“可以。”年轻警察手里拿着手机，准备打电话。

林枫想了半天，没有想好让谁来，最后索性打电话给许清。反正，在许清眼里，他的形象早已轰然倒塌，也不在乎再摞上一层。几十分钟后，许清过来将林枫领走。出了派出所的大门，两个人上了车。许清看着鼻青脸肿的林枫，突然感到滑稽好笑。

“哟，我是谁啊，跟某人半毛钱的关系都没有，来解救你?

林枫听了，烦躁地回答：“行了行了！告诉你一件高兴的事情吧。终于如你所愿，我和梅影离了。早上去办的手续。”

许清挖苦道：“动真格的了。你的小鲜肉等不及了?”

林枫心里不爽地说：“你别胡说。没有。”

“没有？在成都机场我都看见了。恶有恶报，不是不报，时候未到。看你那鼻青脸肿的样子。”许清瞥了一眼道。

“骂吧，骂吧。我心里还能痛快点儿。”林枫摸着脸道。

“怎么不让小影来接你?”

“不想让她看到我这副尊容。”林枫扳过后视镜道。

“你还知道自己是一副什么样的尊容？说吧，去哪里?”

“去机场。不劳您大驾。”林枫准备下车。

“算了吧。看在林木的分上，我送你。”

“我的亲生母亲要回西安住了。她来成都找我。”林枫突然没头没脑地说了一句。

“我相信你？不是早都离开人世了?”

“有妈的孩子像块宝，没妈的孩子像根草。从小我就是根草。”林枫悲哀道。

“别给我打悲情牌。欺负人的时候，怎么不说呢？打你儿子的时候，怎么不说?”许清愤恨地说。

林枫无语，眼睛盯着天窗，一路沉默任由许清将他载到机场。

20

院里开全体职工会议。梅影将手机放在静音状态。开完会，发现手机上有几个未接电话。两条短信，一条是周若曼发来的短信 ：嫂子好！晚上有无时间？若有，我们见一面。若无，就等我下次回来。

另一条短信是许清发来的：小影，晚上玉音妈妈家里一趟。有要事。梅影给周若曼回了短信：好！抱歉，下午开会，手机静音状态。晚上家有要事需处理，等你回来再见。周若曼马上回复：收到。遗憾，等下次回来见。

梅影回到玉音妈妈家时，爸爸妈妈和许清、姚儒泰都在。白玉音躺在床上，目光迎着进来的梅影。

"来，小影，坐近一点儿。"白玉音拉着梅影的手。

"我的时间不长了，等了这么多年，终于……可以放心地见许衡和小景。"白玉音开始喘气。

许清端来一杯水，梅影给白玉音喂下去。

"许清去把我的柜子打开，在下边一层有一个绿色木箱子，搬出来。那是小景生前喜欢的东西，我都放在里边，箱子让小影带走吧。我听小清说，你和林枫把手续办了？"白玉音回头问梅影。

"嗯。"梅影没想到这么快就让白玉音知道了，她不满地瞥了一眼许清，许清下意识耸耸肩。

白玉音在银行租了一个保险箱，她将密码留给许清和梅影，只有她们两个都到，保险箱才能打开。保险箱里有她精心挑选出来的100幅画，在每幅画后边都有编号。她请姚儒泰帮忙重新整理一下。

晚上回到家，梅影将箱子搬到客厅。箱子是老式的军用箱子，当年爸爸送给小景装玩具。梅影将房间的灯光全部打开后，坐在地板出神地盯着箱子，她害怕打开，害怕知道里面装的秘密，害怕这些秘密再次将自己带入痛苦而绝望的记忆。睡觉前，她又将箱子搬进卧室。她希望它陪着自己度过一个又一个夜晚。如果有一天，当她有足够能量的时候，她一定会打开。这一天会是什么时候？会有吗？

第二天下午，梅影、许清、姚儒泰一起去银行，将画带回来。画像一道阀门，打开了梅影的记忆。如烟的往事，飘飘袅袅地回来，梅影站在记忆门口，眺望尘封已久的画卷。白玉音在每幅画后边留有编号。在这些画作中，有爸爸妈妈的肖像画，有梅影、许清、许景各个阶段的肖像画。白玉音让每个人将自己的肖像画带走留作纪念。有关许景的画，全部留给梅影保存。

梅子轩和叶知秋立刻表示，画作全部留在这里，依然保存在银行。于是，大家又将画作清点整理，留下十几幅需要修补的画，交给姚儒泰。

姚儒泰以其专业素养，对画作拍照留原样。接下来，鉴定底子、画布是否有损坏和折痕；画板是否翘曲、霉烂或者被虫蛀；颜料层是否完整，是否有龟裂隆起；油质清漆是否变重、不透明而影响画作的质感等。最后，他制作了一份精确的书面报告书，让白玉音签字。白玉音索性委托许清和梅影签字。

白玉音坐在沙发上，看完一系列工作后，露出虚弱的笑："我的心事全部了结了，这些画作交给你们，我的任务就完成了，小影到我这里来。"

梅影过去依在白玉音身边，白玉音拉起梅影的手，放在手心不断摩挲，眼神充满了异常的温柔。

从白玉音家里出来，梅影和父母走在街心花园的小径。雨后黄昏，天上没有星辰，不知等会儿是否还会下雨。散步的人群，三三两两快步从身后越过，健身的人们挥汗如雨，大妈踩着音乐，在广场尽情跳舞，小孩子也找到自己的滑滑梯，钻来钻去，开心得不亦乐乎。好像不小心撞入大家的伊甸园，梅影感到不知所措，有些心不在焉。这里的氛围好似有一道屏障，他们在里边热闹着，她在外边胡思乱想着，思维还在不断向四周扩散。管理行为不存在问题，但是，阻止长毛的思想却有些无能为力。

深隐在心底的一种情绪，以各种姿态、各种悲喜，从体内流露出来，一些轻柔，一些沉重、一些惆怅，汇聚在一起，好像不成调的交响乐，折磨着听觉系统。还好，视觉还没有被摧残，前面蹒跚而来一个可爱的小娃娃让梅影心头温热了一下。无论弥漫何种思绪，明天，天依然还会亮，就像过去那些无数的日日夜夜。

“爸爸，我很奇怪，为什么玉音妈妈要让我签字？有小姐姐就可以了。”梅影奇怪，在玉音妈妈的心底里，她的位置重得有点儿不可思议。

“我们去超市买一些食品，明天要给玉音带过去。”梅子轩正欲回答，叶知秋打断了梅子轩，一手搀起梅子轩，一手搀起梅影走向林子外。

一段时间没有见到，梅影和唐果敏约在天品西岸的山水茶苑。唐果敏明显瘦下来，在沉稳之外，又多了几分端丽。猛然一见，两个人愣住了。大家不约而同地剪了短发。

“到了这个年龄，再留长发，显得没精打采，短发好打理。”唐果敏说。她穿一件黑色羊绒低领毛衣，露出白皙的颈部。一条亮黄色羊绒披肩搭在肩膀，衬托出端庄的仪态。

“从老板夫人的气韵转为老板的气场。”梅影赞叹道。

两个人长达十几年的情景剧里又开始注入新的内容。

“哈，最近太累，一大堆事。婆婆又住院了。每天在医院泡着。”

“怎么不告诉我？”

“已经出院。和保姆在家里住。婆婆不想在城里住了。年前回老家一趟。准备将老家的房子重新盖一下。原来是平房，现在把厨房和卫生间盖在一起，方便老人吃住。我是他家的媳妇，我不张罗，谁张罗？”

“嗯，国民好媳妇。”梅影道。

“差远了，差远了。有时也想婆婆没有生我们，过得去就行了。现在想一想，我们都有老的时候，换位思考，如果我们处在她们的位置，我们心理的落差会怎样？老太太人挺有意思的，没有脾气，每天坐在大门口，念叨儿子，念叨我。更何况，确实得感谢婆婆，如果没有她，哪有老钟啊？没有老钟这么多年的付出、辛苦，哪里会有今天。下决心内退，这么折腾，也是因为有老钟在兜底。否则，我可能想都不敢想。”

“也是。”

“你最近，有情况汇报没有？”

“有。和林枫把手续办了。”

“真办了？这么快？”

“是啊，因为不了解而结合，因为了解而分手。平心而论，我们婚姻的基石，并不是外在摧毁，而是从堡垒内部开始分崩离析。双方都在捍卫自己的世界，谁也不想，谁也不愿意融入对方的生活。生活的本质就是琐碎平凡、鸡毛蒜皮，但是它可以出于鸡毛蒜皮，高于鸡毛蒜皮，而不是陷入鸡毛蒜皮，将生活过成一地鸡毛。无论是物质还是精神，一方营养过剩，另一方贫瘠乏陈，最终都要出问题。当双方缺乏最基本的信任与沟通的时候，这个家庭已经成为一座孤岛。如果一桩婚姻最终要靠道义、舆论或法律来维持的话，那么婚姻的品质已经不能苟同了。”

“也是，婚姻最终是需要两个人有相同的价值观、人生观，有共同的目标，走在一条道上，才能够维持下去。”

梅影心里有一种说不上来的感觉，蔫蔫的，提不起精神，说伤心吧，不伤心，说不伤心吧，情绪又很低落。许清要和姚儒泰结婚了。昨天晚上去玉音妈妈那里，她好像在安排后事。把许爸爸的画，重新看过一遍后，更不是滋味。谁也不能怪，只怪自己荒废了自己。也是老大不小的人了，突然感觉人生如此无望。别人都在热热闹闹过自己的小日子，可是自己的事业、家庭，怎么都成这个样子。问题出在哪里？自己错在哪里？

“手续办了，就不要再纠结，耗费精力，没有意义。事业，家庭，凡事不可能那么完美。去北京怎么样？”唐果敏拍着梅影的手说。

“你说得对。去北京的情况还好，总算有一些亮点，可以让人欣慰。这周要去上课。正好周医生要给美术老师做心理分析。”梅影感慨道。

“老师有精神有问题？”

“你怎么跟我爸爸问的一样啊。老师没有精神问题。进入中年焦虑期，陷入创作瓶颈，找不到创作方向，产生了心理障碍。”

“看来我们都有一堆心理的问题，要不我也预约周医生？”唐果敏道。

“你有心理问题？能量场这么足。”

唐果敏的话，让梅影突然意识到，自己一大堆的心理问题，也许应该请周医生做辅导了。

时间不早了，梅影和唐果敏从茶秀出来，沿护城河往回走。两个人默默地想着各自的心事。夜的气息里，空气略微寒冷。天空依然是粉黛色，没有看到星星。城墙静默在夜色中，一团圆月好像蒙着一层薄膜，朦朦胧胧挂在西门城楼的廊檐上。闭上眼睛，让月亮柔柔的光洒在仰起的脸庞，梅影突然想到小景。想到了小景，梅影不由长叹一声。

路灯下，枯枝清晰可辨，街道对面，一只红灯笼分外惹眼。醒目的红色，让梅影意识到人们依然沉浸在新年的喜气中。

阳光明媚，有了一点儿初春的样子。

天空若有若无的蓝底子里少了一些透亮，一条云絮如丝带般长长地飘在空中，在阳光照射下，发出质感的光亮。云线将天空无形中划分为两个阵容。有太阳的一边，蓝得澄净，没有太阳的一边，淡淡的云絮微微摇漾，洒满天空。阳光下，颇觉温暖，楼的阴面，不免有小寒袭来。无风，空气略有凉意。天气少了冬天的冷冽，裸露的双手，随着行走可以自由摆动。

周若朴步行在友谊西路的人行道，街道两边高大的法国梧桐树上，毛球球背衬蓝天，疏落地挂在枯枝，周朴想起梧桐的学名：二球悬铃木。周若朴一边走，一边在树上寻找，果然毛球球成双结对地挂在枝头。

吴昊天已从英国回来。他们相约在苹果树下书吧见面。书吧来过多次，周若朴喜欢这里清静的氛围。上到桥上，老吴正在玻璃窗内对他招手。

“什么时候回来的?”

“你走之后，我把咖啡馆交给一个朋友打理，去非洲待了一些时间。年前回来，带家人去澳洲休假，前几天回来。西安变化越来越大，每次回来总有惊喜的发现。昨天绕曲江转了一天，好像已经不在西安。这种魂在西安、形不在西安的感觉真好。”

吴昊天说话时，突然站起来，走到几幅画跟前，仔细看。

“请问，您需要帮助吗?”顾小小过来问道。

“这幅画，我能取下来看看吗?”吴昊天问，顾小小取下画。

吴昊天双手捧画，放在桌面。

“她又画画了!”吴昊天惊喜地指着画面下方的签名。

“你认识作者?”周若朴看到龙飞凤舞的签名时，并没有认出来。

“是啊，我的高中同学。

“你们怎么会有她的画?”吴昊天问。

“捐赠给我们的，还有那边架子上的一些书。”小小指向墙面的书架说。

吴昊天走过去，看着架上的一排排书。周若朴取出一本书，翻开看。书里不时有彩笔勾过的痕迹，看来是对书中精彩片断的感悟。

从书吧出来，吴昊天脑子浮现出梅影的模样。对于梅影的暗恋，持续了吴昊天整个高中时代。虽然他清楚，梅影和许景青梅竹马，但是这并不妨碍他对梅影的喜欢，单纯、炽热而美好的一种情感。多少年过去了，梅影的音容笑貌不但没有销迹，反而越来越清晰，尤其是当他决定回国之后。

周若朴和吴昊天相伴而行，当周若朴第一次看到书吧挂着的画时，被画面精致的风格、细腻的笔触所吸引。曾经他好奇，这几幅画的作者会是怎样一个细腻而敏感的人呢？今天，当他再次看到这几幅画时，直觉告诉他，作者很有可能就是梅影。

阳光落在路面，温润如玉，初春的气息已经走进城市的每个角落。周若朴在心里开始期待周末的来临。

早上上班后，白桦林去宝鸡，小杨到厅里取资料。会议室留下孙星辉、陈嘉彬和梅影。休了几天假，孙星辉有点儿发胖。几个人正在聊天，会议室传来重重的敲门声。陈嘉彬打开门，林枫闯了进来!

林枫有礼貌地和大家打完招呼，示意梅影跟他出来一下。到了走廊，林枫停下脚步。

“我想过了，咱们能不能重新来？我重新追你？好不好。”

“什么时候回来的?”

“头班飞机。刚到。越想越不是滋味，我已经打了调职报告，回西安。”

“我正在上班，以后再说吧。”

“我回来，你也不画画，咱们好好过普通人的日子，不做画家梦。行不行?”当林枫提到画家梦时，梅影的逆反心理又被激发出来。”

“我就在过普通人的日子。画家梦是我的梦想，谁也改变不了。”

“对你，我没有别的要求，就是别再摆弄那些东西。”林枫声调开始恢复往日的高调，以前陷在车轱辘战中的硝烟一下子又冒了出来。

“你走吧。你可以过你想要的生活。我过我想要的生活。”

“你怎么就不知好歹?”林枫发飙的迹象要显现了。

梅影转身回会议室，林枫只好怏怏离去。回到会议室，孙星辉和陈嘉彬四只眼睛唰唰射过来

孙星辉双手上下搓着脸颊，道：“话还没说完，就成这样了，小梅?”

“你们?”陈嘉彬手指门外。

“是，大家都解脱了。”

“小梅，未必是坏事。扛过这段日子就好了。”孙星辉摊开双手道。

晚上回到家打开门的一瞬间，梅影愣住，林枫躺在沙发上正在看电视，烟灰缸里摁满了烟头。

“钥匙不是已经放到家里?”梅影问。

“我就不能去学校看看儿子。”林枫站起来，想给梅影一个爱的抱抱，一如多年前热恋时那样。

“你给孩子说了？不要告诉孩子，等他高考完以后再说吧。”听到林枫去学校，梅影反应一下强烈起来。

梅影躲过林枫环绕过来的两只胳膊，林枫扑了一个空，心里不高兴起来，他忍了忍，说道：“我知道，没有告诉孩子。我给他说，我要回来了，儿子挺高兴。”

知道林枫并没有告诉儿子实情，梅影紧张的情绪放下来。

“晚上你住哪里?”

“这是我的家，不住这里，住哪里?”林枫听到梅影的问话，又看到一丝希望，他伸出一只胳膊，想揽过梅影的腰，梅影闪了过去。

“你住吧。我走了。”梅影准备出门。

“老婆抱抱?”林枫张开双臂，赖赖地说。

“不要这样，越是这样，让人越不舒服。”梅影的眉头皱起来。

“好，你说的，我做给你看看。”搁在往日，对梅影的冷淡，林枫根本不

屑一顾，反正她是蒸笼里的馒头，不吃也在那里搁着。但是，现在不一样了，谁知道她以后会是谁的。灯光下，梅影的身形凹凸有致，一股强烈的嫉妒从林枫心里冲出来，他向梅影扑过去。毕竟夫妻多年，梅影对林枫的习性十分的熟稔，更何况她有着极强的洞察力。

在林枫扑过去的一刹那间，梅影闪进了卫生间闩上门。站在门外的林枫，突然感到好笑。对于女人，他什么时候这么跌份掉价？以前，一个梅影，就是十个梅影，放在这里，他也懒得搭理。外边的世界多么的精彩，外边的女人多么摇曳多姿、妩媚妖娆？

林枫将钥匙甩在茶几，拉开门，直驱而出。林枫出门后，在楼下站了一会儿，抽完一根烟，将烟头扔在地面，狠狠地踩了几脚，然后进入七号楼，电梯到十六楼时停下。林枫出了电梯，左拐走到门口，一手遮住猫眼，一手摁门铃。

“叮——咚，叮——咚。”杨画眉从浴室出来，正在用一块干毛巾擦拭头发。会是谁呢？家里几乎很少有人来。杨画眉透过猫眼，什么也看不见。门铃丁零丁零地继续在响，杨画眉透过猫眼，看到遮盖在猫眼上的一只手。

“你到底是谁？如果不让我看见你，我不会开门。”杨画眉一只眼睛紧闭，一只眼睛趴在猫眼上，说。

林枫将手移开，对着猫眼做了一个 POSE。杨画眉没有开门，站在门里问：“ 你来干什么？”

“不欢迎我？”林枫嘿嘿笑道。“单身青年林枫向你报到来了。”林枫讲了一句并不幽默的幽默。

“我会信吗？”杨画眉冷笑道。咔，杨画眉关上了猫眼。

杨画眉的闭门羹让林枫彻底愤怒了。他对着门踹了几脚，扭头上了电梯。他带着心里窝着的那团火飘在街道，两个冷酷、狠毒的女人如出一辙将自己挡在门外。他的自尊被她们撕得惨不忍睹，露出皮带出骨，鲜血淋淋地一路走来一路滴答，浓郁的血腥味追随着他，如同魔咒尾随不掉。这股强大的气流混合在夜晚的气息里，厚滞而黏稠。林枫几乎就要窒息，喉咙发紧，手撕扯着衬衣的领子。一双冷血、孤独，充满仇恨的眼睛从体内迸发出来，与他融为一体，在这个暗夜惺惺相惜，抱团取暖。瑟瑟的冷风卷过来，地上的枯叶打着旋从脚面刮过。林枫呼哧呼哧地喘着气，偌大的城市，竟然没有自己可容身之处？

当他再次抬起头，竟然已经走到大庆路父母小区门口。林枫敲开门，父母和楼下邻居正在家里打麻将。

“哟，太阳从西边出来了，你还知道回来？”继母略愣，开完门随口说道，又坐在牌桌忙着出手里的牌。

“一辈子除了热嘲冷讽，你还会什么？快出牌。”父亲撂下一句话，催促道。

“一辈子除了吃喝玩乐发脾气，你还会什么？”继母生生地撞了一句。

“还想玩不玩？”父亲往锅里砸了一张牌。

“今天就玩到这里吧，你们儿子回来了。”邻居打着哈哈起身要走。

“啪。”父亲将手里摸的一个炸弹砸在锅里，顺手推倒跟前的一摞牌。气氛顿时尴尬起来，邻居打着哈哈，不欢而散，大门在父亲脚下咣一声关掉。继母将手里的牌赌气地扔在桌面，推开挡在客厅的林枫，进到卧室。父亲伸出食指，对着关上的门戳着她的脊梁骨。

林枫站在客厅冷眼旁观着眼前发生的事情。谁也不会收拾麻将摊，谁也不会理他，他就像空气，就像一堵墙，从小到大，他就这样存在着，只有等他们心情好的时候，才会想起还有一个活物。林枫过去，掀起麻将桌，桌子侧翻在地，满桌子的牌哗啦哗啦向地板滑去。

两个房间的门同时打开，父亲和继母探出头，林枫摔门而去。

夜沉沉地压下来，压到林枫心里，将那些陈芝麻烂谷子的事情压榨得无处可逃，最终从林枫的眼睛里找到了通道。在这个通道里，林枫看到了小时候的自己，被父母赶出家门，在冰天雪地里哭泣；看到父母在家里争吵打斗、死缠烂打；看到自己拼命读书，只是为了早日离开这个家庭；看到梅影当年的清纯，看到小时候的林木，看到长大的林木。

想到自己当年的梦想，林枫的心里头暖了一下。是啊，当年他也是一个有血性、有梦想、有追求的人。这么多年他是怎么了？屡屡碰壁，到处遭人嫌弃？江湖险恶，人心叵测！一阵湿冷的寒风吹来，林枫拉开衣襟，来吧，所有的寒风都吹来吧，他不介意，他的躯体早已冰冷如霜。

晚上，梅影照例去玉音妈妈家。白玉音的病，时好时坏。对于死亡，梅影已经不再那么纠结，这是每个人最终的归宿，谁也不会例外。但是，每当看到玉音妈妈神情舒展、姿态安详地注视自己的眼神时，一种牵引的力量不由自主地升起，穿越时光、穿越岁月，回到年少，回到梧桐树下的院子，她和小景一起玩耍，许爸爸和玉音妈妈坐在树下的藤椅上，眼神充满爱意地追逐跑来跳去的自己。他们陶醉在夕阳下，幸福地交换着彼此的眼神。夕阳下的黄昏，成为一幅终生难忘的画面，镌刻在梅影的记忆深处。

梅影从白玉音家里出来时，无意中走到一家家具店门口，深色的木质家具令她不由自主地走进去，不为买家具，只为光阴晕染的木和渗出的岁月留下来的痕迹。在木质家具中，梅影独独对深色檀木有独特的情怀。无论走到哪里，只要看见类似的木质，都会走进去，抚摸、静默。那一刻，在一份莫须有的惆怅、一份归家的安然间，好像看到水润的绿植，剔透的雨露，一壶微温的茶饮。也许，在自然中，找到了与自己相似属性的物质，一种神秘的质地，一个简单的色调，收起了世间的繁华，安静地沉在灵性、饱满、古老的气息中，拼写着不可知的密码，打开，通往……命定中的命定！

21

周五中午休息时，梅影接到任工的电话，让她去自己办公室一趟。任工办公室的门大开，任工坐在办公桌前，面向门口。看到梅影进去，他推开椅子，站起来打开柜子，取出一个红色的包装袋。

“小梅，这是洁楠给你的旗袍。她说你穿上一定好看。如果有不合适的地方，她给你修改。”

“太不好意思。谢谢洁楠，一共多少钱？”梅影问道。

“送给你的。只要你喜欢。洁楠说了，你的……尺寸她有保留，只要有适合你的面料，她……会给你做一件。”

“谢谢洁楠。”

“唉，……我不知道该怎么安慰你。”

任工站起来，取出一罐蜂蜜，倒进杯子。冲好后，给梅影递过来。梅影喝下一口，甜得发腻，突然鼻子酸起来。一串串眼泪滑下来，滴在水杯里。她知道，任工和章洁楠用自己的方式在安慰她。张所从门口走进来，拉上门。看到梅影在流眼泪，坐在沙发上，从口袋取出一包烟，打开抽出一根点燃后吸了一口。

“把思想捋一捋。什么时候，想找了，告诉我们。有合适的，我们也会替你留意。”张所说。

快下班时，白桦林早早问梅影还去车站吗？正好又去接人，顺道再次将梅影捎上。在路上，白桦林吞吞吐吐地问：“梅姐，你离婚了？”

车上挂着的一串中国结，随车摆动。

“梅姐，想找什么样的男人？”白桦林又问。

是啊，想找什么样的？梅影从来没有考虑过这个问题。因为时间比较紧张，这次白桦林将梅影送到车站后分手。梅影进入车厢时，只有寥寥无几的旅客散坐在走廊。梅影放好行李，坐在窗前，看站台上的小商贩整理货架。过了一会儿，周若朴经过窗口时看见梅影，他指着前边车厢。两个人没有在一个车厢，上车以后，周若朴穿过几节车厢过来和梅影打招呼，两个人互相问起上课情况，等列车启动时，周若朴回到自己的车厢。

周日早上，继续名画赏析，大约十一点，周若朴来到画室。周清松停下来，三个人开始喝茶聊天。

“周老师，您的铁观音是明前茶。”梅影一手端起茶杯，一手轻捂杯沿，闭上眼睛，清茶氤氲的气息一丝丝吸入肺腑，喝下两口茶后，梅影问道。

“是，一位收藏家送来的茶。你怎么能品出来？”

“首先芽叶细嫩，其次口感鲜爽，闻起来带有一丝初春万物萌芽的清香，好像小孩般无邪的气息，很难用语言表述，但是喝过以后，让人难以忘怀。”梅影说。

“对，明前茶好像小溪清香入味，明后茶好像江河厚重滂沱。”周清松说。

“你们两个从品茶想到小溪、江河，艺术家的发散性思维展露无疑。今天，赏析什么名画？”周若朴品了一口茶，问梅影。

“今天是十八世纪的作品。我对福塞利的《牧人的梦幻》和《疯狂的凯蒂》两幅画印象很深刻。这两幅画中，色彩均衡，光线运用巧妙，人物构图方式极为典型。在《牧人的梦幻》中，我好像看到了自己的梦、精灵在天空飞翔、光束、神秘园。在《疯狂的凯蒂》中，好像有一种被感知的自然力量所吸引，很神秘、很玄妙的一种感觉，把我心底的一种东西勾引出来，让我有点儿恍惚。”梅影道。

“你刚才所说的画，我研究过，不是从艺术角度，而是从心理学角度去研习。福塞利出身于苏黎世的艺术世家，在他的画面中，经常出现以梦为主题的构图，以人物中心，向外辐射为圆。圆在分析心理学中是潜意识自我的象征。在禅宗中，圆是一种澄明，象征着完美之境。刚才，你说看到这两幅画，心底有一种东西被勾引出来，这就是你的潜意识。当初，我看到他的画时，也有类似感觉。”

“小朴，上次你提到曼荼罗，怎么理解？”周清松问。

“曼荼罗？”梅影问。

“嗯，曼荼罗在药学中，是一种植物，双子叶植物纲，全株有毒，药用价值很高，曼荼罗的提取物东莨菪碱可以治疗心衰、心律失常、心绞痛、高血压。在佛教中，它是高僧修行的坛场，藏传佛教的曼荼罗，构图精美华丽，意蕴极其深远，不仅具有宗教与哲学、心理学与美学的价值，而且是心灵完整结构的原型意向。在分析心理学中，曼荼罗是自性化的象征。”

“自性化的象征？自性化是什么意思？”周清松不解地问。

“自性化就是自我的整合。自我与阿尼姆斯（阿尼玛）、意识与无意识、心理类型的优势功能与劣势功能以及我们的人格面具与阴影等之间的整合，最终整合方向就是达到自我人格的和谐与统一。”

“怎么样才能达到人格的和谐与统一？”梅影问。

“通过心理类型分析、积极意向、梦的工作、沙盘游戏、音乐治疗、绘制曼荼罗图画、冥想、催眠等一系列技术与方法的运用，帮助被分析者达到无意识层面，感触真实的自己与潜力。当然，如果要完成这一过程，最重要的是，需要被分析者要有容纳和接受的胸怀，要有积极的意识和成熟的心态，能够倾听自己内心深处真实的表达。因为在无意识自发显现中，有古老的智慧，有被长期压抑的内容，有来自无意识的挑战。如果能够拥抱这一切，才会有治愈的效果。”

“看来我的自性化道路还有漫长的路要走。我做好准备了，把自己完全交给你。”周清松给周若朴的茶杯续满了水。

“哈哈。”周若朴抿一口茶后，笑起来。

“不是把你交给我，你要把你交给自己。不是我治好你，是你治好自己。你的自我探索与自我觉醒，是分析过程中最基本的要素。我是你分析的工具，最终的整合要靠自己。心理分析不同心内科。在心内科，可以把你交给我，我用看得见的药物、手术帮助你治疗。”

“总而言之，我配合你。”周清松笑道。

“周医生，怎么想起来学习精神心理学科，而且对绘画有研究？”梅影好奇地问。

“临床医学，我是本硕博连读，对心理学兴趣一直也很浓厚。所以一边上班，一边继续读。对绘画技巧没有进行深入研究，上课时，跟着导师从心理分析角度去研究世界名画。比如达利、凡·高的画等等。”

“如果你有心理问题怎么办？自己给自己治疗？”梅影继续问。

“不，我们都有自己的督导。在医院，我做医生的督导。我也有更高一级的督导。这次上课的乔恩教授就是我的督导。当一名精神科医生自己心理不健康的时候，他怎么能为患者服务？”周若朴摊开双手问道。

书架上的挂钟已指向午后 1 点，周清松提议大家去楼下茶秀一起去吃午饭。简餐过后，梅影回到画室，周若朴和周清松继续留在茶秀。

自从上次沟通之后，周清松一直在思索一件事情。学而优则仕，是中国千百年来的传统，他也不例外追求仕途。差不多两年时间吧？他发现自己从最初的兴奋到现在越来越累，越来越力不从心，越来越找不到北。每天早上进入办公室那一刻，他就变成一只陀螺，匆忙地说话，匆忙地签字，匆忙地决定无关痛痒而又烦琐的事务。点头、挥手，指责下属，接电话打电话。或者，从一个会议奔向另一个会议。有时，创作的灵感乍现，他可能正在开会、处理事情，等会开完，事情处理完，灵感已经消失遁迹。作为一名画家，几年时间，没有创作出一幅作品，内心的惶恐无法言说。作为领导，他又将创作的思维模式带入工作中，事无巨细，过于理想化，有时让下属无所适从。

“我很焦虑。所以，不断问自己，我的画家生涯就这样宣告结束？我这个领导是否称职？”周清松苦恼地说。

“我理解你的感受。在创作前期，需要不断地观察生活、深入生活，你的视角包括思维方式都在向外投射，在创作中，又不断地追求极致、追求完美。作为一名内倾思维型的人，作为感性与理性兼备的完美主义者，在艺术创作中，你将个性发挥到淋漓尽致，所以，创作出一幅幅精妙的作品。但是，作为一名领导，不再是单兵作战，而是需要你的综合领导力。沟通能力、果断的决策、协作能力、圆熟地处理行政事务，在你的个性中似乎有些欠缺。如果鱼和熊掌能够兼得固然不错，如果不能呢？还是将你的视角从外界投射回来，回到自己的内心。在职务和画家之间做出抉择或者平衡。”

“创作就是我的生命，我需要再次点燃创作激情和冲动。说实话，我感到体内蕴藏着一股创作的激情，却不知道将激情投向哪里？你刚才说得很正确，我一直在深入生活，创作生活，却很少探究自己的内心。反思和回到自己还是有差别的。”

“这正是你的问题。反思自己，回到自己，最终回到精神的故乡——心灵。问问它，做什么事情才会让你感到心情舒畅、精神愉悦。

“最近，经常做梦，梦到老家陕南那片青山绿水，梦到童年。真是老了？”

“不是的。梦描绘的是做梦者的内心情境。梦到童年，意味着你不仅回到个人无意识世界，也意味着你回到人类的集体潜意识世界。童年无瑕而多彩，是我们每个人成长的源头。我建议你，抽出时间，回到童年生活的地方，脱掉各种社会角色：领导、画家、朋友、亲人、丈夫、父亲。只带一颗童心，向内看，问问自己真实的需求。”

“嗯，是。”

周清松答应下来，并且希望周若朴和他一起回到故乡的那山那水。

在回西安的火车上，梅影和周若朴又在一个车厢。梅影打开杯子，周若朴正要过去打水，于是将杯子接过，过了好一会儿，周若朴打来两杯水。两个人一边喝水，一边聊心理学，从心理学又聊到美术。

“我很想问一个问题，以你的功底，为什么当初不考美院？”周若朴试探着问道。

梅影长时间沉默。

“不好意思，如果不方便回答，不勉强。”周若朴抱歉地说。

梅影垂下眼帘，沉思了一会儿，眼睛望着周若朴道：“没关系。有两年时间，我无法动笔。拿起笔，头痛，如爆裂般的痛。”

“为什么会这样？”周若朴敏锐地捕捉到笼上梅影面庞的阴影，那双轻灵洁美的双眸里装满的易碎的伤痛。隐藏在心底的往事恍如隔世的迷离，也许命运的莫测在那一刻就已埋下惨淡的伏笔，梅影抬起头，封存多年的往事一缕一缕浮现出来……

清晨的第一缕阳光照上窗棂时，梅影从房间颠颠地跑出来，妈妈正在给餐桌的两个网兜里装东西，她从后边抱住叶知秋脸贴在她的后背。等会儿，她要和许爸爸他们去山里写生。桌面上堆满了苹果、橘子、香蕉，在坊上买的牛肉、烧鸡、烧饼，还有自己爱吃的花生米、瓜子。

梅影从妈妈臂弯里伸出一只手，准备取橘子时，叶知秋拽了一根香蕉给梅影。

“小馋猫，你看这么多，够不够?”

“玉音妈妈肯定也会带我喜欢吃的零食。”梅影咬了一口香蕉道。

“我和玉音妈妈，谁对你好?”叶知秋问道。

“嗯，都好。当然了，我是妈妈的女儿，当然是妈妈好啦。”

梅子轩推门进来，手里拎着一个蓝色的陶瓷罐，那是家里改善生活专门提水盆羊肉的罐罐。梅影跑过去接过爸爸手里的陶瓷罐，放在餐桌上，打开盖子，羊肉汤的香鲜味直接蹿入肺腑。梅影用手撩拨着热气，鼻翼迅速吮吸。

“排队的人真多。小影，爸爸专门给你打了一份羊肉。”梅子轩从厨房取来碗筷。

“快吃吧，要赶时间了。”叶知秋催促道。

“让鼻子先闻饱了，再吃。”梅影闭上眼睛皱起鼻子一副陶醉享受的样子。

“别把鼻涕吸进去，那可就不香了。”梅子轩笑得眼睛眯起来。

“哎呀哎呀，真吸进去了。”梅影仰起头，喊道。叶知秋条件反射似的站起来，看到梅影的坏笑，怜爱地瞪了一眼，从罐子里挑出羊肉放进梅影的碗里。

“写生不带画夹?”出门时，梅子轩发现梅影只背着一个书包。

“小哥哥和许清帮我带了。”梅影回答道。

“总是麻烦别人不好。以后自己的东西自己带。”

“他们也不是别人啊。再说小哥哥是男生，就应该多劳动。玉音妈妈经常这样教导我们。”

“玉音把你宠坏了。”叶知秋不由埋怨道。

“两家孩子中我最小啊。”梅影骄傲地说。

梅影坐在爸爸的自行车后座，两只脚一前一后晃悠，妈妈骑在另一辆车上，两辆自行车在街道上分分合合。“小影，坐好别晃，我快要撞到你了。”妈妈在旁边喊道，她的车子摇摇晃晃，梅影咯咯笑着，坐在后座晃得更厉害，梅子轩的车子一路歪歪扭扭骑到长途汽车站。

许衡、玉音、许清、许景几个人站在一辆小轿车旁边。看见许清他们过来，许景开心地向他们招手。

“昨天晚上，和同学聚会，有一个同学也想去山里玩，正好他有车。”许爸爸说。车里坐着一位叔叔，在和他们打招呼。

许清、许景和梅影坐在车后座。许清上车后，发现梅影和许景坐在一起，于是和许景调换位置，坐在中间，顺手打开一袋北京果脯。车一路向南，进入秦岭，山路蜿蜒盘旋在崇山峻岭间，梅影被绵延的青山所吸引。

“爸爸，他们两个考中央美院的希望大不大?”许清问前排的许衡。

“努力一下，还是有希望的。”

“当初为什么不让我考美院?”许清埋怨道。

“美术需要灵感和天赋。如果你只是希望拥有一份职业，可以让你考，如果你想当画家，没有好的作品问世，痛苦的是你自己。教育学专业就不错，适合你的个性，你会是一个好的教育工作者，你有一颗奉献的心。”许衡解释道。

“爸爸说的也是。如果不是生在我们家，我可能永远也不会碰美术。我没有他们俩那样痴迷。画着画着，心开始烦。他们两个坐五六个小时，也不会烦。”

“这就是你和他们的差别。不过，正是生在我们家，你对美术的鉴赏能力还是有的。”

“哎呀，爸爸，我好歹也是你的女儿啊。”许清道。

“你这几个孩子啊，真让人羡慕。”开车的叔叔说。

“那是。”许衡回过头，看着梅影笑道。

梅影抿嘴而笑，指着自己，用唇语道：“我不是的。”

她并不知道此时，他们已到生命的临界点。

“车在盘山途中翻下山崖。当我醒了的时候，眼前是爸爸和妈妈，还有穿着白大褂的医生。许爸爸和许景再也没有醒过来。一车五个人，只有我和许清活了下来。我们两个挂在悬崖的一棵树上。”

梅影脸色惨白，汗珠如风中的雨露，肆无忌惮地滚落下来，车厢开始旋转起来。梅影突然出现的状况让周若朴措手不及。梅影摸摸搜搜从包里摸出一包药，打开，周若朴把杯子递过去，帮她打开盖子。

梅影闭上眼睛，那些被时空湮没的往事，就像一幅没有着色的素描，在流年碎影里，成为永远无法完成的画作，永远割舍不掉的伤痛。

周若朴坐在对面床铺，看着躺在床上的梅影。他甚是懊悔，他真不应该问这个问题。但是，和梅影的数次接触后，这个问题却一直萦绕在他的心里。潜藏在梅影身上的郁结，常人也许并不会发觉，但是，作为心理学专家，他可以敏锐地感知。只是他没有想到梅影埋藏在心底的悲伤与创伤、阴影与情结竟会是这样的情景。作为有过生死经历的人，她心中的创伤别人无法体验 。周若朴一边分析推演梅影的心路历程，一边不由自主地琢磨着心理治疗的切入点。

大约两个小时后，梅影睁开眼睛，发现周若朴坐在对面床铺，盯着窗外黑黢黢的夜。听到窸窣的声音，周若朴迅速将视线移至梅影床铺。

“身体怎么样？我去找打一杯热水。”周若朴关切地问。

“谢谢！”

“平时工作或生活中头痛现象会经常出现吗？或者只要提到或想到看到某件事情，会诱发头痛。”周若朴问道。

“平时不会这样。刚开始只要提到，头开始痛。以后看到车祸头会痛。随着时间的久远，当心情特别不好，会头痛。具体是什么诱发、什么时候，我不很清楚。”

“嗯，心理学上的条件反射。当你想到某点的时候，这个点会戳痛你。不要着急，慢慢梳理，有一天想起来，再告诉我。”周若朴预感到，如果梅影能抵御这个点，就相当于打开治愈她心灵创伤的密码。那么这个密码是什么？

梅影清雅的面容上，一双迷茫而又充满渴望的眼睛注视着自己。这双眼睛，投射到周若朴的心里，好像一下子掉进心底最深层的那个内核，这个内核不由自主打开，迅速被填充，形成小小的实心核。周若朴明白，这个实心核意味着什么。他将视线移向窗外。野外影影绰绰的轮廓一掠而过。一轮月牙挂在天空，月光轻泻，参宿四星光闪烁，如红宝石般散发着熟悉而又神秘的光芒。

今夜看到的星光，不知穿越了多么漫长的时空才得以相见？

22

早上例会结束后，孙星辉将本周工作做出安排。公司手续在年前已经全部办下来，本周开始正式招聘、约见、面谈，主要由梅影负责，小杨协助。百嘉项目张所和孙星辉正在密切联系，周一下午参加政府举行的第二轮研讨会。随后去延安，参加政府组织召开的城市改造项目论证会。白桦林和陈嘉彬牵头组建项目一部，主要负责百嘉项目。

院里一改过去院所之间纵向联系的职能模式，强调横向联系，打破条块分割，从前期规划、拿地，到最后交钥匙，将触角大胆地延伸至产业链上游和下游，一条龙地打造“钥匙工程”。

“房地产市场未来几年，前景不容乐观。我们早诞生几年就好了，有些生不逢时。”陈嘉彬有些忧心地说。

“不要太悲观。事在人为嘛。我们错过了最好的时机，并不等于错过了机会。”孙星辉道。

“所以，更要多条腿走路。不能再各自为政，大家一起抱团取暖。”白桦林说。

“哎，真是羡慕小梅啊。还可以当画家。小梅，送我们一人一幅画。哪天我们失业，你出名，我们还能指望着你的画生活。”陈嘉彬抱着水杯说。

“养我们这么多人。小梅要画多少幅画啊?”孙星辉笑道。

在几个人辩论中，中午下班时间已经到了。会议室的门传来几声轻叩的声音，白桦林随口说声进来，章洁楠手里提着一个红色的不锈钢饭盒，推开了门。看到大家都在，章洁楠稍稍迟疑了一下，站在门口。孙星辉掏出手机看了时间，带着白桦林和陈嘉彬出去就餐。待他们走后，章洁楠打开饭盒。

“小梅，我给你煲了排骨汤。快喝，上边有米饭和青菜。”章洁楠取出一层饭盒，手里攥着一把精致的小勺子。

小杨推开门，看见章洁楠，下意识伸出舌头，给梅影示意了一下，悄悄拉上了门。章洁楠擦完小勺，将小勺放在米饭上，环视着会议室，又绕了一圈。

“小妖精，没在这里?”

“被你吓跑了。”梅影看着门外，笑着道。

“昨天我见到小妖精，在小区和一个女人进到7号楼。那个女人我见过，和你家林枫也是从7号楼进去的，好几年前了。”章洁楠小声说，

“不说了。好不好?”梅影道。

“我已经说了。小梅，上星期，我们去见周医生，他的助手让我们玩沙子。可好玩了，好像一下子回到小时候，和卓然一起玩沙子。”

“你和任工小时候就认识?”梅影第一次听到，好奇地问。

“我们两个指腹为婚，你相信吗?我们父母都是从上海支援大西北一起过来的。”

梅影看着章洁楠一脸幸福的笑，难怪他们感情这么深厚，不离不弃。

“我走了。卓然还在等我。”章洁楠在会议桌旁移动着脚步道。

梅影送章洁楠出去回到会议室时，她突然意识到，章洁楠是不是恢复了?不可能，也许是自己心里的感觉吧。这时，手机在包里响了起来，是爸爸的电话，他告诉梅影晚上回家一趟。梅影回到家时，梅子轩坐在餐桌前，餐桌上一盘清水焯芥蓝，一盘竹笋炒肉片，一条清蒸鲈鱼。

“妈妈不在家?”梅影从卫生间出来，用手指捏起一颗芥篮。梅子轩已经将小米稀饭和馒头端上桌。

“你妈妈在玉音家，晚上不回来。”

“玉音妈妈这两天怎么样?”

“没有恶化，没有好转，处于生命最后阶段。有时间，晚上多去陪陪。”梅子轩郑重地交代。

“嗯，我知道。爸爸让我回来有事？”梅影问道。

“当然有事情。你交给我的任务，我完成了，但是很奇怪？”

“首先，我通过派出所，查到你们小区的监控录像，发现放钥匙的人是林枫，我很吃惊。又通过成都警方的朋友，查找到你所住酒店，包括林枫的酒店。查看当时录像，已经全部被删除。什么都查不到。”

“为什么要这样？爸爸，前段时间，我还想，怎么没有动静，会不会酝酿着更大的风暴。我心里总是不踏实。爸爸，林枫说他要调回西安。”

“我也是这么考虑。原本打算去成都，和林枫好好谈谈。林枫这个孩子啊，我担心他滑得越来越远。算了，我还是去趟成都吧。说点儿开心的事情，最近工作、学习如何？”

手机在桌面弹起。手机显示的是苹果树来电。

“梅姐姐，有人在这里，想要和你通话，可不可以？他叫吴昊天。”顾小小问。

“可以，让他接电话。”梅影说。

“梅影，又是好几年没见，我现在回来了。如果方便，能否现在见一下？下午打电话，你手机关机。我在这里看到你的画。”

“你什么时候回来的？为什么不提前打电话？要不明天？我在家陪我父亲。”梅影看着梅子轩道。

“去吧，有事情就去吧。正好吃过晚饭我下去散步。”梅子轩道。

吃过饭，没有收拾餐桌。梅影和梅子轩下楼，梅子轩绕着小区散步，梅影赶到书吧。刚上到天桥，小小从店里出来放东西。梅影跟在小小后边走进去。吴昊天看到梅影，从座位跑出来，老远伸出手。

“好几年没有见到。还是那么优雅。”吴昊天道。

“你也没有变，这几年还好吧？”梅影问道。

“打道回府，回西安发展。一旦有回来的念头，在那边一刻也不想待了。”

“真回来了？确定方向没有？”

“想好了，还是老本行，开咖啡馆。前两天去曲江看了看。”

周若朴下班后，正在回家途中，接到吴昊天电话，让他过去，要给他介绍画画的女同学。周若朴很好奇，这个女同学到底是谁？于是将车调头，开往苹果树下方向。到天桥上，周若朴一眼看到老吴坐在窗前，双手比画，他对面的正是梅影！一种异样的熟悉开始涌上心头。

推门进去后，老吴招手致意，梅影回过头。当梅影看到周若朴时，极度惊讶。世界那么大，世界又这么小，这句话一瞬间又冒出来。

“我们又见到了。世界那么大，世界又这么小。”周若朴说。

梅影的惊讶已经找不到合适的词汇来表达了。这一幕如此熟悉，好像北京的场景再次重现。

“不会这么巧吧，在哪里都能碰见？”梅影摇摇头笑道。

“嗯，大家都在西安，又居住在一个区域。可能去过同一个地方，走过同一条街道，只是以前不认识而已。比如这家店，第一次进到店里，一眼看见这几幅静物画，唯美，淡雅，宁静。

“对啊，我经常一个人过来。”

“你们两个怎么认识？”梅影问。

“在英国认识，去老吴店里喝咖啡。”周若朴回答道。

“我突然发现，周若朴跟许景有些神似。”吴昊天盯着周若朴对梅影说。梅影激灵一下，没有回答。

“许景是？哦，对了，我知道。”周若朴回答。

“如果不是那次车祸，许景就不会走。如果许景不走，你们俩都成画家了，一定很幸福。”吴昊天看着窗外自言自语说，却没有注意到梅影的脸色变得越来越惨白。

“小影，没事吧？”周若朴问道。梅影没有回答，周若朴站起来。

“小小，小间有人没有？”

“没有。”小小一边跑过来，一边回答。炸裂般的头痛袭击过来，周若朴扶梅影到小间沙发，然后脱下外套，盖在梅影身上。吴昊天一脸茫然，跟在周若朴身后。

“怎么回事？”吴昊天小声问。

周若朴手指放在唇边，示意不要出声。安顿好梅影，周若朴与吴昊天来到外边大厅。

“梅影怎么了？”

周若朴默然而笑，问道："跟我谈谈你们上学时候的事情?"

"上学时候? 不知为什么，最近总是梦到上学时候的事情，许景，梅影……"

" 因为梦想的驱动，理想的支撑。"周若朴道。

"是啊，你说对了。最近我经常在想，如果能回到高中时代，也许人生的一切都会改变。"

"人生没有如果。今天的一切都是当初的选择，无论对与错，都已经过去，不必再纠葛。其实，你已经回到了你的高中时代，你的人生也正在改写。不是吗?"

"你说得正确，我自己有时也感到恍惚，好像时光在倒流。言归正传，出车祸后，梅影几个月没有到学校上课。再来上课时，整个人变了，坐在教室不说话，经常发呆。当时，在学校我和许景、梅影关系最好。那次事情以后，她基本不理我，也不是不理我，她谁都不理。梅影以前是一个阳光单纯的女生。"吴昊天说。

"我现在知道，她的情结在哪里了。"周若朴突然悟出来。

"你能给我谈谈许景吗?"

"许景? 文质彬彬、温和、学习好，当然画也画得好。同学们都知道，他和梅影一起长大，就像兄妹一样。"

"你清楚梅影是否喜欢许景?"

"我不十分清楚。但是，我知道许景喜欢梅影。"

"你怎么知道许景喜欢梅影?"

"我当然知道了。我们两个在一起聊的最多的就是学习、理想，当然还有女生。聊的最多当然是梅影，我喜欢梅影，我想知道她更多的事情，只有通过许景了。"

"你们都聊什么?"

"最后，我们聊的是，如果大学不在一个学校，梅影一定会有男同学追。所以，许景想要告白，我也想要告白。不过，我还是没有，一直没有机会。许景不在以后，更不能提了。"吴昊天喝下一口咖啡。

"你喜欢梅影?"周若朴不动声色地问道。

吴昊天抬起头，看着窗外，"是啊，持续了整个高中时代。暗恋的感觉，美好而纯洁。可远观不敢近看。”

“以前，你们聊天时，会聊到许景吗?”

“不聊不聊，人已经不在，聊起来总是伤感。今天，不知为什么，你和梅影坐在一起的时候，突然感觉好像看见他俩在一起。你和许景是有些神似，其实，第一次见到你的时候，就好像在哪里见过一样。是，是这样。我想梅影应该能感觉到。”

周若朴想起梅影的眼神，那是一双什么样的眼神?好像从不陌生，一种温暖的注视，一种熟悉的感觉，就像亲人一样。即便是视线偶然的相碰，周若朴也能捕捉到它隐秘中深藏的紧张。

“嗯，是这样。”周若朴若有所悟。

周若朴站起来，走到小间，推开门，梅影坐在沙发，双腿撑起，胳膊交叉，下巴支在胳膊上，沉默不语。

“你好些了?”周若朴问。

梅影点头。

“不好意思，最近心情非常不好，再加上提到那些事情。”梅影没有抬头，眼睛盯着胳膊说。

“我也想到了。我明白你的情结在哪里。今天不聊了。这个周二，你到医院来。不，医院人多，我没有那么多时间。周日，如果你能抽出时间，不妨到门诊来，我专门腾出时间。”周若朴说。

“要不，如果您方便，我们能否到这里来?医院让人感到自己是病患。”梅影嘴角微微上翘。

“可以，这样也好，这里的环境大家都熟悉，可以让你很好放松。”周若朴抬头，扫视书吧。

梅影回到家时，夜已经安静下来。窗外虫鸟正在互相倾诉，它们啾啾叫着，说着她听不懂的词。如果能懂多么好，他们的秘密就不会成为永远的谜。楼下没有归家的孩子偶尔高声叫着、喊着，有些吵闹，那是孩子们表达快乐特有的方式。如果，有一天，他们不再快活地喧闹，也就意味着长大，知道表达快乐的方式有更多的途径，喊叫只是其中一种。

梅影打开盒子，取出那两把匪夷所思的钥匙，放在自己的钥匙包上。这两把钥匙与其中两把完全一样：自己家和玉音妈妈家的钥匙。两只叶片在空中来回摆动，梅影实在搞不明白钥匙到底代表什么意思。她摇摇头，又将钥匙放回盒子。

从苹果树下出来，周若朴回到办公室，犹豫着要不要给梅影打一个电话，于是打开手机，发现有一个未接电话，是卓玛的电话。周若朴拨过去电话，话筒里立即传来卓玛清脆而爽朗的声音："周医生，您好！"

"卓玛好！刚查完房回到办公室。你发表的论文我看到了，论点鲜明，案例丰富。"

卓玛在话筒里爽声大笑："谢谢周医生！这篇论文有您一半的功劳。您工作还好吧？"

"还好，谢谢！你阿爸阿妈还好吧？"

"我阿爸阿妈不好！"卓玛回答道。

"怎么啦？"

"呵呵，他们一直在想您。问您什么时候还来草原？"

"你的情报工作那么厉害，我每次过去都被你侦测到！"

"呵呵，我们藏族姑娘都有通灵的本事。好了。周医生，不打扰您了！"卓玛咯咯笑着挂掉电话。

这时，一个陌生的号码打进来，响了一下又挂掉。

过年以后，唐果敏忙活得一塌糊涂，装修茶楼，置办配饰，招聘员工，培训员工，进货验货。在这期间，她又去了几趟安康。从安康回来，唐果敏又有了新的想法，这个想法在她的心中酝酿发酵，她要等时机成熟时，再向钟晋夫透露。

唐果敏最后一次检查完开业流程，落实每个环节之后，回到家。钟晋夫正在沙发上看电视，唐果敏进门之后，他站起来跑过去，给唐果敏取出拖鞋。

"哎哟，规格有点儿高，受宠若惊啊。"唐果敏一边脱鞋一边道，没有踩稳，打了一个趔趄，倒在钟晋夫怀里。

"这段时间辛苦，老汉好好表现表现。明天是你的好日子，你可得挺住了。"

"放心，轻伤不下火线。出差情况怎么样？"

“情况不错。企业基本面还好，员工心理比较稳定，一切进展顺利。你呢？明天安排好了？”钟晋夫道。钟晋夫最近在收购常州一家家具厂。

“万事皆备，只欠东风。明天你讲话吧，我还得锻炼锻炼。”

“没问题，在飞机上，我已经准备好明天的讲话。你早点儿休息，明天看我的。”

“睡不着，好像打了鸡血，精神亢奋。”唐果敏握起拳头笑着说。

“呵呵，正常正常。”

唐果敏想起自己的秘密，告诉钟晋夫：“等茶楼进入正常营业，我还要做一件事情。一个新的梦想。”

“呵呵，你把梦想当成梦了？一个接一个。什么梦想？”

“一个梦想实现了，再实现下一个梦想，有一个目标放在那里，做起事情来，才有意义。这个梦想，等我铺垫好了，再告诉你。”

“呵，有勇有谋有策略，能不能提前透露一点儿消息？”钟晋夫凑到跟前问。唐果敏呵呵笑着进了卫生间冲澡，将钟晋夫的问题搁在了那里。

在钟晋夫的呼噜声中，唐果敏几乎一夜未眠。天一亮，她就起来，下楼买了早点回来。两个人吃过早点，一起去茶楼。

“哎哟，紧张得手心出汗。”坐在车里，唐果敏摸着自己的手心说。

钟晋夫听了，哈哈大笑。问唐果敏：“结婚时，有这样紧张没？”

“差不多。感觉不一样。”唐果敏回答道。

“那当然。就结那么一次婚。”又开始塞车，钟晋夫将车停下来。

“就当今天再给你结一次。”唐果敏说。

“你的意思是今夜当新郎？”钟晋夫一脸坏笑，唐果敏过去拧着钟晋夫耳朵。

“净想美事。我紧张得心脏都要跳出来，你还这么开心。”

“傻女子，有老汉在，你怕什么？”钟晋夫拍着唐果敏的头。

钟晋夫第一次迈进唐果敏的茶楼。他左看看，右看看，楼上楼下转了几圈，心里暗暗吃惊，这个叫唐果敏的女人还真不简单。

临近中午，邀请来的嘉宾络绎不绝。茶楼外的院子里，红地毯从小巷铺进院子，经过褐色的木质地板直接抵达茶楼大门。

仪式开始后，钟晋夫踏上红地毯：“尊敬的各位嘉宾、各位亲朋好友，大家好！我受爱人唐果敏委托，和大家聊几句。茶楼从开始到今天，我是第一次来。说实话，我没有想到，和我想象中竟然有如此大的不同，我终于体会到她为什么要去北京、上海学习考察，为什么要学习茶艺、插花、烘焙。今天看到这里的一桌一椅、一茶一碗，都是独具匠心，我明白了她理想中的茶楼，不只是喝茶的地方，更是修身养性、调养生息的地方。喝了这么多年的酒，到这里以后，我在想，茶和酒的区别在哪里？茶文化和酒文化区别在哪里？想明白了，茶和酒都是人生的两种境界。茶让人清醒，酒让人迷醉，茶文化高雅脱俗，酒文化现实超脱。懂不懂茶，不重要，每天喝茶才重要，要喝就到这里来喝茶！素简茶艺坊！”

钟晋夫说完自己哈哈大笑。一双眼睛在人群中寻找唐果敏，人群后的唐果敏正在向他鼓掌微笑。

邀请来的嘉宾里，有不少是钟晋夫的朋友。在欢声笑语中，大家簇拥着钟晋夫进到茶楼。茶楼上下三层，一时宾客满座，服务员往来穿梭。在悠扬的古筝声里，大厅的茶艺表演开始，喧嚣渐渐平静下来。

唐果敏带着几位同事上到三楼的普济间。从三楼下来时，在楼道碰到钟晋夫。

“呵，给我一个意外和惊喜。好好干，一如既往支持你。”钟晋夫看四下无人，给唐果敏送了一个飞吻。

“在这里不许骚情。讲话也忘不了你的酒。懂不懂茶不重要，每天喝茶才重要。多喝茶，少喝酒，更重要。”唐果敏笑着重复了钟晋夫的话，又在后边重重地加一句。

“哈，听你的。晚上回家奖励。”钟晋夫爽快地回答道。

“唐总，有一桌客人，问我们有没有麻将桌？他们让您过去，在二楼。”服务员小微从二楼房间一路小跑出来，说道。

唐果敏跟着小微进到包间。

一股臭脚丫味扑鼻而来，一看房间里全是自家人，钟晋夫的大姐、弟弟、侄子、外甥，自己的姐夫，乌泱泱一大家子散坐在椅子、沙发、地板上。几双鞋子，歪七扭八地躺在地板。

“果敏，包间里没有麻将桌？”大姐吃了一口中茶点，问道。

“我这里没有。你们怎么不下去看茶艺表演？”

“就是倒个茶，有什么看头，以后我们就到这里打麻将，你们没有，我们自己带麻将来。有吃有喝，还有服务。”唐果敏的姐夫说。大家一齐应和起来。

“对对，我们自己带。果敏，你给晋夫说说。我到这里来上班，环境好，吃得也好。”大姐说。

“这是果敏开的茶楼，不是晋夫开的茶楼，要来，也是我媳妇来。”姐夫争辩道。

“哟，你媳妇从北京到西安来？哼，钱从天上掉下来的？我们晋夫每天早出晚归，那么辛苦，你们在这里享福？”大姐不服气地说。

随风又飘来一股臭脚丫味。

“你们几个把鞋穿上，注意自己的着装，到什么场合穿什么衣服。把窗户打开，透透气。”唐果敏皱起眉头。

钟晋夫将自己的一天时间全部奉献给茶楼，从一个房间到另一个房间，和自己邀请的客人一口一口地喝茶，然后一趟一趟地上厕所。晚上两个人回到家，已是疲惫不堪。唐果敏冲完澡出来，腰酸胳膊腿疼，浑身像散了架一样，她顺势倒在了沙发上。

“大家对茶楼评价很高，你还是蛮有水平的。看来，老汉也得加把劲了，让你看看我的本事。”钟晋夫坐在沙发上，一边按唐果敏的腿一边说。

“嗯哼，这么多年，你的本事我一直在看，我是你的铁杆粉丝。你也别太累，身体第一。”

“树上的鸟儿成双对，绿水青山带笑颜……你我好比鸳鸯鸟，比翼双飞在人间。”钟晋夫双手按在唐果敏的背上，开心地唱起来。

“真羡慕你，每天哪儿来这么多的乐。好像刚才某人说要奖励我，怎……么奖……”唐果敏困乏得睁不开眼睛，说话开始词不达意。

“你太累了，改天吧。老汉好好奖励奖励。”钟晋夫按到唐果敏肩膀上说。

“嗯。我记着……”唐果敏话没有说完，已经轻轻地打起鼾声。

钟晋夫从卧室抱来一床薄被，盖在唐果敏身上，自己坐在唐果敏脚下，若有所思。半夜，唐果敏被一阵如雷般的呼噜声吵醒，翻身发现自己躺在沙发，钟晋夫窝在脚下，呼噜声绵延不绝。她坐起来，轻轻地将钟晋夫搬倒在沙发，给他盖上被子。

23

午后，云絮好似宣纸在天空薄薄裱了一层，天空有了年代的久远和古老。开世之初，天地混沌，应该是这样吧？要不怎么会是天荒天老呢？隐约在云层后的阳光，收敛了耀眼的芒，只将光均匀洒下，宣纸有了温度，微微透亮。

素简茶艺坊的外观与曲江的仿古风格一脉相承，并没有大动干戈，只在进门的院子里做了局部改造 。深色的木质方廊，深色的木质地板，深色的情调，让茶楼涤荡在岁月熟濡温润之中，与别墅群有一种绝妙的调和感。方廊四周装饰有黑色铁艺花篮，花篮里常春藤、绿萝随风摇曳，风信子荡出古朴典雅的香味。

梅影踏上乱中有序的碎石小道，步入树影摇曳的方廊。暮春的味道已浓缩在每一片叶上，绿得鲜嫩，黄得鲜亮，红得妖冶，没有明显的界限，相互交织在一起。浅浅的水中，红色小金鱼雀跃扭动，自在得不得了。在这样的庭院，不知不觉中，已经忘记身处闹市，恍然如在深山，看细细的青溪，观赏郁郁的森林。茶楼内部装饰以中国风为基调，细节辅以休闲的欧式乡村风格。室内光线柔和、洁净，显得十分宁谧。

梅影坐在青花瓷的地垫上，背倚茶桌，双脚抵在落地玻璃的护栏，双臂交叉胸前，无所思地盯着窗外蓝色的天空。云朵大堆大堆摊于天上，首尾相接，相互安抚，向东南方向静静地慢慢地飘移。从音响中流淌的音乐轻柔地飘出，与云絮糅合舒缓在天空。一壶沸水，一壶茶，看嫩绿的茶叶在水中上下起舞，悄然舒展。茶香氤氲而来，有一种温馨在茶饮中流动，可以清醒，可以微醺，可以在舒缓的意境中放松。心是道场，身体是道场，茶是道场，空间也是道场，“空即是色，色即是空”。一壶茶，反复冲泡，直到茶色褪去，一如人生，洗去繁华，淡然而对，就是一种笃定的美好。

梅影和唐果敏一如往常喝茶、聊天。想聊时，聊得趣味盎然，不想聊时，沉浸在各自的心事中。不问，静默相伴。这已是她们常态化的相处模式。

“开业怎么样？我约了高中同学和周医生，到你这里来。”梅影问。

“开业第一天，都是朋友，没有大的纰漏，顺顺利利，圆满完成任务。开茶楼的梦想总算实现了，至于盈利如何，是经营中的事情，你猜我又想做什么？”唐果敏一边泡茶，一边问道。

“你前几次去安康，莫非是？”

“猜猜？”

“做自己的品牌茶？这是你的下一个梦想？”

“知我者莫若你也。老钟也没有你了解我。被你猜中了，这就是我的下一个梦想。正如你所说的，只是单纯做茶楼，我还是很担心。”

“是啊，我也有点儿担心，担心无法维持。这么多年，我怎么能不了解你呢？”

“现在就像上台阶，一个台阶上去，还有一个台阶。”

“眼眼盯在前方，脚踏踏实实地踩在台阶上，就这样一步一个台阶往前走。”

“还有一件事情，那天家里人也来茶楼。他们走之后，我极度失落。这几天，我一直琢磨问题出在哪里？终于明白了，问题出在精神层面。”唐果敏嗅着新泡的茶。

“什么事情？”

“他们理所当然地认为这里是打麻将的地方。原以为，让他们进城工作生活学习，就是我们对家庭给予的最好帮助。现在看来，远远不是这么简单。虽然他们进城，但是小到生活习惯，大到思想、观念并没有融入城市生活，和我们的思维方式还有很多脱节，尤其是孩子们，如果这样下去，最终会被主流社会所抛弃。这几天，我好好地反思反思，我们在经济上帮助他们，却忽略了精神层面的引导。看来，还需要完成一个艰巨的任务。你说，该怎么引导?”

“精神层面的引导？只有不断地学习，阅读，思考，也可以参加老钟企业的内部培训，在你这里举办读书会，对，就在这里办读书会，这里的环境非常适合，就让他们到这里熏陶吧。我决定了，呵呵。如果有时间我还可以给他们讲美学，周清松老师讲艺术鉴赏，周医生讲生命与爱等主题，吴昊天讲东西方文化差异。还有，不能听完一走了之，束之高阁，在适当的时候，要让他们站上来讲，讲他们的感悟。”

“你的思维一下子发散这么多，我记一下。”唐果敏从包里取出笔记本和笔，一条一条记下来。

“每个月一个主题，两本书。第一堂课让他们学会如何阅读，阅读什么样的书。关于书籍的选择，我们可以分类。比如，管理、名人传记、国学、哲学、文学，等等。”梅影一下子来了兴趣。

吴昊天从瓦库茶语咖啡出来，站在大唐通易坊的街道边，望着熟悉的大雁塔，他不知道该往哪里走。他拍拍自己的脑袋，还是西安人吗？正好周若朴打来电话，告诉他车已到陶艺馆门口。吴昊天上了车，不由感叹，西安变化这么大，走的时候，曲江还是麦地一片。

两个人进到素简茶艺坊，看到大厅的一幅画时，几乎同时叫出来：“梅影！”

前台服务员小微上来通报时，唐果敏和梅影正在畅想读书会。小微告诉梅影约好的人已经到了。梅影和唐果敏下楼到一楼小间。大家问候之后。梅影将唐果敏介绍给吴昊天和周若朴。小微又进来，告诉唐果敏有人找她，唐果敏和大家告辞。随后进来一位服务员端来几份小点心。

“看到这两幅画，第一直觉是你的画。看到签名，果然！”吴昊天道。

“实在不好意思。”

“我一直以为你再也不画了。没想到，你还在坚持。在书吧、在茶楼都看到了你的画。”

“是啊，放不下。一直就这样画过来了。”

“这几幅画意境朦胧，氛围虚幻，又让我想起印象派和超现实主义的几位画家泰纳、莫奈、马瑟韦尔、恩斯特的画作。第一次见到你画这些主题的画。”

“不多，只有几幅。”

“对创作我不了解。但是超现实主义的画风倒蛮适合你。”

“真的？”梅影惊喜地问道。

“我只是建议，你可以考虑。你这几幅画的创作灵感来自哪里？来自梦中？还是受到他们画作的启发？有两幅画出现了同一位男性，他是现实中的人物吗？”

“灵感来自于我的梦。那位男性，不是现实中的人物。好多年，他一直出现在我的梦中。我从来没有看到过他的长相。”

“来源于梦境？你能提供更多梦中的场景吗，包括那位男性。”周若朴道。

周若朴一双睿智的眼睛，好像穿透梅影本质的灵魂，她内心的波澜与动荡，最后直抵灵魂深处那个真实的自己，那个被层层束缚的自己。她希望心中所有的迷惑能够解开，满怀期待，却又在期待中隐藏着强烈的不安。

周若朴洞察到梅影内心的翻腾，温和地笑了。

“别紧张，现在不是给你做心理治疗，我们是在探讨你的画作所传递的内容。”周若朴安慰道。

梅影喝下一口茶后，喉咙依然发紧。她清了几声嗓子。

“梦中的男性什么时候出现，已经记不起来。他气质儒雅，白衬衣，蓝色牛仔裤，他一直以这样的形象出现在梦中，他有一个名字，叫玄浦。甚至这个名字，我也想不起来是怎么来的，就那么在梦中叫了。他在梦中，经常出现的是这样的境象：一个温暖的背影；或者一个看不清微笑的微笑；人刚走，一杯还冒着热气的茶；我刚走，他就到；是他走过的小路，而我也来到这里，并且确信他走过这里，因为留下了他的气息；他在某个地方，我要去找他，他不在，但依然能感知到他的存在；他出现的时候，整体的氛围温暖而朦胧。这幅画就是回忆梦中的场景而作。”梅影指向自己背后的画说。

“他是你创作的灵感与源泉，你的阿尼姆斯。”

“阿尼姆斯？阿尼姆斯是什么？他为什么这么多年重复出现在我的梦中？”梅影疑惑地问道。

“阿尼姆斯是女性自我潜意识中的男性意识，相对应的阿尼玛是男性自我潜意识中的女性意识。从生物学角度来看，人具有双性特征，或者说雌雄同体，也就是平常所说的我们的另一半。”

“以前上高中经常梦见梅影。这么说，你就是我的阿尼玛？”吴昊天突然恍悟道。

大家笑起来。周若朴更正道：“是阿尼玛现实人物的投射。”

“为什么我的阿尼姆斯没有投射到现实人物？”梅影继续问。

“当一位女性自我潜意识中的女性意识处于被抑制时，她的阿尼姆斯形态就会处于主导地位，这时女性会呈现出更多的男性特征，或者坚强、勇敢、富有创造性，或者冷漠顽固、邪恶阴险，让人无法接近。如果注意聆听来自潜意识中的阿尼姆斯的声音，智慧地分辨她的阿尼姆斯是什么，将她的阿尼姆斯转化为内心的伴侣，它将赋予她勇气、创造力以及精神的支撑力。”

“怎样才能转化？”梅影被周若朴所讲的内容所吸引，着急地问道。

“梦中出现的玄浦，在某种意义上，正是积极正面的阿尼姆斯，它赋予了你灵感和创造力。阿尼姆斯是你心灵的一部分，它原本就属于你。所以无论是在梦中，还是在现实中，要将投射的眼睛回到自己身上。”

“为什么会不停地出现在我的梦中？”

“这就是阿德勒所说的补偿，人们为了弥补自己的弱点和不足，会在人格的其他领域追求优越。在某种程度上，补偿是一种积极的防御机制。梦中出现的男性，是弥补在现实生活的缺失。

梅影叹息道：“也许吧，我理想中的伴侣，是像爸爸和许爸爸那样，温和善良，冷静内敛，积极上进。理想的家庭模式，也是像父母那样，相濡以沫，有茶，有书，有音乐。”

当梅影面对周若朴的时候，他的专业背景和诚恳的态度，让她彻底放下心理的防线，在潜意识中，她希望有人能帮自己打开心结。

“周医生，我一直很奇怪，玄浦到底是谁，现实中有没有这个人？”梅影追问道。

“无论他出现与否，你面对的都是你自己。每个人都有美好的一面，也有阴暗的一面，如果你只接受他的美好，摈弃他的阴暗，你的生活还会出现问题。你对另一半阴暗面的不接受，投射到你的身上，其实是你不接纳自己的阴暗面。你是一个追求完美的人，这在本质上没有错。实际上，完美的事物是不存在的。正如你这幅画，我相信，你一定有遗憾的地方。未来的路还很长，先从接纳自己的不完美开始吧。”

梅影回头看着自己的画，的确，这幅画她并不满意，具体在哪里，并不确定，好像每个地方都需要修改，具体修改哪里？她又不确定。到底是哪里出了问题？原来是她的心理问题。

“我……我是不是心理有问题啊？”梅影不安地问道。

“你的心理没有问题。”周若朴肯定地回答道。

唐果敏进来，小微跟在后边又端来两盘小茶点。

“你不要误会，如果心理有问题，你的油画传递出来的蕴意不会如此温暖，你也不会执着地去探索自己的内心世界。也许，你并没有意识到，实际上你在无意识中已经开始了心灵成长的探索。其实，我们的一生就是在寻找自己的一生。中年是人生的正午阶段，对人生而言，格外重要。前半生，我们的主要任务是带着各种人格面具，适应社会赋予我们的角色，后半生的主要任务是发展自性，成为自己。所以，在这个阶段，人们会有意识无意识渴望做回真实的自己。”

周医生所言极是，也许这就是所谓的中年焦虑吧。梅影明白，自己最近的焦虑是什么。职务上升通道很窄，几乎看不到希望，在工作中，找不到存在感，如果没有她，也会有别人来完成这份工作。但是，她必须得努力去做，否则，别人会用怎样的眼光看她，甚至于包括家庭。有时，认为离婚对双方而言，都是最好的选择，大家可以按照自己的意愿去生活。有时，会想是不是有些草率，为什么不可以像别人那样凑合过呢。白天做一份维持生活的工作，晚上回来做自己喜欢的事情，两者之间的转化，经常让自己和自己在心里争斗，一种深深的被撕扯、被分裂的感觉，她希望静下心来，进行创作，但又没有勇气。眼看着时间一天一天在流逝，内心焦虑和恐惧一天天在增长。

“对，焦虑，具体因哪件事情焦虑，不十分确切，就是会莫名地感到痛苦、彷徨、惆怅。总之，感到自己处于一种分裂状态。我是不是人格分裂？”

“每个人都有不同的人格，在特定阶段会有撕裂，但不能说它就是人格分裂。你刚才的一段话中，更多体现的不是撕裂，而是焦虑。焦虑是我们生命中永远也无法逃避的课题，每个个体在不同阶段都会遇到。焦虑是一种弥散性很强的情绪，我们有时无法清晰地界定。它更多地源于内疚，来源于对过去痛苦的回忆和对未来的担忧。”

放在桌面的手机响了起来，周若朴去外边接电话。接完电话，周若朴进来，对大家抱歉，说朋友在急诊室，现在必须走，临出门时，告诉梅影，明天时间不变，书吧见。

回家路上，梅影琢磨着唐果敏的事情、周若朴所讲的内容。唐果敏的一个梦想已经实现，又开始了新的梦想。自己的梦想，什么时候才能实现？梦是我们和潜意识沟通的桥梁，梦中竟然蕴含了这么多的信息。玄浦？阿尼姆斯？他是我的创造力源泉，现实中，有吗？我的阿尼姆斯，他在哪里？他像一个谜面，所有的故事，都来自梦境，他住在哪里，哪里是他的王国，哪里是他的世界，他存在于另一个世界，夜的世界和梦的世界。也许他从来就没有存在过，也许他是上世遗留在今世的记忆。也许他不在这个城市，也许他与她擦肩而过，也许他就在身边，只是还没有遇到，也许……

夜晚的星空，浩瀚无垠，参宿四在群星中，依然闪烁着红色光芒。

房间没有打灯，月光透过纱帘，铺在床上。时间一如既往地流淌，梅影活跃的思绪渐渐平息，身心的倦怠和困乏让睡意袭来，梅影慢慢进入梦中……

阳光明媚，学校的梧桐树下，小景背着书包向我走来，到了我跟前，怎么是穿着白衬衣、蓝色牛仔裤的玄浦，我努力地想看到他的模样，当他走近时，终于看清他的面部，啊！是他！他就是我的阿尼姆斯！

我与两位女性朋友，但在现实生活中，我并不认识她们，坐在家里客厅的沙发聊天，聊得很开心，我看到她们俩迷人的笑脸。门打开了，他进来，左手拎一个红色塑料袋。换鞋，在鞋柜上的衣钩挂钥匙。房间的样子很清晰，户型南北房型。胡桃木色的大门面北，中间是客厅。我和朋友坐在沙发上，沙发不是传统的沙发，而是类似于商场的柜子。背景墙并不在电视后面，而是在沙发后面。深灰色，长度与沙发相同，高度一直到天花板。沙发面对的是电视及电视柜，但好像没有茶几，因为，没有给两位朋友倒水喝。

我和两位朋友站起来，介绍他，这是玄浦。在梦中，他笑得很灿烂，和她们打过招呼之后，右拐进入里边的房间，一个小女孩兴奋地站在床上，张开手臂等待他的拥抱。我告诉朋友，他去看女儿了。这时，梦中的我，突然醒悟，激动地叫道：我的阿尼姆斯是他！是他！他是玄浦！旁边的两位女性朋友已经不见了……

梅影睁开眼睛，片刻的清醒之后，像饱受委屈的孩子，眼泪在脸颊肆意横流。

一直在游走飘荡，寻觅那个另外的半颗生命，却总是无法、无法看到他的模样。夜夜返回梦中，殷勤地搜集有关他的一切记忆。他的语言总是躲在沉默的背后，那么无声无息，那么飘忽不定，那么神秘。在梦醒时分，我要如何将他去寻找？时光悄悄流走，美丽的诱惑在虚与实之间开出迷幻之花。为什么还是看不清他的模样，如果在，能否、能否转身回望，让我看到他的眸？踏过无数的问号，他回到梦中，将我凝望。为什么来得这么晚？这么晚？

窗外，晨曦微露。青白色的曦光流淌进来。梦境中的人物，在梅影脑海重复闪现，小景、玄浦、阿尼姆斯、两个在现实中不认识的朋友、小女孩。想到阿尼姆斯，梅影眼泪又不由自主流下来，一股暖流在她的心中弥散开来，梅影好像看到自己的一颗心，飘飘忽忽地从云端下来，终于有了落地的归宿感。

中午过后，梅影套上一条卡其色紧身牛仔裤，一件黄褐相间的羊绒薄毛衣，外加一件褐色机车款式小羊皮外套下了楼。楼下，春天的景象已是庭院深深。不知名黄色小花竞相开放，一簇簇、一丛丛坠于枝条，垂悬于廊檐，好像黄色的小风铃，从廊桥这端敲出清脆悦耳的铃声，敲醒了那端，敲醒了春天。

玉兰树已经睡醒，泛青的枝条抽出娇嫩的新叶，白色的玉兰花缀满枝头，背后是明艳的蓝天打底。小鸟在树枝与花间，愉快地跳来跳去，发出悦耳的鸣叫。如果做一只无忧无虑的小鸟，确实是不错的选择，简单快乐，自由飞翔。

一路走过，梅影又想到昨晚的梦，想到阿尼姆斯，心中不免一阵伤感。正在独自伤感，任工和章洁楠手拉手从大门外进来，章洁楠手捧两束莲花竹。

看见梅影，章洁楠惊讶道：“小梅，你？好几天没有见到你。”

“我一直在。你和任工出去了？”

章洁楠拉过梅影，悄声说：“每天拉出来散步，你懂的。”

梅影点头悄声道：“我懂。”

任工以为两个人又要聊长天，他要自己先回去。梅影说改天有时间再聊，她要出去一趟。

章洁楠手指莲花竹：“我给你放在门口，好不啦?”

不知从什么时候，章洁楠给家里开始买花了，每次总也忘不了给梅影送上一束。下班后，家门口不时有章洁楠送的花束，有时是一束绿莹莹的绿植，有时是一把各色的鲜花。

章洁楠和梅影分手后，拉起任工的手往回走，一抬头，发现杨画眉远远地过来，章洁楠不悦，狠狠地哼了一声，拉着任工绕过小径。

周若朴新剪了短发，穿一件卡其色休闲西裤，一双驼色皮鞋，外套一件月白色休闲外套，他脱下外套搭在椅背，一件白衬衣，一件黑黄相间的小细格羊毛背心，儒雅中又有几分居家的亲切。

有客人进来，小小过去招呼。周若朴坐下后，两个人无意中目光对视，在对视的一瞬间，梅影的眼睛不争气地开始泛红，梅影低下头，抿了一口茶，温热的茶汽熏在脸上，暖暖地舒心。周若朴从那双湿润的眼神里读出了一种无法用语言传递的信息。这种汲取与感知，一下子又掉到心中的那个内核，蔓延渗透。周若朴直了直身体，静静地深呼吸，平息了自己的情绪。

一阵沉默。

“不好意思，麻烦您今天特意过来一趟。”梅影道。

“没关系，我们接着昨天的话题。梦中出现的人物是许景吗?”周若朴说完，感到自己有些唐突，一下子直奔主题，梅影是否做好了承受的准备。

“不是，许景从来没有在我的梦中出现，我也很奇怪。但是，昨天晚上，梦到许景向我走来，走着走着，变成玄浦，当他走近时，我终于看清了，他变成一个……一个……一个我认识的人。然后又做梦，梦见自己在家，这个家不是我现实中的家……

周若朴坐在对面，默默地凝神静听，进入到梅影的梦中……

梅影讲述完之后，抿嘴露出淡淡的笑。在梅影淡笑和微妙的眼神里，周若朴感知到一双藏着凝重的心事，藏着不愿分享秘密的眼神，而这个秘密很有可能和投射到现实中的人物有关。

“你和许景从小一起长大，但是却从来没有梦见过他，而玄浦经常出现，你却从未看到过他的长相。因为那次事故，你的潜意识在刻意屏蔽许景，不想让自己继续陷入巨大的悲痛中。然后，潜意识投射到了玄浦。这是梦的改装和梦的补偿，而昨夜梦中投射到现实中的人物，是因为这个人，符合潜意识中的愿望，也就是你的阿尼姆斯的投射。”

“阿尼姆斯现实人物的投射?”梅影自言自语道。

“是的。梦中的房子是你的无意识领域，在这个梦中，出现了三组三个人物结构，弗洛伊德认为，梦里的数字通常“暗指某些事情，这些事情无法用其他方式表达”。而“3”被古希腊数学家毕达哥拉斯视为完美的数字。”

“无意识领域?”梅影又问。

“对。你和两位女性构成第一组。梦中的两位女性，是你不同人格的象征意象，她们和你在梦中和谐共处；三位男性人物构成第二组。许景、玄浦二者合为一体，投射到现实中的阿尼姆斯，共同构成了你内在的男性组元，阿尼姆斯有时不是单个意象，而是一组人物，他们象征着你的创造力、活力与积极的人格；你和阿尼姆斯、小女孩构成第三组。第三组象征了父亲、母亲与孩子的三位一体，传递了你渴望温暖、渴望家庭、渴望爱的强烈意愿。小女孩是你的内在儿童，智慧小孩的象征意象，将你和童年连接起来。”周若朴停顿了一下。

“现在，我来讲情结，也就是触碰你的那个点。”

周若朴的分析搅动梅影心中那个隐秘的地带，一行热泪悄然而下，如同晶莹剔透的晨露，滴落在午后的阳光下。

“做分析时，经常会触碰到心里隐藏最深的痛点，你能坚持下来吗?”周若朴关切地问。

梅影重重地点头，挂着泪珠的眼眸注视着周若朴。梅影传递出来的温软与力量，支持着周若朴继续讲下去。

“情结是一种心象与意念的结合，在临床中，创伤性经验、情感困惑等等，都会导致某种情结的形成。如果认同自己的情结，被它所支配，当我们面对强烈的情感刺激，比如爱，比如恨、愤怒时，就会有不理智的行为出现在我们身上。一般情况下，受某种情绪支配，就会出现某种心理与行为。现在，你明白了自己的情结没有?你所表现出来的情结是创伤性的车祸与情感共同形成的困惑。”

周若朴停下来，注意到梅影全身心在聆听。

他继续讲：“通过自己的觉察与领悟，真正理解情结对自己的心理与行为存在的意义，降低它的消极影响，转化它的积极影响。这样，我们会拥有情结，而不是让情结拥有我们。”周若朴说完后，再次注意观察梅影。

梅影神色凝重，双眉紧锁，显然正在进入深度思考中。

“周医生，您讲得正确，我尝试将自己的情结转化为积极的情结，让我拥有它，而不是它拥有我。我相信自己可以，给我时间。”

“最好不要依赖药物。”周若朴劝慰道。他的声音就像冬日的阳光，温温地送到梅影心里。

“我知道了。最近烦心的事情多，心累，很疲累。”梅影的语气由重而缓。

那张由微妙的线条勾勒出来的棱角清晰而端丽的脸，飘逸出一种困惑而忧伤的神态，一种孤独但不隔绝的气息，一种恬静而优雅的韵味，周若朴不忍将分析继续下去。

“还可以继续吗?”周若朴问道。

梅影点点头。

“你能否跟我谈谈你的、你的阿尼姆斯投射在现实中的人物，以前，他在梦中出现过没有?”思忖一会儿，周若朴问道。

梅影的眼睛掠过周若朴的眼睛，落在脸颊三角区部位。

“嗯，嗯，您想知道什么？他是谁？还是……”梅影略有迟疑，回答道。

“他是谁不重要，重要的是他是否具有正能量，能否带给你疗愈的希望。你知道，阿尼姆斯有两面性，所以，我们要学会辨识。”

阿尼姆斯，阿尼姆斯，他以前在梦中没有出现过。但是，每当看到他，就会有一种温暖，一种存在的踏实感和归宿感，好像多年来悬在半空中的心一下子落地了。有一种错觉，好像时光之手无形中将这二十年的光阴剪掉了，让现在与之前的岁月直接对接，如同堵塞的血管一下子被打通，从童年、少年、青年一脉相承直接循环到今天，好像在他身上看到了爸爸、许爸爸、小景，好像他就是我的亲人。

梅影默然无语的神态，再次搅动了周若朴心底那个内核的开关，蕴藏在体内多年的热度，从那个核里汩汩地流出来。

“他来到你的身边，是一颗灵魂唤醒另一颗灵魂，是帮助你了解更深层次的自己，让你达成更高的生命意义。”周若朴道。

周若朴停下来，没有继续讲下去。他突然意识到，自己目前最迫切的是需要找乔恩督导，因为他已经不能确定自己是否可以继续为梅影做梦的工作。

“周医生，曾经还有一个梦，我可以讲吗?”梅影问道。

“当然可以。”周若朴回答道。

“嗯。曾经有一个梦，梦到我在一个很大的空间，类似于游泳馆场所……”

周若朴随着梅影的讲述，进入到她的梦中，他看到湖蓝的水，看到游泳馆……

周若朴明白，在梅影的潜意识中，她一直处于犹豫摇摆不定中。

“这栋类似于游泳馆的场所，象征你的意识领域，而水是典型的象征符号，在这里它是你的无意识，同时也是不断汲取的想象力和创造力的源泉。桥的隐意，我们都明白，它是你探索自己无意识的通道，在潜意识中，你一直在犹豫纠结。”

是的,犹豫和纠结。家庭的不确定因素已经不存在,工作和梦想呢?从结构所调到房地产公司,意味着从技术岗位转型到管理岗位,开始梅影也希望能够突破自己,在新的领域寻找到自己的优势。但是,她越来越发现,自己内心的失衡,或者说,她更找不到自己。从公司管理团队结构层面而言,副院长、总经理和她都是同一个专业,专业重置,前期设计规划是专业人员,前期预算财会是专业人员,她好像更多时候成为办公室主任的角色。这个角色,需要沟通能力、组织能力、协调能力,而梅影恰恰不具备。回到结构所,继续从事自己的专业,又不感兴趣,它仅仅是一份工作,保障生活的工作而已。捡起画笔,这是她的梦想所在。大量的时间被耗费在没有兴趣的事情上,不能够专心创作。如果静心下来创作,工作又如何来安排?辞职、请假、内退?需要勇气。又回到一个问题,她对绘画是从内心深处的痴迷吗?为什么当年轻而易举放弃?一个问题一个问题需要思索,需要解决。梅影陷入深深的矛盾中。

“从某种意义上来讲，我们的一生就是解决矛盾、解决问题的一生。我们每天在生活中、工作中都会遇到问题，解决了就不是问题，解决不了，就是问题，就是矛盾。就如同上台阶，矛盾处理得多了，经验办法自然就积累起来，台阶踏得越多越高，经验积累自然就越多。”周若朴说。

“是的，因为总有一些拎不明白、搞不清楚的事情，所以拼命寻找事情的真相。在可能查找的范围内，搜索，分析，得出结论。经过一段时间，最终当你明白真相的时候，发现真正的收获是自己。因为在寻找探究的过程中，外在的信息源源不断地进来，每一件事都有可能将你击倒、摧毁，每天面临的实际上不是外在的事物，而是自己如何去面对、去认识的问题。”梅影道。

梅影睫毛下，那双灵动的眼睛，让周若朴确信，她不仅有温润的外表和善于感知、内省、自察的悟性，更重要的是她拥有一颗智慧的头脑，一个坚忍的内心世界。在她的人生道路上，有过挫折，有过纠结，有过创伤，但是，他深信不疑，梅影一定能够寻找到自己存在的意义。

事实上，外在是一个很简单的事情，简单到那就是一件事情而已。而真正难以面对的是自己，这是一个复杂而痛苦的过程。每一次的剖析，都有可能省察到自己最原始的动机或者真实的本性。内在的冲突、内在的缺失、内在的不完整，每时每刻都在吞噬着自己。日复一日，经过一段时间的煎熬，调整，修复，再次审视自己时，发现已经突破了自我的瓶颈，在内在的某个模块中重塑自己。

“每个人都有平凡的一面，也有卓越的一面，这是一个美好的时代，赋予我们自由选择的权利。我们如何利用好自己的权利，发现并持之以恒沿着自己选择的道路达到理想的状态，是重要而且明智的选择。所以，认识自己很重要。”周若朴道。

是啊，梦想的路总是很美，诱惑着我们不断去追逐，现实的墙总是很高又很陡，阻挡了我们的路。爬不过去就是放弃，翻越过去就是坚持，推倒那堵墙，就是突破，最终决定这堵墙去留的还是自己。梅影明白，最终还是要回到原点，回到自己。

我是谁？我属于哪里？我要到哪里去？

“有件事情，不知道你有没有兴趣？我是拉拉手特殊教育中心的志愿者。在辅导过程了解到几个自闭症儿童很喜欢画画，而且他们的画，很有意思。如果你感兴趣，不妨给这几个孩子做义务辅导。”

梅影没有丝毫的犹豫，一口应允下来。

周若朴当即给拉拉手教育中心的张院长打了电话。张院长正在学校为美术辅导老师发愁。几个孩子准备参加联合国一家基金机构承办的儿童美术大赛，原本的辅导老师生小孩，一时还没有找到合适的老师。

时间尚早，周若朴和梅影决定马上去学校。

24

拉拉手特殊教育中心在一座灰色的四层小楼里。小楼前有一个小院，办公室在一楼小厅，略显拥挤。穿过办公室，上到二楼，张院长和几个孩子正在一个铺着绿色地板的教室中，画摆满了课桌和地板。

张院长大约四十岁，肤色白皙，眼睛里的热情扑面而来，她放下手里的画，上前拉住梅影的手。

“周医生，周医生，让我怎么感谢你呢？雪中送炭，给我们送来了一位老师。”

张院长让那几个孩子过来。一个眉清目秀的小男孩过来，拉住梅影的衣角。梅影将他抱起来，小男孩的眼睛投向别处，一双小手在梅影脸上来回摩挲。

“来，让阿姨亲亲。”梅影说，小男孩似乎没有听到。

“树树。”张院长叫道。

这个叫树树的男孩，好像陶醉在自己的世界里，并没有理会，一双小手从梅影的脸上摩挲到发丝，绞着发丝，一卷一卷、一下一下地揪，梅影的短发被他拨拉到面颊额头，散乱得到处都是。

门口进来一位老师，从梅影怀里接过树树，放到地下，树树的手又牵起梅影的衣角。

“树树怎么不说话?”梅影奇怪地问。

“他是星星的孩子，孤独冷漠。”张院长说。

周若朴从桌面拿起一幅画，给梅影看。这幅画让梅影略感意外。马克笔描画出没有翅膀的爸爸在云上飘，还有一只飞翔的小狗。妈妈拉着小孩子，他们各有两只飞翔的翅膀，在地面上呈飞翔状态。

“这个孩子的想象力很丰富，真不可以小瞧。”梅影感叹道。

“这是一幅潜意识中的画。孩子想让爸爸和他们一起飞翔，所以爸爸没有翅膀，让他停在那里等他们，小狗比他们跑得快，所以小狗飞了。虽然孩子无法表达他内心的诉求。但是，画面却传递出这个孩子父爱缺失。”周若朴道。

“是啊，树树的爸爸从来没有出现过，也从来没有听到他妈妈提起过。”张院长说。

梅影看到画面下方的签名处画了一个小树。

“是树树画的吗?”梅影问时，眼睛投向教室外边的走廊。走廊静悄悄，没有任何声响。她想看那个叫树树的孩子是否在走廊玩耍。

“是啊，就是他。”张院长道。

梅影和周若朴从学校出来时，已是晚上，不知道何时下起微雨。

“享受夜晚的澄净，享受自然的赐予，是一件让人愉悦的事情。”周若朴看着路边的树说。

“是啊，内心宁静、踏实。”梅影回答。

两个人默默相伴，走在街道。微雨过后，尘埃终于落地，空气重回清新，夜沉入到大地原初的宁静。依然是路人如梭，依然是车辆喧嚣。然而，当心如止水时，一切有声化为无声，在身边悄无声息地流动。街边的路灯，打出一串串闪亮的光线，毫不犹豫地落在湿润的地面上。混杂在尘埃里的水分子一下子活跃起来，摇曳着身姿，兴奋地将光线切碎，碎成了光渣，星星点点。光渣反射出细密而柔和的光，亮晶晶、密麻麻地铺在脚下，随着行走的节奏不断向前涣散延伸。偶尔会有几个亮晃晃的光渣投怀送抱地扑入眼睛，思绪迅速被擦亮。于是，与那亮光汇合，阿尼姆斯就这样被隐秘地勾进来。在那一瞬，梅影竟然产生轻微的眩晕感。空气令人清醒地舒适，走在这样的夜色中，宁静而沉稳。

午后，天空暗淡。梅影似乎闻到雨的气息，雨就已滴落在幼嫩的枝叶上，发出轻微的啪啪声，雨真的来了。雨丝飘在空中，偶尔几声沉闷的雷声在天空滚过，灰色的楼，红色的顶，青藤的绿叶，无色的玻璃，自然而然地点缀在雨中。于是，有形的，无形的，有声的，无声的，构成了一幅雨中实景图，随着时光慢慢游走。在历史年轮中，有多少的雨漫过岁月的诗卷，有多少的雨见证朝代更迭的血腥，有多少的雨见证风云变幻的传奇，又有多少的雨听到人间的悲欢交集？现时的雨非彼时的雨，未来的雨非现时的雨，一切的往事，已在雨水的洗濯中了无痕迹。

手机的音乐声将梅影从思绪中拉回来，是儿子的电话。

“妈妈，下学期，要不要住在学校附近，我们同学的家长，已经开始找房子了。”

“好，有时间，我去学校附近找找。”

“你也可以在网上找。妈妈，去北京上课怎么样？”

“正在找回感觉。汇报完毕。”

“嘿嘿，有时候感觉你挺可爱，像个小孩，但是更多的时候心事重重，不快乐。妈妈，我希望你快乐，希望你开心。”

“谁说的？妈妈开心，有你妈妈更开心。”

“妈妈，你感冒了，喝点儿药吧。好好照顾自己，爸爸工作忙，我上课。听话，乖乖。嘿嘿。”

话筒里儿子的笑声，让梅影的鼻子酸涩起来。

刚放下电话，“咚”的一响，门被撞开，章洁楠像个气鼓鼓的孩子，一进来就将会议桌上的文件拨拉到地板。一手指着梅影：“妖精，妖精，单身公害。你骗我，让我去医院，就是玩沙子，和妞妞玩沙子，妞妞玩不回来了。呜呜。”小杨一看，赶紧往出跑，一下子又被章洁楠逮住，抓住衣领，撕扯起来。

“你是小妖精，把小梅带坏了。小妖精。”梅影上去推开小杨时，被章洁楠一把推倒，撞上花架，花架上的花瓶花盆丁零当啷迎面砸来。

“啊”小杨吓得一声尖叫。任工跑进来，抱住章洁楠，章洁楠脚四下踢腾，撕心裂肺般地哭喊“妞妞——妞妞”。

白桦林和孙星辉从门外跑过来扶起梅影。梅影额头被玻璃划破，血和着水从额头流下来。会议室一片狼藉，小杨哭着蹲在地板上收拾花瓶碎片。章洁楠已经被任工弄出去。白桦林打电话叫来院卫生所医生，给梅影清洗包扎伤口。

吴昊天不合时宜地出现在会议室门口。看到梅影额头的纱布，颇觉诧异。

“哟，这是怎么回事？”

“没事，不小心碰了一下。”

吴昊天下午正好事情不多，路过梅影单位楼下时，给梅影打电话，电话正在占线，于是上楼，他想约梅影和周若朴晚上聚餐。梅影指着额头表示遗憾，然后送吴昊天到电梯口。回到会议室，推开门的时候，全体人员整整齐齐地坐在会议桌前。

“你们这是干吗呢，这么看着我？”梅影拿起水杯，扫视大家。

“开堂会审。”白桦林拉长声音道。

“来者何人？姓名年龄、籍贯民族、职业婚否。通通报上来。”陈嘉彬用秦腔道白道。

梅影坐下来慢慢地喝一口水，没有回应。

“来者何人？姓名年龄、籍贯民族、职业婚否。通通报上来。”陈嘉彬又道一遍。

梅影依然坐在那里喝水，没有理会。

“是不是男朋友？”白桦林终于开口了。

“继续继续。”梅影笑着说。

“到底是谁？是不是男朋友？”陈嘉彬问道。

“同学，刚从英国回来。”梅影道。

“同学？我怎么不认识？”孙星辉双手抱臂，站起来问。

“你当然不认识，我们是高中同学。你们太敏感了。”

“人生大事，我们必须得给你把关。我们都是男人，火眼金睛。女人看男人不准，男人看男人才准。我们是什么东西我们自己最清楚。”陈嘉彬说。

“好啊，以后我的终身大事交给你们了。”

“白桦林的个头、帅气、热情，孙星辉的魄力、格局、霸气，我的顾家、细心、周到。你应该找这样的男人。”陈嘉彬说。

“哦，要求蛮高，你们在电脑画一个吧。”梅影说。

下班时又下起微雨。正是黄昏时分，小巷的街灯依次点亮。小雨暂停间隙，梅影沿着石阶，进入城市的黄昏。被雨淋湿的铁艺栏杆，摸上去冰凉滑爽，欧式街灯，站在台阶一角，不知疲倦，依次排列，晕着柔顺和蔼的光线。透过空无一物的阳台，人家打开的窗户里正播着儿童动漫，里面看电视的会是怎样一个温馨小家，家里又有怎样一个可爱的小娃娃？踮起脚尖，伸长脖颈，窗户里依旧只闻声音，不见人影。

对面几组灯光打在空中，反射在住宅楼，蓝色粉色紫色交错调和，梦幻迷离地融入暮色微雨下。丁香一丛丛一簇簇从栏杆伸向台阶，叶面枝丫串起一串串小水珠，在街灯的光晕之外，微微闪着光亮，像极了萤火虫，飞舞在路边脚下。台阶尽头，灯光照射路面，积在路面的雨水，在灯光下，异彩纷呈，好像打碎了的宝石，细细密密迸发出耀眼的光芒。路旁停满颜色各异的车。光洒在车上，红宝石的光，黑色水晶的光，蓝宝石的光，街道如同一个五光十色的矿藏，丰富得流溢光彩。天上流动着昏昏的云，含雨，轻轻洒下。

一段小街，有人撑伞而过，如果此时飘来一个丁香般的姑娘，那种感觉实在是妙不可言。

在这妙不可言中，阿尼姆斯袭入了梅影的遐想，以为只会在梦里的迷醉，在梦里的暖，终于落地生根，找到它的主人。将梦交还，从此，安心靠岸，不再飘零离散。在生命漫长而短暂的行程中，让时间告知，沧桑后的豁达从容，会是怎样的饱满与丰盈。尽管找不回当初的模样，但是洗去岁月的尘埃，依然读出年少时的萦怀，积聚在心底，一点点释放，那种欣喜那种感动。让思想沉淀在时光的纵横里慢慢打磨吧。

书吧，周若朴和吴昊天正在喝咖啡。

“你不是约了梅影，她怎么没来？”周若朴问。

“今天中午正好到梅影单位门口，打电话她没有接，就上去找她，发现她受伤了。”

“受伤了？严重不？”周若朴身子向前倾斜，着急地问道。

“额头包着白纱布。看到她那个样子，心里挺不是滋味。一直以为我们就是同学好朋友。今天，发现我的心还是动了一下。”

周若朴若有所思，没有继续追问这个话题。过了一会儿，问吴昊天最近工作进展如何。吴昊天和顾小小已经谈妥，将苹果树下打造成英式西餐厅。西餐、咖啡，享受纯正的英式服务。

“投资方向改变了？”周若朴问。

“方向没有改变，还是要做咖啡馆。在英国这么多年，对咖啡已经情有独钟。咖啡伴我度过一个一个不眠之夜，那些记忆已经渗入骨髓。”

“我能体会到。曾经有一段时间，我也是一杯一杯到天亮。”

吴昊天的一位同学在某数据处理中心工作，聊天时谈到他所掌握的餐饮数据，通过几个维度，经过大数据分析，发现经营西餐厅相对比中餐厅稳定，说明西餐厅的收益比较稳定。正好有位英国朋友在上海筹备西餐厅，希望吴昊天作为合伙人一起经营。吴昊天明天将去上海，具体细节敲定以后，苹果树下作为国内第二家餐厅，从配料到风格将全部统一。

“装修风格确定下来了，图纸已经传到我的电脑。回国的每天紧张忙碌，浑身有使不完的劲。一定要把过去消停的日子补回来。哈哈哈。”吴昊天爽声大笑。

“你今天的状态和在英国时的状态差异很大，激情澎湃！”

“是吗？我真没想到，回来工作节奏会这么快？浑身的器官已经被激活了。”吴昊天双手捏紧关节，咯崩咯崩响。

吴昊天继续描绘着他的梦想，他的激情感染了周若朴。周若朴聊到自己的工作，从心理学科与微观物理学的联系，聊到中国文化。不知不觉，时间已到深夜。

当周若朴和吴昊天从书吧里出来时，雨已经停了。两个人沿着护城河慢慢往回走。一弯月牙从城墙上升起来，清亮的光辉笼罩着四周，静谧而优美。月夜下，中国槐伫立在城墙外，斑驳的树影，明暗参差。观景光下素白的背景，幽深的城墙，如镜的护城河，沉醉在古城蜿蜒的色调里。桥独自横卧在护城河上，与古城的历史一样久远。若有一叶兰舟，由远徐徐而来，那又会是何种情趣？如同宣纸上，一幅浓淡相宜的图，晕染着色已近尾声，它的韵味诱发着内心的思绪。古城深邃的厚重里，自然没有婉约的风情，只是在这月明之夜，略作畅想又何妨？

微风拂过，摇曳着树叶，梅影的身影随着夜香微妙地浮来，神秘、遥远。

25

北京。下课之后，周若朴约乔恩到楼下咖啡馆。一首法国香颂《为了爱情》，听起来唯美而浪漫。周若朴和乔恩相对而坐，乔恩盯着周若朴的眼睛几分钟之后，笑着问："周若朴，有好消息要告诉我？"

周若朴被问得不自然起来，笑着点了点头。

"嗯，乔恩老师，我对自己目前的心理状况不确定。"

"那个灵魂相吸的女子出现了？"

"嗯，我认识一位女士，目前正在给她做梦的工作。"

"认识她，在做梦的工作之前，还是做梦的工作期间？"

"梦的工作之前，就已经认识她。以后又有多次巧合与交集。有一种很奇怪的感觉，她就像我的亲人，打开了我心底最深层的内核，让我的心灵回归宁静。我犹豫能否继续给她做梦的工作。"

周若朴担心自己能否保持客观冷静理智，在工作时，不带个人情感。另一方面，如果情感发生错位，他又担心会给梅影带来再次伤害。感情的创伤已经让她承受太多的痛苦，周若朴不希望痛苦在她身上重复出现。当然，周若朴也清楚，对被分析者产生特殊的感情是心理医生的大忌。

"周若朴，我听明白了。你们有心灵感应？"

“心灵感应？我不能确定。”周若朴犹豫起来。

“祝福你！你的顾虑我完全理解。这件事情取决于你对自己如何定位？如果你将自己定位于医生，那么她就是你的被分析者，你们之间的关系就是医患关系。作为医生，如何和自己的患者交流沟通，我相信，你一定很清楚。如果你将自己定位于她的男友，作为你喜欢的女人，她需要你的帮助，你会如何？你们的关系是爱与被爱的关系。爱可以治愈，如果你确定是爱她的，用你的爱帮助她治愈创伤，不是更好吗？我们一直在讲积极意象，这么一件美好的事情，还犹豫什么？”

“我……我不确定她是否喜欢我。”周若朴吞吞吐吐地说。

“哈哈！作为心理学家，竟然不确定一位女士是否喜欢自己？”

周若朴手摸下巴，自嘲道：“嗯，听起来是有些滑稽。医不自治，我真白明白了这句话的含义。我无法用理性思维来分析自己的感情。”

“周若朴，你为什么不去追自己喜欢的女人呢？她爱与不爱不重要，重要的是你爱与不爱。爱她就大胆地追她。”

“追？”周若朴摇摇头，他还是有顾虑。

“柏拉图曾经说过，因为爱的是对方，也就意味着自身的失去。但是，因为对方接受了自己的爱，也就意味着自身在对方身上复活。很有意思的论述！一个人因为爱，不但拥有自身，同时还拥有对方。付出一种爱，收获两种爱，在灵魂之爱中，学会了自爱与爱人，灵魂相吸是何等丰厚啊。上帝让这样一个女子到你身边。你还犹豫什么？”

“嗯。”周若朴点头道，然后转移了话题.

“乔恩老师，经过这么多年临床，我发现，在现实生活中，人们重视身体器官的病变，而心灵是我们人体重要的构成部分，大家却往往忽略它。目前，大众对心理分析的理解存在误区，认为只有精神病症患者才会接受治疗。在我分析过的许多案例中，有一种现象，更多被分析者，其实是在社会中有一定成就而面临中年危机的人。

“在我的案例中，也存在这样的现象。年轻时，全身心投入生活工作，没有更多的时间关注自己的内心。人到中年，社会地位稳定，孩子相对独立，他们往往审视自己的生活，重新评估自己的生存环境、社会环境，开始探求内心世界中那个“自己”，他们的探索精神使他们会更加理性地思考生命的意义。”

“只有当人们愿意与自己最深层的灵魂沟通的时候，他就能够独自到达其生命中心，并与潜意识的生命奥妙邂逅。我们每天都在做梦，但是更多的人，并不了解梦是潜意识与我们说话沟通。梦没有文字，无法书写，于是它用象征性的人物、图案、数字、原型等符号与我们交流。”

“梦是一扇窗户，帮助我们看见最真实、最全面的自己。”乔恩点头道。

“目前，我们定期举办的‘爱的治愈’公益项目，已经有越来越多的人参与进来。我们在临床中发现，最初带进门诊的问题，更多的内因在于爱的缺失，而最终通过专业技术治愈的背后，往往是爱的治愈。”

“你们中国的圣贤孔子说：‘仁’者爱人，当你真正去践行爱的时候，就已经走在希望的道路上。爱，不仅是一个好的心理专家的重要素质，也是被分析者疗愈的重要因素。既然大自然赋予我们爱的力量，我们为什么不去合理地运用呢？真正的爱是美、善和智慧。”乔恩意味深长地说。

“正如斐奇诺所说：爱是对美的倾慕，美是和谐，我们要懂得用理智静享灵魂的美，以美的方式来爱。所以，我们最终是要帮助病患找回自己，爱上自己。”周若朴道。

“所言极是，这就是我们心理分析工作者神性的爱——爱人类！”乔恩赞同道。

“我们再回到你的问题，这个问题答案在于你。”乔恩回头对周若朴道。

是啊，梅影的梦工作才开始，她是一位颇有天赋的画家，同时，她又是一位自尊、敏感而又有灵性的女性。周若朴相信和梅影的数次巧合，绝非偶然，她带给他的不仅仅是心灵的归宿，也是他的阿尼玛投射。每个愿望都是心灵的投射，愿望相通时，从心理学角度解析，意识达到共享，从物理学角度阐述，频率共振，也即心灵感应。灵性越高，心灵感应越强。它无关乎物质、地位、财富，只是精神的修行。不是心动，不是怜惜，而是心疼。不是知音，而是知己、是懂得。懂得就是温暖、是知足、是理解、是尊重，是从云端缓缓而下，漫步在地平线上的存在和踏实，是夜空中的星星，在彼此的孤独与寂寞中互相辉映。

在回西安的车上，周若朴搜寻着梅影的额头，撞伤的红色印痕还没有退去。

“哦，撞伤不严重。”周若朴道。

“你怎么知道?”梅影摸着额头的伤痕道。

“那晚吴昊天约你，你没有来。”

“没事，擦破点皮。章洁楠情绪失控突然跑到会议室。她的情况是否乐观?”梅影问道。

“章洁楠的情况在正常可控范围，因为沙游世界激活了她的想象力和无意识世界。在这个世界里，一方面带给她积极意向，一方面又触到她的痛点，所以，引起她情绪的震荡。”

“其实，我也比较乐观。没有去章洁楠家之前，对章洁楠的印象停留在她是一名精神病患者身上，但是，去她家之后，我有些不解。你知道，章洁楠在家做什么吗?”梅影问道。

周若朴摇头。

“她在家做旗袍！做了三百余件!”

章洁楠在家做旗袍的事情，周若朴了解，对于章洁楠的治疗很重要，这意味着疗愈之后，为她步入社会，进行正常的人际交往，打开一条希望的道路。

“她喜欢一个人在家静静地做，然后，挂在柜子里一个人静静地欣赏。她送我好几件，穿上真漂亮。”

“哦，是穿旗袍的人漂亮吧。”周若朴突然冒出的话，让梅影不好意思地笑了。

“章洁楠属于间歇性精神病患者，不发病时，和正常人一样，只有当某件事情触动到她时，她会出现幻觉妄想、偏执的状况。”作为对刚才脱口而出的话的弥补，周若朴接着说。

“对他们进行的是综合治疗，梦的工作由另外的医生来做，遇到问题他们会随时和我沟通，我们的医生都很优秀，你放心。”

“我一直想问，我们为什么会做梦?”梅影问。

“梦是我们白天的思想进入睡眠状态的精神活动。我们在睡眠过程中，人处于无意识状态，但是大脑处于活跃状态。它脱离了我们意识的控制，而由潜意识支配。”

“也就是说我们睡觉了，但是大脑还在活动。而大脑的活动，恰恰就是白天的思想精神的延续。”

“可以这么理解。所以，我们会做梦。梦来源于生活，和生活中的细节密切相关，比如白天的活动、发生的事件，在梦中都可以升华到象征层面。如果能够关注我们的梦，进入自己的内心世界，解读这个丰富、有序而神秘的世界，会发现它为你打开了另外一扇窗户。梦是内在连续的不断变化，而这些变化对于一个人的自性化进程有着重要的意义。”

“有一些梦很奇怪，我不明白为什么会做这样的梦。比如，我经常会梦见一个穿着一身阿拉伯白袍的老人，站在房间的一个墙角，好像面壁思过，有时，这个老人化身为许爸爸。在现实生活中，我和阿拉伯世界没有任何联系，为什么突然出现这样一个梦?”梅影问。

“穿白袍的老人是一个典型的原型意向，它是智慧的化身，作为梦意向，他可以化身为教授、老师，让我们敬仰的人、熟悉的人。弗洛伊德称这种现象是“原始遗存物”，一种无法用个人自身生活中的任何东西加以解释的心理形态，它好像是人类心理原始的、天生的以及继承下来的形态。在荣格分析心理学中，称之为原型。我这样给你解释吧，你会理解得更深刻。我们人类进化史经历从猿人到现代人的演化过程，在这一过程中，我们身体的每一器官同样经历了漫长的进化，心灵作为人类构成的重要部分，也相应地经历其自身进化的历程。”

“在梦中出现的智慧老人、智慧小孩等集体意向，也就是人类潜意识的共同遗产?”梅影问道。

“理解得很正确。房间象征需要探索的无意识领域，你的潜意识自我化身为智慧老人。梦意向是做梦人内心特征的投射，在你的潜意识，一直有一个画家梦，而在你的意识中，因为种种原因，画家梦得到了抑制。所以，梦不断在提醒你，不要束缚自己的内在智慧与创造性，要重视你的艺术天赋。”

“嗯。智慧老人，在督促我不要放弃自己的梦想。太惭愧了。”梅影不断地摇头，自言自语的语气里充满自责。

“只要梦想还在，就有实现的机会。只要愿意行动，你就会成为你理想中的模样。”周若朴说完，微微而笑。“关注你的心灵成长，你的自性化进程会有意想不到的收获。”他接着说。

“不好意思，周医生，我能弱弱地问，自性化进程您能否给我讲得更具体一些吗？最终它要将我引向哪里？或者说，最终目的是什么？”

“没有什么不好意思的，不知道只管问好了，这就是你的羞耻感又作怪了。害怕被拒绝、被指责、被批判，压抑自己，不敢表现自己，总是在意别人如何看待自己、对待自己。因此，给自己披上一件件伪装的外衣。这件光鲜的外衣，可能让我们收获颇丰——得到大家认可、事业成功、富有、拥有一定的社会地位，当我们越来越擅长伪装的时候，孤独、隔离和心的疲累也就随之而来。”周若朴稍作停顿。

“是啊，这样的感受太深刻，几乎每天都会感受到，好像戴着面具，穿梭在人群中，不知道自己是谁。”梅影迫不及待地插话。

“我的思维跳跃性比较大，你问的问题是自性化进程，结果跑到羞耻感这里来了。那就跑一会儿题吧。这个问题不仅仅是你，我也有，大多数人都会有。怎么解决呢？意识到自己戴着面具，说明在潜意识中，你是渴望觉醒的。而一些人可能一生都未必能意识到。首先肯定自我价值，人都在发展变化中，不可能事事完美、永远完美。当你在某方面想有突破时，不妨让自己去体验真实的感受，接纳你真实的样子，你的需求、渴望、担忧、内疚、优柔、情绪多变等。当自己最深层次的需求和恐惧被接纳的时候，你会慢慢了解自己，当你真正了解自己的真实需求时，你会用深刻而清晰的自我意识边界来设定对应的边界。”

“最核心的就是面对自己真实的需求。对吗？这里又有一个问题，如果做最真实的自己，是否会陷入纵容或者随心所欲的泥潭。”梅影问。

“这是两个概念。羞耻感的本质是因为我们对自己层层包裹，做真实的自己，是要去掉这些包裹。对自己的纵容或者随心所欲，是疏于管理，不负责任的态度与做法。每个人的情况都不相同，具体个案具体对待，因人而异。”

“我理解了，有些问题必须自己去面对、去解决。”梅影若有所悟地回答道。

“呵呵，你的理解正确，现在我们再跑回来，讲自性化的问题。自性化的实质是不断探索、自我发现和自我实现的过程。在这一过程中，不断发现和整合自我人格中冲突、分裂和不和谐的各个方面，最终达到精神的完整。用安德鲁的说法就是：使一个人能够意识到他或她在哪些方面具有独特性，同时又是一个普通的男女。这是一句非常接地气的话，我很喜欢。每个人都是从人群中来，又回到人群中去。所不同的是，经过自性化历程，来时不知自己是谁，回时知道自己是谁。”

“有点儿哲学的味道。”梅影道。

“对，无论哲学还是心理学，最终都在解决人的本源问题。如果晦涩难懂，故弄玄虚，结果不知所云，会失去实际意义。正如希腊一位哲学家所言，从我们内心得来的快乐，远远超过外界得来的快乐。”周若朴道。

“亚里士多德将人生的幸福分成三类：外界得来的幸福、心灵得来的幸福和肉体得来的幸福。而心理学解决的正是从心灵得来的幸福。”梅影道。

“是。简单讲，哲学是普世的人生观，心理学是个体心灵的体验。小影，你的手不停在桌面画什么呢?”周若朴突然笑着问梅影。梅影左手托腮，右手中指正在桌面无意识地画着。听到周若朴叫自己，梅影下意识停下来。

“对啊，我画什么呢?”梅影略作回忆，手在桌面画了几下。

“嗯，在画三角符号，一个一个连起来，连成一排。发呆，或者想问题时，经常会这样。不会又有心理问题吧？心已经开始扑通扑通跳了。”梅影微微歪着脑袋说。当周若朴与梅影的目光触碰时，两个人迅速转移视线，梅影开始莫名地紧张起来。

“呵呵，不是心理问题，但是通过无意识的画图，可以投射你的内心世界，这是精神分析中绘画投射技术的范畴。一连串的三角形符号，首先表示你的完美主义倾向，容易接受新事物，凡事会深思熟虑。当然，有时会一意孤行；其次，内心有深深的孤独感，但不封闭，依然渴望与众人的连接；最后，不甘于现状，希望通过一定方式和途径改变自己的现状。”

梅影连连点头。她没有想到自己经常无意识画的符号，也会投射出自己的内心世界。

她明白，在她不动声色、风平浪静的表象下，隐藏着一颗不安的心。它来无踪去无影，游荡在她的体内，它时而妩媚，时而冷酷，时而丰腴，时而贫瘠，它执拗地飞跃在夜晚的天空，那里漫延着无边无际的想象。在那个想象的世界里，它肆意发泄着它的绝望、它的惆怅、它的惊喜、它的愤怒。有时，它就像炸开的春雷，轰隆隆地碾过迷茫的夜，有时，它就像精灵，在夜色中轻歌曼舞。白天，她可以收拢，它乖乖地安静在体内，当夜晚来临时，它好像被赋予了神奇的魔力，她只有眼睁睁地看着它在自己面前铺天盖地，汹涌而来。它的强大，让自己无法阻挡它的脚步。她在它的引领下，在心底的草原上放马驰骋，在心底的温室养花育种，甚至在心底的阴暗中肆意破坏。这股强大的力量在体内沉积已久，它蠢蠢欲动，如同凤凰卫视那红黄色的凤凰标识，旋转旋转，不停地旋转……

梅影一方面恐惧它盲目地喷薄而出，没有方向，四处撞壁，最后只落得灰飞烟灭，片甲不留。而自己却束手无策，不知如何收拾惨烈的局面。一方面又渴望动荡，渴望动荡带来的那种内心强烈的不安，喜欢内心的不安带来的惊险与紧张。因为只有在这种不断变化的生活中，那颗不安的心才会怦怦地跳动出强劲的生命的韵律。

梅影终于明白，这种不安，这种渴望，就是蕴藏在自己灵魂深处创作的冲动，它们在黑暗中四处奔涌，找不到宣泄的通道。当闸门突然打开，它们如泄洪般喷薄而出，飞旋在阳光下的天空中，洒落在丰盈茂密的土地里。

林枫从会议室出来时，接到沙琳娜的短信：来店，有要事。他心神不宁地回到办公室，刚刚坐下，准备打电话，就传来敲门声。

“请进。”林枫不耐烦地说道。随着话音落下，梅子轩推门进来。林枫心里小惊一下，站起来。

“爸爸，您怎么来了？”林枫疑惑地问道。

“成都这边有几个老战友聚会。”梅子轩巡视着林枫的脸道。几个月时间，没有见过林枫，林枫一下子瘦了很多。

“最近减肥了？控制好度，不能为了体形，减过了。”梅子轩道。

“是，是减肥过量了。”林枫尴尬地笑着，在梅子轩面前放了一杯盖碗茶。

“爸爸，这是都江堰的绿茶，您尝一下。我知道你是为了什么来，你对小影的疼爱和关心，我都看到眼里，说实话，真的很妒忌。在我的概念里，父爱就像天上飘的云朵，遥远得够不着。”林枫看着狼图腾道。

“已经过去的事情，我们就不提了，意识到就好。”

“公司现在经营得怎么样？”梅子轩问。

“还有一线希望。”林枫喉结在脖子上下滚动。

“不要硬撑了，把店转让出去吧，少赔点儿。”

“我考虑考虑。”

在梅子轩凌厉的目光中，坐在椅子上的林枫十二分的不自在。

“还是回西安吧？你在这里总是让人放心不下。”梅子轩道。

林枫不停地看着手机，

“我要去开会，要不，您等我回来?”林枫道。

“不了，我明天回西安，晚上我们一起吃饭。”

“晚上，我们要开会，我，不好意思。”

林枫过分的客气里带着心不在焉的神态，梅子轩无奈而又失望地站起来。林枫陪同梅子轩一起到酒店外，目送他离去后，迅速乘坐电梯到地下车库。刚坐上车，沙琳娜的电话又进来。

“你在哪里？赶快过来。”沙琳娜着急道。

林枫插上车钥匙，一脚油门，车飞了出去。沙琳娜在店门口望眼欲穿，看见车过来，急忙跑过来，满脸惶恐。

“成品玉器一夜间全飞了。魏锦奇一天都没有联系上。”

玻璃柜台里，空空如也，保险柜门虚掩，除去前厅一排排摆在架上大小不等的原石，店里一无所有。林枫大口大口喘着粗气，拿起手机，拨打魏锦奇的手机。魏锦奇的手机已关机。林枫连续拨打不通后，气急败坏地将手中的手机砸向墙面。

“摄像头呢?”林枫声音嘶哑地吼道。

“打碎了。”沙琳娜指着房间一隅道。林枫一拳砸向玻璃，玻璃哗啦哗啦裂成几片，玻璃残渣锋利地划过拳头，拳头上立即渗出几道血痕，如线般一泻而下，沙琳娜来不及啊一声，已被冲向门外的林枫拨倒在地板上，疼得连声哇哇乱叫。

站在通道看热闹的邻店店员，将林枫拦住，拖进店里，手忙脚乱地包扎好手上的伤口。包扎好伤口的林枫，回到店里，连拽带拖地将沙琳娜推上了车。

“去哪里?”沙琳娜被林枫的阵势吓怕了，胆战心惊地问道。

“我让你到店里干什么？你的职责？你的任务？不吃不喝十年，你也赔不了损失。找魏锦奇，找不到魏锦奇，损失你给我承担。”林枫一边开车，一边大吼大叫。

林枫发疯似的去了几个魏锦奇可能去的地方，没有找到。然后一脚油门，车向郊外狂奔而去。

空旷的荒野，一片废墟中，林枫把车停下，打开副驾驶的门，拉出沙琳娜，向车外甩去。沙琳娜趔趄几下，跌跌撞撞地扑倒在地。林枫关上车门，车尾飘过青烟，在尘土飞扬中向城内飙去。

从废墟上爬起来的沙琳娜望着绝尘而去的车，在荒郊野外大哭大闹。

梅影从会议室出来，将手机从静音刚调到正常状态，一个成都的陌生电话进来，电话里一阵哭喊："人渣，人渣，他就是人渣。"电话挂掉了。再拨过去时，已经关机。梅影摇摇头，将手机调回静音状态。

沙琳娜还想再喊两句，手机没电了。哭得鼻涕一把、泪一把的沙琳娜茫然地站起来，一时找不到东西南北。

尘土飞扬中，一辆车开过来停在沙琳娜跟前。

26

转眼间，清明节来了，梅影去林木学校附近看了几套房，有一套两居室的房间整洁干净，房主装修好以后，没有入住，梅影将房子预订下来。其间吴昊天约饭，梅影推托掉了，她哪里也不想去，只想待在家里。

车在通往陵园的路上盘旋，梅影一路望着天上的云。刚下过雨，天空暗淡，气候湿冷，天上的云层并不厚，可以清晰地看见云在流动，好像解冻的河床，顺着河流在缓缓而过。不知道它们从哪里来，也不知道它们向何处去，望着它们，会突然产生一种无力感，一种漫延的混沌和虚无。如果任由这种情绪弥漫下去，心情也会随之而消沉、消沉，好像一定要到沉到尽头，沉不去时，才能够消停。也许，明天，也许，后天，当天气晴朗时，这些云就会消失得无影无踪，一片蔚蓝的景象会呈现在天空。

到达陵园时，香炉里上香的插杆还在，如旌旗一般密密麻麻地站在那里，如果这里是许爸爸的楚河汉界，那么它们就是摇旗呐喊的兵卒，气势汹涌，只待老帅排兵布阵。

距离上次有一个月了吧？上次来，是许爸爸的生日。许爸爸，这么多年，每次到这里，对我都是一次心灵的洗劫，无数次问过自己，到底为什么？我要放弃？许爸爸，我错了。现在，我终于明白了，画家梦一直珍藏在我的心里，因为自己的一意孤行而没有实现。现在，我要捡起画笔，实现我的梦想，让九泉下的您含笑而眠。小景，真对不起，让你等了这么多年，你的梦想就由我来实现吧。许爸爸、小景，给我勇气和力量吧，梦想就在远方，我已在征途。对着许衡和许景的墓碑，梅影在心里默念。

“爸爸，小景，我和小影来看你们了。爸爸的夙愿，小景的理想，就让小影来实现吧，我会一直陪伴在她的身边，在艺术的道路上，支持她！鼓励她！放心吧，爸爸、小景。”许清点燃了三炷香，举过头顶，祭拜三次后，对着墓碑道。

返回途中，梅影一路沉默不语。

“你怎么啦，闷闷不乐的。”许清问道。

“姐姐，想到一个人，总是会流泪。”梅影。

“是吗？谁？我认识不？你喜欢上一个人了？”许清问道。

“不是，不是喜欢上。反正就是想起他，心里很难过。这么多年，没有人能够看到我内心的荒凉和悲哀，只有他看到了。”梅影摇头。

“你说周若朴吧？可能和他的职业有关系。别伤感了，小影。姐姐多么希望你能够找到自己的真爱，就像我和姚儒泰。碰到真爱，是人生的一场悲喜交加。悲的是他的前半生，我们没有机会参与。喜的是后半程可以相伴到老，这才是人生最美的结局。”许清颇有感悟道。

梅影一直望着窗外，没有吭声。

“最近画画怎么样?”许清问。

“公司事情比较多，没有时间画，想起来，就很着急，也很烦躁。而且，而且我对自己还是没有信心。”梅影说。

“要不别上班了，在家静下心来创作。对了，我们打算‘五一’结婚。妈妈身体不好，让她走的时候，能平静地走。你也抓紧时间找一个人吧。”

“姐姐，你等了那么多年，为什么要让我抓紧时间？我不想找，只想一个人静下心来。”梅影神情落寞。

“也是，那个对的人是吸引来的，不是找来的。如果哪天有时间，陪我去照婚纱照吧。”许清回头看着梅影道。

梅影点头嗯了一声，胳膊撑在车门，手托腮帮。

“打起精神来，做好自己，对的那个人自然会吸收过来。”许清叮咛道。

到锦园小区时，几片樱花从空中悠然而下，落在梅影的发丝。前几日道路两旁的樱花呈苞蕾状，零星地点缀在树丛中。今天再看时，黑色枝丫上素白的樱花，一块块悬在半空密不可分，找不到一丝丝的空隙，樱花拼命绽放得让人触目惊心。

樱花的美总是那么决然凛冽。走过樱花树下，所有的一切都销声匿迹了，只剩下面对生命的悲壮和惨烈。樱花是很美，但过于亡命。

梅影扬起手中一枚从发丝上取下的花瓣，手起花落。

公司新员工增加到三十多人。百嘉项目的合作意向已经敲定，白桦林带着项目一部，正在紧锣密鼓地准备正式签约。孙星辉带着一组人马奔赴延安。梅影基本留守在公司内部。

早上开完例会，会议室没有人的时候，梅影问孙星辉，“我发现越来越找不到自己。好像我的工作就是开会，厅里、院里、外地的会议，或者处理公司内部琐碎的事情。”

“女同志，没有必要像我们，冲锋陷阵，在一线摸爬滚打。你留在公司，后院不起火。我们心里都踏实。”

“我心里还是有隐隐的不安。”

“不安？为什么？”

“我也问自己，不安来自哪里？”

“小梅，我们老同学这么多年，其实，你心里一直都不安。当初上美院就好了。”

梅影听了，摇头笑：“现在提也没用了。”

孙星辉哈哈大笑：“这就对了，你的病灶就在这里！”

下班后，梅影步行到书吧。刚上天桥，看到吴昊天正在向她招手。顾小小过来，端来两盘提拉米苏，放在梅影跟前，梅影推过一盘放在吴昊天一边。这时，从门口嘻嘻哈哈进来几个人，梅影抬头，白桦林带着几个新员工进来。

“梅总，没有请假，私自外出。我们不批准啊。”白桦林过来，和吴昊天点头打招呼后，带着几名新员工一起去另外的座位。

“这次回到西安，总是想起咱们上学时候的事情。世事兜兜转转，事情又转回来了，好像中间几十年封存在真空一样。”吴昊天说。

“工作怎么样?”

“开局比我想象的顺利。在钟楼和小寨，看到这么多年轻学生，感慨万分。”吴昊天喝了一口咖啡继续道，“在西安，一眼望过去，遍地都是学生。”

“对啊，这就是西安得天独厚的优势，人才优势。”梅影笑。

快上班时，梅影回到办公室，陈嘉彬得知梅影和同学出去约咖啡，不免又打趣一番。正在说笑时，门推开，章洁楠拎包进来，大家不约而同看着她。章洁楠低头看自己身上，不解地问：“你们看我干什么?”

“看你气色这么好。”梅影替大家回答道。

章洁楠笑了笑，过来打开包，取出几件旗袍。

白桦林和陈嘉彬如同雾中望月，不明白怎么回事。

“这是洁楠自己做的旗袍。”梅影在自己身上比画。白桦林和陈嘉彬惊讶地望着章洁楠。

“小梅，这几件是我专门让表姐从上海寄的面料，给你做的。”章洁楠说。

“让我怎么谢谢你呢。”梅影拿起衣服说。

“小梅，你出来一下。”章洁楠拉着梅影小声说。

两个人走到走廊。“小梅，我感觉以前好像在做梦，混混沌沌的。周医生说，我没有病，我的病都是自己想出来的。开始我不明白，现在意识到了。不影响你了，你上班吧。”章洁楠说。

梅影送走章洁楠，回到会议室，陈嘉彬问梅影：“她会做衣服?看来治疗还是有效果的，她的眼睛挺活泛，不像过去，走在小区，眼睛都不带看人的。”陈嘉彬的话提醒了梅影，她突然发现，章洁楠的眼睛有了神韵，不再像以前那样迷茫。

晚上，梅影一如往常，听音乐，画画。待颜料干透的过程中，梅影坐在窗前喝茶，想起阿尼姆斯，不觉伤感起来。这时，内心的批评家跃跃地跳了出来。

梅影：我们一起喝杯茶，好吗?

批评家：好。为什么想起阿尼姆斯，会让你流泪?让你伤感?这些眼泪，这些伤感从何而来?

梅影：他好像是装在我身体里的一个开关，按下他，就打开了眼泪和伤感的阀门，它们汩汩而下，带着自然而又神秘的气息。童年、青年、爸爸、许爸爸、小景，过往的岁月，过往的经历，一齐打着旋，翻腾着，纠缠着奔涌而来，直至平息在我的眼前。我有些惶恐，不清楚应该捡起哪一个，才是让我如此流泪伤感的内核。似乎每一个都是，每一个又都不是。一种从未有过的体验。心碎，碎得金石炸裂、地动山摇。”

批评家：等所有五味杂陈、悲喜交加的过往，渐渐沉下来，沉在夜晚的灯下，当你的理性和感性融合统一起来的时候，你是否可以剖析那些让你伤感让你流泪的深层次原因。

梅影：我不确切。

批评家：阿尼姆斯的出现，对你究竟意味着什么？他不是简单地出现，此时此刻，他的出现，一定是要带来什么，让你修炼什么。

梅影：让我修炼什么？为什么他的出现，让我想要找回自己，让自己变得更加优秀、更加美好？

批评家：他让你学会爱，爱自己，爱生命，爱自然，爱世界，甚至于爱这个星空，爱这个宇宙。

梅影：是的，好像有一颗爱的种子在悄悄萌芽，我感到自己既是养蚕人，又是蚕宝宝……抽丝，剥茧，最终可以自如而娴熟地抽离出自己的躯体，思想，站在另外的空间，关注蚕壳中的自己织茧。

清真寺的钟声回荡在回民坊，青石板的小街，古老的槐树，一群鸽子在钟鼓楼广场上空翩然起舞。正是掌灯时分，度过数百年光阴，古老的钟楼和鼓楼笼罩在琉璃般的光影下，互相陪伴，相看两不厌，不动声色地凝视着天际浩瀚。

乔恩一行人在周若朴的陪同下，从顺城巷的城墙根一路走到鼓楼。高阔的城门，厚重的城墙，雄浑的钟鼓楼，让他不由自主地产生敬畏之心，“呼唤与否，神灵永在”，他想起瑞士荣格家门栏上的那句拉丁文。他触过城墙的砖，摸过钟楼上的钟，呼吸的空气里，有中国槐略有药味的植物香，站在熙熙攘攘的回民坊，一种温暖的归家感弥漫上来。他想起此行的那一个目的，让他百思不得其解的一个地方。

“除了吃泡馍、烤肉、凉皮，带他们去兵马俑，我还要去一个地方。”乔恩对周若朴认真地说。

“什么地方?”周若朴好奇道。

“我要去窑洞。”乔恩道。

“曲江寒窑?”

“不是！几年前，读美国学者撰写的伟人传记时，萌发的一个念头。这次，来西安之前，又研读了这本书。真的是很神奇啊。从窑洞到世界第二大经济体，太不可思议。”乔恩摊开两手道。

“我明白了，乔恩老师要去延安。”周若朴恍悟。

每年3月到11月是西安的旅游高峰期。一辆辆旅游大巴，挤满兵马俑的停车场。应大家的要求，周若朴给他们安排了兵马俑之行。参观完兵马俑，在乔恩强烈的要求下，又驱车来到延安。沿途一路高速，车穿行在桥与洞相连的绿色梯田间，明亮亮的油菜花黄澄澄地点缀在半塬，与绿色的麦地交缠呼应。这么多年到中国，乔恩基本上是在北京、上海这些大都市度过。对延安的印象还停留在罗斯撰写的传记里。黄土地、窑洞、苍凉、贫穷、马匹。在中国，这么偏远的地方，架桥穿洞，一路高速。乔恩一再被震撼。竟然这么方便，坐飞机到西安，从西安高速一路过来。啊，中国变化太大了。原来以为只是大都市的变化大，没想到在西部，在这里竟然高楼林立，繁华一片。车穿过城区，乔恩摁下窗户，他已经被城市的繁华与现代惹得眼花缭乱。

昔日的枣园，如今绿树葱郁，绿草如茵。“啊！这里竟然是一座园林！环境这么幽雅!”乔恩走上通向深处窑洞的小径时，不由惊讶地叫道。

他想象中的窑洞，就是在高原上挖几个土洞。但他万万没有想到，在那样的年代，竟然用如此坚硬的石头建筑了精美的窑洞，虽然简陋，但是会客室、工作间、卧室一应俱全。站在枣园领导人住过的窑洞前，他想象着他们开会、工作、抽烟，想象着在大红枣缀满枝头的树下，他们喝茶、谈天说地，想象着面对飞机的轰炸，他们是如何的泰然自若?如果没有超乎异常的意志力，有谁会坚守在这里?乔恩一边想象，一边不断在心中发生感慨：不可思议！太不可思议！连续的几个不可思议，让乔恩再也找不到更合适的词汇来表达自己的感慨。

回西安途中，乔恩出奇地沉默。

“什么是奇迹?什么是传奇?在这里得到了见证!”乔恩摇着头，一半自言自语，一半对坐在旁边的周若朴说道。

对于枣园曾经发生过的一切，周若朴从小耳濡目染，熟悉得如同发生在身边的事情。这么多年，不间断地带着朋友过来，每次过来真正地身临其境时，都会带来不同的感悟。

“乔恩老师，在兵马俑，您看到的是中国几年的历史传奇。在延安，您看到的是中国近代百年的奇迹。在西安，您看到的是中国历史的传承和现代的完美融合。在陕西，让您从古代文明直接穿越到现代文明。”

车内，露丝几个人点头，不断发出“耶！耶！”的赞叹 。

“嗯哼，不可撼动的庞然大物！”乔恩目视窗外说。

天气接连几天的昏暗，阴郁而沉闷。林枫突然打电话约见梅影。午后，梅影步行去书吧。书吧已经被吴昊天收购，改成西餐厅后人气骤升。透过宽大的玻璃，视野呈一百八十度，天桥、对面楼宇的大幅广告牌清晰可见，楼下来来去去的行人尽收眼底。天空有略微的光线，将一块块的暗淡的云絮，切割为一缕一缕的菱形，天空显示出几分捉摸不透的味道。餐厅几乎坐满，低频率的嗡嗡声，一波一波传来，覆盖了音乐的波段，音乐愈来愈含糊不清。

门口，出现了林枫的身影，鼻梁上架了一副墨镜，在光线不甚明朗的天气里，在室内暗淡的灯光下，显得突兀而滑稽。他的身体微妙地弯弓起来，好像承受着来自外力的袭击和内部的挤压，造成无所适从的状态，直不起来，弯不下去，于是艰难地停留在一段尴尬里。林枫曾经鼓起的肚子，好像被刺破的气球，一下子瘪了回去，尽管衣服刚刚熨烫过，残留着新压的印痕。

林枫在梅影对面坐下，双臂交叉抱在胸前，没有丝毫的迹象取下墨镜。梅影在墨镜的反光中，看到了自己和身后书架的影子。她的眉头瞬间凝结，又瞬间散开。

“能不能把墨镜摘下来?”梅影问道。

“我……我愿意。不用你教育我。”林枫声音沙哑低沉，嘴里好像含着一块东西，口齿不清。墨镜遮住了林枫一半的脸，露在外边撑在两腮的肉，萎缩回去，皱皱巴巴贴在脸颊。

当罩在林枫身上那种跋扈器张的气焰完全消失时，梅影看到一个畏缩在椅子里的阴影人。

“今天找你，就是想看看你，生活得怎么样，气色不错，挺滋润的啊。”

林枫说这句话时，从椅子里坐起来。曾经的那个林枫又回到他的身上，尖牙利嘴坐在对面。梅影的眉头再次集结再次放下。

“你挺能装的啊，不愧是老公安的女儿。梅子轩还调查我，你知道那几把钥匙是什么吗？”林枫歪着脑袋说。梅影眉头跳动，心间一惊。

“你为什么要放那几把钥匙？”梅影问道。

“为什么？钥匙上刻的两个字母是什么意思？你不知道吧？”林枫鼻子哼了一声，讥讽道。

“XY。许影是谁呢？”林枫装腔作势地说。梅影盯着林枫的墨镜，她真想过去一把掀掉。

“许衡的女儿，你不知道？许景和许影，现在明白了？出车祸的是你的爸爸和哥哥。”林枫继续说。细密的汗珠开始在身体渗出，梅影脸色惨白，天花板、桌子、对面林枫一齐旋转起来，她浑身颤抖，从包里摸索着药，突然意识到包里再也没有放过。

“作为梅子轩的女儿，你一无所有，作为许衡的女儿，你可是财富丰厚啊。我可以吧，把你的身世搞清楚，也算是我对得起你和林木。许家人对你那么心重，你猜不出来？”梅影的头吱吱作响，林枫的话支离破碎地传入耳中。

“作吧，你就作吧。人情冷暖，我算是看透了，看透了！”林枫摘下眼镜，梅影看到一双目光涣散的眼睛，空洞苍白的断断续续的眼神，好像隔着时间和空间，成为虚幻的存在。然后，如野鬼游魂般飘走了。梅影感到自己的身体往下滑，往下滑……

当她再次睁开眼睛的时候，眼前映出吴昊天和顾小小的面庞。吴昊天坐在一张小凳子上，正对自己，顾小小坐在她脚下的沙发上。

许景、许影、许衡、许清、玉音这几个名字，在梅影的心中剧烈翻腾。所有的往事纠结缠绕，如潮汐般一股一股涌过来，它不是逐渐的、单向的，而是突然的、集体的、同时迸发出来的综合影像，这些影像在梅影眼前快速翻过，翻到最后，梅影明白，一直以来，让她疑惑的事情，终于找到答案。当所有的答案堵塞在胸中无处可泄时，她想起唐果敏，唐果敏，只有唐果敏能够承接这些沉甸甸、湿漉漉，已经被她翻过来、颠过去，无法分割的，风吹不散的陈年往事。

唐果敏人在茶楼，梅影抬起手腕，时间指向下午四点。

茶楼，花园廊檐下，围坐了一堆老外，说话声音此起彼伏，一串串外文飘逸而出，落在常春藤的枝枝蔓蔓上。周若朴一回头老远看见梅影过来，从人堆中向长廊中间走去。

猛然一个身影站在面前，梅影怔在那里，正在搜索往事的心绪挂在半空，她停下脚步。

“小影，你怎么过来了?”周若朴对着满腹心事的梅影问道。梅影没有料到会在这里碰到周若朴。

“我，我找唐果敏有点儿事情。”梅影勉强地笑道。她的心绪还没有完全收回来，有些心不在焉。

“嗯，我带几个朋友从大雁塔广场看完喷泉过来。”周若朴指着一堆人说。

“嗯。嗯。”梅影点头，她并没有关注那堆人。

“你先忙吧，明天见。”周若朴结束了对话。

周若朴站在长廊，目送梅影袅袅的身姿进入茶楼。一件系带黑色小裙，白色真丝休闲衬衣，轻盈而典雅。意外见到梅影，周若朴格外开心。当他转身走向人堆时，发现一个人站在那里，目光停留在茶楼门口。

“美丽的女子，为什么都是黑裙白上衣?”乔恩望着门楼，意犹未尽地对周若朴说。

“想起那个飘过去的女子?”周若朴想起乔恩的故事。

“是，是，轻盈而美丽，相似的神态。周若朴，你的眼神藏着秘密。”乔恩在周若朴的眼神里读出了他的骄傲和自豪。

周若朴笑而不语，摊开双手，眼睛向楼上望去。梅影发生了什么事情?她的神态疲倦，神色恍惚，眉宇间锁着浓浓的忧伤。

楼上，唐果敏端坐茶桌后，流畅而优雅地进行着喝茶程序。

“有事情?着急慌忙的?”她一边分杯，一边问。

“是，今天，林枫约我见面，他一下子瘦了，一定是发生了什么事情。他还告诉我，我是许爸爸的女儿！而且，我和许景，是双胞胎!”

“林枫怎么知道?不过，第一次见到许清，我真以为是你的姐姐。”唐果敏问。

“我还没有来得及问。”梅影摇摇头。

以前,梅影和许清一起出去,大家都以为她们是姐妹。那天,许清陪梅影剪完头发后,看到镜子中的自己,梅影也很吃惊,许清在笑,那是一种神秘的笑。还有,玉音妈妈的病时轻时重,她在安排后事时,都是梅影和许清一起承担,密码这么重要的事情,有必要告诉她吗?难道爸爸和妈妈不会有想法?

“如果真是这样,我倒不建议你去打听,如果他们想要告诉,也不会隐瞒你。如果不是,会伤大家的心。还有另外一种情况,也许你们这一辈没有血缘关系,但是谁又能保证,两家老人之间没有血缘呢?”

也是。两家人的关系,从梅影记忆起,一直就这么亲密,如同一家人。不,比一家人还亲。一直以来,梅影对小景的感觉也很奇怪,她说不清。喜欢吗?在她的心目中,他就是哥哥。不喜欢吧,她没有喜欢过别的男生。他不在以后,自己好像丢了魂一样。那种撕心裂肺的痛,是亲人逝去的痛,而不是爱的痛,这个梅影还是能分得清。仔细想想,对小景,还是亲人的成分更多一些。

唐果敏接了一个电话,然后下楼。回来时,手里拖着一个小女孩。小女孩停在门口,不肯进来,唐果敏回身,将她连拉带拽地推进来。

小女孩着装打扮犹如中世纪时期的贵族小组,红白相间的小格子过膝裙装,尚未完全发育成熟的胸部以上几乎裸露,一头长发,编成小麻花辫,几条红蓝黄小丝带从发间垂悬而下,随风飘动。小女孩前倾的上半身拖着下半身,缀在唐果敏身后。粉粉的小嘴挂在一张精灵般的小脸上,带有明显的不情愿。

梅影站起来,示意小女孩坐下。小女孩叫声阿姨,赌气地坐在她旁边。低下头,手指不停绞缠着发丝。

“谁家的孩子?”梅影好奇地问唐果敏。

“弟弟的孩子果果,刚上初二。一个人从北京跑到西安,在大街上被弟弟找到,送到我这里。你看穿成什么样?”唐果敏面带愠怒。

“是不是参加什么活动?”梅影问果果。

“就是的,我姑姑不相信。我就要去面基。”果果伶牙俐齿,扭头回答梅影。

“面基是什么?”梅影不明白。唐果敏摇头。

“面基就是见面聚会。这都不懂。”果果呛一句,一脸不屑。

“见面聚会就是见面聚会,非要说成面基。”唐果敏不高兴地说。

“你不是我们世界的人，当然不懂。”她接话蛮快。

“你们是什么世界？你们面基就是PARTY对吗?”梅影问道。

“我们是二次元世界，我们面基就是找CP，然后一块COS。PARTY，老土，没有一点儿意思。”她回答得干脆利落，脱口而出的词汇，梅影第一次听说。她和唐果敏一脸茫然，她们又不懂了。

“二次元世界，CP、COS都什么意思。”梅影问。她知道二次元是相对三维空间而言的“二维空间”。但他们的世界还真不懂。

“二次元世界就是动漫游戏里的世界。CP就是搭档，COS就是角色扮演。”她简单明了，回答了她们的问题。

“我有点儿明白了，是不是你们大家约好，扮游戏中的人物，然后，从二次元世界来到三次元世界。就类似于穿着戏装上街玩。”

“有点儿正确，但也不完全是。我们在游戏中都有自己的角色，但是在现实界，我们可能不认识。所以，大家约定一个地方，穿游戏中自己角色的衣服在线下聚会。”果果的语言能力超强，回答得滴水不露。

“有点儿像情景剧？你们怎么知道谁是谁呢?”梅影问。

“我们穿衣服，还有语言。我们的语言只有我们自己懂。”果果来了兴趣。

“还有黑话?“唐果敏插了一句。

唐果敏的一句黑话，让梅影想起《林海雪原》中杨子荣与座山雕的对话——天王地盖虎，宝塔镇河妖。嗯，时代不同，黑话也不可同日而语。

“什么黑话？我们自己世界的语言。“果果有点儿不高兴，白了一眼唐果敏。

“还是黑话嘛！我们又不懂。无论如何，女孩子不能随便出去和网上不认识的人出去玩。”唐果敏严厉起来。

“又来了！又来了！你们大人只会上纲上线。我们都是正义的化身，没有恶魔。恶魔和我们不是一个门派。”果果扭动上身，骄蛮地叫道。

“你的衣服是什么服装，在哪儿买的？有点儿像中世纪欧洲的贵族小姐。”看着她的衣服，梅影问。

“我看像小仆人。”唐果敏生气地说了一句。

“仆人能穿这衣服？在网上买的。网上多了去。我还有好几件呢。”果果对着唐果敏不停地翻白眼。

梅影被她逗笑了。

“你们还有门派?”梅影接住果果刚才的话问道。

“那当然，我们二次元世界，有我们批判世界的观点，也有自己的善恶标准。道不同不相为谋。”

“你是哪个门派?你的善恶标准是什么?”

“我们的世界你们不懂，不能告诉你们。”果果一只脚有节奏地踢腾着桌脚，快速回答了梅影提出的问题。

和面前这个二次元世界美少女的谈话，让梅影恍如隔世。她突然意识到自己不仅老土、OUT，而且网络时代，信息更迭速度之快，完全超出之前所有的经验。她可以想象五年以后，自己是什么样子，但是无法想象五年后，世界会变成什么样。

人类离开联想，将会怎样?如果人类联想不了，那将会怎样?

纠结过去，实在是一件没有意义的事情，浪费时间，耗费精力。无论自己是谁的女儿，她都收获了爱!父母的爱!亲人的爱!朋友的爱!倒是林枫的状态令人不安，他到底发生了什么事情?虽然，林枫让人恨之入骨，但是，毕竟还有林木，毕竟还有一起生活这么多年的时光，梅影隐隐地担忧起来。

27

深夜，一个陌生来电进来，梅影正坐在画板前琢磨着画，手机音乐一直不停地响。当它停下来时，梅影走到房门口，打开猫眼，门外看不到有何异常。梅影盯着手机，思忖着电话是否再来，再来是否要接时，音乐再次响起。

“您好！我是林总的同事，他让我给您带点儿东西，我们在小区外边，麻烦您下来取一趟，或者我们送上去?”很有礼貌的男声从话筒传来。

“什么东西?”梅影放下心来。

“不好意思，是一个包裹，林总给儿子的东西，具体是什么，我不清楚！要不，我给您送上去?”对方依然很有礼貌地道。

“谢谢，不麻烦您了！我下来取!”梅影客气地道。

梅影脱下家居装，换好衣服下楼。小区外，一辆黑色的商务车内，几个人盯着小区大门。梅影刚出现在小区门口，从商务车里下来一位男子，笑呵呵地向梅影走来，伸出手，梅影递上自己的手，对方紧紧握住。

“您好！我是林总的朋友，东西在车上。”说完，车门打开，梅影毫无防备，一把被推进车里。

梅影被推进商务车后，打电话的男子紧跟着挤进来。司机踩动油门，车唰地开上街道。一刹那间，梅影明白，她一直担心的事情，终于还是来了。

林枫一定是染上不应该染的人和事。到底是什么事？梅影搜肠刮肚地想，也没有想出名堂来。打电话的男子，拍着司机的座椅，告诉他抓紧走人，不要耽搁。然后回头对梅影道："不要喊，不要闹，否则，大家都不好看！到成都，见到林总，一切你都会清楚！"

车湮没在茫茫夜色中。

成都。深夜，林枫焦急不安地站在办公室窗前。手机在桌面嘭然而响。林枫心里微颤，打开手机。

"马上到车里来！我们老总请你去游泳。"话筒里传来一个男声。

林枫放下手机，出了酒店大门，上到一辆没有上牌照的黑色越野车。"嗞"一声车在酒店前一个急拐弯，向郊外方向开去。

中午，成都郊区一栋别墅，林枫和板寸男几个人游完泳，上到楼顶平台。风带着呜呜的哨音，打着卷儿从平台上刮过。林枫的衣服被风吹得一会儿膨胀起来，一会儿又瘪下去。天上的云，浓淡相宜，黑白相夹，貌似要下雨。呜呜的风声一阵接过一阵，一会儿，天上的云已被风卷得铺满厚厚一层。天空好像透着光的毛玻璃，给人留下无限的想象空间。下雨吧，酣畅淋漓，倾盆大雨！林枫抬起头，眼睛越过远处高层的楼顶，视线伸向远方，心里在暗暗祈祷。

板寸男从林枫身后走过来。手指天空，道："林总，一拖再拖，已经是最后期限，一共二百一十九万。很吉利的数字。你也要给我一个面子，我得给上边有个交代。"

林枫皱起眉毛："你们说准备怎么办？"

板寸男阴阴地笑道："我们要人质。把她留下，你去筹钱。"

林枫头摆向板寸男，警觉道："把我留下！"

板寸男头摇得好像吃了摇头丸。手指林枫道："把你放在这里，谁找钱？"

板寸男靠近林枫，神秘地说："一个叫梅影的女人。上边的主意。"他又手指天空。

林枫听到梅影两个字，急了，大喊："我跟她离婚了！找她有什么用？"

板寸男笑了："还有一个叫什么来着的孩子。"

林枫额头青筋暴起，手指板寸男，大吼："你敢动他们一个指头，我从这里跳下去，让你们人财两空。”

板寸男叹了一口气：“唉，林总，跳楼干什么，没意义。我没有逼你走这条路。”

林枫不屑地说：“也就二百多万，有什么？”

板寸男笑了笑：“对你来说，那根本不算什么，今天把事情了结？”

林枫不语。板寸男手指楼下。

板寸男退后几步，对林枫道：“你要真想跳。我不拦你。有胆量？”

林枫猛地挣脱，扑向楼沿。被几个人拉住，板寸男上前踢了几脚，林枫情绪失控，挣扎，大喊，脚胡乱踢腾。板寸男接了一个来电，恶声恶气，指着林枫道：“你还真跳啊？你要跳下去，我给上边怎么交代？再说，这又不是高层，走，回房间吧！”

“王八蛋，叫你们老板来——称兄道弟，翻脸不认人。”林枫脸红脖子粗，大声嚷嚷。

板寸男跟在后边，道：“真以为自己是个人物？老板接待大客户去了，懒得理你。”

大约九点左右，车进了成都，穿过市区，在近郊的独栋别墅前停下。一夜未眠，梅影的头脑并不混沌，接下来会发生什么事情？一路上思虑的几个方案迅速在脑子过了一遍。

夹在几个人中间，梅影进了房间，一眼看见坐在客厅的林枫。“嗖”，林枫站起来暴怒，转身一拳打上板寸男的眼睛，板寸男手捂眼睛，龇牙咧嘴。几名男子围过来，与林枫厮打起来。

有人将啤酒瓶砸向窗户。“哗啦哗啦”玻璃碎裂的声音，夹杂着板寸男的呵斥声：“住手，住手，不要命了！”

正在厮打的几个人停下来。林枫呼哧呼哧地喘着粗气，一手擦掉嘴巴渗出的血。桌上有一包餐巾纸，梅影过去递给林枫。林枫气恼地胡乱抽出几张。梅影又将纸递给另外几个人。

“我已经和她离婚了，把她弄来……有意思没有？”林枫话说到一半，捂住左半边脸。

“林枫，说这些没有用。到底什么事？”梅影问道。

“和你没关系！”林枫生气地回答道。然后，手指板寸男，“把她送回去。

我给你们打钱。”

板寸男竖起双手，道：“对不起，我们再也不敢相信你了。”

林枫没有吭声，沉默了一会儿，又道：“再说一遍，把她送回去!”

板寸男两手一摆，坚决摇头!

梅影取手机，准备打电话。林枫抓住梅影的胳膊：“你想干什么？跟你没有关系。”

梅影甩开胳膊呵斥：“闭嘴!”

许清刚浏览完文件，坐到电脑前，准备写报告。“噗噗”手机在桌面打转，打开一看是梅影的电话。

“我在成都，什么都不要问了。一天能不能凑够二百一十九万，赶紧打过来!”

许清豁地站起来：“出了什么事?”

梅影：“不要问了，你赶紧!”

许清着急地喊道：“二百万，不是小数字，到底什么事?”

梅影语气缓和起来，道：“小姐姐，拜托了！现在只有你能帮林枫了!”

一听是林枫，许清气又来了，没好气地说：“又是这个祸祸！你回来，别管了!”

梅影苦笑道：“钱到不了，我回不去。”

许清心头一惊，小声问：“你被绑架了？他欠别人钱了?”

梅影简单地回答道：“嗯，嗯。”

许清挂掉电话，坐回椅子，看着桌面，愣了几分钟后，手忙脚乱打开手机，查看银行余额。拿起手机，又放下。许清拨打林枫电话，无人接听。许清拨梅子轩的手机，梅子轩很快接通了电话。许清原本想和梅子轩商量此事，听到梅子轩说在自己家里，一连说了几声“没事”“没事”。许清挂掉手机，手机在双手来回倒了几遍，最后还是决定向姚儒泰求援。

得到姚儒泰肯定的答复，她马上把自己的卡号发给姚儒泰。发过去以后，许清一眼不眨地盯着手机。二十分钟左右，“滴答”一粒滴水声传来，许清快速打开手机，显示有一笔一百二十万已到银行账户。许清长长地出口气，心里像吃了秤砣一样，踏实下来。

许清拨通梅影的电话，一字一句地说：“小影，听着，无论出什么事情，首先冷静。你把卡号给我，把电话给他们。”

梅影把电话递给了板寸男。

“人，不许伤一根毫毛。钱，我马上打到她的卡上。如果有手续，一手交钱，一手交清手续。”板寸男一边听，一边点头。

林枫盯着窗外，突然将手中的玻璃杯砸在地板。从胸腔里出来的一股气流，直接冲到嗓子眼，对着板寸男喊道：“滚!”

板寸男见钱已有下落，没有和林枫再计较，指着其中一个胖子，吩咐他点外卖。

“嘟”一声，梅影手机短信提示响了一下。梅影打开手机，短信显示银行已到账二百二十万。

梅影把手机给板寸男看，板寸男一看，笑得满面生花。

林枫和他们办完手续，确保没有后患之后，梅影要求他们送自己回西安。因为，下楼时，只带了手机和钥匙。林枫不放心，跟着车一起回到西安。对着离去的车，林枫不耐烦地对梅影道，和他们客气什么?

“你干的好事!”

林枫自知理亏，紧跟着赔罪：“不好意思，让你跟着我受罪。砸锅卖铁，我都要还给你们!”

林枫从口袋摸出一包烟，嘴里嘟哝着：“性格决定命运。”点燃香烟，狠狠抽一口烟，扔到脚下，又捡起来找到垃圾桶，扔进去。扔完烟，林枫对着小区门口的一棵梧桐树道：“哼，我不是块豆腐，一捏就碎！谁想压垮我，没那么容易。”

听到林枫这句话，梅影笑道：“这就对了！当初就是看上你这股不服输的劲头。”

林枫一听，又加上一句：“我不相信我活不出个人样来!”

“人来疯，越说越来劲。向内看，看自己的问题出在哪里。”

林枫指着自己的心，笑着说：“梅老师又给我上课。我知道了。”

林枫跟梅影说他走了，走了几步，又转身回来。

“谢谢！我会还你的。加上以前所有的。”

“当然要还!”梅影毫不客气地说。

林枫迟疑了一下，似乎还有话，最后终于还是没有说。

“该不会还有吧?”

林枫迟疑了一下，嘴里含糊不清地说：“嗯……啊……没有!”

林枫吞吞吐吐的样子，让梅影血管里流动的血液快要凝固起来。她脆脆地扔下一句：“自己解决!”扭身进了小区。看着梅影离去的背影，林枫想扇自己几个嘴巴的心都有。

回到家，几桶油漆散落在地板，房间的灯亮着，调色板上的油漆已经干燥起裂。看到油漆，梅影想到林枫最后的神态，不由烦躁起来，她心生疑窦，不知道这个祸祸，还会惹什么祸？为什么要帮他？林枫那张嘴脸再次浮现出来的时候，梅影恨自己为什么要帮他，二百万，自己拿什么还？林枫拿什么还？对林枫，梅影没有一点儿信心。更何况上次给了他五十万之后，她已经所剩无几。

天空深沉得没有原则，看不到边际，没有月亮，没有星星，梅影的心里沉甸甸的。《神秘园》的音乐遽然响起，空灵而缥缈，是许清打进来的电话。许清问她回来了没有，她就在小区门口。不到十分钟，门铃响起来，梅影打开猫眼，许清在门外。打开门，许清一脚踏进门，边脱鞋边来回扫视梅影。

“看什么看，看得人心里毛毛的。”梅影烦乱烦乱的，极度不爽地说。

“哟，哟，大小姐的脾气又犯了，人没有损失就好。又是这个祸祸惹的祸!”

“算了，他也是想赚钱开自己的酒店!”一碰到许清诋毁林枫，梅影条件反射般地辩解道。

“就他，开自己的酒店？做梦!”许清评判林枫时向来不吝啬语言。

“不要太看扁他。”

“哟，怎么心疼了?”许清走到画架前说。

“就是心疼。我烦着呢。”梅影跌坐在沙发上，将头埋在靠垫里。

“呵，你烦着呢，给我冷脸看?”许清笑起来，走过来拽梅影的胳膊。

梅影抬起头瞅着许清，长长出口气，说：“现在，不敢给某人脸色看啊。”

“唉，也不知道谁是谁的出气筒，整天给我下指令。”

“谁让你整天管教我。”

许清自个儿笑起来：“不提了，不提了。只要人没事就行。”

“你哪儿来那么多钱？问姐夫借了?”梅影问。

“你也别问了，好好画画。就是儒泰又怎么样？他又不害怕咱们还不上。”

梅影倒在沙发上，长长叹气：“看来，我真要好好画画了。要不，怎么还你。鸭梨山大啊！”

两个人埋在沙发，不约而同地看着天花板，都没有说话。过了一阵，梅影问许清婚礼筹备得怎么样？许清说过两天，和唐果敏去章洁楠家试衣服。婚宴订在大民大厦的索菲特传奇，仪式简单，不想搞复杂。梅影又问第一次做新娘子，有什么感悟？

“期待，心痛。”许清回答道。梅影坐起来，趴在许清跟前，“女汉子，还会心痛？”

“想起他的上一个婚姻的细枝末节，会心痛。明明是自己的人，怎么送给别人这么多年？”

突然听到许清说这么脑残的话，梅影奇怪：“亏你想得出。自寻烦恼。当初，是你将自己的幸福踢掉了。你这样想吧：额滴神啊，这么眷顾额，终于把额的男人给还回来了。”

许清笑起来：“行了，别再取笑我。我看看你最近的画。”

提起画，梅影稍稍轻松的心头，又笼上一层郁闷。

“时间太少了。真想离职。”

听到离职，许清的眼睛亮起来，坐直了身子，“早都给你说了，离职吧。”

“好歹有一份稳定的工资，我要养活我和儿子啊。”

“前怕老虎后怕狼。舍不得孩子套不到狼！”许清叹口气道。

许清走后，夜色已晚。两天的时间恍如隔世，梅影躺在床上，琢磨着许清的话，琢磨着林枫的事情，琢磨着未来，渐渐地进入睡眠。

……许爸爸穿着一身洗得发白的灰色中山装，在前边领队。我和几个不认识的人跟随其后，我们来到一个地下坑洞。进入洞口是一段很深很长的坑道，坑道宽敞幽暗，点点灯光一路指引。洞的尽头，阳光散射，光芒铺天盖地而来。这个地方我来过，为什么许爸爸又带我们到这里来？铁栅栏里的类人猿怎么不见了？

坑道左边是一排开放式的洞穴，每一个洞穴的墙面挖有一个小小的洞，洞里有点亮的灯，一个断臂的雕像赫然站在我的面前，他是谁呢？他冲着我笑。有些模糊……画素描的雕像怎么会在这里？

……

周日九点左右，唐果敏和许清一前一后到了梅影家，大家又一起下楼到章洁楠家。

打开门，章洁楠让梅影眼前顿感一亮。她穿一件豆青色重磅真丝绲边旗袍，重包边，立体侧盘扣，前襟玉石扣，做工精致秀美，好像刚从电视剧中走下来的民国知识分子，知书达理。她的头发盘在脑后绾起一个发髻，神态中带着不自然的羞涩。

“哇噻，洁楠，真漂亮，任工见过没有？”梅影捂着嘴巴问。

“昨天他帮我挑选的。”章洁楠细细的声音中，带着一丝不易觉察的小自豪。

许清和唐果敏是第二次见章洁楠，上次来量身体尺寸。再次见到章洁楠时，她们两个也被她雅致的气质所吸引。

章洁楠取出专为许清和唐果敏制作的衣服。两个人分别去主卧和客厅卫生间换衣服。等她们出来时，简直蓬荜生辉，除过梅影，三个人身着旗袍，每个人的风姿却有不同。

唐果敏着一件白底淡墨色的荷，仿佛水墨画般优雅晕染的桑蚕丝旗袍，衬着白皙的皮肤，显得珠圆玉润，端庄大气。许清换上一件大红结婚礼服，章洁楠手绣的凤凰图案，随着许清肢体的扭动而灵动起来，腰臀线条一分不多，一分不少，恰到好处的精妙。旗袍带来的惊喜，让唐果敏和许清在穿衣镜前美滋滋地流连忘返。两个人穿了脱，脱了又换。

许清颇有表演天赋，她将这里当成自己的舞台，走起了猫步。唐果敏刚开始比较拘谨，不一会儿，放开了自己，跟在许清后边。章洁楠极力鼓动梅影去衣柜挑几件衣服，和她们一起玩。梅影鼓动章洁楠一起参与，章洁楠还是没有能放开自己。于是，梅影陪着章洁楠坐在沙发，当起了忠实的观众。看着尽情绽放美丽的两个人，在许清和唐果敏的猫步里，章洁楠陶醉了。

几个人尽兴地折腾了一番，已是午饭时分，许清邀请章洁楠一起就餐，章洁楠婉言拒绝。三个人走时，悄悄留下一个信封，里边装有一万五千元，每人五件旗袍的钱，包括之前章洁楠送梅影的五件旗袍。

吃过饭后，几个人来到书吧。周若朴正在喝咖啡，吴昊天从浐灞打来电话，知道几个人都在，让大家不如去浐灞，天气晴好，在河边喝茶岂不更好？

许清和唐果敏两个人还浸在旗袍的喜悦中，一听又来了兴趣，极力怂恿着梅影和周若朴一起去。

到了浐灞生态区东园，踏入石阶小道，大隐就隐在河边。伸出河岸的亭子间，四周白色纱幔轻挽，一丛丛芦苇放肆地伸进亭子，满眼的绿，盈然眼中。不在饭口时，大隐就是一个喝茶休闲的地方。面对河水，几个人要了一壶金骏眉。

“周医生，我们刚从章洁楠那里过来，买了几件旗袍。我发现她最近情绪还不错。”梅影说道。

昨天，周若朴和章洁楠的主治医生沟通过。章洁楠精于手工，对她而言有利有弊。她的病这么多年没有持续恶化，就是因为她的技艺，在精神上支撑着她。不利的因素也恰恰是她的技艺。她将自己封闭起来，隔绝了外部世界，变成一座孤岛，她走不出去，外人走不进去。任工的抑郁在某种程度上和她有很大关系。任工回到家，没有可以倾诉的对象，只有将所有的心事藏在自己的心里，年复一年，日复一日。经过综合分析，考虑让他们共同做做沙疗，促使两个人之间产生更多的话题。如果，他们两个之间能够很好地形成相辅相成的关系，那么，对两个人病的治愈会带来意想不到的效果。

“不错，从乐观的角度分析，她的技艺可以帮助她更快地进入社会。前提是如果能够获得大家的认可。”周若朴说。

“我发动我的朋友，去她那里做衣服。”许清说。

“对，对，我也是。”唐果敏说。

“要不然，咱们三个再加上章洁楠投资一个旗袍馆吧。反正都挺爱臭美的。”唐果敏提议道。

“对啊，果敏的经营头脑放在茶楼，有点儿可惜。”许清道。

“怎么没想到呢？以前，我差点儿加盟一个服装品牌，因为当时上班，最后不了了之。”唐果敏说。

“说定了，果敏负责选址。小影负责发动章洁楠。”

许清和唐果敏本来就是利落之人，梅影多年在建筑业历练，这三个女人在平时工作中，都是唱一处是一处的主。三个女人一台戏，三个女汉子在几分钟之内，一个公司的雏形开始孵化了。

“好，好。”梅影和唐果敏异口同声地回答。

“上帝啊，谁说女子不如男，今天，我亲眼见证女人做事的速度。”吴昊天拍拍脑袋瓜说。

“让你们见识一下什么是真正的女汉子。”许清说。

“女汉子?”周若朴笑着问梅影。周若朴说话时，两对眉毛调皮地挑起来，梅影看到了浮现在周若朴脸上的，几乎从未发现过的孩子般的童真与顽劣的表情。

“难怪，这个世界阴盛阳衰，看来我们男人真要好好反思反思。”周若朴双手从额头挠到脑后。“今天还做梦的工作？要不,另抽时间?”周若朴继续问。

“嗯，还是今天吧。”梅影肯定地回答道。

因为今天人多，周若朴不确定，梅影今天会带来什么样的梦。而且在做梦的工作的同时，会不会发生意外，得到梅影肯定的答复，周若朴点头。

梅影想一想，开始复述梦。周若朴在梅影的复述中，进入她的梦里……梅影进述完，停下来，大家的眼睛跟随着梅影的目光聚焦在周若朴身上。周若朴略作沉思，问谁还做过类似的梦？就是那些让大家感到不可思议的梦？几个人互相看看，摇头。

“这是一个典型的‘巨梦’，也就是第三次层梦、原型梦。现代原型心理学的创建者詹姆斯·希尔曼这样论述原型梦：原型梦是精神运作的最深模式，是灵魂的根源。原型梦在社会各个阶层的人群中都会发生。一般发生在人生关键时期、青春期、初为父母、中年危机期、更年期。当然也可能出现在社会或生活震荡期，它的出现往往推进了做梦者的自性化进程。在你的梦中，许爸爸是智慧老人的原型意象。长长的坑道与洞穴是无意识原型意象符号，无论是洞外的阳光还是洞内的灯光，都属于原型意象，它象征着人类精神的追求。类人猿更多地表达了本性中原始的未被驯化的冲动。”

周若朴打开手机，调出一张古希腊神话雕像照片让梅影看。当梅影看到这张照片时，她震惊了。

“与梦中的雕像十分相似。他是谁?”梅影惊讶地问。

“古希腊神话中的赫耳墨斯。”周若朴指着图片说。

“赫耳墨斯是古希腊神话中，宙斯和迈亚的儿子，也是众神的信使，赫耳墨斯本身具有转化的作用，是女性内在阿尼姆斯意识的最高阶段，他给予女性内在的精神指引，是通向内在世界的引导者，是潜意识自我通向创造力的桥梁。如果你能认真地对待他所传递的思想、情绪、幻想以及对未来的期待，并且转化为某种形式，比如绘画时，阿尼姆斯的积极作用就会从潜意识的心灵里体现出来。”

梅影恍然大悟，突然叫道：“我明白了！我明白了！我找到了自己的方向。”

许清紧跟在后边问什么方向？

梅影笑道：“主题方向！”

周若朴注视着梅影又道：“意识的四种机能：思维、情感 、直觉和感觉。感觉告诉你某种事物存在与否，思维告诉你它是什么，情感告诉你它是否令你感到愉悦；直觉告诉你它从哪里来、要到哪里去。如果这样理解，你会真正明白，梦带给了你什么。”

周若朴停下，意味深长地注视着梅影。梅影点头，思索，沉思一会儿，谨慎地说道：“我真正地明白了，我找到了创作的方向，找到了自己创作的内容。实际上我一直在尝试，只是没有意识到，不确定。现在更加确定以及肯定。正如周医生所讲，每个人都是独一无二的个体，我的梦也同样，即便梦进入了人类的宝藏，但它依然是独一无二的。”

周若朴点头，鼓励道：“理解得很到位。你的梦，梦中的阿尼姆斯，正是灵感的源泉。在你现有的几幅画中，已经佐证。正如超现实主义画家达利与妻子加拉。在某种意义上讲，加拉是达利的阿尼玛，因为加拉，达利的超现实画里有了美和爱。”

梅影点头认可，然后又提出一个令她不解的问题：“为什么会出现两个阿尼姆斯？一个是现实中的人物，一个是神话人物？”

“阿尼姆斯不是单个人物，往往是一组人物的投射。现实中的人物，是你潜意识向外的投射。而神话人物，是你潜意识中的引导者。无论是神话人物，还是现实中存在的人物，最终都要转化为自己内在的神圣的创造力。正如荣格所言，阿尼玛和阿尼姆斯的发展是一个人后半生的主要任务。”

周若朴的眼神，让梅影深深地感受到了一种舒心的安全。无论最终的结果会是什么，她相信，自己一定会执着地探索下去。

“上帝啊，听完你的解析，梦原来有这么多的内容，和我们想象中的完全不一样。”吴昊天说。

“我听小影讲过，感到挺有意思，我们经常在讲潜意识，那么谁又能知道潜意识是什么？看不见，摸不着，原来，梦是我们和潜意识连接的桥梁。涨知识了。”唐果敏说。

“在这一组梦中，智慧老人化身为许爸爸和阿尼姆斯同时出现，小影，你要体会梦的意义，这是来自潜意识的声音。”周若朴强调道。

梅影若有所思地点点头。几个人完全沉浸在周若朴的讲解中，直到许清的手机音乐打断周若朴的话语。许清接完电话，神情慌张地拉起梅影，梅影心头一惊，一定是玉音妈妈状况不好。几个人不由分说一起跟着许清回到锦园小区。

白玉音大半个脸埋在氧气罩里，她睁开眼睛，对大家抱以谦笑，抬起右手，示意梅影过去。在她的眼神里，那种熟悉的深藏于心的母爱自然而然地流泻出来，梅影不觉眼圈泛红。

晚上，梅影和许清都没有回家，陪在白玉音身旁。三个人挤在一张大床上，梅影和许清打了对脚。白玉音已经取下氧气罩，靠在床头，面带微笑地凝视着梅影，在玉音妈妈的温柔的目光里，梅影想起了叶知秋。她很想给妈妈打电话，听听妈妈的声音，又想享受玉音妈妈的母爱。最终她什么也没有做，什么也没有想，就这样静静地坐着，直到玉音妈妈睡去。

午后，梅影回到楼下办公室。窗前，阳光明媚，梅影坐在电脑前，她的思维又进入发散状态。内心的批评家直接跳出来，径直走到电脑前，蓝屏，一字未落。梅影一脸无辜。

“写了删，删了写，再删。”梅影不好意思说。

“以后不要叫批评家，叫我赞美家吧。”

“你终于要改名换姓了。欢迎你哈。”梅影道。

“我改名了，但不换姓。为什么写了删，删了写？”赞美家嘿嘿笑着。

“管不住思想，它老往外跑，拽回来，跑出去，拽回来，跑出去，一边跑一边回头做鬼脸，无可奈何，它枝繁叶茂啊。”

“就让它生长吧！生命是如此美丽，何必纠结，徒增烦恼？享受思想的自然状态，激活每一个细胞，打开每一个毛孔，认真体会，仔细聆听，来自身体的语言，来自思想的声音，流动着的纯正的意识，它将教会你与自己和谐相处。”

“可以，首先你要和我和平共处。”

“一定。去吧，丢掉面具和层层包裹思想的盔甲，了然融化，留出内在的空间力量，让它触摸灵魂。我和你来一场轻松的对话。找到疼痛、郁闷、不适的核心，用一颗慈悲的心去爱护关注。既不隐藏，也不消除，和温良柔软共舞，能够看到世间你所看见的美，能够在无奈时刻有一份觉知的力量。”赞美家道。

对面楼宇里，一道窗户打开，玻璃反射出一道耀眼的光线，门口传来几下轻轻的叩门声，任工手里拿了一个信封进来。

“真不知道该怎么感谢你，洁楠让我把钱给你带过来。钱，无论如何都不能收。洁楠很高兴，这么多年，已经很少看到她这么开心。”任工脸上浮上了一丝笑容。他将信封放在桌面，很久没有看到任工发自内心的笑了。

“洁楠这么好的技术，在家里太可惜了。我和唐果敏、许清商量了一下，想邀请章洁楠一起开一家私人定制的旗袍馆，怎么样?”

“最近治疗怎么样?”梅影一连两个问题。

“我明白我的问题在哪里，正如周医生所说，最终是自己治愈自己。怎么感谢你呢?”任工说。

梅影笑笑摇头。任工办公室的电话响起来，任工过去接电话。梅影跟在后边，将信封又放回任工办公室。

28

最近，公司的事情一下子多起来，几乎每天晚上都有应酬。过去可以推掉，现在梅影已经无法推掉。聚会之后总会有空虚荒凉，欢宴之后总会有落寞惆怅。是因为聚会的热闹反衬了之后的冷清，还是欢宴的觥筹交错交瘁了心力？梅影每每总想逃离。即便勉强在，她也会冷不丁地抛锚，好像有一匹野马，从心里脱缰，在辽阔的草原，任意驰骋，翻过阴山，跃过草原，在绿水青山间，奔向大海的怀抱。

今天晚上去临潼，梅影又开始纠结起来，直到白桦林在办公室催促。两个人坐在车上，白桦林不由发起牢骚："梅姐姐，一连两个星期，几乎每天晚上都在酒桌上应酬。现在看见酒，腿都打怵。"

"为了工作也得应酬啊！"梅影目光落在车前红色的中国结上，勉强地道。

"孙总在延安，林总监在宝鸡。咱们在临潼，应酬同时进行中。"白桦林苦乐苦乐地说 。

"明晚还有一场。但愿他们两个能回来一个，要不，我就不用拉你了。"梅影抱歉道。

餐厅，宴请甲方，酒杯频举。梅影的酒力本就不大，两个人对着甲方的四五个人，无论体量还是数量均不占优势。尽管餐前，梅影委婉地表达为了身体健康大家喝点儿红酒，但是对方似乎并不介意自己的本钱。白桦林在餐间，频频挡酒，几巡下来，面红耳赤，明显已呈醉态。对方依然酒趣高昂，梅影只好自己冲锋陷阵。白桦林终于支撑不住，溜到桌子底下哇哇吐得一塌糊涂，大家一阵手忙脚乱地将白桦林拖进包间的沙发。

已经这样了，梅影只好订了两间客房，几个人抬着白桦林回到房间。梅影叫来一位男服务生，把白桦林弄得满是污秽的衣服和裤子脱下来，放到卫生间，又给毛巾打上香皂，擦拭白桦林的脸和上半身。给白桦林盖上被子后，男服务生出去。梅影进到卫生间，洗白桦林的衣服。这时，镜子里映出一个模糊不清的人影，两腮炸红，甚至眼睛都带着酒气，呼出的气息里更是有一股浓得让人发晕的酒味，整个房间已经被熏染得好像浸泡在酒缸里。喝，喝，喝到什么时候是个头？多长时间没有动画笔了？一股悲凉从梅影心头升起。

第二天午后休息时间，唐果敏打来电话，她已到楼下。梅影下楼，唐果敏示意她上车。

“在高新街心花园有一间商铺，有没有时间和我一起过去。”唐果敏问。

“没有时间，下午院里开会。我和任工已经沟通过，章洁楠很开心，愿意尝试，当然顾虑也比较大，怕做不好。”梅影道。

“没关系，我们再招聘几个熟练工，让章洁楠带她们。”唐果敏说。

“让赵一澜过来，她曾经开过服装店，有经验。”

“最近很焦虑，以前晚上还有时间看书、画画。现在晚上一点儿时间都没。好撕扯啊！”

“也是，我发现现在做事，不再像上班时那么撕扯，那么缩手缩脚。浑身充满力量，放开手脚，全部心思都放在经营上。”唐果敏双手紧握方向盘，看起来活力四射。

“荡漾着活力的女人总是魅力无比。”梅影羡慕道。

“是不是？我感觉自己年轻了，风华正茂，减去二十岁，二十五岁。”唐果敏抬头对镜子里的自己笑。

“走在道上的事情，神也会帮助滴！二十五岁的女人，加油！”梅影凑上去照着镜子道。“那就‘五一’后吧。这几天，许清忙着结婚的事情。茶楼效益怎么样？”梅影道。

“呵呵，刚开始不可能赚，赔着呢。没关系，会有赚回来的一天，我们能等到。”唐果敏爽声大笑。

“嗬，喝你的茶，看我的画。穿我们美丽的旗袍！”梅影道。

“加油，努力！我支持你。”两个人击掌道。

“嗨，一对打了鸡血的女人！”唐果敏道。

两个人分手后，梅影回办公室，唐果敏去看商铺。暮光之时，梅影开完会，和白桦林又一起出城。临出发时，两个人商定，今晚只喝一瓶红葡萄酒。昏黄的天气，一波一波纷沓而至。愈来愈重的夜色淹没在厚厚的云层，在酒红色的液体里，分明看到了夜的忧伤。碰杯，微笑，在标准的程序化里，单单少了情绪的酝酿。梅影思想开始游离。每个人似乎都在说话，又听不见在说什么，传在耳边，只是声音的重复与不同。在此起彼伏的喧嚣中，她抽离出自己，站在一隅，旁观自己默然而坐，把玩手中的酒杯。

“喝你的茶，看我的画，穿我们美丽的旗袍！”

“一对打了鸡血的女人！”

想起两个人的话，酒桌上的梅影哑然而笑。

“五一”节，新城广场的索菲特传奇酒店，许清和姚儒泰举行小型婚礼仪式。白玉音在叶知秋的搀扶下，站在院子的玉兰树下，她的气韵与丰姿依然优雅柔静，曾经美丽的面庞，略施粉黛，灰白的发丝卷起一朵朵小花，蓬松在两鬓。一身乳白色套裙，系一条银色小丝巾，在玉兰花最后残留的香气里，与古朴典雅的建筑融为一体。

许清特意邀请周若朴来参加婚宴。当周若朴到酒店时，梅影正在大厅和周清松边走边谈论什么。一件文艺范儿蓝色宽松复古中长亚麻细吊带，外披淡蓝色两侧开衩的桑蚕丝长裙，脚下一双蓝白相间小羊皮细跟皮鞋。背衬潺潺的流水，梅影轻盈而飘逸，灵动而优雅。她的侧面精微细致，微翘的唇角牵出婉约的浅笑，好像一幅唯美的油画。周若朴远远地欣赏着，他并不想惊扰他们的谈话。

在回头的一瞬间，周清松发现了周若朴，梅影追随着周清松的视线，目光停留在大厅一端的周若朴身上。他一身银灰色正装，一件白色衬衣，衬衣最上边没有系扣，随意而庄重。清秀明朗的五官，从骨子里散发出来的儒雅，一起随着周若朴站在梅影面前时，她快活地眨着眼睛，伸出手。当她的手被另一只手握住，一股细微的涟漪从手指间传向双臂，漾在心里。

“系上领带就是新郎官，你不能让我们总是等啊等的。”周清松打趣道。三个人笑起来，正欲说话，被周清松的几个朋友打断。姚儒泰的圈中好友，有不少周清松的熟人。周清松和他们热络地聊起来。

当梅子轩挽着许清的手，将她交给姚儒泰时，梅影的眼泪不争气地滴下来。透过泪花，蒙眬中，她看到许清和姚儒泰交换戒指。人到中年的许清，终于等来了她的真爱，她的灵魂伴侣。

“那么伤感?”坐在梅影身旁的周若朴问。

“嗯，念念不忘，必有回想，她把自己嫁出去了!”梅影抹着眼泪，道。

周若朴点头。他很想表达什么，也想安慰梅影，一时没有更合适的词汇，最终什么也没有说，默然片刻，隔着椅子，询问白玉音的身体近况。

许清再次出现在大家面前时，换上一件大红色的蚕丝亚麻长袖衬衣，宽松及膝，一双平跟红色压花皮鞋，将旁若无人的霸气渲染得淋漓尽致。姚儒泰依然一身西装，自信中透着沉稳。

妆容精致得一丝不苟的孟总出现在婚宴上，看见周清松，端起酒杯笑盈盈地过来。

“好像在哪里见过?”看到梅影，她问。

“过年时在星巴克。”梅影提醒道。

“你怎么在这儿?”孟总在“你”字里加重了语气。

“老同学，我介绍一下，这是咱们的小师妹，从小跟许衡老师学画，跟许衡老师的时间比我们在座的各位时间都长。”周清松指着梅影道。

姚儒泰和许清端着酒杯过来，许清双手搂在梅影的肩膀，孟总的眼睛亮晶晶地注视着梅影。

“难怪哦，画一眼看上去有许老师的风格。”孟总从包里递给梅影一张名片。

婚礼结束后，姚儒泰、许清、梅影、周若朴和唐果敏一大帮朋友浩浩荡荡地开赴曲江唐果敏的茶坊品茶。白玉音、梅子轩、叶知秋、护工一起回家休息。

第二天早上一大清早，许清打电话过来，让梅影把林木一起带上去安康。林木赖在床上，四仰八叉，被子的一角盖在肚皮上。梅影拽起被子盖好，问他去不去，林木半睁眼睛，说他已经和同学们约好打篮球、吃饭。

进入高速后，车行驶大约四个小时，下高速，离开国道，右拐进入一条原生态的小路。路面有深深的车痕，想必是有车辆经常出入，路不是很长，甚至可以听到国道往来车辆的唰唰声。前面的路略显狭窄，于是大家将车停在一处较为宽阔的林间。下车，几个人沿小路步行。

午后时分，明媚的阳光让眼睛灿烂起来，天空亮丽丽地蓝，有几丝浮云漫不经心地抹在上边，随意得不得了。小路铺了一层枯叶，缺少水分的树叶，踩上去发出细微的沙沙声。或许是穿运动鞋的缘故吧，走在土和树叶混合铺成的路面，脚感少有的舒适。有哗哗的流水声传来，给树林带来了几分生机，路向下延伸，地势明显下凹，有一些凉意扑面而来，小河就深深地掩在爬满藤本植物的河岸里。小河水不知道从何而来，说不上清澄，但这寂静的树林里，因了流动的活水，一下就灵动起来。

有几处水管依次错落，水流出来形成帘洞，在绿植的掩映中，颇有几分景致，那里就是水声来源地。也许因为人迹罕至，也许因为林深，阳光不那么明朗。因了水的滋养，林间遍地缠满了疯长的不知名植物。放眼望去，竟有了原始森林般的荒凉与阴森。大家没有再多停留，依原路返回。

上坡后，小路两边呈现另外的景象。阳光普照下，白杨林的绿叶在空间闪烁，林间的芦苇泛着耀眼的银光，黄色小花调皮地爬上了树梢，在枝头摇曳生姿，傲然开放。小花从脚下铺向林间深处，蝴蝶在花间翩跹飞舞，蜻蜓不失时机地招摇着路边的小草。白杨褐色的树干激荡着古拙的色调，洒下的阳光，给林间更增添了华美艳丽的色彩。

梅影随手摘下一朵紫红色的小花，呈现在阳光、蓝天与自然中，这朵叫不上名字的花霎时璀璨，捏在手中慢慢转动，从各个角度变幻出不同的绚丽，好可爱的小精灵！在这样的自然情调中，梅影体验到一种久已生疏的感觉，一种洁净，一种浪漫，一种青春的活力，不由得涌上心头，在林间无声蔓延。

站在坡上，看身前身后，大家不觉感叹自然的神奇。眼前的林间，是一个浪漫温情之地，身后的林间呈现的却是荒蛮原始的景象，而左边的芦苇荡里又是一片轻盈与妩媚。同一片林地，同一个阳光，差异怎会如此之大？

经过一行人的寻找，终于找到了答案。眼前的林间树木粗细相差无几，林间距离也较为均匀，无疑是人工造林的结果，林地里的野花只有黄色，基本上可以判断为一种花，虽不曾修剪，其生长态势也可能是人为播种。身后坡下是一片洼地，凹凸不平，树木不多，但明显粗犷一些，倒是野生植物的枝蔓在空间无序任意地生长，爬满地面，再攀上枝干，显然这里没有人工修整的痕迹，一切任其自生自灭。左边芦苇荡地势又要低下去一些，芦苇吸收了充足的水分，自然葱郁。

大家继续往前走，不知名的花越来越多。周若朴给大家开始普及自然知识。

“这些花草，你怎么认识?”梅影好奇地问。

“上大一时，有一门基础学科药理学，老师带领大家在安康的中药基地，认识药草，附带着认识了这些花。”周若朴回答。大家一边走，一边低头注意林间的花草。

“这个是阿拉伯婆婆纳。”周若朴指着一丛丛绿草中，零零散散的小兰花。

“这是苍耳。”在一丛绿色的带刺毛球旁边，周若朴停下来，一片绿草中，一小丛紫色小花独然开放。

“迷迭香?这里怎么会有迷迭香?”周若朴自语道。

“迷迭香?小影还记得不?小时候在家里，爸爸给我们读莎士比亚，有句话你老是念叨。”许清过去摘下一枝迷迭香问。

“迷迭香，是为了帮助回忆；亲爱的，请你牢记在心。”梅影说。

带着回来的还有一首《斯卡布罗集市》，许爸爸经常哼唱的一首歌。梅影小声哼唱起来，周若朴的声音随之加入，他纯净的声音中带些磁性，沙沙的，好像夏日的冰豆沙般舒适。随后几个不同的声音陆续加入进来，婉转的歌声在原野飘荡，优美的旋律激荡着几个人往日的情怀……

小路拐弯上去，是一片辽阔的原野。

在遍地的野花中，零零落落几枝白色的花格外引人注目。花洁白如雪，细腻如丝，形状奇异，隐约中有一股逼人的神秘。细长的花尖从圆形花蕾的四角逸然而出，凌空起舞。凝视花尖，好像一下子戳到灵魂深处，勾起了一个叫作“敬畏”的词汇。梅影很奇怪，面对如此魅惑的花，为什么这样一个严肃庄重的词汇从脑海里被检索出来。伫立花间，有一股说不清、道不明的神奇力量，推动着内心的欲望，她忍不住伸手去摸，被随后的周若朴厉声呵止：“曼荼罗，有毒!”

梅影瞬而石化，浑身血液凝固。不是因为花有毒，而是花的名字……曼荼罗！

那一刻，梅影脑海一片空白，只有细微的脑电波传导出断断续续的信息，她甚至可以听到脑电流微弱的交换声。恍惚中，摇曳的花姿宛若身披轻纱的精灵，轻卷曼舒，袅袅升起，飞至飘悠在山脉间的云絮，在午后五彩的光线中，折射出一幅旖旎奇妙的景象。梅影好像看到自己的心旋转而出，飞向曼荼罗，飞向山间那个扑朔迷离的奇幻世界。

曼荼罗，曼荼罗，神秘的花！神秘的世界！

“曼荼罗花，是佛教中的吉祥花。佛祖传法时，手执曼荼罗，洒向空中，曼荼罗花漫天而下。”周若朴道。

“俯视曼荼罗，花以蕊为元点，呈几何图案向外延伸。”周清松认真探究后道。

“心灵就是我们每个人的元点，它在成长在不断变化。所以，我们也需要不断更新角度来认识自己。只探索内心世界而忽视外部世界，会自我封闭，只追寻外部世界，而忽略内心世界，我们会迷失自己。

“所以，我迷失了自己。现在就是回到童年生活玩耍的地方，找回自己。”周清松道。

“可惜，这么美的花，我们带不走。”梅影站在花前，遗憾地说。

“曼荼罗花已经留存在你的记忆中！”周若朴道。

29

梅影的时间已经安排不过来。拉拉手上课时间调整到晚上，每周一次。几个孩子的画，已经有了不同程度的提高。那个叫树树的孩子，每次见到梅影，偎在她身边，不说话，用手不停拍打梅影脸颊，梅影已经习惯了他的表达方式。

晚上，梅影刚到校门口，看见老师急匆匆地抱着树树上了车，车从梅影身旁急驰而过。进了教室，张院长正在收拾桌椅。梅影放下包，急忙问张院长树树怎么了？

“下午开始发烧，刚才一下子晕倒在这里。老师刚送到医院去。”张院长回答道。

“没有危险吧？通知家长没有？”

“不能确定。已经通知了家长。树树家的情况和别的孩子不同。每次搞活动，别的家庭父母爷爷奶奶一大家子都来，树树家里只有妈妈来，有时妈妈上班忙也来不了，怪可怜的。”张院长看着教室外边，怜悯地道。

再过两个月，学生们就要参赛，张院长正在发愁选什么作品参赛。梅影认为还是表达孩子们熟悉的内容：家庭、游戏、生活等。树树的画，是在表达他心中的爱和愿望，单从一幅画是看不出他想表达的内容。但是，将几幅画放在一起，成为一组时，就是一个故事，一个想象力丰富的故事。如果要参赛，梅影建议不妨送树树的组画去参赛。

“大赛一般只收两幅作品。送一组，不符合参赛要求吧?”张院长疑虑道。

“嗯，送组画吧。评委不会因为不符合参赛要求而将好的作品拒之门外。”

“咚”，教室的门被扑开，随风卷进来一位满头大汗的女子。梅影侧身回过头，愣了一下。闯进来的女子，正是和梅影经常在小区互相致意的杨画眉。看到梅影的那一刻，杨画眉脑子“嗡”的一声，好像掉进时间的旋涡里，旋得她呆在门口，晕头晕脑，不知该进还是该出。

“树树妈妈，别着急，别着急，孩子没有大问题，应该快回来了。”张院长拿了一条毛巾，递给杨画眉。

“你是树树妈妈?”梅影问道。

“是，不好意思，给你们添麻烦了。”杨画眉仍惊魂未定，诺诺地回答道。

教室外边一阵杂乱的脚步声夹杂着说话声。带班老师抱着树树，进到教室。杨画眉跑过来，接过树树，紧紧地搂在怀里，眼泪顺着脸颊落在树树抹了腮红般的脸上。梅影从包里掏出一包纸巾，抽出几张，打开后递给她。梅影结束了课，带着杨画眉一起回家。

“没想到，你是树树的妈妈。怎么称呼你?”

“杨画眉。”后视镜里，杨画眉一张泪水横流的脸，紧贴着树树。

“想哭就哭吧，哭出来，心里就轻松了。”梅影安慰道。

一丝丝细细仄仄的声音，从杨画眉的喉管不间断地发出，等到越来越大时，连成线的眼泪，一条条地流淌在树树头上、脸上、身上。树树被成串成串的液体浇醒，懵懵懂懂地用小手横七竖八地胡乱抹在脸上，抹完自己，又伸出潮湿的双手，在杨画眉脸颊来回摩挲。杨画眉将树树搂得更紧，“哇”地放声大哭。哭得淋漓尽致，哭得石破天惊，哭得地动山摇，哭得眼泪如倾盆的雨水，哗啦哗啦，一把一把地往下倒，连带着将梅影腌在心坛子里的伤心往事一并倒了出来，一坛接着一坛，坛坛罐罐连成一片。梅影索性将车停靠在路边，各流各的泪，各哭各的委屈，互不干扰，互不相劝。好好地哭，美美地哭，哭到尽兴，哭到今生再也不流泪。哭完了，哭乏了，停歇下来，梅影方才将车开回小区。

哭也是个力气活，梅影回到家时，已是筋疲力尽。冲了澡，全身心舒缓一些。泡了一壶铁观音，分杯后，茶清亮亮地呈现在白色骨瓷质地的小茶杯里，透着素朴、简单。梅影静静地感受着绿茶的气息，在这气息里，是月下的寺庙，是山间的清凉，是白墙黛瓦的巷陌，是雨中无言的轩亭，是武夷山脉漫山遍野的茶树，茶润泽了夜，如玉般温良。相比较杨画眉，自己是多么的幸运。有可爱的儿子，有疼爱自己的父母，有玉音妈妈，有许清姐姐，有唐果敏，有指导美术的周清松，有引领心灵成长的周若朴，有自己的兴趣爱好，有院里一大帮彼此关爱的同事，还有参宿四可以在时空中相逢。

梅影放下了白天的理性，思想开始温软地铺陈在怡人的夜晚。它收纳着时间，承受着空间，丝丝入扣地牵连着时空的起承转合。一种独特的，一种融化的，一种吸纳的，一种迷离而温软的力量油然升起，在这种力量的背后，不是消沉，不是摧毁，而是内心升腾的美好，一个澄明的境界。

梅影从玉音妈妈家回到小区，杨画眉不知道从哪里出来，突然站在梅影跟前。她欲言又止，最后终于说出来："梅总，您能否抽出时间，我想和您谈一些私事?"

"梅总?"梅影感到奇怪。

"我……和杨天是亲戚。"杨画眉说道。

"小杨啊，嗯，那好吧，我们去书吧坐坐。"梅影示意她上车。杨画眉跟在梅影身后，一言不发，两人来到书吧。

"没有想到会是你。有些事情，我……一直不想告诉你。我真怕有一天露馅。我还是实话实说吧。……树树，是林枫的儿子。"杨画眉的声音断断续续在咖啡冒出的热气里，目光躲躲闪闪在餐桌边沿。

"林枫的儿子!"梅影惊叫起来。蓦地，她想起章洁楠告诉她的事情，想起四五年前，林枫有段日子好像从地球上抹掉一样，彻底消失得无影无踪，树树的模样又出现在脑海，梅影这才明白，为什么看到那个孩子，好像在哪里见过。原来如此！原来如此！他和小时候的林木，是有几分形象。梅影不住地摇头苦笑。

"林枫告诉我他是单身。我就信以为真了。直到有一天，我发现自己有了孩子，想和他结婚。找不到他，就自己将孩子生下来。"杨画眉道。

"他是单身？你也相信?"梅影道。

“是的。他不愿意结婚。有一次，他回父母家，我叫杨天悄悄跟上，知道他住的地方。”

“杨天？小杨到院里来上班的时候，知道我？”梅影又吃一惊。

“是的。杨天的父亲是我的叔叔，我母亲去世早，父亲又娶了一个厉害的女人。我上学时，就在杨天家吃住。上班以后，自己在外边和同学合租房子，认识了林枫，他热情开朗，我们也算是同病相怜。”

“同病相怜？”

“我们都没有母亲。”

“林枫的生母还在。”

“不会吧？”小杨张大了嘴巴。

“信不信由你，以后呢？”

“以后？那个地方不是他家，我去的是你父母家。”

“我父母家？你去我家干吗？”梅影生气地问道。

“是啊，我去你家干吗？”杨画眉自言自语道。几年前的一天，就像甩不掉的影子，尾随着杨画眉顺藤摸瓜地跟了进来……

我和杨天一路相伴，到了一家门口。杨天站在楼道，我敲开你们家的大门。门开了，你爸爸出来，问我找谁，我告诉他我是林枫的女朋友。你的妈妈出来，打量我，然后，我进到你们家。他们告诉我这里是林枫妻子的家，林枫是他们的姑爷。我不相信，我真的不相信。你的妈妈从房间里取出你们的婚纱照，还有你们和孩子的照片。当时，我两腿发软，瘫坐在地板。

那天，我不知道是怎么回到家的。但是，想到林枫，我还是抱着一丝幻想。这几年，我终于明白，他是一个什么样的人。当初认识的时候，他告诉我自己一直单身，是因为他没有遇到合适的女人。他热情、开朗，又体贴人。所以，我以为自己找到了幸福，以后，发现他脾气暴躁、自私。有一段时间，他告诉他，他出国几个月。我就在家等他回来，等啊等。树树两岁的时候，我发现他跟别的孩子不一样，到医院检查，医生告诉我，孩子是自闭症。那几年，我一直在各个医院给孩子看病，开始，他和我一起去给孩子看过几次病，以后又失踪了。

我一气之下，抱着孩子跑到你家……过了几天，许清约我在咖啡馆见面。我告诉她，孩子我无法负担。我也不指望林枫，我没有地方住，要求不高，一套小户型一室一厅都行，只要我和孩子有落脚之处。以后，有钱，我会还你们。否则，我一定要找到林枫，把孩子留给他带。或者，我就放到你们家。最后，许清答应给我30万，并且每个月给我2000元，一年两万四，每月打到我的账号。我保证以后不再找你们。否则，每个月的生活费取消。

杨画眉一口气说完，停下来，眼睛望着梅影。

“为什么现在告诉我？”

“过年后，他来找我。说你们离婚了。”

梅影冷笑道：“找你？重温旧梦？”

杨画眉摇头：“你以为我还会相信他吗？”

“事已至此，说这些还有什么用？你没有重新组建家庭？”

杨画眉摇摇头，悲哀地说：“不要说女人现实。男人也一样！没有人愿意背树树这个包袱 。”

在梅影和杨画眉聊天时，吴昊天进来看见梅影，于是，走过来告诉梅影，他出去有点事情，一定要等他回来。梅影走时，时间已晚，吴昊天并没有回来，于是和顾小小打过招呼后回家。

对于林枫这个人，她不想再做评判，但是，让年迈的父母因为这些事情而替自己出面摆平，她的心又开始痛起来，痛得一次一次掉到地上，碎成渣渣。

林枫酒足饭饱打过麻将，已经是凌晨5点。进了小区，一辆面包车在身后戛然而止，停在路边，从车里蹿出一个男子，直奔花园下的一棵樱花树。那棵树正好处于路灯的死角，位置比较隐蔽。林枫想解手，一看四下无人，急急忙忙奔向花园。

清晨5点30分，一声尖利而恐怖的叫声，划破黎明，一位身着绿色马甲的物业环卫工人，从樱花树下狂奔而出。二十分钟之后，呜呜呜叫的警车开进了小区。

早上到单位，梅影刚出电梯，接到了沙琳娜的电话：“梅姐姐，你快来成都吧。林枫出事了。”

“什么事？”梅影心突地一沉，问道。

“生命垂危，你过来吧！”沙琳娜在电话里头呜呜地哭起来。

中午时分，梅影出现在成都医院急诊室门外时，沙琳娜正坐在门外的椅子上发呆。

“怎么回事?”梅影问道。

“他被人捅了几刀，现在已经脱离危险，医生说有可能瘫痪。”沙琳娜一脸惶恐，语速极快。

“现在情况怎么样?”梅影急切地问道。

“现在不让进去，待会儿医生让进去的时候，你进去吧。”沙琳娜说。

“林枫家属。”有一位护士过来叫道。

梅影和沙琳娜互相看了一眼，沙琳娜走过去，回来时，手里是一份交费单子。

“交两万元的押金。梅姐姐，你有钱吗?”沙琳娜问道。

梅影交费回来时，沙琳娜站在走廊。“梅姐姐，老林没有钱，一点儿都没有了。你家的房子都被他抵押在银行。把你家的房子卖了，也补不了这个窟窿。和他合作的一个人，将店里的珠宝一卷而空。”

“房子做抵押? 不会吧? 怎么可能? 我一点儿都不知道。”梅影惊得从椅子上站起来。

“你当然不知道，老林告诉我的。”说这句话时，沙琳娜略微有了一点底气。

站在门诊室外，梅影气得浑身颤抖。真如许清说的那样，林枫就是一个祸祸，祸害别人，祸害自己。她真想一走了之。现在，跟她有什么关系? 浓厚的愤恨与悲愁压得梅影喘不过气，她恨林枫，疯狂到如此地步，竟然不顾儿子是否有安身立命之处。悲的是，他是林木的生身父亲，曾经是自己的丈夫，而现在又处于危病之中。

“梅姐姐，别生气了，事到如今，先看他能不能闯过这一关了。”沙琳娜觉察到梅影瞬间神态的变化，连连安慰道。

一个戴口罩的护士出来，沙琳娜跑过去，问家属能不能进去。护士点头示意可以，伸出一个手指。

躺在各种仪器监控病床上的林枫，又瘦了一圈，眼睛深陷在眼眶里，原本高挺的鼻梁更加突兀地连接着已经刻上几条细纹的额头。双唇紧闭，又有多少秘密被堵在了里边? 林枫脸颊消瘦，瘦到刚认识时候的轮廓，只是现在这个轮廓被生活的荒唐吞噬得剩下沧桑，被密密麻麻地编织在白色的被罩下。

看到林枫的这一刻，刚才带进来的愤恨一下子土崩瓦解。今天，纵使有千般万般的怨恨，躺在病床上，林枫的未来都是不确定的，以后的生活该怎么办？沙琳娜会照顾他吗？不知道他在外边到底还有多少债务，这些由林枫捅的窟窿最后该怎么办？站在床边，梅影感到自己被吸进深深的旋涡里，搅得稀烂，即便手握一道赦免令，也还是在这股强大的力量面前，不由自主地浮浮沉沉。

小杨推门进来时，梅影在她的眉宇间，依稀看到了杨画眉的影子。梅影让小杨和她一起去楼顶露台。一阵风带来了雨的味道，天空的云，正在流动。小杨似乎预感到了什么，跟在梅影身后，默不作声。

“你和杨画眉认识？”小杨点点头。

“没有来院里上班之前，你就认识我？”梅影又问道。

小杨靠在立柱上，脚尖在地上不停地画十字。

“嗯。梅总，我都知道。”小杨低着头说。

梅影没有再说什么，看着灰蒙蒙的楼宇。

“去上班吧。没事，突然想起来，随便问问。”梅影望着天空一片阴沉沉的云道。小杨迟疑了一下，点头“嗯”了一声，下楼。雨点终于滴下来，啪啪啪地打在露台，水泥和尘土混合的味道迎面扑来。

晚上，吴昊天约了周若朴在书吧见面。吴昊天取了一箱啤酒放在桌子下边。

“咋滴啦？情绪这么低落？”周若朴进来，拍着吴昊天的肩膀问道。

“如果回来只是为了开一家小餐馆，太没劲。想做什么？暂时没有头绪。前几天回了英国一趟，和詹妮正式分手了。她不想到中国来。”

詹妮是吴昊天的英国女朋友。

“既然回来了，就在西安找一个合适的人吧。”

“是啊，我也这样想。不知道为什么，知道梅影现在单身，我心里有点说不上的感觉。也许，转了这么多年，又转回来了，上帝是让我回来找梅影的吧？”

吴昊天的话，让周若朴心乱起来。他想起了梅影。梅影的眼神，总有一种让他捉摸不透的东西在里边。有时，似乎有一种异样的情愫蕴含在那双美丽的眼睛里，当他循着眼神走向源头时，发现又了无痕迹。作为心理学专家，他发现梅影对他而言，就是一个未解析的梦，一个待解的谜。

“你说怎样才能知道一个女子喜欢你?”周若朴转着啤酒瓶问道。周若朴的这句话，让吴昊天大跌眼镜。

“啊哦，我的上帝！这话应该是我问你才对啊。”吴昊天拍着脑袋，望着周若朴。

两个人相对而视，不约而同摇着头笑起来。

走在回家的路上，周若朴抬头仰望星空，参宿四依然闪烁着神秘的光芒。天空，一弯细月清丽可人的模样，让人不觉爱怜，梅影的身影和细月交互闪现。一点点酒意，让夜晚的步行在自然而然之中，有了不可言说的美妙。太过完美的生活总是会让人怀疑它的真实性，不必用心去追求完美，完美的生活本就是虚幻出来的假象，是不可能存在的现实，注定的失望。有瑕疵的生活，虽然不美，但却真实地存在。周若朴喜欢，一如喜欢一直在路上。一个人的路，在脚下，好像要去远方，带着流浪的感觉。

这两天天气突然冷了起来。黄昏，在回家的路上，一枚树叶擦过梅影的双唇，落在胸前的衣襟。随着身体的摆动，叶子更深地陷在衣襟里，露出圆圆的叶角。

“外面好冷啊，这里暖和，我就藏在这里吧。”它笑嘻嘻地给梅影撒娇。

“好吧，就待在这里，待会儿带你回家。”梅影说。它就像一枚绿色的胸针，灵动地别在胸前。

“当我还是树上一枚树叶的时候，我就在祈祷：如果有一天，我要落下去，一定不要落在地上。我不愿意看见自己被风吹，被行人踩，被人焚烧的模样。”它停止嬉笑，一边抚弄着衣襟，一边似乎在自言自语。

“树叶的命运早已注定了，春季发芽，冬季落叶，来年再生啊!”梅影不解地说。

“是啊，这就是我们树叶的命运。但是，每年新生的树叶，并不是往年掉下去的树叶啊。我们和你们人类是一样的。你们只有一生，我们也只有一季。”它叹息道。

“好像也是。”梅影仰起头，一株株中国槐伫立在街边，在冷瑟的风中，树叶沙沙作响。梅影听到自己的脚步声。

“大地是你的家啊，是你的生命安息之地。”梅影说。

“你说得对，大地是我们生命安息之地。但是，我不愿意化为泥土。”它倔强地说。

“为什么？”梅影好奇地问。

“当我化为泥土时，我就是泥土，而不是一枚树叶。我是树叶，以前是，现在是，将来也是。带我回家吧。我可以做你的书签，这样，我还是一枚树叶。”它央求道。

“是啊，这么可爱的小精灵，夹在书页中自然是再好不过了。”梅影道。

“不过，你有股怪怪的味道，好像豆腥味。”梅影不由皱起眉头。“咯咯，是的，这就是我的味道，其实，我不仅是树，我还是一味中药。”它咯咯地笑道。

“而且，我还是吉祥的象征呢。”

“是吗？回家百度一下，给你喷点 DIOR 吧。香香一下？”梅影问它。

“不，不要，我就要我的味道。”它倔强地道。

树叶与夜幕下的光阴一起别在衣襟上，与梅影一路回家。树叶终于如愿以偿，带着自己的味道躺在书里，成为一枚书签！

梅影去了一趟学校，和林木一起吃过午饭。吃饭时，林木告诉梅影，前段时间，爸爸看过他，爸爸减肥成功，看起来年轻又帅气。梅影没有抬头，低头拨着碗里的米饭，眼泪不争气地在眼圈内来回打着转，梅影竭力克制着自己，硬生生地将眼泪成功地堵在眼眶里。

晚上，去拉拉手做辅导，树树还是像以前一样，跑过来两只小手在梅影脸上来回摩挲。梅影领着他开始画画时，他老老实实地坐在那里，一动不动。他的画中，主题永远都是他和妈妈在一起，爸爸不是在老远的地方，就是在天上飞。

一个缺少父爱的可怜的孩子！

成都医院住院部病房，林父从卫生间出来，一手端着水杯，一手拿毛巾擦脸，林枫靠在被子上看手机。林父过来给自己倒了一杯水，问林枫喝水不？

林枫没有回答，只是摇头，林父脸色不悦，问道：“你跟沙琳娜什么关系？”

林枫没头没脑，直接回了一句：“只要跟你没有关系就行！”

“扑”，毛巾扔在林枫脸上，林父生气地说：“我没有见谁家的儿子，对父亲这样说话！”

林枫一把从脸上抹下毛巾，依旧低头摆弄手机：“子不教，父之过。她是不是因为这个事情，撇下我和你一走了之？”

林父端着杯子，准备喝水，停下来警觉地问：“你说谁？”

“还有谁？她。她在西安找过我，已经摸到成都来了。人家生活得很幸福。有一个女儿在美国，家庭幸福！看看你自己！”

林父喝了一口水，辩解道：“她幸福？我就不幸福？”

林枫不屑地鼻孔哼了一下：“痴人说梦。在你身边的人谁幸福？阿姨，林静静？我？”

林父将杯子“咚”地摔在桌面，杯子里的水趁势泼洒出来，手指差几毫米，戳在林枫的脑袋上，“我说的是你！”

“报告！我和梅影同志离婚了。沙琳娜愿意照顾我！听明白没有？”林枫没有接林父的话。

林父跺脚，气愤地拉开门，正好碰上沙琳娜进来，“叔叔好！”沙琳娜说道。

林父待理不理地回答：“不好。”转身出门。

见沙琳娜进来，林枫放下手中的手机，口气缓和下来：“你来了？这几天忙什么？”

沙琳娜平静地笑道：“嗯，我有点事情，现在怎么样？”

林枫揭开被子，笑着道：“恢复比较顺利！我是谁啊？天塌不下来！”

听到林枫的话，沙琳娜笑了，问凶手抓住没有？林枫说没有。沙琳娜站在那里，看起来并没有打算待。

“你站着，我心慌，你坐下吧。”林枫热情的声音里带着一些期盼。

沙琳娜被林枫的热情搞得有些心虚，支支吾吾地说：“嗯……不坐……我要走了。去重庆。”

“有事情？什么时候回来？”

“……不回来，在重庆上班。明天走，我……就是特意过来和你说一声。”

林枫的脸上浮现出一丝冷笑，斜睨着眼睛：“女人一个都靠不住！哼！哼！”林枫的几声冷笑，让沙琳娜身上起了一层鸡皮疙瘩。

“我真佩服梅影，跟你能凑合这么多年。”沙琳娜的手摩挲着包上的拉链，说。

沙琳娜的话严重地刺激了林枫敏感而脆弱的神经末梢，他一下子暴怒：“滚！滚！越远越好！”顺手抓起饮料瓶，朝病房门口砸去，林父正好推门进来，饮料瓶不偏不倚，正中林父怀里，林父手忙脚乱没有接住，瓶子掉在地板，盖子飞到一边，饮料从瓶子流淌出来，滋滋滋溅起细细密密的气泡。沙琳娜回头看见林枫恼怒的样子，无奈地摇摇头，和林父点头打过招呼，侧身出门。林父盯了林枫几秒，叹口气，“等养好了，回西安，让小影回来吧。”

林枫怪异地笑道：“行！可以！你去找她吧！”

30

桌面是一份法院的强制执行单。因欠款，林枫将家里几套房子抵押在银行，被法院追诉。面对突如其来的事情，梅影发现自己已经能够坦然接受。也许，是潜意识中的觉知吧。执行时间截至 6 月底。原本打算在林木学校附近租的房子，7 月底才可以入住。梅影打电话给房东，房东非常客气，告诉梅影随时可以搬进去住。房间家电齐全，并不需要额外带什么东西。

坐在沙发上，梅影发现她一手置办起来的家，一日之间，已经不属于自己了。她起身烧水，待水开后，泡了一壶铁观音。在茶的氤氲热气中，她好像看到自己正在江河划一艘小船，小船沿江逆流而上。她奋力划桨，小船依然缓慢。停下思考，越是思考，似乎越是梳理不清，待回过神的工夫，小船又回到起点。如果正确的方向是逆流而上，那么只有继续前行。感觉目标看起来很近，实际却又很遥远。

远方到底有多远？好像陷入一团团白色缭绕的迷雾中，无法辨清前行的道路。各种思想奔涌而来，相互抵触，相互消耗。一场战争在思想深处激烈开战，没有胜负之分，各败俱伤。它们只好偃旗息鼓，黯然停战。梅影低头默默收拾战场，凝望着一片狼藉的思想，沉甸甸得已不知道它的分量。

不自信，所以不安；不安，所以焦虑；焦虑，又加大在心理上对方向不确定性的评判。梅影明白此时此刻，已经不是内心的宁静所能解决的问题，而是需要随时补充能量，补充强大心肌功能的能量。当有足够能量的时候，适时调控自身操作系统，才能达到理想状态，穿越浓雾，走向远方，才会知道它到底有多远。

关注自己爱自己吧，回到自己，分散的思想才会回归聚拢，沉甸甸的包袱才会卸下。“若有谁想变得轻盈，就必须先爱自己。”梅影终于明白学习如何爱自己，是爱的艺术中最为出色、精巧而又极具包容的一种。爱自己吧！只有爱自己，才能抵抗生活给予的种种历练，才能跨越一个又一个的门槛，冲破一道又一道的障碍。

梅影对自己发出了郑重的邀约！

唐果敏打电话过来，问什么时候搬家，一个人是忙不过来的，她想让小微过来帮忙。梅影谢过，告诉唐果敏如果收拾好了，去茶楼喝她的茶，聊自己的画！唐果敏又告诉梅影下午大家在一起议议旗袍店的事情，问她是否过来？梅影考虑了一下，果断地说她不过去了，让许清全权代表。梅影这边有电话进来，两个人挂掉电话。电话是许清打进来的，她刚从上海出差回来，明天要过来帮忙搬家。梅影已经不想麻烦任何人，包括许清。

在家的最后一个晚上。灯下，房间的物品已经打好包，整整齐齐地堆放在餐厅。已经斑驳脱落的木箱子，发出幽暗而孤寂的绿光，赫然站在地板中间。梅影在地板坐下来，试图在搬家之前，将箱子打开。当她伸出手触摸到带有温凉的木质时，好像冥冥之中有个声音在某个角落不断地提醒她：现在，你还没有资格打开它。梅影在箱子旁又呆坐了一会儿，起身到阳台。

夜色依然呈现出紫黛的调调，在夜的气息里，那些美丽的幻想和深沉的宁静飘逸而出。想象着会有安静的一生。走着走着，发现安静的一生就像美丽的泡沫，在阳光下五光十色，而后，剩下碎末，直至消失。其实，安静的一生，只是理论上成立，在现实中可能性几乎为零。

今夜，参宿四格外璀璨，每次触碰到它熠熠的目光，微笑就会柔和地牵动全身的肌肤，而那萦绕的无可言喻的感伤也找到了它的答案。它闪烁的光彩，宛如打开了一道通往另一个世界的大门。那个世界似曾相识，古老到只留存在世代进化的基因里，如果基因的芯片里储藏有记忆，那些遥远的想象不到的记忆，会在某一刻被催醒，一点一点醒来，尾随着光的足迹，寻找它的同伴与亲人。它的亲人，散落在世间各地，彼此不知道彼此的存在。有一天，当梦从沉睡中醒来，发现，我们是同类，我们是亲人。

当自我意识被时间意识击碎，而如落英缤纷时，梅影恍然意识到，纷沓而至的各种物象的存在，证明了宇宙的吸引力是何其巨大，宇宙尚且如此，而心这个小宇宙又何尝不是呢？

晚上，搬家公司过来搬家。梅影在楼下碰到任工和章洁楠正在散步。章洁楠过来，抱着梅影的肩膀眼泪汪汪的。

“小梅，需要什么帮助，随时打电话。”任工站在章洁楠身后，说道。

“等一下下。”

章洁楠转身跑回楼内，手拎一个小包又一路小跑回来。章洁楠将包塞在梅影怀里，“这是我给你做的两件旗袍。”

在暮色中，车驶向新家。新家两室一厅，终于可以放心地、正大光明地画画，梅影索性将客厅做成了画室。一夜未眠，她一口气将房间全部整理归档完时，已是腰酸胳膊腿疼。

冲过澡，梅影坐在飘窗，看太阳一点点从云层中升起，天空由淡蓝转为绯红，色彩绚烂得如同泼洒上去的油画。楼下栽种的常春藤攀缘上来，叶子在阳光中熠熠发亮，几只小鸟在枝头婉转地鸣叫，梅影终于欣赏到清晨的美好。

早上起床，对于梅影真是一件苦恼的差使。晨曦微露的清晨，看似蛮有诗意，但在记忆中永远都是一副睡眼蒙眬的表情、哈欠连天的状态以及木然不动的头脑。如果早上有要紧的事情，所有的功课必须在前一夜做足，否则，对于早上不开化的梅影，最担心出现意外，处于混混沌沌之下，实在是不能快速有效地做出反应。

在文学作品中，描写清晨的气候如何清新美好，精力如何充沛的句子，梅影经常会持怀疑态度。大多数情况下，她找不出情感的共鸣，首先没有那么多时间去充分领略美。其次，发现美的眼睛，和认知美的头脑，处于半休眠时分。当然也有偶然情况，比如出去玩或者出差，那也是提着十足的精神劲在一段时间内的特殊情况。对于美是那般敏感的一个人，对于清晨的美好，却视而不见。清晨，在梅影面前，如清水挂面，委实是起不了任何情感的波澜。

一天美好的开始，为什么一定要从早上开始呢？离开家，彻底放松自己的地方，戴上人格面具，裹入车水马龙的生活中，做一个未必真实的自己。一天的生活拉开帷幕，一场戏就此上演，在没有舞台的舞台上，遵循各种约定俗成的规则，虽然这也是生活的一部分。处于这种状态时，与生俱有的理性也许会适时回到体内，校正偏离的人生的轨道、人生的方向。

真正属于梅影的时刻，是在太阳落下，黄昏的薄雾袭上来，在晚归的途中，在夜色的流连里开始，一种美妙的、活跃的情绪不由分说流泻出来。柔和的光线下，灵性的魔力与夜的音乐无声地融合在一起，抽象的精神触角化为形体，成为具体的色彩、线条慢慢传递，成为思想，渐渐清晰，甚至成为各种幻象浮现在窗棂天花板时，精神的蚕蛹，在看得见、摸得着的茧子里开始抽丝。夜的美好，在月光、星宿、云层的陪伴中，无限延伸……

梅影拉上窗帘，疲惫不堪的她进入睡眠中 ……

我、阿尼姆斯，还有一个不认识的小男孩，乘坐白色的轿车来到一个房间。房间应该是单元房。整体感觉简单、整洁、素淡。

房间的门是个大客厅，面向南边，有一面很大的窗户，不是现在的大块玻璃窗，而是一个一个装有玻璃的小窗户组合起来的大窗户。窗户敞亮，有光透过，唯美，我们的心情愉悦。这时，有一块窗户没有玻璃，用一块原色未经晕染的布整整齐齐缝在上边。纱布上插着两朵花，花不是我平日喜欢的小花，而是两朵白色花朵。花形美丽，是曼荼罗！我的眼睛开始搜寻。窗户下面，距离稍远的地方，还有一盆绿色植物，上边竟然也是曼荼罗！惊喜看着花。梦中的我似乎还在问自己，花怎么会在这里。房间的光线充足，光透过玻璃。在光线中，花柔和而又洁美。我回头看到阿尼姆斯和小男孩，他们欣喜地面向窗户，脸上笼着一层光晕，大家都被花所吸引……

曼荼罗！曼荼罗！梅影从梦中惊醒，一丝光线从窗户外透射而入。在这个梦中，为什么是白色的车，而不是其他颜色？为什么会有曼荼罗，为什么会有小男孩，为什么花是两朵而不是一朵？为什么花会在窗户上？为什么窗户要用一层纱布缝上？为什么是大而敞亮的客厅？为什么光线充足？为什么大家表情愉悦？梅影在梦中寻找着梦工作的线索。拉开窗帘，阳光在常春藤叶与枝的缝隙中，落进房间，斑斓炫彩。

午后，梅影和唐果敏约在茶楼。到了茶楼，小微站在前台里面，冲梅影微笑，然后手指楼上。穿过大厅，进入楼上，唐果敏已经端坐在自己的茶间等候。茶桌上放置了两套青花白底、瓷质细腻的盖碗。梅影脱鞋，将鞋放置于鞋柜，然后坐于她的对面。小微手里托着一个大于掌心的圆形青花瓷罐进来。

唐果敏接过小微的青花瓷罐，打开盖，伸过来，让梅影嗅。梅影深呼吸，一股来自茶园的清香，随气息，沁入肺腑，停留到丹田。唐果敏用一个精致的白色小茶匙拨茶叶。

“我们今天喝盖碗茶。我先考考你，为什么叫盖碗茶?”

“我先解释盖碗，盖碗也叫三才碗，由盖、碗、托三部分组成。盖为天，托为地，碗为人。取天地人三才之意，也有天时地利人和之意。盖碗茶，自然是用盖碗所泡之茶了。回答完毕，请老板指正。”这个回答是在家喝茶时，妈妈讲给梅影的。

“完全正确，赏银一两。”

“一两太少，至少十两。”

“可以，继续考你，答出来，打赏，答不出来，减银。”

“盖碗的茶阵暗语有几种？各自有什么意义?”唐果敏问。

“茶阵？茶阵暗语？什么意思啊？又不是下棋，喝茶还要排兵布阵？减银吧。”梅影不知道。

“不知道了吧，茶阵就是盖碗的摆放。每种摆放都代表不同的意义。茶盖向下靠茶船，表示要加水。茶盖在茶船上正常摆放，盖上有火柴或干茶叶等，表示暂时离开，还要回来。茶盖向外依靠茶船，表示外地人，有困难。茶盖放茶碗旁，表示刷脸，也就是钱没带够，下次来时再补。茶盖朝上放进茶碗，表示我们要结账了。

“老师，学生不明白，茶船是什么？您能否亲自示范?”

“这不正准备嘛，盖、碗、托整体组成船身。“唐果敏边说，边煞有其事做示范。

“最近，你忙什么?”唐果敏问道。

林枫的事情，梅影和唐果敏在电话中已有几次交流。唐果敏按了桌铃，小微进来，双手捧着一盘各式小糕点。

唐果敏讲到盖、碗、托组成船身时，梅影不由得想起林枫。虽然梅影和林枫的婚姻不再存续，因为有林木，依然是一个整体。还是去成都吧，林枫的父亲已经打电话催着过去。他哪里是照顾人的人哪？

“果敏，我真的是一个很幸运的人，碰到爱我呵护我的家人，玉音妈妈、许清。碰到像你这样随时给予能量的知己。还有人生导师周若朴，美术导师周清松。”

“因为你的善良吸引到了大家。其实，在你身上也学到很多，我们彼此互相给予能量。认识你，也是我的幸运。”

“果敏，我要请一年假。林木马上进入高三，在他人生关键的时候，我想好好地陪着孩子。我也想尝试在这一年，能否创作出更好的作品。”

“我发现这半年，经历了这么多的事情，你一下子成长起来。我和你不一样。从小我知道，要改变命运，必须得上大学，必须得靠自己，因为没有人帮助我。我是一路扛过来的，很幸运地碰到老钟，我们又一起扛着两个家族。帮助他们上学、置家，给他们找工作，该做的不该做的，我们都做了。心经常会很累，对他们，我没有别的要求，只希望他们能理解我们的苦衷。但是我发现，大家物质生活不存在问题的时候，精神的贫瘠又暴露出来。”

“所以，你发现自己还有一个任务，引导一个家族的精神力量。”

“是，你说对了。从更高层次讲，是精神指引，从通俗角度讲，是一个家族、一个家庭的家风问题。一个人对家庭有责任感和使命感，他自然会用标准去衡量自己、约束自己。一个家庭的氛围很重要。前段时间，把《曾国藩》这本书看完。曾氏家族历经数百年不衰，归根到底是良好家风的传承。一个有正能量的家庭，是每个家庭成员的加油站。大家在这里交流工作、学习，探讨问题，解决矛盾，然后带着各自的收获回到工作中。不能再像以前那样回到家，餐桌上聊的不是喝酒，就是打麻将，继续下去整个家族快要集体沦陷了。”

“读书会什么时候开始？”梅影道。

“西大一位老师正准备将读书会放在茶楼，这几天正在筹备。我准备将大厅改造一下，放置一批书架，购买一些书。”唐果敏道。

“你执行力好强，我不能再犹豫，再纠结了！”梅影羡慕并佩服道。

一个人的周末，睡到自然醒，起来已是 10 点多。周若朴打开窗户，阳光隐约在云层，晕出淡淡的光影。在光影中打开手机，通过蓝牙连接到小米音箱，贝多芬的《命运交响曲》在房间回荡。雄浑而有气势的乐曲，让沉潜在倦怠欲睡中的情绪一下子激昂起来，因为感冒，身体快要散架的各个零部件迅速组合起来，冲澡、打扫卫生，清理茶具。

煲了一夜的排骨莲藕汤的味道从厨房飘过来，汤里放了橘皮，在莲藕糯糯的温香里，橘子的清香格外清晰。嗅觉虽然没有往日那般灵敏，但那汤味冲击着鼻腔，诱惑着味蕾。喝汤，换音乐，轻松些的，那就理查德·克莱德曼的钢琴曲吧。前几日，周若朴无意中看到他的最新视频，钢琴王子老了。但是，即便老了，他的儒雅依然散发出贵族般的气息。

周若朴坐在书桌前，打开一本世界名画集欣赏。他发现自己对画的兴趣更加浓厚了。

午后，唐果敏、许清、吴昊天、梅影继续在书吧听周若朴做梦的解析。梅影复述自己的梦，周若朴再次随着梅影的复述进入到她的梦中……

“在这个梦中，出现了很典型的几组原型意向。白色的车，白色，象征纯洁、精神的超脱。车的四个轮子呈圆形。圆在分析心理学中是一个中心象征意向，是人的心灵追求，是和谐完美的统一，是生命的终极圆满。曼荼罗，我之前对梅影已经讲过。”周若朴注视着梅影说。

“曼荼罗是‘自性’的象征，是心灵中各种敌对势力趋于统一的呈现。”梅影道。

“窗户、房子可以代表一个人的内在世界，在这里它呈开放、接纳的状态。光，在柏拉图《会饮》中，一直是神圣的存在。当上帝创造人的时候，人类被赋予两种光亮，一种是内在固有的，一种是从外面注入的。以便他们能从内在的光亮来理解低级事物和同等事物，并通对注入的光亮来理解高等事物。当他们关注内在的光亮时，他们便失去了外面注入的光芒，于是，他们立即坠入形体，被切成两半。所以，他们寻找另一半光，一旦重获这种光亮，他们将成为完整的人。我们从另外一个角度来理解，光，其实是每个人的梦想之光、理想之光。光的存在，指引着我们不断走近梦想，走近理想中自己的模样。”周若朴道。

“是的。”梅影点头道。

“阿尼姆斯作为意识和潜意识的中介人，再次出现，小男孩甜美、快乐，闪耀着智慧，他们的世界单纯美好，是我们每个人心灵中最美好的本质，这是一个唯美而愉悦的梦。”

梅影点头。

“曼荼罗是人的心理事件的投射，反过来又投射于人的心理。在某种程度上，它好像是开启特定个体自性的密码。人的专注力或者兴趣，被带回到内在的神圣领域，返回人类心灵的根源同时也是目的地，这个过程蕴含了生命和意识的统一。这也就是我们重新找回自己的意义。”周若朴肯定道。

“我在百度搜索曼荼罗，发现花语是爱与死亡。为什么赋予曼荼罗如此对立的花语。”梅影问道。

“爱是愉悦而神圣的，是美、善和智慧的根本倾慕，对个体而言，是已知的存在。死亡却是悲哀、痛苦、绝望乃至身体的最终消失，对个体而言，是未知的存在。记得在大鹏湾时，我给你讲过，当狭隘地理解时，爱与死亡自然是对立的。爱相对更好理解，但是死亡似乎并不那么容易理解。正常意义的死亡，更多指向身体的死亡，如果将其延展为一切事物或理念的消逝与变化或者解脱，它的内涵与外延将会变得更为宽泛。这样理解时，死亡就已经卸下了恐怖的外壳，而变得柔性起来。因为只有变化与解脱，才能更好地体会到死带来的希望与美，生命的本质就是一场美好的体验。所以，曼荼罗的花语蕴含着的对立与统一、终极的圆满也就不难理解了。”周若朴解释道。

“前几天梦见家里突然出现一个黑衣人，紧身衣，从头套到脚上，好像蝙蝠侠一样。”梅影道。

“这就是阴影，是一个人不想成为的那一面。这一面就是我们人性中自私、暴力、嫉恨等的阴暗面。它在梦中常常表现为鬼魂、阴影等，让我们愤怒、憎恨等，它是我们自身的一部分，是我们需要了解、整合并接纳的一部分。它在梦中永远不会消失，只有我们承认并接纳这些精神中的能量，才会更加了解一个全面的自己，这也是我们生命的奥妙所在。”

“还有一个问题，为什么花会在窗户上？为什么窗户要用一层纱布缝上？我一直在琢磨。”

“呵呵，这就是梦的丰富与生动，研究梦会发现，梦的世界很有意思。花一般是女性的代表，梦没有语言，所以它会改装，花如何能在玻璃上？看来，梦也是经过一番深思熟虑的，所以只有这一块玻璃用布缝上，花才会别上去了。”周若朴笑着说。

当周若朴用一种轻松的语言描述一件事情的时候，梅影在他洋溢着微笑的脸上总能看到一种孩子般的纯真。

“小影，这两次，总是听到你梦中的阿尼姆斯，他是谁啊？我认识不认识？”吴昊天追问道。

“……嗯，个人隐私，无可奉告！”梅影笑着道，说完，不由得瞟了一眼周若朴。周若朴的心咯噔一下，这一眼，让周若朴明白，梅影梦中那个神秘的阿尼姆斯是何人。

“我经常会梦见自己上学考试。卷子发下来了，书还没有看完。”唐果敏道。

“这是一个考试梦，大家普遍做的一个梦，更多地反映人们存在的各种焦虑。”周若朴道。

“有道理，当我急于完成一件事情的时候，考试梦就会不请自来。”唐果敏说。

“周医生，我最近也比较焦虑，在辞职与不辞中间纠结，你说我该怎么办？”许清问。

周若朴笑了。“这件事情，需要你认真地分析利弊，要搞清楚自己到底想要什么？分析心理学，是在帮助人们整合心理结构，找到自己最深层的动力，获得精神的圆满。”

“我的最深层动力？……一个字：爱！”许清道。

“哼！惊天动地的爱啊！”梅影揶揄道。

“某人开始羡慕嫉妒恨了！”许清拍打梅影的肩膀道。

“哈哈，我们统统羡慕嫉妒恨！”吴昊天笑道。

“你也可以找到惊心动魄的爱！”周若朴道。

“周若朴，你的阿尼玛什么时候让我们见一见？”

“周医生有女朋友？”许清和唐果敏几乎同时问道。

周若朴粲然而笑，指胸口。不知不觉间，时间已指向四点半。晚上，周若朴在医院有学术讲座，于是，提前告辞。

许清约了几个朋友，晚上去唐果敏的茶楼。剩下吴昊天和梅影。吴昊天最近事情比较多，经常去上海和北京，其间回了一趟英国，短暂地逗留几天。

晚上，正好有空，想约梅影一起吃晚餐，然后，出去走走。梅影推托掉，现在，她只想回到自己家，沉浸在自己的世界里，贪婪地吮吸松香与油漆混合的味道，与各种线条纠结缠绕得难分难解。

斜挎着包，梅影踩着自己的影子往回走。风吹皱天上的云絮，云卷过身后的夕阳，唯留微弱而淡白的光芒，悉数倾泻于地面。分裂，统合，再分裂，继续统合，最终自己与自己达成和解，达成统一。

31

周一早上上班，照例是例会。梅影打算将手头工作整理归档，然后，和孙星辉、张所沟通后，准备请假。早上起来，在浴室冲过澡，给脸上敷了一张醒肤面膜，打扫卫生。打好豆浆，吃了两片面包后上班。刚上班，梅影接到院里通知，下周去上海学习，一个星期。这个通知打乱了梅影的计划，她纠结了一个下午。

整整一天时间，梅影处于超级纠结状态。如果去，五天课程，往返路程一天，六天的时间，的确让人很心疼。梅影刚刚构思好的一幅图，又要推迟一个星期，这是她在学习半年后，第一次动笔，梅影满怀期待。六天时间，去还是不去？问了无数遍，好纠结。好像踩在平衡木上，一会儿晃到去，一会儿晃到不去，要不就站在中间，不知道往哪边踩。去与不去，颤巍巍地挂在平衡木的两端七上八下。当去的理由占据上风时，准备出发的资料，可是当看到桌子面前堆积的书时，不去的理由又占据了上风，于是，继续敲电脑。敲一会儿，抬头看着窗外的阳光，又想出发。纠结着、继续着，一个简单的事情最后竟然纠结了一天，头脑乱糟糟的，真想找一枚硬币，抛向空中，让宇宙来选择吧！

午后，突然下起一阵雨。雨融合了自然的纯净，流淌着音乐的旋律，瞬间似小溪般快乐，瞬间似江海般滂沱，在天宇间，挥洒自如，充满了豪迈的张力。在雨的伴奏中，进入雨的世界，随雨的节奏起舞，没有一切束缚，酣畅地呼吸，任意地放形，于无形中寻找有形，于有形中变幻无形，如绿叶尽情舒展着丰美，如小鸟只管放声高歌，在奔涌中创造无限的欢喜，在澎湃中宣泄无声的感动。雨又起了，踩着雷的鼓点。

当雨过后，阳光从树枝缝隙间，从东边慢慢移到了西边时，已是下午4点，去还是不去？最后一次抬起头，看看太阳与雾霾同在的天空，桌边散落的书，还是确定不下来，最终去与不去。听从内心最后发出的指令吧！这个星期，交接手续。当梅影最后决定下来时，长久以来盘桓在内心的一件事情，终于有了着落。

夕阳安静地铺在地面，任树叶涂抹斑斓色彩，一片青色的暗影，一点明亮的黄，勾勒出树冠之形、楼宇之轮廓。走在树下，衣服缀满了叶的脉影，在阳光下，如同吸了妖气的小花，不断变化着颜色，附在身体上妩媚而又灵秀。透过枝叶舞动的缝隙，空中是一点点的蓝，平和温顺得直指人心，看得见它在，看不见它也在。

下班时分，街道人流量明显骤增。放学的小孩、下班的职员都涌上回家的路，小摊小贩也开始忙碌起来，一个个的汽车就是流动的售货亭，打开汽车后盖，有鞋，有居家用品，等等。有一次竟然有卖玻璃器皿的小车，摆着几十个漂亮的茶杯，梅影不由得凑上去，还真挑中一套好玩的玻璃过滤网，配正在用的一套玻璃茶具再合适不过了，况且价格便宜得让人心跳。

去菜市场看看吧，那些带着生活味道的场所，让人想起小时的烤火炉，有家的温暖和饱腹的存在感。

生活的味道就如同妈妈的味道。对，就是妈妈的味道——是自己回家的味道，是儿子回家的味道，是柴米油盐酱醋的味道，是凡俗中过日子的味道，有粤菜的鲜香，有上海菜的赤浓、有杭帮菜的甜腻、有川菜的麻辣，当然也有陕菜的酸辣咸。

妈妈的饭，几十年没变的口味。好像一下子回到了两家七口人的时候。围坐在小方桌，一边吃饭，一边听家人说话，真是一种享受。转眼过了这么多年，小方桌换成了大圆桌，不该走的却走了，如同一出戏，永远缺少了主角。

好久没有给儿子做饭了，他一直嚷嚷要吃妈妈饭的味道。之所以是妈妈的味道，是因为妈妈有一味独有的调料，永恒不变——那就是爱！

爱！无色无味，无形无状，在每天的三餐，在日常的洗洗涮涮，是回家开门见到的第一个微笑，是深夜电话里的叮咛，是每次返回的大包小包，更是多年来家庭的熏染，温软的坚强！

周四，梅影请完长假后，和大家暂别。晚上回到家，躺在床上，没有打灯，戴上耳机，老吉他发出的颤音，从夜的海上传来，拨动了心底的每个角落。一个轻柔的女声，从远方缥缈而来，像羽毛滑过心的颤悸。在轻轻呼吸的间歇，梅影好像看到年轻时的踪影，渐行渐近。年轻的味道，像春天的新绿那样清新，甚至于现在，也能在想象中隐隐体味到。喜欢独处，即便一个人静静地躺在这里，什么也不想，什么也不做，任音乐在身边流淌，也是喜欢的方式。以这样的方式，让自己回到记忆中的某个时刻，在这个时刻充分地品味与雕琢。这一刻，心在温情中融化了，无比柔软。梅影承认，她的每一颗细胞，每一根神经都像一根弦，蹦在高度敏感状态，既新奇又惶恐，既忐忑不安又万分等待。她不知道未来会发生什么，不确定以何种方式发生。在思绪飘忽中，慢慢进入梦中……

我躺在病床上输血，红色的血液，从血袋沿着长长的输血管，流到我的体内。我听到血液一路欢畅流动的声音，听到骨节咯嘣咯嘣生长的声音，我在膨胀，膨胀。突然，从体内伸出四个犄角或者关节样的东西，向空中疯长，没有剧烈的撕痛，没有强烈的惊恐，我奇怪地看着它们。另一个我似乎在房间的天花板上，平静地俯视眼前发生的一切。

突然醒来后，梅影被自己的梦吓到了。但是，很快她意识到，这是一个很重要的具有象征意义的梦。梦中出现两个我，一个是潜意识自我，一个是意识中的我。

在梅影踏进病房门时，林枫和父亲刚刚发生激烈冲突。林父看见梅影，如释重负，他在这里一天也不想待下去了。因为林枫整天和他别着劲干。林枫听到父亲的控诉，讥笑道，人老了，就应该有点老人的样子。梅影打断林枫的话，他没有再说下去。林父一边开始给旅行箱里收拾自己的衣物，一边自言自语地唠叨，这个儿子白养了。

门推开了，一股凉爽的风从门缝溜了进来。苏俞夏大包小包出现在门口。看到苏俞夏，梅影感到好像在哪里见过，一时又想不起来。林枫颇有不悦，问你怎么来了？苏俞夏没有理会，到了床前掀起被子，观察林枫的伤口。苏俞夏抬起头，笑眯眯地盯着梅影问林枫，这是梅影？

梅影仔细端详着苏俞夏那张风韵犹存的脸庞。高挺的鼻梁，连接着圆润的额头，她找到了林枫的影子、林木的影子，毫无疑问，老太太是林枫的生母了！

苏俞夏站在床边微笑，这位有着玉音妈妈气质的老人，让梅影一下子有了亲近感。

“我是梅影。”梅影笑道。

“不用猜，就知道是你，见过，在林木学校门口。有点像我年轻时候的模样。”苏俞夏笑着说。

梅影恍然大悟，那个找孙子的老奶奶。

“你怎么来了？”林枫问。

“你爸爸给我打电话，让我来照顾你。”苏俞夏说。

林父的行李已经收拾完，最后拉上旅行箱的拉链，一脸落寞地说：“我走了。”

“爸爸别走，我们和妈妈一起去吃饭吧！”梅影道。

林父扭过头，“不去！”父亲的拧巴，让林枫一下子不耐烦起来，“别叫他去！省得惹事！”

林父转身手指抬起，狠狠指向林枫，脸憋得通红，最终没有说出一句话，拉着行李箱准备出门，林枫鼻子哼了一声，冷眼旁观，盯着梅影送父亲出了病房。苏俞夏从塑料袋取出几个杧果，去卫生间洗了出来，恰好梅影送林父回来，苏俞夏微笑着道：

“小影，这几天我来照顾林枫。你回去上班吧，别耽搁了。”

“我请了一年长假。”梅影道。

“你请假干什么？”林枫瞪大眼睛问。

“陪儿子，画画。”梅影道。

林枫眼睛盯着梅影，眨巴几下，快要到嘴边的话咽了回去。梅影将剥好的杧果用水果刀切成块，放在纸杯，取出一根牙签，扎在一块杧果上，递给林枫。苏俞夏拉起梅影出了门。

“小影，你回去吧。你把林木照顾好。我在这里陪他，就当对他这么多年的补偿吧！好不好?”苏俞夏央求道。

梅影在苏俞夏的眼神里看到了母爱的期盼。

周五晚上，梅影踏上北京去的火车。在车厢里，当她讲述完前几天的梦的时候，周若朴并没有马上开始做梦的解析工作，而是进入沉思中。虽然梅影并没有告诉自己的状况，但是，章洁楠和任工已将梅影目前的状况透露了一些。通过一系列梦的工作，他再次强烈地感受到梅影表面的平静下，一颗坚忍而执着的心。这是一个内心强大的女子，她需要有人去爱，需要有人去守护。他怜爱地注视着梅影。

梅影看到了一双异常温柔而又坚定的眼神凝望着自己，于是，将视线移向窗外。周若朴意识到自己的神态引起了梅影的警觉，继续开始梦的工作。

“在梦中，强烈的驱力使潜意识，渴望突破自己。于是，梦将潜意识自我进行了改装，通过神话形式表现出来。红色血液是典型的生命象征，而体内伸出的犄角或关节，使潜意识自我成为一个原始意象，他通过幻化出来的形态来显示自己，这也是人类心灵进化史中原始的、遗传下来的形态。”周若朴停下来。

“我相信，类似神秘而莫测的梦，在几百年前甚至上千年来，已有无数人做过，只不过并非人人都会深刻地体会、理解，并通过梦境生成显现的隐意，去挖掘心灵最本质的构成。”梅影接过周若朴的话道。

“潜意识自我，不受时间、空间的约束，无所不在，它可以在任何时间段，在任何空间维度出现。它将自身形象幻化为无所不能的超能，蕴含包容了整个宇宙。它是一股强大的能量，它既有邪恶与正义，也有魔性与神性。当潜意识自我出现邪恶与魔性时，它具有摧毁一切的力量，当正义与神性在它身上显现时，它将获得一种创造力与解决自身冲突的方法。因为它具有的强大能量，已激活了心灵的核心。

“所以，在这个梦中，潜意识本原生命力将心灵环境与物理环境进行了神秘的联结，心灵环境是你的个体，物理环境则是房间、病床、血液。当潜意识自我冲破桎梏，表现出强有力的生命冲击时，它好奇而平静。那么，在这个梦中，意识自我高高在上，以同样平静的姿态俯视潜意识自我的生长。因为潜意识自我的勇猛无畏，以及它所表现出来的强烈的创造性合乎意识自我的规则，因而，它们在梦中表现出来的不是对立而是统一，不是分裂而是整合。潜意识自我与意识自我在梦中相互示意，默契地创造出一个新生的世界。”

“对，你说得对。如果刚开始梦工作，我更多的是感到新奇、神秘，那么通过一系列的梦，梦中所呈现出来的物象和解析，我发现梦正在潜移默化改变着自己，或者说我在潜移默化改变着梦。我好像不再那么焦虑，不再那么分裂。”梅影说。

“是的，你的变化，我看到了。你对自己越来越有信心，这种信心也许你自己并未感知，或者感知并不明确，但是，它在你的梦中已经逐渐地呈现出来。”

“是啊。我有一个构想，准备和周老师沟通。我想创作‘追梦人’系列画作。用古典技法，融合中国元素，加上来自梦中的潜意识内容，去展示心灵最深层的触动。”

“对于画，你和清松好好聊聊，他会给你提供必要的帮助。”周若朴叮咛道。

对面的周若朴，像一位敦厚的兄长坐在自己面前，给她带来一份从未有过的踏实。

列车在夜色中继续前行，周若朴回到自己的床铺。周若朴身上隐隐的气息，让梅影有似曾相识的感觉，伴随这种感觉，潜藏在心底不可言说的忧伤悄悄蔓延上来。梅影不由侧脸扫视周若朴。

床头灯青白色的光线，勾勒出周若朴线条分明的侧面轮廓，透明而又宁静。鼻梁高挺，下巴柔和的线条滑向颈部，在那里喉结有一个圆润的突起。一个灵感转瞬即逝闪过梅影脑海，一幅绝妙而又精准的画面展现在她的眼前，她取出速写本。

不知过了多少时间，当最后一笔画完收笔时，周若朴回过头小声问道：“你还没有休息？”

梅影下意识地将速写本揽入怀中，回答道。“嗯，你怎么知道？”

“我听到笔划过本子的唰唰声。”周若朴回答。当周若朴感知到梅影在画自己的时候，他原本想静静地坐着，让梅影一次画个够。无奈，心头升起异样的情愫，让他实在忍不住，想听梅影说话的声音，柔柔的，轻轻的……像羽毛在耳边拂过。

梅影脸部开始发烫，手心冒出微汗，仿佛正在行窃的小偷被好心的主人发现而揭穿。她尴尬地对周若朴报以无声的谦笑，关掉床头灯，梅影在摇摇晃晃中，又进入了梦乡……

梦中的画面比较暗淡，我在街道的柏油路面上行走，右拐进入一条大街，街道宽阔，呈上坡状，两边有树，建筑的印象比较模糊。应该是往南边走，前边敞亮。路面很宽，洪水从南向北冲过来，我低头发现我抱着一个小婴儿，小婴儿裹在深蓝色小被里。洪水来了，一个浪头打过来，我埋到洪水里，怀里的婴儿从怀里飞了出去，我着急，四处寻找。这时，一个不认识的男人，高大威猛，有点像巨人的男人，突然出现在我面前。他的手里托一个蓝布包裹的小婴儿，正是我抱着的婴儿！我接过婴儿，他闭着眼睛，安然地躺在我的臂弯。他会不会死？正在我担忧时，小婴儿突然睁开眼睛，冲我笑得好甜，好甜，好可爱啊，我放下心来，这个白白的婴儿，像谁？他不是儿子小时候的模样。他是谁？我很疑惑。

梅影睁开眼睛，思绪还在梦中，那个婴儿是谁？为什么会梦到他？“哧哧”，列车好像要进站，速度慢了下来，车窗外，天快要蒙蒙亮。

手机铃声骤然想起，是许清的电话，梅影心头一惊！

“小影你无论如何都要回来，妈妈情况不好。”梅影拿着手机，手开始不停颤抖。现在回去？最快速度，飞机或者高铁！

“什么事？”在黑暗中，周若朴问道：

“玉音妈妈情况不好。”梅影一边说，一边在手机上搜索航班信息。周若朴打开自己的手机，订了回西安的机票。

下了火车，直奔机场。梅影以为周若朴只是将自己送到机场。不料，周若朴和她一起进入安检。

“我陪你一起回去，我是医生。”周若朴道。

“啊？怎么能麻烦你？”梅影感到内疚。

“没关系，我已通知课程取消，下周我过来。”过了安检，周若朴道。对于工作大于一切的周若朴而言，在他得知事情的第一时间，他就已决定，陪梅影回去。因为眼前这个是能够打开他心灵密码的女人，他要任性一回！

梅影和周若朴回到家时，白玉音的气息已稍有平稳。周若朴打开包，取出急救包，听诊号脉。一切程序走完之后，他默默地打开门，站在楼道。梅子轩和许清跟着出去。

“病人已到弥留之际，如果有什么事情，现在就要做好交代。”周若朴说道。

“小清，你把小影叫过来。”梅子轩说。

梅影正在玉音妈妈身边，给她擦额头。看到许清向她示意，放下手中的毛巾，蹑手蹑脚来到楼道。

“小影，我要告诉你一件事情，这件事情本来在许衡不在的时候，就想告诉你，为了你的成长，玉音坚持不让。玉音和许衡是你的亲生父母。你和小景是双胞胎，小景比你大两分钟。”楼道吹来的风，让梅子轩眯起眼睛。

“爸爸，我已经知道了，我也知道你替我们安抚杨画眉。我是谁的女儿，不重要，重要的是，你们都给了我无私的爱。”梅影道。

“去吧，告诉玉音。”梅子轩拍着梅影的肩膀说。

梅影回到白玉音的床前，对着玉音妈妈的耳朵说：“妈妈，我知道了。我一直在你身边。我爱你！”

白玉音的眼皮跳动了几下，头轻微地晃动，她试图往梅影这边移动，在略微的移动中，几声沉闷的呼噜呼噜的声音，没有呼出喉咙又回到气管，最后沉在了心脏。白玉音的脸部面向梅影，带着顺畅的、自然的、微笑的表情定格在那一刻。她终于安心地去找许衡和小景去了。

站在床边，梅影久久凝望着白玉音的脸庞。虽然她已经失去生命迹象，但是看起来依然神态安详，一双紧紧闭合的眼睛好像一弯优美的月牙，将曾经温柔的眼眸裹在里边，唇色暗红，唇部线条柔和地勾勒出两条上翘的曲线，如同往常淡然而笑的模样。梅影在玉音妈妈的脸庞找到了自己的容貌特征，在她的身上看到了自己的神韵。

三天后，白玉音的遗体安置在陵园，永远地陪伴在许衡和小景的身边。

站在半塬，梅影被这里的景象震慑，青色的塬绵亘在温润、清新的雾气中，逶迤在半空里，若有若无；远处的水库朦朦胧胧只是眼前的一个映像，在虚幻中迷离，如同一幅传世已久的山水画，于时空中，于留白中，传递着信息。小时候，和许清、许景在季节适宜的时候，数次来这里，工作以后也曾来过。喜欢这里沉静的色调，这里蓝天碧草的气息，掩映在草丛中的小河，河边洁美的小石子。五月时，梅影和许清曾来过这里，当时并未想到数日后，将再次来到这里。妈妈、爸爸、小景，这里也是我们的家，家里有我们深爱的人，背倚绿意盎然的塬，脚下是碧波微漾的清水，眺望着我们。时间在流动，在无息的流动中没有静止之点，下一刻会发生什么，依旧不可知。但有一点却脉络清晰：珍惜亲人、珍惜时间、珍惜生命。

家里依然遗留着玉音妈妈的气息，淡淡的香水味中混着药品的味道。换洗了床上用品，打开窗户，六月的轻风吹过，满屋飘荡着洗衣粉的清香。玉音妈妈的房间全部清洗一遍后，又恢复了原来的模样。家和以前一样，却有了不同，这里少了一个人，永远地少了一个人。

许清偎在姚儒泰的肩膀，静静地站在风中。梅影想起了林枫，如果林枫在，他也会给自己一个肩膀。毕竟，他们曾经拥有过美好的时光。虽则和周若朴数次交谈，梅影明白死亡本质，但是，当亲人的离去再次来到眼前时，她的思绪还是无可避免地陷到无序与混乱中。她清楚，自己目前面临的状况是什么，玉音妈妈的离去，林枫的债务，居无定所，林木明年面临高考，未来会怎样，一切的一切都在不确定中。梅影甚至怀疑自己，也许正如林枫所言，她一直活在自己的世界里，做着春秋大梦，一直飘在高高的云端，做给所有的人看。她想回单位上班，至少她还可以每月领取固定的工资。但是，她清楚，这样她又回到以前那种焦虑与分裂的状态。更何况，对于创作，她已经有想法。但是，最终的结局会如何？会得到业界人士的认可吗？又是未知。没有人能给她答案，答案只有自己给出。她想和周若朴聊聊她的真实想法，又怕周若朴会认为自己内心不够强大。

夜深了，焦虑和思想的负累让梅影无法入睡，在接连几天失眠后，她终于进入了睡眠准状态。

……车站候车室，人多而杂。一个陌生男子，抱着一个可爱的小女孩，我在小女孩旁边，我和陌生男子轮流抱小女孩。小女孩一会儿哭，一会儿笑，地面铺着的一张床上，她在床上睡觉……

……几个不认识的男人打架，其中很凶恶的一张脸在我的跟前晃荡。我在梦中气愤无比。但是，他们打架又好像和我没关系……

……晚上，几个不认识的人待在房间，外边很恐怖，大家不敢出去，有一个人出去了，我听到了外边传来她恐怖的喊声。这时，一个披头散发的人闯进来，一把抓住我，将我高高地举起来，这时有人说："这是一个女人。"我悬在半空，恐惧极了。我不知道这句话是对我说，还是对这个披头散发的人说……

又回到刚才的车站，小女孩还在哭……

梅影从梦中醒来睁开眼睛，那个小女孩的哭声还停留在耳边。她打开台灯，好像看到一个小女孩蜷缩在深处，隐藏在角落里，她的孤独无助，让梅影柔软无比。于是伸出双手，真诚地对她说：孩子，抬头看着我的眼睛，如实地告诉我，你的所思所想，好吗？

小女孩的双眸布满疑惑：我可以吗？

梅影肯定地回答：孩子，当然可以。

她迟疑片刻，鼓足勇气道：你知道吗？在这里，我五味杂陈，几十年来所承受的人生冷暖一起奔涌过来，毫不留情将我击倒。现在，我只想与二十多年前的我联结，一切从头开始。不过，我清楚，这只是一个梦影，已经不可能回到过去，人生也不可能改写，所以我必须承受这样的结果。对于一个追求完美的人而言，不完美的缺失就像梦魇一直在缠绕着我，而事实也恰恰如此。即便在外人看来，我是一个幸福的人，那也是我努力营造的幸福。没有人会看到在它的背后，你隐忍了多少。这些隐忍如同钱塘江的潮，轻易不会触发，一旦碰触，如决堤般摧枯拉朽地扑过来，将你狠狠卷入滔滔洪水中死去活来。我看到自己在旋涡中拼命挣扎，直至洪水消退。有时，我很想去无人的地方，或者山中，对着天空，对着大山，发疯似的狂喊，但是，我不敢，害怕有人听到。

小女孩强忍啜泣，泪流满面。

梅影安慰着：孩子，想哭就哭，想喊就喊吧，这是你的自由，没有人可以阻止到你。我理解你，你的失落，你的积郁，你的无助，你这么多年的付出。这么多年，你在学校教育中所获得的知识，你在长年阅读中的感悟，你的艺术追索，你饱受的家庭熏陶成长及生存环境的影响，在你人生道路上所经历的一切，甚至在你的遗传基因里，都已经深深地嵌入了你的本质，造就了独特的你。在这个世界，每个人都有自己独特的振幅，有自己独特的光晕，你也不例外。你并不渺小，你散发着自己独特的光彩，就像那颗你喜欢的星星。天上的星斗，数也数不清，你却独独关注到它，为什么，因为它是一颗不断闪烁的星辰。它用不断闪烁的光芒向宇宙证明自己的存在。

回来吧，孩子，抬起你的头，站起来，拥抱着我。回到这里来，这里是你的家，这里有关爱你的家人，这里有爱着你的人，也有你爱的人。他们与你共同承载着你的人生，护佑着你的生命。在这里，你是安全的，你被桎梏的原始能量，在社会规则下所戴的各种面具，都彻底放下吧，做回自己，嬉笑怒骂，率性而为吧。

回来吧，孩子，紧紧拥抱着我，我们一起拥抱恐惧，困难，痛苦，那些阴暗的负面情绪，我们理解它，也可以转化它，我们知道，它也是爱你的，它用消极的方式在爱着你，这就是你痛苦的根源。现在，我们已经清楚，我们可以转换它，引导它用积极的方式来爱你。相信自己，你与生具备的能量，可以做到的。

小女孩：我恐惧我爬不起来，无法面对所有关爱我的人，无法面对现在的自己，无法面对未来的自己。

梅影：不要为自己背负了太多的东西。你不必在意外在的声音与评判，你只需遵从自己的本心。

小女孩慢慢起来，一步一步地走过来，泪花在灯光下晶莹剔透，她走出了阴暗的角落，站在灯光下。

梅影抚摸着自己细软的发丝，该好好休息了……

一个路边亭子一样的地方，大家约好在那里集合。进去时，大家都脱了鞋子，已经有几位男性还有女性在那里，大家彼此相看，但是都不认识。我走到门口时，发现我的黑色靴子不见了，不远的地方，许爸爸正在擦我的靴子，黑色高跟靴子变成了棕黄色平底靴。我穿上后，感到挺高兴。许爸爸手里正拿着我的另一双靴子，那双黑色靴子正在变成棕色靴子……

32

月亮掩映在远处南湖的树丛，透出些许清澈的光辉。初夏的晚风，送来丁香的微馨，茶楼外的方廊，温润的光晕从一盏精致的铁艺宫灯里，轻泻而出。周清松、周若朴和梅影三个人坐在藤椅里，围在圆玻璃茶桌旁。胡桃木色的茶海前，梅影正在冲茶，洗茶，分杯。在淡黄色的灯光辉映下，梅影的面庞恍如一块温玉，透出淡淡的细腻的微光。如此之近，近到可以嗅到她的肌肤散发出来的若有若无的植物的清香，又如此之远，远得像青藏高原的湖泊，只可停留在心间。一丝微笑牵动起周若朴的唇角，周若朴将视线移向丁香的枝梢。

周清松吮了一口茶，放下茶杯。

“小影的进步远远超出我的想象。”

“是吗？我没有感觉到啊。”梅影边给周清松的杯子续水，边道。

“小影，你的构思和清松沟通没有？”周若朴问。

“沟通了。”

“你的构思和想法非常好。小师妹，还能想起我曾经告诉过你关于画家的思想吗？”

“记得很清楚。画家的思想贯穿创作整个过程。当他的思想与技能协调一致时，他的画作会传递出精神与艺术融为一体的价值。”

“很正确。你请假了?”

“是啊，终于做出决定。视死如归一回吧!”梅影道。

“走在道上的事情，内在的神性也会帮助你的!”周若朴道。在月辉与灯光的相互交会中，梅影的目光与周若朴投来的目光对视几秒后，她抿嘴而笑，

梅影一年的学习和成长，对周清松的启发很大。他最近经常在想一个问题，作为艺术类院校，应该鼓励和提倡个性化教育。有更多像梅影这样有天赋的画家、艺术类人才有自己的特质，同质化的教育往往会抹杀他们的天性。如何挖掘、引导他们找到自己的特色，是教育工作者应该深入思考的问题。一个设想已经开始在他的头脑里酝酿。他打算成立奖学金，在美院推出萃英计划，针对社会各界有志于美术创作的人才而设。至于具体如何运作，他还没有考虑成熟。他想等到酝酿成熟时，再征求几个朋友的意见。

“小朴，这次回来，我要回一趟安康，寻找童年的记忆。嗯，跑了大半个地球，又去过国内很多的名胜古迹。最终发现，只有回到安康，我的心才真正回到家。回到那里，我非常放松，没有任何身份，没有任何羁绊，不受任何干扰。只是一遍一遍地问自己的初心，为什么要这样做?这样做的动力是什么?想清楚，想明白，再回到城市，回到现实，去做自己认为值得做的事情。”

“你终于将投射在外界的眼睛，收回到自己的内在。佛家一直在讲入世与出世。对应到你的现在，就是既可以在精神世界徜徉，又可以回到现实世界行走，在一入一出间，达到心灵的整合。”周若朴道。

月亮从南湖的树丛，升到当空，清亮的光辉泼洒得随处都是。梅影关掉了宫灯，在泛滥的月光下，三个人从绘画聊到艺术，从艺术聊到心理学，夜色不觉已深，四周沉寂下来，丁香的幽香越发浓郁。

第二天傍晚时分，周若朴陪周清松去安康。途中，星星点点落下雨，不大的工夫，地面已被打湿。雨越来越大，密密麻麻落在车玻璃上，前行的道路影影绰绰，恍如驶入一个虚幻的空间。国道两边的树暗淡成一片，一团一团涂抹在雨中，湿淋淋可拧出水来。对面有车驶来，车灯照射中，雨雾就像白色纱绸，在前方飘摇，偶尔有低垂的树枝在灯下闪着绿，如翡翠般温润，循着绿发现了浅浅的黄，又平添了一种别样的意境来。

周若朴问周清松是否知道梅影目前的情况，周清松摇头，表示他并不知晓。

又到周日。天一下子热起来，打开柜子，梅影特意选了一件藕荷色真丝细褶连衣裙，一串手工编织的白色玫瑰小花真丝腰带精致地扣在腰间，脚上是一双白色小羊皮鱼嘴鞋。她希望用温暖的色调来调和最近灰暗繁乱的思绪。

窗前，周若朴正在接电话。一件蓝灰色T恤，一条蓝色牛仔裤，显得清爽干净。梅影手捧咖啡，望着窗外。吴昊天过来，顾小小和两名服务生跟在身后，端来餐点。

“我的新茶点。你们尝尝？”

梅影看着餐盘里的餐点，哑然失笑。“这是什么？像土地雷。”

吴昊天回答得很快：“对了！就是地雷！地道战中的地雷。”

周若朴接完电话，走过来，看着地雷，“昊天，还有手榴弹吧！”

三个餐盘中，每人一份：地雷、手榴弹、盒子枪。

面对桌面的餐点，吴昊天感叹：“我们这一代人小时候的记忆。”

“集体潜意识。”周若朴补充道。

“性别歧视，全是你们男孩子玩的东西。没有女孩子玩的东西？”

“你说对了，正等着你来设计？”

“我？小时候的记忆？好。沙包、羊拐、皮筋，踢的……”

“鸡毛毽。”周若朴接过话道。

“你怎么知道？”梅影好奇地问。

“偶尔陪我妹妹玩。”周若朴笑着回答。

大家聊了一会儿小时候的记忆，梅影复述自己的梦，周若朴跟着梅影的复述，再次进入她的梦中。当梅影讲述完，周若朴久久不言。

过了一会儿，他说：“你最近思想处于混乱状态，情绪非常不稳定。女性意识处于较低层次，脆弱，无助，恐惧。放在地面上的床，是提醒着你，回到现实中来，解决目前面临的问题。几名不认识的男性，是你内在的男性组元，他们正处于暴躁狂乱的状态，他们的出现，抑制了你的女性意识，抑制了你的智慧和理性，从而攫取你的精神能量。不过，最后一个梦境中，智慧老人再次出现，你的黑色高跟靴子，变成了棕黄色战地靴，提醒你要摆脱生活中的负能量，遇到生活或者工作中的困难，要脚踏实地，一步一个脚印往前走，同时也在暗示着你正在做出改变。三个小梦看似分散，但是却有内在的联系。那就是提醒你回归理性，放下思想的羁绊，踏踏实实地走自己选择的路。”周若朴说。

“对，小影，有任何事情，需要什么帮助，随时和我们联系。”吴昊天说。

“谢谢大家。对了，还有一个梦，是在火车上做的。比这几个早。梦见一个小婴儿……”

周若朴从梅影的梦中走出来，沉默片刻。

“梦中的洪水、巨人、婴儿。婴儿，一个小生命的诞生，婴儿出生后，意识与无意识处于没有分化的状态，它是我们心灵的全貌。在梦中常常象征着新生的力量，具体到你，比如关于梦系列的主题绘画。洪水既可以带来死亡也可以带来新生，联想到这个梦，可以认为是洪水冲洗掉以前的生活和负面能量，为新生命和全新的开始做必要的铺垫。巨人是集体潜意识中的英雄，他有超现实能力，在洪水中，及时解救了婴儿。”

周若朴望着梅影，露出欣慰的笑。周若朴相信，梅影的聪慧会让她做出决定性的选择，向她想要成为的自己、梦想中的自己走近。

梅影若有所悟地点头。

“小影，你的阿尼姆斯怎么没有出现?”吴昊天问道。

“你怎么总是关心小影的阿尼姆斯?”周若朴拍着吴昊天的肩膀。

“想知道阿尼姆斯投射到现实中的人物嘛。”吴昊天坦率地说。

唐果敏沿台阶上到天桥，一眼看见几个人坐在窗边。唐果敏进来坐在梅影身边。小服务生端来一份餐点。看到餐点，唐果敏惊讶地站起来：“哟，怎么把地道战搬到这里来了?”

“对。我们这一代人的集体潜意识。下次你过来，会有女生的沙包、羊拐、跳皮筋。”

“你的创意?”

“地道战是我的创意。女生的茶点是梅影的创意。”

“我回去也尝试尝试？不会侵犯你的专利?”

“哈哈。看来我还得申请专利啊。然后将专利许可给你。”

“几位女汉子的旗袍店怎么样?”吴昊天问。

“正在装修。章洁楠其实很聪明。我们的旗袍馆正在装修，任工陪她去了一趟上海，把我们的原料和进货渠道搞定了。”唐果敏道。

“对，从某种意义上讲，章洁楠目前的状况是她自己努力的结果。强烈的治愈愿望，执着的兴趣爱好，新鲜的生活，给她打开一扇门，在她的视野里，出现了更高更强大的兴趣点。之前摧毁她的点，在她的生活中已经变得越来越不重要。当然，还要提防她，因为全新的工作和领域给她带来新的问题，你们要有思想准备，多注意，多观察。此时，对她而言，是一个重要的转折点。”周若朴道。

“是。我们还是要多照顾点她。”

晚上，大家一起去小寨赛格楼上吃饭，吃过饭后，分头回家。周若朴提出陪梅影走一走。

“我已经不在原来的地方住了。”梅影道。

“没关系，我经常一个人散步。”

“一个人走走的感觉很好，无所思，无所想，好像一个人在流浪。”梅影道。一片梧桐叶飘下来，落在梅影肩膀上。梅影取下来，拿在手中。

“流浪的脚步是放松的，流浪的心是自由中带着一丝丝悲凉。因为无法诉说的孤独，因为内心不被世俗所理解的丰富，因为敏感而羞涩的个性，因为不甘平庸的倔强，因为不安分的心灵，甚至还有对种种现实的逃避，所以装着满满的情怀，想要去浪迹天涯，寻找灵魂的自由、精神的形而上。”周若朴道。

“流浪的不羁，旅行的诗意，美丽的邂逅，蓝天白云，自然而然地在诱惑，好像已经走在流浪的旅程中。”梅影手中拈着树叶说。

“其实我们都是在心灵里流浪了一次又一次，却从来没有踏出现实一步。”周若朴说。路灯下，地面上斑驳的叶影在随风摇曳。

“你渴望美丽的邂逅?”周若朴看着梅影问道。当周若朴用这种神态说话时，她又看到了那个孩子气的少年。

“青春的梦。难道你就没有这样的渴望?”梅影反问道。

“当然有。所以，心的流浪，其实正是我们在追寻精神的家园，而美丽的邂逅，是对美好爱情的向往。”周若朴道。

“每次想起某人走在那条通向单位的林荫小道，脑海里的图像总是和一个背着书包，走在上学路上的孩子重叠在一起。很奇怪，为什么想到、看到某人总是和儿童、少年联结起来？”梅影一直想问的问题终于问出来。

“你看到的其实是某人的灵魂，和灵魂中那个内在的孩子，在他的灵魂里你看到了自己，也看到了自己内在的孩子。每个人都有强烈的存在感。我们的身体可以通过镜子来证明自己的存在。灵魂怎么证明自己的存在呢？它找到了一面镜子来证明。而这面镜子，就是在芸芸众生里，你发现到了与自己价值观、思想、爱好一致的那个人。那个人的存在，你会感到惊喜，感到你们早已相识。因为，通过他，你看到了自己灵魂的存在，因为那个人也是你自己。”

“我是谁？看到某人，我就知道自己是谁，并且让我不断地发现自己。”梅影似乎在自言自语。

“遇到他，其实是你遇到了你自己。你在他身上看到的优点，在你身上同样具备。最美好的情感，就是想要给对方呈现最美好的自己。因此，不断发现，不断寻找自己的潜能。它是一味强力补药，帮助自己，帮助对方，不断寻找、呈现、完善各自的优点。当然，所有一切的前提是，有爱，有发现的眼睛。”

梅影点头。

“你的阿尼姆斯是一个什么样的人呢？”周若朴抬起头，看着天空。

梅影沉默，想想吴昊天的话，问道：“你的阿尼玛，是一个什么样的人呢？能否让我们大家认识认识？”

“嗯，要经过她的同意才行。”周若朴转过身注视着梅影，孩童般的表情再次浮现在这张卓尔不群的脸庞时，梅影不由得笑起来。

周若朴自己也笑了，抬起头，寻找夜空中的星星。

林木马上要放假了。再收假，就是高三。梅影琢磨着如何将生活、学习、绘画安排好，给林木一个安静的学习环境，给自己一个良好的创作环境。

回到家，打开柜子，发现一包蓝山咖啡豆已经放置一段时间，倒出放在木质手摇磨豆机，在慢慢的搅动中，豆瓣 FM 咖啡音乐伴着低沉的女声在耳边缓缓流动，咖啡的醇厚，在摇动的过程中，已浓浓地散发出来，诱惑着味蕾。梅影迫不及待地煮好咖啡，在壶中格外多放了玫瑰花。咖啡溢出的味道中，混合着玫瑰的芳香，诱惑着小心脏，美美的香。

早上，唐果敏的茶楼刚营业，一位中年男性，后边跟着一位颇有颜值的年轻人，进来站在大厅，环视周边环境。小微在前台热情地招呼来宾。中年男性站在原地未动，年轻人走到前台，问二楼听雨轩现在是否营业。小微告诉他们，开始营业了。小微随即安排了一位暑期实习的大学生带两个人进了听雨轩。一进小间，中年男子一眼不眨地凝视着墙壁的油画。

一位面容清秀的年轻男子，手提橘色小灯，疾步跃向林间秘境，匆匆的脚步声，惊飞一群休憩的白鹭。一位美丽的女神，在林间湖畔款款而行，依稀听见，幽柔缥缈的歌声，依稀听见，遥远迷离的音乐。她的微笑，如蜜般甜柔，荡在心间漾起无边的依恋，她的双眸，似繁星的摇篮，摇在里边安然入眠，她的白裙，洒着夜间的滴露，晶莹的芳香飘向四周，她的琴弦弹奏着瞬息万变的旋律，她的圣洁在夜色中闪着光芒。

画面色调柔和，构图和谐，在暗色背景下，橘色的小灯与夜的月辉在丝绒般温润的氛围中，充满了撩人的神秘感。

中年男子看完后，沉默不语，在房间来回踱了几步，回头问服务生：“请问你们老板在吗？能否请她过来一趟？”

一会儿唐果敏进来，礼节性地问候之后，和中年男子交换了名片。

“赵总好！请问您需要什么帮助？”

赵总手指油画。

“我想要订购这幅画。如果方便，我希望能见到画家本人。”

唐果敏一听连忙说：“可以！可以！我现在就和画家联系。”

梅影到的时候，唐果敏正和一位中年男士喝茶。“小影，我介绍一下，这位是墨香画廊的赵总。”赵总体形略胖，说话不急不慢。

“我到曲江有业务谈，和几位朋友约在这里。看到这幅画，我想购买下来。刚才和唐总交谈中，得知你是许衡老师的女儿，有其父必有其女。我又看了另外房间的几幅画，这几幅画我要全部收藏。可以吗？”

赵总走后，梅影甚至不敢相信，就这样简单，就这么快。她摸着自己的额头，说：“不会在做白日梦吧？”

唐果敏一边倒茶，一边笑：“白日没有错，梦也正在做。我给许清打电话叫她过来。”

“啊？叫那个事儿妈？”

“高兴。我们给你庆功。”唐果敏道。

许清听到这个消息，马上答应下来，三个人约到了曲江南湖餐厅。许清把车停在马路边，一进来，劈头盖脸，对着梅影一通大叫：“姚儒泰要收藏，你不愿意。为什么要给别人呢？”

唐果敏满以为许清来了以后，大家皆大欢喜地替梅影庆贺，没有想到会变成这样。

“我的画不值那么多钱，为什么要让姐夫多掏钱呢？”梅影小声地说。

“谁说你的画不值钱，一天到晚稀里糊涂，迷迷糊糊的，哪天能灵醒一点？”

梅影有些不耐烦：“行了，行了，事儿妈一个，如果这样，当然给姐夫了。”

“你不用管了，这事我来处理，你把他的电话给我。噢，还有，顺便给大家通报一下，我离职了。以后你的事情，我来打理，你专心画画，给爸爸争口气。啊？”

“你真离职了？”唐果敏吃惊地问道。

“不会有假滴。”许清挨着梅影坐下来。

“哎，你是不是一直知道我是你的亲妹妹？要不，嘚瑟我的时候，那么得心应手，理直气壮。”梅影看着许清那张与自己颇为相似的脸。

“嘚瑟你？怎么看不见，我给你操多少心。”许清在梅影肩膀重重地拍了一巴掌。梅影不自觉地“啊”了一声。

“哦，知道啦，大恩不言谢。”梅影揉着肩膀道。

许清注视着梅影那张与自己相似的脸庞，在那双搜寻的眼眸里，那些深埋多年的往事，终于可以轻快地倾泻而出……

大衣柜的镜子里，映着小许清脚尖踮起，双臂舒展的舞蹈造型，这是昨天在舞蹈班新学的动作，她努力地让自己站得更稳，等会儿叶知秋阿姨过来，要表演给她看。

“咚——咚——咚，”传来敲门声。小许清停下来，侧耳听着门外。

“小清，去开门。”妈妈在卫生间喊道。

小许清从卧室跑出来，踮起脚跟打开门。叶知秋挺着肚子进来，手里拎着一网袋葡萄。

“哟，小清长大了，会开门了。妈妈呢?”叶知秋摸着小许清的头问道，然后拉上小许清的手坐在沙发。

白玉音从卫生间出来，挺着肚子，挪到沙发。两个人互相看着彼此的大肚子。

“玉音，你该不会怀上双胞胎吧?”叶知秋道。

“我也奇怪啊，又大又沉，怀小清的时候，也不这样啊。”玉音看着自己隆起的肚子说。

“要不去医院检查一下？我的预产期快要到了，才这么大。”叶知秋拉着小许清的手摸自己的肚皮。

“小清，喜欢小妹妹还是小弟弟?”叶知秋问道。

“小弟弟。”小许清大声说。

“人家都说小孩子看得准，说不定还真是个男孩子。你看你一点反应都没有。”玉音说。

“是啊，吃嘛嘛香，什么恶心、呕吐，一点都没有感觉。你收拾好了没有?”许清问道。

“好了，走吧。这可能是生孩子前最后出去上街了。”玉音走进卧室，出来时，手里拎了一个蓝色的网兜。

出门后，小许清一手拉着妈妈，一手拉着叶知秋去民生百货。正值中午吃饭时间，街道上行人并不多。小许清在两个人中间，雀跃而行。

“小清，别跳，好好走路啦。”玉音叮咛道。

唰，玉音话音刚落，后边冲过一个人，“抢……”玉音连人带包，趔趄扑向地面，“抢”字只说了一半，包已脱手。小偷拔腿即跑，叶知秋扶着肚子几步追上，和小偷厮打起来。小清吓得哇哇大哭，透过泪眼，看到叶知秋倒在人行道上，有人过来扶叶知秋，有人追小偷，玉音从地面艰难地爬起来。

有人挡住一辆路过的吉普车，叶知秋被抬进车里。小许清听到妈妈在喊自己：“小清，小清。”

许清喝了一口茶，看着窗外。天空暗淡，饱含着水分子的云飘荡在空中，一场雨也许说来就来。

“以后呢?”梅影和唐果敏一起问道。

小许清听到妈妈在叫自己，向妈妈的声音找过去，不见妈妈。有一堆人围在那里。“还有一个，这里还有一个。”有人扯着嗓门喊，前边的人挡住警车。

警车停下来，大家手忙脚乱地抬着一个人上车。

“妈——妈，妈——妈。”又是一阵哇哇大哭，小许清看见被抬的人是妈妈！

“还有个孩子，还有个孩子。”有人喊道。小许清被人一把抱进吉普车里。

从吉普车里下来，小许清被放在门房。门房的老大爷将她抱起来放在一排连椅上，又给她手里塞了几个大红枣。小许清两只小手背到后边，老大爷乐呵呵地从她身后拉出两只小手。她一边咬着大红枣，一边抽抽搭搭地哭，老大爷用手擦掉她的眼泪。小许清站在椅子上透过窗户看外边，直到梅叔叔骑着自行车从大门进来。

“梅——叔——叔。”小许清将大红枣抛向空中，使出最大的力气喊道。

梅子轩回头看见小许清，下车过来，将车子停在车棚，抱起小许清向门诊跑去。“爸——爸。”从楼道急匆匆跑进来一个人，小许清喊道。

许衡从梅子轩怀里接过小许清，问：“怎么样？”

“不知道。”梅子轩回答道。

小许清闹着要去外边传达室，许衡将她带到传达室放下。她好像被遗忘在门房，直到晚上，许衡出来，才将她抱进病房。妈妈躺在病房，正在抹眼泪，并没有理会小许清。小许清不敢看妈妈，她的一双眼睛藏在爸爸怀里骨碌乱转，心想叶知秋阿姨和梅叔叔呢？

爸爸领着她，来到病房外。梅叔叔还坐在楼道的椅子上，小许清张着双手扑进梅叔叔怀里。小许清坐在梅叔叔的怀里，一声不吭。虽然她并不知道发生了什么，但是她知道大人们不高兴。

“后来呢？”梅影问道。

“后来，我睡着了。等我醒来时是在家里的床上。我又被爸爸拉起来，带到医院。妈妈的旁边躺着两个小婴儿。爸爸告诉我，一个是小弟弟，一个是小妹妹。妈妈从医院回来后，小妹妹还出现过，以后就再也没有出现过。再后来，梅叔叔他们就抱着你出现了。真正让我确定的是林枫。林枫问我：“父亲是O型血，母亲是B型血，能出生A型血的孩子吗？”许清手里转着茶杯说道。

“这是什么时候？林枫怎么知道？”梅影不解地问。

“他见了我都躲着走，怎么能告诉我他是怎么知道的？他没有给你提起过?”许清鼻子哼了一声说道。

“没有。这些事情，你怎么不告诉我?”梅影问道。

“我问过妈妈，她不让说。怕伤梅叔叔和叶知秋阿姨的心。可能在潜意识中，我知道你是小妹妹吧。从小，我对你就很偏爱。”许清说。

“也是。事儿婆一个，那么爱操心。”梅影在笑中，一滴眼泪滴了下来。

“我爸爸和妈妈的孩子呢?”

“是个女儿，生下来几天，就不在了。叶知秋阿姨奶水很足，而妈妈没有奶，于是将你抱过去养。”许清道。

“为什么是我，而不是小景?”

“因为叶知秋阿姨的孩子是个女孩。你不要问叔叔和阿姨他们这件事情。你就是他们的女儿，记住啊。”许清道。

“我知道，我姓梅，是梅家的女儿，是爸爸妈妈养大的女儿。”梅影道。

33

周清松去法国一个月时间，梅影的课程推后。梅影集中将半年多的笔记整理出来，又将《追梦人》系列画作的构思以及画作的构图、主旨，表达的蕴含、材料，表达技法等输入电脑，等一切结束后已近黄昏。

一首小提琴《下雨的时候》，从音响飘逸而出，悠扬中有些许淡淡的伤感。窗前，细细的雨丝飘落在常春藤的枝叶上，绿叶润滑而又流畅。梅影推窗望去，暗淡的天空在平淡中徒添了几分忧郁，唯有饱含水分的绿强势跃入眼中，新鲜而又湿润，如同刚刚晕染的一幅画，只单单洒了绿做底色，绿得卓尔，绿得独特。绵长的天气，唯美的音乐，独独缺了茶的韵味。好久没有泡花茶了。红色的玫瑰花蕾、康乃馨花瓣、紫色的勿忘我花朵、深色的山楂丁、碎碎的橘皮。玻璃壶内，花在沸水冲激翻卷中，渐渐苏醒，慢慢打开，一朵朵莹然开放。花水分离，小小的玻璃内，淡红色的花水，在灯光下，晶莹亮泽。喝花茶时，梅影喜欢玻璃杯，喜欢一目了然绽放在水中的花，喜欢花水透彻的颜色，隐了一种只可意会的温软，细腻而精致，亮泽而不璀璨。

又到黄昏时分，每每到这个时候，好像到了一个分水岭，白天与夜晚在这里交替，太阳与月亮在这里交辉。夜，好像爱人，点燃了梅影生命的内核，它无边的波浪，成为她生命的源泉，汩汩地激发出生命原始的张力。卸下白天戴的面具，脱掉束缚的外衣，形体官能了然放松，心灵的烛火均衡地燃烧起来。虽然未来并不可知，但是，依然能深刻地感受到一股神秘的力量，一股来自内核的清泉，纯洁而超然，吸引着她，走向夜的广袤之地。

在纷杂的声音中，梅影辨析到自己的脚步声，它伴随着心脏的跳动，轻盈、坚定而有力。夜晚的道路上，无论是否有月光或是星辉的指引，她毅然决然。灯下，她耐心等待，等待智慧之神来敲窗。曾经，她担心，在众多闪亮的窗户中，智慧之神是否会敲到她的窗户？现在，她不害怕。因为黑暗与孤独已成为她身体构成的一个细胞，他们是组成她生命的最基本的元素。当它们成为自己时，它们已在体内进行了成功的转换，并释放出看不见的力量，铺设在要去的路上。

梅影将创作计划打印出来，贴在墙壁上。绘画所需材料，她已经去美院的几家商店购买充实。丰衣足食，粮草丰茂，梅影取出画板，开始晕底润色。

当梅影搁下画笔时，已近第二天中午，从卫生间冲澡出来，肚子咕噜咕噜乱叫起来。进到厨房，梅影熬了红枣小米八宝粥，将小菠菜择净，在开水中焯过，加了鸡汁鱼露，又撒了一些几天前炒好的白芝麻，在微波炉里打了一个小花卷。稀饭的香味诱惑着味蕾，梅影香香地吃过饭后。原本想打个电话给唐果敏，饭饱的困乏加上一夜未眠的倦意一齐袭了上来，躺在沙发上的梅影不觉间打起了瞌睡。

午后，阳光下，背衬蓝天，青藤的绿叶微微颤动，细小弯曲的藤条间，一只麻雀轻巧地跳来跳去，让窗内那个木木的脑袋瓜也跟随着灵活地转动了几下，若不是唧唧啾啾的鸟叫声，梅影呆呆地依然在梦里愣神。细小的微汗正慢慢地从身体消退，努力地回忆，在梦与醒的边缘，在转瞬即逝的梦境变得模糊之前。

梦境中的事物以图片刷屏的方式出现在眼前，以一种美好的情愫，弥漫在阳光中盘旋飞舞，闪闪发光。放眼过去，图片转换为场景，在色彩中呈现各种美丽的风景和姿态，梅影一步步地进入，感受着场景的奇妙。

……久远的年代，阳光透过天井，直射而下，给古老的祠堂笼罩了一层神圣而敞亮的光辉。在庄严肃穆的气氛中，身着长袍马褂的族人排列几行，依次祭拜祖先与神灵。爸爸和许爸爸站在中间，我站在他们旁边，我的阿尼姆斯就在我身后，而另外的族人并不认识。该我讲话时，具体说了什么，记不大清，大意是感恩先祖，感恩家人。因为知道他在，话语异常轻柔，异常坚定，声音回荡在祠堂，再次进入自己的耳膜时，对自己的话语很是满意。仪式结束了，大家各自散去，他拉着我的手，看我从台阶跳下……那一刻，梦中，他的笑脸灿如夏花。

而后，好像有老师在给孩子上课，一摞一摞书本、教材。课堂有些混乱，孩子们围成一堆一堆，横七竖八地坐着，不知道自己是什么身份，总之在扫视课堂，而他站在远处，正往这边看。

而后，好像自己变成一个学生，背着书包，一路雀跃放学了，他却还是现在成人的模样，好不对称啊……

现在想一想，那是因为没有看到过学生时代的阿尼姆斯，因而在梦境中无法完成转换，只能由场景来实现的吧？

好像还有一些碎片，但是都已连接不起来。梦境的储备带有自动检索功能，它清楚哪些需要刻录，哪些需要销毁。与阿尼姆斯有关的场景都被它收藏起来，以备随时查阅调用。

起来后，梅影给新沏的一壶茶里加了一朵蓝色勿忘我。茶冒着热气，带来山间茶园的气息，小啜，唇齿间满含茶香。梦境过后，是一种无法回避的清醒，梦因此而显得遥远。

阿尼姆斯又给我带来了什么旨意？

窗外，正陷入一场生死绝恋。约一小时前，正在电脑前工作的周若朴无意中抬起头，好像有细弱的雨丝洒下，以为下雨。抬头，天空一片碧蓝。不是下雨。又有细小的雨丝落下，顺着雨丝，原来是一只贴着枝条的小虫子，在撒尿吧，这个小家伙。中间几次抬头看它，总是一动不动，待在那里。

过了大约半小时，再抬头时，多了一只，从外观看，比它小一号，就叫它虫二吧。它的触角搭在虫一身上，身体凌空，姿态优美。它们交头接耳，极度亲密。突然，虫二的双翼快速闪动，小小的触角不断扑打虫一的身体，一阵又一阵。虫一一动未动。虫二又是一阵，虫一依然未动。虫二接着又是一阵，比上次来得更加猛烈，虫一还是不为所动。于是，虫二来得更加疯狂，虫一依然静默。难道虫一的生命即将结束？虫二在做最后的挽留？虫二精疲力竭，双翅力度明显减弱缓慢下来。两个小时过去了，两只小虫依然在枝条上，头牵着头，触角相互交叉在彼此的身体，如同剪影，如同化石。最终，虫二随虫一而去了。一直以为虫虫没有语言，没有文字，没有大脑，怎会懂得爱？午后几小时间，虫二让周若朴真正领略了虫虫的爱情：生死相随。

又过两小时，16：27，再次抬起头，树枝上空空如已，两只小虫虫不见了！虫一在虫二的感召下复生，追随它浪迹天涯？还是双双坠落，回归泥土——最终的家？希望都是，周若朴心想。

梅影现在在忙什么？画画，看书、喝茶，听音乐？

又到周日，大家在书吧相聚。梅影、周若朴、吴昊天、唐果敏在卡座喝咖啡。吴昊天过来，手里端着咖色方盘。

“小影，你们女生的集体回忆，怎么样？”

梅影和唐果敏面前，分别放有沙包、羊拐和跳皮筋造型的茶点。

梅影惊讶地道：“哟！皮筋还绕在两棵树之间。你们还真有想象力。”

“和艺术家在一起的好处就是，时刻牢记：充分发挥想象力！”

唐果敏看着造型别致的餐点，笑：“又要许可专利了？”

大家笑起来，又对女生餐点评头论足了一番。周若朴和吴昊天跟前依然是男生的地道战系列餐点。吃过餐点后，大家又喝了一会儿咖啡，周若朴示意梅影是否可以开始梦的工作。梅影略作思索。

“这是一个很奇怪的梦，好像电影片断。在一个久远的年代，阳光透过天井……”

周若朴如同往常一样，跟着梅影进入到她的梦中……

“这个梦要告诉我什么？”梅影问道。

“不会是意味着小影要和她的阿尼姆斯在祠堂举行中式婚礼？”吴昊天发挥着自己的想象力道。

“小影，你的阿尼姆斯到底是谁啊？”唐果敏追问着。

当一个聪慧的女子偶尔犯傻气的时候，的确是饶有趣味的一件事情。周若朴注视着梅影，他看到了一个可爱的小女孩，睁着一双无辜的眼睛，向自己投来寻求的眼神。当梅影的目光与周若朴的目光对视时，她的手心开始冒出细密的汗，她不确定潜意识通过梦到底要告诉她什么？

“这是一个庄严、肃穆的具有仪式的梦。祠堂在我国传统文化中，是家族议事、举行祭祀的地方，是一个家族与外界、与人类、与世界的连接，是家族繁衍传承、血脉绵延的象征，也是我们民族的根。光，意味着神圣的能量，精神的光芒，两位爸爸的出现，在这里它象征着权威、责任，当然他们也是智慧老人的原型。”

周若朴停顿了一下，继续道：“这个梦和你上次的梦，有明显的区别。你语气柔和地讲话，说明你内心的平静与和谐，也传递出你希望得到大家的认可与尊重。后边一个场景，你变成一个小女孩，意味着你想重新开始自己的生活。进入学校，进入教室，提示你要不断地获取新的知识技能。而书包，在这里象征着你要承担自己的责任。总而言之，这个梦意味着你进入自我成长与发展的一个新阶段。”

周若朴在进行梦的工作时，冷静理性的气息自然飘逸而出，将大家带入沉思中。周若朴又问了几个有关梦的问题，梅影一一做了回答。

“通过你的潜意识，说明你从精神领域已经做好了准备，去承担自己的责任，但是，并不意味着现实中不存在阻碍。逾越障碍，才真正地考验你的智慧。我相信，你可以的。”

“是，经过无序和混乱之后，平静下来，最终发现，我应该开拓自己全新的领域。或者迷途知返，经过了几十年的沉沉浮浮，最终又回到起点。但是，今天和当年的心境思想全然不同。”梅影思忖道。

虽然已到夏天，但是没有入伏。晚上，气候比较凉爽，大家聊完梦，又聊了一些工作上的事情。大家分手之后，周若朴送梅影回家。

“小影，我下周要去西藏几个月。北京的学习，我不能和你同行了。”

“哦？去西藏？嗯，没有关系。谢谢周医生一直陪伴着我，对我做梦的工作。”习惯了北京之行的陪伴，突然听到周若朴要去西藏，梅影心里有些失落。

“你的阿尼姆斯很执着，总是出现在你的梦中。”周若朴若有所指地插了一句，

“是的。我也很感谢他，总是给我精神的慰藉和心灵的能量。”梅影心头微微一颤。

“好好珍惜。”周若朴道。

“谢谢！你的阿尼玛还好吗？她也总是出现在你的梦中？”

听到梅影问阿尼玛，周若朴笑了，过了一会儿，悠然地回答："不，她总是出现在我的身边!"

许清从上海回来，约了梅影去唐果敏的茶楼。夏日傍晚，三个人在茶楼临窗而坐。看雨中的路灯和灯下风吹乱的雨。地板上，是小微精心调制的夏日魅惑——冰火两重天。

一壶薄荷，几枝开放的勿忘我，沉在壶中，浮在水里。薄荷的绿融合了勿忘我的紫，在烛光映照下，染上琥珀色，薄如蝉翼，透如星空，飘然在水中，散漫地开放。薄荷叶相互交错，叶脉细微可显，满壶的薄荷，如同收纳了一个夏季的绿，陶醉着养眼的视觉感受。唐果敏茶楼的一盆薄荷，就这样三天两头被剪下来成为几个人的茶饮。品鉴，欣赏，嗅着独特的清香，从初夏到夏末。

清凉至此，就着外面的雨，不妨用水晶烛台慢熬一壶热饮：红糖、红枣、姜丝、枸杞子。在光阴细碎中，在雨声中，淡淡的香甜，偶尔的辛辣，微微升起，有些许温暖传来，就像找到风雨中的依靠，瞬间有了归家的安然。也许，大家需要的就是这样的感觉，在这个雨夜。

"要不，咱们明天去小寨，吃饭听戏。"许清说。

"吃饭听戏？好像回到民国年代。果敏呢?"梅影问。

小寨赛格长安老铺。一把胡琴，一把板琴，一架扬琴，三位老琴师。

老琴师落座，开始调弦定调。想当然以为是秦腔，咣切咣切之后，一段悲伤、苍凉的老嗓长声吼起，搅起黄土，在午后高原的空旷处回荡。三个人继续聊天，没有节制地笑。蓦地，一段轻快的曲子，行云流水般淌了过来，毫无防备，一下子惊起听觉。好似一娇俏女子，迈着小碎步，欢心荡漾在江南的春日深处。她眼角扬起，腮红肤玉，明艳如花。着素色绣花服饰，甩袖收拢。玲珑的身段，在暖风帘幕中，流连于亭轩楼阁后，独舞独乐，如开放在午后的百合，完成一个人的自恋与抒情。

三个人愣住，不觉诧异，秦腔似乎没有这样的柔媚。

"昆曲吧，好像到了吴侬软语、小桥流水的地方。"许清说。

"何尝不是呢。好像在《西厢记》中的普救寺，崔莺莺在欣赏美景间，与张生邂逅。"梅影说。

“好像不是。昆曲未必如此悠扬。”唐果敏道。

“这段应该是表达两个人相会前，发自心底那种甜蜜而又迫不及待的心情吧。”许清小声说。

“不是。在普救寺，他们才认识。应该在花园里吧。”梅影说。

“是红娘吧。红娘是小丫鬟，这段戏给她才合适。”唐果敏道。

“嗨，干吗呢？我们听得入戏了。”许清拍自己额头。

“曲调真好听。”唐果敏说。

曲毕。一位温文和蔼的老琴师，走过来和大家打招呼。让座，请老琴师喝茶。老琴师很客气，双手拱起，谢罢。

“你们笑得这么开心，我们都已经录上了。”他说，声音有一种缓缓的舒适。

“不好意思，我们笑得放形了。”梅影深表歉意。的确，开始并没有在意老琴师的演奏。

“曲子确实好听，不像秦腔。是什么曲子？”唐果敏好奇地问。

“是秦腔的过门，曲牌叫小桃红。”老琴师很认真地回答。

“秦腔里居然还有这么好听的曲子。看来，对秦腔，我们还是陌生人。”许清道。

“你们听得很认真。喜欢听？像你们这个年龄，喜欢听的已经不多了。”老琴师依然笑，语气里却有不容置疑的落寞。

“喜欢听今天的曲子。轻快、明朗、悠扬。”许清道。老琴师再谢后，走到舞台旁休息。

“你们谁喜欢秦腔？”唐果敏问。

“如果秦腔的曲调都像这样，喜欢听。如果是那粗犷、哀号的调调，怎么听，心都好像被野蛮地撕裂，凑不完整。”许清道。

“记得我们上小学三四年级的时候，省戏曲研究院面向全省招生。我们班女同学都跑去报名，我也跟着去了。排队的同学那么多，队伍都没有挤进去。”梅影说。

“结果呢？”唐果敏问。

“直接被梅叔叔拉回家，站在门口，面壁思过。”许清替梅影回答。“今天听了，心里有点不安。秦腔离我们渐行渐远 ，现在的小孩子不愿意听了。即便我们，它也只在回忆中。”许清喝下一口茶。

胡琴和板琴再次拉起，琴声悠长而有韵味，扬琴加入进来。一个中年女子，踮起脚尖，迈着碎碎的脚步，从侧门上场亮相。一个女声，颤音迂回，长声曳起，由远而近，如泣如诉。

没有什么可以阻挡季节的变化，在一个四季分明的城市。

秋一点一点来了，已经到了树梢。树梢的叶已是秋天的黄叶，阳光下，如同打着一层薄薄的蜡，闪烁着油亮的金色光泽，看起来竟有了富丽堂皇的感觉。

栾树的树梢，黄叶与红叶交相呼应，散发着柔柔的光泽，慢慢地，不着急，一缕一缕，漫不经心间，红已收在眼底。这样的红叶，总是让人想起香山的红叶，漫山遍野，浓淡交错。只不过香山的红叶，似乎因了地势、因了面积，强势得不行，看也是红叶，不看也是红叶，红叶侵略性地跃入眼中，不和你商量。当然，去那里，本就是奔着红叶那种不由分说的强大气场而去，香山的华光，红叶的灵气，好像使你已然成为红色的精灵，在山间蜿蜒飘行。

下了一点雨，秋天特有的雨，温温的、绵绵的。可以打伞，也可以不打。如果想有雨中的情趣，就不打了吧。一个人走在雨中，不慌不忙，神闲气定，雨丝拂过脸庞，凉而不冷，清清爽爽。不用冥想也不刻意，只是看看身边的植物在雨中的静默，就足以放空思想。听不到雨声，因为雨下得轻，悄然间就已浮到脸上。

一个人的行走，总是这样的随意。

窗外，常春藤的枝条缠绕着窗棂，红色的细茎尽头悬挂着一枚枚红叶，如怒放的生命，在风中宣示。伫立凝目中，一片红叶飘然而下。在生命最后时刻，红叶拼命绽放。那魅惑的红，高高挂在窗棂，在空间流转，在梦醒与梦醉的刹那间。没有阳光，叶与自己的影子合二为一，有风吹过，在不断变化的摇摆中，捡起初心，原本的纷繁不扰心，原本的默然坚守。季节在更替，岁月不再轮回，在生命的无常中，不断拷问人世的出离。年少时，不懂取舍的意义，而今经过时间的洗涤、世事的历练，真正明白了它的内涵与外延，唯有智性的思虑，方可让心灵的微光透射、沉淀。

山庄的湖边，梅影收起画架，将手机从静音调至正常状态。手机里显示有唐果敏的未接电话。梅影回过去，唐果敏问创作结束了没有？

“已经结束了，你们过来？泡温泉？”

“我正在健身。结束后过去。”

水疗中心，没有一个客人，一切都沉寂在静夜中。打开两重玻璃小门，来到室外露台。刚进入冬天，密布的竹林里，竹叶失去夏天的鲜活，依然没有凋零，黄绿相间的叶子舒展在寒夜里，向自然预示了自己的生命力。小石子铺成的小路，蜿蜒到露台尽头。有几盏地灯，造型如同正在燃烧的炭火，在黑色铁艺镶嵌的玻璃罩内，不紧不慢地燃起火光。因了灯的光晕，露台有了些许暖意，在明暗交替的微光下，裸露的肌肤一下子被激活了，它们舒张的毛孔，已经感受到了温泉的吸引。飘忽的氤氲之气掠过地灯，温泉特有的气息，混合着硫黄与中药的气息，轻得听不见，淡得几乎没有，只可以感知到它存在的气息，就已经潜伏在里。

水池不大，温热的泉水漫过身体，两个人在水中兴风作浪，水一波一波荡过来。

“没有人太好了，我们才敢这样胆大妄为。”唐果敏手划拉出一圈水波说。

“是啊，平时，我们将自己包裹得太严实了，现在想怎么折腾就怎么折腾。”梅影在水里划动着半圆。

“你看，我们让水也快乐起来，水哗啦啦地笑。这哪里是泡温泉，是和温泉一起玩。可惜池子太小，再怎么折腾，也只能折腾出一串串小小的泉花来。”梅影有些遗憾地说。

“可以啊，有时间去海边玩。”唐果敏坐在池子里。

“最好是晚上去海边。”梅影划到唐果敏旁边，坐下。

“夜猫子。嫁给夜的女人。”唐果敏道。

“呵呵，是，我就是嫁给夜的女人。夜晚多么美好！”梅影指着天空。

两个人仰望星空，等身体冒出汗时，静下来，进入各自的世界遐思。

天幕上没有找到一颗星星。透过竹影，一轮圆圆的月亮稳稳地挂在东方天空，朦朦胧胧地散发着橘黄色的光晕，这样的景象，带着刚才畅快的心情，慢慢进入了温柔模式。当心柔软时，露台的夜，像蒙着一层纱，白色的热气袅袅升起，像轻纱的床幔，梅影真想闭上眼睛，躺在这温暖的水床里，自由自在，任它轻轻漂浮。她尝试着调匀呼吸，将身体的节奏与水融为一体，在水的摆动中，思想从身体浮现出来，掠过池台，越过竹林，飞过了湖面，飞到视线触及不到的地方。它就像断了线的风筝，虽然她无法看见它飞往哪里，但是，她可以感知到它的方向。它在向上飞，飞到遥远的天际，在那里有它的王国。

第二天，吃过早餐后，两个人回到房间。

Joe Hisaishi 的《The Rain》舒缓在房间每个角落，与时光一起静静地流淌。纱幔影影绰绰，初冬的暖阳软软地投影在阳台。阳台外，天水一色，浅浅的青里，匀了淡淡的白，似乎给湖面笼了一层水雾。柳树绕湖而站，褐色的枝条柔韧地垂落在灌木小树丛上，银杏的枝干在柳梢后斜逸而出。以岸为边界，树的倒影错落于水中，如一幅新作的画，静止在那里，画迹没有干去，透着水水的润。一只白色的天鹅，划进视线，湖面涟起细密的水纹。显然，这只优哉的天鹅，并不知道隔窗望湖的两个人，正不约而同地注视着它。

“你说那是天鹅还是鸭子?”唐果敏道。

“是天鹅吧？鸭子怎么会如此高贵?”梅影回答。

“天鹅为什么不去南方过冬，这么冷的天，它们不冷吗?”唐果敏问。

“你出去给天鹅穿上衣服吧 。“梅影说。

“呃，那我给它穿旗袍吧。”唐果敏回答。

两个人平静地说完，突然大笑。

梅影蜷卧藤椅，唐果敏卧床倚枕，因了一只鹅，停下各自的静思静量。朋友时间长了，已经无须刻意，一切都是那么自然而然。

从成都回来后，林枫回到单位上班，过起了朝九晚五的日子。晚上，他哪里也不想去，就想待在家埋在沙发里陪母亲看电视。苏俞夏陪在一边小心翼翼地问：“儿子，你和梅影好好谈谈，好不好?”

林枫眼睛依然盯着电话，语气平静：“谈什么？让她回来?”林枫自己摇摇头，“她终于回到自己一直向往的生活状态，怎么可能再回到过去。”

“你们有孩子啊。”

林枫凄然而笑，“有孩子，你不是也照样远走高飞，撇下了我?”

苏俞夏凝望着坐在沙发里的儿子，顺手捋了捋林枫凌乱的头发，叹口气，道：“唉，当年的我，没有足够的智慧和勇气。你爸爸的脾气，你是知道的，我怕他。”

一丝委屈爬上了林枫的脸颊：“不让看，你就不看了?”

苏俞夏沉默片刻，缓缓道：“当年，我把你留下，现在，我用余生把你接住。”

林枫伤感地注视着母亲温和的面容，关掉电视，抬头盯着天花板沉默。

“看到你和我爸爸，就像看到梅影和我。不合适就是不合适！明里暗里，我已经把她伤害到家了。我也不愿意回到过去，看到自己的恶魔样。”林枫苦笑道。

“人，总是以心换心。”苏俞夏拉过林枫的手，将自己饱经风霜的双手放在林枫的掌心。

语重心长的语言，沐浴在母爱下，一股暖意从林枫心房流向气管，到达嗓子眼时，转换成一阵酸楚，眼泪差点夺眶而出，他拼命吸动鼻翼，在眼睛的蒙眬中，对母亲挤出一丝笑，而后紧闭眼睛，一滴眼泪圆润透亮，从脸颊滚落而下。

最后一节课的音乐久久回荡在楼道。林木收拾书包准备回家，书包里，手机突突地震动。一看是爸爸的电话，林木高兴地叫起来：“爸爸？你回来了，在哪里?”

“我刚回西安。你放学没有，我和一位奶奶，在粤品轩等你吃饭。”林枫笑眯眯地回望着站在一旁的母亲。

“一位奶奶？哪里的奶奶?”林木在电话里好奇地问。

“哈哈，你来，就知道了。”林木开心地说。

等林木到餐厅时，夜色已经拉开帷幕，隔着玻璃，林枫看到林木过来，招手。一眼看到苏俞夏，林木一脸诧异：“老奶奶?”苏俞夏脸上漾出快意的微笑：“林木。”

“你们认识?”林枫抬起身子，好奇地问道。

“老奶奶有几次在学校门口等孙子。”

“你就是我的孙子。”苏俞夏的双手来回抚摸在林木的头。

“我?”林木指着自己，瞪大眼睛道。

“对，她就是我的亲生母亲，你的亲奶奶。”林枫一板一眼地回答道。

林木看着苏俞夏，低头嘿嘿笑道：“我明白了。”

“你明白什么?”苏俞夏问。

“我爸爸告诉林木，他的奶奶很早去世了。”林枫摇头道。

苏俞夏脸色凝固，瞬而露出温和的笑：“地狱不收我。我还没有尽母亲和奶奶的本分。”

34

西藏的黄昏，周若朴站在藏式格子窗前向外眺望，视线由近及远，越过横穿空中的电线，枝叶哗哗颤动的白杨树，迎风舒展的经幡，色彩炫目的藏式小楼，最终落在远处大朵大朵的云端上。在那里，云与雪峰无缝联结。夕阳的余晖温情地倾洒，山脉仿佛披了一层神圣的佛光，映红了祥云一片。风中，有淡淡的佛香，拂过雕刻在窗棂上的莲花。周若朴想起了梅影，此刻，她应该在去北京的途中。

一列银白色的动车平稳地疾驰在黄墨相间的平原。车厢里，梅影正在看一本画册。悠扬的《神秘园》音乐飘荡在空间，循声而去，手机埋在身后的被丛里。

“周医生好。你在西藏?”梅影清丽的嗓音道。

“是，你在车上?”周若朴的声音依然纯净，依然充满磁力。

梅影“嗯”了一声，突然一下子不知该说什么，手握话筒，嗯，嗯了几声，轻轻地笑道：“保重身体!”

“谢谢！一个人注意安全!”话筒里立即回响起周若朴的声音。

放下电话，周若朴的目光，好像冬天的参宿四，在清冷的夜晚洒落着温暖的光辉。这种温暖的注视，让梅影的脑海冒出暖男的形象。随后自己又否定了。温暖吗？梅影努力地回忆，在有限的记忆中，寻遍了各个角落，似乎有过，又不那么确定，在什么时间，也不确定，好像每次见到他，都会感受到，又好像没有，但是它分明又存在。说不清，道不明，直至最后，浮现出来的总是一个清晰的形象，那就是作为医生的他，表情凝着严肃，通身的冷静与内敛，还有随时随身携带的，已经与他融为整体的儒雅。偶尔会有孩子气的纯真与顽劣冒出来，碰到梅影注视的目光时，又转瞬即逝。

听过梅影柔柔的声音，周若朴的心妥妥地安静下来，他穿好白大褂，去医生办公室，准备带着几名实习医生去病房查看几名重病号。

央吉卓玛，头扎马尾辫，一件白底蓝道的衬衣扎进牛仔裤里，一副洒脱的模样走进医院楼道。刚坐在楼道长椅。看到周若朴带着一帮医生从病房出来，卓玛惊喜地奔过去，

“周——医——生！”

看见卓玛，周若朴并不感到惊讶，他笑起来：“卓玛，你又侦测到我来了？”

“呵呵，那当然。下班以后，你请我吃饭！”卓玛爽气地要求道。

卓玛在医生办公室翻看几本书，等到周若朴下班，一起到街道拐角的一家藏式餐厅。卓玛毫不做作，径直点了几道菜，将菜单交还服务生。等菜上齐，卓玛轻巧麻利在小碗里斟了一杯酒，双手捧给周若朴，又给自己斟了一杯。两个人碰杯之后，咕咚咕咚，将碗里的酒一口干尽，碗朝下，没有一滴酒滴下。两个人一口气连干三下，方才放下碗。卓玛又斟上酒。卓玛举手投足间，尽显藏族女子的飒爽。

“周医生，想不想知道，为什么你到了西藏，我总是第一时间知道吗？”卓玛脆脆的、甜甜的声音，如风吹过风铃。

周若朴摊手表示不解。卓玛哑然失笑，鼻翼略微皱起，嘴角形成一道完美的弧线：“这么简单的问题你都回答不上来。我有卧底。”

周若朴笑出声来：“谍战片看多了。”

卓玛只笑不吭声，从包里掏出一只精美的木盒，面朝周若朴打开，盒子里是款做工精细的藏银嘎乌盒。

“你阿爸收的新擦擦？”周若朴接在手里，仔细端详。

“对啊。我挑选了一个最好的药泥擦擦。你看，你看……”卓玛从对面跑

到周若朴身边，指给他看。

“嗷，是绿度母!”周若朴道。

“不错，在我的指导下，您已经认识了绿度母。”卓玛带着小小的得意说。

周若朴小心地收起嘎乌盒，说：“卓玛老师是一位好老师。”

“周日，我要回草原。我阿爸和阿妈知道您要来，特意邀请您。请周医生赏光!”

“你阿爸的身体怎么样?”

“托周医生的福，阿爸身体很好，每天放牧、骑马、喝酒、唱歌，惬意得不得了。”卓玛抬起眼帘，长长的睫毛在眼皮上下扇动。

周若朴一恍神，梅影的身影立即从碗里清纯的青稞酒里浮现出来，桌子轻轻晃动了一下，梅影的身影又消失了，眼前是红晕飞上脸颊的卓玛，蓬勃动人地注视着他。

“周医生，愣什么神啊?”卓玛用公筷夹过来一块羊肉放在周若朴跟前的盘子，一双俊美的大眼睛忽闪忽闪地问道。

周若朴回过神来，唇角露出微笑。晚上回到宿舍，躺在床上，他拿出手机，打开放下，放下打开。一溜轻风从雕刻精美的窗棂飘逸进来，一股淡淡的异香在房间漫溢，酒上了头，周若朴慢慢地闭上眼睛……梅影向他走来，穿过草坪……

手机铃声将周若朴温柔的美梦中惊醒，是急诊室打来的电话。周若朴一骨碌从床上跳起，迅速穿好衣服，打开水龙头，脸浸在冷水里，取下毛巾擦了一把，急匆匆赶往急诊室。

当周若朴从急诊室出来时，已是第二天清晨。回到宿舍小睡了一会儿，直到卓玛来敲门。卓玛借了一辆越野车，得知周若朴在急诊室站了一夜，自告奋勇自己开车。周若朴放下前排座椅，一路睡到邻近卓玛家的大草原，方才被卓玛叫醒。

“呵呵，周医生，您的呼噜打得好响啊，我听到了鸽子的哨音。”卓玛呵呵笑着道。周若朴揉揉眼睛，坐起来。车一路的摇晃，一种似曾相识的感觉让他回到一个熟悉的场景。他突然意识到，熟悉感来自北京的火车上。此时，梅影应该还在上课吧?一线笑意悄悄爬上周若朴的眼角。

这一觉睡得格外香，格外沉。周若朴的头脑异常清醒。打开天窗和车窗，草原特有的草香，混合着一股新鲜的马粪味一齐扑了进来。刚来草原，马粪的土骚味让周若朴头疼不已，几年过去，周若朴对马粪味已经不再排斥，甚至在这特殊的味道里嗅到了生活的烟火味，嗅到了顽强的生命力。

天空，蓝得明艳，蓝得饱满，蓝得养眼，蓝得润色，几片白云悠悠地飘拂在远处的山脉。炊烟从白色的帐篷后边袅袅升起，高高挂起的经幡随风荡漾。一只黑色的小狗，小尾巴兴奋地打着卷，蹦蹦跳跳跑来，跳起两只前爪攀在周若朴衣角。

“看，谁来了？欢欢，我们尊贵的客人来了。”卓玛在周若朴身后，对着欢欢叫道。欢欢的小尾巴更加欢快地打着圈，它撑起两条后腿，随着周若朴移动。周若朴拍拍欢欢的脑袋瓜，连拉带拽地和欢欢一起到车后备厢。

车后备厢塞得满满当当。周若朴从车内卸载下来几捆纯净水、饮料以及一些日常用品。达旺骑马赶回来，老远咧着嘴哈哈大笑，快到帐篷跟前，娴熟地跃身一跳，站在草地上，一手脱帽，一手搭胸，走向周若朴。

“周医生，您好！”

“达旺，好久不见。好久不见。”周若朴与达旺握手半拥。卓玛的母亲珍吉从帐篷后面跑出来，带着格桑花般灿灿的笑，一路走，一路撩起衣裙来回擦拭双手。

“周医生，您终于来了。”珍吉弓身问候道。周若朴双手拱起：“珍吉，身体可好？”

“托周医生的福，我的身体很好！”

大家一起把车上的物品放到帐篷内。如同每次来一样，周若朴先给卓玛父母检查身体。

“心脏不舒服了，记得马上吃药，缓解疼痛。”周若朴耳边挂着听诊器，一边听达旺的心律，一边说道。

“谢谢周医生。”

卓玛和母亲进来，手捧茶壶和托盘。

“周医生，所有的器具洗了又洗。”卓玛道。

卓玛和珍吉依次而出。达旺凑近周若朴，指着外边小声说：“工作三年了，不找对象。我们着急，和她一般大的姑娘，一两个孩子了。”

周若朴点头。达旺又小声道：“我们知道她心里在想什么，不现实啊！周医生劝劝她吧。”

“想什么?”

“她的手机里全是你的照片!”达旺手指敲自己的手机屏幕。

卓玛和珍吉进来，又端来几盘食品，呈放着刚煮出来的牛羊肉，放在酥油茶里小馓。

“周医生，粗茶淡饭，不要嫌弃。”珍吉带着歉意道。

“不会的。珍吉，每次来都这么客气。”

卓玛从帐篷外进来，挤在周若朴身旁坐下，倒了一杯自家新酿的酸奶，又加了两大勺白糖，用银质小勺搅好，递给周若朴。

“卓玛，工作情况怎么样?”周若朴问道。

“县上的医疗设施当然赶不上市里。科室不全，我们几乎都是全能的医生了。周医生，前几天，我去草原接生啦!”卓玛颇有自豪地说。

“是吗?”

“那当然！不止一次。”

“有时间到西安来玩，我找一位画家姐姐好好陪你？怎么样?”

卓玛心内突起痉挛，眉毛不由跳起，惊问：“画家姐姐？她和您什么关系?”

“嗯，她……见到她你就知道了。”

“她是您的爱人?”达旺不失时机地点拨一句。

“嗯……我正在努力争取!”周若朴点头道。

“您喜欢她?”卓玛紧追着问道。

“是。她和你一样善良!”

卓玛听罢，霍地起身跑出去。周若朴、达旺、珍吉跟了出来。卓玛躲在帐篷后边，双肩抽动，呜呜呜地哭。她感觉大家在身后，止住了哭，转身跑向草原深处。欢欢从远处跳跃着跟过去，懂事地依偎在卓玛脚下。卓玛弯腰抱起欢欢，脸庞紧贴欢欢柔软温热的脑袋瓜，不争气的眼泪骨碌骨碌滚落进欢欢油亮光滑的细毛里。

卓玛再次出现在帐篷的时候，已经恢复了明快洒脱的常态。她从车上取来吉他，递给周若朴。这时，一片摩托声从远而近地传来，欢欢的尾巴摇得像拨浪鼓，嗖的一下蹿出了帐篷。卓玛跟着跑了出去，一阵清脆的笑声传进了帐篷。周若朴和达旺起身向门帘外走去。德吉家、多吉家、达娃家的几个男人，挥舞着手喊着周医生，摩托车在周若朴身边戛然而止。

“周医生，我们没有来晚吧？”德吉伸开两臂，和周若朴来了一个结结实实的拥抱，其余几个人互相拍着肩膀，嘻嘻哈哈笑着进了帐篷。

周若朴要来草原的消息，前几天达旺已经告知了大家。大家自然欢喜得不得了。这位尊贵的客人，曾经救治过他们的亲人，接生过他们的小孩，给他们输过血，帮他们垫过医药费。他俨然就是他们一群人中的一个，和他们大碗喝酒大块吃肉，一起起舞，一起唱歌。他们喜欢周若朴，爱听他讲话，他总是能捕捉到他们心里想说的话，并且用他的语言娓娓道来。周若朴和他们聊起他们的家人，一一询问他们的身体，并且时不时地叮嘱一些注意事项。他问达旺要来了笔和纸，害怕他们忘记，将重要事项记录下来，让他们带回去。卓玛在旁边仔细地听讲，生怕遗漏了任何细小的细节，她知道，这样活生生的教学案例，对她而言，机会实在不多。大家聊完了身体，聊完各自事情，卓玛提议大家不妨活动活动。大家一起应和起来，出了帐篷，到了室外。

“周医生，您弹吉他，我们跳舞啦！”卓玛从车后边取出一把吉他。卓玛的吉他还是周若朴教会的。周若朴接过吉他：

晚风阵阵吹动着松涛，
吹响这风铃声如天籁，
站在这城市的寂静处，
让一切喧嚣走远……

车窗外，太阳已经落下山脉，最后一丝晚霞铺陈在天空，远处的苍穹已近暮色。淡淡的、清白的月亮挂在天空，轮廓分明，繁星镶嵌在黛色的天幕，参宿四的独特的红色光芒依然熠熠闪烁。

在返回拉萨途中，周若朴打开车门，站在草地上。一天结束时，他想知道梅影在做什么。但是，又不想打扰她，在纠结中手指在手机屏幕上划来划去，一不小心，将电话拨了出去。

周若朴没有想到，手机那端的梅影立即接了电话，周朴一下子不知该说什么，竟然语吃起来。

“小影……我……”

“周医生好！你还好吧？”话筒里是梅影带着气息的轻声问候。

“还好！你呢？在画画？”听到梅影的声音，周若朴平静下来。

“嗯，是的。你呢？”

“我在草原，满天星空。想给你打一个电话问候！我……好了，你画画吧。晚安，保重！”

“晚安，保重！周医生！”梅影舒缓的声音里带着轻轻的笑。

周若朴挂掉电话，向车门走去，他正准备打开车门，手机屏幕闪烁，铃声随之而来。

“周医生，你一个人吗？你遇到什么事情了吗？”梅影的声音里带着一丝不易觉察的疑虑。

“小影，谢谢你！什么事情都没有。”星空下，笑容开放在周若朴脸颊。

“嗯，那好吧。我就放心了！一个人开车注意安全。”梅影道。

“我不是一个人，还有一位姑娘！”周若朴道。卓玛在车内，凝神贯注地屏息静听。

“哦？你的阿尼玛？”梅影问道。

“一位朋友。我的阿尼玛在西安。”周若朴道。

“那好吧，注意安全，保重！”梅影在电话里道。

挂掉了电话，回车内时，坐在车内的卓玛，情绪突然低落下来。

“是给那位姐姐打的电话？”她迫不及待地问道。

周若朴点头。

“你想她了？……周医生，你……想过我没有？”

“……你就像小妹妹一样。”周若朴道。

卓玛眼泪汪汪地说着：“我不想当你的小妹妹。我也当不成你的阿尼玛。”

周若朴从车内取出一包纸巾，递给卓玛，卓玛接过纸巾，脸颊挂着一颗晶莹的泪问：“周医生，我们一起走走好吗？”

夜晚的草原，静谧，安宁。不知名的小虫子竞相歌唱，月夜下的绿草闪烁着油亮的光。

“周医生，去过拉姆拉措湖吗？”

“去过。西藏的圣湖。在美丽的传说中，它和香格里拉的松赞干布寺能够看到人们的前世今生。”

“在我们藏人的心里，它有神奇的力量，能够看到前世和今生。您知道吗？我去过两次，一次是大学毕业。我想知道我的前世在哪里，我是谁。第二次是去年，我想知道，我的今生在哪里？我曾经幻想，也许有一天，我会去西安，和我的阿尼姆斯在大雁塔脚下散步。周医生不会笑我吧？不过，我明白，无论我的前世今生在哪里，我都是藏人，我离不开这片土地。”卓玛挂着泪滴的眼睛，在星空下，晶晶发亮。

“无论我们有没有前世，无论我们有没有来生。今生将每一天，活得有滋有味、简单纯粹！西安的大雁塔、城墙、护城河，随时等你来。”

“周医生，时间过得好快，一眨眼六七年过去了。刚认识您的时候，我刚上大学。现在已经工作几年。好快好快啊！”

“你刚上大学，我第一次到西藏。那时，是我人生最迷茫的时候，是高原净化我的魂灵，是藏民的期盼将我留了下来。”

“我更要感谢您，如果没有您，就没有我阿爸的生命。是您坚定了我从医的信念。我的几个大学同学已经离开工作岗位，去医药公司做销售，薪水远远超过当医生的收入。因为您，我知道，我想要的是什么，我的路要怎么走。上班以后每个月，我都要下乡，就像您来西藏一样。您是我们尊贵的客人，给我们带来了生活的希望，带来了新的生命。”

周若朴仰望星空，他知道自己已经和高原产生了深深的联结，医院和那曲医院签订了协议，每年他都会在这里工作几个月，在工作期间，他还要在西藏大学带课。

曲江一家咖啡馆内，林枫坐在窗前凝思。良久，他掏出手机给周若朴打通了电话。周若朴告诉他自己在西藏。林枫放下手机，继续静坐在窗前。落日黄昏，当林枫走出咖啡馆时，他已经在网上订购了去西藏的机票。

他简单地收拾了行囊，和母亲告别后，登上了飞往西藏的航班。出了贡嘎国际机场，林枫终于踏上了青藏高原。站在机场大厅外，他并没有体验到传说中的高原反应。天高气爽，空气洁净，蓝天做底，云朵大片大片地铺在空中，相比西安的雾霾，这里亮丽的天空，让林枫的心里豁然敞亮起来。他享受着通透的空气，掏出手机给周若朴拨通了电话。周若朴很快接通了电话，告诉林枫他在那曲地区的医院，明天回拉萨，又关切地问了林枫吃住是否安排好，林枫告诉他已经安排好了酒店，明天等他回来再联系。周若朴答应他明天一回到拉萨，就和他联系。

林枫乘坐机场大巴，到市区住进了瑞吉度假酒店，一位熟识的同行朋友在这里做副总。来之前，他已经联系了这位朋友。于是，两个人喝青稞酒，吃烤肉，聊了一个晚上。第二天，林枫早早起来，和朋友一起去布达拉宫走马观花地游览了一番。从布达拉宫出来，下台阶时，周若朴打来了电话。问他住在哪里，林枫告知了自己住宿的酒店，周若朴在手机里沉默了一下，约林枫在玛吉阿米餐吧，八廓角，一栋土黄色的拐角小楼见。

林枫离开布达拉宫，直接去了玛吉阿米餐吧。餐吧古扑、温馨，带有浓郁的藏族文化。林枫在服务生的引领下上到二楼，夕阳红润的光泽从窗户透射进来，给静止的餐吧抹上了几道赭红的色彩，林枫穿过色彩，坐在临窗的空位。林枫问服务生餐厅的招牌菜，服务生打开菜单，熟稔指点。林枫几乎没有犹豫，全部点了特色菜肴，草原生烤羊排、巴拉巴尼、糍粑等，又要了青稞酒。来了西藏不喝青稞酒，对于喜欢喝酒的林枫而言，怎么也说不过去。虽然他并不习惯酒的口感。他吩咐服务生，菜不着急上，等朋友来后再吩咐。

在服务业浸淫多年的林枫，无论走到哪里，对服务极度敏感。从踏进餐吧的那一刻，他明白，服务生的热情，是来自一个民族从内而发的好客的本质，而非经过训练的标准的职业微笑，即便心里是哭着的，脸上也还要露出四颗牙的职业微笑，客人来时，瞬间展现，客人离去，瞬间收回，收放自如已经达到出神入化的境界。林枫曾经深信这是最基本的职业素养，但是在今天看来，其实就是在热气腾腾的面具下，裹着一颗冰冷麻木的心。

林枫在这间充满着西藏氛围、欧洲情调的黄色房子里，琢磨着服务，琢磨着自己，点了一杯咖啡，随手翻了翻外文杂志，估计周若朴还要等一会儿，一个人又观赏起窗外街道的风情。街灯还没有掌起，悠闲漫步的游客，手摇转经筒的喇嘛，磕长头的信徒，兜售藏饰的商贩，在街道像潮水一样，一波一波来，一波一波去。他们从哪里来，又到哪里去？他们到这里为了什么？每个人自有每个人的目的，如同他自己。两天前，他想也没有想到，在两天后，他会坐在这里，坐在拉萨的玛吉阿米餐厅充满了神秘的黄色房子里。有关玛吉阿米的声名，他曾有耳闻，梅影曾经给他讲过。想到梅影，林枫的心缩了一下，这时，夕阳最后的一道光线移到了林枫脸颊，他用手遮住眼睛，身体微侧，视线落在窗棂上。

周若朴踏上二楼的台阶，站在楼梯口。他的视线扫过林枫，并未落下。林枫隐约感知到有人停在楼梯口，侧过头，发现正是周若朴，举起手，喊了一声周医生。周若朴循声望去，看到林枫，略作迟疑。一面之缘，他脑海中，林枫模糊的形象与面前的林枫相去甚远。两个人握过手后，落座。

“林总，你好！身体恢复得怎么样？”

“身体还好，叫我林枫吧！到西藏来，让身心全部放松。”林枫笑道。

“好事情！疲累到一定程度的时候，是需要减压。”

“周医生，魏锦奇现在有没有消息？”一直没有魏锦奇的消息，见到周若朴，林枫问道。

周若朴摇头，问：“刺伤你的凶手有没有线索？”

“有。一个贩毒分子那晚交易之后回家，在途中解手，以为我是便衣冲上要拘捕他。”

“误伤？”

“就算是吧。在生死之间游荡了一圈，让我重新思考很多事情。回过头，看自己过去的这么多年，如梦一场。”林枫淡淡地笑，继续道：“想和你聊的很多，见到你，又不知道从哪里聊起。”

“想到哪里就聊到哪里。”周若朴道。

周若朴声音里那种不急不躁、稳稳的味道，让林枫安静下来。他很奇怪，与眼前的周医生虽然只有一面之缘，但是，他身上隐隐的气息却吸引着他，不远千里飞过来，就是想和他聊自己的过去、现在和将来。

“我的脾气不好，希望您别介意。”林枫搓着两只手道。

“呵呵，为什么会认为自己脾气不好？”周若朴笑道。

“脾气大，拧巴，急躁，嗯，还有，喜欢讽刺挖苦人。还有……你笑什么？”林枫一口气将自己的缺点报了出来，似乎还不过瘾，当他看到周若朴的笑脸时，停下来。

“其实你很坦率，将自己扒得一干二净。我喜欢你这样的谈话方式，我们可以直接切入问题。”周若朴肯定地说完，又是一个微笑。

“啊？”林枫的话停在了那里，他没有想到，竟然有人喜欢他这样的讲话方式。

“因为在你心里有需求。你的反应越激烈，你的需求越强大。”周若朴继续道。

“有需求？”

“是的，用批评别人，指责，讽刺，挖苦，来填满你的需求。”

“我的需求来自哪里？我想要什么需求？”

“你自己。你对自己不满意。所以，把你对自己的不满意借由别人发泄出来，在你的思维里强化你不如我，我比你好的模式。

“嗯，我就是这样的。”林枫果断地点头，“对自己不满意，强烈地不满意。不满意自己的脾气，不满意自己的现状，不满意这个社会的不公。所有的不满，在外边我得掩饰，当堆积到一定程度的时候，看什么都不顺眼，心情极度地烦躁，最终一定会在家里爆发，把不满的情绪发泄在我的妻子身上。不对，前妻身上。而且，对她的打击越是大，我的心情越舒畅……”林枫越讲越兴奋，讲得淋漓尽致，讲得收不住了闸门。周若朴坐在对面，静静地听林枫的讲述。林枫终于停下来，一眼不眨地盯着周若朴，看到周若朴一直停留在脸上的稳稳的笑，林枫心里一下踏实下来，轻松起来。

“我们往往都是这样，对外人友善，对亲人肆无忌惮。伤害亲人的同时，反过来又伤害了自己，久而久之，形成一种恶性循环。不满——伤害——更大的不满——更大的伤害。”周若朴说。

林枫长长出口气：“嗯，我一下被你扒光了。脱吧，来找你，就是想让自己脱光，脱到灵魂，脱层皮换根骨。”林枫果断地摆手道。

“呵呵，我们不扒自己，就不知道自己的问题在哪里。说到底，是对自己的不自信和自卑。当你聚焦自身劣性的时候，无形中，你投射给了它更多的能量，它会变得强大。别去关注它了，把你的能量集中聚焦于你的优势，当你的优势足够显现的时候，再回头觉知你的劣性，你自然会融化它。

“嗯。”林枫若有所思，认真地点头。

“这是一门作业，需要我们经常不断地练习、巩固。每次你的负面情绪一旦起来，把自己和它拉开距离，不去关注。让情绪回到另外一件事情上，你的优势事情上，或者当下眼前的事情。等你平息之后，反思引起你负面情绪的事情，是不是一件值得你大动干戈的事情？

“我尝试去做。”

“经过一段时间，再回过头看，能够引起你负面情绪的事情是多了还是少了？你的情绪一如往常，不容易控制，还是可以自如管控？”

“周医生，我总算明白了，一直认为脾气不好是基因，是遗传，改变不了。从来没有认真思考能不能改变？怎么改变？看来西藏没有白来，醍醐灌顶，茅塞顿开，好像有那么一线线光亮照进来。”

“我们每个人心里都有阴暗的角落，只有让光进来，这个角落才会有光明，有温暖。”

“高原的紫外线强烈，正好杀灭身体里的霉菌，不让它繁衍泛滥。”林枫口干舌燥，他一口气喝下去了一杯水，又从水壶里倒了一杯。

“细菌是杀不完的。我们和它一方面友好相处，一方顽强对抗，这是一生的功课。”林枫的爽快逗笑了周若朴。他又叮咛道：“这里紫外线强烈，注意保护皮肤，不要被晒伤。”

林枫在和周若朴短短的谈话中，周若朴不仅点到了他的死穴，而且对他不断地肯定，让林枫的心里轻快起来，他感慨道：“谢谢周医生。来这里，就是让阳光把整个人里内晒透！”

35

许清从上海回来，约唐果敏、梅影、章洁楠在茶楼聚聚。窗外，云朵摇漾，几个人在三楼茶房围绕着深色木质茶海席地而坐。唐果敏坐茶海前，给大家泡茶。有一段时间，没有见到章洁楠，章洁楠下身一件浅灰色薄羊毛裙，上身一件淡粉羊绒毛衣，脸上化了淡妆，整个人显得透亮而精巧。

“时间过得好快，就像做梦一样。看到这栋茶楼，经常问自己，真的是我经营的吗?”唐果敏说。

“去年冬天，还在准备视死如归。现在过得活色生香的。”梅影道。

“你也一样。终于视死如归了。”唐果敏笑。

“我们终于实现了喝你的茶，看我的画，穿我们的旗袍的梦想!”梅影感慨万分。

“穿我们的旗袍?”章洁楠道。

“情绪低落的时候，互相打气。”唐果敏道。

“想起来，实在是不好意思，混沌了这么多年，应该早点和你们几个认识。要不，你们早都穿上了我们的旗袍。有时，一个人经常怀疑，是不是在梦中? 掐掐自己，看看街道的行人和赵一澜，不是在做梦啊。”章洁楠轻轻笑道。

“真应了一句老话：世事难料。去年此时，公职在身，现在，平民百姓，过得比以前还忙活。”许清道。

“小姐姐，当官好还是平头百姓好？”

“问我？你好歹也是副处啊！”

“我？呵呵，我没概念。”

“难怪林枫说你除了画家梦就是画家梦。整天稀里糊涂。”

“又来了，又来了。回家对老公说去。”

“呵呵，多少年没老公，不习惯。前段时间，去单位，大家问我，老公怎么没来？我问他们老公是谁，当时我的第一反应是新调来的处长姓公？”许清自己乐得大笑。

“爱有这么大的能量吗？让你毫不犹豫放弃工作前途？”梅影道。

“问自己吧！”许清道。

“小梅，等你碰到那个人的时候，你就知道，为了他，你会低到尘埃里。”章洁楠道。

“爱不需要低到尘埃里。”梅影摇头道。

“不仅仅是单纯的爱，还有自己这么多年的梦想。每次出差，只要有机会，我就要去画廊看看。爸爸不希望我糟蹋艺术，我就收藏艺术。我的梦想就是做一个收藏家。”

“你还是做到了。”

“是的。以前看爸爸指导你们的画，我在一边想，哼，哼，你们好好地画，等我以后赚钱，你们的画我全部买下来。呵呵。”

“扬扬得意的样子。”梅影抿了一口茶道。

“说一件正经事。咱们的旗袍上天猫吧。这几天我一直琢磨这个事。”

几个人互相看了看，异口同声说好。唐果敏又将自己的想法和盘托出，大家没有什么异议，让唐果敏按照自己的想法去做。如果赔了，大家一起兜着。唐果敏得到了几个人强有力的支持，开始认真谋划这件事。

每天早上，梅影6点起来，给林木做好早点，两个人围着餐桌，吃早餐，听电视的早间新闻。林木上学之后，梅影开始打扫卫生。之后，在卫生间化妆，吹短发，一个明眸皓齿的自己出现在镜子时，她满意地去烧水泡工夫茶。

一壶茶，喝得神清气爽，整个人通透了，开始画画，从早上一直到凌晨一两点。歇息时，再沏壶新茶，泡什么茶，并不刻意，随着心情而随意。

清晨，在梅影的眼里，不再是清汤挂面，不再是呆木混沌。当她静下心来，向内挖掘，那些梦中的世界，梦中的人物，那些稍纵即逝的灵感，一个个活灵活现走向她，流淌在笔端，一切自然而然，一切熟稔于心，甚至于之前缜密的构思也并没有派上多大的用场。

当她沉潜于绘画的世界里，沉潜于内在的专注时，她发现外在的烦扰并不能影响到她内在的宁静。她不再焦虑，不再纠结，她已经疗愈了自己。梅影想起周若朴的一句话：走在道上的事情，内在的神性也会帮助你。她真切地体验到了，在自己的世界里与自己和谐相处，触摸灵魂的真谛，是何等美妙的事情！

下午，梅影站在画板前，正准备调色。桌面上的手机得得地震动，手机显示出林枫母亲的来电。一看时间，已经5点多。

“小影，我想去你那里一趟。”苏俞夏在电话里道。

挂掉电话，梅影迅速扫视房间，将画笔摆放整齐，将放在地板上的颜料归档在架板，进了厨房打开电饭煲煮八宝粥。洗青菜，胡萝卜，黄色、绿色菜辣椒，紫甘蓝、豆筋。将菠菜拌豆筋、素菜沙拉在盆中搅拌后，放入盘中，端到餐桌。又回厨房，洗解冻好的虾仁，切小口蘑。从冰箱取出一包小南瓜饼，让它慢慢解冻。

叮咚——叮咚，梅影打开门，苏俞夏站在门外，手拎超市大袋。梅影接过袋子。苏俞夏进来，换了拖鞋，上下打量房间，走到画架跟前，仔细端详了一会儿。问：“小影，你真打算一个人过？”梅影笑着嗯了一声。她又问梅影会不会考虑林枫。梅影摇摇头。

“不说了。我们都是女人，说点我们女人的话题吧。”苏俞夏道。

梅影又沏了一壶新茶，端过茶海，两个人坐在阳台喝茶，边喝边聊起来。

“妈妈，我一直很好奇，当年，您怎么会和林木爷爷结婚？”

“唉，年轻，一时的冲动。在那个讲出身、讲阶级的年代，他根红苗正，我出身不好，只有找他，毕业才有可能留在西安。我主修钢琴，最后到一所中学带音乐课。在家不能弹钢琴，不能碰钢琴，太痛苦了……

小桌上，两碟菜，三双筷子。小林枫坐在母亲旁边学钢琴。咣，门被推开。林父进来。直奔钢琴。林父大声吼叫："整天叮叮咚咚，你还想上台演出啊？做什么梦？小资产阶级思想！院子里已经有人提意见了。"

"这是我的工作，明天我要上课！"

"哟，上课？就你会上课？警告你，不许教林枫弹那玩意。男孩子，弄枪舞棒去。"

林父过来揪小林枫的衣领，小林枫哇哇哭，踢爸爸。

"这是你带的好儿子，还踢上我了？"

林父随手抡起巴掌打在林枫脸上。林枫扑上前咬。苏俞夏上去护儿子。林父一脚踹在苏俞夏腰上。"啊"，苏俞夏扑向钢琴。小林枫哭，再次扑向林父。林父一脚踢起，小林枫"嗖"飞到床边。林父气急败坏，从厨房拎起一把菜刀，刀背对钢琴乱砍一通，琴键发出悲惨的鸣叫……

苏俞夏拭过挂在眼角的眼泪："这样的戏码经常上演。半年后，通过亲戚关系我调到广州一所中学。原本要带林枫一起去。结果，我到处找不到林枫。"

"林枫去哪里了？"梅影问。

"当时我快要疯掉了。几年以后知道，他被送到亲戚家。我偷偷找过他，林枫黑瘦黑瘦，穿得破破烂烂爬在树上，已经不认我了，我领他走，他躲起来，找不到他。后来，我又去找他，他已经不在那里了。几年以后，在广州，我嫁人了，又有一个女儿。她主修钢琴，现在国外定居。"

"那您爱人呢？"

"我的爱人是一个有涵养的人，前年，因为高血压倒在地上，再也没有醒过来。我去国外待了半年，又回来。我的心还在林枫这里，一直都在。他爬在树上的模样，想起来让我揪心地痛。都是做母亲的人，你应该可以理解。"苏俞夏道。梅影抽出餐巾纸，递给苏俞夏。

"我理解，理解！这些事情，林枫没有跟我提起过。"梅影道。

"他恨我。不愿意和我联系。"

"您应该和我早点联系。"

"在林枫和他爸爸眼里，我已经是死去的人了。我再出现，对整个家庭有影响。"苏俞夏道。

"嗯。您知道杨画眉吗？"

“她是谁?”

“后天中午，如果您不忙，我带您去一个地方，您就知道了。”

苏俞夏温良的气度，慈爱的神态，经过岁月的风雨所沉淀下来的沉稳的智慧，让梅影喜欢上这个老太太。

“要不，您过来住吧？让林木陪着您?”

苏俞夏开心地道：“很想来，但没有得到你的邀请。我今天就不走了!”

门上传来钥匙开动的声音，林木推开门，愣了一下，随后绽出一脸的灿烂。两个人一起迎上去，苏俞夏接过书包。

“奶奶！您来了?”

“来看你。晚上，我不走了，在家陪着你。好吧?”

“真的？就住在我家。不，不，咱们家。”林木道。

“不走，在咱们家多住几天!”苏俞夏在林木的屁股蛋上拍了几下。

林木高兴地在房间做投篮状，然后，迈着螃蟹步，在房间转了几圈，逗大家笑了一会儿，横进自己的房间。

“张牙舞爪!”梅影对苏俞夏笑道。

第二天吃过午饭，林木睡了一会儿，起来去学校上学，临出门，特意叮咛，让奶奶不要走。苏俞夏的嘴里答应着，换上鞋，眼神溢出的全是满满的隔代亲。苏俞夏把林木送到学校门口，一直看不到身影，才回到家。到家时，梅子轩、叶知秋和梅影正在客厅聊天、喝茶。

三个老人显然已经认识，彼此并不陌生。梅影好奇地问：“你们认识?”

“我找过你的父母。”苏俞夏道。

“嘟——嘟”，挂在门口的电话响起来。梅影摘下话筒。

“请问是梅影吗？我们送钢琴。”一个男声问道。

“送钢琴？妈妈，你们把我的钢琴送过来了?”梅影回头问叶知秋。

“没有啊。”叶知秋和梅子轩面面相觑。

“我在琴行订的。送给小影。”苏俞夏扬起手道。

“妈妈，您？……我的钢琴在妈妈家。”

苏俞夏笑着摆摆手，“我的心意。”

“是啊。家里的钢琴，小影回家弹一弹，平时没有人动。我们老两口不会弹。”叶知秋道。

“谁说你不会弹？我看你弹得挺好。”梅子轩接了一句。

“妈妈？”梅影张开了嘴巴。叶知秋剜一眼梅子轩，笑。

“待会儿显摆显摆？”梅子轩又道。

梅影打开门，几个工人抬钢琴进来，客厅已经被梅影布置成画室，几个人看了看地方，最后放在梅影卧室。晚上，林木回家，在门外听到钢琴声，颇是诧异。推开门，客厅没有人，发现都聚在梅影卧房，听叶知秋奶奶弹钢琴！

“奶奶！你弹钢琴？奶奶家的钢琴送来了？”林木惊讶得眼珠快要瞪出来了。

“哦，妈妈同志，您让我刮目相看。”梅影过去搂着叶知秋的肩膀道。

“哎呀，你玉音妈妈走了以后，你妈妈发愤图强，立志要弹好钢琴。”

“妈妈……你会不会弹琴，都是我的好妈妈！”梅影道。

“你就给我灌迷魂汤吧。”叶知秋弹完，坐在琴凳上说。

“妈妈，以后你有时间，多和我妈妈聊聊。他们的老年生活很丰富。唱歌、插花、书法，一帮老姐妹，花枝招展，活得有滋有味。”梅影对苏俞夏道。

“好！以后，我们有活动，通知你，咱们一起参加。”叶知秋说。

“好！好！好！现在一个人，说走就走，无牵无挂！能看到儿子、孙子，这辈子已经很幸福，很满足了！”苏俞夏眼圈发红，笑道。

隔日，梅影带着苏俞夏一起来到拉拉手学校，画室里空无一人，张院长从画室门外经过，看见梅影和一位老人，走了进来。

“这是林木的奶奶。这是张院长。”梅影介绍道。

“您好！”苏俞夏伸出手道。

“您老人家气质真好！”张院长赞叹道。

“谢谢！”

“我妈妈是钢琴老师。周老师，上次您说的一个孩子，喜欢钢琴？”

“是这样的，一位家长告诉我们，她发现孩子听音乐时，特别专注，问我们有没有钢琴课。”

生活老师领着树树进来。看见树树，苏俞夏下意识地抓紧手里的包。

“小影，这……这……你们两个孩子？”苏俞夏指着树树，问梅影。

“妈妈，您看这孩子，和谁像?”梅影问。

“和小时候的林枫像。太像了。林枫小时候就这样，比这个孩子皮实。”苏俞夏手捂嘴巴。

“他也是您的孙子。叫树树。”

“我的孙子?”苏俞夏如坠迷雾，疑惑不解地望着梅影。

“是，您的孙子。我在给他们带美术课。等会儿他的妈妈也来。”

苏俞夏蹲下来，抚摸着树树的脑袋瓜。树树站在那里，一只手不停地拍打着自己的衣服口袋，苏俞夏手伸进口袋，掏出一粒巧克力。苏俞夏剥开，放进树树嘴里。树树吃着巧克力，顺势靠在苏俞夏怀里。几个孩子陆续进来。梅影开始上课。苏俞夏坐在树树旁边，疼爱地关注着他画画。下课铃声响了，张院长前脚进来，杨画眉后脚跟着进来。

梅影和杨画眉以及苏俞夏三个人进了餐厅。树树上到椅子，手拿小勺一个人玩起来。

“树树，叫奶奶!”苏俞夏道。树树自顾玩，并没有理会，苏俞夏又叫。

“阿姨，不管用。孩子没有感觉的。”小杨道。

“小杨，你知道阿姨是谁吗？是林枫的亲生母亲。”

“林枫的亲生母亲?”杨画眉不以为然，“是吗？没有听到林枫提起。”

“我离开林枫的时候，他就像树树这么大。”

“树树，林枫根本就不认。”

苏俞夏沉默。说：“真对不起！真对不起！我代他向你道歉!”

“没必要！已经过去的事情了。”杨画眉平静地说。

“我们都是做母亲的，我能帮你做什么?”苏俞夏恳切地说道。

杨画眉摇摇头。

“林枫做不到的，我做！他不认，这个孩子我认。小影，刚才张院长说学校没有钢琴老师，我去带钢琴吧。每天可以看着孩子。”苏俞夏思忖了一下说道。

梅影点头，“这样最好！我和张院长沟通一下。小杨，你可以放心了吧?”

与此同时，梅子轩和叶知秋打开了梅影家的门。梅子轩手里拎了一箱水果，放在餐桌，到客厅看梅影的画，叶知秋跟着在后边。梅子轩手上去，小心翼翼地摸，被叶知秋一巴掌拍打在胳膊。

“别动！别动！坏了，又要让小影重新补。”叶知秋眉头蹙起道。

梅子轩收回了手，手指粘着颜料，进到厨房。叶知秋跟进去。一眼看见冰箱上的纸条：妈妈，小米稀饭我已熬好，凉菜已焯。剩下的自由发挥啦！一个笑脸图案。

“老梅，看，女儿给我们的任务是自由发挥。”

“什么自由发挥?”叶知秋指纸条。梅子轩摘下眼镜，凑到跟前看到一个笑脸，自己也乐了。

在拉萨的林枫将自己放空，什么也不想，什么也不做。几天下来，他喜欢上了咖啡馆的适意，喜欢上了爵士乐的调调，喜欢上一个人漫无目的地游荡，喜欢上一脚随意踏进街边咖啡馆，呆坐窗边看路人穿梭。看久了，自然分出子丑寅卯。人们看不到自己的模样，于是在人群中，孜孜不倦地寻找同类。他想起梅影，一个女人，执着地去追自己的梦想，林枫嘴上不承认，但在内心里，对梅影有了几分羡慕。他想起老戴，老戴从一无所有，到拥有连锁品牌的酒店，想起曾经的梦想，想起所欠的外债，林枫开始坐不住，他想马上见到周若朴。周若朴睿智、平实，没有丝毫凌驾于人的态势，却用看不见的手术刀，干净利落地揭他的皮，刮他的骨，一刀一刀，娓娓道来，让他看到自己皮骨之间絮絮络络的腐肉。

林枫果断地收拾行囊，赶到那曲，住进一家便宜的旅馆。等周若朴下班后，两个人相约到一家藏式餐厅。餐厅不大，林枫一根接着一根烟抽，呛得周若朴开始咳嗽，林枫赶紧灭了烟。

“你的烟瘾太大，对身体不好，戒掉吧。”周若朴劝慰道。

“心烦。”林枫喝了一口酥油茶。来西藏几天，他已经适应了酥油茶的奶腥味。

“不让你想是不可能的。换个角度来看问题吧。”

“也是。我终于明白，自己就像一个爱的吸血鬼，不断索取爱，追逐爱，贪婪地吸走我的需求。”

“因为，童年缺失的爱。你渴望被爱、被认同、被需要的自我满足感和成就感。”

“对。当我榨干别人的爱时，又开始寻找新的目标。以前，我不明白，为什么女人一旦和你有某种关系，就变成另一个人，冷漠、无情、自私。其实，不是别人的问题，正是我自己的问题。

“因为在你的内心深处，有一个受害者情结。”

“受害者情结？”

“原生态家庭带来的问题：父亲脾气暴躁，母亲离家出走，自己被送到乡下寄养，回来后，又受到后母的不待见。所以，从小你一直在强化：自己是一个不被人喜欢的孩子。长大后，面对问题，尤其是亲密关系，你又一直在强调自己哪里出了问题，开始自卑。在你的身上既有大男子主义，又害怕对方看到你内心深埋的自卑，就像你所说的，你的体内有两个自己。于是，只有让对方弱小，才能显示出你的强大。”

林枫长叹一声。“是的。打击得越狠，我心里越舒畅。我就是想看到她们在我面前低头。如果低头了，我又瞧不上，在心里看低她们。如果不低头，我就拼命打击。”

“你的前妻也是因为这件事情，才和你离婚？”

“是的。她太骄傲了，我……我无法让她低头，只能用最卑劣的方法，看她在我面前崩溃。”

“什么方法？她崩溃那一刻，你是什么感受？”

“我让员工假扮情人，营造同居。我的感受？看到她的样子，非常解恨。嗯……”

“你？”

“不仅扭曲，简直是丧心病狂！那一段生意亏损，烦躁！再加上……在三亚，和她不期而遇，我带……可能发现我的不轨。每次看到她，被遗弃的羞辱感和怨恨，总是不由得冲上头。”

“为什么会有这么恶劣的情绪？她不好？”

“其实，她很好。钢琴弹得不错，美术也不错。她总让我想起我的母亲。当年，我追她追得很辛苦，也很执着。那时，是我一生最幸福的时候。有了孩子以后，一切都变了。她的心思放在孩子身上。每次看到她带孩子，好像看到了母亲的影子。所以……所以……”

“所以，你的受害者情结重复出现，不断升级。”

“是，我以为换一个女人也许不会出现。”

“结果，又是同样的结局。你又开始尝试。”

“对，无可救药。母亲在我心底是永远的痛。”

“母亲在你的概念里，是一个恶母的形象。你又无限地放大到一切母亲，包括自己的妻子。”

“我该怎么办？这样无休止地伤害别人，伤害自己？”

“放下这个受伤害者的故事，拥抱你的受伤害者的角色。”

“不理解。”

“在你潜意识中，你不断地给自己讲故事，你是一个受害者，从小讲到大。它已经和你融为一体，成为你的一部分。所以，放下这个故事，不要再给自己不断地讲，拥抱你自己受伤害的那一面人格。我们的人格有多面性，你的受伤害者角色只是一种，你还有其他优秀的人格。”

“优秀的人格？我很推崇华为的狼性精神。”

“你可以找有关华为的企业案例，认真地研习。你推崇狼性精神，它自然有与你相匹配的属性，这正是你自己拥有的一面人格，也就是黄金投射。”

“我的？怎么可能？”

“你所欣赏的正是你自己的投射。也是你的人格的一面。”

“也是。我还有这样一面人格。我一直苦闷，我怎么能把狼经给念歪了。”林枫苦恼地笑道。

“所以，你才来找我。你是睡醒的狼，开始觉醒。有很多人，一生都不愿意面对自己。只有勇敢地面对自己，才会战胜自己。从某种意义上来讲，我们的一生就是和自己恋爱的一生，纠结、争斗、友好、难舍难分。”

“在你眼里，我还有这些优秀的一面，我自己都没有意识到。”林枫长长地出口气道。

“我明白了。所有的故事都来源一个故事，小时候的故事。现在，我的母亲已经回来了。在这个故事中，她也很痛苦。曾经我不原谅她，但我看到父亲现在的样子，我又原谅了她。作为一个女人，得不到丈夫的体贴和关爱、支持是一件不幸的事情。唉，从她身上我又看到我的前妻，真心为她祝福。我感谢她，至少我的儿子以后不会像我一样，讨人厌。”林枫深深地感叹道。

周若朴微微一笑：“你又给自己讲受害者的小故事。你并不讨人厌，讨人厌的是你自己以为自己讨人厌。童年的创伤，给你的心理埋下阴影。随着年龄成长，你又将阴影扩大到你的工作、生活。”

林枫苦笑道：“对，你说得很对。我该怎么办？”

“去观照你讨厌的人，在他的身上你可以看到自己的负面阴影。去观照你崇拜的人，在他的身上你也可以看到自己，看到你的黄金投射。”

林枫认真地点头。

“观照、觉察，反省。我们每个人都有阴影，它如影随形，我们赶不走它，就认可它、拥抱它。”

林枫点头，看远方，说：“看来我要先和自己谈一场恋爱，才会有能力去爱别人。自己不爱自己，怎么去爱别人？”

“对，你的悟性很好，在本质上是一个有慧根的人。先和自己谈一场恋爱！”

林枫感慨万分道：“应该早认识你！在你眼里，我还有这么多优点？”

周若朴打断林枫的话。说：“呵呵，你又开始给自己讲故事。多多发现自己的优点，你会发现，其实，你是一个优秀的人。”

林枫有些不好意思，说：“忘了，以后不给自己讲悲惨的故事，多讲美好的故事。”

“这就对了。”

“对，对。哦，周医生，我想问一个很私人的问题。你和你的妻子怎么相处？你们出现矛盾怎么解决？”

“这个问题……这个问题……会让你失望。我和你一样，回归单身。”

林枫哑然失笑。

“不会吧？我想你的家庭应该很温馨，你会很好地处理家庭问题。”

“一言难尽。她去国外后，不愿意回国，我不想出国。”

“如果，你们继续都在国内或者都去国外？”

“嗯，也不好说。婚姻终究是两个人的事情。”

“我这个花心萝卜，真正想找过日子的人，还真没有。”

“你挺坦率。想找什么样的人？”

“有才华的女人身上总有隐隐的傲气，我不喜欢。找一个踏实的，有烟火味的，柴米油盐过日子的女人就行了。你呢？”

“我？”

一阵悦耳的梵音和着一股檀香飘了进来，有几位身披红衣的喇嘛从门外走过。林枫和周若朴不约而同透过窗户望着夜色下的街道。窗外，华灯初上。行人已近消失，街道对面，两名藏族女子站起，双手举过头顶，趴下，正在虔诚地磕大头，不紧不慢，循环往复，一步一叩头，向着她们心中的曼荼罗朝拜。林枫和周若朴两人默默地盯着两名女子，直到她们虔诚的身影消失在远处的街灯下。

出门分手时，周若朴承诺周日带林枫去看草原，站在一望无际的草原，会让人忘掉一切的忧伤和烦恼。

36

夜色中唐果敏回到家，意外地发现钟晋夫竟然躺在沙发上看电视。看到唐果敏回来，钟晋夫一骨碌爬起来。

“今天回来得这么早?”唐果敏一边换拖鞋，一边问。

“向老婆邀功请赏。两件事情，一件好，一件不好。”钟晋夫手拿遥控板，蔫蔫地说。

“先说好事情!”

“今天给拉拉手捐赠的一批课桌全部做好了。”

“好事。不好的事情?”

“不好的事情，常州并购的工厂，出现了问题。老婆，要是有一天，工厂倒闭了，我投靠到你的门下，做一个跟班、跑堂的……”

“怎么能让你一个堂堂的大老板给我跑堂?放心吧，臭小子，我给你腾位子。”唐果敏过去，怜爱地摸着钟晋夫的头道。

“中年老汉了，再也不是那个没眼色的臭小子了。”钟晋夫头在唐果敏手下来回扭动。

“在我眼里，你就是个臭小子。常州怎么啦?”唐果敏问道。

“我会处理的。你把茶楼和你们的旗袍店经营好。”钟晋夫道。

“好吧，我不给你添麻烦。”唐果敏坐下来。

“这几天怎么没有见到你穿旗袍？你穿旗袍好看！

“哎哟，我的老汉，心不在焉的，我刚回来就穿在身上。你不会被常州的事情搞得晕晕乎乎吧？事情严重不?”唐果敏过去摸钟晋夫额头，问。

“真想装病。病几天，老天把事情解决了，再去上班。要不，把这几天剪掉，直接快进到事情解决。”钟晋夫嘿嘿笑道。

“咱们就装几天病吧。我照顾你！要剪掉？行。我去把日历剪掉。”唐果敏拍着钟晋夫的胸膛道。

钟晋夫顺势靠在唐果敏怀里。唐果敏一手拈着钟晋夫耳朵，一手慢慢捋捋钟晋夫的头发。一会儿，钟晋夫的鼾声均匀地打起来。半夜，钟晋夫醒来，发现自己头枕唐果敏的大腿，而唐果敏歪在沙发，睡得正香。钟晋夫起来，将唐果敏抱在床上。

大清早，钟晋夫从床上坐起来。唐果敏从卫生间进来，打开柜子，取出钟晋夫的衣服外套。

“不是要装病吗?”唐果敏笑着说。

“不装了！装一个晚上，够了。问题总是要解决的。我下午去常州，回来的日子不确定。到了给你打电话。”钟晋夫跳下床，拉过一件衬衣套上。

“嗯，身体是第一位的。把咱们的身体照顾好!”

“知道！来，瓜女子，抱抱!”钟晋夫伸出两臂。唐果敏双臂环钟晋夫的腰，右手趁机在他的屁股狠狠拧了几把，钟晋夫手捂屁股，嘴里吱哩哇啦叫着，跳起双腿，拎起包，嘿嘿笑着一溜烟跑出门外。

位于高新街心花园的旗袍店，进来的玻璃门不是司空见惯的大玻璃门，面无表情地杵在那里，而是淡淡的蓝红黄三色玻璃，被古铜色的线条相间分割成菱形块，一种低调的老旧的华美悄然展放在迎客的一瞬间。门口有一款精致的屏风，屏风下搁着一个雕刻精细的红木柜子，柜子上有一台怀旧的老式的喇叭状手摇唱片机，黑胶片发出低低的爵士乐，恍如回到旧上海时代。

章洁楠从上海淘的几件旧式的小物件：胭脂盒、老式镶边女式眼镜、梳妆镜和旗袍配饰一起放在中间的展示柜里。深红色木地板刚打过蜡，空气中还有地板蜡芳香的余味。同色的展示衣柜，各色旗袍高低错落静静垂悬。有几位顾客在挑选旗袍，实习的服装设计师正在给顾客讲解，赵一澜着一件合体黑红小小方块旗袍，正在给一位顾客量尺寸。

唐果敏和顾小小进来，在店里浏览。顾小小没有想到店里会这么有特色，一目了然的海派风格。两个人在前店看了一会儿，上到二楼。二楼隔出几个休息室，放了藤制的休闲沙发。

“如果做电商，我们的人才储备远远不够。仅凭几个人的力量，无法满足网上的购买力。”

“对。我有考虑。已经和西安工程大学服装设计系的几个学生有过沟通。”

赵一澜量完尺寸上到楼上。

“唐总，这个月明显比上个月的销量好。基本上是顾客带顾客。”赵一澜兴奋地说。

“只要有顾客进来，销量就不愁上不去。”唐果敏给赵一澜打气道。

“好长时间没有见到小影，她最近忙什么?”

“忙她的创作。我今天带小小来帮我们做电子商务。”

“有几位顾客来问我们在网上有没有销售。如果有，她们以后不用来店里，直接可以在网上下单。”

一个服务生上楼，把赵一澜叫下去，有顾客要量身体尺寸。

“小小，我们的服装都在这里，我的想法已经介绍过了，现在把问题交给你。”

“唐总，做服装运营商对我来说也是一项挑战。我考虑一下，然后物色有网上服装运营经验的同学，好不好?”

唐果敏和顾小小把电商的事情敲定之后，又去落实茶楼专供茶的事情。关于专供茶，一向果断干练的唐果敏开始纠结起来。投资泾阳茯茶，还是投资安康林总的鸭河贡茶？两款茶属于不同的茶型。茯茶属于黑茶，鸭河贡茶属于青茶，对于唐果敏这样的老喝家而言，冬天喝红茶，夏天喝青茶，都是很好的选择。钟晋夫在常州收购的家具厂，目前没有起色，而总部这边，虽然一直在盈利，但是并没有取得突破。对于企业而言，平稳发展固然是好，但其中的隐患则是显而易见。不进则退，如果仅仅维稳，是一件可怕的事情。唐果敏和钟晋夫当然看到了这点。钟晋夫的办公家具网上定制才刚刚起步，目前，订单缓缓上升，虽然订单数量和金额可以忽略不计，毕竟是企业发展的必然趋势。

唐果敏权衡再三，决定和林总一起投资鸭河贡茶。经过数次和林总的沟通，唐果敏认可林总的魄力，相信鸭河贡茶在林总的策划与运作下，一定会得到市场的认可。

最近，吴昊天正在和一位投资界的朋友，打造 XAW 咖啡众创空间，忙得一塌糊涂。今天，他专门抽出时间约梅影见面，在咖啡众创空间，有一件事情，他认为非梅影莫属。

一段时间没有见到梅影，他到书吧时，梅影娴静优雅地坐在窗前，手握咖啡杯，一手搅动咖啡。梅影的姿态牵起了吴昊天内心那根神经，他停下来，欣赏了几秒，走过去与梅影相对而坐。服务生过来，端来女生茶点。看到女生茶点，梅影笑起来，“着急地把我约过来，有事情？”

“说这件事情之前，我还是想问一句话。”吴昊天放下咖啡，认真地说道，“小影，从高中时代起，你真的对我……没有一丝的情感。”

梅影低下头，笑：“好感当然有。否则，我们也不可能做朋友一直到现在。”

吴昊天眼睛落在梅影脸上，打量一会儿，梅影将目光投向了窗外。吴昊天双手交叉，十指紧扣，撑住下巴：“我明白了。好吧，言归正传，找你的确有一件事情。我和一位投资界的朋友，准备打造咖啡＋电商＋联合办公的模式。整个项目启动还是放在北京、上海、西安三个地方。目前，在高新创业园已经谈好经营场所，正在装修。”

吴昊天停下来，探寻着梅影的表情，梅影听得很专注。面对吴昊天探询的眼神，道：“我的活来了，设计装修方案？”

“不是。我们打造的是咖啡文化与众创空间相结合的模式。在空间里，有透明的办公场所，开放的咖啡空间。我们的咖啡加工区，有精美的咖啡器具、自助咖啡烘焙间，自助茶点烘焙室。”吴昊天得到了梅影的回应，兴致勃勃地讲道。

“听起来很诱惑。别的城市有没有，我不清楚，至少西安目前还没有看到。”

“是很诱惑人。我们的核心业务是销售咖啡豆、咖啡餐具、西点、书籍。”

“是不是相当于书店、西点店、咖啡店三合一的升级版，在这里，大家可以自己制作咖啡、茶点？”

“也不完全是，我们要打造与大家息息相关的美生活，一家时尚的设计公司。对于消费者而言，我们不仅仅是提供休闲喝咖啡的空间，更重要的是，提供一个有品质生活的场所，提供精致的咖啡用具，倡导一种生活方式。”

“上次我们一起聊天时，你要保密的任务?”

“对。希望你加盟我们，这个任务不难吧？我希望你成为 XAW 咖啡生活的专业设计师。”

“任务不难，也不简单。”

“对自己要有信心！这活非你莫属，我已经嗅到了它的商机。”吴昊天半握拳头道。

“好！让我考虑，给你一个明确的答复。”

昨夜下了一场雪，早上起来，玻璃蒙上一层厚厚的冰霜，流动的空气里，也似乎带来了冰霜的粉粒。林枫终于体会到高原清冽的冷，身上单薄的衣服，已经明显地不能阻挡寒冷，林枫去楼下的服装店里买了一件军用大衣裹在身上，又买了一双里衬是羊毛的黄色大头鞋套在脚上，装备了这几件衣物之后，林枫跟着周若朴去了草原。

初冬的草原，失去了绿草如茵的屏障，荒凉广漠。昨夜的雪，覆盖得并不均匀，在起伏的草坡上，不时裸露出褐色的大地，白褐相间，铺展在一望无垠的原野，绵延不绝。极目远触，一道道青白的山脉，撑开了天地交汇的弧线，矗立在那里，雪峰的脉络清晰可辨，与天际直接相连。天透亮地蓝，洁净的云朵随意地散发在空间自由自在。金色的阳光豪迈地直射而下，磅礴而大气。站在这里，高原辽阔、苍茫、雄壮得一览无遗。

踩着松软的枯草，周若朴停下来。

“到了这里，时间也不急了。一切慢悠悠的，云在天上飘，风在耳边吹。”

“是啊，只想出世，不想入世。”

“第一次到西藏来，正是最迷茫的时候。出国还是不出国？在心中纠结缠绕。在这里待了半年，总算是平静下来，找回做医生的尊严。回到西安，又进入纠结模式。同学中，有的成为企业家，有的出国，回头看自己。读两个博士，依然在一线病房，和病人在一起。一个科室教授十几个，谁不是从本科一路读到博士？一年的工资加上奖金，不及从事医疗器械的同学一天的营业额多。如果我留在西安，意味着失去家庭，失去孩子。如果去英国，又很纠结。内心的撕裂，可想而知。”

“你也有撕裂的时候?”林枫颇为惊讶地说。

“我也是活生生的人啊!”周若朴回头笑道。

“我羡慕你，给大家带来生活的希望。”林枫实事求是地说。

“夸张了。”周若朴摇摇头。

“不。我说的是事实。入世容易出世难。”林枫道。

手机在周若朴口袋里响了起来，是赵一澜的电话。“小朴哥，魏锦奇找到了！一位朋友在云南矿区碰见他。不过，不过……”赵一澜焦急不安地说。

林枫和周若朴马不停蹄，回到拉萨，乘机赶到昆明。他们按照赵一澜提供的电话号码，和打电话的男子取得了联系。在昆明，他们找到那家快捷酒店，叩开客房的门，门里是一位胖墩墩的中年男子。男子很热情，三个人寒暄之后，进到房间。魏锦奇歪倒在床上，怀抱一块石头，眼睛盯在窗户的一角。看见林枫，他猛地扑过来拉起林枫的胳膊，撩乱得不行。“快——快——有石头！有宝贝!”魏锦奇的眼睛里放射出异样的灼热。

周若朴厉声喝住魏锦奇，魏锦奇从刚才狂乱兴奋的状况中，略微安静下来，又歪倒在床上，手里把玩起那块魔方大小的石头。

中年男子似乎认识林枫，他叫林枫的名字。看到中年男子有点面熟，林枫一时想不起来在哪里见过他，有一点是肯定的，他也在玩石头。林枫问他现在是不是还在玩?中年男子连连摆手。

“不玩了。玩不起，陪别人来。”他又指着魏锦奇，“没想到他现在变成这个样子，前几天我要回成都，在玉石店门口无意中发现他。”

大家吃过午饭后，中年男子回成都。周若朴和林枫带着魏锦奇回西安。赵一澜接到周若朴的电话，特意请了半天假，回家买菜做饭。正在做饭时，周若朴带着魏锦奇回来。魏锦奇手里抱着石头，坐在客厅一言不发。赵一澜默默取出一套睡衣，周若朴领着魏锦奇进卫生间冲澡，等周若朴和魏锦奇从卫生间出来，饭已经摆上桌面，魏锦奇依旧玩手里的石头，对餐桌上的菜肴，没有丝毫兴趣。

“一澜，事已至此，我们全力以赴治疗吧。”周若朴将筷子放到魏锦奇跟前，说。

“小朴哥，怎么治疗，听你的。”赵一澜说。

“治疗费用，你不用操心。你把你们一家的生活照料好，瑶瑶最后一年，你无论如何都要挺过去，不要影响到孩子。”

赵一澜的眼泪簌簌滚到桌面，这顿饭她实在没有心思吃下去。饭后，周若朴领着魏锦奇办了住院手续。

客厅，梅影正在画画，林木在自己房间学习。桌面上的手机震动起来，梅影一看是周若朴的电话，拿起电话到了阳台。周若朴让梅影下楼一趟，他就在她家小区外。梅影放下画笔，脱掉围裙，在卫生间洗了脸，又快速化了简妆，换好衣服下楼。周若朴站在路灯下，看起来有些风尘仆仆，有些疲惫，但是，依然掩饰不住他的儒雅。路灯下，他在微笑。

周若朴站在小区门口，看到梅影荡漾在清丽的脸庞的笑容，心跳不由加速，他在心里笑着自己，已经人到中年，竟然还像年轻人那般意乱情迷。

“不好意思，这么晚……”周若朴一时语塞。

“没关系，你这么快就回来了？”

“家里有点事情，处理一下，明天走。”

“嗯？家里还好吧？”梅影关切地问。

“事情已经处理好了，谢谢！”周若朴说。

“周医生太客气。”梅影笑着道。

夜色中，小路微微泛白。微弱的月光勾画出小路两边树的轮廓。无风，树寂然不动。人行道上，周若朴和梅影相伴步行。

“创作进行得怎么样？”

“还好。正如你所说，回到内在的神性，专注而愉悦，简单而纯粹。最近，经常想，为什么浪费了这么多年，今天才幡然醒悟？”

“这就是命运给你的功课与修炼。”

“这一年，好像一下子走到灵魂深处，心找到了家，不再漂泊流浪。”

“你内在的能量慢慢强大，你不再依靠外力，不再求救。”

“嗯，是的。自己与自己达成了和解。”梅影道。

周若朴点点头笑起来，抬起头看着星空。

“周医生所言极是。当我抽离自己的时候，发现自己的变化。对发生的事情基本上已经能够拥抱、接纳和承受。我终于明白，内在的力量不是外来的，而是自己与生俱有的。以前，并不知道怎样汲取和吸纳。谢谢周医生，没有你的帮助，我还在自己之外游离。”梅影发自肺腑地说。

“谢谢你自己吧，是你找回了自己。”周若朴笑着说。

“不，你要接受我的感谢!”梅影停下脚步，不依不饶地说。

周若朴也停下脚步，笑着道：“好，我接受了。通往内在的路是漫长的，我们生命中的对手没有别人，只有自己。

“是的，深有感触!”

“我们都是海明威笔下的老渔夫。清晨寂寞出海捕鱼，夜晚孤独返回。周而复始，日日雷同。有时空手而归，有时拖着沉重的鱼骨。其实，最强大的对手就是自己。我们一生的任务就是与自己谈一场撼天动地、生生不息的恋爱。”

“山无棱，江水竭，天地合，也不与自身绝!”梅影道。

“继续爱自己吧！未来的路上依然会有不如意的事情发生。”周若朴道。

“嗯！谢谢周医生!”

周若朴沉默了一会儿，道：“小影，问一个私人问题，你考虑过个人的事情没有?”

“……嗯，没有考虑，暂时不想考虑。”

“为什么 ?”

“也许……会，也许……不会。随缘吧。嗯，你的阿尼玛，什么时候见?我能不能近水楼台先得月，第一个见?”梅影转而问周若朴。

“为什么你要第一个见?”周若朴心知肚明地故意问道。

“嗯，没有理由，就是想第一个见。”梅影说完，有点后悔，她感到自己有点小小的霸道。

周若朴听到梅影的话，会心地笑：“你已经见过了。”

“我见过了？是谁?”梅影心里暗吃一惊。

“傻丫头。”

“傻丫头是谁?”梅影一下子给蒙了，没有拐过弯。

周若朴哈哈地笑起来。梅影恍然大悟，自嘲道：“嗯……笨，就是傻丫头。”

夜，轻盈而随意。在回家的路上，梅影的视线被一棵棵栾树吸引，她不禁诧异，栾树的每一根枝梢，竟然挑着一串串栾花，在掩映的灯下，泛出银白色的暗光。经历了秋天的雨，冬日的风雪，甚至于雾霾，它们依然倔强地挂在枝头。有夜幕做底色，栾花愈发显得皎白，径自绽放在空中，一枝枝，一树树，似锦的繁花。其实，梅影心里清楚，白天的栾花，看起来可能是枯黄的，毫不起眼的。但是，夜晚的灯光精心地为它们披上了一层魔幻般的外衣，让它们既是栾花，又不是栾花，但在本质上并未脱离栾花。此时此刻的栾花，带来了一种独特的美，梦幻的美，真实的美。这样的美霸气地撑起梅影心里强烈的感触，与今夜的情怀相互碰撞。

“我的阿尼玛就在身边！”“与自己谈一场撼天动地、生生不息的恋爱！”周若朴的话和身影在梅影的头脑里纠缠得难分难解。梅影有些不能自己，眼前一片蒙眬，栾花在空中慢慢无限延伸……

周若朴一路步行回家。几天的奔波，他的身体有些疲累，但是，并不影响格外舒畅的心情。在梅影面前，他终于说出了一直没有说出来的话。

第二天早上，周若朴登上去拉萨的航班。窗外，云海茫茫。“就是想第一个见！”“山无棱，江水竭，天地合，也不与自身绝！”周若朴品味着梅影的话，自己先笑起来。

“傻丫头！”周若朴在心里道。

37

拉拉手音乐教室，坐在钢琴前的苏俞夏端庄优雅，正在弹钢琴，孩子们围坐了几圈。林枫站在窗外，母亲弹琴的身影将他拉回到童年，拉回到年轻时的梅影坐在琴前的样子。林枫眯着眼睛，沉浸在对往事的回忆中，冷不丁被一个声音打断。张院长从楼道走过，发现一个陌生的中年男人，怔怔地望着窗户内。

“您好？请问您是？”

“我是林枫，苏老师的儿子。”林枫回过神，带着歉意道。

“哦，也是树树的爸爸！”

林枫尴尬地点头：“是……是的。”

苏俞夏弹完一曲，抬起头，发现窗外的林枫，放下琴盖。她回头看树树，树树坐在地板原地未动，跟着音乐老师张大嘴巴，哇哇地唱歌。下课了，苏俞夏过去牵过树树。树树过来的一瞬间，林枫好像看到小时候的林木，看到了小时候的自己。

“树树，和你小时一模一样。”苏俞夏爱怜地抚摸着树树的头。

“树树还是和奶奶亲啊。”张院长道。

“张院长，晚上，我把孩子带回家。”苏俞夏道。

正说话时，梅影从楼道过来。张院长和梅影打过招呼，告许梅影，她已经将树树的画寄给了组委会，如果有消息，随时和她联系。说完，和大家告辞，匆忙离去。看到梅影，林枫诧异，他没有想到梅影和母亲在一起做志愿者。

“嗯。挺好挺好！挺适合你们！”林枫诺诺地笑道。

林枫搬张小椅子，坐在教室窗口，掏出烟盒，抽出一根烟，手指夹着香烟，在烟盒弹了几下，又装回去。教室里梅影辅导孩子们画画，苏俞夏陪在树树身边。离异的前妻、失而复得的母亲、遗弃的私生子怪诞而温馨地呈现在他的面前。曾经荒唐的生活，曾经不堪的过往，让他感慨万分，不忍回望。再看树树时，这个冷默孤独的孩子牵起了林枫隐存在心中的那一丝丝怜爱。

今年的援藏任务即将结束，明天，周若朴就要回西安。想到回西安，他的心情按捺不住地激动，那里有一个人牵着他的肠挂着他的肚。他换了便装，走到楼道，发现卓玛坐在椅子上正朝楼道张望。

“你明天要回西安了？”

“比我还了解自己的行程。”

“当然了。我用心嘛！”

“打开你的手掌！”卓玛命令道。

周若朴笑着，打开手掌，卓玛从包里掏出嘎乌盒，搁在周若朴掌心。银色的嘎乌盒里有一尊度母之像。

“这是一尊绿度母，所有度母之尊。它可以消除众生烦恼痛苦，满足众生愿求。是我送给画家姐姐的礼物。”卓玛郑重其事地说。

“我替她谢谢卓玛！”周若朴双手拱起，放在胸前道。

“周医生，你告诉画家姐姐，有一位叫卓玛的姑娘，在青藏高原，日日为她祈福。”卓玛停下。双手合掌，闭眼，默诵。

“谢谢卓玛！”周若朴被卓玛的情真意切打动，他发自肺腑道。

“周医生，我的直觉告诉我，画家姐姐在你心里已经扎根发芽。以后，你还会来西藏吗？”卓玛一双美丽的大眼睛凝视着周若朴。

“会的，每年都会来。”周若朴承诺道。

“带上画家姐姐一起来吧！有人陪，你就不会孤独。我也该找一个男人，共度一生了。”卓玛脸上挂着泪花，绽开笑颜道。

中午，从北京飞往西安的航班到站，梅影刚到出站口，一眼就看到周若朴。周若朴站在接站人群的最前端正在向她招手致意，他的笑隔过玻璃，像冬日的阳光，暖暖地洒在梅影心头。

“周医生，你回来了？接人？”梅影仍然不能确信，周若朴在接谁？

“回来了。接我的阿尼玛。”周若朴爽朗地道。

梅影将笑脸扭向一边，她不想让周若朴看到她从心底跃在脸颊的笑。

“你怎么知道，我乘这次航班？”

“我和周清松联系过。”周若朴实事求是地回答。然后，伸手接过梅影的旅行箱。

“周老师去法国到年底回来。我的课结束了，心里蛮伤感！北京的学习之行，让我在绘画方面有了更深刻的感悟。幸运的是，还有周医生一路陪伴，每个人心目中都有一块属于自己的领地，属于自己的神秘园。你帮助我打开一条通向内心世界的道路。”梅影感慨道。

“你总是这么谦虚。我已经讲过，找回自己的梦想，让埋藏多年的智慧之光呈现的是你自己。”

“谦虚的是你。没有你，也许我半途而废。中间发生了这么多的事情，是你无形的力量推动着我不断往前走。”

“你无形的力量也在滋养着我。”

“是吗？我有这么大的能量？”

“看到你，真想回到大学时期，一切从那时开始。”

梅影回头注视着周若朴，周若朴迎上梅影的目光，默笑。

“哦？如果一切从那时开始，命运会是什么？”

“没有如果。一切都是最好的安排。”

梅影点头。

周若朴停下来，从羽绒服里掏出一件嘎乌盒。

“送你一件礼物，是一位叫卓玛的姑娘，送给画家姐姐的礼物。”

周若朴打开盒子。梅影取出嘎乌，放在手上。

“卓玛？有天晚上，在你旁边的姑娘？她为什么要送我礼物？”

“她是一位很好的藏族姑娘。嘎乌是装护身佛的盒子，里边供奉的是绿度母，所有度母之尊。可以消除众生烦恼痛苦，满足众生的愿求。卓玛希望你佩戴在身边，绿度母会时时刻刻地护佑你。”

“谢谢卓玛姑娘。她怎么知道我？”

周若朴没有回答，手推旅行箱，只是一路在笑。送梅影回到家，周若朴又驱车赶往医院。周若朴进病房时，魏锦奇躺在床上睡觉，母亲坐在旁边看一份《老年报》。看到周若朴进来，周母放下报纸，摆手示意周若朴不要影响魏锦奇休息。周若朴小声地问母亲，魏锦奇情况怎么样？周母用耳语般的声音说魏锦奇反复无常。

“咚”一声，一个重物砸在地板，骨碌骨碌滚到床下，惊得周母回头看魏锦奇，魏锦奇翻个身又睡了。周若朴从床下捡起一块石头。

“抱着这块石头不离手，谁也夺不走。”周母小声说。

魏锦奇突然坐起，一眼发现周若朴手上的石头，蹦下床，饿狼一般从周若朴手中抢走。搂住石头，一步跨上床，伸出嘴巴，左亲右亲，热乎得不得了。周母叹口气摇摇头，一旁的周若朴默默观察着魏锦奇的一举一动。

从西藏回来，周若朴和吴昊天约了好几次，时间总是凑不到一起。今天晚上，正好大家都有时间，于是约在书吧。晚上下班后，周若朴步行到书吧，一杯咖啡没有喝完，吴昊天急匆扩推门而入。

“不好意思，让你久等。”吴昊天抱歉道。

“老板总是很忙。”周若朴揶揄道。

“最近事情一下子多起来。西安的咖啡空间马上要进行装修。北京的地址还是选在了中关村。上海地址选在浦东，西安在高新区创业咖啡街区。急需要人啊。要不，你从医院出来，我们一起做？每天待在医院，环境不佳，心情不畅，考虑一下，郑重邀请！”吴昊天简单明了，开门见山。

“免了吧。好不容易修炼出世，你又要诱惑我入世。”

“周若朴，我们认识时间也不短了。我认可你的人品。我，你了解。认真考虑一下，怎么样？”吴昊天继续努力道。

“谢谢！我这边有一个人选，你可以了解一下他。”

“人品怎么样？职业是？”

“我了解不多。你可以跟他谈谈。”

“行，这两天，你约一下。我和梅影前段时间见了一下，我希望她以后能成为我们咖啡生活的专业设计师。”

“咖啡生活专业设计师?”

“对。要不这样，我把梅影也约一下，我不知道她考虑得怎么样。”

“我约梅影吧。”周若朴说。

冬日，暖阳之后，云片一层层絮满天空。天色愈来愈暗，终于成为充满古意的光阴黄。窗户好像蒙了一层宣纸，在质朴中留了几分朦胧，在朦胧中藏了几分矜持，在矜持中又衬出那么一些些的含蓄来。教室的窗户下，放了一张木凳，木凳上铺了白色的锦缎，锦缎上，呈三角形摆放了几件拙朴的陶器。陶器是从玉音妈妈家里拿来的，是小时候梅影画过的几个物件。深青色的陶器，泛着一种古老的调调，它沉睡在岁月与时光里，已经失去了当初的鲜活却又在不露痕迹的温润里，无声无息地渗出敦厚。

就在梅影站在几个孩子身后看他们画素描时，张院长兴冲冲进来。

“梅老师，树树获奖了！还要去法国领奖。前十名的孩子行程费用全免，包括一位家长。”

“真的？太好了。树树奶奶知道吗?”突如其来的好消息，让梅影掩着嘴巴叫起来。

梅影拿起手机，拨出去，苏俞夏的手机音乐在门外响起。梅影挂掉手机，苏俞夏已到门口。

“妈妈，树树获奖了。”

“是吗？你的功劳，你的功劳。”苏俞夏连连说了几声。

梅影激动得不能自已，树树的获奖让梅影一下有了成就感，更重要的是她对自己更有了信心。几位老师跑过来，嚷着让张院长请客庆祝。张院长应承下来，邀请梅影一起参与，因为晚上要回家陪林木，梅影推辞掉。

聚完餐，苏俞夏将树树带回家。林枫正在看球赛。树树脱完鞋，径直走到电视机前，拿起遥控板换台。林枫急了，呵斥树树，从树树手里夺过遥控板。苏俞夏过来，一把夺过遥控器，问:“你几岁了？跟孩子争抢?”

林枫醒悟过来，把遥控板塞到树树手里。“哦，好，好，不好意思，来，树树，你看吧。”

树树并没有理睬林枫，林枫好奇地围着树树绕了几圈。问苏俞夏:“这孩子对谁都不理不睬?"

"是啊。星星的孩子，孤独、冷漠。"

"能不能治好?"

"我们努力治疗。林枫，你和杨画眉有没有希望? 她单身带一个孩子，太难了。"

林枫没有吭声，自顾地盯着树树琢磨。

"就算是为了孩子吧。树树终究要长大，他以后还有很长的路要走。"

林枫研究完树树，跟着苏俞夏进到厨房。出来时，他手里有一个小碗，碗里有剥好的猕猴桃和一只小勺。

"来，树树，吃水果。"

树树依然不理睬，看着电视，张大嘴巴哇啦哇啦唱得正来劲。林枫过去，蹲在树树前边，用小勺喂猕猴桃。树树头扭到一边，推开林枫。林枫没有蹲稳，一屁股坐在地板，碗打翻扣在地板，猕猴桃泼洒出来。树树继续看电视唱自己的歌，对眼前发生的一切毫无感知。

突然，林枫大笑起来。听到林枫的笑声，苏俞夏两手湿淋淋地从厨房跑出来。

"笑什么?"

看到地板上的猕猴桃汁，苏俞夏抽出餐巾纸，递给林枫，林枫蹲在地上一边擦汁，一边感慨:"唉，一物降一物，这个小屁孩、熊孩子，我拿他没办法!"

"我拿你也没有办法。为了你，我回到西安，这么大年纪去带钢琴课，抖搂你给咱们搞的这一摊事。"

林枫仰天花板长叹，说:"谢谢你，妈妈! 我不会再像以前那样恣意妄为了。"

"以后怎么考虑的?"

林枫擦完地板，顺势坐下。说，"我还是想做酒店。如果有可能，自己投资，赚钱还债，给小影和林木买一套房子。唉，无言面对他们。"

"这就对了，梅影经常讲一句话，走在道上的事情神也会帮助的。这套房子你拿去用吧!"苏俞夏拍着林枫的肩膀道。

坐在地板上的林枫，过了半晌站起来，进到厨房，靠在门框，默默注视着母亲打扫卫生。

一辆大卡车停在拉拉手学校门口，唐果敏和工人从车上卸下课桌椅，张院长带几位老师加入搬运中。唐果敏送完家具赶回茶楼，梅影、周若朴和吴昊天坐在茶间，梅影正在泡茶。大家闲聊了一会儿，吴昊天看表，问周若朴介绍的人来不来，周若朴抬手看腕表，时间还不到和林枫约定的时间。

上楼的脚步声和小微说话的声音从楼下传来。小微推门进来，林枫跟在后边。跃过小微的头顶，林枫一眼瞥见梅影，心里不由咯噔一下，抬起的脚落在原地。梅影一边用刷子刷茶海，一边看进来的人，当她看到林枫时，愣了一下。

“周医生，找您！”小微对周若朴说道。周若朴起身，招呼林枫坐下。林枫谢过周若朴，进到茶室，面对梅影满脸疑惑：“小影？”

“你怎么来了？”梅影问道。

周若朴纳闷地看着梅影和林枫，职业的敏感告诉他，林枫和梅影的关系绝非一般。

“你们认识？”周若朴问梅影。

“哦……哦，当然认识。”林枫接过话，回答。

“林枫，你坐在果敏旁边。”梅影道。

林枫和唐果敏两个人握手。唐果敏挪了位置，林枫坐下，紧挨吴昊天。

“这就是我给你介绍的林枫。”周若朴介绍道。

林枫和吴昊天两个人站起来握手。梅影用夹子取出一个小茶碗，从公道杯里，分了茶，放在林枫面前。

“小影，你和周医生认识？”林枫问道。

“你们也认识？什么时候认识的？”梅影道。

“在成都。周医生去找魏锦奇。”林枫回答。

“魏锦奇，是赵一澜的爱人。”周若朴补充道。

“赵一澜的爱人？魏锦奇？和你一起做赌石？”梅影恍然大悟。

“你们两位怎么认识？”周若朴抿了一口茶，润了润嗓子问林枫。

林枫接过梅影放在面前的茶杯，一口喝下，极不自然：“哦，她，她是我的前妻。我给你讲过。”

周若朴的茶杯在空中停了一下，和吴昊天一起抬头看梅影。梅影笑笑点头。

“我们十几年前应该见过。”吴昊天对林枫道。

林枫尴尬起来，道：“见过一次。你们几个同学聚会，我去……去闹腾！”

唐果敏端起茶杯转移了话题，“大家来尝尝我们准备做的一款茶。口感如何？”

“小影对茶比较熟悉，先点评点评。”周若朴道。

梅影一手捧茶，一手捂杯沿，嗅过之后，吸了一口茶，在口中回味后，进入肺腑：“味道清淡优雅，口感清甜，有一种相濡以沫的亲近和牵挂。茶要找对的人喝，品起来才有味道。”

“小影说对了。经过沸水的冲泡，茶叶几经沉浮，茶才会散逸出清香。”唐果敏以同样的方式嗅着茶道。

“就像我们的人生，经得起岁月沉浮，才会散发生命的清香。”周若朴道。

“品茶和喝咖啡的不同就在这里。品茶是品文化，品人生，品的是禅意，品的是出离。咖啡，喝的是人生的浓烈与香醇。不同的文化，不同的含蕴，在茶和咖啡上就已经体现。”

“林枫，你现在有没有规划？昊天这边有几个项目同时启动，你有没有兴趣考虑一下？”周若朴问道。

“谢谢！我正在考虑和两位同行筹建一家快捷酒店，目前也正在启动阶段。”

“没关系，既然都认识，我们就是朋友，资源共享，合作互利！”吴昊天道。

林枫和吴昊天两个人互相留了电话后，大家出现短暂的沉默，几个人默默地喝茶。吴昊天率先打破沉寂：“小影，上次聊到咖啡生活，你有没有想法？”

“有想法！很有挑战性的一件事情。让我想起一个国际知名品牌，从它的设计理念到产品，自始至终贯穿两个字：简约。”梅影利落地回答道。

“咖啡生活定位在创客市场，30 岁左右的创业者和白领阶层。

“有没有详细的市场计划说明书？给我一份。”

“行，我发到你的邮箱。”

“我做一些功课，查找一些资料，给你一个详细的产品计划书，怎么样？”

“我们的旗袍上线快要就绪了。小小找了一个同学，有网上运营经验。如果上线，我们需要一批模特。”唐果敏道。

“可以在模特公司找平面模特。”吴昊天道。

“不合适。旗袍市场在成熟的女性，我们需要的模特年龄和我们类似。”唐果敏道。

“你跟前就有现成的人选。小影啊。”林枫道。

大家看着梅影，笑起来，气氛顿时显得热络几分。

“我们没有钱请名人，自己亲自上阵，许清、章洁楠、小影、小杨必须要上。”唐果敏道。

“喝我们的茶，看我们的画，穿我们的旗袍，还得做我们的模特。”梅影感叹道。

“喝我们的咖啡，住我们的店。”吴昊天补充道。

“还要听我们的心理辅导课。”林枫道。

气氛更趋活跃，大家开始畅所欲言。

“回过头，一年的时间，变化太大了，好像在梦中。”梅影道。

“小影，看到你今天的状态，我挺欣慰！”林枫说。

“谢谢！最大的变化就是你！”梅影肯定并鼓励道。

林枫望着梅影，想说的话很多，排山倒海一齐涌上喉头时，语言发生严重堵塞，最后只有一声“谢！”迫不及待、一马当先地冲了出来。

38

在季节的变换中，时间又过去一年。

梅影的《追梦人》系列油画创作趋近尾声，林木如愿以偿地考上自己喜欢的专业，已经是大一的新生，下半年，该上大二了。正逢五年一度的中国美术大赛，许清挑选了梅影的两幅作品，送去参赛。周若朴经常去西藏，每次都会给梅影带回卓玛的礼物，装有擦擦的嘎乌。梅梅影也会送给卓玛自己的画作。

又是一个周末。一觉睡到自然醒，打开手机，有一条唐果敏的微信：若有时间，下午茶叙。

拉开窗帘，星星点点的阳光洒在常春藤嫩绿的新叶上，叶面透出光的质感，微微混合着褐色和墨绿色的枝条好像抹上了一层亮粉，在阳光下泛出明亮的光泽。天空如清泉洗过般纯净，纯净得连一丝云影都不存在。打开窗户，初夏的风带着植物新鲜的味道，飘进了房间。微风中，光、影、叶变幻出丰富的色彩。因为充足的睡眠，因为初夏的清新气息，因为昨夜完成的一幅画，梅影的心情如同山涧的小溪，快乐地在丛林中流淌。常春藤的绿叶依然在风中摇曳。她喜欢常春藤那深邃的绿荫，在深邃的绿荫中，好像传递着某种莫名的神秘，而这种莫名的神秘，总是会让她浮想联翩。昨夜最终完成的一幅画，还在画架上方，一条阳光晕染的小街，高低错落的房屋，人家红色屋顶，常春藤环绕，白色落地玻璃窗铺满整面外墙。身着深蓝色长裤、白衬衣的阿尼姆斯和一袭白裙的阿尼玛在小街缓缓而行。

美好的初夏，美好的心情，梅影打开衣柜，衣柜里服装基本色系是黑色系、白色系、咖色系、蓝色系、灰色系。唯独一件酒红色修身及膝裙装醒目地挂在衣架。一般情况下，她很少去挑战红色系列的服装，但是这件深酒红色的衣服挂在商场时，却明目张胆地勾起她购买的欲望。衣服款式简洁，腰部系一条造型别致而柔软的小羊皮腰带，正好勾勒出腰部线条，前腰以下两侧各有几道褶痕，使前边呈扇形向膝盖部位收拢。试穿之后效果不错，于是，她果断地将这件衣服领回家。今天第一次穿，顺便给唐果敏显摆显摆吧。

茶楼室外花园，坐在藤椅上的唐果敏正和对面一位男士聊天。唐果敏对梅影招手示意，那位男士回过身，竟然是周若朴！

“你？什么时候回来的？”梅影惊喜地问道。

将近几个月没有见到周若朴，高原的紫外线让他的脸颊染了些许高原红，给他的温文尔雅，又增添几分硬朗。两个人同时伸出手，两只手再次邂逅，一种细微的涟漪从梅影心头升起。曾握过不同的手，但是记忆中，却从来没有一个人，让她因为握手而产生一种隐秘的感知。视线相遇之后，梅影的眼睛迅速转移。

“昨天回来，筹备‘中国文化与分析心理学’国际学术研讨会议。给你打电话，一直关机。”

“嗯，不好意思，完工的最后阶段，我不想受到干扰。”

“呵呵，小影，今天这么漂亮，酒红色蛮适合你啊，说不出的妩媚。”

唐果敏在旁边欣赏着梅影的服装道。梅影的脸庞有些发烫，她没有回复，手抚脸颊，将目光停留在旁边丁香丛中繁茂的白色小花上。唐果敏呵呵地笑着，站起来，将刚才坐过的椅子扶好。小微过来，问大家要不要一起吃饭。梅影邀请周若朴就餐，周若朴回答他已经吃过，不必客气。唐果敏和小微进茶楼，梅影留下来和周若朴继续坐在室外，喝茶。两人彼此注视片刻，一齐粲然而笑。

“这次回来还去吗？”梅影道。

“会议完就走。我们科室和那曲地区医院已经成为定点帮扶单位。每年，对方医院会派两名医生过来进修学习，我们也会有两名医生做临床教学。另外我在西藏大学医学院每年上半年有教学任务。”周若朴汇报工作般的语言，让梅影忍俊不禁。

周若朴双手抬起交叉放于颈部，靠在椅背。梅影进到茶楼一层，取来两个靠垫，让周若朴放在腰后。

“靠在后背，会舒服一些。”梅影道。周若朴顺从地将两个靠垫放在腰后，一边说谢谢。

“那曲怎么样？我没有去过西藏，但对西藏有特殊感情。我爸爸在西藏部队待过十年。”

“嗯，是吗？西藏是值得去的地方。站在纳木错湖边，亘古连绵的雪山托起蓝天白云，天很蓝，蓝得纯净透亮，没有丝毫欲望杂念。云朵洁白如雪，在阳光下散发出圣洁的光芒。每当你与它们融为一体时，高原的博大、浑厚，无时无刻不在震撼灵魂，世间的悲欢离合、恩恩怨怨在那里消失殆尽，一种对大自然的敬畏、对生命的尊重会越来越充溢心间。”

“若有时间，我一定会去，感受西藏的蓝天白云雪山的自然风貌，感受高原的厚重与博大而带来的灵魂震撼。”

“西藏以后去的机会比较多。”

“嗯，你带吉他了？”和周若朴说话时，梅影注意到，他的身旁放有一把乐器，从外形看，应该是吉他。

“是，下午和几个同学一起练练。业余爱好。”周若朴侧身看着旁边的吉他说。

“我曾经玩过几天。上高中的时候，喜欢。”梅影说。

“是吗？”周若朴注视着梅影，眼神里是一丝发现的惊喜。

“是，当时弹《童年》《一无所有》《月亮之歌》。吉他、席慕蓉、汪国真的诗、尼采的哲学，好像这些都是我们当年的最爱。”梅影注视着周若朴，想起那些青葱岁月。

在丁香淡淡的馨香中，周若朴和梅影两个人聊起上学时的趣事。

“这幅画，是你画的？”周医生看着桌面上的油画问道。

周若朴将画放好，仔细研习。

“不错，笔触细腻，远景朦胧而富有诗意，近景色调明快，温暖的黄色调与宁静的绿色、白色和谐地铺排在一起。绿色深邃、神秘，白色透明纯净。一位梦幻般的男性，向绿色人家走去，向美好的希望走去。”周若朴说完，注视着梅影。

周若朴的眼神里传递出的不仅解读是否的问询，更传递出一种熟悉的温情，一种让梅影灵魂融化的热情。梅影的心怦怦直跳，手心冒汗，好像内心深处的秘密被揭开一样。

梅影一时语讷，不知道该说什么。“送给你吧。”脱口而出。

“啊？不合适。”周若朴推托道。

“没有什么不合适，自己的画，有权利选择送给喜欢画的人。”

“这幅画我喜欢。常春藤画得既生动又有感染力，每片叶子都舞动着灵性。”

周若朴认真浏览常春藤。“这幅画送我不合适吧，是给你的阿尼姆斯画的吧？那位男性？”周医生歪着头问的时候，梅影在他的笑容里又看到了孩童般的纯真和顽劣。

“哪位男士啊？“梅影故作轻松地说。她想起周若朴办公室绿叶萦绕的常春藤。

“嗯，你的阿尼姆斯该生气了。”周若朴收起笑容，认真地说。

“阿尼姆斯？”梅影刚刚恢复平静的心跳，又开始非常规跳动。

“阿尼姆斯不会生气的。”周若朴在梅影的眼睛里，读到了他想要知道的内容。她是一位感情内敛的女子。

时间不知不觉在流逝，周若朴的手机有电话打进来。通完电话，他告诉梅影自己要走，几个同学已经到了，若有时间，不妨一起弹吉他。梅影思忖了几秒，还是决定不去。

美好的一天，美好的心情，回家的路上，梅影仰望天空，以为少了星星和月亮的天空，会平淡得波澜不起，没有料到，夜晚的云竟然丰富得让人眼花缭乱，薄如轻丝，厚如花絮，浓淡分明地铺陈在天空，无处不在的逍遥。

回到家，梅影依然心情美好。带着美好的心情，美美地冲过澡，放了乔瓦尼的音乐，泡一壶花茶，靠在窗前。古朴的花盆里，一棵土豆苗开得旌旗招展，绿叶丰盈。旁边的高脚酒杯里没有红酒，一只姿态优美的小红薯半浸水中，根部白须缭绕，顶端已有小叶轻绽。时光在轻轻流动，在一片情不自禁的暗喜中，当一意孤行的执着，被种在花盆，栽在水中，惊鸿一瞥，竟是别有洞天！

夜有些浓郁，化不开，散不净，梅影在遐思中，慢慢进入了梦中……

月辉清朗，天空数颗星星呈不规则形状排列，一会儿开出一朵朵美丽素净的花朵。星星隐去，开出花朵，花朵淡去，星星呈现，数次之后，花朵隐去了，星星的图案上，呈现出阿尼姆斯微笑的面庞。梅影惊喜万分，啊，阿尼姆斯！

……

深夜惊醒，梅影恍然看着四周，月光铺在床帏。窗外，月亮泛着清辉，月上月下一样地透亮。可是，日子怎么这么慢，时间怎么这样悠悠，指尖拈着光阴，一串一串，如晨间清露般滑落的是腮边无声的泪。一向自认内心强大，可是今夜，不，不仅仅是现在，在过去的300多天，那些深浅错落的日子里，好像满不在乎里放着所有的在乎，好像漫不经心里放着所有的经心。每天的念，深深敲打着心底的牵挂，每个夜，在心里蔓蔓枝枝缠绕。这份感情缱绻在体内，度过了漫长的睡眠期，现在，它已被唤醒，轻盈地走了出来，宁静而祥和。因为晚醒，而镶嵌一丝丝痛楚，因为晚醒，它蕴涵了成熟的理性。

或许这就是上帝赐予的功课，修炼生命的欠缺后，在某年某月恰好遇见，生命中唯一能牵动心弦的那个人。格外的珍惜，因而更加的不知所措。像花开在心里，听到了它开放的声音，悄悄的，妖妖的，只蛊自己，不扰别人。

时间显示是凌晨4点。既然睡不着，躺在床上一味地沉溺，不如工作。梅影起床，打开电脑，调出一组咖啡美生活的图片，找出其中一张，开始做局部修饰。自从答应了吴昊天的邀请，在油画创作的间隙，梅影已经将自己置身于咖啡美生活的设计中。

曲江威斯汀酒店内。正在召开“中国文化与分析心理学”国际学术研讨会。来自全球的100多位国际心理分析师在此相聚。周若朴做了“中国文化与象征意象”的学术报告。

乔恩此次行程，除了在西安的学术研讨，他还有一个任务，圆那个一直魂牵梦绕的西藏梦。

“乔恩老师，我带您见一个人?”周若朴在威斯汀酒店大堂问乔恩。

“那个美丽的女子?”乔恩笑道。

第二天下午，周若朴到了梅影家楼下。放下车窗，远远看见梅影从小区走过来。她上身一件白色小真丝一字领无袖小背心，一件白色亚麻桑蚕丝阔腿裤，外加一件敞口的蓝色真丝长袖外搭。精致的绣花背心呈V字形，飘逸的小系带轻松绾在胸前，迎风飘起，足蹬一双白色羊皮编织平底鞋，斜挎白色亚麻编织月牙形宽边包。

车内的乔恩不由赞叹：“飘逸如仙的女人啊！是上次穿小黑裙的女子?”

“是。”周若朴傲骄地回答道。

“嗯哼，祝福你，周若朴!”乔恩道。

周若朴下车，和梅影两个人相视而笑，周若朴打开车门，梅影发现车里还坐着一个人，礼貌性地点头问好。

“这是乔恩老师，我的督导。”周若朴介绍道。

“乔恩老师好!”

“终于见到周若朴的阿尼玛！那个灵魂相吸、精神相通的女子。”

梅影回头注视着周若朴，周若朴开心地笑着，清朗的脸颊上，一对眉毛顽皮地挑起。

“看到你，让我想起一个人。很多年前第一次来西安，下雨，我一个人趴在城墙和古老的灵魂对话。过来一个女孩，打着一把伞。”

“啊！一个外国人面墙而立，我好奇怪！是您哪!”梅影惊喜道。

“真是啊，小黑裙白上衣的女孩子?”乔恩从副驾驶回头，“那个女子，充满灵气。第一次听到你，我真希望你就是那个女子。刚才看见你的一瞬间，我几乎已经确定就是你!”乔恩道。

“共时性吧？世界太奇妙。还记得在苏黎世，您的梦想?”周若朴道。

乔恩大笑。

梅影搞不明白，乔恩为什么笑。他们爽朗的笑，感染了梅影，她跟着傻傻地笑起来。

“乔恩老师的梦想：来西安邂逅小黑裙白上衣的女子，去西藏领略曼荼罗的神奇。”周若朴回头解释道。

到了大唐芙蓉园凤鸣九天剧场，乔恩被金碧辉煌的剧场所吸引。帷幕徐徐拉起，舞台上梦幻般的蓝色、激情奔放的红色与神秘高贵的紫色相融交错，交汇在舞台。随着音乐的流动，场景梦幻般地变化，飞天的仙女，手舞彩绸从空中飘然而落，千娇百媚地起舞于流光四射、绚丽魔幻的舞台……在如梦如幻的场景中，乔恩如醉如痴。

看完节目，两个人将乔恩送到酒店，然后周若朴送梅影回小区。下车后，周若朴问梅影要不要走一走。时间并不晚，两个人沿着街道慢慢走。

“参宿四今晚好亮!”

“不知经过多少漫长的光年，我们和它才彼此看见。”周若朴回头注视梅影，“你的阿尼姆斯最近入梦没有?”

“嗯，他……就在身边!”梅影微微一笑，“有他在我的身边，我的心踏实、安宁。我给他带去了什么?”梅影注视着周若朴的眼睛道。

“在踏实、安宁的内核里，涌动着心灵的沸腾!”

嗯，今夜，梅影明白，那些内心的不安，原来是心灵的沸腾!

周若朴和乔恩两天后去了西藏。梅影目睹他们的背影走进安检门。在进入安检门的最后一瞬，周若朴回头与梅影挥手致意。送走周若朴，梅影看着时间，再过一个小时，许清和姚儒泰的航班即将落地。

许清和姚儒泰牵手出现在出站口。看见梅影，许清老远喊着：“哟，这么精神?逆生长?”

“美好生活的滋养!”梅影得意地说。

“再说一遍?”许清眼睛一亮，逮住梅影的胳膊问。

“重要的话只说一遍!”

“儒泰听见没有?”许清拉姚儒泰的手问。

“没听见!”姚儒泰故意说。

“哼，还手牵手，刺激我?”

许清顺势拉姚儒泰的手放在腰间。

“有什么了不起的?好像别人不会，好像别人没有?”梅影越发得意，高调得不行。

许清敏锐地感知到梅影有情况，马上放下手，靠在梅影身边。

“真有人了?”

“那当然，要不，怎么会逆生长?”梅影显摆道。

许清突然严厉起来："谁？让我见见，不许你再像上次一样，稀里糊涂的。"

"又来了，就不告诉你，让你吃一惊。"梅影开始摆起谱来。

"不行，你必须得告诉我！"

许清真是有点怕了，她害怕梅影心肠软，被人几句甜言蜜语灌得找不着北。

"小影，法国美协邀请中国美协参加法国美协卢浮宫国际美术展，已经确定做爸爸的个展。我要选一些你的作品一起参展。"许清换了方式，她太了解梅影了。

"真的？许爸爸的巡回展？"

"这是我一直以来的梦想和心愿：在法国罗浮宫做爸爸的个展。可惜晚了一步，妈妈没有看见。"许清稍稍停顿一下，"天时地利人和，爸爸和小影的作品一起参展，爸爸和妈妈在天之灵会倍加欣慰！"

"小姐姐，谢谢你，从小到大一直修理我，其实，我心里很清楚，你都是为了我更好！"

"我还以为你没有良心的。告诉我，到底是谁？"许清绕了一圈又绕回来。

"又来了，你猜？"梅影道。

"吴昊天？"

"为什么是吴昊天？吴昊天有英国女朋友。"梅影不满地说。

"你们几个上学时，关系好，而且吴昊天事业成功。"

梅影有些生气："为什么你不猜周若朴？"

许清哈哈大笑起来："说你傻，你还真傻。"

从机场出来，到高新一家餐厅放下姚儒泰，两个人驱车赶往曲江唐果敏的茶楼。茶楼一楼大厅，一派繁忙。摄影师正在布置拍摄现场，章洁楠、唐果敏、赵一澜、小杨几个人乱作一团，梅影和许清的加入，让大家更是忙乱，几个人嘻嘻哈哈，好不热闹！

章洁楠临时做了现场指挥，"小影，你的服装在第一隔，知性优雅。唐果敏的服装在第二隔，珠圆玉润。许清的服装在第三隔，气场强大。赵一澜的服装在第四隔，小家碧玉。小杨在第五隔，红色婚礼装。"

"洁楠，你的服装在哪里？"梅影问。

“我？免了。”

“你怎么能免？”许清道。

“设计师最后出场压轴。”唐果敏稳稳地说。

小杨穿上红色旗袍，从小间出来，高兴地大叫：“额滴神啊，这一件给我留着吧！”

“洁楠，你太厉害了。把小杨的小胸变成大胸！”

小杨摸着胸，嘿嘿笑道：“哪里疼戳哪儿！你看你看，肩平腰细屁股大，完美的S形。”

大家笑罢，在章洁楠和摄影师的指挥下，摆出各种POSE。拍完照片，大家分头整理衣服，收拾干净后，唐果敏的夜宵已经准备停当。吃饭时，章洁楠站起来，掩饰不住地喜悦，让大家看她有什么变化。章洁楠穿了一件素色花打底的敞篷大衣，下身着了件宽松的哈伦裤。章洁楠转了几个身，梅影捂住张大的嘴巴，手指章洁楠的肚子。

“你真怀孕了？”梅影惊喜道。几个人啊了几声，许清起身去摸章洁楠的肚皮。“天呐，肚子还真起来了！”

“几个月了？”唐果敏问。

章洁楠伸出一个手掌。“真没有想到，我还能再次做母亲。”章洁楠绽开的笑脸里，滚出一行笑泪。大家感慨一番，纷纷怂恿着许清也抓紧生一个。许清头摇得像拨浪鼓，叹息道：“来世吧！”

夜宵过后，大家准备分头回家。站在茶楼前，许清让章洁楠上自己的车，章洁楠指着旁边一辆香槟色的小车说任工已经在车里等候了。好长好长时间，梅影没有见到任工了，任工打开车门，露出一脸的喜气，梅影恍然看到了刚认识时的任工。两个人握着手，只是笑，一切尽在不言中，这就是多年朋友的默契，无须说什么，一切都明了。

就在梅影几个人为旗袍拍摄照片时，林枫带着母亲、杨画眉和树树去沣峪口玩。终南山空气洁净，青山绿水，阳光铺在河面，闪烁着银色的快乐，河水一圈一圈荡在岸边，细小的波纹轻漾在天青色的河道，偶有一股急流从上游汩汩而下，平静的河面泛起阵阵白色的浪花。

苏俞夏和杨画眉坐在岸边一边欣赏风景，一边聊天。林枫带着树树在河道里玩，水里漂浮着几个玩具，树树身上套了一件红色的儿童救生衣，嘴里哇啦啦地大声唱着歌，自在自乐玩得不停。

“小杨，看他们父子玩得多么开心。”苏俞夏指着河里的林枫和树树道。

杨画眉笑着点头。

“有没有想过和林枫复合?”苏俞夏趁机问道。

“阿姨，不可能。一起看着孩子成长，就可以了。”杨画眉的口风一点也没有松，还是像以前一样。

“林枫现在已经有很大变化，你没有感觉到?”苏俞夏继续做杨画眉的思想工作。

“哦，感觉到了。祝他幸福吧!”杨画眉依然一副淡定的样子。

“林枫前段时间和几个朋友投资了一家快捷酒店，刚开始正式营业。”

“嗯，那是他的梦想。”

“尝试给他一个机会吧?”苏俞夏并没有放弃，继续攻克杨画眉的心。

“哦，不会了。阿姨，你的心思我理解，真的不可能。我想找一个和我踏实过日子的人，有一份稳定的工作，过平淡的日子。林枫不是，他不甘平庸，有自己的梦想。也许，他和梅影比较合适。”小杨道。

“他们是两条并行的铁轨，有各自独立的思想。”苏俞夏看着远处的青山道。

河道里，林枫正在打电话，树树一个人玩水。突然，杨画眉大声尖叫“树树”！向河里飞奔而去，苏俞夏两臂张开，紧随其后。河道里树树顺着河水漂流而下。正在打手机的林枫，听到喊声，无意识将手机抛向天空，扑入水中，向树树蹚去，他捞住树树的一只胳膊，顺势将他搂入怀中。杨画眉奔过去，从林枫怀里夺过树树，抱着大哭起来。看到杨画眉伤心的样子，林枫想安慰一番，抬起手，又放下来。河水中，林枫的手机跌跌撞撞地向下游漂去。

39

连日筹备会议加班加点，到了西藏，周若朴开始发烧感冒。乔恩陪护在身边，护士挂完点滴，乔恩着急地问护士，周若朴什么时候能好起来。

“乔恩老师，没关系，打两天点滴就好了。”周若朴替护士答道。

手机在枕边响了起来，是梅影的来电：“你还好吧？”

“还好！”周若朴道。梅影柔柔的声音，经过周若朴的耳朵，钻到鼻腔，周若朴的鼻子好像顿时通畅起来，说话也有了底气。

“你在休息？”梅影问。

“有点小发烧，正在挂点滴，明天就好了！”

“发烧？嗯……你好好休息！多保重！”梅影若有所思地道。

高新区创业咖啡街区，二楼梅影工作室。透过玻璃，楼下 XAW 咖啡空间的自助咖啡吧一览无遗。电脑里，梅影上传的最新设计正在工厂打样。通过电脑，梅影可以看到正在制作的全过程，这时，吴昊天推门而入。

“昊天，有几款样品已经出来，你看一下。”梅影指着电脑说。梅影打开图片，让吴昊天看。

“XAW 咖啡生活的产品设计全权交给你，我的鉴赏力有待提高。”吴昊天边看边道。

“有提升空间。这几款产品的样品已经不存在问题，我就放心了，其余几款正在设计中。明天，我去西藏。”

“去西藏？你一个人？”吴昊天抬头问道。

“嗯，一个人。周若朴身体不舒服。”梅影脱口而出。

“周若朴怎么了？你去？你……”吴昊天颇感意外。

“我？嗯，周若朴！”梅影肯定地回答。

“你的阿尼姆斯？你们……”吴昊天直起身子道。

“是。”梅影实事求是地回答道。

吴昊天沉默。双手插进裤子口袋，在房间转了几圈，停下来，说：“嗯……祝福你们吧！”

“你和詹妮现在怎么样？”

“我？哪有时间考虑啊。你呢？未来几年有什么打算？”吴昊天站在落地玻璃前，问道。

“嗯，画家梦不会割舍，一直画下去，直到画不动的那天。这一年对XAW咖啡生活有了全新的感悟，喜欢上这种感觉：站在时尚的前沿，简单，纯粹！”梅影看着电脑回答道。

“现在看来，当初回国，是一生中最正确的选择。”

“想起两个字：舍得。有舍才有得。”

“放弃了安逸，得到了忙碌，看到了成绩。”

“要不大家哪天聚一下？盘点盘点我们的生活和工作？”

“总结过去，畅想未来！有太多的感悟。”

“我们下去自助一把，煮咖啡，做餐点？”吴昊天回过头问梅影。

梅影转身看楼下，楼下咖啡厅人头攒动，咖啡与餐点的香味混合起来，一起诱惑着胃。吴昊天和梅影边做点心边聊工作，直到吃完餐点。吴昊天有业务要商谈，梅影上二楼，继续在电脑前查找资料，收藏、归档、设计，直到凌晨。

飞往西藏的航班，出没在厚厚的云层里，间或有气流穿过，引起机身小小的颤动。从决定去西藏的那一刻，好像有一只小鸽子揣在梅影的怀里，蹦蹦哒哒往外蹿，任凭梅影拼命地摁，它总是仰起傲娇的头，咕噜咕噜叫着。

飞机好像停滞在空中，总也走不出云层。无数次的飞行，没有哪一次像今天这样让她焦急万分，让她迫不及待。梅影真想化蝶而飞，穿越云海，直接飞到周若朴的身边，陪他一起工作，一起生活，一起领略高原的魅力，一起聆听高原如吟的风声。如果想一个人，只是自己独自想，也就罢了。恰巧，知道这个人也在想，两两念想，那个锦上添花的念想，如药，穿越时空，直奔灵魂而来。灵魂迷乱了，若隐若现地露出风骨中精神的性感。相同的味道，相同的气场，好像藏着相同的DNA，在精神的花园里郁郁开放。一股缱绻的柔情从梅影心头升起，滚烫的泪水，像刚钻出来的温泉，带着深藏于地表的压力，势如破竹般喷发出来。她推着旅行箱，泪眼婆娑地出了西藏贡嘎机场大厅。仰望天空，在泪光的折射下，阳光五彩缤纷，晃得她头痛、头晕。

“嗯，我刚下飞机，到西藏。你在哪里？身体好些了吗？”梅影喘着气道。

周若朴接到梅影的电话，喜大普奔的感觉从天而降：“你……来西藏了？”周若朴猛地从床上坐起，插着针管的左手，用力过猛，连着吊瓶架，丁零当啷地倒在邻床。靠在床边正打瞌睡的乔恩，被着实吓醒，一步跨过来，扶起架子，低头发现地板上几滴新鲜的血点，追着血滴，周若朴食指尖血正往下滴答。针管刺破血管，滑落下来，周若朴泰然自若，迅速麻利地用棉签擦掉血迹，摁住血管。

“喂，喂……”梅影的声音从电话里传来。

“你在机场大厅等我，我马上过来。”周若朴挂掉电话，从床上跃起，穿好衣服，几秒钟的工夫，跑到楼下大厅。乔恩拿起拖把拖地板，回过头，发现周若朴的手机放在床上，拿起手机，追到楼下。大厅的周若朴正在口袋乱摸，身上没有，正欲往回赶，转身抬头发现乔恩笑嘻嘻地从楼上下来，手机在右手扬起。

周若朴火急火燎地赶到机场，从出租车上跳下，跑进大厅时，梅影正望穿秋水般瞅着车来的方向。

两个人四目相对，眼神丝丝入扣地嵌进对方的灵魂的内核里，分开的灵魂合二为一，终于成为一体时，梅影饱含的泪水再度喷如泉涌，她的身体软绵绵，虚脱脱，义无反顾地、安宁踏实地倒向存放灵魂的那个躯体。周若朴马上明白，梅影发生高原反应。

梅影睁开眼睛的时候，眼前晃动着一个人影，异乡特有的味道里，一股熟悉而温暖的气息，一齐扑上梅影的眼睑，她的唇角牵起微笑，微笑又搅动起隐埋在心中多年的委屈与酸楚，像少年离家的游子归家，像丢失的孩童找到父母，细密的情感连带着热泪，一层一层地涌出，一波一波地漾开。周若朴俯下身，滚烫的唇停留在梅影眼睑上下抚慰，有了密码，那个盛放着灵魂的内核骤然打开，沸腾着，承载着，吸纳着，丰盈着……

休息几天后，梅影的高原反应有所缓解。梅影、周若朴和乔恩三个人一起相约朝圣心中的坛城——布达拉宫。三个人站在广场，仰望布达拉宫。高远的天空下，澄澈的阳光流淌在逶迤的宫体，云絮与地势舒卷得浑然相融。古老而神秘的布达拉宫雄踞在亘古的天地间，穿透了时空的质感，任凭金戈铁马，任凭风云变幻，它依然旷世无言。

“布达拉宫建于公元七世纪，距今已有1300多年的历史。唐朝初期，藏王松赞干布从长安，也就是今天的西安迎娶唐朝公主文成公主，在红山上建了九层楼的宫殿，以后不断翻建，一直建成现在的样子。”

听着周若朴的讲解，乔恩饶有趣味地感叹道：“我很幸运，沿文成公主的路线，从西安到西藏，仅仅用了几个小时，穿越回唐朝。他们用了多长时间？”

“路途遥远，风餐露宿。”周若朴感慨道。

转经的铜铃声，一阵一阵从身后传来，清脆悦耳。弥漫在每一寸空气的藏香，将魂灵吮吸出来，天地悠悠，时空悠悠，它一直静静地守候在这里，熏染着小宇宙的涅槃。

“小影，看到没有？白宫是达赖喇嘛居住的地方。中间的红宫是佛殿及历代达赖喇嘛的灵塔殿。待会儿你就可以看见六世达赖仓央嘉措的塑像，面容清秀，和他流传下来的情诗，非常相配。他也是唯一一位在布达拉宫没有灵塔的达赖。”

“莲花开了，满世界都是菩萨的微笑，天也无常，地也无常，回头一望，佛便是我，我便是你。”梅影道。

“我们都是自己的佛。”周若朴说完，双手合掌。乔恩抬起右手准备在胸前画完十字，扭头发现周若朴和梅影双手合掌，随即抬起左手，两掌相合。

三个人进入宫内，沿之字形阶梯而上。

“这些台阶有900多阶，爬完了它们，也就意味着圆满汇集于你的身上。”

乔恩率先爬上平台，站在平台上，开心地笑道："我们都圆满了。周若朴，曼荼罗在哪里?"

"这里就是曼荼罗。"周若朴指着脚下的大地说。

"这里?"乔恩指着脚下，不解。

"对，我们就在曼荼罗里，品味着圆满。"

几个人沿阶而上，依次游历。到达红宫时，周若朴示意大家看红宫的建筑。红宫居于白宫之中，整体建筑采取曼荼罗的格局，四面堡垒，中间金庙。

流连在喜悦中的乔恩，瞬间面色凝重，他注视着红宫，沉默不语。站在庄严肃穆的布达拉宫，他终于能体会出荣格为什么对中国文化那般痴迷了，神秘莫测的中华文化注定是一个博大精深的宝藏，进来了再也不舍得拔出脚。

坛城殿内，宝石镶嵌，炫目多彩。乔恩激动得不能自抑："曼荼罗！曼荼罗！坛城！沐浴着吉祥如意，所以才宁静安详!"

仓央嘉措的塑像清秀中透着灵气。你见或者不见，我都在这里。其实，这句话应该是给他的信徒，给布达拉宫如织的游人，给每个有灵魂有香气的人。是的，你见或者不见，我都在这里，等了数百年。

参访到法王洞时，松赞干布的塑像头顶上，露出无量光佛的小头像，引起了乔恩的兴趣，他不解地问周若朴："为什么他的头顶有小佛,"

周若朴说："这是松赞干布的标志，独一无二。"

"独一无二？我们每个人都是独一无二的。"乔恩喃喃自语道。

"文成公主!"周若朴指着三尊塑像的其中一尊道。

梅影双手合十祭拜后，拿起挂在胸前的嘎乌盒，给乔恩看。

"乔恩老师，我的嘎乌盒里供奉的绿度母就是文成公主的化身。"

"嗯哼？周若朴送给你的？我也想有一个，送给我的夫人。"乔恩道。

三个人依次参观完布达拉宫，已到下午时分。夕阳余晖下，潭水微漾，清风徐来。游云轻拂天空，像锦、像丝、像绸缎，富丽堂皇地笼罩在布达拉宫，巍峨的布达拉宫呈现出圣洁的金色光晕。古老的青藏高原，盘桓在天际间，浓缩了千年的光阴和岁月，就这样悄然无声地走进了灵魂，走进了小宇宙。

小寨商圈内，林枫的快捷酒店正在装修。林枫和装修公司的人正在商讨

装修细节时，老戴带几个人风风火火进来。一进门，就哈哈大笑：“当老板了？”林枫过去，给老戴当胸砸了一拳，

“哈哈，老板这顶帽子没有固定给你，你戴，就不允许别人戴？”

“只要想当老板，老板这顶帽子谁都可以戴。合适不合适，只有自己清楚。”老戴透过窗户注视着过往的行人。

“透彻！”林枫道。

“前段时间去了哪里？打电话不接。突然冒出来，整一个惊喜，开起酒店。”

“去西藏，闭关修炼！”

“这个搞不懂。投资咱懂！咱们一起合作，投资快捷酒店怎么样？”

“你？只投五星以上酒店的大老板，平民酒店能入你的法眼？”林枫以为老戴只是说说而已。

“嗨，此一时彼一时。怎么样？继续合作？”

“重新合作。”林枫强调道，“我们合伙经营。”

“掰手腕？”

“小儿科，不掰。”林枫貌似生气地说，伸出手。两个人搭上手，老戴有电话进来。他接过电话，走到门外。再进来时，告诉林枫他有事要出去，改天再约。送走老戴，林枫继续和工人谈话。老戴的电话打进来，老戴想投资一家酒店管理公司，他再三斟酌，还是想让林枫一起做合伙人，如果林枫有意，这两天约定时间，认真地沟通一次。林枫一口答应下来。

季节已到仲夏，雨在周边地区轮番轰炸，昨夜终于炸到了西安。下过一场透雨，晚上气候格外凉爽，林枫将车停在小区门外，步行回家。他发现自己越来越喜欢上了行走，在身体的摆动中，一些思想渐渐明晰，真正体验到行走的美妙之后，他终于理解了梅影对于行走的迷恋。路过小区中心的儿童游乐场时，他发现了树树在滑滑梯上玩，母亲一手护着滑道的扶手，一手撑在腰部。

母亲回头发现了林枫，笑着问他吃过饭没有，如果没有吃饭，现在回家给他做饭。林枫回答已经吃过晚饭。林枫陪着母亲看护树树玩，一边聊天，聊起酒店的装修，聊起老戴的事情，聊起抵债的房子，聊起梅影，聊到现在投资快捷酒店的钱，是抵押了曲江这套房子，在银行贷的款。聊到这些，林

枫心里沉甸甸，一阵烦躁，从口袋里掏出烟盒。

“不要太焦虑，认真做事就好！”母亲缓缓地道。

清风撩起母亲已经花白的头发，林枫喉咙一阵发紧，鼻子酸胀，抽出的烟又放回烟盒。他仰起头，潸然而下的一行清泪，流到唇角，咸涩咸涩。

40

暗光从推拉门透过，微微投在卧室，似乎天气并不好。梅影起床，打开窗户，一股潮冷空气不由分说一拥而入。对面的楼宇、与视线平行的栾树、攀到楼顶的常春藤、贴在楼房侧立面的红叶，一切都湿淋淋地站在眼前。

看样子，雨应该是从昨天深夜开始下的，不大，但渗透性强，从深夜一直渗到清晨。很明显，雨正配合着季节的过渡，从初秋的湿润过渡到了深秋的阴冷。

吹进的冷风，堵塞了梅影的鼻孔，呼吸开始有点不通畅，是该加衣服的时候了。打开衣柜，几件夏天的衣裙挂在衣架上，还没有来得及放进收纳箱。时间过得这么快，好像一下子跃了几个台阶，夏天的记忆还没有褪去，就已经到了秋的边缘，再一抬脚冬天要来了。冬天？或许是冬天出生的缘故吧，一年四季中，还是比较偏爱冬天。喜欢冬天的清冷，自然而然地想要离群索居，宅在家里，做自己想做的事。做自己感兴趣的事情时，有一种希望、安宁、愉悦填满了所有的空白，时间的空白，空间的空白，唯独留下思想，穿越在时空间。

梅影一边整理衣柜，一边听轻音乐，放在震动上的手机在床上不停地叫，待梅影听到叫声时，手机已经挂掉。是许清的电话，梅影拨了回去。

“嗨，忙什么呢？你作品获特别奖了！领完奖准备动身去法国！”许清以不容商量的口吻宣布道。

“不会吧？确定？肯定？”梅影不敢相信。

“确定！肯定！一定！”许清斩钉截铁，掷地有声地回答道。

“不会吧？怎么可能？”梅影还是不能相信。

“有什么不可能的？总是这么不自信。”许清在电话里责备道。

“让我静静！静静！”梅影放下手中的衣服，双手捂住嘴巴。

许清不容置疑的语态，让梅影确信获奖的事情，的确是板上钉钉。

“抓紧办理出国手续，随后邀请函就到。别稀里糊涂的，啊！”许清叮咛道。

窗外，无风，雨簌簌地落。几天时间，红叶由绯红转为玫红，玫红的叶默默守在护栏里，泛白的叶脉清晰可辨，如工笔细描上一般。几根细枝伸出护栏，在雨中微颤，细小的枝丫顶端粘着几颗黑色的小果，一粒透亮的小雨珠缀在小果实顶端，在微蒙的空气里，虚实相映，黑白分明。

暗淡的天空，因雨的朦胧，有了缥缈的美，因雨的节奏，有了韵律的美。梅影的心悬在空中，总也落不下来，时不时地向一个方向、一条路张望。手机一直拿在手里，烧水，上卫生间的时间也没有放下，她生怕错过微信小小的滴声。看看时间，梅影脱下家居装，套上一件白色一字领羊毛衫，一条黑色哈伦裤。

梅影下楼时，听不到雨声，雨已经下得轻了，悄然间就已浮到脸上。细小的鞋跟敲击着路面，些微的回响里，有湿润的雨，有“哒——哒——哒”快乐的声音。

想到马上要见到周若朴，梅影的脚步不由加快，到了茶楼，一眼看见周若朴站在大厅，穿条黑色牛仔裤，一件白色针织长袖，正对梅影，唇角翘起，一个沉稳而温情的笑。

“喝茶？还是雨中散步？”周若朴问道。

“雨中散步。”梅影道。

两个人下楼，沿小巷向南湖走去。往日人群鱼贯而入的南湖，因了雨，清静而朦胧。周若朴将梅影的手紧紧抓在手里。

“终于等到你，生命中的女人！我们就这样一辈子相依为命、相濡以沫走下去，好吗？”周若朴说。

“嗯。”

有无数根羽毛轻轻在梅影心尖拂过，看似寂静如初，其实心里早已是轰然倒塌，塌得稳妥、安宁、喜悦，有一种红茶的味道，绵长，醇厚，有一种无法言说、只能意会的好。白天，繁花似锦，装模作样，那不是梅影想要的世界。夜晚，灯下的空灵，是可以任性的沉溺，一壶花茶，升起了万种风情。心在蔓延，蔓延，简简单单，简单到别无杂物，只是想一个人，想到没有限度。不经意的注目，有了别样的意外，意外地看到了旧梦，看到了似曾相识，看到了人生若只如初见。没有惊鸿一瞥，没有惊天动地，在时间的对抗角逐中，终于寻觅到灵魂安顿之处，只有暖暖的熟悉，只有灵魂的安宁。至此，在碎碎的细念里酝酿出了最纯美的情怀，生命有了不同以往的意义。

“我们认识几年了？”周若朴道。

“好快啊。已经三年了。”梅影感慨道，“三年，这么快？你就像亲人，一直陪在我身边，呵护我，鼓励我，帮助我找回自己内在的神性。”

“傻丫头，我们一直都是亲人。我们总是期待，爱与亲密关系会自然而然地如约而至。其实，这只是一份美好的幻想。所有的日子都会在风风雨雨中度过，我们也避免不了。我们的期待会落空，我们会生气，会懊恼、迷茫，会争执，甚至于会心痛，在未来的日子都会出现。当这些负面情绪出现的时候，我们真实地去接纳。它们也是我们亲密关系组成的一部分，只有真正明白它的存在，才不会在出现时感到困惑。”周若朴拽着梅影的手道。

“所以，要维系一份亲人般的感觉，需要我们共同的理解、体谅和关爱。”梅影道。

“聪明的傻丫头！”

“可爱的傻小子！”

“若爱，请深爱。接下来，接下来呢？”周若朴道。

梅影笑而不语。

风雨中，两个人相视而笑挽手慢慢散步在南湖的小径。时光似乎在古老的气息中钝化，让人收敛起种种的人生姿态。一份懂得的欣喜，一片无言的悲凉，一段无法捡起的时光，汇合交融，像海边的潮汐，漫上来，漫下去，静静地看护，任它在自己的天地翻腾、平息。满树辉煌的银杏树，伫立雨中，敞亮了视觉的美感。黄叶飘然而落，优雅、无惧。鲜亮的黄从树梢流动到树根，微微混合着草坪濡湿的绿，一道亮丽的背景就此徐徐拉开，铺在地面。

周日，天气放晴，淡淡的云雾缭绕在青色的半塬。许清和姚儒泰、梅影和周若朴、手捧鲜花站在父母和小景的墓碑前。梅子轩点香炉，叶知秋摆果盘。

“许衡、玉音，我带孩子们来看你们了。孩子大了，我们老了。等着我们吧，咱们在那边见。”梅子轩点了三炷香，对着墓碑道。

“爸爸、妈妈、小景，我们来看你们了。小影的画作获了特别奖，你们在天之灵应该感到欣慰吧？我和儒泰生活很幸福，小影也迎来了自己的幸福。爸爸的画作是留给我们的一笔精神财富，我们共同决定成立‘许衡美术基金会’，爸爸、妈妈、小景，我相信你们一定会支持我们！”许清放下手中的一束黄菊，点了三炷香，道。

仔细想想，世间是有轮回的，不是躯体，不是灵魂，而是基因，是血脉，是精神的延续和传承，它们以不同的形式存在。所以，许爸爸，玉音妈妈，走的只是您的外壳，我还活着，您也就同我一起活着。我要好好地活，努力地活，丰盈地活。让你们的精神在我的血脉中延续与传承，感谢你们让我拥有了更多的爱！

微风中，黄色菊花的药香淡淡地飘来，梅影手捧三炷香，在心里默念。

从陵园回来后，周若朴送梅影回家。风不大，稍稍卷起路边法国梧桐的树叶。一枚淡黄色的叶子在空中飘飘忽忽，打着转下落。梅影伸出手，叶子正好落在掌心，小小的星形叶片，脉络清晰地舒展在里面，带着刚刚脱离母体的温度，自有一种新鲜。一路走来，一路用手接，因为走路的缘故，体内的温度升起来，梅影的手心已有细微的汗。摊开手掌，黄叶层层叠叠躺在手心，在热气腾腾的鲜亮里，有一种不言而喻的华丽，有一种难以掩饰的流光。

因为教学任务，周若朴又去西藏一个星期。当他回来时，冬日的第一天已经来了。

太阳格外的灿烂，经过几天冲洗的天空，被阳光温暖得一览无遗。陪伴了春夏秋三季的红叶，挂在空中，努力绽放着最后的华光，连接枝干与红叶的细茎在阳光下，也极力展示着透亮的玫红，它们拼命得让人好心疼。

栾树站在楼房的背阴面，太阳晒不到的地方，灰黑色的树干隐约着昨日雨的痕迹，树梢上的金钱叶零乱地挂了几枝，已近摇摇欲坠，几日前，枝头粉色、金色的繁花，已随雨而去。

栾树花开得层次丰富，一树经常会有不同的色彩与风景，树形的轮廓又颇具美感，是可以入画的树，是有艺术气息的树。对于它的不太成材，何必苛求呢？它已将美奉献出来，又怎能要求它还要实用？所谓的成材，大约是可以做大件，或者高档器具吧。它原本就不是紫檀，也不是黄花梨，它就是它自己，成排成排站在路边、小区、宅院做着行道树。

一个下午，梅影坐在窗前，喝茶，在思想里沉沉浮浮，打开的书翻了没有几页又合上。那些经典老歌，穿过时代的风，扑面而来。好像看到了月光之夜，葡萄架下，阳台台阶上，怀抱刚买的吉他，弹着不成调曲子的女孩。好像看到了校园里，梧桐树下，对着月光，弹着吉他的男孩。那时年轻的味道，被一下子激活，隔了这么多年，它还停留在那儿，清清爽爽，散发着年轻时独有的气息。

如果那时相遇，会如何？没有如果的。没有这么多年，就不会如此在乎，经过了这么多年，知道一切都是最好的安排。

一壶普洱，几朵玫瑰，老茶的醇厚、玫瑰的香氛和蜂蜜的芬芳徐徐溢上来，热热地熏蒸着面颊，肌肤微微打开，那种味道渗啊渗啊，慢慢地渗到了想到某人时，带来些许慰藉和甜蜜的心情里。

傍晚，梅影去医院接周若朴。车到楼下，正是下班时分。梅影下车站在小道，想起那张笑脸，笑意不由绽放在冬日的黄昏。此时，太阳已收起最后一丝微弱的光线，坠入深深的天幕下，道路两边稀疏的枯枝，剪影般贴在月白色的天空。梅影习惯性地抬头，寻找天边的星际，有几颗星星停在空中闪烁。参宿四找到了，可是自己要等的星星还没出来。虽无寒风，气候却不免凛冽，身体终究没能抵挡住那些温暖的念想，开始发冷，吸入一口寒气后，接连几个喷嚏打来，抬头再看，那个朝思暮想的身影还未出现。

带着眉间的笑，带着一身冷气回到车内，在暖风里还未缓过来时，一张灿烂的笑脸浮现在窗外，梅影神经开始紧绷，终于来了！思念如同酵母，在无法相见的日子里，无声无息地发酵，酝酿。等到相互碰撞的那一刻，它的一丝丝余味已经悄然在空间，融为一体，分不清你我，尔后，吸入彼此心肺，有你有我。相似度如此高的两个人，为什么现在才遇见？情到深处时，自是欲说还休，欲说无语。人还是那个人，情还是那个情，只是在这个景里，两个人都印上了彼此。

上海浦东。香格里拉大酒店颁奖大厅，美术界名流云集。习惯了一个人独舞的梅影，突然被推上舞台，站在聚光灯下时，她的眼睛开始蒙眬。这一刻，她感恩走过身边的每个人，他们在她的人生道路上演绎着人生导师的角色。没有他们，自己无从感受快乐、忧伤、痛苦与爱！感谢父母的养育之恩，感谢许衡老师、周清松老师在艺术道路上的指引，感谢阿尼姆斯内在精神的指引！

“寻找自己的路是艰难的，曲折而又幽深。当我们将自己的优势功能与个人兴趣爱好高度结合时，根植于内在的创作冲动和创作激情，不断推动着我们走向灵魂深处。我们可以细微地感知生活，脱离混沌迷蒙的思想，觉知朝气蓬勃的生命状态，脚踏实地地走在寻梦的路上，有爱、有痛、有泪、有笑，它们跌宕起伏、有声有色地构成独一无二的风景。美丽的梦想滋养、抚慰着我们的心，带一路的美，一路的诗意，让梦想走向远方邂逅自己——理想中的模样！谢谢！”

来自前方的掌声虚幻在耳边，梅影的脑海一片空白，她听到自己的心在胸膛强劲地跳动，扑——通，扑——通。梅影摁住胸口，在一片模糊中走到后台时，在后台等候的许清悄悄告诉梅影有媒体要采访。

“明天回西安，采访的事情交给你。”梅影道。

“是你获奖，又不是我。”许清道。

“归零吧，一切从头开始！”梅影平静地回答。

“在周若朴同志的教导下，你真要出世了。”许清笑着瞥了一眼梅影。

“姐姐，不是出世，心真正沉寂下来了，浮华终究要散去，心的宁静才是真正的宁静。”

颁奖典礼结束后，姚儒泰、周清松、许清和梅影决定成立“许衡美术基金会”。该基金将全部用于公益项目，同时，将举办许衡、梅影作品国内国外巡展。应法国画协邀请，国外巡展将于 12 月 19 日在法国卢罗浮宫举行。

时间只剩下 20 多天。梅影在西安的时间里，和唐果敏、吴昊天几个人相约喝茶后，又埋到咖啡生活的设计中。周日晚上，周若朴从西藏回来，过来接梅影去看他们的排练。梅影带去一套自己设计的木质手摇咖啡壶，随周若朴来到一所学校的地下室，这里俨然像一个小型电子乐队。

伴着吉他传来周若朴沙沙的声音，梅影的心事开始在灯下缱绻独舞，这个恼人的咖啡，这个如灵猫般的夜晚，这个勾人心魄的声音。回到家，音乐、声音在梅影心里纵横交错地缠绕，单单抽离出声音，沙沙地带些忧伤，魂碎了，软软地迷乱，眼睁睁看着自己臣服于无奈中。念也趁火打劫，成群结队而来，左手按右手压，按了葫芦，起了瓢，一波未平一波又来，好像做梦，在梦境与现实间，整个晚上就这样无声地沦陷了。

巡展之后，梅影和许清、姚儒泰来到法国巴黎美术学院——世界级的美术殿堂。在这里，许爸爸曾经度过五年的时光。冬日，夕阳西下的塞纳河静静地流淌，林荫小径、图书馆、教室……踩着许爸爸的足迹，梅影徜徉在艺术的经纬中，不觉悲喜交加、感慨万千。

在特拉浓斯酒庄，周若曼正在酒庄门口极目远眺。夜色中，两束雪亮的汽车远光灯愈来愈近，梅影和许清、姚儒泰三个人下车后，周若曼笑盈盈地站在橘黄色的灯光下。门，在她身后徐徐打开，一身正装的周若朴出现在门口——暖色调的光晕中！

“哇！”梅影惊呆了，她简直不能相信。

周若朴揽过梅影的腰，透过周若朴的肩膀，梅影看到了繁华的天空，一轮圆月正当空，参宿四在空中闪烁着宝石般的光芒。一望无际的葡萄园在星空下荡漾起来，春天的时候，痴缠在木架上的葡萄藤将会长出新叶，夏天过后，酒香、果香在空中飘荡，这里将会是汁甜味美的葡萄的海洋。

醉了，一切都醉了，云朵也醉了，绽放在天空，晕晕乎乎洒得到处都是。

除夕之夜。

斑驳的古城墙，黛色的夜空，一串串火红的灯笼，剪影般静默在线。绚烂的灯光，变换了不同的场景，高低错落的造型，华丽丽地端出老腔和摇滚。锣、鼓、拨、电吉他、电子琴、架子鼓揉匀掺和在一起，令古老的艺术与现代摇滚所向披靡，燃烧出一段古朴苍劲的曲调。

在这曲调里，往日寂寥的瓮城搅起了沉睡的激情，它沸腾了，烧化了西安厚重的历史外壳，古老的文化如滚滚熔岩喷涌而出，在夜空长啸。狂傲的音乐，是灵魂的呐喊，是熔岩扇动的双翅，盘旋在星空，激情磅礴。这一刻，黄土高原裸露出原始的苍茫，尽情收纳着狂放和澎湃。高亢的声音，划过时空，随着气流的飘移，荡气回肠，久久不散……

梅影呆怔，片刻空白。既而，不可思议源源不断从头脑流泻而出。不可思议的碰撞，不可思议的激情，让民俗文化这棵千年老树，严丝合缝地嫁接了五彩缤纷的潮流文化，一夜间，枝头缀满晶莹璀璨的奇异果：古老的家伙什与站在潮头的乐器，一群来自乡间的老人与时尚前线的帅哥潮女，苍凉悲壮的老腔与激越昂扬的摇滚……淋漓酣畅地激荡着历史西安的涅槃，宣泄出古老文化的一脉相承与绵延。

震撼人心！

凌晨以后，周若朴在急诊室做完手术回到办公室，打开手机，有 N 个梅影的电话。檀色的茶海，玻璃小杯内，玫瑰花茶的热气如游丝，袅袅而又飘忽。梅影的手机在茶海旁不停闪烁。

接到周若朴的回电，梅影一直七上八下的心踏实下来。她端了茶海，坐在地板上，书架下方，绿色的木箱子，斑驳出时光的久远。是否打开？那些日月凝结的梦想，那些水火交融的涅槃，那些荆棘遍布的征途，那些浓雾深锁的迷茫，那些温软坚强的魂灵，那些手摇经轮的祈祷，此时此刻，不约而同汇聚为一股力量，奔涌而出，如海潮般猛烈地撞击着她的胸腔。梅影在心里纠结缠绕一番后，在茶汤的热醺中站起来。

淡淡的法语颂歌若有若无，躺在床上，梅影慢慢进入梦境……

古老的原始森林，一棵盘根结藤的老树下，有一台打开的电脑，我问自己，生命是一张弓，那弓弦是梦想。箭手在何方？

箭手手执精美的小镜，正在做出征前最后的梳妆打扮。她身披七彩战袍，左执弓，右牵马，盛装出行……

她策马纵横，越过高山，白雪皑皑的祈连山脉，雪莲成片成片开放，铺成一条绵延不绝的天路。她划沙而过，大漠无边无际的荒凉，胡杨林掠过沙丘，一行又一行……

广袤的草原，她追赶闯入羊群的狼，野花一路指引她狼群的方向。幽深的森林，受伤的小鹿撞入怀中，她吸血止伤……

突如其来的雨，淋在鎏金的盔甲上，抖落肩上的雨珠，她站在高高的山岗，手执小镜，拂去雨雾，最后一次回望。天收住了雨，将阳光播洒，她知道最后的启程开始……

古道扬鞭，日夜兼程。

黎明，她搭起精致的弓箭，捻弓拨弦。银箭脱弦，穿透云层，冲过气流，射向五彩斑斓的天空……

牵马收弓，弦还在震颤……

后　记

雪夜。淡淡的爵士乐在灯下跳跃，牵出一缕缕热气腾腾的光影。光影与音乐深深嵌入文字，每个字符成为灵性的音符，与流动的旋律羁绊缠绕。它们已成为一种倾诉，被赋予生命，带着鲜活的情感，在夜色深处相遇。雪的曼妙，让夜柔软而轻盈，让《曼茶罗·爱》更加荡气回肠。

“曼茶罗”如爱，爱如“曼茶罗”。曼茶罗是佛教中的吉祥花；是我们每个人心中的坛城，修练内在的精神圆满；是心灵内在意象的指引，承载着我们命运与使命的整合。一如海曼这个名字。海，象往着无意识的领域，既是想象的深渊，又是创作的源泉。柔美的曼字，从日、从罒、从又。“罒”即罗网。“又”即右手。“日”“罒”“又”联合起来表示“太阳下以手引网”。以手为网，编织文字的海洋，想象无穷，气象万千。既有男子的胸怀若谷，又有小女子的柔美曼妙，这正是内在阿尼姆斯与阿尼玛整合的完美意象。

人人都做梦，谁没有自己的梦想？寻找自己的路曲折幽深，撕裂——整合——再撕裂——再整合，当我们将整合后的优势功能发挥极致时，根植于内在的动力将不断推动着我们走向灵魂深处，邂逅梦想中的自己，理想的模样。无论今天，还是未来，当您读到《曼茶罗·爱》，激发出您的梦想之光，让您的灵魂震颤，《曼茶罗·爱》将不负此生。

几度风雪，诚惶诚恐，如履薄冰。从最初构想到定稿，《曼茶罗·爱》一路伴随老师亲人朋友的大爱，从初稿廉永杰教授指导认可，薛保勤主席梳理思路，张阿利教授点拨方向，终稿朱媛美老师的推进，到辋川之夜，与申荷永教授的长谈；从获得陕西新华出版传媒集团“2017年重大出版项目”，到陕西省新闻出版广电局“2017年度陕西出版基金”，《曼荼罗·爱》一直在温情中行走一程又一程，正是这些温软的力量，让《曼荼罗·爱》终于尘埃落定。

光的眼眸收在云间，深藏不露。风塑原野，雪落大地，雕刻着城市的肌理。再回首，从往日细碎的时光里慢慢走出来，感恩之心浓郁地铺展在夜色中。感谢陕西省新闻出版广电局，感谢陕西新华出版传媒集团、陕西人民出版社、陕西作协、陕西省妇联、西安作协的鼎力支持！

同时，感谢陕西人民出版社李晓锋副总编、责编朱媛美老师、设计姚肖朋老师；感谢陕西省作协蔺小东主任，感谢我的朋友唐代伟、马悦先生，吴博、张砚女士等；感谢我的亲人至爱的默默付出；感谢不断探索的自己；感谢生命中每一个相遇，感谢小说中的每一个人物……

如此深情与大爱，让我们已经与《曼荼罗·爱》融为一体，酝酿出最纯美的情怀，走进光阴，走进岁月，历久弥新……

海曼

2018. 1. 25